颠覆与超越

史铁生文学作品的修辞化生存

鄢文龙 著

暨南大學出版社
JINAN UNIVERSITY PRESS

中国·广州

图书在版编目（CIP）数据

颠覆与超越：史铁生文学作品的修辞化生存/鄢文龙著. —广州：暨南大学出版社，2015. 6
ISBN 978-7-5668-1274-2

Ⅰ. ①颠… Ⅱ. ①鄢… Ⅲ. ①史铁生（1951—2010）—文学研究 Ⅳ. ①I206. 7

中国版本图书馆 CIP 数据核字（2014）第 267641 号

……………………………………………………………………………

颠覆与超越：史铁生文学作品的修辞化生存
著　　者　鄢文龙

出 版 人　徐义雄
策划编辑　杜小陆　潘江曼
责任编辑　潘江曼
责任校对　周海燕　周优绚
出版发行　暨南大学出版社（广州暨南大学　邮编：510630）
网　　址　http：//www. jnupress. com　http：//press. jnu. edu. cn
电　　话　总编室（8620）85221601
　　　　　营销部（8620）85225284　85228291　85228292（邮购）
排　　版　广州良弓广告有限公司
印　　刷　佛山市浩文彩色印刷有限公司
开　　本　787mm×960mm　1/16
印　　张　27. 25
字　　数　448 千
版　　次　2015 年 6 月第 1 版
印　　次　2015 年 6 月第 1 次
定　　价　49. 80 元

序

鄢文龙教授的新著《颠覆与超越——史铁生文学作品的修辞化生存》，即将出版面世。这是我期待已久的，相信也是学术界对此论题有兴趣的同仁都热切期待的。

史铁生是中国当代作家中非常具有个性与特殊性的作家，他的作品所具有的魅力也是一般作家所不具备的。这在很大程度上与作家是一位残疾人及其身心所受到的苦难有关。正因为如此，很多读过史铁生作品的人都会在阅读的过程中在精神上受到很大震撼。

文龙教授对史铁生的作品非常痴迷，多年来一直在研读玩味。越研读玩味，越觉得兴趣浓厚。这样，他便逐渐萌生一种冲动：准备系统全面地对史铁生的作品进行研究，从语言的角度切入，考察史铁生对汉语特定修辞手法的运用及创造，观照史铁生在修辞文本建构方面的努力，从而总结出史铁生作品的语言风格特点。在此基础上，文龙教授还有另一个追求，那就是通过对史铁生语言风格的研讨，进一步探讨史铁生作品风格特点形成的内部动因，揭示史铁生创作的文化心态。我觉得，文龙教授的这种研究思路是具有创造性的，与一般文学批评者的思路是不一样的，与一般修辞学者的研究套路也不相同，可谓独出机杼。

众所周知，学术研究需要痴迷，特别是需要对研究对象全身心的热爱与全部精力的投入。唯有如此，才能真正对所研究的对象有真切的认识，才能真正深入地将所研究的对象研究透彻，从而得出科学客观的结论。文龙教授选择史铁生的作品为研究对象，这是基于他对史铁生其人其作的热爱。也正因为如此，他才投入巨大的精力与全部的热情执着地研究史铁生作品的语言。关于这一点，文龙教授在这部学术著作的前言中已经说得非常清楚：“有些作家就是这样：你可以读他，也可以想他，就是无法写他——也许这时，这个作家和自己的心灵已经发生了某种神秘联系。在更多的时候，论说的过程，其实就是理解的过程。我对史铁生的最初认识，源于他的《我与地坛》，今天却完全是这样的冲动，一发而不可收拾：因为陶醉一篇，而如饥似渴地阅读一部；因为阅读一部，更如醉如痴地品读一套——‘史铁生作品系列’（纪念版）。”同样是在前言中，文龙教授还深情地说道：“史铁生的作品，就是中国当代小说史上的地坛。可以这样说，你每一次经过，都会忍不住停下张望和思索”，“我如饥似渴地张望，仅仅用了 36 天的时间；我辗转反侧地思索，却用尽了 365 天的精力。在游梦中思索，在 230 万字中张望，在 2 816 页的字里行间遨游。”可见文龙教授对史铁生的作品痴迷到了什么程度。正因为痴迷，正因为“辗转反侧地思索”，文龙教授在“史铁生作品系列”（纪念版）“230 万字中张望，在 2 816 页的字里行间遨游”之后，终于有了与众不同的发现：史铁生作品的语言“有时合规不中矩，有时中矩却又不合规，变化与超越乃其创作之突破；越轨与颠覆方显其写作之创新”。他指出：“史铁生的语言，语出惊人，并不表现为壮怀激烈与慷慨陈词，他总是很平静甚至很低调地写一些平实的文字，然后让你大吃一惊。正如有人用近乎耳语的声音，宣布与大伙性命相关的消息，并不因为其音量小而被忽视。”诸如这样的见解，如果不是对史铁生作品反复研读、反复嚼咀，是达不到这种认识高度的，也感受不到史铁生语言的这种魅力，当然更不可能看清史铁生作品在修辞创造上的闪光点。

文龙教授这部著作，几易其稿，写得非常扎实严谨。通读全稿，我觉得有如下几个鲜明的特色，特别值得我们重视。

一是对史铁生作品中所运用到的或是作家新创的修辞手法作了几乎是全景式的扫描。这一工作是富有意义的，也体现出文龙教授作学问扎实认真的特点。对于史铁生的作品，文学评论界的评论不少，但都着重于作品的思想内容方面，而从语言角度切入进行学术研究的，则比较少见。文龙教授这部著作的最大特点，就是不像一般研究史铁生作品的论著那样对史铁生作品作面面俱到的讨论，而是专注一个方面，即以史铁生作品的语言特别是其中的修辞文本建构及其创造为对象，采用“开小口，掘深井”的方法进行研究。正因为文龙教授这部著作只专注于史铁生作品的语言问题，研究的对象比较集中，因此就能对所研究对象的方方面面进行全景式的展示。全书既有对史铁生作品语言在语音、词汇、句法运用方面所独具的特点及其魅力的全面研究，也有对史铁生作品中对汉语既有修辞手法创造性运用的总结概括，更有对史铁生作品中独到的修辞手法及其修辞文本建构的爬梳钩沉。关于这一点，读者从全书目录的章节中便能看得非常清楚，无须我在这里赘述。

二是对史铁生作品中的许多精彩修辞文本的分析深刻到位。我们汉语中有一句话，叫作“只可意会，不可言传”，说的是有些意思用语言难以表达清楚，也就是“言不能达意”。言不能达意的现象，在我们日常生活中每个人都遭遇过。虽说正常人都有语言能力，但并不等于说有语言能力的人都能用语言将自己的所思所想清楚明白地表达出来，并为别人所接受。事实上，我们每个人都会遭遇“言不达意”的尴尬。所以，能将自己所要表达的意思准确地表达出来，实在不是简单的事。至于将自己所要表达的意思生动有力地表达出来，那就更是不简单了。对于文学作品的欣赏，这种“只可意会，不可言传”的现象更普遍。在学术界有很多这样的例子，想来大家都是耳熟能详的。据说，民国时代有一位学者（后来成了重量级学术大师）给学生上中国古典文学课时，先朗读了一首古诗，然后连说“好！好!”之后，就什么也说不出来了。相信大家都听说过这个故事，都觉得有趣，并且将之作为文坛佳话予以传播。殊不知，这就是一个“言不达意”的典型案例。这位学者的学术水平很高，学术界人人尽知；他的文章写得很好，也是人人尽知。可是，在面对一首古诗时，他确确实实不能通过语言将其之所以精彩的体会表达出来。著名学者不善表达，甚至“言不达意”的情况并非个案，我们可以举出很多生动的例子。基于“为死者讳，为尊者讳”的中国古训与做人信条，我们这里不便多说。只是想说明的是，著名学者尚有“言不达意”的尴尬，那一般人“言不能达意”，在文学作品欣赏中不能准确表达出其体悟，那就更不奇怪了。史铁生的作品很有特色，在语言运用上更是非常有特点，很多读者都欣赏史铁生作品的语言。但是，史铁生作品的语言究竟好在哪里，却并不是所有人都能说出个子丑寅卯来的。至于能准确地分析史铁生作品语言魅力所在，则更非一般读者所能企及。但是，文龙教授却做到了。他不仅能准确说出史铁生作品语言的妙处，而且分析鞭辟入里，非常精彩，让人不得不叹服，觉得看他的分析本身就是一种审美享受。例如本书的第二章第一节谈史铁生作品中运用“拟声”修辞手法时，文龙举了史铁生作品中这样一个例子并分析说：

在史铁生的文本中，借助叠字摹写外界声音的句子，俯仰即是，读来简直让人如闻其声，生动而形象。

爬上了鬼见愁，夕阳已经沉在了脚下，飞鸟叽叽喳喳地归巢。(《命若琴弦·爱情的命运》)

这样的句子，读了让人无法忘怀。不仅因为“鬼见愁”这种以心理描写命名的动词名物化，动词“沉”的生动感，更因为“叽叽喳喳”叠词的运用，传神地描摹了飞鸟归巢的定格状态，让读者联想起陶渊明《饮酒》（其五）中的“山气日夕佳，飞鸟相与还”，鸟尚有归宿之感，那爱情呢？爱情的命运是什么？命若琴弦。史铁生通过“飞鸟叽叽喳喳地归巢”的反衬，强化了主题的思考，掷地有声。

对于史铁生《命若琴弦》中的三句话，我们一般人初读之下并不觉得有什么特别的地方。可是，看了文龙教授上述一番分析，顿时便有一种恍然大悟、茅塞顿开的感觉，觉得分析得非常有道理。仅从上述一例，我们便可知晓文龙教授全书分析文字的精彩所在。窥一斑而知全豹，我们何须再多举例呢？

三是对史铁生作品中锐意创新的语言用例进行细致的爬梳，并进行了深入分析，有助于我们对史铁生在语言创新方面的能力有一个正确的认识。众所周知，文学是语言的艺术。作家创作文学作品，如果在语言运用上没有追求，而是甘于平淡平庸，那么他的作品肯定是没有生命力的。史铁生的作品之所以具有强大的生命力，吸引了包括文龙教授等一大批读者，在很大程度上是与他作品中的语言魅力分不开的。而史铁生作品语言的魅力事实上又与他锐意创新的修辞努力分不开。文龙教授清楚地认识到这一点，因此着力爬梳分析了史铁生作品中锐意创新的修辞文本，从而让我们更清楚地认识到史铁生作品语言魅力生成的真正原因。如本书第二章第二节谈史铁生作品对汉语成语的活用问题，文龙教授没有机械地套用修辞学教科书中的相关术语，也没有照搬修辞学者总结出的成语仿用的条条框框，而是从史铁生作品本身所创模式的实际出发，总结出“换字”“序换”“插入”“反用”“省略”和“改字＋插入”六种模式，并对每一种情况的运用进行了修辞功能分析。如：

她飘动的裙子埋没进嘈杂的人流，他在河边的水泥护栏上坐

> 下，在一丛浓密的灌木后面仍然望着她走去的方向，想着她如何走在东拐西弯的小胡同里，想着她如何茫然若失甚至是昏然无望地走着，走过一盏盏暗淡的街灯，走过一道道老墙上孩子的图画，走过一排排老屋檐头风雨播种的荒草，流着泪，让泪水任意地流淌，走过陌生行人的注目和猜想，走过那家小油盐店，停下来，擦干眼泪，不能让父母看见眼泪因为他们不是在等候着女儿的眼泪，她站在那排白杨树下等着风把泪迹吹干，然后走进那座美丽的房子。（《务虚笔记》）
>
> 在作者看来，“她”真是茫然，但茫然又不足以准确描摹出她的全部表现，在作者心中顿时闪现“怅然若失”一语，然而又觉得，以“怅”形容之尚未达到这样的境地，于是，作者想到将两者结合表达。进入语境，“茫然若失”这一临时搭配的短语还真能准确地涵盖此刻“她”的心境与行动。类似的例子还有：“X走向祭坛的石门，走进落日，又一声不响地转身回来，站在落日里看着C，茫然若失……”（《务虚笔记》）

史铁生的作品中对汉语成语创造性运用的例子不胜枚举，以至于常常会让人因见多不怪而忽略了其如此运用的深意所在。但是，文龙教授不仅不放过史铁生作品中诸如此类的修辞文本，而且还透过现象看本质，探究了作家如此活用成语的内在修辞动因。上述的一番分析，就足以看出文龙教授看问题的敏锐与分析的细密。

文龙教授这部著作的长处还有很多，限于篇幅，兹不一一例列。读者深入阅读，相信自会如鱼饮水，冷暖自知的，无须我在此强聒啰嗦。

读其书，不可不知其人。所以，在行将结束此文时，我觉得还是有必要啰嗦几句，略说几句有关本书作者的情况。

本书作者鄢文龙，是江西宜春学院语言学教授，于 2012 年 9 月至 2013 年 6 月在复旦大学做访问学者。期间，他全程听了我所开设的两门修辞学专业课程——“修辞学研究”与“汉语修辞学史”。在教学的过程中，我们时常有深入的讨论。他还将他所写论文送给我看，也谈他读我所有著作的体会及看法。在这个过程中，我发现他确实与一些来复旦访学的学者不同，非常有主见，有独立思考的精神，这是第一个印象。第二个印象是，他对时间抓得非常紧，真是像鲁迅先生所说的那样，将别人喝咖啡的时间都用来读书学习了。第三个印象，是与第二个印象紧密相连的，就是他非常勤奋，作学问非常认真踏实。迄今他在各种刊物上发表了数百篇长短不等的文章，皆有感而发，言之有物，不作空谈。他早前做过中学语文教师，对中学语文教学非常有研究。后来又担任宜春学院师范教育学院的副院长，同时，他又是江西省高考语文命题人，始终关注中学语文教育，在中学语文教育及其研究方面非常有成就，也相当有影响力。现在，回到文学与新闻传播学院担任副院长后，最近几年，他的兴趣转到了作家文本的修辞研究方面，所以决定到复旦进修访学。来复旦访学之前，他已经对史铁生作品的语言问题有了系统的研究，也相继发表了一系列与此相关的学术论文。应该说，写这本书他早就成竹在胸。只是他对学术严谨认真的一贯作风，促使他毅然放弃大学的教学与行政工作，到复旦大学来访学，安安静静地坐在复旦的图书馆中，沉潜于书的海洋，心无旁骛地思考与写作。荀子说："无冥冥之志者，无昭昭之明。"文龙教授这部学术著作之所以能有这样高的水平，究其原因是他有"冥冥之志"，对所研究的对象有专默精诚的精神。韩愈说："业精于勤。"其实，不只是做学生要勤奋，做老师做学者也要勤奋。在中国的大学中，就有一些人一辈子碌碌无为，在学术上没有任何贡献与作为。究其原因，就是因为不勤奋。中国有句老话："一分耕耘一分收获。"文龙教授最近几年辛勤地在修辞学领域耕耘，如今终于结出了丰硕的成果，这是值得庆贺的。如果说做学者有什么幸福感，那就是自己辛勤的学术研究结出了硕果，让学术界同仁能够分享。

吴礼权

2014 年 8 月 8 日于复旦大学

（吴礼权教授，著名修辞学家。复旦大学博士生导师，中国修辞学会会长。）

前言

我们面前终于出现了一位作家，一位真正的创造者，一位颠覆者，他不再从眼前的现实中、从传说中、从过去中寻找某种现成的语言或理想，而是从自己的灵魂中本原地创造出一种语言、一种理想，并用它来衡量或“说”我们这个千古一贯的现实。

——邓晓芒《灵魂之旅——90年代以来中国文学的生存意境》

尽管史铁生身临人生悲剧之境，但笔下的文字精灵烛照凡人俗心，以对生命意义的阐幽释微契合了无数心灵的律动，以超越的姿态矫正时代的精神流向。

——张建波《逆游的行魂——史铁生论》

张炜说："网络时代繁衍出多少文字。纵横交织的声音震耳欲聋，却难以遮掩从北京一隅的轮椅上发出的低吟。"

有些作家就是这样：你可以读他，也可以想他，就是无法写他——也许这时，这个作家和自己的心灵已经发生了某种神秘联系。在更多的时候，论说的过程，其实就是理解的过程。我对史铁生的最初认识，源于他的《我与地坛》，今天却完全是这样的冲动，一发而不可收拾：因为陶醉一篇，而如饥似渴地阅读一部；因为阅读一部，更如醉如痴地品读一套——"史铁生作品系列"（纪念版）。

史铁生的作品，就是中国当代小说史上的地坛。可以这样说，你每一次经过，都会忍不住停下张望和思索。

我如饥似渴地张望，仅仅用了36天的时间；我辗转反侧地思索，却用尽了365天的精力。在游梦中思索，在230万字中张望，在2 816页的字里行间遨游。

我在遨游中惊叹：

"没有发现的文学就不是好的文学。"这是米兰·昆德拉的肺腑之言。史铁生的文本正是最好的脚注。

"文学是语言的探险。"这是罗兰·巴特的独创见解。尽管史铁生一直谦虚地说："语言呢，我更以为不是可以研究和学到的——尤其是对写小说的人而言。语言的风格（其实也是限制），在于个人的性情，实在说是天生的。"但事实上他却在一直努力，一直开拓，一直在试图颠覆，一直在努力超越。

"而语言的可能（即发展、潜力），则在于写作者的态度，写作者把自己放在怎样的位置，以及想象力的丰沛还是贫乏。"他坚信博尔赫斯的一句话：世上所有的事，都是一件事的不同侧面。

于史铁生的文本世界，我们发现：其作品的语言驾驭，有时合规不中矩，有时中矩却又不合规，变化与超越乃其创作之突破；越轨与颠覆方显其写作之创新。

可以这样说：史铁生的语言，语出惊人，并不表现为壮怀激烈与慷慨陈词，他总是很平静甚至很低调地写一些平实的文字，然后让你大吃一惊。正如有人用近乎耳语的声音，宣布与大伙性命相关的消息，并不因为其音量小而被忽视。

铁凝说："史铁生是一个真正有信仰的作家，他的精神品格和他的文学创作，是中国当代文学里应珍视的宝贵财富。"其实，史铁生的作品同时也是语言学（特别是修辞学）的宝贵财富，更是后世写作者学习的楷模，正如阎连科所言，史铁生是“一个以其生命为我们攀建文学绝境之道的楷模”。

张建波博士甚至因激赏史铁生的才情，仰慕其胸襟，称其为“一个因空间限制而充分延展了时间的人，一个在‘写作之夜’将人生与写作同构的精神跋涉者，一个对生活苦难和人生困境的高峰体验者，一个渐悟生死崇尚过程美学的灵魂超越者，一个浸润着宗教情怀和无边爱愿的人间赤子。”①

也许有的人读史铁生早期的作品，会感觉字里行间有着浓重的消极情绪，文坛也曾对史铁生是否迷恋描写生命的“阴暗面”有过争论。其实，完整地读史铁生的作品，读者会发现他心灵的成长轨迹，会看到他内心是如何走出灰暗、沮丧而变得饱满、丰沛的。走进史铁生的语言世界，你就会情不自禁地步入史铁生心灵的世界。史铁生曾经说过：“我的生命密码根本是两条：残疾与爱情。”（《扶轮问路》）他给世界找到的本质是残疾和爱情：残疾是事物的障碍，爱情是心魂的追求。

别人用腿走路，丈量大地。他却从腿上开始思想，体察心灵。他的作品，文字来自鲁迅，思辨源于马克思。他虽然坐在轮椅上，而左轮是月亮，右轮却是太阳。他不能行于道路之中，却有更辽阔的心。

年轻的时候，史铁生就已经双腿瘫痪，从肾炎发展到尿毒症，几乎半生都是靠透析来维持生命。对有些人来说，这种情况下的死亡未必不是一种解脱。而史铁生不一样，他说自己“职业是生病，业余在写作”。其实，他的职业除了生命和写作，还曾经是在鸭蛋上画仕女的街道工厂工人。他画得很好，作为一个残疾人足以靠此手艺养活自己，只是不知道他画的那些蛋，今天都留在哪一家的尘橱里。

他最终还是成了一名作家。简练优美的语言、敏锐的感受力、丰富的想象力、独特而深邃的思考，最终成就了一个伟大作家——史铁生。史铁生的文学语言“明净中哲思频现，质朴间幽默依然，行云流水处比喻夸张迭展，抑扬顿挫里精思妙语连篇。进入史铁生的文学语言之境，恍然若入落英缤纷之桃花源，乐而忘返，怡然恰临幽幽咽咽之泉水畔，尘心渐消”②。

仿佛一棵野草的种子，即便落在高墙上也会发芽。史铁生的作品，都是在病痛的折磨中完成的，而他的作品，却总是如黎明时军营的号角，充

① 张建波：《逆游的行魂——史铁生论》，济南：山东人民出版社2012年版，第1页。
② 张建波：《逆游的行魂——史铁生论》，济南：山东人民出版社2012年版，第2页。

满了对生命的主宰和希望的精神。

史铁生作品中对于残疾群体的描摹及对残疾意识的阐释超越了一般层面的思索。“残疾不只是一种生理现象，其间有着人类情感的投射和社会文化的折光，残疾者最深沉的痛苦不在于沉重的肉身，而在于一种难以与常人沟通的孤独感，一种被抛掷社会边缘的遗弃感，一种被健康大众疏离的恐惧感。残疾群体尽管躯体残疾，但他们仍然渴望平等，追求尊严，试图以精神的力量突破世俗的藩篱。”① 史铁生从残疾的自我关注到对残疾群体的关注，直至从关注“残疾的人”到关注“人的残疾”，思想渐趋深广悠远，其对人类命运的无限隐忧实则已成为一种纯粹的理想，一种升华的精神。

我们从他的身上看到一个人的精力可以有多少，一个人在怎样的情况下依然可以怀有对世界的感恩之心。

史铁生选择写作作为生存意义的证据，并且剔除了写作的功利目的，仅仅作为生命存在的方式。写作的意义对于史铁生而言就是写作的本身。对他来说，写作的意义就是平衡，是试图克服现实带来的不安、克服对生命本身的恐慌、获得智能的工具。史铁生以丰富的个体生命体验，竭力超越虚无和荒诞、超越传统的理想意义的实在和功利。

史铁生借助文学放飞人类的理想，借助语言构建生命的宫殿，借助思想编织生命的花环，想别人所未及，写别人所未染，独辟蹊径进入人类的精神富矿，在生命的母题画廊里描绘芸芸众生的万象情态。

史铁生在潮流之外与文学结缘，因意外之变被逼上写作之路。中国当代文学史上，史铁生难以复制的精神历程凸显其独特的存在价值。

陈思和认为：“铁生是一个宁静的人，他静静地生活在嘈杂的人世间，黯默地与自己的灵魂对话；如今他走了，也走得安安静静，给世人留下一个圆满的生命意象。”

韩少功说，史铁生是一个生命的奇迹，在漫长的轮椅生涯里至强至尊；一座文学的高峰，其想象力和思辨力一再刷新当代精神的高度；一种千万人心痛的温暖，让我们在瞬息万变中触摸永恒，在微笑中进入广远，在艰苦中都打心眼里宽厚地微笑。

走进地坛，我们就一定会想起史铁生；阅读史铁生，就一定会想起地坛。

我们庆幸：“我们面前终于出现了一位作家，一位真正的创造者，一

---

① 张建波：《逆游的行魂——史铁生论》，济南：山东人民出版社 2012 年版，第1～2 页。

位颠覆者，他不再从眼前的现实中、从传说中、从过去中寻找某种现成的语言或理想，而是从自己的灵魂中本原地创造出一种语言、一种理想，并用它来衡量或‘说’我们这个千古一贯的现实。”①

打开史铁生的文本，我们发现：史铁生，因修辞而生存；生存，使史铁生的文本语言不断颠覆；语言的颠覆，让史铁生的文本不断超越。

如果你心有不甘，愤怒、贪婪、害怕、迷茫……那就来读一下史铁生吧。

① 邓晓芒：《灵魂之旅——90年代以来中国文学的生存意境》，上海：上海文艺出版社2009年版，第167页。

目 录

第一章

从腿上开始思想的作家

别人用腿走路，丈量大地。他从腿开始思想，体察心灵。

——陈村《去找史铁生》

他坐在轮椅上，左轮是月亮，右轮是太阳。

——高洪波《啊，轮椅》

他是一个坐着比走着的人走得更远的人，也是一个坐着比站着的人更高的人！

——黄静泉

第一节 史铁生的生平与创作

史铁生1951年1月4日出生于北京，原籍河北涿县。1967年毕业于清华大学附属中学，1969年在延安一带插队。1972年因双腿瘫痪回到北京。后又患肾病并发展到尿毒症，靠透析维持生命。2002年获华语文学传媒大奖年度杰出成就奖。曾任中国作家协会全国委员会委员，北京作家协会副主席。2010年12月31日凌晨逝世，享年59岁。

一、创作作品

1979年发表第一篇小说《法学教授及其夫人》。1996年11月，短篇小说《老屋小记》获得浙江《东海》文学月刊“三十万东海文学巨奖”金奖。《我的遥远的清平湾》于1984年获全国优秀短篇小说奖。史铁生的短篇小说主要有：《午餐半小时》《我们的角落》《我的遥远的清平湾》《奶奶的星星》《命若琴弦》《第一人称》《别人》和《老屋小记》等。中篇小说主要有：《关于詹牧师的报告文学》《插队的故事》《礼拜日》《原罪·宿命》《一个谜语的几种简单的猜法》《小说三篇》和《中篇1或短篇4》等。长篇小说主要有：《务虚笔记》和《我的丁一之旅》。已出版散文集有：《一个人的记忆》《灵魂的事》《答自己问》《我与地坛》《病隙碎笔》和《扶轮问路》等。曾创作的电影剧本有：《多梦时节》《与人合作》和《死神与少女》等。其中，《死神与少女》是一种新的电影类型——电影诗，为电影类型的发展做出新的贡献。

史铁生是当代中国令人敬佩的作家。他的写作与他的生命完全连在了一起，在自己的‘写作之夜’，史铁生用残缺的身体，表达出了最为健全且丰满的思想；他体验到的是生命的苦难，表达出的却是存在的明朗和欢乐；他睿智的言辞，照亮的反而是我们日益幽暗的内心。

二、名家评价

洪子诚认为：史铁生用肉体残疾的切身体验，使他的部分小说写到残疾者的生活困境和精神困境。但他超越了伤残者对命运的哀怜和自叹，也超越了肉身痛苦的层面，由此上升为对普遍性的生存，特别是“精神伤残”现象的关切。与其他小说家不同，他并无对民族、地域的感性生活特征的执着，一般也不触及现实政治、性别、国族等话题。写作在他那里，是对个人精神探索历程的叙述，但叙述的意义又不限于个人：“宇宙以其不息的欲望将一个歌舞炼为永恒。这欲望有怎样的一个人间姓名，大可忽略不计。”（史铁生《我与地坛》）对于残疾人（在他看来，所有的人，都是残疾的，有缺陷的）的生存状况、意义的持续关注，对于欲望、死亡、痛苦、人的孤独处境的探索，使他的小说具有浓重的哲理意味和宗教感。情节、故事趋于淡化，思辨、议论和寓言成分，构成他后来小说的主要因素。[①]

在樊星看来，当代作家史铁生几十年受到残疾的折磨，经过对人生意义苦苦的追问，他觉得“不知道上帝把什么给藏起来了。谁也不知道”，许多事情是谁也无法解释清楚的，一切只是“在命定的路上行走”（《礼拜日》）。在《我与地坛》这篇感人至深的散文中，他也看得很透：“谁又能把这个世界想个明白呢？世上的很多事是不堪说的。”人生“最令人绝望的结论”是不幸的命运是偶然形成的，而生命的意义又是需要个人自定的。他因此而得到了虚幻的充实。这也是一种伟大的人生观：看破了人生的不公平、没意思而努力去好好地活。鲁迅是在绝望中抗战，史铁生则在绝望中达观。[②]

王尧《错落的时空》这么认为：在史铁生看来，社会永远在更新，永远在更新的是题面，里面有一个回答，这个回答是永远的不变的东西。他觉得文学不仅是响应现实，而且是在一个千变万化的社会里头一直寻找，寻找那个不变的、那个所谓的终极意义。这个寻找的过程是“从不屈获得骄傲，从苦难提取幸福，从虚无中创造意义”。寻找即发现，在一个技术化、物欲化的时代，越来越多的人在失去“寻找”的兴趣和“发现”的能力，史铁生以“无答之问和无果之行”，去“发现什么的根本处境，发现什么的种种状态，发现历史所能显现的奇异或神秘的关联，从而去看一个亘古不变的题目：我们心灵的前途和我们命运的终极价值终归是什么？”[③]

汪政、晓华这么评价：就整个中国新时期文学而言，很难找到可以容

---

① 洪子诚：《中国当代文学史》，北京：北京大学出版社2007年版，第275页。
② 梵星：《当代文学新视野讲演录》，桂林：广西师范大学出版社2007年版，第58页。
③ 王尧：《错落的时空》，开封：河南大学出版社2007年版，第154页。

纳史铁生写作的位置……史铁生的写作是一种复古和还原……与现代主义相比，史铁生显得相当人道主义，与后现代主义相比，他拒绝商业化，拒绝无意义的写作，与现实主义相比，他是一种内向的趋于自我的写作，拒绝复制形而下的生活图景……因此，史铁生是不见容于任何通行的文学模式。①

陈村深有感触地说："我在新年的头上专程去一次北京，为的是和史铁生做个谈话，用在《收获》的专栏上。本来早该去了，因为年底忙乱，因为他和我的身体都要挑一个恰当的时候，还因为我说的等 2001 年再去飞机栽下来也是 21 世纪的作家啦。反正我是去了，谈了，回来了。我和史铁生谈的话题是'生存还是不生存'，也就是'爱与死是永恒主题'中的那个'死'。我相信我俩对死的心得要比别人多一些。去的那天正好是他生日，本来要打开的话头因客人的来访未能展开。那样也好，死总是排在生的后面的，明天再谈。当日晚上我们去一个叫孔乙己的饭店吃饭。来接他的是《人有病，天知否》的作者陈徒手等哥们，到了那里还有我热爱的姜文和他的朋友。反正就是一桌子的人吧，在中国式的环境中，祝贺一声他的 50 大寿就开始吃了。他那天抽烟，喝一点点酒，说一点点话。他说一上午不敢动弹，把精力攒下来了。他说座山雕也是 50 岁。他说要健康不说长寿了吧。"

> 这些年，我到北京必去望望史铁生。在他那里坐两三个小时，吃顿饭。他们夫妇邀我住他们家，我总推辞了。我来去匆匆，住下本可以多说话，可是他的身体禁不住客人的打扰。他的截瘫，他的肾脏萎缩，用他的话说，发动机和轮子都坏了，维持身体的运行很累。每周两到三次的肾脏透析，不由分说地打断他的生活和思维。
>
> 除了他的体力精力，除了同情他不能多抽烟，我和他的谈话与常人无异。谈得很快乐。残疾其实并不缺少什么，只是不能实现罢了。他常常想得比人们深入透彻，他有自己的理由和节律。他是小说家，我喜欢读他作品的一个最大的理由是，他的想法和文字明净，不曾神神鬼鬼牵丝攀藤。他的手总是温暖的，宽厚的。他是能超越智和愚的。他不作状，而是常常省察自己的内

---

① 汪政、晓华：《史铁生〈别人〉·跋 试说史铁生》，《当代作家》1997 年第 4 期，第 106 页。

心。他把自己看轻了，才能去爱自己，爱世界。

史铁生通常并不抱怨，他知道感恩，知道在生的命题下诸多奥义。别人用腿走路，丈量大地。他从腿开始思想，体察心灵。他常常纠缠在那些排遣不开的命题，时间长了，成为习惯和乐趣。他的想法都是经过推理论证的，有明晰的线索可寻。可是，听他说话的人，因为自己的好腿好肾，常常哼哼哈哈的，懒得跟从他的思维。他更多被阅读的是《我的遥远的清平湾》、《我与地坛》、《命若琴弦》。那样的故事只有他能写。读时候想，沧浪之水清兮，可以濯吾缨。

读史铁生的文章，和他谈话，都不会越读越狭隘。他肾亏却没有阴湿之气。他很艰难地从生存的窄缝里走出来，带着豁然开朗的喜悦。我常是站到自己之外，有一种嘲弄自己之流的快乐。他不是，他完整地保存自己，依然快乐。经过那道窄缝之后，快乐肯定不再张扬，应该称为喜悦了。他是用喜悦平衡困苦的人，不容易破灭。许多游戏和他无缘，他不再迷失，可以观赏自己，观赏上帝的手艺。

我最后想说的是陈希米，他的妻子。她是“我们上海人”，在北方久矣。我永不能忘记的是她的笑，那是天使的笑容。天使的笑，是那种忘忧的笑，忘我的笑，来去自由的笑，让看见的人也喜悦的笑。没人比她笑得更美好。我看数据，孩子一天笑上150次，成人可以一天不笑一次。她常常笑着，灿烂又本分地笑着。有了她的笑，那个凝重的50岁的史铁生再没有装扮殉道者的理由和必要了。生活就是这样，一会儿笑盈盈一会儿沉甸甸。

我这次去北京，是由妻子陪同护送。也许下次到北京去见史铁生，我也要坐个轮椅了。我们将讨论轮椅的牌子，谈论足球的伟大，言说一些好笑的事情。我可以负责地说，本人即便已经坐上轮椅，依然可以春心荡漾，可以不依不饶，可以尖酸刻薄。当然，更可以在一个个深夜，摆放好自己，默读史铁生的文字，感受生的气息。（陈村《去找史铁生》）

史铁生是中国当代文学史上非常有影响的一个作家，同时也是一位十分令人敬佩的作家。他的作品比较突出地表现出对于残疾人命运的关注，同时还兼有对知青生活的回忆。有的作品反映了他对于社会与人生的某些带有哲理性的思考，语言优美，具有很强的表现力。在小说创作上，他的作品大多都呈现出以小说合并哲学的倾向，表现了对于生活哲学化的思索。

蒋子丹对史铁生的评价带给我们的感受意味深长，他说："史铁生是经常能给我们以惊异的那种作家。也许因为他特殊的身体状况给了他人所不及的感悟力。"

史铁生的语出惊人并不表现为壮怀激烈与慷慨陈词，他总是很平静地甚至很低调地写一些平实的文字，然后让你大吃一惊。这有点像有人用近乎耳语的声音，宣布与大伙性命相关的消息，并不因为其音量小而被忽视。比如，他在《我与地坛》里对我们说："死是一件无须着急去做的事，是一件无论怎样耽搁也不会错过了的事，一个必然会降临的节日。"

史铁生的苦难是显而易见的，不仅因为他有一具残疾的身体，更因为他有一个聪慧过人的大脑。这么多年了，他在轮椅上年复一年地沉思默想，度过绝望而狂躁的青年时光，也成就了他中年的深厚思想。思想本来不是一件轻松的事情，一切思想必定是忧郁的，何况如史铁生这样，从第一天得知自己将永远不能再站立起来之时起，就一刻也不能停顿地冥思苦想着的人。这时候，我们忘了，在人的生命活动中，唯有沉思的时刻，才是敏锐、富有的，也是最强大的时刻。这大约是我们每个人都能体验到的，只是由于肢体的健全，由于行动的灵便，由于俗务的纠缠，更由于欲望的循循善诱，沉思的机会于我们正变得越来越稀少。史铁生不然，他有的是机会让自己强大，尽管他被迫为此付出了高昂的代价。唯其强大，才可能这样平实地谈论死亡，既不夸张对它的向往，也不回避它的到来，就像一个操心家务的农夫，安排惊蛰开犁、清明下种的农事，也预告秋季的收成一样寻常。

史铁生当然算得上是经历过绝境了，绝境从来是这样，要么把人彻底击垮，要么使人归于宁静。

贾平凹的评价言简而意赅：铁生对生命的解读，对宗教精神的阐释，对文学和自然的感悟，构成了真正的哲学。他幻想着脚踩在软软的草地上的感觉，踢一颗路边石子的感觉。

刑孔辉对史铁生的创作这么认为：史铁生不仅注重民族文化的积累，而且一直以进取的姿态从各种学科、各国文学中汲取文学的营养为自己所用。从其小说《一个谜语的几种简单的猜法》和其创作谈《自言自语》中，我们可以看到现代物理学中"并协原理""测不准原理""嵌入观点"，以及现代宇宙学的"人择原理"对史铁生创作的影响，从记者对史铁生的访谈录及其书信中，我们可看到外国文学对史铁生创作的影响。①

齐宏伟在史铁生身上寻找到了无尽的精神资源：其最了不起的意义就在于他在写作中把苦难转化为一种信念，还原了人生的悲剧性从而具备了崇高的悲剧意识，使中国当代文学有了自己空灵、美丽而又诗意的灵魂之舞，就像史铁生在作品中一再写到的那只悠然飞翔的白色大鸟，那么高贵、从容而美丽。②

丛新强从基督教文化的角度分析：史铁生不是文学主潮中的弄潮儿，但他却以具有浓厚宗教色彩的文学言说表明了自己在当代文学中的独特存在。史铁生的文学语言所显示出的宗教色彩并不是单纯明晰的，而是具有多样性和混合性。其间，除了佛禅情感的表现以外，最主要的就是基督教文化精神的体现。而基督教文化的体现，又是与作者对个体及人类命运的切身思考和独特体验分不开的。③

最具说服力的是华语文学传媒大奖年度杰出成就奖得主史铁生授奖词：

"他的写作与他的生命完全同构在了一起，在自己的'写作之夜'，史铁生用残缺的身体，说出了最为健全而丰满的思想；他体验到的是生命的苦难，表达出的却是存在的明朗和欢乐；他睿智的言辞，照亮的反而是我们日益幽暗的心……当多数作家在消费主义时代里放弃面对人的基本状况时，史铁生却居住在自己的内心，仍旧苦苦追索人之为人的价值和光辉，仍旧坚定地向存在的荒凉地带进发，坚定地与未明事物作斗争，这种勇气和执着，深深地唤起了我们对自身所处境遇的警醒和关怀。"

三、作品特点

史铁生作品最独特的特点一个是寻根，关注我们往何处去，并且怎么去；一个是具有浓重的哲理意味，始终把写作当作个人精神历程的叙述和探索。

在史铁生写作初期，有的小说，如《午餐半小时》等，带有暴露"阴暗面"文学的特征。发表于1983年的《我的遥远的清平湾》，既是史铁生一生中的一部重要之作，也是当时小说创作的重要作品。它在多个层面上

---

① 邢孔辉：《老屋的歌——史铁生创作论》，北京：中国文联出版社2003年版，第137页。

② 齐宏伟：《文学·苦难·精神资源》，南昌：江西人民出版社2008年版，第279页。

③ 丛新强：《基督教文化与中国当代文学》，济南：山东文艺出版社2009年版，第72页。

被阐释：或说它拓展了“知青文学”的视野，或称它在文学“寻根”上所凸显的意义。在“寻根”问题上，作者表达了这样的见解，“‘根’和‘寻根’又是绝不相同的两回事。一个仅仅是，我们从何处来以及为什么要来。另一个还为了：我们往何处去，并且怎么去”。关于后者，他认为“这是看出了生活的荒诞，去为精神找一个可靠的根据”（《礼拜日·代后记》，华夏出版社 1983 年版）。

史铁生始终把写作当作个人精神历程的叙述和探索，使他的小说有着浓重的哲理意味。他的叙述由于有着亲历的体验而贯穿一种温情而宿命的感伤，但又有对于荒诞和宿命的抗争。《命若琴弦》就是一个抗争荒诞以获取生存意义的寓言故事。

四、获奖作品

《我的遥远的清平湾》和《奶奶的星星》分别获得 1983 年、1984 年全国优秀短篇小说奖。

《多梦时节》（电影剧本）以其新颖的视角获第九届金鸡奖最佳儿童片奖、广电部 1988 年优秀影片奖和第三届儿童电影童牛奖艺术追求特别奖。

1996 年 11 月，短篇小说《老屋小记》获得浙江《东海》文学月刊“三十万东海文学巨奖”金奖，获首届鲁迅文学奖。

2002 年，史铁生荣获华语文学传媒大奖年度杰出成就奖，同年，《病隙碎笔》（之六）获首届“老舍散文奖”一等奖。

第二节　史铁生研究现状

通过检索，我们发现，不管是以“史铁生”为主题的硕士、博士学位论文，还是以“史铁生”为题名的其他论文，或者与史铁生相关的论文，其研究范围大致涵盖以下几个方面：或是探索其人生心路历程；或是研究其文学观念；或是进行对比研究；或是解读其文本；或是就其文本意象进行探究；或是就其作品中反映出的宗教进行析论；或是归纳总结其语言特色。

这些从不同角度关注史铁生的文本创作的立体分析，我们从中可窥一斑以观全豹：有的关注疾病对创作的影响，有的探讨残疾意识，有的分析人类情感，有的解剖精神历程；有的侧重文学观，有的观照写作观，有的关联史铁生与存在主义；有的将史铁生与其他作家进行历史比较，有的把史铁生与其他作家进行共时剖析；有的从内容方面侧重对人生挫折磨难与孤独痛苦进行文本解读，有的从形式方面着力对文本进行哲学思辨蠡析；有的抓住文本的意象进行类型归纳；有的探究其创作与基督教、佛教的渊源和影响；有的则已经把视角伸向其语言特色的分析与归纳。但相比较而言，对史铁生语言运用的分析，少之又少，特别是从修辞策略视角的探讨更是凤毛麟角。目前仅见赵素兰的《史铁生散文语言特色初探》；修辞策略的研究，仅偶见对其单篇作品的分析。

基于上述研究现状，本书拟对史铁生全部作品，从语言学、修辞学、心理学、哲学的视角进行立体研究，尤其注重从修辞学角度切入，探讨其运用语言的匠心与独运。

第三节　史铁生研究的价值

史铁生意外的溘然长逝，给世人留下难以弥补的遗憾；史铁生文学创作的戛然而止，令读者失去精神的洗礼。虽然史铁生著述有限，但其内涵却无比丰厚。

史铁生的研究价值随着研究的不断深入而凸显。史铁生于当代社会的精神价值尺度和人文标本，意义重大；史铁生于当代文学史的贡献，鲜明突出；史铁生小说、诗电影及哲思文本的创新成就，有待重估；史铁生于人生母题的深度体验与理论升华，开疆拓域；“史铁生”现象于传统文化与当代文化，个案突出。

史铁生的研究大有拓展空间。史铁生与当代文学史的书写之间微妙关系的研究尚待细化；史铁生诗歌与影视戏剧的研究尚待拓展；史铁生文本的解读领域尚待拓宽；史铁生创作的文化心理尚待进一步探究；史铁生文本现代性审美研究尚待拓荒；史铁生运用语言的艺术尚待进行全方位的整理；史铁生掌控修辞的策略尚待细心爬梳。

史铁生借助文学作品放飞人类的理想，依托语言构建生命的高点，览融思想编织生命的花环，想别人所未及，写别人所未染，独辟蹊径直入人类的精神富矿，在生命母题的画廊里描绘芸芸众生的万象情态。对史铁生进行整体性研究，挖掘其文学特质，提炼其文学精神，由个案而普遍，意义深远。

如果我们能从语言的角度进一步探索史铁生如何借助语言表达其内心深处的思考，我们就找到了他在残疾与健全的比照中，用残疾的身体说出了最为健全而丰满的思想，以沉重的肉身向往闪烁着精神之光的神秘星空。

第四节 史铁生文本的思想

遨游史铁生的文本，我们体悟到的是偶然与必然的昭示，肉体与精神的禁锢，务实就虚的求证，爱愿之旅的前行。

残疾作家，作为作家群体里的特类，以其独特的心理体验呈现出别具风格的文学文本，为探索人类心灵和宇宙秘密提供了难以模仿的路径。尽管史铁生身临人生悲剧之境，但笔下的文字精灵烛照凡人俗心，以对生命意义的阐幽释微契合了无数心灵的律动，以超越的姿态矫正时代的精神流向。

当代的困境是如何为个体的灵魂安排一个永久的栖居地。人生厄运留给史铁生的曾是一具沉重的肉身，不能立于潮流的中央，便栖居于生命的深处，在艺术的王国里探寻灵魂的自由。

对于务实与务虚，史铁生有着自己独到的见解。他认为在务实为先的中国，人性、爱情和人道主义常常作为务虚的方面被忽视乃至唾弃，国人务实甚于务虚，凡事总以是否有用来衡量。其实，既务实又务虚才可能实现“物质精神双丰收”，在满足丰厚物质需要的基础上提升精神的境界。史铁生曾经说过：人间最大的错误是把现实当成戏剧，又把戏剧当成现实。

史铁生一直信奉着“把疾病交给医生，把命运交给上帝，把快乐和勇气留给自己”的座右铭，在他把枯燥漫长的“透析”过程变成活泼、快乐的人生过程的同时，将神秘难测的艰难命运视为锤炼人生的理想载体的同时，他的人生乐章里跳动着阳光般的母爱音符，他的人生旅途中堆满了穿越世俗的爱情符码，爱愿成为史铁生生命旅程中须臾不可缺的快乐因子。

史铁生对于母爱无私与博大的体验至深至纯，是母爱为他遮挡起人世间的风雨，使他从痛不欲生的残疾境地中挣脱出来，进而在一个新世界里纵情驰骋文字精灵；史铁生对于爱情真谛的追寻与反思也是情深意浓，曾经的爱情经历与幸福的婚姻家庭并没有遮蔽他对于爱情本质的无尽思索与质疑，他质疑人世间这最为美好的情感缘何限定于最少的人数之间，并将这爱情的剧目在写作之夜进行真实的模拟上演。他以独特的视角阐释人生之旅的奔袭永在过程的美好而非既定目标的实现，将生命中每一个瞬间转化为难以磨灭的光影一刻；他在文本中思接千载情悠远，文通中外常思辨，以自由精神超越世俗社会或无形或有形的桎梏，借助真切的梦想显现人间的无边爱愿，将终极关怀浸润于独具特色的哲思文本之间，以瞬间接续永远，将文学的救赎进行到底。

第五节　史铁生的创作风格

史铁生前期文本一直充满着清新温暖的知青情怀，浸润着关切残疾的悲悯意识；后期文本整体上散发出“心游者”所特有的缥缈气质，若隐若现间舞姿曼妙，从流飘荡里无所羁束，无边执着中自由蔓生，显示出其在哲学与宗教方面的浸润。史铁生大多数从“我”的角度俯视人物铺叙故事，抹平时空印记，借助悖反性语言辩驳昭示矛盾纠缠的一切：梦与醒的对比、遮与裸的辩证、拥抱与吻别的交替、出发与回归的循环以及身器与行魂的纠结。

史铁生注重生命自身体验，多以第一人称形式书写文本，给人极强的现场感和真实感，从标题就可以看出作者强烈的自我意识。他善于在文本中营造安详而沉静的氛围。其创作风格，突出地体现在以下两个方面：

一、语言风格

史铁生是一个不失朴素的唯美主义作家，他在叙述间隙插入写景抒情的文字，有如乐曲中恰如其分的装饰之音。史铁生借助语言符号将其对人生宇宙的理解巧妙编织成一个个文学意象，悬挂在静夜的理想之树上，启迪人的智慧，照亮人的灵魂。他的语言明净中哲思频现，质朴间幽默依然，行云流水处比喻夸张迭展，抑扬顿挫里精思妙语连篇①。他的创作有极强的哲学意味，往往于玄思中连丝缀缕，扯梦牵魂，正是借助形象神奇的语言，读者得以领略那虚无的想象，那缥缈的神思。

史铁生在文本中铺排运用多种文学修辞，将原本深奥抽象的哲思转化为生动形象的图景，将凝固的社会世态万象涂抹上情感体验的标签。史铁生经常运用比喻阐明道理；运用大量排比句式展现对同一事物或现象的多重感觉和体验，丰赡华美的文字间传递复杂的情感体验。

在史铁生的文本中经常出现精美的语言碎片，借用戏谑手法巧妙展示。语言成为史铁生打造精神乐园的花色积木，妙手偶得般捕捉到隐秘生命经验并信手穿插起智能迭现的主题玩具。

史铁生朴实精准的语言为其文本增色不少，这正是他语言功力的体现。但多数人只关注到其纯净、圣洁的文字语言，很少有人去发掘其幽默的语言风格，而潜心阅读其文本，我们便会惊叹，正是史铁生特有的幽默调侃式语言让我们领略到智能的乐趣。他嘲讽奚落现实、调侃把玩境遇的语言本领一流。

进入史铁生的文学语言之境，恍然若入落英缤纷之桃花源，乐而忘返，怡然恰临幽幽咽咽之泉水畔，尘心渐消。涂上智慧的显影液，静夜滑落的心魂之语，便连缀成星光闪烁的意象之树。

二、审美意象

文学意象是文学审美的重要对象。史铁生文本中反复出现与生命体验同构的文学形象，呈现潜意识的精神情感原型，传递显露深厚意味与情感意念。史铁生笔下的哲思意象经由承载着深远意味的鲜明符码构成。在史铁生的小说《务虚笔记》中，大量地运用了白色鸟、羽毛、鸽子、南方等多种意象。这些寓“意”之“象”在文中反复出现，每次出现各不相同，寄托作者的主观情思，表现出作者在理智和感情方面的深刻体验，使读者明确地感受到作者所要表达的最高境界，含不尽之意于具象之中，因而使作品独具艺术感染力。解读意象，就意味着打开作者的思想之窗。

1.“白色鸟”——拓展想象空间与情感张力

“白色鸟”是《务虚笔记》中出现频率最高的意象，它以其纯净的色

① 张建波：《逆游的行魂——史铁生论》，济南：山东人民出版社2012年版，第177页。

彩，舒缓有致的姿态为小说染上了一种或明净或忧伤或浪漫的情绪氛围和诗性格调，它作为一种较强情感色彩的意象，赋予了整个小说叙述以一种内在的韵律感，呈现一幅冲击视觉的色彩画面，从而极大拓展了小说的想象空间与情感张力。例如：

> 一只白色的鸟儿舒展地飞入画面，翅膀一张一收一张一收也没有一点声音，从天的这边飞向天的那边，在远处的地平线就有了一座老屋，鸟儿正是朝那儿飞的，那鸟儿飞得洒脱、优美而真切，飞得无拘无束毫无夸张，但那老屋却相当虚渺。

这是白色鸟第一次出现在文本中，是作者为女教师O跪在荒原中诀别婚姻向往爱情时编织的一出梦境，白色鸟的出现和它飞翔的姿态体现了此时O对纯洁爱情的向往，对爱情追求的不屈，此时在天上飞翔的白色鸟就是O的爱情梦在飞翔。

白色鸟飞翔的姿势不断变化，这也象征着两人的情感也在发生着改变，前者是两人面对面瞬间呆住在回溯往昔，中间是两人感情激烈，而后来是两人在相拥享受彼此的爱情。此时的白色鸟是两情相悦的隐喻，是锦瑟和鸣的标识。白色是纯洁的象征，是理想的化身，鸟儿是生命活力的再现，是人类精神的放飞。

白色鸟最后现身，但它不知飞向何方，也许是南方，因为故事到这也快接近尾声了，F在生命的最后时刻仍看见这只鸟，因为它是他爱情的见证者，现在他要随着白色鸟一同去寻找他的N。

白色鸟在小说中是主人公们情感的无声延伸，又是叙述语言的画面化替代。其舒缓有致、起伏间隔地穿插点缀于小说中，起到了控制叙事节奏，形成乐感和制造氛围的作用。

2.“白色羽毛”——留下沉重苍白与自负狂傲

白色羽毛在小说中多次反复出现，伴随着的还有白色大楼房，所有主要人物各自独特的人生都起步于这里。Z、L、W甚至C、F都在这里获得了史铁生般的生日。白色羽毛以其轻盈洁白成为《务虚笔记》中重要意象。

> 作为画家，Z的生命应该开始于他九岁时的一个下午，开始于一根插在瓷瓶中的羽毛，一根大鸟的羽毛，白色的，素雅的，蓬勃的，仪态潇洒。
>
> Z以一个画家命定的敏觉，发现了满屋冬日光芒中那根美丽

孤傲的羽毛。它在窗旁的暗影里，洁白无比，又大又长，上端坚挺峭耸，末端柔软飘逸，安闲却又动荡。迟早都要到来的艺术家的激动引领着Z，慢慢走近，如同久别，如同前世之缘，与它默默相对，忘记了是在哪儿，忘记了回家，忘记了胆怯，呆呆地望着那根羽毛，望着它，呆愣着，一时间孤独得到了赞美，忧郁得到了尊崇，一个蕴藏久远的旋律终于有了节拍。

这是白色羽毛开始出现的部分，它一出现就决定了Z的命运，它的特质就是画家Z的性格。白色羽毛与画家Z的不解之缘从头牵出，连缀成Z生命中的欲望轨迹，拼贴成画家Z的性格结构图。

这是白色羽毛的谢幕，也是Z的谢幕，白色羽毛就像Z的生命，沉重、苍白却又自负甚至是狂傲，永远活在一个角落里。他多年来百遍千遍地以各种背景画着那根“洁白的羽毛”，或中魔似的默默流泪，或发疯似的把画出的一幅幅羽毛撕扯碎，这些都传递出他被那受屈辱的心灵创伤折磨的极度痛苦。为此而激起的强烈的“雪耻的欲望”，又使他不断不择手段地追求着“高贵”，不惜用残忍的态度去“征服”被他认为有着高贵气质的O的情感。白色羽毛一直在用它的洁白和无辜竭力嘶喊，这也是画家一生的命运轨迹，是理想毁灭的见证，爱愿燃尽的象征，欲望吞噬的结果，恶性行凶的罪证，所以当画家Z心爱的女教师O在看了那幅“白色羽毛”的画后被震撼得全身发冷，犹如见到像火焰一样燃烧的冰川。人在成长过程中所遭遇的非正常环境，以及心灵所留下的隐秘伤痕，在作者艺术的放大镜下，被看出惊人的震撼力。

3.**“南方”——指向精神家园与诗性栖居**

“南方”是《务虚笔记》中比较特殊的意象，因为它不像其他意象那样具体，它属于一种抽象的概念。但是史铁生却用它来把小说中女性对南方化的意象化想象凝结成南方情结。在史铁生的想象中“所有可敬可爱的女人，她们应该来自南方又回到南方，她们由那块魅人的水土生成又化入那块水土的神秘”。在史铁生的文本中“南方”是女性生命之美的诗化呈现，象征家园与诗性栖居，具有诗化质量和神性导向。

史铁生曾这样描述过他心中的南方形象：“在画面的左边，芭蕉叶上的水滴透黑晶亮，沿着齐齐楚楚的叶脉滚动、掉落，在左边什么也没有，完全的空无；画面的右边，老屋高挑起飞檐，一扇门开着，一扇窗也开着，暗影里虫鸣唧啾，在清白的月光下那南方的土地聚拢成一个孩子的模样。除此之外，我没有见过南方。”从中我们能发现“南方”在史铁生的心中是唯美、诗情画意、情意绵绵的。从而反映在其小说文本中“南方”意象就成为大家的精神家园。当然，具体解读文本中每个人物个体时，“南方”又有着不一样的含义。

南方不是一种空间，甚至不是时间。南方是一种情感，是一个女人，是所有离去、归来和等待的女人。

Z的母亲等待丈夫时，“南方”就是她的全部希望，每当别人提起并告诉她放弃时，她都会想起“南方”，想起那个曾经给过她和爱人无限回忆的地方。这里的“南方”就是团聚。

你就走吧，去吧到南方去吧，到爱情一向是正当的地方去吧……但我必须得知道这仅仅是现实，而这不就是一切……

这是残疾人C和X在探讨爱情与现实时，发现残疾现实必将或已经剥夺了他的爱情权利，他内心绝望地对他的恋人说出的话，这里的“南方”就成了爱情的理想世界。

“南方”意象之所以特殊还在于它所凝结的“南方情结”的背后就是史铁生所刻画的“女性形象”。在小说中，不管是Z的母亲、女教师O，还是导演N以及葵林中的那个女人，史铁生都让她们和“南方”联系了在一起。“南方”就是母亲们的精神家园，她们都从南方来，直至到晚年时到南方去。小说中的“南方”不再是一个具体的方位，她是一个女人，是所有离去、归来和等待着的女人，她是女性生命之美的诗化呈现。史铁生把对女性的南方化想象凝成了一种难以割舍的“南方”情结，一缕温暖又惆怅的情绪，牵系着遥远的思考，衡量着距离的久远。

4.“鸽子”——承载情感体验与群体隐喻

鸽子一般象征着自由、和平、平等和爱情，但在史铁生的内心情感中，鸽子的意义远不止这些。鸽子承载了史铁生许多的情感体验，它既是理想信念的昭示，也是人类群体的隐喻。

每一天每一天我都能看见一群鸽子，落在邻居的屋顶上咕咕地叫，或在远远近近的空中悠悠地飞。你不特意去想的话你会以为几十年中一直就是那一群，白的、灰的、褐色的，飞着、叫着、活着，一直就是这样，一直都是它们，永远都是那一群看不出有什么不同，可事实上它们已经生死相继了若干次，生死相继了数万年。

在小说的开始部分，史铁生就有了对“鸽子”的这段描述，这其实就是在用鸽子给小说定调，符合务虚的主旨氛围。那就是人类代代繁衍、生生不息的象征，从高空俯瞰人类，又何尝不是一群群一代代、来来去去为名为利忙碌而略微高级的物种。人类的一切如同鸽子，祖祖辈辈繁衍生息，无始无终。时间永远是流动的。瞬间飞舞的生命喧嚣躁动，梦想纷飞，在死亡中交替延续，看不出丝毫断裂和停顿，人类的生死、欲望、爱情、梦想一如既往，注定的宿命之路。

残疾人 C 在 40 岁那年的夏天与女友终于决定结婚时的情景描写，飞翔的鸽子总是适时地出现于文本中，曾经孤独漫长地寻找一度有了结果，但是他们能抵抗那么多不说话的嘴和会说话的眼睛的怀疑、回避与否决吗？此时，给读者的是一群高飞的白色鸽群，作为一幕寥廓的背景，一种宁静的氛围，一种灵性的展示，作者其实通过鸽群已经做出了回答。

在比较女教师 O 和南方老屋里那个婷婷的身影，感到形象模糊重叠时再次出现鸽群象征。每个人在百年后就都没有了，但仍有另一个人山人海的景象在世间继续，这之间的衔接就如同昨天的你和今天的你，没有丝毫的断裂和停顿。另外，这里鸽子和以前的鸽子作者模糊不定，看着让它们似乎不同又似乎相同，这就和作者文本中人物之间的无界限是一样的，O 就是 N 也是 X，Z 就是 L 和 F，也是“我”。

5.“葵林”——寄寓狂热浪漫与躁动狂躁

“葵林”和前面的意象出现方式有点不一样。像“白色鸟”“羽毛”和“鸽子”之类的意象，它们总是出现在叙述情景需要的时候，是穿插点缀于整个文本的，是空间性的分布。可是“葵林”则是整体性地出现在某一个章节，并被用来作为人物的象征，与人物叙述融为一体。“葵林”犹如一首交响乐的变奏，以其排山倒海的气势在小说情感的细流中掀起一阵狂热、激情而浪漫的巨浪。同时，在巨浪的背后隐藏着的那些骚动和狂躁，又预示着主人公随之而来的命运磨难。

葵花叶子又都长得又宽又大了，这会儿，密密层层的葵花叶子后头少说也有一千对姑娘小伙子在赌咒发誓呢。

这地方的孩子都是在这葵林里长大的，都是在这茂密的葵林里知晓人事的。

这儿的姑娘都是在这茂密的葵花叶子后面，头一回真正看见男人和女人的。

这是文中养蜜人对“葵林”的说法，其中就能看出“葵林”和爱情的联系，“葵林”便是爱情，爱情就是那一片金黄的“葵林”。而其中最具典型的就是Z叔叔和那个“葵林”女人之间的爱情，“葵林”以其特有的情景为他们的爱情奠定了独特的情感基调与氛围。在《务虚笔记》中所有的爱情者里面，其实真正懂得爱情的就是那个没有名号的“葵林”里的女人。哪怕大家都在叫她叛徒，可她背叛的是生命，却从没有背叛爱情，因为她的背叛只是为了活着，她的活着只是为了能再见到她爱的人。如果说只有死亡才能让爱永恒，这样似乎又偏离了人类的本能。

“葵林”本是一处离别之地、秘密之地、恋情之地，却成了少年成长秘密的窥视者，成了生死爱恋的见证者。“葵林”与秘密结缘，与背叛相连，与离别同源，所有想到“葵林”就会想起那个“葵林”中的女人，因为她的爱情就像“葵林”一样朴素、明朗、安逸却又疯狂。

除了上述意象之外，《务虚笔记》中字母式的人物名字给了史铁生更独特的叙事结构，小说中许多人物都可以概括为一种意象类型：智者类型的医生F、诗者类型的诗人L、弱者类型的残疾人C、强者类型的WR、高贵者类型的女教师O、庸者类型的F夫人等。他们之所以可称为意象人物，并非仅仅是一种性格类型，而是因为这里每一种类型的人物都构成一个自在自为的世界，具有各自特有的价值取向、性格逻辑与命运轨迹，并以此构成一种“存在”，且由此象征一种存在景观。也正是由于这些人物大都是一些意象化的抽象人，所以他们在《务虚笔记》的“写作之夜”里可以分身、交叉、叠化、对话、交融。这既是由《务虚笔记》主题表达的需要决定的，又是因为人物的意象化使得《务虚笔记》主题的表达具有充分可能。

史铁生在《务虚笔记》中大量地运用“白色鸟”“白色羽毛”“南方”“鸽子”“葵林”等多种意象。这些反复出现的意象多为作者潜意识的精神原型或情感原型在文本中呈现，多以鲜明符号传递深厚意味进而显露出史铁生的情感意念，读者从这些反复出现的意象中，能感受到作者复杂细腻的内心世界。小说中史铁生用大量的意象隐喻形成了富有诗意和哲理的语言风格，营造了属于史铁生自己的美学世界，这些意象带有鲜明的个性气质，那是他精神王国的延续，它们不仅拓展了小说表现的艺术空间，也进一步凸显了史铁生作品的美学意蕴，使《务虚笔记》获得经久不衰的艺术生命和审美价值。

第六节　史铁生创作的文化心态

英国哲学家维特根斯坦说："我的语言界限意味着我的世界的界限。"① 事实上，人类所能认识的世界就是语言所能反映的世界，人类已经认识了的世界就是语言所反映出来的世界。人类一直生活在语言中——生活在自己拥有的符号世界中。

史铁生似乎深谙萨丕尔的一句名言："语言是人类精神所创化的最有意义、最伟大的事业——一个完成的形式，能表示一切可以交流的经验。这个形式可以受到个人的无穷的改变，而不丧失它的清晰的轮廓；并且，它也像一切艺术一样，不断地使自身改造。语言是我们所知的最硕大、最广博的艺术，是世世代代无意识地创造出来的、无名氏的作品，像山岳一样伟大。"② 抽象的语言，一旦进入史铁生的文本，一经其无穷的改变，就成了言语，就发挥出其表情达意的价值。

作为本土作家，史铁生不可避免地受到中国传统文化的滋养，中国传统文化源远流长、博大精深，中国的宗教文化、民俗文化和古诗词文化在史铁生身上或隐或现地存在着。同时，史铁生又受到外国文化的熏陶，西方哲学、宗教文化和近代物理学知识也在一定程度上使他开阔了视野，延展了心灵；生命的路途远比创作意图复杂，在独有的风格背后，是深隐的孤独心魂，在别样的构思里面，是细弱的精神潜流。史铁生的文化心态更像是一个复杂的存在，正是这一复杂的存在使史铁生成为当代文坛上难以定性归类的作家。

一、宗教熏陶——乘物游心，静抵神祇

史铁生借用"原罪"概念，与原意保持一种张力的同时，赋予其新的内涵。他更多的是在说人性深处的缺陷，废弃了基督教观念中所包含的人

---

① ［英］路·维特根斯坦著，张申府译：《名理论（逻辑哲学论）》，北京：北京大学出版社1988年版，第71页。

② ［美］爱德华·萨丕尔著，陆卓元译：《语言论——言语研究导论》，北京：商务印书馆1985年版，第197页。

背弃上帝的指涉。其“原罪”概念更有形而上的意义，具有终极关怀，更加关注生命个体的处境。

史铁生的部分文本的名字带有基督教思想的影子，他频频运用与基督教有关的词语，在反复书写中渴望企及深邃的精神之域；文本中有许多带有基督教色彩的词汇，如“上帝”。“上帝”一词频繁出现，但其指的是人身之外超越人的能力的客观存在，是不可违逆的宇宙规律本身。它是一种宗教情感的投射。

史铁生思想深受中国传统文化的浸润，其后期创作达到忘我豁达的境地，并在作品中传递出达观平和的韵味，与道家的文化精神一脉相承。他喜欢庄子的“乘物游心”，但其作品常在高妙的神韵酿成后顿然中断，传递出生命的苦痛呻吟。这正说明史铁生只借鉴了道家的“忘我”境界，却仍能直面现实人生的苦难与困境，这种痛苦之上的达观体现了史铁生汲取传统文化的灵活性。

史铁生也深受佛教文化的启发。他认为人生是苦海，是惩罚。他的灵魂指向深邃的夜空，有一束穿越世俗尘埃的澄明之光，有一种悲天悯人的情怀。在他看来，宗教精神在人的精神世界的位置就是从彼岸对现世生命达观的审视，从而获得一种更阔大的生存背景与生存期待。

二、民俗汲取——民歌名言，雅俗共赏

史铁生早期文本中有许多脍炙人口的民歌，正是它们吹皱了史铁生心中的一汪春水。其文本中名人名言的出现，常常以平和之语托出睿智的思想；而民谚与民谣则符合大众的审美趣味，引起大众的审美共鸣。

三、诗词浸润——中流在心，流光溢彩

史铁生在中国传统诗词文化上的造诣颇深，其文本中传统诗词的妙用，俯首可拾，其所创作的古诗词，让读者领略到传统文化的意味无穷。一旦进入史铁生的文本，我们立刻感受到史铁生语言的典雅纯净，于平凡处流光溢彩，在平常中新意迭出。史铁生自创的诗词则更显出传统诗词文化的影响。修辞中的仿词手法为史铁生频频运用，往往因一字之变，遂显风流高妙。

四、科技熏染——格物致知，文理互透

史铁生将对人类命运的思索置于自然宇宙的宏阔背景下进行，思索愈远，见识愈深。正是因为这种大处落笔的视野使得史铁生对生命个体的悲悯情怀转向了对人类整体的忧思。

史铁生曾在《自言自语》之十“现代物理学及东方神秘主义及特异功能，对文学的启示”中提到，他作为一个文学爱好者对于生命存在大背景的关注。他对于物理学中的“并协原理”“测不准原理”“嵌入观点”以及现代宇宙学的“人择原理”情有独钟，并从中提取文学养料。

第二章

以静态微观文本凸显动态之美

只有天赋很好的人能够认识并热心追求美的事物。

——德谟克利特

动是一切物的灵魂。

——罗丹

大凡事理的辨析，是由于字义解释的效果；而情绪的感发，却为了声音的激动。《礼记·乐记》篇剖析其所以能如此的原因，说得很为透彻：凡音之起，由人心生也。人心之动，物使之然也。感于物而动，故形于声；声相应，故生变；变成方，谓之音。

——蒋伯潜、蒋祖怡《骈文与散文》

第一节 以语言为琴键营构作品的音乐美——语音修辞

修辞实际上是人的生存的智慧或智慧的生存。作为生存的智慧，修辞是人的实际生活的组织和高速方式；作为智慧的生存，修辞则是人的经过组织和高速的实际生活。”

——王一川

语音作为语言的物质外壳，是文学创作者运用语言传情达意给读者的物质手段，也是读者领略、感受语言意义和语言艺术的物质凭借。语音的调整适用情况直接决定着语言的使用是否适切、是否有效。

语音修辞指的是：“修辞上对于各种语音形式手段的运用。讲究字音、句调、语气、节奏、韵脚、格律、音响等方面的调整和配合，以求达到音调抑扬顿挫、表达声情并茂的境界。”①

史铁生深谙修辞之魅力，在其文本中大量运用，大胆地创造摹拟与叠字的辞格，或拟声，或绘景，出色传神地传达出文本中的情景，把人和客观世界的距离缩短，使人有身临其境之感。

叠字，是一种“将形、音、义完全相同的两个字紧密相连地用在一起”以企及某种特定语言效果的修辞文本模式。这种修辞文本的建构，多是基于以语词的复叠形式唤起接受者视听觉美感的心理预期。② 恰当地运用叠字，既可以增强文本的音乐性，又有利于唤起形象感。瑞士心理学家让·皮亚杰曾说：“一个刺激要引起某一特定反应，主体及其机体就必需有反应刺激的能力。”③ 史铁生深谙个体之所以能对刺激做出反应，是由于个体具有能够同化这种刺激的某种图式。他在其文本中突出地运用了AABB式与ABAB式叠字，极尽叠用之能事，试图引起读者的注意，从而更投入地解读其文本。其中，据不完全统计，在史铁生的作品中AABB式叠字的运用，用例高达424次，而ABAB式也不下45次。

① 戚雨村等：《语言学百科辞典》，上海：上海辞书出版社1993年版，第465页。

② 吴礼权：《现代汉语修辞学》（修订版），上海：复旦大学出版社2012年版，第265页。

③ ［瑞士］让·皮亚杰著，王宪细等译：《发生认识论原理》，北京：商务印书馆1981年版，第60页。

事实上，史铁生文本中大量叠字的运用，或增强了语言的音乐性，或生动地写貌状物，或拟声传神，真正达到了语音对于情意的表达在适切性与美感性上的统一。

一、以叠字摹写逼真的声响效果——AABB 式叠字

纵观史铁生文本中 AABB 式叠字的运用，其修辞效果突出地体现在拟声、绘景及拟声与绘景相结合上。

（一）拟声

拟声也叫摹声、绘声。目的在于利用拟声词模拟人或事物的客观音响。

拟声修辞效果可以有效地渲染、衬托气氛，又可以鲜明地表现作者的情感，比较有效地增加表达的直观性、可感性和表现力，给人以感同身受、身临其境的真实体验。①

在史铁生的文本中，借助叠字摹写外界声音的句子，俯仰即是，读来简直让人如闻其声，生动而形象。

> 爬上了鬼见愁，夕阳已经沉在了脚下，飞鸟叽叽喳喳地归巢。（《命若琴弦·爱情的命运》）

这样的句子，读了让人无法忘怀。不仅因为“鬼见愁”这种以心理描写命名的动词名物化，动词“沉”的生动感，更因为“叽叽喳喳”叠词的运用，传神地描摹了飞鸟归巢的定格状态，让读者联想起陶渊明《饮酒》（其五）中的“山气日夕佳，飞鸟相与还”，鸟尚有归宿之感，那爱情呢？爱情的命运是什么？命若琴弦。史铁生通过“飞鸟叽叽喳喳地归巢”的反衬，强化了主题的思考，掷地有声。

> 那群孩子又“叽叽喳喳”地回到了树林里。（《命若琴弦·老人》）

这个句子中叠字的运用，与上例有异曲同工之妙，不同的是两者反衬

① 韩荔华：《汉语修辞技巧教程》，北京：华文出版社 2005 年版，第 27 页。

的对象相异。上例以鸟反衬人，这里以孩童反衬老人，通过对比把老人渴望返老还童的心态，表现得淋漓尽致，整个神态写得跃然纸上。

那儿传来“叮叮咚咚”的音乐，像是天堂里的铃声。(《命若琴弦·绿色的梦》)

音乐本来就首先以声音取胜，更何况作者使用叠字，这样的声音，与其说是敲在鼓上，不如说敲动心灵。

屋檐下的破铁叮叮咚咚地响，雨不紧不慢地下着，下得那么有耐心。(《命若琴弦·绵绵的秋雨》)

作者用主动句式表明破铁因为雨点之大、之急、之紧，而叮叮咚咚作响，表面写铁，字里行间传达的是下雨的情景。作者的高妙之处在于以拟人和定格的方式以小见大，以慢显动。绵绵的秋雨，看似绵绵，实则腾腾。文章之旨，不言自明。

队长走过去和他嘁嘁嚓嚓地说话。(《命若琴弦·黑黑》)

“嘁嘁嚓嚓”与“嘁嘁喳喳”在意义上相同，大概作者感觉“嘁嘁喳喳”稍具贬义色彩，或者使用频率过高，因而理智地选择了“嘁嘁嚓嚓”，这个词把队长走过去和他说话的细碎的声音，写得极富神秘感。

那种叫声是以前没听到过的：时而咿咿呀呀，时而吭吭哧哧，时而叽叽咕咕，像叹息，像怅惘，像受着煎熬。(《命若琴弦·黑黑》)

“吭哧”传达出的可以是一个复杂的义项，可以形容重浊的声音；可以描摹因用力而不自主地发出声音；可以形容说话吞吞吐吐。作者将其与“咿呀”一样重叠使用，更见其良苦用心。“叽咕”指的是小声说话。无论是“咿呀”“吭哧”，还是“叽咕”，检索其词典义项，均只用于人，而作者却以拟人的手法，大胆用于狗门——黑黑，足见其与“黑黑”之情深。作者更为大胆的是在语言运用上的颠覆与超越，“咿呀”“吭哧”和“叽咕”三个拟声词，经作者重叠后，以排比和双齐辞格出现，一箭三雕，把

“黑黑”的叹息、怅惘和煎熬写得淋漓尽致。

> 黑黑舔舔这个儿子的脑门儿，吻吻那个女儿的眼窝，哼哼叽叽地唱一回，眼睛里充满了慈爱和满足。（《命若琴弦·黑黑》）

字典上，只有“哼唧”一词，用来描摹低声说话、歌唱或诵读。而作者却大胆地将其改为“哼叽”，不仅如此，更进一步重叠。以拟人的手法，写出狗与人的和谐，状出狗的慈爱。特别是一“满足”，更托出狗的性情与得意。

> 但是怪，所有“不信”派诸君都愕然乃至躁动：屁股在凳面上辗动，脚跟在土地上刨坑，“劈劈啦啦”，蚊子真讨厌，浑身都发痒。（《命若琴弦·巷口老树下》）

《现代汉语词典》未收录“劈劈啦啦”，显然是作者的自创，源于“劈里啪啦”，作者在自创时，经由两条路径：先是缩词，将“劈里啪啦”压缩为“劈啦”，因为精简，反而富裕，言简意赅；后是在“劈啦”的基础上以叠词复现，因为生疏，反而注意；因为注意，自然水到渠成地传达出所有“不信”派诸君脚跟在土地上刨坑的愕然与躁动，生动而传神。

> 天快黑的时候，进山寻野菜的孩子们也都回村了，大的拉着小的，小的扯着更小的，每人的臂弯里都挎着个小篮儿，装的苦菜、苋菜或者小蒜、蘑菇……孩子们跟在牛群后面，“叽叽嘎嘎”地吵，争抢着把牛粪撮回窑里去。（《命若琴弦·我的遥远的清平湾》）

“叽叽嘎嘎”，形容的是说笑声。有说有笑，传达的是一种幸福与满足。显然。孩子们满足的是满载而归。

> 破老汉用牛吃剩下的草疙结打起一堆火，干的“劈劈啪啪”响，湿的“嗞嗞”冒烟。（《命若琴弦·我的遥远的清平湾》）

“劈啪”，也作“噼啪”。形容爆裂、拍打等的声音。作者将“劈啪”进一步重叠，既拟声又复叠，把干的草疙结，通过声音传递，使其爆裂味模拟得如闻其声，如见其景。作者意犹未尽，将干的与湿的形成鲜明对照，给读者留下难以忘却的记忆。

> 破老汉在我耳边叨唠：黑市的粮价又涨了、合作社来了花条绒、留小儿的袄烂得露了花……我“哼哼哈哈”地应着，刚梦见全聚德的烤鸭，又忽然掉进了什刹海的冰窟窿，打个冷颤醒了，破老汉还没唠叨完。（《命若琴弦·我的遥远的清平湾》）

字典上只有“哼儿哈儿”，形容鼻子和嘴发出的声音（多表示敷衍或不在意）。而作者却首先有意删去“儿”字，之后再在“哼哈”的基础上复叠。这样达到的效果是：把“我”对破老汉的叨唠的无赖，写得酸样百出，那无赖，那敷衍，那极端的不在意，尽在“哼哼哈哈”之中。

> 灰色的小田鼠从黄土坷垃后面探头探脑；野鸽子从悬崖上的洞里钻出来，“扑棱棱”飞上天；野鸡“咕咕嘎嘎”地叫，时而出现在崖顶上，时而又钻进了草丛……我很奇怪，生活那么苦，竟然没人捕食这些小动物。（《命若琴弦·我的遥远的清平湾》）

“咕”，形容母鸡、斑鸠等的叫声。“嘎”，形容短促而响亮的声音。作者在这里以示现的辞格，将小田鼠、野鸽子和野鸡等的活动，写得犹如电视的特写镜头，定格难忘，尤其是对野鸽子与野鸡的形象及声音的描摹，通过叠词的辞格，更是让人久久回味。但必须指出的是：作者在摹写时，大概出于强调，忘了语言复叠之后可能产生的特殊现象，偶有闪失，造成失误。想象中“嘎嘎”复叠之后，应该更为突出其声音。可是，由于“嘎”形容短促而响亮的声音，一经重叠，意义却发生变化，使用对象亦有改变，只能用于形容鸭子、大雁等的叫声。即便如此，在这一语境中无碍读者对语意的理解。有些时候，有些词语的理解，一旦进入语境，自然涣然冰释，约定自然俗成。

> 他：“哼哼唉唉”地唱着，带我到山背洼里的一颗大杜梨树下。（《命若琴弦·我的遥远的清平湾》）

“哼”，在这一特定语境中，只可理解为低声唱或吟哦。“唉”，表示叹息。“哼哼唉唉”，纯属作者造词。作者的大胆在于在特定的语境中将“唉”这一多义叹词用于叠词拟声，使表达的语意单一化：既表达了他低声吟哦的投入，又传达出他低声吟哦之后的感叹。因为叠词，完整地模拟出心理变化过程。

"都跟老石说好了。"女的抽抽噎噎地说："还是得去看看。"(《命若琴弦·在一个冬天的晚上》)

"抽噎"，抽搭，即一吸一顿地哭泣。重叠之后，把女的由有把握突然变为没有希望却又心存希望的伤心表现得传神又细腻。

孩子什么都不管，看着那只红气球，"咿咿唔唔"地说着自己的歌，仿佛知道童年不会太长，得抓紧懂事前的这段好时光。(《命若琴弦·来到人间》)

"咿唔"，象声词，用来形容读书的声音，作者却不仅突破运用的领域，将其用于说歌，重要的是还进一步重叠，这就把孩子知道童年不会太长，得抓紧懂事前的这段好时光的童心，写得稚嫩而天真。

有回大赛上，一个老太太弄出一条一动都不会动的鱼来，那鱼的样子倒不稀奇，却能发出一种声音，叮叮当当咿咿呀呀的，像一只八音盒那样唱一首赞美歌。那老太太弄了一辈子才弄出这么一条好鱼来。(《命若琴弦·毒药》)

"叮当"，形容金属、瓷器和玉饰等撞击的声音。"咿呀"，形容某些物体摩擦时发出的声音。作者表面上通过词语的连续重叠来形容模拟鱼的特异功能，实际上则是强调老太太的用心之艰，更在突出用心之艰后，传达自己对这样行为的态度，我们从题目《毒药》便可一窥作者写作这一文本的用心。

老人站在山腰朝下望，小岛景象尽收眼底，嗡嗡隆隆市声喧嚣，处处显露着繁荣。(《命若琴弦·毒药》)

"嗡嗡"，形容昆虫飞动等声音。"隆隆"，形容剧烈振动的声音。作者有意将两个毫不相关的词语放在一起，首先从心理学上引起了受众的注意，因为注意，细心体察其内涵，其高明之处还在于明褒实贬，以城市的喧嚣彰显都市的繁荣，但从题目及全文主旨便知作者赋予的讽刺意味。

> 每个赛场上都有几十个上了岁数的管理人员在忙，费力地把一条红色的长毯在大理石地面上铺开，哼哼咳咳地喊。(《命若琴弦·毒药》)

“哼”，鼻子发出的声音；低声唱或吟哦；表示不满意或不相信。“咳”，表示伤感、后悔或惊异。逐一组合其语境意义，史铁生依靠自身的阅读积累，独具匠心地借助叠字来表达自己的思想，令人叹为观止。透过语境，我们似乎应该这样解读这一叠词所蕴含的意义：时而因其从鼻子底下发出惊异，时而因之低唱，时而因之吟哦，时而因之不满，时而因之不信，时而因之伤感，时而后悔莫及。

> 老人坐在一棵树下正有些冷，冷得有些无聊，忽闻一种奇异的声音从四周漫起，始而细碎微弱，继而唧唧咕咕嗡嗡嘤嘤便觉清晰，渐渐连成一片变得响亮。(《命若琴弦·毒药》)

“唧咕”，即“叽咕”，指小声说话，本是动词，用于人，作者却以拟人处之。“嗡”形容昆虫飞动等声音，“嘤”形容鸟叫声。作者在突出奇异的声音从四周漫起时，采用多层次复叠，可谓异常的大胆，锐意创新，前所未有。作者正是把人声、昆虫声与鸟叫声三种声音混叠，写出奇异的声音从始而到继而再到渐渐连成一片变得响亮的变化过程，不愧是语言运用的高手，让人叹为观止！

> 这话倒是说得对，满园子都是草木竞相生长弄出的响动，窸窸窣窣窸窸窣窣片刻不息。(《命若琴弦·我之舞》)

“窸窣”，形容细小的摩擦声音。作者的高妙在于以听觉引起读者的注意，带动读者进入切身体验，让读者在不知不觉中于听觉感受到草木竞相生长的动态变化。我们仿佛如闻其声，如见其景，如观其态。

> 几班人轮番不停地摇辘轳，用肌肉代替吊车，代替抽水机，“哼哼咳咳”地喊。(《原罪·宿命·插队的故事》)

“哼”，低声唱或吟哦。“咳”，表示伤感、后悔或惊异。作者的高明在于动词与叹词的平行复叠使用，通过动词“哼”的复叠，表达出几班人轮番不停地摇辘轳，用肌肉代替吊车，代替抽水机的无怨无悔，而在动词之后又叠一叹词，细腻地传达出他们的复杂心态：有时伤感，有时后悔，有时则惊异。

> 女生们都嘻嘻哈哈地笑。只是跟老乡们说话时她们才这么大方。（《原罪·宿命·插队的故事》）

“嘻嘻哈哈”，是读者在史铁生文本中难得一见的原词运用，但旧瓶装新酒，余味无穷。“嘻嘻哈哈”是一个状态词，原本有两个意义：一是形容嬉笑欢乐的样子；一是形容不严肃或不认真。作者要表现的正是第一个意义，然而作者亦担心读者误读，怕万一理解为第二个意义，因而在文本中恰到好处地补述了一句话：“只是跟老乡们说话时她们才这么大方”，表述上真是滴水不漏。

> 勺子刮得瓦盆底响。灯花“嗞嗞剥剥”地爆。（《原罪·宿命·插队的故事》）

“嗞”同“吱”，形容某些尖细的声音。“剥”，去掉外面的皮或壳。将“嗞”与“剥”组合在一起，这又是一个让人难以置信的创造。“剥”本是一个动词，而作者却将其当拟声词使用，其用的是剥皮或剥壳时所听到的声音，如此大胆的运用，旨在唤起阅读者的体验与经历。正是因为这样的邀同体验才真正地调动了读者与文本的对话，自然把插队者的生活写得活灵活现。

> 这季节的河水也清冽，哗哗啦啦如同奏乐，轻缓而安然，像它的名字。（《原罪·宿命·插队的故事》）

“哗啦”形容撞击、水流等的声音。这样的意义，作者稍嫌不足以表达河水的持续动态感，因而有意叠用，并以比喻出之，特别是着“轻缓而安然”五字，令人抹嘴，余味无穷。

> 村里一片“丁丁当当”的敲盆敲罐声。（《原罪·宿命·插队的故事》）

“丁当”，同“叮当”，形容金属、瓷器、玉饰等撞击的声音。通过复叠，起到加强听觉印象的作用，作者把插队时的所闻所见，作了全景描摹。

十叔的故事都离不开那座楼房，它坐落在天地之间，仿佛一方白色的幻影，风中它清纯而悠闲，雨里它迷蒙又宁静，早晨乒乒乓乓的充满生气，傍晚默默地独享哀愁，夏天乌云密布时它像一座小岛，秋日天空碧透它便如一片流云。(《原罪·宿命》)

“乒乓”，形容东西撞击的声音。作者用声音突出楼房的生气，表面写的是物，实则彰显的是人的生气与蓬勃，一箭双雕。

净土寺里这夜又有法事，钟声鼓声诵经声满天满地传扬，噌噌吰吰伴那星星的舞步。(《原罪·宿命》)

“噌吰”，形容钟鼓的声音。这一拟声词一经作者叠用之后，便最大限度地反衬出净土寺的安静，尤其是拟人手法的运用，更增添了净土寺的静谧。

它年轻时可不这样，一到春天，它就呜呜咽咽地叫几宿，我拍拍它的头说“你去吧”，它就去上十几天，十几天我们不见面，夜里我偶尔能从风中听见它在山里跑，追着它的相好，漫山遍野地叫。(《原罪·宿命·局部》)

“呜咽”，低声哭泣。我们从其呜呜咽咽的低声哭泣中，可以感受到狗的孤独与凄切。这从“追着它的相好”，可以得到解读的钥匙。

A 沉默着，很久，掏出烟来点上，脸上表情僵滞。一缕缕青烟飘摇，飞散……忽然他抽抽咽咽地哭起来。(《原罪·宿命·关于一部以电影作舞台背景的戏剧之设想》)

“抽咽”，抽搭，一吸一顿地哭泣。感觉上是摹声，实际上是摹形。这就是作者的高妙之处。通过动词的复叠，一石二鸟，把 A 的悲苦表情描写得一览无余。

一片嘈杂，听不出人们都在说什么，或者干脆就不像人发出的声音，噪音！（效果师或录音师注意：只要是噪音，嗡嗡嘤嘤、嘁嘁嚓嚓、叽里咕噜、轰轰隆隆……只要是噪音就行，只要是噪音像什么都合适，并不太强，但是很辽阔。）（《原罪·宿命·关于一部以电影作舞台背景的戏剧之设想》）

作者为了突出噪音的效果，极尽运用拟声与复叠之能事，一连四个拟声词，三次复叠，两个创新，噪音烦绕耳际。或“嗡”的一声，像昆虫飞动而至；或“嘤”缭绕，是鸟叫不断；或“嘁嘁嚓嚓”，细碎难辨；或“叽里咕噜”，含混难懂；或“轰隆”作响，不是雷声，却在空中作响。有时又像爆炸声，有时更类机器声，有时简直是交响曲。这里作者有意将一般意义的拟声词与自创的复叠词杂混在一起，人声与昆虫声、鸟声乃至机器声相融，这就是充满“立体感”的噪音，非史铁生之妙笔，真是令人难以置信。

A吭吭哧哧地笑起来。（《原罪·宿命·关于一部以电影作舞台背景的戏剧之设想》）

“吭哧”，是一个多义词，从拟声的角度考量，其所形容的是某些重浊的声音；从动词的角度琢磨，其所承负的意义，一是指因用力而不自主地发出声音，一是指说话吞吞吐吐。进入史铁生的这一文本，我们无法选择其中的任何一个意义，相反，正是三个意义的结合。我们应该这样解读：A的笑声因用力有时重浊不能自主；有时吞吞吐吐，含蓄娇真，独具魅力。

那天我又独自坐在屋里，看着窗外的树叶刷刷啦啦地飘落。（《我与地坛·秋天的怀念》）

“刷啦”，已足以形容迅速擦过去的短促的声音，更何况作者将其复叠。复叠之后，“秋风扫落叶”，这一秋天的常态，在作者心中产生异样的感受，那迅速擦过去的短促的声音，一遍，一遍，又一遍。此情此景，勾起了作者对母亲的怀念，特有的秋景正衬托出作者的孤独与凄凉。因为孤独，格外怀念；因为怀念，更显凄凉。

有一次我的隔壁住进一位危重病人，医生护士昼夜抢救，各

种仪器“嘀嘀答答叽叽咕咕”响了好多天。(《我与地坛·“嘎巴儿死”和“杂种”》)

“嘀嗒”，本用于形容水滴落下或钟表摆动的声音，作者却将其复叠用于形容各种仪器的响声，突出了病人病情之危之重。尤其是将“叽咕”叠用，“叽咕”本是动词，指小声说话，作者于拟人中融注了人的情感，与此同时我们仿佛听到了医生与护士的关心与紧张。

我们终于弄开一扇窗户钻进教堂，教堂里霉味儿扑鼻，成群的老鼠吱吱叽叽地四散而逃把厚而平坦的灰尘糟蹋得一片狼藉。(《务虚笔记·生日》)

“吱”，形容某些尖细的声音。“叽”，形容小鸡、小鸟等的叫声。作者以示现的辞格将教堂的狼藉写得活灵活现，特别是自创复叠格的使用，一可见作者观察之仔细，二可知作者以动衬静手法之高超。

女孩子们踢踢踏踏地跳房子，跳皮筋，不时被男孩子们的战争冲得四散，尖细的嗓音像警报那样响。(《务虚笔记·白色鸟》)

“踢踏”，最易唤起读者对踢踏舞的感受。踢踏舞是流行于西方的一种舞蹈，以鞋底击地及各种节奏的脚的动作为其特点，舞时发出清晰的踢踏声。不管是踢踢踏踏地跳房子，还是跳皮筋，这已经是现在的孩子无法体验的游戏，但作者的高妙在于使用移时的手法，以踢踏舞的感受唤起读者对踢踢踏踏跳房子、跳皮筋游戏的感知，不愧是高妙的感知替换。

F医生站在煤气灶前煎饺子，“嗞嗞啦啦”的声音里全是那本黑皮小书掀动的往事。(《务虚笔记·白杨树》)

“嗞”，是一种尖细的声音；“啦”，重叠后，达到了“哩哩啦啦”的表意功能，把断断续续的状态作了精细的描摹。可作者的用意不仅在摹拟煎饺子的声音，更深层的目的在于唤起读者对由黑皮小书掀动的往事的体验。视觉化的感受一经听觉化的摹拟之后，带给读者的理解如熨斗熨在衣服上，熨帖自然。

这我信，而且一个真正想死的人也不在乎死是什么，他死就是了，不会还这么絮絮叨叨声明自己多么想死，想摆脱欲望，想成为一块石头，一把灰，说不定还想成为一块美丽的云彩，一阵自由的风……（《务虚笔记·欲望》）

“絮叨”，形容说话啰唆。作者的高明在于不仅通过“絮叨”一词的复叠状写出一个人的生存欲望，更在于通过“想”字的频词格形象逼真地再现了一个人对生存欲望的挣扎过程。

人们边唱边饮，边饮边唱，喧喧嚷嚷夹笑夹骂，整条小街上的人都因之不能安枕。（《务虚笔记·小街》）

“喧嚷”，（好些人）大声地叫或说。“喧嚷”，本足以形容小街之吵之闹，一经复叠之后，更见小街的吵闹。可是，作者并没有就此搁笔，而是进一步通过回环“边唱边饮，边饮边唱”，把人们因饮而唱，由唱而饮的高兴渲染无余；之后又用“夹笑夹骂”递进形容，把吵闹推向极致。

四周的幽暗遮掩了其余的景物，世界一时变得非常小，只是一团小小的明亮，C看书看得累了，伸了一个懒腰，转动轮椅，地上的落叶被碾碎了，发出唧唧吱吱的声音。（《务虚笔记·结束或开始》）

“唧唧”，形容虫叫声等；“吱吱”，形容某些尖细的声音。这是两个毫无联系的叠词。作者却大胆地以移就的手法，灵活地运用于摹拟地上落叶被碾碎的声音，高妙之处在于以熟悉的声音唤起对陌生声音的理解，虽未入其境，却似身临其境。

走到哪儿，哪儿就有那称号隐约作响，“嘶嘶嗡嗡”如蚊如蝇，随之人群中便有冷淡的面孔浮出，便有鄙夷的目光闪动，便有熟悉的身影掉转。（《我的丁一之旅》）

“嘶”，（马）叫；“嗡”，形容昆虫飞动等声音。“蚊”与“蝇”的声音本不大，作者却以马的嘶鸣声与昆虫的飞动声来形容比喻“蚊”与“蝇”的声音，前后悬殊的对比与夸张，正好达到了张扬那称号隐约作响的目的，更何况，接下来又用三个“便有”将动态化的结果一一托出，其表意水到渠成。

（二）绘景

叠字，除了通过拟声，创造音乐美之外，还可以通过绘景，凸显形象美。通过叠字，可以描绘人物所从事的活动进而表现人物，也可以形象地再现事物的声音，使所表达的事物活灵活观，有声有色，从而收到声情并茂的艺术效果，富有感染力。

> “莫非真要让我检查眼睛?”她想着，在眼科门诊室前战战兢兢地徘徊，渐渐她感到半身麻木，头晕目眩，直到摔倒在地为止。(《命若琴弦·法学教授及其夫人》)

“战战兢兢”，形容因害怕而微微发抖的样子。她因为担心要检测眼睛而造成极度紧张，所以导致极度恐惧，先是渐渐感到半身麻木，接着头晕目眩，直到最终摔倒在地。作者通过“战战兢兢”这一状态词，把她的心理及行动反应非常微妙地刻画出来了。

> 或者还因为别的：那几颗零零碎碎的牙，那几根稀稀拉拉的胡子，尤其是他的嗓子——他爱唱，可嗓子像破锣。(《命若琴弦·我的遥远的清平湾》)

“零碎”，细碎，琐碎。“零碎”，一经复叠，更进一步把牙齿的惨状作定格呈现。“稀稀拉拉”，稀疏的样子。可见，胡子之少，之难堪。一句之中，两用叠词，两用数量词，把人物的命运作极端化的铺写，酸态可掬。

> 远处大烟囱在冒着黑烟，烟被风刮得零零乱乱的，直向东南飘去。几只麻雀慌慌张张地飞上屋顶，又飞上光秃秃的枣树枝，又慌慌张张地飞走了。(《命若琴弦·在一个冬天的晚上》)

“零乱”，不整齐，没有秩序。通过描写烟的状态，反衬出风之大，之猛。“慌张”，心理不沉着，动作忙乱。这本用于描写人的心理变化的词语，作者却用拟人化的手法，两次用于描写麻雀，从侧面写出空气污染之重，好似一幅空气污染图，直碎人心。

莽莽苍苍的群山之中走着两个瞎子，一老一少，一前一后，两顶发了黑的草帽起伏蹿动，匆匆忙忙，像是随着一条不安静的河水在漂流。（《命若琴弦》）

“莽苍”，（原野）景色迷茫。与其说描摹出群山的景色迷茫，不如说更进一步描绘出两个瞎子的迷茫。特别是“匆忙”一词，把两个瞎子急急忙忙的神态毕现眼前。

不待船身停稳，便从舱中跳下一位老人，踉踉跄跄急奔几步，五体投地扑倒在沙滩上。（《命若琴弦·毒药》）

“踉跄”，本足已形容走路不稳，更何况复叠，便更进一步把老人的不稳步态，以及激切心情，全部叠入其中。

“我们下一回会跳得好。”女的说，颤颤巍巍。（《命若琴弦·我之舞》）

“颤颤巍巍”，是个状态词，抖动摇晃的样子（多用来形容老年人或病人的某些动作）。把本多用于形容老年人或病人的词采用叠字修辞格后用来形容正常女人，这种极度的夸张与定语后置的强调，细腻地状写出女人微妙紧张的心理变化。

空中淅淅沥沥地哼着一支歌：天上的星星为什么像地上的人群一样拥挤，地上的人群为什么像天上的星星一样疏远……反反复复只这两句。（《命若琴弦·车神》）

“淅沥”，形容轻微的风声、雨声、落叶声等。作者将这一形容大自然的词语通过复叠，用于描写人的歌声，微妙地传达出歌声的凄惨与悲凉。特别是“天上的星星”与“地上的人群”，两个词语以序换格出现，“反反复复”重叠的内涵，尽蓄其中，更何况两个“为什么”的反问，层递地深化了文本的主旨。

他在风风雨雨中要传多少电话，才能挣到两元钱呢？（《原罪·宿命·关于詹牧师的报告文学》）

“风风雨雨”，表达经历风雨之多，经历之多，正衬托出其挣钱之艰之难。

> 大凡能够印成铅字的人物，总都是与“疯疯癫癫”“木讷乖张”“不食人间烟火”一类的情趣有染。（《原罪·宿命·关于詹牧师的报告文学》）

“疯疯癫癫”，精神失常的样子，常用于形容人言语行动轻狂或超出常态。作者以出乎读者意料之外的超常规思维，采用明贬实褒的手法，让读者于意外中获得对“人物”的理解。尤其是“疯疯癫癫”一语的复叠使用，强化了读者对“人物”的正面理解。

> 我后来设想是这样：灯下，詹牧师哄着孙子，教孙子写字，写了歪歪扭扭的“风筝”，又写一行扭扭歪歪的“春天来了”。（《原罪·宿命·关于詹牧师的报告文学》）

“歪歪扭扭”，形容歪斜不正的样子。作者两次使用这个状态词，把孙子学习写字的天真无邪以及不成形的养成状态，作了示现式描写。

> 现在怎么就拿不准了呢？还对入狱的犯人一概严严厉厉的么？要是忽然一天有哪个成了英雄，自己可就成了迫害英雄的帮凶了。对出狱的英雄一律亲亲热热么？猛地，在他们之中又出了骗子，你可就又说不清自己的立场了……（《原罪·宿命·关于詹牧师的报告文学》）

“严严厉厉”与“亲亲热热”，在语境中构成反义，分别刻画对入狱的犯人与出狱的英雄的两种不同态度的矛盾，反映出事物发展变化的不可捉摸性。

> 嘴里的东西嚼完了，一伙人依然晃晃悠悠地走，有人把包装纸揉成团，随便别在路边哪辆自行车的辐条上。（《原罪·宿命·插队的故事》）

“晃悠”，晃荡。重叠之后，突出了一伙人的行为因散漫不拘而举止不雅，把插队的故事写得极具回忆性。

> 没想到这竟是个机会，我妈忽然慷慨起来，无论我想买什么，她都不再嫌贵，痛痛快快地掏钱。（《原罪·宿命·插队的故事》）

“痛快”，一经重叠，一箭三雕地把“妈”的爽快、高兴与尽兴之情，和盘托出。

> 这年龄要在北京，尚可飘飘扬扬地穿一身连衣裙。（《原罪·宿命·插队的故事》）

“飘扬”，在空中随风摆动。一经重叠，更突出飘动的动态之感。揣摩语境，字里行间透露出对青春穿着的留恋，可是由于插队，深处农村，无法满足自己的愿望，只能遗憾。

> “看给公家为儿够咋美，消消停停倒把钱挣下。”（《原罪·宿命·插队的故事》）

“消停”，一般使用的是“停止”义，但作者在这儿却有意使用“安稳”义，把主人翁的心满意足的心态刻画得逼真形象。

> 新媳妇出嫁，要在花条绒袄外再披一件制服棉袄，要在红红绿绿的头巾上再加一颗黑呢子制帽。（《原罪·宿命·插队的故事》）

通过颜色词的重叠，将程度加深，特别是与“黑”形成对照，更进一步凸显了当地的新媳妇出嫁风俗。

> 纷纷扬扬的大雪落白了群山，让人想起那首打油诗：江山一笼统，井上黑窟窿，黑狗身上白，白狗身上肿。（《原罪·宿命·插队的故事》）

“纷纷扬扬”，把雪花飘洒多而杂乱的状态，状写得形象逼真，让人感觉如临其境，如见其景。后面的打油诗更是锦上添花。

> 怀月儿爷爷啰啰嗦嗦说很多，他不识字，又结巴，说得我们打了哈欠还不知道他要证明什么。(《原罪·宿命·插队的故事》)

“啰啰嗦嗦”，让我们想起鲁迅笔下的祥林嫂，作者的笔法与之相较，如出一辙，有异曲同工之妙，把怀月儿爷爷的言语之繁复通过复叠言简意赅地托出。

> 木架上整整齐齐码了些红薯。满窑里就再没有别的东西。(《原罪·宿命·插队的故事》)

“整齐”，有秩序，有条理，不凌乱。此词本足以说明序而不乱，但作者为了进一步表现态度之认真，反衬出东西之少而进行复叠，字里行间更看出对红薯的珍惜。

> 小庙里几尊泥佛，斑斑驳驳还有些彩饰在身上，中间一尊仿佛观世音。(《原罪·宿命·插队的故事》)

“斑驳”，色彩杂乱，参差不一；形容色彩纷杂。很明显，稍带贬义，作者有意复叠之后，更突出这一感情色彩，也足以看出作者对小庙里几尊泥佛最初的认识，同样代表着插队者的理解。

> 一根粗绳，五花大绑，推推搡搡地送走关个把月。(《原罪·宿命·插队的故事》)

“推搡”，推来推去。按理已经足以表达全部内涵，复叠后似乎存在逻辑矛盾，但正是这看似矛盾的重复，更细致地描述了关押过程。

> 男人们跪下来粗声粗气“呜呜”一阵，女人们哭得有腔有调。那老婆儿平平静静地坐在棺材旁，摸摸棺材上的漆。(《原罪·宿命·插队的故事》)

一个结果，三种态度。然而正是这独具匠心的表达方式，让读者在听到男人们粗声粗气的痛哭之后，领会到什么叫做“男儿有泪不轻弹”；让读者于女人们有腔有调的哭泣中，体会到伤心之深；最难将息的是那老婆儿的平静，其实，越是平静，越显伤恸。作者的高妙在于将“平静”一词重叠之后，将老婆儿的表现与前两者形成鲜明对比。

> 河水已经涨了，好不容易扭扭歪歪地蹚过去。(《原罪·宿命·插队的故事》)

“扭”，身体左右摇动（多指走路时）。“歪”，不正，斜，偏。作者有意将两个通常不易搭配在一起的词语重叠组合，非常生动形象地把河水的水位及涨势呈现出来，同时也把过河者的小心谨慎与艰难行进作了定格描绘。

> 人们站在窑檐下，用木棍、石块把盆盆罐罐敲响。(《原罪·宿命·插队的故事》)

作者通过“盆”和“罐”两个名词的重叠，表达了“每一”这样一个语法意义，强调所有，表面上好像在描述物体之“多”，其实是渲染人之趋群与人之聚众。

> 头一回正正经经地探讨了爱情问题，知无不言，大家都多懂了不少。(《原罪·宿命·插队的故事》)

“正经”，含义丰富，既表达端庄正派、正式的，合乎一定标准的，又表明严肃而认真、确实、实在。更何况作者有意复叠，更见讨论者态度之认真、直率。

> 在哩！平八十岁了，每日在村里走走串串，深喜自己的命好，偶尔还到那高高的土崖上去张望。(《原罪·宿命·插队的故事》)

动词的重叠，本表示“尝试”的语法意义，但当作者将它放入语境之后便传达出“走门串户”的意义，一箭双雕，把老人的自得写得极具生命力。

> 横的竖的斜的弧形的街道密密麻麻，像对着太阳看一片叶子时看到的那些精致的网脉，不同型号的铅字疏密无序又像天上众多的星座。（《原罪·宿命·礼拜日》）

“密密麻麻”，又多又密（多指小的东西）。街道本已经不小，作者却不避繁复地先以四个定语形容街道，接着又使用叠词，最后以比喻格描绘，通过极度缩小的夸张格，把街道的多且不规则写得淋漓尽致。

> 日光磕磕绊绊地下移，停在她胸前的扣子上。（《原罪·宿命·礼拜日》）

“磕磕绊绊”，本形容路不好走或腿脚有毛病而行走不灵便。作者却用拟人的修辞方式，将日光的下移以定格方式锁定在她胸前的扣子上，对这一状态的描摹，可谓神来之笔，令人难忘。

> 两个孩子和一幕蚁群迁徙的壮观场面：千万只蚂蚁一只挨一只横着铺开纵着排开，一支浩荡的队伍弯弯曲曲绵绵延延不见头，每只都抱了一份口粮或一只白色的蚁卵，匆忙赶路。（《原罪·宿命·礼拜日》）

这样的场面，若是遇上其他作家，可能不屑。但偏偏遇上史铁生，他这种将人与物杂混的修辞表现，不仅表现出孩子童年的天真生活，更表现出人与自然的和谐，这种将示现、拟人、夸张和叠词多重辞格综合运用的手法，让人复忆童年，回味童年。

> 淡淡的绿色之中，有斑斑块块忧郁的鹅黄；当他离开家的时候，连翘花正在开放。（《原罪·宿命·礼拜日》）

“斑斑”，形容斑点很多。“鹅黄”，以斑斑块块修饰，本在情理之中，可作者却在其间以“忧郁”形容，既拟人又移情，人与自然浑然天成。

> 还有她背后那只帆船，也被太阳染成金黄，安安静静，飘飘荡荡。（《原罪·宿命·礼拜日》）

“安静”与“飘荡”，本是一对语境反义词，一经复叠之后，更突出其反差度，但正是因为这一反差，驱使着读者更深层次领会她背后那只帆船的孤独与冷落，与此同时帆船随风飘动更见风势之大，自然环境之恶劣。

> 天空光秃秃的，展开在树梢上。树枝细密如烟，鸟儿寥寥落落地叫。(《原罪·宿命·礼拜日》)

第一句运用了拟人和示现的手法，这种笔法，让人叹为观止。在这种空旷的意境中，以树枝的细密衬托鸟儿声音的稀少。特别是将“寥落”复叠，更进一步把鸟的少与鸟叫声的冷清，写得凄楚与哀婉。

> 水泥路面上浮着一层抖动的蒸气，使一只过街的野猫变得弯弯曲曲。(《原罪·宿命·礼拜日》)

一个“浮”字，形象而夸张地把天气之炎热以可视之态托出，而用“弯弯曲曲”来形容过街野猫的变化，这种描写手法真是但观当下，不敢说尚有来者。

> 太阳自古以来就呆在那儿，像现在一样坦坦然然不隐瞒什么。万物都与它有关。(《原罪·宿命·礼拜日》)

“自古以来”，见太阳之执着；“坦坦然然”，见太阳之公正。因为拟人，天人合一；因为复叠，更见坦荡。

> 看着女孩们端着白鹦鹉走远，老人心里空空落落。(《原罪·宿命·礼拜日》)

写孤独，多见以狗作衬托，而作者却通过写鹦鹉来衬托老人的空虚，用“空空落落”来描摹老人的心理变化，其失落感可想而知。

> 直到天要黑时，磨才彻底停了，驴再叫喊一回，疲惫、舒缓，悠悠长长贯过整条苍茫了的小街，在沿途老墙上碰落灰土，是月亮将出的先声。(《原罪·宿命》)

天底下哪见过这样描摹驴叫声的。先是以“疲惫”“舒缓”状其貌，接着用叠词和夸张的手法突出其叫声之长，然后用通感将听觉与视觉相通，在夸张中让读者获得身临其境的感受，最后用比喻阐明驴拉磨时间之长。驴之劳，驴之困，驴之惑，尽在这一声叫喊之中。

有一天又是这时候她又在阳台上，一会儿往楼下看看，一会儿来来回回走，拿着一本书可是不看，隔一分钟就对着窗玻璃拢拢头发。(《原罪·宿命》)

这可以说是绝妙的心理刻画。除了两个“又”分别写同时间，同地点；两个“一会儿”描写坐立不安；把书当道具；不时拢拢头发；“来来回回”的复叠，更强化了不可按捺与心神不定的焦急心理。

那儿还有一块发亮的天空，那座楼变成淡紫色，朦朦胧胧飘忽不定。(《原罪·宿命》)

“朦朦胧胧”，生动地状写出天空的环境污染之严重。

净土寺那边的钟声鼓声诵经声，缈缈缥缥时抑时扬，看着像要倦下去却不知怎样一下又高起来。(《原罪·宿命》)

史铁生不愧是描绘之能手，净土寺钟声、鼓声和诵经声的混合变化，经其妙用将“缥缈”一词复叠并换为“缈缈缥缥”，不仅强化了视觉，更突出了受众的注意，把净土寺混合之声那看着“像要倦下去却不知怎样一下又高起来”的细微变化，写得传神而定格。

十叔说：“她侍弄那些花高高兴兴的一辈子，有一天觉得有点儿累了，想坐在花丛里歇一会儿，刚坐下，怎么都不怎么就过去了。”(《原罪·宿命》)

由其高高兴兴的心情与态度，说明她对侍弄花的执着。而后面“有一天觉得有点儿累了，想坐在花丛里歇一会儿，刚坐下，怎么都不怎么就过去了”中的后一个“怎么”通过转类格，与前一句形成鲜明对比，说明习惯勤劳工作之后，突然的歇息反而觉得时间的稍纵即逝。

> 满天的星星都出来，闪闪烁烁闪闪烁烁，或许就是十叔说的在跳舞吧。（《原罪·宿命》）

一个“闪烁”，足以把满天星星光亮的动摇不定、忽明忽暗描绘得让观者如见其景，但作者并不满足于此，而是连用两个“闪闪烁烁”复叠，作四倍的超大描述，后面又接着以拟人叙述，更让读者如临其境。

> 可是桥下妖声嗲气地开始有说有笑了，虽然那两个孩子以为他们的声音很轻，但含含混混的话语流进老头的耳朵都变得清清楚楚，老头极力忍住笑，驱逐开想往桥下看一眼的欲望。（《原罪·宿命·构成》）

“含混”与“清楚”，本来就是一对反义词，经作者运用叠词的修辞手法后，由说者话语的含混到听者达意的清晰，传神地描摹出老头极想往桥下看一眼的欲望。

> 水从大山的每一条沟壑中蹿跃而来，灌进这条河，聚成浩荡洪流，掀起排天大浪，一路翻滚咆哮轰轰烈烈经过这座老桥，桥墩上那条裂纹被冲撞得不断延长、加深，顶多挨到拂晓那桥墩就挺不住了，老桥势必坍塌，往大山里去的路在这儿阻断。（《原罪·宿命·构成》）

水势之猛，从“蹿跃”“灌进”“聚成”“掀起”“翻滚”和“咆哮”等动词的运用，便可知其已蓄成大势，然而，作者未就此收手，而是继续采用叠字的手法，以“轰轰烈烈”出之。有这样大场景的勾画，其水之猛势所造成的结果，自然可以想象：“桥墩上那条裂纹被冲撞得不断延长、加深，顶多挨到拂晓那桥墩就挺不住了，老桥势必坍塌，往大山里去的路在这儿阻断。”作者如此笔法，不说少见，至少少有。

> 酗酒者A临终前寄出了一封信，信上的字密密麻麻龙飞凤舞相互迭盖，多不可辨认。（《原罪·宿命·关于一部以电影作舞台背景的戏剧之设想》）

“密密麻麻”不仅写出醉后的不可控制的醉态，更深一层地道出酗酒前的忧思与无奈。

A挣扎着离开路灯下，趔趔趄趄走，走了一圈，又回到那盏路灯下。他发现了遗忘在那儿的那封信，捡起来看看。(《原罪·宿命·关于一部以电影作舞台背景的戏剧之设想》)

“趔趄”，指身体歪斜，脚步不稳，复叠后强调了动作的反复。这个词把A挣扎着离开路灯下，走了一圈，却又回到那盏路灯下的痛苦、挣扎状态刻画得呼之欲出。更出其不意的是作者这一表现手法，唤醒的是读者的深思。

背景银幕上是A的主观镜头：晃晃悠悠地走进了刚才那座楼的门厅，磕磕绊绊地上楼梯，摸索着走过又长又暗的楼道。(《原罪·宿命·关于一部以电影作舞台背景的戏剧之设想》)

A的主观镜头，作者突出的是过程的变化，而过程的变化，三次却以两次使用叠词而达到视觉定格的目的。一是走进那座楼的门厅时的晃晃悠悠；一是上楼梯时的磕磕碰碰。

母亲知道有些事不宜问，便犹犹豫豫地想问而终于不敢问，因为她自己心里也没有答案。(《我与地坛》)

这里的构思，明显受鲁迅《祝福》中“我”的心理影响。母亲复杂的心理变化，尽蓄“犹犹豫豫”之中。

有一天夜晚，我独自坐在祭坛边的路灯下看书，忽然从那漆黑的祭坛里传出一阵阵唢呐声；四周都是参天古树，方形祭坛占地几百平方米空旷坦荡独对苍天，我看不见那个吹唢呐的人，惟唢呐声在星光寥寥的夜空里低吟高唱，时而悲怆时而欢快，时而缠绵时而苍凉，或许这几个词都不足以形容它，我清清醒醒地听出它响在过去，响在现在，响在未来，回旋飘转亘古不散。(《我与地坛》)

这是作者的悬想。透过对声音的想象，进而思念其想念的人。而声音与参天古树、方形祭坛所构成的动与静的反差，正衬托出作者无尽的思念。作者清清醒醒地听出它响在过去，响在现在，响在未来，回旋飘转亘古不变。更写出思念之深与情之凄切。

> 钟声沉隐、悠扬、飘飘荡荡，连接起晚霞与初月，扩展到天的深处，或地的尽头……（《我与地坛·记忆与印象1》）

“飘荡”，随风飘动。作者有意将其重叠，将听觉可视化，因为通过可视化的定格，我们便可和作者一起感受到钟声的曼妙。由此可见作者对钟声的钟情，对地坛的执着。

> 小板凳高高低低，二十几个孩子也是高高低低，大的七岁，小的三岁。（《我与地坛·记忆与印象1》）

将“高高低低”复叠后用于不同的对象，一是小板凳，一是孩子。人与物的杂混，体现出生活的原生态。

> 但我还是走近它，战战兢兢地走上台阶，战战兢兢地从窗帘的缝隙间往里看。（《我与地坛·记忆与印象1》）

一句之中，两次使用“战战兢兢”，但语义却截然不同。前者意在突出因害怕而微微发抖的样子；后者意在强调小心谨慎的样子。

> 我偶尔朝那儿望一眼，门洞里幽幽暗暗，看不清珊珊高兴还是生气，惟一缕无声的雪白飘上飘下，忽东忽西。（《我与地坛·记忆与印象2》）

表面看，似只通过复叠强调门洞的色彩与光亮的幽暗，实则是水到渠成地烘托出姗姗心灵的幽暗与情绪的惆怅。

> 黄色的花淡雅，白色的花高洁，紫红色的花热烈而深沉，泼泼洒洒，秋风中正开得烂漫。（《我与地坛·秋天的怀念》）

花因颜色不同而品格不一，或淡雅，或高洁，或热烈而深沉。作者并未作细致的描绘，却一切在“泼泼洒洒”的四字复叠中，把各色花纷纷散落的形态描摹得既具动态又显静雅，极尽妍美。

> 奥运会上，约翰逊战胜路易斯的那个中午我难过极了，心里别别扭扭别别扭扭的一直到晚上，夜里也没睡好觉。（《我与地坛·我的梦想》）

“别扭”，有三个义项，但一经复叠，进入语境后，便只表达极不顺心的意义。因为史铁生有“路易斯”情结，这样真实地表达了史铁生对“路易斯”的失败感到极不甘心。

> 惟如蚁的人群一如既往地埋头奔走，动机莫测出没无常；熙来攘往擦肩而过，就像互相绕开一棵树或一面墙；忽而也见两三位远远地扑来一处交头接耳，之后又分散融入人流再难辨认；一串汽车首尾相接飞驰向东，当中一辆不知瞬间受了什么引诱，减速出列掉头改道又急驶向西了；飘飘扬扬的一缕红裙，飘飘扬扬地分外醒目，但倏地永远不见了，于原来的地位上顶替以推车老人；老人缓缓地走，推的是一辆婴儿车，车厢里的小孩儿顾自酣甜地睡着……（《我与地坛·姻缘》）

作者一连使用六个分句，列出六种现象，突出各自姻缘。而第五个分句接连使用两个“飘飘扬扬”复叠，极力张扬一缕红裙之美、之分外醒目、之格外诱人、之令人遗憾，而最不识时宜的是推车老人的出现。这种人物的对比，这种心情的对比，真是别出机杼。

> 计算机，真是好东西，把书写的劳役变成敲敲打打的游戏，不必肩酸背疼担心着得颈椎病了。用计算机写作的优越性很多。（《我与地坛·计算机，好东西！》）

透过作者“敲敲打打”的动作，我们可以想见其对计算机用于写作所带来的优越感的认可。

> 后来我在《山花》上见了他的作品，暗自赞叹。那时我既未做文学梦，也未及去想未来，浑浑噩噩。（《我与地坛·悼路遥》）

"我"的伟大不仅在于对"他"的羡慕与肯定，更在于对自我的解剖。而对自我的解剖全在借助复叠的辞格运用，全在将叠词后置的强调。正是借助这叠词的后置把"我"的无知无识与糊里糊涂和盘托出。

> 王安忆说："可是路遥说，他今生今世是离不了那些地方的。路遥说，他走在山山川川沟沟峁峁之间，忽然看见一树盛开的桃花、杏花，就会泪流满面，确实心就要碎了。"（《我与地坛·悼路遥》）

路遥对桃花、杏花的感动，完全由于对生活艰辛的感悟。而生活的艰辛与不易，全蓄积在山山川川沟沟峁峁的颠簸与跋涉的艰难之中。

> 还有一件值得回味的事，我们十七八岁去插队时，男生和女生互相都不说话，心里骚骚动动的但都不敢说话，远远地望一回或偶尔说上一句半句，浑身热热的但还是不敢说下去；我们就是这样走进了人生的。（《我与地坛·相逢何必曾相识》）

"青年男子谁个不钟情？妙龄少女谁个不怀春？"正处青春期的男男女女都有过青春期的困惑，史铁生在描述这一心态的变化时只通过"骚骚动动"这一叠词的巧妙运用就把青春期男女的不安与骚动的心态作了细腻而传神的刻画。

> 但我的心神便又走进那些胡同，看他们一条一条怎样延伸怎样连接，怎样枝枝杈杈地漫展，以及怎样曲曲弯弯地隐没。（《我与地坛·故乡的胡同》）

这样的句子，若不是因为捧之在手，一不小心就从手缝中溜走。这样的句子。美在天人合一，因为拟人；妙在化静为动，因为态动；神在词语复叠，因为每一；奇在复叠词语，因为程度。

> 为什么残疾人的婚姻问题已受到一定程度的重视，而性康复工作却羞羞答答地迟迟不能开展？（出了一些有关书籍，也总是吞吞吐吐像在撒谎，躲躲闪闪像在造着一个谣言。）（《我与地坛·康复本义断想》）

性康复工作，本应名正言顺，而事实上却是处在瘫痪状态。作者的呼吁在反问、拟人、比喻和拆词中，重归一旨。而三个叠词的更替出现，极尽含蓄之美，极尽幽默讽刺之能事，让人于笑中含泪。

> 从我这个凡夫俗子的角度看，文学创作跟学外语大不相同，不是忍得几载寒窗苦就能行的，它需要自自然然地去体会生存这件事，然后需要不急不躁地去写。(《我与地坛·对话四则》)

作者于谦卑中通过“自然”一词的复叠，极其客观地表达了自己关于文学创作的观点：文学源于生活，自然再现生活。

> 规规整整的高楼叫人想起图书馆的目录柜，只有上帝可以去拉开每一个小抽屉，查阅亿万种心灵秘史，看见破墙而出的梦想都在墙的封护中徘徊。(《我与地坛·墙下短记》)

“规规整整”，突出高楼的规则与整齐。但作者却明褒实贬，我们于其神妙的比喻中可以窥见其感情色彩，最后一句以拟人的手法拈出，更是让人叹为观止。

> 《陈梅》中的那个孤独者，不是独自面对一只红苹果，也会感到欢乐吗？孤独，是在熙熙攘攘的人群中所遇的隔离，在觥筹交错间所见的冷漠，在彬彬有礼的人类语言中所闻的危险。(《我与地坛·短评三篇》)

“孤独”，是一个极其抽象的词。作者为了将其形象化，连用三个暗喻，将“孤独”比喻成“隔离”“冷漠”和“危险”，但仍然抽象，只是加深了印象而已，作者的高妙在于对每一个中心词作恰到好处的定语修饰。“隔离”一经“熙熙攘攘”的复叠修饰，简直化腐朽为神奇，具体而生动；“冷漠”碰见觥筹交错，就可想而知；“危险”一旦在彬彬有礼的人类语言中所闻，就具体可感。三个排比，更强化了受众对“孤独”的理解。

> 独自一人穿过短短长长的窄巷，独自一人，走过高高矮矮的老房，两手插进袖筒里，不时焐一焐冻疼的耳朵再把手插进袖筒里。(《务虚笔记·童年之门》)

用心的读者会发现，史铁生在运用叠字的时候特别讲究技巧。因为讲究技巧，其表意目的自然水到渠成。前一个叠字，不说“长长短短”，而说“短短长长”，意在表达穿过时先看到的是希望，继而是失望；后一个叠字，不说“矮矮高高”，却说“高高矮矮”，意在表达希望高楼遮挡寒风，以求暂时的温暖，但最后还是逃脱不了寒冷。

> 女孩儿的快乐即告消失，低下头嗫嗫嚅嚅。（《务虚笔记·童年之门》）

“嗫嚅”，形容想说话而又吞吞吐吐不敢说出来的样子。可见女孩儿对快乐的憧憬，对即将消失的快乐的失望。

> 那个男孩儿，那个缥缥缈缈的男孩儿就像是我，就像是所有男人的童年记忆，在传说般的往昔岁月，在巨大的云彩和天空下不经挑选的一条小路上，也许是在梦里，也许是在往昔直至今日的向往之中，他缥缥缈缈地走着，但也许他真的冒过雪后寒冷的风，走进过一座美丽的房子。（《务虚笔记·恋人》）

“缥缈”，形容隐隐约约，若有若无。如果说前一个“缥缥缈缈”真是“缥缈”，到后一个“缥缥缈缈”已赋予了具体内涵，四个“在”字结构，就是“缥缥缈缈”的具体描述，朦胧而婉约的三个“也许”，却在最后一个里看到了希望。这种叠字的运用，不是史铁生，都不敢想象朦胧之后尚有希望之星。

> 爷爷说自古及今，兵伐政治，鹿鼎频争，无非是打天下坐天下，朝朝代代，谁不说着天下为公，可天下几时为公过呢？英杰豪勇，伟略雄韬，争为天下君罢了。（《务虚笔记·母亲》）

名词的重叠表达“每一”的语法意义。作者将“朝代”复叠，意在强调每一个朝代都说天下为公，可天下从未为公过。

> 月光真亮，透过老树浓黑的枝叶洒在院墙上和草地上，斑斑点点。（《务虚笔记·白色鸟》）

"斑点"的复叠，不仅强调了状态，而且通过状语后置，起到了强化有意注意的作用。

贴着灰暗的天穹，那只鸟更显得洁白，闪亮的长翅上上下下优美地扇动，仿佛指挥着雨，掀起漫天雨的声音。(《务虚笔记·白色鸟》)

按理"上下"只表方位，可一经作者复叠使用之后，还达到表状态的动态效果。而拟人与夸张的运用，更进一步地引起了读者对白色鸟的视觉注意。

这片楼区必定出于一个傻瓜的设计，所有的楼都是灰色的，一模一样的长方形，黎明前像是一段段城墙，入夜后仿佛一座座荒冢，白天呢，喧喧嚣嚣如同一支难民船队，每个窗口都招展开斑驳灿烂的旗：被单、衬衫、尿布、老人的羊皮袄以及女人的花裤衩。像一首歌中唱的："从前是这样，如今还是这样……"(《务虚笔记·白杨树》)

作者以示现、叠字和比喻的辞格，生动地再现了楼区呆板与沉寂的景象。"喧嚣"已见吵闹之程度，复叠之后更可想而知，但作者并没有就此搁罢接着用比喻和示现的手法，像电视播放般重现特写镜头一样，将楼区刻入记忆。结尾处既点明状态，又托出心情。

楼群的阴影都朝一个方向扑倒，整整齐齐，空空洞洞……不过是空空的风中凄凄迷迷挟裹着一缕声音：没有，没有，这儿根本就没有你要找的那个房间根本就没有你要找的那座楼房根本没有你要找的那个姑娘……F大喊一声醒来，愣很久，不再睡了，起身走上阳台。(《务虚笔记·白杨树》)

作者连用三个叠字，表面上语意似乎舛互，实际上正强化了最后一个叠字的语义。五个"没有"的层递式复叠，更进一步强化"凄凄迷迷"的内涵。F的心情与心境，全因复叠而和盘托出。

在他终于为了两颗衰老的心脏而背离了自己的真心之时，在他终于为了两份残年的满足而使N痛不欲生之时，在他终于屈服在威胁和哀求之下离N而去之时，一头乌发忽如雪染的那个夜晚，他感到那两个字无处不在，周围旋卷缠绕着的风中淫淫荡荡正是那两个字的声色。(《务虚笔记·白杨树》)

作者表面上故意用“那两个字”制造神秘，酿造朦胧，但真实内涵却因“淫荡”的复叠而让读者领会得清清楚楚，更何况有前面“在他终于……之时”的三次双齐格的烘托与渲染，作者要传达的意思显而易见。

看清了的人回来调侃说，新娘容貌平平，唯个子高壮，有望在投掷项目上拿奖牌；新郎嘛，体重远不能及新娘，万务好生调养，否则朝朝暮暮难免都是要受气的。(《务虚笔记·差别》)

作者对新郎和新娘的描写，完全出乎读者的意料。角色的易位描写，达到呼应主旨的效果。“朝朝暮暮”的复叠，写出了作者的担忧。

他刷牙的姿势很夸张，把牙刷在嘴里横横竖竖斜斜地使劲刷，想必他很珍视自己的牙齿，整个身体都在用着劲儿，喀嚓喀嚓的响声直传到湖边来。(《命若琴弦·小说三篇》)

他刷牙的姿势很夸张，作者描绘他刷牙的姿势更夸张。“横横竖竖斜斜”三字复叠，让人如见其景；“整个身体都在用着劲儿，喀嚓喀嚓的响声直传到湖边来”，让人捧腹。

（三）拟声与绘景

一个语段中，作者能巧妙地多次使用叠字，往往在拟声的同时，又适时绘景，这样既带给读者声音的音乐美感，又牵引读者同时领悟形象之妙，一箭而双雕。正如台湾修辞学家董季棠在《修辞析论》中所言：“复叠的好处是，用在论说，能增加文章的气势；用在抒情，能给人一种情韵回环、风致緜邈的感觉。读起来也就言有尽而意无穷了。”

“你怎么啦?”解教授赶紧扶住歪歪斜斜扑进家门的陈谜。

她哆哆嗦嗦地关上窗户，抽抽搭搭地说：“儿子恐怕还不是人民，我听人说了，在‘四人帮’没打倒之前，儿子就自由言论……唉!‘四人帮’没打倒之前，自由言论之后……恐怕儿子

还是‘反革命’。这之前……那之后……之前……之后……”（《命若琴弦·法学教授及其夫人》）

“歪歪斜斜”描摹的是陈谜扑进家门时的恐慌状态；“哆哆嗦嗦”更进一步刻画出她紧张的心理反应；“抽搭”，一吸一顿地哭泣。既摹拟了她哭泣的状态，同时又逼真地拟状出她哭泣时的声音。之后的语词形象地把她恐惧的具体原因作了交代。

> 他们那红红绿绿的衣裳像是故意对着断壁残垣炫耀，他们吵吵嚷嚷的笑声像是存心向这秋风残照挑战。（《命若琴弦·绵绵的秋雨》）

作者在排偶中嵌入对称的复叠，前者摹状，后者拟声。在色与声中对比，在比喻中形象鲜明。

> 姥姥呢，她的快乐和期望在哪儿？针针线线她从一个小姑娘长成了女人，吹吹打打那人形来了，张灯结彩他们拜了堂成了亲，那个人形把她娶下并使她生养了几个孩子，然后呢，却连那人形也不常见，依然是针针线线度着时光。（《我与地坛·记忆与印象1》）

两个“针针线线”内涵完全不同，前一个表达的是姥姥从一个小姑娘长成女人的快乐和期望，后一个则是度日的艰辛。“吹吹打打”，先是让读者感受到姥姥年轻时的快乐，但作者的高妙在于一箭双雕，除此之外更反衬出姥姥晚年的寂凉。

> 我们叽叽吱吱地在地上跑，叽叽吱吱地在天上飞，叽叽吱吱地在太空中传递，被压扁成为图像，被抻长成为数据，被拷贝得千篇一律，被贮存得规规矩矩，被调动得奴颜婢膝，然后我们损坏，过时，成为有害的垃圾去污染上帝的田园……（《我与地坛·私人大事排行榜》）

三个“叽叽吱吱”，把“我们”在地上跑、在天上飞、在太空中传递的状态作了铺陈式的描摹，五个“被”字的排比与双齐，把结果作了层递式铺张。在声音中，读者感同身受；在视觉中，读者如临其境。

> 她在那屋前哭一阵子，又到那屋后哭一阵子，左左右右总不离开那屋子周围，也不进来，还是那句话，原来，你的骨头没有一点儿男人，原来你的骨头，没有一点儿男人，呜呜咽咽地就这么一句话颠来倒去地说。(《务虚笔记·葵林故事（上)》)

“左左右右”的复叠，从方位上极言她哭泣的委屈、伤心与痛恨；“呜呜咽咽”，从声音上极拟她哭泣的痛恨、伤心与委屈。句子的不断反复，更加深了“她”内心恨之深与切。

二、以叠字抒发缠绵深切的情感——ABAB 式叠字

叠字，在史铁生的文本中除了大量使用 AABB 式摹写逼真的声响效果之外，作者还妙地借助 ABAB 式叠字，极尽抒发缠绵深切情感之能事。一旦进入其文本，我们服膺其叠用的驾驭语言之术，又一次在拟声与绘景中回味无穷。

（一）拟声

与 AABB 式叠字拟声相比，ABAB 式叠字在摹拟声音时，更容易引起读者的有意注意。因为注意，读者在领悟文本时就更为有意，因为有意，读者对文本的体悟就更为深刻、更为准确。因闻其声，想见其形。

> 黑黑挣扎着站了起来，龇着牙，喉咙里发出“呼噜呼噜”的声音。(《命若琴弦·黑黑》)

“呼噜”，形容呼吸受阻而发出的粗重的呼吸声。复叠后更细腻地摹拟出黑黑呼吸的困难。

> 夏天，村里的孩子们光着屁股在河滩上折腾，往水潭里“扑通扑通”地跳，有时候捉到一只鳖，又笑又嚷，闹翻了天。(《命若琴弦·我的遥远的清平湾》)

“扑通”，形容落水的声音。复叠后形容孩子跳水人数之多，让读者仿

佛如临其境，感受到童年的快乐，感受到“我”对清平湾的留恋。

> 于是两辆车开始前排走，车速慢了下来。两个人的汗衫都湿透了，都呼哧呼哧地喘粗气。(《命若琴弦·足球》)

“呼哧”，形容喘气的声音。复叠后，更可想见其呼吸之困难，其实，作者在摹其声时，已同时让读者与粗喘声中想见其形。

> 楼上传来“嚓啦嚓啦”的拖鞋声，一会儿又“嚓啦嚓啦”地走回来。(《命若琴弦·来到人间》)

“嚓啦嚓啦”两次复叠，让人反复听到拖鞋的声响，烦躁之心，呼之欲出。

> 窑里只有两只木箱，几个瓦罐。猪在灶台边“喀哧喀哧”蹭痒痒。灶台上睡着一只猫，时而睁一下眼睛看那只瘦猪。(《原罪·宿命·插队的故事》)

“喀哧喀哧”复叠后获得因声见形的修辞效果。整个句子以示现的辞格，让读者获得对“插队”的印象，诸如窑、木箱、瓦罐、猪、灶台、猫等，但记忆最为深刻的是在灶台边“喀哧喀哧”蹭痒痒的猪。

> 叮当叮当——叮当叮当——铃声在风中飘摇，在校园里回荡，在阳光里漫散开去，在所有孩子的心中留下难以磨灭的记忆。(《我与地坛·记忆与印象1》)

“叮当叮当”铃声的摹拟，让人印象深刻、难以磨灭。四个“在”字打头的排比句，层层递进，语义不断扩展，内涵不断深化。

> 大铁铛上“嗞啦嗞啦”地冒着油烟，一盘盘粉红色的灌肠盛上来，再浇上蒜汁，晶莹剔透煞是诱人。(《我与地坛·记忆与印象2》)

这真是一线美味现场的地道写真。要不是“嗞啦嗞啦”声音的传入，还真不知道灌肠有如此之美。叠字的摹声，有时真是让人叹为观止。

> “刷啦刷啦”的声音把我惊醒，赶紧跑出去：“您歇着吧我来，保证用不了三分钟。”（《我与地坛·记忆与印象2》）

“刷刷啦啦”，形容迅速擦过去的短促的声音。声音越短，越重复越易给人深刻的印象，越容易获得强化的效果。

> 那条小街上的太阳，那座老庙里的铃声，那棵巨大的白皮松和它浑身滴淌的松脂，以及满院子草木随风沙啦沙啦地摇响，都让我不安。（《务虚笔记·生日》）

作者在三次使用排比之后，接着使用复叠，更强化了响声带给“我”的不安。动与静的结合，更能突出动的一面，就像一个人烦躁时总是听到楼上的左脚声，然后等待右脚着地的急躁与不安。

（二）绘景

同样的道理，AABB 式叠字，强调的是 AA 与 BB 给读者的感觉，而 ABAB 式叠字，则更在突出 AB 与 AB 给受众的注意，相比较而言，同为叠字，前者更为急促，后者偏在缓慢，缓慢则类似于慢镜头，无论是从听觉还是从视觉上，都更容易引起呼读者在阅读与体悟时的注意，更易使读者因呼其声，想见其形；因见其形，深味其意。

> 但从乡亲们的叹气、摇头和沉思中我感到，所有的人都同情张山，并且似乎都带着一种内疚，有几次我甚至觉得，乡亲们爱戴张山，当他们叼着烟袋“吧嗒吧嗒”地沉思之际，大概是在为张山祈祷上苍呢。（《命若琴弦·黑黑》）

我们常常有这样一种感觉：有时表达找不到词儿时，最佳的方式是用方言替代，这样最地道、最传神。作者就深谙这一表达技巧，非常娴熟地使用“吧嗒”一词复叠，把方言中抽（旱烟）的神态，描绘得细腻而传神。

> 常见他一个人半晌半晌地仰着脸，枯瘪的眼窝不住地蠕动。他依稀记得山川的模样。（《原罪·宿命·插队的故事》）

“半晌”，指的是半天，重叠后表达一天到晚的语境义。可是，远比用“一天到晚”来得有意味，一是新奇，一是形象；既能容易引起注意，又可传达深刻含义。

几个人兴冲冲到公社去，眼睁睁在邮局取了钱，眼巴巴在供销社买了罐头，忽匆匆找一眼闲窑，把罐头打开，想得周到的带了勺子，粗心的只好下手抓，顷刻间肉尽汤干，咂吧咂吧嘴，一脚把空罐头盒踢下崖去，听一会儿狗在崖下的厮打声，只把另外一半汇款拿回村去慢慢受用。这会儿肚子里毕竟还有油水，吃得慢多了。(《原罪·宿命·插队的故事》)

这效果简直是电影的特写镜头，把几个人取钱之后由买到吃再到吃完之后的动作神态与满足心理，刻画得惟妙惟肖。而这样的描写完全得力于词语的多次复叠与示现手法的运用。

老两口整日对坐窗前，各读各的书或者各写各的文章，很久，都累了，便再续一壶茶来，活动活动筋骨互相慢慢地谈笑。(《原罪·宿命》)

“活动”一词的叠用，传神地描写了老两口因年龄偏大对身体特别小心的尝试心理，同时也传递出老两口晚年的满足，让人想起刘禹锡的名句“莫道桑榆晚，微霞尚满天”。

人们大把大把地烧香，整簇整簇地香投入香炉，火光熊熊，烟气熏蒸，人们衷心地跪拜，祈求升迁，祈求福寿，消灾避难，财运亨通……倘今生难为，可于来世兑现，总之祈求佛祖全面的优待。(《我与地坛·记忆与印象1》)

“大把大把”与“整簇整簇”的复叠，把人们烧香拜佛、祈求升迁、祈求福寿的虔诚，刻画得入木三分。

“行!”八子夸石头，并且胡噜胡噜他的头发。(《我与地坛·记忆与印象2》)

如果用“抚摸”表达夸奖与爱抚，那完全没有什么不可以，但作者为了不落俗套，运用“胡噜”复叠，传神而生动。

（三）拟声与绘景

在史铁生的文本中，也偶见拟声与绘景的结合。一段之中，阅读者如若既见拟声又遇绘景，那因声音而传达的微妙，让读者自然因声见景，那因绘景而入境的神奇，让读者洞然因绘景豁会其意。

> 他挣扎着后退，后退，但背后还是像有人推他，“咔嚓咔嚓”的剪枝声便越来越近，越来越紧，蝶群随之转了个方向朝他飞来，“扑噜扑噜”地撞着他的头，撞着他的脸……（《我的丁一之旅》）

一句之中，既有复叠式拟声，又有复叠式绘景；既让人如闻其声，又让人如见其景，更让人如见其人。

第二节　在遣词炼字中建构作品的美学世界——词汇修辞

夫人之立言，因字而生句，积句而成章，积章而成篇。篇之彪炳，章无疵也；章之明靡，句无玷也；句之精英，字不忘也；振本而末从，知一而万毕矣。

——刘勰《文心雕龙》

字句之精透，字无失也。发挥意旨在句，而点缀精神在字。至于用字造句，使之灿然成章，则又在乎意匠之经营耳。

——费经虞

从事写作第一个条件当然是善于用字。思想情绪、形象，都要靠确当的字来表达和描写，用错了字，便会“辞不达意”，乃至与本意相反……所谓“练字”这一层功夫实在永无止境，而与一个作家的写作活动相想始终的。

——茅盾

语言艺术家的技巧就在于寻找惟一需要的位置。

——列夫·托尔斯泰

对于词汇与修辞，作家往往关注多义词、同义词、反义词的运用；有时也恰到好处地运用古语词、方言词、外来词；成语、惯用语、歇后语、谚语和格言，同样在作家的运用之列。纵观史铁生的作品，最为突出的是对近义词的锤炼以及对成语炉火纯青、水到渠成地活用。

一、近义词的调配

在史铁生的笔下，其动词的运用，有时从含义上各有侧重，有时在意程度，有时突出范围，有时甚至精确到搭配的对象。因为细心选择，形象和盘托出；因为错综使用，情境逼真动人；因为同义连用，语势笔到意随；因为同义代说，避讳因饰而美。

（一）巧用近义动词，传微达妙

动词的运用，往往能寓繁于简，寓静于动，寓抽象于具体。

> 我是干部子弟中最不幸的一个，还没容得我穿上军服，戴上袖章，去造反，去高歌，去奔腾叱咤，“黑帮子弟”的头衔便打得我晕头转向。像一片树叶，任飓风吹去，随飓风盘旋，凭飓风安排我的命运。(《命若琴弦》)

作者为了传达出“我”的不幸：如何被打得晕头转向，在比喻之后尚嫌表意不足，通过“任”“随”和“凭”三个近义词的反复描述，不但让人感同身受，更达到笔到意随的效果。

> 那时我似乎才真正踏进了人生，长者亲昵的抚爱变作惶恐的冷眼，朋辈的戏谑之言成了罪责的依据，亲戚们的阿谀逢迎改为望风而逃。(《命若琴弦》)

作者借助“变作”“成了”和“改为”这三个近义动词，细致而鲜明地突出了长者、朋辈以及亲戚们对“我”成长的态度。

> 那面灰墙下原来是一大片花丛，小时候常和表哥表姐在那儿捕蜻蜓，逮蛐蛐，捉迷藏……(《命若琴弦》)

“捕”“逮”和“捉”其实是等义词，但作者却意在引起读者的注意，把“我”小时候和表哥表姐玩耍的童趣，写得跃然纸上。

> 秋风起了，吹黄了小路两旁的草丛，吹谢了草地上的野花，吹光了小树林的茂叶，吹去了小公园里甜蜜的夜晚……如今想来，那只是一场梦。(《命若琴弦》)

“黄”“谢”“光”和“去”四字若脱离语境，不一定是同义，但作者在其前着一“吹”字，顿然就成了同义词，义虽同，却细微地传达出“秋风”对“草丛”“野花”“茂叶”以及“小公园里甜蜜的夜晚”所产生的不同影响。

> 艺术，原是要在按部就班的实际中开出虚幻，开辟异在，开通自由，技法虽属重要但根本的期待是心魂的可能性。(《病隙碎笔》)

“开出”“开辟”和“开通”出现在文本中，作者借用同异的辞格，强调“开”之同，突出“出”“辟”和“通”之异，表明艺术之“虚幻”“异在”和“自由”的不同，不言自明。

> 旅途无极，我的经历、经过、经受或担负浩浩汤汤不见首尾，随人怎么叫吧我还是我，叫什么都是姑且名之。(《我的丁一之旅》)

作者通过对“经历”“经过”和“经受”进行细致的铺排后，把“我”的感受与态度作了淋漓尽致的表达。

> 灯火中站立着和走动着不知何来、何往的河流，或不知牵系于何方、牵念于何方、牵动于何方的心魂。(《我的丁一之旅》)

“牵系”“牵念”和“牵动”三词看似同义，实则是作者通过同异辞格，把联系点、挂念点和动心处，由浅入深地作了渐进的传达。

> “唉唉，可怜，可悲，可叹！生即是苦，生即是难，生即是

无穷无尽的烦恼哇……”那老者摇头叹罢，化风化云而去。（《我的丁一之旅》）

其实，“可怜”“可悲”和“可叹”，可以看作是等义词，可三者尽管等义，但作者却于同中见异，通过同异辞格的妙用，摄住读者的视觉，把老者对生的感受和盘托出，足见生之苦，生之难，生之烦恼！不仅如此，“摇头叹罢”之“摇”与“叹”，这一近义词的运用，又进一步强化了老者对生的无奈。

听那无死无碍的风呵
吹响落叶
吹散浮云
吹动浪的玄想，吹醒
无处不在的——歌神（《扶轮问路·秋天的船》）

风在作者的眼中，如此的神奇，带给读者的具象感受，全在于“吹响”“吹散”“吹动”和“吹醒”四个词的传神运用。一个“响”字，将落叶的被动声态化，如闻其声；一个“散”字，将浮云的无助可视化，如见其景；一个“动”字，将浪拟人化，如入其境；一个“醒”字，将歌神人情化，天人合一。

（二）活用同异名词，转品传情

转品，是一种说写中依托语境临时将某类词挪转为另一类词使用以企某种特定效果的修辞文本模式。①

转品这一修辞文本的建构，其修辞目的在于以突破语法规范的新颖表达形式以引起接受者注意的心理预期。在表达上往往显具新异、简洁的特点；在接受上，则具有易于引发接受者注意，增加其接受解读兴味的效果。

不敢再问，退步出来，站在那儿不敢动，站在门旁不知所措，惊诧惊奇惊恐或许还有自惭形秽，便永远记住了那个地方。但那个地方，在长久的记忆里变幻不住甚至似有若无，唯那惊诧惊奇惊恐和自惭形秽真真确确长久地留在印象里。（《务虚笔记》）

① 吴礼权：《现代汉语修辞学》（修订本），上海：复旦大学出版社2012年版，第273页。

“惊诧”“惊奇”和“惊恐”本为动词，作者却鬼斧神工地将其转品为名词，且两次反复，印象之深，印入大海。“诧”“奇”和“恐”三字，更细腻地传达出作者对“那个地方”不可磨灭的记忆。

（三）善用语境介词，描写变化

有些介词，脱离语境完全就是动词。这种词的兼类往往不易把握，但作者有意选取，让其进入语境。这种表达不但不易引起误会，反而避免了重复，使表意新颖而精准。

> 跟警察逗闷子。对父母撒谎。给老师提些没有答案的问题。在街上看人打架，公平地为双方数点算分。或混迹于球场，道具齐备，地地道道的“足球流氓”。（《我与地坛·记忆与印象2》）

“跟”“对”和“给”，一经作者进入语境，即达异形同义，异曲同工之妙，描写事件，尽态极嗤。

（四）选用近义结构，天衣无缝

近义结构，往往借助近义词组合而成。在表义时丰富自然、细腻别致。

> 在娥飘动的发丝旁，晨风正徐徐走过；在娥颀长的脖颈边，星辰正缓缓隐没；在娥迈动的双腿间，远山渐渐显其轮廓……我要是诗人我定要把这情景写成诗篇。但这诗情，尚不足以令丁一之花跳动。（《我的丁一之旅》）

在“在……旁，……徐徐……”；“在……边，……缓缓……”；“在……间，……渐渐……”三组近义结构中，作者对“旁”“边”和“间”三个近义方位名词，以及“徐徐”“缓缓”和“渐渐”三个复叠近义副词的巧妙混搭，使得整个表达既富于结构美，又独具声音美，更突出意境美。然而，作者用意并不在此，而是为了通过渲染，反衬出丁一之花的无助与无奈。作者将痛苦以对比的方式托出，含不尽之意于言外。

二、成语的活用

成语，大多由四个音节组成，节奏明快、形式整齐、赏心悦目。在史铁生的文本中，我们可以看出其对成语情有独钟。因为独钟，运用起来自然匠心独运；因为独钟，表情达意自然妙笔生花；因为独钟，增删改化，境由心造。无论是换字、序换、插入还是反用与省略，令人心仪的成语，经史铁生的改造后，进入他的文本，或言简意赅，或含义隽永，或形象绚丽，或文雅庄重，或含蓄讽刺。咀而嚼之，仿佛天造地设，令人叹为观止。

（一）换字

成语，本具固定性的点，一般不赞成随意改变。但作者正是抓住这一常态思维有意更换文字，以引起读者的注意，让读者在有意注意中，体会更换之妙，从而更深入细致地领会文本的内涵。

> 詹牧师历来有“信主兄弟不分国族，同来携手欢欣”的思想，这一思想固然愚昧而又缺乏阶级分析，但与派性却实在水火难容。（《原罪·宿命·关于詹牧师的报告文学》）

“水火不容”，在作者的笔下却将“不”字换成“难”字，一字之换，妙笔生花。“不”，显然绝对，“难”看似是退让的表述，却达到以退为进的目的，这种模糊语言的巧妙运用，胜过千军万马。

> “花脑”仰天长吠几声，那声音颤颤的有些古怪……（《原罪·宿命·插队的故事》）

乍一看，“仰天长吠”让人哭笑不得，退味之，却于冷幽默中获得其解，如果说，“仰天长叹”常用于人，而作者的有意改之，正是为了突出“花脑”所见之奇。从心理学上说，作者正是通过有意注意来达到强化其表达目的的效果。

> 我们这帮写小说的家伙，观察力都极佳，一进县委大院都先注意到了这个漂亮的女干部，几个人窃窃耳语，惊讶此地竟有这么一位文雅又美貌的女干部。（《原罪·宿命·插队的故事》）

形容女干部漂亮引起的反应，作者不用“窃窃私语”，而是大胆地将“窃窃私语”之“私”改成“耳”，这一改，整个形象由抽象而具体，由悄悄变众所周知，进一步突出女干部之美。

大概就是在这时候，女人说起过她就住在太平桥，说得漫不经意，眼神恍惚还像在梦里。（《原罪·宿命·礼拜日》）

“漫不经心”与“漫不经意”的一字之别，因为作者有意改变，便引起了读者的注意，达到了作者所要言说的目的。

是个夏夜，有云，天上月淡星稀，路上行人已然寥落，偶有粪车走过将大粪的浓郁与夜露的清芬凝于一处，其味不俗。（《原罪·宿命》）

“明”与“淡”两字意义截然相反，但正是这样的反差，却强化了这个夏夜的与众不同。

她很漂亮很善良，很聪明，很健康很浪漫很豁达，很温柔而且很爱我，私下里她不费思索单凭天赋便想出无数奇妙的爱称来呼唤我，我便把世间其它事物都看得轻于鸿毛，相比之下在这方面我或许显得略笨，我光会说亲爱的亲爱的我最亲爱的，惹得她动了气给我一记最最亲爱的小耳光。（《原罪·宿命》）

“不假思索”与“不费思索”一字之别，却因改用一“费”字，作者便把“她”的智慧和聪颖言简意赅地刻画出来了，大有在用墨如泼之后又惜墨如金之效。

她的模样很美，很文雅，很沉静，久久地看着那幅画，目光生气勃勃。（《原罪·宿命·中篇1或短篇4》）

“生机勃勃”与“生气勃勃”，一文一雅，作者于雅中求淡，反而淡雅有致。此外，“敞开，不是性的专利，性是受了爱的恩宠，所以生气勃勃。”（《病隙碎笔1》）“诗人心里，为之生气勃勃。”（《务虚笔记》）“有好几年，F只有走进N的房间看见N安然无恙依旧生气勃勃，他才能确信N只不过是搬离了旧居，从那座美丽而幽静的房子里搬出，住到这里来了。”（《务虚笔记》）亦同此例，均作谓语；而“记得诗人西川有一首诗，写笼中之豹的美丽生动，我已记不住原句，但我记住了那很像是人性的注脚与警示：绚耀的皮毛，浪动的脚步，警敏的眸光贮满勃勃生气，但是别忘了铁栏——千万别忽略它。”（《我与地坛·私人大学排行榜》）则略作语序调整，在句子中作宾语。

但这时候你看不见（至少还包括明天与你同车进山的那十几个人，其中当然有那个戴眼镜的女人，你们都看不见），在万里之外，“万里”是一种夸张，实际是在百里之外，在山区，在那峰峦叠嶂的大山脉的上空，你看不见，你们都看不见，在六公里以上的高度，那儿，出现了一层薄薄的白丝状的云彩。（《原罪·宿命·中篇1或短篇4》）

作者大胆地将“层峦叠嶂”中的“层”换用为“峰”字，显得更为形象可感。“河岸上峰峦叠嶂般地耸立起高大的楼群，太阳火一样的暴晒之下，所有的窗户都关得严严的抵挡热浪，不透出一点儿声音。”《务虚笔记》）则借助比喻，使“楼群”像特写镜头般定格在受众的脑海，印象深刻可感。

白发黑衣老人仍旧不停地往舞台上运酒，酒瓶、酒罐、酒坛大小不一，小不盈尺，大可容人，五彩纷呈琳琅满目，几乎把A埋在其中。（《原罪·宿命·关于一部以电影作舞台背景的戏剧之设想》）

作者将“异”字有意精细化并着一“五”字，于精益求精中达到夸张的最佳效果。

老人看得怦然心动，看得嗒然若失：我们过去多么规矩，现在的年轻人呀！（《我与地坛·记忆与印象2》）

“怅然若失”，本指不如意，好像丢了什么。而“嗒然若失”则形容懊丧的神情。作者只改一字，却异常经济地达到了两个成语的效果，一箭而双雕地把老人对年轻人的所作所为之态度神情再现。

再看那些老柏树，历无数春秋寒暑依旧镇定自若，不为流光掠影所迷。（《我与地坛·记忆与印象2》）

“浮光掠影”，本指水面的反光与一晃而过的影子，比喻观察不细致，印象不深刻。作者不用比喻义已属高招，在巧妙地运用其本意时，尚嫌意犹未尽，在运用比拟格后，接着将成语中的“浮”改为“流”，更具动感，更突出光与影的迷人。

> 这几句话让我感动至深。难道我们不该对灵魂有了残疾的人，比对肢体有残疾的人，给予更多的同情和爱吗？（《我与地坛·我的梦想》）

“感人至深”，强调的是对客体的影响，作者由于在句中目的是强调主体，所以灵活地将“人”字改为“动”，牵一发而动全身，于字斟句酌中见其功力。

> 早在五六年前，我就听说了用计算机写作的诸多方便，但那时计算机价格太贵，心既向往但闻而生畏。（《我与地坛·计算机，好东西！》）

“望而生畏”，在读者的印象中还没有来得及咀嚼，就径改为“闻而生畏”，一字之别突出的却是听觉造成的巨大影响，改得生动，改得传神。

> 民歌之所以流传得广泛，因为它唱的是平常人的平常心，它从不试图揪过耳朵来把你训斥一顿，更不试图把自己装点得那么白壁无瑕甚至多么光彩夺目，它没有吓人之心，也没有取宠之意，它不想在众人之上，它想在大家中间，因而它一开始就放弃拿腔弄调和自命不凡，它不想博得一时癫狂的喝彩，更不希望在其脚下跪倒一群乞讨恩施的“信徒”，它的意蕴是生命的全息，要在天长地久中去体味。道法自然，民歌以真诚和素朴为美。真诚而素朴的忧愁，真诚而素朴的爱恋，真诚而素朴的希冀与憧憬，变成曲调，贴着山走，沿着水流，顺着天游信着天游；变成唱词，贴着心走沿着心流顺着心游信着心游。（《我与地坛·黄土地情歌》）

“白璧无瑕”在作者笔下有意错写成“白壁无瑕”，妙用飞白与谐音辞格，虽“璧”和“壁”迥然有别，但异曲同工。

> 见过那情景的人说，你分不清哪是女哪是爹，更像是两位小姐身后跟着一个童心不泯的老仆。(《我与地坛·悼少诚》)

“童心未泯”与“童心不泯”中“不”与“未”，有时虽为等义，但一经作者有意拈出，其意则微殊有别，“未”强调的是“还没有”，而“不”则意在肯定“没有”，史铁生的高妙之处正在于其神奇的语言运用。

> M：还有些人，谈死色变。(《我与地坛·对话四则》)

从“谈虎色变”中顺势拈出“谈死色变”，虽是仿词，却突出了人的怕死心态。

> 但时空常又阻碍了这种接近，这才有无拘无绊的沉思默想跳出在时空之上，无中生有地开辟一条朝圣之路。(《我与地坛·随笔十三》)

“无拘无束”在作者的笔下变成“无拘无绊”，其实“束”与“绊”并无二致，但一字的改变却起到了强化注意的作用，因为强化，引起了读者的注意，其写作目的也就达到了。

> “活受罪”尚可有死来拯救，“万寿无疆”呢，则简直回头无岸。(《我与地坛·“嘎巴儿死”和“杂种”》)

“回头是岸”与“回头无岸”，真是两个极端化的选择，史铁生却颠覆常规思维，想人所难想，端出的是其身体的独特体验，含泪而隐忍。

> 立场说穿了就是派同伐异，顺我派者善，逆我派者恶，不需再问青红皂白。(《我与地坛·足球内外》)

“党同伐异”，本指跟自己同派别的就袒护，不同的就攻击。此成语原指学术上的派别之争，后泛指一切社会集团之间的斗争。“党同”是动宾结构，而“派同”本是主谓结构，作者采用转品的辞格，将其活用为动宾结构。将“党”换为“派”显得通俗易懂。加上后句的仿句“顺我派者善，逆我派者恶”，仿自“顺我者昌逆我者亡”，强化了“派”之实力，独具讽刺意味。

> 倘非如此，心魂借助肉体而天而地，爱愿借助性欲而酣畅地表达，而虔诚地祈告，又何黄之有？一旦心魂驾驭了实际，或突围，或彷徨，或欢聚，你就自由地写吧，画吧，演吧，字还是那些字，形还是那些形，动作还是那些动作，意味却已大变——爱情之下怎么都是艺术，一黄不染。（《病隙碎笔3》）

作者丢开“一尘不染”不用，却独具匠心地将“尘”字改为“黄”，一字之差，更为形象化，而这一切都是靠了双齐格的反复运用，使其表意笔到意随。

> 现在想来，这倒使后来的写作得益匪浅。（《病隙碎笔·几回回梦里回延安》）

“得”和“受”，并无大别，作者却有意变换一字，意在引起有意注意，“写作”带给作者的收获，字里行间溢于言表。

> 一个活得毫不雕琢的洪峰，何以在小说语言上又未免雕琢呢？为此我百思似得其解：洪峰对语言的注重，大约更多的是在字词的选用和句型的建造上，然而他又突出地偏爱那么一两种有意味的句型（譬如《湮没》和《生命之觅》），这就单调了。（《病隙碎笔·读洪峰小说有感》）

“百思不得其解”意在突出解之艰难，而作者反其道而行，将“不”换为“似”表面上谦虚，实际上却以模糊之语，达到了极其肯定的效果，史铁生不愧是运用语言的高手，成语在其笔下，仿佛是调兵遣将，易如反掌。

> 所谓失神落魄，就是说，那个被言说、被思悟着的信仰（神）如果不对劲儿，现实（魄）必也要出问题。（《病隙碎笔·给李健鸣（2）》）

表面上，作者仅将成语“失魂落魄”中的“魂”改为“神”，似乎在强调“神”，细味之，实则一箭双雕，形神兼备。

信仰与科学大可兼容并蓄，否则倒合了无神论者的逻辑：信仰是反科学的。(《病隙碎笔·给严亭亭（2)》)

有时，我们觉得成语不宜擅自改动，但有时不改反而别扭，试想，在这一句子中，要用上“兼收并蓄”还真不合适，至少搭配不当。作者改“收”为“容”，则贴切自然。

女导演N所要拍摄的情节非常简单，只是男女主人公在万头攒动的人群中忧心如焚地互相寻找。(《务虚笔记》)

“人头攒动”强调的是对象与状态，而作者改为“万头攒动”却意在强调人群的数量与状态，人数之夸张与动作之精细，传神地活化出男女主人公在人群中心急如焚地互相寻找的情境。

诗人的回答语破天惊：“性交，先生，这方法有谁不信吗?”(《务虚笔记》)

“石破天惊”，原形容演奏箜篌的声音忽而激越，忽而低沉，意境奇特得出人意料，难以描述。文中如果沿用这一成语似不足以表述清楚，因而，作者顺势将其改为“语破天惊”，既通俗，又表意明确，以俗代雅，有时反而能达到意想不到的效果。

有几回F夫人忽发奇想，躺在现实中与这个梦中人对话，一句一句跟着他的逻辑勾引他说下去，那孤独的梦者便呈现出从未有过的亢奋，虽一唱三叹般的话语依旧艰涩难解，却堪称才情横溢文采飞扬，使F夫人时而暗自惊诧，时而满腹狐疑，时而醋意萌动，时而如坠五里雾中，到后来她不敢再搭腔了，她觉得一下下毛骨悚然，那梦语中似乎隐含着一个名字，似乎一个不散的冤魂在一片历史的残迹上空流连不去。(《务虚笔记》)

“才华横溢”，仅仅说明“才”，“才情横溢”一字之变，既突出“才”，更显出“情”，语义看似并列，实则侧重“情”。

那会是什么情景呢？黑暗，黑暗，黑暗，黑暗得无边无涯，只有一种感觉往那无边无涯的黑暗里飘，再什么都没有……那又会是什么呢？（《务虚笔记》）

作者两次重复“无边无涯”，意在强调黑暗的情境，其高妙之处在于先通过“际”与“涯”的替换，第一次引起受众的注意，接着借助反复辞格的运用，第二次引起受众的注意，其所要强化的重点，因此而得到突出。

但发生，我记得只是一瞬间，不期而至两只手偶然相碰，却不离开，那一瞬间之后才想起是经过了漫长的期待。（《务虚笔记》）

不管是“不期而会”，还是“不期而遇”，甚或是“不期而至”，意义有明显的差别。“不期而会”，两者之间的相会；“不期而遇”指的是两者之间的相碰；而史铁生有意改为“至”，强调的是对方在事先没有约定的情况下相遇，与前两者有主动与被动之别。

诗人说：所以后来我一见到那个词，我立刻大舒一口气，仿佛挖掘了几千年的隧道非常简单地崩塌下最后一块土方，豁然开通了。（《务虚笔记》）

“豁然开朗”，形容由狭隘幽暗变为开阔明亮。而作者在这一比喻的语境中若使用“豁然开朗”一语，反而不通。相反，灵活地使用“豁然开通”，用语水到渠成。

L向他的恋人承认：“我是个无可救药的好色之徒。”（《务虚笔记》）

“不”与“无”，本无大别，然而作者却惯于以同义词的代替，意在引起受众的有意注意，从而达到强化语意的效果。“他说：‘真的是毫无办法。在梦里，我梦见所有我喜欢的女人。没有人像我这样无可救药。’”（《务虚笔记》）“诗人的咒骂于是转向自己，他不哭也不喊，坚信自己是个好色之徒是个淫荡的家伙，无可救药。”（《务虚笔记》）亦然。稍有不同的是：前者在句中作定语，后者在句子则作谓语。而在“可你们是天使，是圣人，是背负着十字架的圣徒，所以你们的痛苦是高尚的痛苦，你们的快乐是非凡的快乐，你们的哭和笑、愁和怨、悲伤和愤怒、穷酸和寂寞都是美丽的，别人看不到这美丽只能证明他们无可救药。”（《务虚笔记》）这个例子中，“无可救药”则作宾语。

> 她是叛徒，贪生怕死罪恶滔天。她就是这样的叛徒，毫无疑问，铁案如山。（《务虚笔记》）

“铁证如山”与“铁案如山”，仅一字之别，表意迥然不同。“案”字强调事件发生的主体，“证”则既可以是主体本身，也可以是客体。作者在这里选择“案”字，就是为了突出事件本身，用语准确。

> 他回到家见到家人，并无久别重聚的欢喜和激动，仿佛什么也不曾发生，平静的神情就像是不过在外面住了几天。（《务虚笔记》）

“久别重逢”的“逢”，作者嫌其使用频率过高，因而在其文本中有意换用“聚”字，自然达到引起受众注意的效果。

> 她飘动的裙子埋没进嘈杂的人流，他在河边的水泥护栏上坐下，在一丛浓密的灌木后面仍然望着她走去的方向，想着她如何走在东拐西弯的小胡同里，想着她如何茫然若失甚至是昏然无望地走着，走过一盏盏暗淡的街灯，走过一道道老墙上孩子的图画，走过一排排老屋檐头风雨播种的荒草，流着泪，让泪水任意地流淌，走过陌生行人的注目和猜想，走过那家小油盐店，停下来，擦干眼泪，不能让父母看见眼泪因为他们不是在等候着女儿的眼泪，她站在那排白杨树下等着风把泪迹吹干，然后走进那座美丽的房子。（《务虚笔记》）

在作者看来，“她”真是茫然，但茫然又不足以准确描摹出她的全部表现，在作者心中顿时闪现“怅然若失”一语，然而又觉得，以“怅”形容之尚未达到这样的境地，于是，作者想到将两者结合表达。进入语境，“茫然若失”这一临时搭配的短语还真能准确地涵盖此刻“她”的心境与行动。类似的例子还有："X走向祭坛的石门，走进落日，又一声不响地转身回来，站在落日里看着C，茫然若失……"（《务虚笔记》）

> 忽然间哪个角落里的唱腔有了独出心裁的变化，或唱词中有了助兴的发展，便是醉鬼诞生之兆。（《务虚笔记》）

"独"与"别"，在语境中，其实等义，正因为等义，作者才大胆地替用，其语用效果既表意准确，又能将受众的注意力定格。

> 于是酒逢知己千杯少，酒鬼照例是每饮必醉，T的父亲每次只喝一两绝不越雷池半步，但他学会了唱戏。（《务虚笔记》）

"不越雷池一步"指不敢越界，形容拘谨。而作者有意在"一"与"半"字上下功夫，貌似精细，实则醉翁之意不在酒。这有意的改写，目的是突出T的父亲酒量之差。

> 从北方老家传来过消息："文革"中，和这几十年所有的运动中，不管是批判什么或者斗争谁，她都站在台上，站在一旁，胸前挂一块"叛徒"的牌子，从始至终低头站着，从始至终并不需要她说一句话，但从始至终需要她站在那儿表明罪孽和耻辱。（《务虚笔记》）

"自"与"从"，就起始而言，两字意思上毫无二别，但作者有意改之，且三次反复，"她"之形象，正是借助这一修辞策略，给人留下了不可磨灭的印象。

> 这很像是一个笑话但这是一种现实：一些人放弃了当初的信仰坦然投奔了另一种生活，乐不思归，剩一个往日的叛徒在葵花林里默默坚守当初的信仰，年年月月甚或日日夜夜，都在为当年的怯弱而赎罪。（《务虚笔记》）

"乐不思蜀"，一般的读者不一定理解，但作者巧妙地将其改为"乐不思归"，意义明了，殊途同归，其乐而忘本与乐而忘返之意，不言自明。

> 这样的算法不对，不是我一个，被殃及的可能是成百上千我们的同志。(《务虚笔记》)

“成百上千”是对成语“成千上万”在数字上的有意缩小，似乎在强调不夸张，突出认知的可能，作者正是这样拉近了读者的距离。

> 你幻想走进她们的独处，她们的美丽动人，幻想与她们谈情做爱，这幻想一分钟都不停止，你这欲望一秒钟都不衰竭，这些你说过的话你都要否认吗？(《务虚笔记》)

“谈情说爱”，合情合理，无可厚非。而作者将其改一字，却正言厉色地讽刺了作品中急功近利、急于求成和不可告人的色欲主义者。

> 那毕竟是敌人对敌人的战争呀，毕竟是异类间的生死争夺，自然的选择，与生同来的死的归宿。(《务虚笔记》)

“俱”等“同”，但达到的效果却因为一字不同，而引起了阅读者的注意，从而强化了句义。

> 想起在简陋或豪华的房间里，在肮脏或干净的床上，两匹喘息着的随遇而欢的动物，一个个逃离着心魂的姿势，一次一次无劳牵扯挂的喊叫。(《务虚笔记》)

“随遇而安”谓处在任何环境都能适应并感到满足。然而作者将“安”改为“欢”，刻画出动物在不同的环境中均能“欢”。

> 给那洁白的羽毛以各种姿态，以各色背景：高旷的，阴郁的，狂躁的，或如烽烟满目，或似混沌初开……Z在各色的背景前看它，有时中魔似的沉默不动热泪盈眶，有时坐立不安焦躁得仿佛末日临头，发疯似的把一幅幅画作扯碎。(《务虚笔记》)

作者切合语境，准确地换用关键词，恰到好处地将Z内心的躁动不安表现出来。

有一天O未假思索地脱口问他："你认为，爱情和事业，哪个更要紧？"（《务虚笔记》）

"不假思索"，因为作者有意的更换，"未"字更多地传达出"还没来得及"之意。

O一动不动，泪滴脱眶而出。（《务虚笔记》）

"夺眶而出"之"夺"与"脱"，一音之转，主动与被动显而易见。

这样的猜想，在写作之夜走向O和Z，在我的印象里走向Z的少为人知的某一个女人，以及Z婚后少为人知的外遇……（《务虚笔记》）

"鲜"与"少"之别，一雅一俗，但正因为俗反而起了强调的作用，更何况作者还有意反复。

"工欲善其事，必先利其器。"好啊好啊，丁一这人形之器也算差强我意！（《我的丁一之旅》）

"差强人意"之人，在作者笔下具化为"我"，对象明确，态度明朗。

但愿此丁这一份疑虑切勿浅问辄止。（《我的丁一之旅》）

"浅尝辄止"与"浅问辄止"中"尝"与"问"之别在于：前者突出味觉与行动；后者强调通过行动解决问题。

可是，走不完的路又怎能不是永远的含忧茹苦？（《我的丁一之旅》）

改换成语中的"辛"为"忧"，可见"忧"之苦、之艰、之难、之无奈。

比如说越过此一道隔离，你只需穿上短裤，而越过彼一道隔

离呢，就务必得衣冠齐整，笑貌可掬。(《我的丁一之旅》)

“容”与“貌”作名词，表外观、容颜时，本无须具分，但作者在此句中以对比辞格，凸显衣冠齐整之重要，因而改“容”为“貌”，其用意自见。

换句话说：我由此丁而发现，男人之恰如其分地神不守舍，词不达意，或笨嘴拙舌，不啻是赢得良善女子之好感的一具法宝！(《我的丁一之旅》)

此处作者出色地运用“神”字，简直是神来之笔，没有独到的生活体验，绝对不会有这样的书写。

而对于诗人和两位画家的行径，则又是众评纷纭，褒贬不一。(《我的丁一之旅》)

对于诗人和两位画家的行径，在作者看来，光用“说”字不足以表其态，改用“评”则足以达其旨。

(二) 序换

作者有意打破常规，变换词语顺序以引起读者的注意。通常，更多的是换序后，意思不变。也有的是换序后意思改变。词语换序后，意见不变者，用意巧妙，强调的意味加重；序换后，意思改变者，语意隽永，覆手之间，别致迭现。

伏枥老骥安自弃？沥胆披肝为国忧。(《原罪·宿命·关于詹牧师的报告文学》)

“老骥伏枥”与“披肝沥胆”，大家常用，史铁生亦同持此见，然而其高明之处在于另辟蹊径，尝试改换语言的顺序，达意传情。于此，我们已领教其序换之高招。

力竭尽，何必自寻烦？利禄千金轻如土，清风两袖重于山，唯此又心安。(《原罪·宿命·关于詹牧师的报告文学·〈忆江南〉其四》)

在这一文本中，作者有意将“两袖清风”与上句“利禄千金”形成呼应，故而序换为“清风两袖”，达到了强调“清风”的效果。

> 在T和C想来，他们离开的这几天，小盒子中已经过了上万年，在那儿，即便佛祖的宏愿仍未完全实现，总也该是夜不闭户、路不拾遗、为官者不威不贪勤廉治政、为民者互爱互敬乐业安居、百业兴盛万事昌荣、笙箫管乐歌舞升平，几近乐土的一个世界了。(《原罪·宿命·中篇1或短篇4》)

“安居乐业”与“乐业安居”语序不同，内涵相迥。前者意在强调只有安居了，才能乐业；后者为了突出只有乐业了，才具备安居的可能。在作者看来，乐业是安居的前提。

> 有一次她狠了狠心，调离北京到外地去工作了，但是斩断感情却不这么简单，而且再想调回北京也不这么简单，女的只要有三天假期也迢迢千里地往北京跑。(《我与地坛·我二十一岁那年》)

面对“千里迢迢”这一成语，作者为了强调她回北京之艰，有意将“千里”后置，“千里”行路之艰，于此可见。

> 遍地的灌木葳蕤泼洒，高大的乔木蔽日遮天，我摸摸这一丛，敲敲那一棵，心想哪一棵回答说它是我，它就必定是我。(《我与地坛·随笔十三》)

初读此文本，感觉“遮天蔽日”与“蔽日遮天”并无大别，细味其意则恍然大悟。原来其根本区别在于：从逻辑上看，遮天自然蔽日；而“蔽日遮天”，则体现一个过程，由蔽日而遮天。作者的用意正在于此，把高大的乔木开枝散叶之势，渲染无余，同时也传达出“我”对乔木长势的向往。反之，如用“遮天蔽日”，则不得体，体现不出作者要表达的情感。

> 因而与女人相反的倒也不是男人，我说的是男性，是勃勃雄心之中对自然和家园的淡忘。(《我与地坛·随笔三则》)

“雄心勃勃”与“勃勃雄心”，语序颠倒，结构不一，前者是主谓结构，后者是偏正结构。两者强调的语义重点决然不同：前者突出“勃勃”，后者用意“雄心”。

> 最近看了刘小枫先生的《走向十字架上的真理》，令我茅塞顿开。(《我与地坛·神位·高位·心位元元》)

“茅塞顿开”强调顿悟的状态，“顿开茅塞”则突出开悟的主体。又如：“噢噢……那丁搔首呆笑，茅塞顿开。”(《我的丁一之旅》)

> 上帝在玩其莫测高深的“电路”，而众人看那游戏，便有了千差万别的指向或意味。(《我与地坛·私人大事排行榜》)

“高深莫测”，强调高深的程度无法揣测，“莫测高深”，则突出难以揣测深浅。类似的还有：“但是一个孩子具有这样的才能，真是莫测高深的一种神秘，我现在仍有时战战兢兢地想，那个可怕的孩子和那种可怕的才能，非是上帝必要的一种设计不可。”(《务虚笔记》)

> 所以我想，这样的心，原就是人的向爱之心；只因对家乡的眷恋铭心刻骨，对故土的祝福尤其深切，这才特特地冠以国名。(《病隙碎笔·给安尼·居里安(2)》)

本是“刻骨铭心”，作者却有意倒置为“铭心刻骨”，一来与话题一致，二来突出主题。

> 现在，随着对泠泠日以继夜的盼望，那感觉便更趋强烈，终至于这丁灵机一动有了更名的念头。(《我的丁一之旅》)

“夜以继日”，形容日夜不停地从事某事。乍看“日以继夜”，意义也一致。但细细品味，“日以继夜”表达的是对白天的难熬，对夜晚的期待。作者惟妙惟肖地刻画了丁对泠泠的盼望与期待。

> 在大街上，在商场里，人山人海万头攒动，无论在哪儿吧，甚至是举杯席间，满座高朋，你仍然可能是在空墙透壁之间。(《我的丁一之旅》)

“高朋满座”与“满座高朋”，前者突出“满座”；后者强调“高朋”，与句义相吻合。

（三）插入

插入手段的心理预期是为了引起读者的阅读注意，无论是插入主体对象、助词还是关联语等，其修辞目的均殊途同归：打破常规，引人注目，会其深意，领悟主旨。

> 不出乎女孩子意料，老人一点儿都没笑。（《原罪·宿命·礼拜日》）

作者在“出乎意料”这一固定结构中，大胆插入“女孩子”一词，使表意对象更为明确。类似的还有：“我本来准备好了也挨他一拳，但是完全出乎我意料，他站起来，挨近我，轻轻地但是坚决地对我说‘你等着瞧吧’，然后他走开了，立刻走到所有的孩子中间去说说笑笑了，极具分寸地搂一搂这个的头，攀一攀那个的肩，对所有的孩子都表示着加倍的友好，仿佛所有的孩子都站在他一边，都与他亲密无间。”（《务虚笔记》）只是对象发生了具体的变化，由“女孩子”变成了“我”。“我只是说，这并不出乎我的意料。”（《我的丁一之旅》）

> 所以，我在《陈梅》中，看到了一个不屈的向孤独挑战的最可尊敬的人；他不仅向着人间倾诉爱情，而且为写作者指点着迷津。（《病隙碎笔·短评三篇》）

作者在“指点迷津”这一妇孺皆知的成语中适时地加入“着”字，让读者明显地感受到进行时的持续行动状态，真是佩服其表情达意之细腻。

> Z的母亲同样枉费了心机。（《务虚笔记》）

“枉费心机”，指白费心思。可以是可能之事，也可以是事实。但作者却不循其矩，有意在成语中插入“了”字，“了”表完成时，进一步说明母亲也已白费心思。这样表意更为准确。

> “权力意志”就这么得逞了——有也安营，无也扎寨，吃定你们这两家的饭了。（《扶轮问路·人间智慧必在某处汇合》）

“安营扎寨”，指（军队）架起帐篷、筑起栅栏住下。作者有意分开并插入互为相反的词语，通过拟人手法，把“权力意志”讽刺得体无完肤。

我还嫌他生前腿也敷衍、肾也塞责，弄得我苦不堪言呢！就像民歌中唱的：“灰毛驴驴地上来，灰毛驴驴地下，一辈子也没坐过好车马……”（《扶轮问路·身与心》）

“敷衍塞责”，指随便应付，以搪塞责任。文本中有意将之拆开并插入并列结构词语，把“腿”的“敷衍”和“肾”“塞责”于幽默中无奈地呈示，言已尽而意无穷。

（四）反用

在前人正常使用的成语领域，有意颠覆常规，反其道而用。正语反用，反语正用，从而达到令人耳目一新，突出“我”意的修辞目的。

但是这个新来者却不但敢怒而且敢言——这也很好或者更好，这不见得不是枯燥的时间里一个改善口味的良机，七个人立刻向他围拢过来，脸上挂着兴奋的微笑，那样子就像百无聊赖的孩子发现了一只新颖的玩具。（《务虚笔记》）

“敢怒不敢言”，经作者反其意而用之，更突出了后一部分的语义。

春天，小窗外是辽阔如海的一片绿色，那是还没有长大还没有开花的向日葵，晨风和朝阳里新鲜的绿叶牵连起伏铺地接天，天空浩瀚无涯静静地没有声音，灿烂的云彩变幻不住，这时候就会有一个女人走进画面，像一条鲜活自由的鱼在那绿浪里游。（《务虚笔记》）

“铺天盖地”，形容来得多、势头大，一下子到处都是。史铁生在运用这一成语时，无法照搬，只有灵活地根据语境做出相应的调整。向日葵的绿叶，既无法铺天，更无法盖地，但可铺满大地，可与天相接。作者正是抓住了这一瞬间的美景，以“铺地接天”形而容之，真是神来之笔。

（五）省略

省略，表面上仅仅是突出用简的目的，语言经济。但透过经济的背后，更在通过常规词语的“扭曲”，引起读者的有意注意，在有意注意的瞬间，使读者不由自主地进入文本体验，心随文动旨由言生。

浴室的门轻轻推开，从墨绿当中脱颖出一缕如白昼般明朗灿烂的光彩，在幽暗的过道里活泼泼地跳了一下，闪进卧室。（《原罪·宿命·中篇1或短篇4》）

“脱颖而出”，已是一个非常简练的描述状态变化的词语，而作者还嫌不够简练，竟将“而”字也毫不吝惜地去掉，真可谓是惜墨如金。

在烦闷的家里，不知所云的字行间。（《我与地坛·记忆与印象2》）

“字里行间”在作者笔下简化为“字行间”，一经省略，把当时的烦闷心情，作了逼真的再现。

（六）改字+插入

有时，改字与插入两种手段并行，更可达一箭双雕、意在言外之妙。

这么说吧：一见名人——无论是经商的是政治的，是弄墨的是从戎的，也无论中西和左右——其笑势必可掬，其怀立即若谷。（《我的丁一之旅》）

这是作者对“笑容可掬”与“虚怀若谷”的创造性运用。两个成语，经作者以改字与插入的方法灵机一动，瞬间变成一个排偶句，于整齐中彰显作者的用语智慧。

第三节　在结构调整中实现作品的美学追求——语法修辞

句有可削，足见其疏；字不得减，乃知其密。

——刘勰《文心雕龙》

大略如行云流水，初无定质，但常行于所当行，常止于不可不止。文理自然，姿态横生。

——苏轼《答谢民师书》

艺术家应该经常做一样特别的“体操”，练习构造各式各样的句子的艺术。

——法捷耶夫

语法修辞，是人们利用句法结构、句法手段的选择或运用以达到预期修辞目标的各种修辞手段和修辞现象。无论是例程句与变式句的运用，还是长短句、松紧句、整散句、主动句与被动句、肯定句与否定句的运用，都能达到修辞目的。而史铁生除了长于上述句式的运用之外，有意使用了变式句中的序换句式，并在包孕句的基础上，特别创造发明了一种新的高频包孕句，以达到其表情达意、适应题旨的目的。

一、变换语序，凸显情意——序换

序换，为了表达上的需要，将前文中的词或语句的顺序有意作适当的调整而组成新的词句，这种辞格成为序换[①]。语言，在史铁生的笔下，有时像淘气的小孩；有时像返老还童的老人；有时又像沉稳的成功人士；有时又酷似犹抱琵琶半遮面的少女。语言，一经他的打磨，真是“落霞与孤鹜齐飞”；言语，一经他的组合，顿时“秋水共长天一色”。

他走过去把那张葵叶翻转，是个“我”字。再翻转一张，是个“不”字。再翻转一张，是“等”字。继续翻找，是：“叛”“再”“是”“你”“徒”“要”。没了。再没了。

他把有字的叶子都摘下来，铺在地上，试图摆成一句话。但是，这九个字，可以摆成好几句话：

1. 我是叛徒，你不要再等。
2. 你是叛徒，我不要再等。
3. 我不是叛徒，你要再等。
4. 你不是叛徒，我要再等。

就不能摆成别的话么？

太阳沉进葵林，天黑了。

他摸着那些叶子，怀疑它们是不是真的。

---

① 尉迟华等：《新编增广修辞格例话》，北京：清华大学出版社2011年版，第154页。

至少，在月光下，那些叶子还可以再摆成两句话：

5. 你我是叛徒，不要再等。

6. 你我不是叛徒，要再等。(《务虚笔记)

这看似一个游戏，却最大限度地展现了史铁生的语言天赋。语言，因为他的驾驭，逻辑上天衣无缝；言语，任凭他的组合，语义上熠熠生辉。简单的九个字，在他的笔下，言语丰富，语意丰赡。作品中的形象，因之而丰满；主人翁的心理，因之而暴露。

还可以想象一对热恋中的情人，互相一次次说“我一刻也不想离开你”，又互相一次次说“时间已经不早了”，时间不早了可我一刻也不想离开你，一刻也不想离开你可时间毕竟是不早了。(《妄想电影·地坛与往事》)

“我一刻也不想离开你”“时间已经不早了”，这是两个互相矛盾的句子。但正是这样的矛盾组合，或后句前置，略加变化；或前后相加，略加变化。语序的变动，形象地传达了热恋中的情人难分难舍的情感。

二、包而孕之，细腻酣畅——包孕

包孕作为一种修辞格，指的是写作者为了细腻酣畅地表达思想，采用大句之中套小句的形式。因为其关系就像母亲怀孕一样，母子连心，目前修辞界尚未对这一类型给出合理的命名，而作为一种新的辞格已经出现，我们姑且命名为包孕格。

浪终归要落下去，水却还是水。水不消失，浪也就不会断灭。浪涌浪落，那是水的存在方式，是水的欲望（也叫运动)，是水的表达、水的消息、水的连接与流传。哪一个浪是我呢？哪一个浪又不是“我”呢？(《我与地坛·说死说活》)

语段中“浪涌浪落，那是水的存在方式，是水的欲望（也叫运动)，是水的表达、水的消息，水的连接与流传”。这是双齐式包孕，母句为：“浪涌浪落，那是水的……，是水的……，是水的……”，其中，“是水的”构成双齐式。双齐格是一组句子的句首、句尾或句中用相同的语词的一种修辞方式。因为至少有两句或两处有相同的语词，故名双齐格。① 子句为："水的表达、水的消息、水的连接与流传"，其中"水的……"构成双齐式。母句与子句在双齐结构中构成包孕句。"浪"与"水"的相互关系，通过双齐式包孕，得到细腻酣畅的表达。

诗人说：而这一切希望，现在我知道，全是为了有一天我能把我的一切心意原原本本地告诉她们，让她们看见我的美好也看见我的丑恶，看见我的纯洁、我的污秽、我的高尚和我的庸俗，看见我的欲望多么纷纭可我的希望多么纯洁。(《务虚笔记》)

作者两次运用包孕，层层使用双齐式，使看见的内容不断延伸，酣畅淋漓。

让明朗的和含蓄的都到来。让粗犷的和细腻的、昂耸的和荡漾的，都开放。让不同的方式都被承认。(《务虚笔记》)

三个"让"，构成双齐式，其中，第二个句子又含包孕，同样通过双齐式完成。

诗人对他的恋人说："我幻想她们独处时的样子，幻想闯进她们独处时的自由里去，幻想她们并不因为我的闯入而惊惶，而躲避，而斥骂。为此我甚至希望我也是女人，但就怕那样反而见不出她们的美妙。我幻想她们的裸体、她们的声音、她们的温度、她们的气息，幻想与她们纷纷谈情做爱……(《务虚笔记》)

三个"幻想"构成双齐，而第三个"幻想"中又含包孕。第四个"幻想"则由共享修辞格构成。第四与第五个"幻想"又构成排偶。"幻想"因史铁生的运用而五彩缤纷。

也许是因为她还想着她的恋人，想着他会回来，想着要把她的地址写在小土屋的墙上，想着如果他回来了，在葵花林里找不

① 谭学纯、濮侃、沈孟璎：《汉语修辞格大辞典》，上海：上海辞书出版社2010年版，第48页。

到她，他会怎样……想着他终于有一天回来了，她要把自己交到他的怀里，她还没有闻够那个男人的气味儿，没看够那张英武的脸，没有体会够与他在一起的快乐和愁苦，没有尝够与那个结实的体魄贴近时的神魂飞荡……（《务虚笔记》）

作者连用四个“想着”，极尽铺排之能事，然而还嫌表意不足，继续在最后一个“想着”里连用四个“没”，构成双齐式包孕，又一次极力铺排，真是一波未平一波又起。

我们常常不得不向统一让步：同样的步伐和言辞，同样的衣着装扮，同样的姿态、威严、风度、微笑、寒暄、礼貌、举止、分寸，同样的功能、指针、效率、交配、姿势、程序、繁殖、睡去和醒来、进食和排泄、生存和死亡……不越雷池，循规蹈矩。（《务虚笔记》）

作者先用四个“同样”构成双齐式，极力铺出让步的内容，但尚嫌表意不周，接着又通过后两个“同样”的包孕结构，把让步的内涵在大量的铺排中得到淋漓尽致的表达。

魔术师踱步台心，继之席地而坐，口中念念有词，声音忽似缥缈，仿佛远不可及：“就这样，我躺在海边，浪之侧，风之中，云之下，躺在天地之间，躺在宇宙的一个角落……就这样我把一切都给忘记了，把今天晚上的演出也给忘记了，所以，所以呢……”（《我的丁一之旅》）

三个“躺”字，按理说已足以表达其所要表达的内容，且不断层递，语意不断得到加强。但作者却有意在第一个“躺”字中运用包孕格，通过铺写，突出强化了文本的意境。

我跳起来向她扑去——也许是想让时间停止，让时间倒退，让这女子回到自由，回到刚才，回到夏娃。然而，空墙透壁忽似舞台大幕徐徐闭合……（《我的丁一之旅》）

三个“让”构成双齐式排比，但真正的内涵却在第四个“让”中，通过三个“回到”得到拓展。

第四节　以标点符号呈现作品叙写的节奏美——标点修辞

标点之于言文有同等的重要，甚至有时还在其上。言文而无标点，在现今是等于人而无眉目。

——郭沫若《沸羹集·正标点》

每一个标点符号有一种独特的作用，说它们是另一形式的虚字，也不为过分。

——吕叔湘、朱德熙《语法修辞讲话》

标点可以神文字之用。

——陈望道《标点之革新》

标点符号是书面语言的有机组成部分，它不仅可以表示语言的停顿和句子的语气，标明词语的性质，还可以细致地体现语言结构的层次性，使书面语言表意准确，便于阅读理解。同时，标点符号的恰当运用还可以获得多种特殊的表达效果，或突出语意重点，或调节语言节奏，或辅助情态表达。

吕叔湘、朱德熙说："每一个标点符号有一种独特的作用，说它们是另一形式的虚字，也不为过分。"（《语法修辞讲话》）实际上，"无标点文字""句号的变异用法""增添标点，一字一顿"和"以标点代字代句"等，这些超常用法，多是为了取得特殊的表达效果而采用的，这些用法，就是"修辞上的标点"。

"标点可以神文字之用"（陈望道《标点之革新》），巧妙灵活地运用标点符号，往往可以使读者产生听觉或视觉上的联想，突出语意，增强节奏，使语言表达更为生动、形象、鲜明。

史铁生深知标点符号的修辞功能，在行文表意时作了大胆而成功的尝试。

学生们提议，为莫老师成了作家，干杯！我这才想起问问那个学生，你那天为什么笑个没完呀？他仍羞羞怯怯推说不为什么。我换个问法，我说你看见了什么？他说，一只狗。一只狗？一只狗值得你那么笑吗？他说那只狗，说到这儿他又笑起来笑得不可收拾，但他终于忍住笑镇定了一下情绪，他毕竟是长大了，他说，那只狗望着一进学校大门正中的那条大标语放了个屁。(《原罪·宿命》)

“我换个问法，我说你看见了什么？他说，一只狗。一只狗？一只狗值得你那么笑吗？他说那只狗，说到这儿他又笑起来笑得不可收拾，但他终于忍住笑镇定了一下情绪，他毕竟是长大了，他说，那只狗望着一进学校大门正中的那条大标语放了个屁。”这里，作者以狗为话题，通过问号、逗号和句号的更替使用，以及拟人化手法的运用，增添了“笑”的内涵。

如今当我做任何一件事情的时候，我都听见那声闷响仍在轰鸣。它遍布我的时空，经久不衰，并将继续经久不衰震撼莫非的一生。

为什么为什么为什么？为什么要有这一声闷响？

不为什么。(《原罪·宿命》)

作者接连用四个“为什么”反复，加上两个问号的简练使用，看似设问，实则达到反问的效果。

“奶奶。”“奶奶！”“奶奶——”我记得她终于抬起头时，眼里竟全是惭愧，毫无对我的责备。(《我与地坛·记忆与印象2》)

三个“奶奶”的后面，分别使用句号、感叹号与破折号，好像无话可说，印象亦不过如此；刹那间，又闪过无尽的感叹；之后便是记忆与印象的呈现。这样，既引起读者的注意，又余味无穷。

——但，是什么，到底是什么被困在了牢笼？其实春天已有察觉，已经感到：我，和我的孤独。(《我与地坛·记忆与印象2》)

破折号往往能起到暗示心理、语意丰赡、标示总括、醒目突出、强化转折、意味深长、突出否定、引人注目、呈示并列、关系明确的作用。

破折号、问号、冒号的综合运用，已足以引起受众的注意，但作者却进一步在“我”“和我”之间使用逗号，一般的作家绝不使用这一招，这样的使用，从心理学上看，目的就是引起受众的注意，强调我的孤独。类似的还有：“这陷阱，是你生命固有的，它就是你的心魂，就是你的存生。原欲，和原罪”（《务虚笔记》）“有一年秋天，诗人L从路途上短暂地回来，在那座荒废的古园里对F医生说：‘我从来就只有两个信条，爱和诚实。其实多么简单：爱，和诚实。可是怎么回事呢？我却走进了无尽无休的骗与瞒。’”（《务虚笔记》）

来世是否真确大可不论，信仰所及，无需实证。但问题是：

三

脱离一己之苦可由灭断一己之欲来达成，但是众生之苦犹在，一己就可以心安理得吗？众生未度，一己便告无苦无忧，这虽不该嫉妒甚至可以祝贺，但其传达的精神取向，便很难相信还是爱的弘扬，而明显接近争的逻辑了。（《病隙碎笔4》）

一冒号之后，突出“三”，这种冒号作用的夸大使用，非史铁生难为。问题在史铁生的笔下，引起受众充分的关注。

无论你干什么，认其为乐不比叹其为苦更好吗？现在他不再惊慌，他懂得了上帝的好意：假如没有距离人可怎么走哇？（还不都跟史铁生一样成了瘫子？但心路也有距离，方才提到的这位先生才有了越狱出监的机会。而且！人生主要是心路的历程。）（《病隙碎笔·答自己问》）

文本中的解释，本一括号足以清楚明白，可括号中的问号又进一步使句义得到强化，而括号中的“而且”后却突如其来地用一感叹号，简直出人意料，然而正是这出人意料的感叹号，最大限度地强化了作者的意图。

……当我～～还没来～～到你的面前，你千～～万要把我呀记在心～～间，要耐心～～地等待我耐心地等待我，姑～娘！我心像东方初升的红太阳～～呜喂～～，sin－sin－so，sin－sin－so，风儿～～呀吹～～动我的船帆～～，姑娘～～啊我～～要同你见面～～，向你诉～～说心中的思念～～，sin－sin－so，sin－sin－so……（《务虚笔记》）

文本中十六次反复地用到颤音号，两次用到省略号，并巧妙地夹入涉外修辞，表现了“我”非常微妙的、难以言状的内心世界。

> 好像铁灰色的画面上有一种相反的物质：冷，才能使它燃烧，冷才能使它飞舞，越冷，它就越具活力，越有激情和灵感似的。(《务虚笔记》)

三个“冷”字，作者采用了两种标点、三种处理方式：第一个在其后标以逗号；第二个不标符号；第三个在其前着以“越”字，有无标点，不仅通过视觉上的不同，还通过语气停顿来引起受众的注意，从而使“冷”给人的感受异常突出。这种表现手法可谓是出奇制胜。

第三章

以特定修辞手法创造均衡之美

绝妙的美都显示出奇异的均衡关系。

——培根

古希腊早期第一个美学家毕达哥拉斯，在经过长久的观察和思考后得出一个结论，美就是和谐，一切事物凡是能够看出一定和谐关系的，就是美的。

——阎国忠《古希腊罗马美学》

第一节　形式整齐　凸显“四美”——双齐

双齐格是一组句子的句首、句尾或句中运用相同语词的一种修辞方式①。因为至少有两句或两处有相同的语词，故名双齐格。双齐不仅表现为一组句子字形的形式美、整齐一律、平衡对称，还可以表现语音的节奏美、和谐美以及语义的均齐美、同一美。

通常，按语言组织形式来分，双齐格可分为齐头式、齐尾式、齐腰式、齐头齐尾式和首尾双齐式五种。

（1）齐头式，指的是句首词语相同的句子。句首、句腰相同的句子，也是齐头式。

（2）齐尾式，句尾词语相同。句腰句尾相同的句子也是齐尾式。

（3）齐腰式，句中词语相同。

（4）齐头齐尾式，指的是几句话里句首句尾都相同的句子。有时甚至几句话的首、腰、尾都相同。

（5）首尾双齐式，则指的是同一句话的首尾相同者，一句话的首、腰、尾三者均同者，自然亦属此类。

双齐格的运用，在史铁生的文本中堪称一绝，用例高达 128 次。这里仅就其典型用例作散点透视，借一斑以窥全豹。

> 阿姨照样在我家忙，小秀儿却在她家忙，要上学，要做饭，要洗一家人的衣裳。（《命若琴弦·爱情的命运》）

其之忙，以整齐的齐头式作铺排，从上学，做饭，洗一家人的衣裳，给读者以实感。

> 翻开那些书信，随时可以找到马克思、列宁、毛主席；可以找到曹雪芹、鲁迅；可以找到巴尔扎克、车尔尼雪夫斯基、奥斯特洛夫斯基；还可以找到“九二〇”、土壤、育种……（《命若琴弦·爱情的命运》）

① 葛克雄：《谈谈双齐格》，《修辞学习》1986 年第 1 期。

“可以找到”，把书信的内容通过双齐式整齐而全面地铺排出来，所不同的是，在以齐头为主体时，稍有变化。

> 记得她从兵团写来的最后一封信是这样结尾的：……又一批人走了，当兵去了，回城去了，进歌舞团去了，进报社去了……都是靠了好爸爸的功劳。(《命若琴弦·爱情的命运》)

这是一个典型的齐尾式文本。表面上看，似乎是列举所走人的类型，其实是列举靠爸爸功劳而走的四批人：当兵的、回城的、进歌舞团的和进报社的。一箭数雕。

> 一天，她忽然来了，从兵团回来了。然而那迷人的笑靥没有了，欢快的歌声没有了，迸发的活力没有了。小秀儿变得倦怠，愁苦。(《命若琴弦·爱情的命运》)

小秀儿的倦怠与愁苦，作者通过三个齐尾式“没有了”得到强调，“迷人的笑靥”“欢快的歌声”“迸发的活力”都没有了，有的只是倦怠和愁苦。

> 心中的防御工事已经拆除了，没有进攻，没有退守，没有伪善也没有卑屈……心就像和平的蓝天，就像无猜的童年；眼前出现了一泓春水，闪着无数宝石一样的光斑，轻轻拍打着寂寥的堤岸。(《命若琴弦·没有太阳的角落》)

四个“没有”，淋漓尽致地把心中的防御工事拆除，凸显无余。作者的高明之处在于将齐头与变化相结合，既追求整齐美，又关注变化美。然而在这一文本中，作者还嫌意犹未尽，又通过两个比喻，将心之境界和盘托出，悬想无余。

> 王雪是个好姑娘，她应该享有比别人更多的幸福，她最应该！她单纯，不会想到要避开我们，难道因为这个我们反而要影响她的幸福吗？难道好人只有用牺牲去证明她的么吗？难道幸福只是为那些把我们另眼相看的人预备的？我们的心灵不是在顽固地追求么？唔，己所不欲勿施于人！(《命若琴弦·没有太阳的角落》)

“难道”在文本中一箭三雕。一是达到反问的目的；二是意外地收到设问的效果；三是于整齐的齐头式排比中强化了作者的观点——王雪是个好姑娘，她应该享有比别人更多的幸福。

> 我向她走去。我的腿在发抖。但愿这还不是她，但愿我没能找到她，但愿……如果我在最后那一刻没有胆怯，如果我和大勇同时冲上那座楼顶，如果……唉，往事毕竟难于忘却，何况我正是为了往事而来。(《命若琴弦·绵绵的秋雨》)

这里作者两次使用齐头式双齐格，将“我”的复杂心情，借用祈使句和假设句，细致入微地作了再现。

> 那苍凉的叫声像一支古老的哀歌，绵长、凄婉，使人想起遥远的过去；想起古驿道，想起古战场，想起送寒衣的孟姜女和被焚毁的阿房宫，想起刀耕火种、骨针石斧，甚至想起满天飞翔的恐龙……生命的意义是什么呢？好像不过是一种无可奈何的存在。(《命若琴弦·绵绵的秋雨》)

作者一气呵成地使用六个“想起”，并以齐头式的双齐格出现，这种悬想，将苍凉的叫声，一一幻化成视觉，这种通感，给人深切的视觉体验，形象而深刻。

> 雨燕还在低飞着，尖叫着。那叫声是为了刺痛每一个将要离开母亲的儿子的心！我就要走了么？不再回来？离开这古老而善良的土地？离开我多灾多难的祖国？谁愿意离开母亲？谁愿意离开祖国？谁愿意如吉卜赛人般地到处流浪？谁愿意像犹太人似的没有了祖国？祖国！母亲！那不是一个抽象的概念，那是亿万颗活着的心……这是离不开的，走到天涯海角也离不开！唔，我多少年的决心竟这么被打碎了不成？不知道。我感到深深的不知所措般的凄惶……（《命若琴弦·绵绵的秋雨》)

这里连续三次运用齐头式双齐格，将语意层层推进，将离情写得如此凄婉。

那夜里，我总听见黑黑在院子里叫。那种叫声是以前没听到过的：时而咿咿呀呀，时而吭吭哧哧，时而叽叽咕咕，像叹息，像怅惘，像受着煎熬。(《命若琴弦·黑黑》)

两次齐头式双齐格的使用，逼真地再现了黑黑现实处境。三次“时而”意在突出变化之快；三次复叠与摹拟，把黑黑声音的变化，写得如闻其声，如见现场；三个比喻，将黑黑拟人化，写得有声有色。

“我们走过城镇和村庄，走了大道走小路，走出树林，走上冰封的河面……辽阔无垠的雪野上栖息着成群的乌鸦，时而聒噪着涌起来，时而落下铺开一地阴郁。”(《命若琴弦·车神》)

这一句除了“时而”构成双齐格，作者还用四个“走”字双齐格，把“我们”所到之处作了近似穷尽的列举，而两个“时而”则将乌鸦作动态的描述，渲染出悲凉的气氛，大有画龙点睛之势。

黑黑那最后一闪的目光给我印象极深，是那样惶惑，那样惊恐，那样冤屈。它看见了什么呢？也许看见了它的主人，也许看见了它的“神坛”，也许看见了往日的欢乐和功勋……谁知道！也许它终于看见了无边的黑暗，但却已经来不及了。它只来得及侧过脸去，望了一眼它的柳条筐。(《命若琴弦·黑黑》)

“那样”三次出现，作者似乎在强化读者的情境体验，这些体验最后在搭配的谓语中一一得到再现，惶惑、惊恐和冤屈三种印象，跃然纸上。之后的三个猜想，看似模糊，实则清晰。

伺候了这个伺候那个，给这个磕了头给那个鞠躬，听完了这个的申斥再去给那个赔不是，似乎老史家主要缺一个老妈子，缺一个挨骂的，缺一个出气筒，才把奶奶娶过来的。(《命若琴弦·奶奶的星星》)

“这个……那个”，在句中有时构成齐腹齐尾式，有时构成单一的齐腹式，于固定中呈现变化，把奶奶的形象刻画得心酸可见，尤其是之后的三个“缺一个”，又一次具化了前面的内容，一把辛酸，一出怜象，一一再现。

我想起奶奶夜里睁着眼睛想事的样子；想起她的叹气声；想起了她的脚；想起她捧着爸爸给她买的扫盲课本，在灯下一字一顿地念，总是把“吼声”念成“孔声”……（《命若琴弦·奶奶的星星》）

四个“想起”，以悬想式生动地刻画了“奶奶”的形象，特别是最后一个悬想，以飞白的辞格，把“奶奶”的求学精神刻画得活灵活现。类似的还有：“他这几天总想起十二届世界杯赛的场面；想起普拉蒂尼罚直接任意球时的样子；想起佐夫鱼跃扑球时的样子；还有鲁梅尼格，那小子真是浑身都长得漂亮，人要是长得漂亮也真是福气；马拉多纳不漂亮，可那小子跑起来真好看，摔倒了又蹿起来，永远也摔不坏似的，真长得结实，人要是长得结实也行，也漂亮……”（《命若琴弦·足球》）

接着是上山下乡。抢镢头的为革命而抢镢头，养妄选美的为革命而养妄选美；饥寒交迫的为革命而饥寒交迫，挥霍无度的为革命而无度地挥霍。革命又是为了什么呢？（《命若琴弦·奶奶的星星》）

这是一个典型的齐腹式文本。在整齐的美感中引起读者的视觉注意，强化了四类上山下乡者，于两两相较中冷峻地传达出“革命”的不同含义，其言外之意，寓于字里行间。

他只好再全力去想那张药方和琴弦：还剩下几根，还只剩最后几根了。那时就可以去抓药了，然后就能看见这个世界——他无数次爬过的山，无数次走过的路，无数次感到过她的温暖和炽热的太阳，无数次梦想着的蓝天、月亮和星星……还有呢？突然间心里一阵空，空得深重。就只为了这些？还有什么？他朦胧中所盼望的东西似乎比这要多得多……（《命若琴弦》）

“无数次”，极言其多。按常理，有此一词，已足以传达出作者所要强调的意图。可是，作者为了表现“他”的期待，却不厌其烦地重复使用，这样的“极言”，让读者无法忘怀。

如是选择淘汰，数代之后怪鱼愈怪且种类亦趋繁多，有巨眼膨出者，有大腹便便者，有长尾飘然似带者，有鳞片浑圆如珠者，有的全身斑斓璀璨，有的通体白璧无瑕，或如朱如墨的，或披金挂翠的，仪态万种，百怪千奇。（《命若琴弦·毒药》）

作者三次使用双齐格，然而并未一成不变。特别是文本中对齐头与齐尾式的并用，把数代之后怪鱼愈怪且种类亦趋繁多之状，列举得淋漓尽致。双齐格的变化，正好暗合了怪鱼之怪。

从一只摇篮一片光影，变成小床上的木栏和玻璃外面一只嗡嗡叫的金壳虫；从一道又高又大又难迈过去的门槛，变成一片又深又密几乎迷失在其中的花丛；从一只木马变成一排课桌，变成一面旗帜，变成一张地图，有山岭、沙漠和平原，有大陆、岛屿、海洋，有七个洲在一个椭圆的球体上昼夜旋转运行，却仍不过是浩瀚宇宙间一粒尘埃。（《命若琴弦·我之舞》）

史铁生的语言运用高妙之处在于：从不愿意恪守规矩，总是于规矩中寻求颠覆与超越。这里表面上用的是三个齐头和齐腹式的组合，可是作者并未贯彻到底，在第三个组合中又嵌入三个“变成”以及三个“有”，将“变成”的内容进一步拓展，将“地图”的内涵进一步形象化，极尽铺排之能事。

她说：“真的，真是多亏了那个老人，多亏他那天戴一顶草帽，多亏了那阵风。”（《命若琴弦·草帽》）

“多亏”，表达的是由于别人的帮助或某种有利因素，避免了不幸或得到了好处。这里的三个“多亏”似乎不仅仅指“她”得到了老人的帮助，同时也包含着“她”对老人的祈祷与感恩！

“那光亮在海上，走过海，走过山，走过树林，走过那片空地，走到我们这儿。”（《命若琴弦·对话练习》）

我们惊叹史铁生的天人合一观。在他的作品中总是将人与自然相容。这里，将光亮拟人化，通过四个“走过”作看似动态的描写，其实际效果却达到将光亮类作定格化的慢镜头呈现，给人深刻的印象。类似的如：

“走过一幢幢房屋的睡影，走过一片片空地的梦境，走过草坡和树林和静夜的蛙声。”（《命若琴弦·一种谜语的几种简单的猜法》）

她继续说着，渐渐地如同梦呓。“如果要形容它，我最先想到的是动物饼干的气味，然后是月亮下一只小板凳的气味，是夏天雨后长满青苔的墙根上的气味。还有一棵大树，一棵非常大的树的气味。以后，它会是天慢慢黑下去的气味，以后一到天黑我肯定就要闻到这气味。”（《命若琴弦·对话练习》）

这是典型的齐尾式双齐格。一连六个“气味”，前五个“气味”与后一个“气味”构成分总关系。不管是“动物饼干的气味”“月亮下一只小板凳的气味”“夏天雨后长满青苔的墙根上的气味”，还是“一棵大树，一棵非常大的树的气味”“天慢慢黑下去的气味”，作者的最终目的是强调“以后一到天黑我肯定就要闻到这气味”。

然后她轻声说：“去吧。”

然后她轻声问：“行吗？”

然后她轻盈而茁壮地走开，把温馨全部带走到遥远的盼望中去。我相信1床那老混蛋说得对，画满！把那红方块给我通身画满吧，无论出于什么样的原因。（《命若琴弦·一种谜语的几种简单的猜法》）

作者用三个“然后”构成齐首双齐格，既造成美感，又突出心理变化过程，更在复叠中强调，意在突出“她”的行为与品格。特别是最后一句与前两句整散结合，将读者的注意全部引入最后的领悟。

她在哪儿？在做什么？她跳累了。她喘息着扑倒在地上，像一匹跑累了的马儿在那儿歇息，在那儿打滚儿，在那儿任意扭动漂亮的身躯，把脸紧贴在地面闭上眼睛畅快地长吁，让野性在全身纵情动荡，淋漓的汗水缀在每一个毛孔，心就可以快乐地嘶鸣……（《命若琴弦·一种谜语的几种简单的猜法》）

文本前面的两问一答，看似简练，似乎已经完成所要表达的思想，但作者嫌意犹未尽，所有的思想通过三个“在那儿”以比喻式呈现，尤其是最后一个“在那儿”，简直是淋漓尽致。

> 这命定之路包括我现在坐在这儿，窗里窗外满是阳光，我要写这篇叫做小说的东西；包括在那座古园那个下午，那对少年与我相遇了一次，并且还要相遇一次；包括我在遇见他们之后觉得自己已是一个老人；包括就在那时，就在太平洋底的一条大鱼沉睡之时，非洲原野上一头狮子逍遥漫步之时，一些精子和一些卵子正在结合之时，某个天体正在坍塌或正在爆炸之时，我们未来的路已经安顿停当；还包括，在这样的命定之路上人究竟能得到什么——这谁也无法告诉谁，谁都一样，命定得靠自己几十年的经历去识破这件事。(《命若琴弦·一种谜语的几种简单的猜法》)

五个“包括”，一步一步地把“命定之路”从具体铺写得历历在目。

> 我知道少女担心的是什么，就好像我记得她曾经跟我说过：她真怕事情一旦闹大，她所苦心设计的小小阴谋就要败露。我也知道少年的心情要更复杂一点，就好像我曾经是他而他现在是我：他怎么能当着他平生的第一个少女显得这么弱小，这么无能，这么丢人地被另一个男人训斥！他准是要在她面前显摆显摆攀那老树的本领，他准是吹过牛了，他准是在少女热切的怂恿的眼色下吹过天大的牛皮了，谁料，却结果弄成现在这副狼狈的模样。(《命若琴弦·一种谜语的几种简单的猜法》)

前一个双齐“这么”的内涵把他的内心世界剖露无遗；后一个双齐“他准是”，三次猜想，把“他”的内心世界进一步和盘托出。真应验了标题“一种谜语的几种简单的猜法”，但这些猜想貌似猜测，实则定然。

> 她听见他一直都在墙外徘徊，听见他在吸烟，听见他在叹息，听见他的心在抽泣。(《命若琴弦·第一人称》)

四个“听见”，一贯而下，表面看是并列关系，实则层层递进，把“她”对“他”的观察细致入微地迭现。

> 最能证明真实的是触觉，是起伏和陷落的肌肤，是有弹性有

温度甚至某一处有着疤痕的肌肤，是肌肤下滑动的骨尖儿，是呼吸，一刻不停如暴风般吹指的呼吸，是茂密泼洒、柔软或挺拔的毛尖，是热热的泪水跟着睫毛的眨动而滴落而破碎的泪珠，是身体全部的袒露、赐予、贴紧、颤抖……那才能表明另一个灵魂的确凿，呼唤和诉说的确凿，不是布景不是幻景。不因为别的因为其它都可以模仿。(《命若琴弦·钟声》)

八个“是”如万马奔腾，或总陈，或递进，或顶真，或排比，把触觉铺写得淋漓尽致。

应该有一首平缓、沉隐又简单的曲子，来配那两间老屋里的时光，来配它终日沉暗的光线，来配它时而的喧闹与时而的疲倦。(《命若琴弦·老屋小记》)

“曲子”与“时光”“光线”“喧闹”和“疲倦”的关联，特别是“疲倦”，本无瓜葛，但一经作者将听觉、视觉和感觉，用通感的修辞作穿越式的勾连，顿然间如行云流水，承接自然，形象突出且明了。

夕阳西坠时，看见了农田，看见了河渠、荒冈和远山，看见了旷野上的农舍炊烟。这是我两腿瘫痪后第一次到了城市的边缘。(《命若琴弦·老屋小记》)

作者把“看见”的景物锁定在夕阳西坠的瞬间，将其两腿瘫痪后第一次到了城市边缘的意外收获之情，跃然纸上，凸显了对老屋的深情。

是呀，那是你的不能消散的心的重量，不能删减的魂的复杂，不能诉说的语言绝境，不能忘记的梦之神坛或大道。(《命若琴弦·老屋小记》)

四个“不能”，将抽象与具体混杂在一块，反觉具体而生动，究其魅力所在，全因双齐而使情感得到强化。

“是呀，你问得好，然后呢？可我们已经没有然后了呀！一切都停止了，一切，都停止在圆满上……不错，我们饱享了一阵无苦无忧的时光，可是然后！然后慢慢地，慢慢地寂寞降临了，寂寞就像在一个环中流动周而复始，寂寞就像这黑暗一样充满我们的视野、我们的心魂，毫无遗漏，密不透风……一次伟大的成功一次旷古的神恩把我们送进了永无休止的圆满，和寂寞。就这样。就是这样。死灵们再不可能有困苦，再不可能有好奇，再也不可能有激动和兴奋了。(《命若琴弦·死国幻记》)

这里，读者一定会因为作者的大胆而兴奋！一是标点修辞的奇妙运用："可是然后！"这样的语境，这样的语意，有谁会用感叹号？"一次伟大的成功一次旷古的神恩把我们送进了永无休止的圆满，和寂寞。就这样。就是这样。"这样的句意，有谁会在"和"字的前头用逗号？"就这样。就是这样。"这样简洁的句子，有谁会用句号？作者三处这样大胆的标点运用，其目的是通过视觉，强化读者的注意力。二是文本中频词格的使用：四个"然后"、四个"寂寞"，给读者留下深刻记忆。三是三个短语式的双齐格的驾驭，更进一步突出了文本的中心。

雪让人想家，想家中的火炉，火炉上的水壶突突地冒着蒸汽，水雾在窗上结成冰花。雪让人想起无家的人在东奔西走，在寒冷和苍茫之中无所适从。雪的安静，让人听得遥远，不单是空间的遥远，还有心灵，心灵从来都不止于此地。雪的细腻，让人忽略那些粗糙的争吵……(《命若琴弦·往事》)

这是典型的齐腹式双齐格。其中，前两个句子构成双齐，第一个句子运用顶真，第二个句子运用排比式；后两个句子构成双齐，第一个句子以顶释格见长，第二个句子含不尽之意于言外，意味无穷。

街上是依旧的阳光灿烂，依旧的喧嚣，依旧的形势大好。(《命若琴弦·往事》)

"阳光灿烂""喧嚣""形势大好"，如果单从语意考虑，三者似乎不构成等列关系。可是，作者却神奇地通过双齐格，将其等而列之，街上的往事因之如电影镜头般一一呈现。

风筝在渐渐灰暗的天空中像一个彩色斑点，一动不动。两位

> 老人也一动不动。四只眼睛也一动不动。(《原罪·宿命·关于詹牧师的报告文学》)

这种镜头的锁定，若非写作高手，莫能为之。究其绝妙，源于双齐格中齐尾格的自然使用。因为“一动不动”三次被置于后，已足以引起受众的注意，更何况作者又分别以三个表数字的短语“一个彩色斑点”“两位老人”和“四只眼睛”出之，这样一来，“风筝”因比喻，因数字，因双齐，给受众留下了不可磨灭的印象。

> “一个哥哥送给弟弟的，一个妹妹送给哥哥的，一个外甥送给舅舅的，一个姑姑送给侄子的，一个孙女送给爷爷的，一个表姐送给表弟的……哎呀我都说乱了，多少个了？”
>
> “没记住，你说这么快。”老人觉得这故事倒真是新奇得很，出乎意料。(《原罪·宿命·礼拜日》)

一连六个“一个……送给……的”，既齐头，又齐腹，还齐尾，构成标准的三齐双齐格。史铁生真是语言运用高手，把老人因之而新奇的心情，刻画得活灵活现。

> 躺倒两年后，我开始写小说，为了吃，为了喝，为了穿衣和住房，还为了这行当与睡觉有异曲同工之妙，而且比睡觉多着自由——想从噩梦中醒来就从噩梦中醒来，想在美梦中睡去就在美梦中睡去，可以由自己掌握。(《原罪·宿命》)

四个“为了”，看似并列，实则层层递进，尤其是后一个“为了”，道出了写作的痛苦与解脱。

> 背景银幕上，固定的画面开始随着A的视点有所变动。镜头横摇：从一片高楼到另一片高楼。镜头推近：一个个窗口的特写，有的敞开着，有的紧闭着，有的窗帘轻轻飘动着。(《原罪·宿命·关于一部以电影作舞台背景的戏剧设想》)

这是一个典型的齐头与齐尾并行的双齐格。一个个窗口的特写，因镜头推进而清晰。类似的还有“背景银幕上的一个个格子中间，人们各自做着自己的事情，互不相干，互不理会：有的高朋满座，有的对影成双，有的在引吭高歌，有的在默然独泣，有的在拥抱亲吻、情语缠绵，有的在大吵大闹、呼天抢地，有的在沐浴，有的在喝茶，有的在看电视，有的在拉肚子，有的在炒菜，有的在读书，有的在下棋，有的在报警，有的在嘁嘁密谈，有的在呷呷梦语，有的刚刚出生，有的就要死去，有的在为新生者祝福，有的在为将逝者祈祷……”（《原罪·宿命·关于一部以电影作舞台背景的戏剧设想》）这虽是齐头，却因二十个“有的”而一泻千里、气势恢宏。把“背景银幕上的一个个格子中间，人们各自做着自己的事情，互不相干，互不理会”的状态，作极力的铺排，实属少见，令人叹为观止。

> 我常以为是丑女造就了美人。我常以为是愚氓举出了智者。我常以为是懦夫衬照了英雄。我常以为是众生度化了佛神。（《我与地坛》）

这是典型的齐头与齐腹式双齐格。“我常以为是……了”四次出现，哲理性的警句因之而诞生。

> 设若有一位园神，他一定早已注意到了，这么多年我在这园里坐着，有时候是轻松快乐的，有时候是沉郁苦闷的，有时候优哉游哉，有时候凄惶落寞，有时候平静而且自信，有时候又软弱，又迷茫。其实总共只有三个问题交替着来骚扰我，来陪伴我。（《我与地坛》）

作者复杂的心情，因六个“有时候”而得到强化。而之后的“来……我”则因三个问题的归纳而又一次得到强化。

第二节　匠心精巧　连贯悦耳——同字

同字——有意将相同的字放置在一组（一般三个以上）相邻的词、语或句子的开头、中间或结尾，使内容表达上重点突出又有细微差别，形式上遣字匠心精巧，语气上连贯悦耳的一种修辞方式[①]。

通常，按语言组织形式，同字有同首式同字、同腰式同字、同尾式同字和综合式同字四种基本类型。

同首式同字，指的是将相同的字放置在一组（一般三个以上）相邻的词、语或句子的开头的同字。又称齐头式、加冠式。

同腰式同字，指的是将相同的字放置在一组（一般三个以上）相邻的词、语或句子的中间的同字。又称齐腰式、腰带式。

同尾式同字，指的是将相同的字放置在一组（一般三个以上）相邻的词、语或句子的结尾的同字。又称齐尾式、穿靴式。

综合式同字，指的是同首式同字、同腰式同字、同尾式同字三种的综合形式。例如，同首尾式同字，也称双齐式、齐头齐尾式；同首同腰式同字；同腰同尾式同字等；或是同字兼用其他辞格。

同字与反复在重复使用某些成分上，形式上颇相似。但也存在差异，这主要表现在：①二者重复使用的修辞材料不同。同字以字为修辞材料；反复以词、语、句、段为修辞材料。②二者重复使用的材料所处的位置也不同。同字将相同的字放置在一组相邻的词语或句子的开头、中间或结尾；反复将相同的词、语、句、段，要么连续反复，要么间隔反复。③二者重复使用的数量略有不同。同字重复的部分一般三个以上；反复是两个以上。④二者表达的效果有别。同字着眼于同中有异，异中求同，使内容表达上重点突出又有细微差别；反复着眼于自身相同成分的重复，使内容表达上重点突出，增强语势。

同字与仿词，两者都有将相同的字放置于一组，构成同中有异的形式。但同字所形成的同中有异形式，必须是现成的词语，而非临时性地仿造词语；仿词是在现成词语上模仿，更换其中部分语素，仿造出的是临时性的词语（也有可能发展为新词语），而不是现有的词语。同字要求将相同的字放置在一组，一般在三个以上；仿词没有这个限制。

同字与复辞，两者都有把相同的字间隔使用的一面。但同字反复出现的相同字，其位置有一定的规则，如同首、同腰、同尾等；复辞反复出现的相同字，其位置灵活，没有一定的规则。同字反复出现的相同字，其意义、读音和用法都相同；复辞反复出现的相同字，其意义、读音或用法会有变化。

同字和排比都有三个以上的成分鱼贯排列的形式，如果同字的这些成

---

① 谭学纯、濮侃、沈孟璎：《汉语修辞格大辞典》，上海：上海辞书出版社2010年版，第233页。

分正巧是语言结构相同、相似的话，就兼有同字和排比两种修辞效果。但同字必须是相同的字放置在一组相邻的词、语或句子的开头、中间或结尾；排比无须有此前提。同字三个以上成分不一定要结构相同或相似；排比三个以上成分结构要相同或相似。同字着眼于同中有异，异中求同，使内容表达上重点突出又有细微差别；排比着眼于结构整齐匀称、气势连贯、音韵铿锵，以充分表达出相关的内容。

同字与同异，两者在连续的语流中，都会重复使用一个相同的字，字面上都呈现有同有异的情况。但在同一个语境中两者使用的频率不同。同字一般是三个以上，同异则是两个即可。两者表达的语意重心有别。同字的语意重心在相同的字上，侧重同中之异，异中求同，给人重心显豁、节奏谐美之感；同异的语意重心在不同的字上，侧重同异对照，给人相互映衬之趣。

小树林里对对情人在漫步，在依偎，在亲吻。（《命若琴弦·没有太阳的角落》）

“小树林里对对情人”的活动，作者通过三个“在”字构成动态同字，如同电影特写镜头，一一播放。

你窗外的那一墙牵牛花开始蔫萎的时候，她正在午睡。那时，有一只蝴蝶在院子里飞来飞去，在树阴里，在门廊下，在裸露的土地上，在她窗前，飞。然后在她的窗台上落下也睡了一会儿，在梦中翅膀仍然一张一合，一张一合。（《原罪·宿命·中篇1或短篇4》）

作者极尽同字运用之能事，连用七个“在”字，一气呵成把蝴蝶的旋飞状态，写得独具吸引视点，尤其是后两个“在”字的内涵，简直天人合一，物我相融。

那无奈，让人不忍袖手一旁。但只有袖手一旁。不过慢慢地听吧，你能听懂，其实是那弱小的灵魂正在成长，在渴望，在寻求，年轻的歌手一直都在呼唤着爱情。从夜晚到天明一直呼唤着的都是：爱情。自古至今一切流传的歌都是这样：呼唤爱情。自古至今的春天莫不如此。被有形的躯体、被无形的本能、被天赋

的才华困在牢笼里，正是那呢喃着的灵魂，呢喃着，但还没有足够的力量。(《我与地坛·记忆与印象2》)

一段之中两用同字格，把弱小灵魂的成长、渴望与寻求，写得呼之欲出；而后三个“被”字则把那“呢喃着的灵魂”正努力地呢喃着却没有足够的力量这种不懈的追求写得遗憾戚叹。

在河边。在桥上。在烦闷的家里，不知所云的字行间。在寂寞的画廊，画框中的故作优雅。阴云中有隐隐的雷声，或太阳里是无依无靠的寂静。在熙熙攘攘的街头，目光最为迷茫的那一个。(《我与地坛·记忆与印象2》)

五个“在”字，前四个两两构成排偶，最后一个与前四个又构成呼应。但语意的重点显然放在最后一个上。主人公的烦闷、寂寞、无依无靠与迷茫，全在同字格的运用中状写得淋漓尽致。

“我”在哪儿？在一个个躯体里，在与他人的交流里，在对世界的思考与梦想里，在对一棵小草的察看和对神秘的猜想里，在对过去的回忆、对未来的眺望、在终于不能不与神的交谈之中。(《病隙碎笔1》)

这可以认为是双齐格的运用，但我们更愿意理解为同字，作者在六次貌似不规则的层递中，表达了“我”的迷茫。而正是这不规则的层递，释放了“我”的内心的矛盾与困惑。作者的高妙在于整齐中追求变化，在四个“里”之后，换用一“中”字，恰恰达到了同义表达的细微效果。

不知她从哪儿找来了许许多多奇奇怪怪的杂志，不管是站在厨房里、坐在厕所里、躺在沙发上、趴在阳台的栏杆上她都能看得入迷，真正为那些杜撰的事故动情，有时竟至一整天默默悠悠坐卧不宁，郁郁寡欢直到晚上。(《务虚笔记》)

作者在两用复叠强调杂志的多与怪之后，接着用四个“在”字，通过同字格的运用，把“她”看杂志的入迷的动作与地点作了全景式呈现。作者对“站”“坐”“躺”和“趴”等动词的运用，极写其入迷的神态；“厨房”“厕所”“沙发”和“阳台的栏杆”等地点的变换，极状其入迷的状态。

> 她身旁停着一辆很旧的竹制婴儿车，车里面放着一把笤帚、一个口袋和一个柳条簸箕。干裂的柏子落了一地。（《命若琴弦·绵绵的秋雨》）

三个“一”字，把读者的视觉引入车里，婴儿车之旧、之空，尽在字里行间表现。

类似的如：

> 背包里有一袋米、一罐油、一盒糕点和一包糖果。就这些。（《原罪·宿命·中篇1或短篇4》）

初看作者好像是作极力铺陈，强调之多，但“就这些”仨字，却表达出背包里东西之少。这般笔法，全靠同字格的妙用。

> 敌人把我入狱时的那个大背包还给了我，里面还有一点钱，我买了一袋米、一罐油、一盒糕点和一包糖果，心想快过年了，回家去应该给父母买些年货。（《原罪·宿命·中篇1或短篇4》）

这里的文字与上例全然相同，但语义却大不一样。尽管此句中“我”买的东西少但表达了“我”对父母的孝敬之意。可见，同样的语词，不同的语境，意义迥然不同，效果殊异。

> A上台，慢慢踱步若有所思。
>
> 运道具的老人尾随A上台，从车上卸下一条石凳，用衣袖把石凳掸一掸，把一瓶酒、一只酒杯、一个破旧的挎包摆在石凳上，然后推车下台。（《原罪·宿命·关于一部以电影作舞台背景的戏剧之设想》）

三个“一”同字，配上三个不同的量词，这样的定格化描写，不但定睛，还定情，更定境。

> 他的宿舍里，一床、一桌、一个脸盆，此外就只有几管毛笔、一盒颜料、一大瓶墨汁。(《我与地坛·记忆与印象2》)

有时看似全景式的描绘，其达到的修辞效果正突出的是单一。单一的突出，正强化了读者解读文本的注意力。

> 宽阔的地板上有一个男孩儿静立的影子，有一个小姑娘跳动的影子，还有另一团影子在飘摇，那是一根大鸟的羽毛。窗边，一只原木色的方台，上面有一只瓷瓶，瓶中一根白色的大鸟的羽毛，丝丝缕缕的洁白无时不在轻舒漫卷，在阳光下像一团奇妙的火焰——不过它并没有引起男孩儿的注意，因为他不是Z他是WR。(《务虚笔记》)

七个“一”字，构成同字，但意义显然分属两层。前者以地板为话题，重在强调影子；后者以窗边为话题，层递式地突出羽毛。

> 摇拍：床下一摞一摞的都是书，有一只旧皮箱。床上又脏又乱，有几本画册和速写本，有几盒磁带和几只袜子，一根筷子。另一根筷子在桌上。桌上有一个饭盒、两只碗、一只杯子，有一台录音机。桌下有一个暖水瓶和两个干蔫的萝卜。窗台上摆着一架老式留声机（父亲留下的），其余的地方被一个自制书架占据，排满了书，中间有几本精装的画册。书架把玻璃窗遮去大半。(《务虚笔记》)

这样的极度呈现，在一次一次的同字中得到拓展，留给读者的是难以忘怀的记忆。作者有关摇拍的铺写在示现、顶真与频词辞格的综合运用中，作了全景式的静态展示。

> 她还在那儿扫着柏子。我终于见到她了，完了么？我的账偿还了？我的良心安宁了？我就是为了这个而来？为了找一个自我安慰的根据？(《命若琴弦·绵绵的秋雨》)

五次递进式的反问，三个“了”字的同字，把“我”的一系列心理反应，刻画得淋漓尽致。

类似的如：

> 当一些角色乏了、腻了、老了，果真看透了这是个无目的的戏剧，就要及时撤换他们，让他们消失让一批尚不知天高地厚的角色们出现，或让他们去渡一条河，在那儿忘记以往的一切，重新变得稚嫩变得鲜活，变成激情满怀踌躇满志的角色。(《命若琴弦·脚本构思》)

“了”，表达的是完成状态，作者在“乏”“腻”“老”这样三个程度形容词后将其缀而用之，渲染出角色的过时，之后又揭示出处理的方法，其真正的用意在于改变更换角色。

> 或站，或蹲，或坐，或靠在墙上，或倚在树旁，先是无言地思忖着，旋即火光闪亮，抽起了闷烟。（《命若琴弦·巷口老树下》)

“或”字的五次出现，传神地写出了五种状态，把主人公的复杂心理和盘托出。

> 瞬间，算得坏命而宣称“灵验”的人们的脸上都现出欣喜的神气。然后，叫嚷着，笑骂着，蹦蹿着，丢却了刚才的誓言，忘却了自己的派属，抱着新的祈望重又投入到老槐树那边的人堆中去，重又把钢镚儿抛向空中。(《命若琴弦·巷口老树下》)

“着”，表达的是进行态。无论是“叫嚷”“笑骂”，还是“蹦蹿”，通过同字，把人们“丢却”“忘却”和“祈望”的形态铺写得一览无余。

> 这么说吧：现在要是有谁想买牛，我担保能给他挑头好的。看体形，看牙口，看精神儿，这谁都知道，光凭这些也许能挑到一头不坏的，可未必能挑到一头真正的好牛。关键是得看脾气。拿根鞭子，一甩，“嗖”的一声，好牛就会瞪圆了眼睛，左蹦右跳。这样的牛干起活来死劲，走得欢。疲牛呢？听见鞭子响准是把腰往下一塌，闭一下眼睛，忍了。这样的牛，别要。(《命若琴弦·我的遥远的清平湾》)

三个“看”字之后的语意，似乎是经验之谈，但作者的铺叙，言在此而意在彼，恰恰反讽出过去人们以经验办事的守旧心态。后面有关识牛的独到见解，在对比中给读者留下不可磨灭的印象。

> “你听！”奶奶忽然说：“你快听，听见了么……”我愣愣地听，不哭了，听见了一种美妙的声音，飘飘的、缓缓的……是鸽哨儿？是秋风？是落叶划过屋檐？或者，只是奶奶在轻轻地哼唱？直到现在我还是说不清。(《命若琴弦·奶奶的星星》)

三个“是”表面看似乎表达肯定，但一经在其后加上问号，意义全然无法肯定，甚至我们更多地读出其比喻，而之后的“或者”，则又一次传达出更多的模糊义，然而这正是作者的用意所在。

> A（低头自语）：“是杨花儿，是她，是她在弹琴，她的琴声我一听就能听出来，一听就听出来……”声音有些颤抖、哽咽，“一听……就……就听出来。”(《原罪·宿命·关于一部以电影作舞台背景的戏剧之设想》)

三个“是”，肯定的是同一人，后面的“一听就能听出来，一听就听出来”稍有变化的语意重复，进一步做出了肯定。后面的“一听……就……就听出来”，作者别出心裁地运用语滞辞格，传神地写出了A的兴奋与激动。

> 许多年以后我才渐渐听出，母亲这话实际上是自我安慰，是暗自的祷告，是给我的提示，是恳求与嘱咐。(《我与地坛》)

这样的同字，表达了丰富的内涵：有无奈，有祈祷，有爱抚，更有恳求与嘱咐。

> 重病之时整天是梦。梦见熟悉的人、熟悉的往事，也梦见陌生的人和完全陌生的景物。偶尔醒来，窗外是无边的暗夜，是恍惚的晴空，是心里的怀疑：
>
> 谁说我没有死过？
>
> 出生以前，太阳

已无数次起落
悠久的时光被悠久的虚无吞并
又以我生日的名义
卷土重来。(《我与地坛·记忆与印象2》)

无边的暗夜、恍惚的晴空、心里的怀疑带给我的苦痛，尽蓄“是”中。

蝉声很远，近处是“嗡嗡”的蜂鸣，是盛夏的热浪，是珊珊的喘息。(《我与地坛·记忆与印象2》)

用“是”强化近处感受，更反衬出对远处蝉声的渴望与期待。

纯洁、高尚、爱和奉献，是他的音乐永恒的主题；海浪、白帆、美和创造，是我们从小由他那儿得来的憧憬；祖国、责任、不屈和信心，是他留给我们永远的遗产。(《我与地坛·纪念我的老师王玉田》)

这是一个兼用排偶、排比、同字的句子，因为同字格的使用，把丰富的内涵，全部浓缩在三个单句之中。老师王玉田的崇高形象，如电影镜头般渐渐推进。

佛仅仅是信心，是理想，是困境中的一种思悟，是苦难里心魂的一条救路。(《我与地坛·神位·官位·心位》)

佛是什么？作者在同字格的辞格运用中，以两两整齐的排偶式，突出了佛的作用：是信心，是理想，是思悟，是救路。

所以，凡·高是“向日葵”，贝多芬是“命运”，尼采是“如是说”，而君王是地下宫殿和金缕玉衣。(《病隙碎笔5》)

作者为了介明读者对凡·高、贝多芬、尼采和君王的认识，连续使用四个“是”字形成同字格，看似排比，实则达到对比的作用，一箭双雕。作者的匠心在于：于整齐的排偶中略作变化，顺势将君王的特征通过字数的增加顺延拓展而得以表达——君王是地下宫殿和金缕玉衣。

> 无论是恨，是爱，是针砭、赞美，是缠绵悱恻、荒诞不经，是唐·吉诃德或是哈姆雷特，总之，如是种种若在现实中也有如戏剧中一样的自由表达，一样地被倾听和被尊重，戏剧则根本不会发生。(《病隙碎笔5》)

“是”字，一经作者的妙用，不仅发挥了肯定的作用，更在语境中突出了选择的作用。作者在同字格的运用中，总是于整齐中寓变化，于变化中求整齐。

> 老瞎子苦笑：七十岁了再疯还有什么意思？他只是再不想动弹，吸引着他活下去、走下去、唱下去的东西骤然间消失干净。就像一根不能拉紧的琴弦，再难弹出赏心悦耳的曲子。(《命若琴弦》)

三个“下去”，强化的是状态，越是强化越在对比中突出了老瞎子的无奈与失望。后一句的比喻无异于火上浇油，越烧越旺，越旺越明，越明越恸，越恸越苦。

> 园子很大。有参天孤立的老树。有密密交织的矮树丛在蔓延。有一大片一大片的荒地。有散落在荒地里的断石残阶，默默的像是墓碑。(《命若琴弦·我之舞》)

园子大到怎样的程度，作者除了正常的排比外，更在于同字格的运用，同字之妙，更在于静中之动。

> 那儿交叉着另一条小街，那街上有酒馆，有杂货铺，有油坊、粮店和小吃摊；因为有小吃摊，那儿成为我多年之中最向往的去处。(《我与地坛·记忆与印象1》)

作者在列举中有意突出小吃摊，点出了记忆与印象。但记忆与印象的记忆点始于三“有”，三“有”缘于同字格运用的示现。

> 爱却艰难，心魂的敞开甚至危险。他人也许正是你的地狱，那儿有心灵的伤疤结成的铠甲，有防御的目光铸造成的刀剑，有语言排布的迷宫，有笑靥掩蔽的陷阱。(《病隙碎笔1》)

这种把困难倒置的写法，把结果往前移的构思，不失为独具之匠心。从心理学的角度考察，当人们知道：爱却艰难，心魂的敞开甚至危险，读者自然有探究的欲望。后面的四个比喻兼同字的句子，正让读者曲径通幽。

> 两个左臂戴着黑纱的人把一只花圈送上汽车，花圈的一条缎带上写着：金水先生千古。这个叫金水的男人，从出生，到恋爱，到失恋，到结婚，到快乐和到哭泣，到死，都在别处。直到他死了我才知道他，知道他曾经存在。我也许见过他，在市场上，在公共汽车上，在路上，在街头，在剧场里或者在舞台上，我也许见过他。我见过很多人，其中可能有他。我见过的人里，有些已经死了，有些还活着但不知活得怎样活在何方。(《命若琴弦·别人》)

写金水的一生，作者极力一连使用六个“到”字，其目的在于强调其平凡。而后面紧接着的六个“在”字又一次突出金水的平凡。这样的平凡，全在同字与复叠中反复，“别人”之旨，尽在字里，尽见行间。

> 阳光漂浮在人群上，跳动在形形色色的头上、背上和汗上。(《命若琴弦·别人》)

“上”，表方位。作者正是借助这引人注目的方位词，强化了读者的视觉印象。

> “吹个曲儿嘛。”娃娃们蹲着、跪着、趴着，把仲伟围住。吹了个《三套车》，又吹了《山楂树》，又吹《小路》和《红河谷》，我们跟着哼，遇到“姑姑”“爱情”一类的字眼就含混过去，不咬得太清楚。(《原罪·宿命·关于詹牧师的报告文学》)

三个动词的后面都附着一个“着”字，既表明状态，更标示娃娃们的期待。三个“吹”字，让娃娃们得到了满足。后面的句子，正表明娃娃们的幼稚与羞涩。

> 好像他们都上山受苦去了，剩我一人在家做饭，一会儿就都会喊着饿回来的……所能清楚的只一件事：他们都远离了清平湾，但他们无论在这星球的什么地方，都终生忘不了这窑洞、这山川、这天空、这土地和人……（《原罪·宿命·关于詹牧师的报告文学》）

窑洞、山川、天空、土地和人，处处有。而在其前面均着一“这”字，却真正具化了“终生忘不了”的内涵。

> 那儿需不需要知识青年？说老实话：需要。那儿最缺的是知识，缺老师，缺大夫、缺学农的、学林的、学机械的、学配种的、学计划生育的……除了不缺学原子弹的。（《原罪·宿命·关于詹牧师的报告文学》）

三“缺”，正说明需要知识青年。作者用笔的巧妙在于同字与包孕辞格的使用。第三个“缺”字，更强调了当务之急所缺之需：五“学”。

> 满屋里飞着大大小小七彩闪耀的泡泡，忽上忽下忽左忽右轻盈飘逸，不断有破碎的，十叔又吹出新的来。（《原罪·宿命》）

泡泡，带给孩童的神奇在于其上下左右的轻盈飘逸，而着一“忽”，四次反复出现，更突出了神奇色彩，也更体现出孩童们的天真与烂漫。

> 阿夏阿冬的爸爸又给我们讲月亮、讲太阳、讲银河讲宇宙、讲一光年是多远；讲宇宙一直在膨胀一直在膨胀，讲所有的天体都离开我们越来越远越来越远；讲总有一天宇宙也要老的，要走完生命的旅程，要毁灭。（《原罪·宿命》）

七“讲”的内涵不断层递拓展，既突出了孩童们的稀奇，又蕴含着宿命。

她很漂亮很善良，很聪明，很健康很浪漫很豁达，很温柔而且很爱我，私下里她不费思索单凭天赋便想出无数奇妙的爱称来呼唤我，我便把世间其它事物都看得轻于鸿毛，相比之下在这方面我或许显得略笨，我光会说亲爱的亲爱的我最亲爱的，惹得她动了气给我一记最最亲爱的小耳光。(《原罪·宿命》)

所有的爱，所有的满足，全在这八个“很”字上，这种表程度的同字修辞格的运用，几乎把对方的心都要掏出来了，惹得对方近乎迂腐而接受意想不到的待遇。

C：你自己看吧。盒子里的正值与负值、真值与假值、善值与恶值、美值与丑值……总之一切数值都正在趋近零，一切矛盾都正在化解，一切差别都正在消失。(《原罪·宿命·中篇1或短篇4》)

一连八个“值”，除了第一个是常态词外，其余简直是顺意义而仿造，但正是这不露痕迹的仿拟，水到渠成地得出后面的三个“一切”的结果。

天上，或者是云彩里，有些声音，有些缥缈不知所在的声音——风声？铃声？还是歌声？说不清，很久我都不知道那到底是什么声音，但我一走到那块蓝天下面就听见了他，甚至在襁褓中就已经听见他了。那声音清朗，欢欣，悠悠扬扬，不紧不慢，仿佛是生命固有的召唤，执意要你去注意他，去寻找他，看望他，甚或去投奔他。(《我与地坛·记忆与印象1》)

无论是“声”，还是“他”，用的都是同字格。作者用笔之妙在于先以“缥缈”描述声音的魅力，给读者形成神秘感，期待感。特别是问的方式，好像在猜测，最后在读者最想知道之时，和盘托出：“那声音清朗，欢欣，悠悠扬扬，不紧不慢。”然作者意犹未尽，进一步在比喻与再一次同字中凸显“他”，作者极尽同字之能事，原来就在于突出“他”留下的记忆与印象。

那些情景如今都到哪儿去了？那时刻，那孩子，那样的心情，惊奇和痴迷的目光，一切往日情景，都到哪儿去了。(《我与地坛·记忆与印象1》)

作者好像在使用设问辞格，但与通常的设问不同的是：一般的设问是自问自答，而作者却表面上用的是设问，在貌似的回答中更进一步地加强了反问的语气。通过同字，强化了对时间、对象和心境的追问，突出了对往事的流连与忘返。

> 而老家在我的印象里一向虚虚幻幻，更多的是一种情绪，一种声音，甚或一种光线一种气息，与一个实际的地点相距太远。（《我与地坛·记忆与印象1》）

作者对老家在“我”的印象，完全不同于固有的表达方式。在抽象之中表达具体，在具体之中蕴含抽象。一种情绪，一种气息，多么抽象；一种声音，一种光线，多么想象。而作者却以同字格将其杂混在一起，将虚幻的印象，写得跃然纸上。

> 我们几乎走遍了城中所有的街巷。父亲、伯父和叔叔一路指指点点感慨万千：这儿是什么，那儿是什么，此一家商号过去是什么样子，彼一座宅院曾经属于一户怎样的人家，某一座寺庙当年如何如何香火旺盛，庙会上卖风筝，卖兔爷，卖莲蓬，卖糖人儿、面茶、老豆腐……庙后那条小街曾经多么僻静呀，风传有鬼魅出没，天黑了一个人不敢去走……城北的大石桥呢？哦，还在还在，倒还是老样子，小时候上学放学他们天天都要从那桥上过，桥旁垂柳依依，桥下流水潺潺，当初可见Z州一处著名的景观啊……咱们的小学校呢？在哪儿？那座大楼吗？哎哎，真可是今非昔比啦……（《我与地坛·记忆与印象1》）

作者在示现的同时，不忘用特写的镜头，而特写镜头用的是三个动词的同字格，在同字格使用时又不忘寓变化于整齐之中。整散结合，既富于层次美，又不乏整齐美。

> 那矮墙，父亲说原先没有，原先可不是这样，原先是一道青砖的围墙，原先还有一座漂亮的门楼，门前有两棵老槐树，母亲经常就坐在那槐树下读书……（《我与地坛·记忆与印象1》）

四个“原先”，在同字格中又巧妙使用层递格，在强调中不断延伸，在延伸中进一步强调，所有的用意都在于突出对过去的回忆。

> 庙堂中常有法事，钟鼓声、铙钹声、木鱼声，噌噌吰吰，那音乐让人心中犹豫。(《我与地坛·记忆与印象1》)

“钟鼓声”“铙钹声”与“木鱼声”的三次同字反复，写出这种特殊声音对人所产生的反应，而这样的反应全蓄“犹豫”二字，让读者于无声处会其真意。

> 在我的愿望里，也许，珊珊你就这么尽情尽意地跳吧，别回去，永远也不回去，但你要跳得开心些，别这么伤感，别这么忧愁，也别害怕。(《我与地坛·记忆与印象2》)

三个“别”字，字里行间表达了作者对珊珊的愿望，希望她不伤感、不忧愁、不害怕。

> 你喜欢美术，喜欢画作，喜欢雕塑，喜欢异彩纷呈的烧陶，喜欢古朴稚拙的剪纸，喜欢在渺无人迹的原野上独行，在水阔天空的大海里驾舟，在山林荒莽中跋涉，看大漠孤烟，看长河落日，看鸥鸟纵情翱飞，看老象坦然赴死，你从色彩感受生命，由造型体味空间，在线条上嗅出时光的流动，在连接天地的方位发现生灵的呼喊。(《我与地坛·好运设计》)

语意在六个“喜欢”、三个“在”和四个“看”的同字格中不断层层递进，奔腾而下，这样的连环表达，没有丰富想象，没有满腔热情，很难如此气势恢宏。

> 但这虚无绝望难道不会使你痛苦吗？是的，除非你为此痛苦，除非这痛苦足够大，大得不可消灭大得不可动摇，除非这样你才能甘心从目的转向过程，从对目的的焦虑转向对过程的关注，除非这样的痛苦与你同在，永远与你同在，你才能够永远欣赏到人类的步伐和舞姿，赞美着生命的呼喊与歌唱，从不屈获得骄傲，从苦难提取幸福，从虚无中创造意义，直到死神和天使一起来接你回去，你依然没有玩够，但你却不惊慌，你知道过程怎

么能有个完呢？过程在到处继续，在人间、在天堂、在地狱，过程都是上帝的巧妙设计。（《我与地坛·好运设计》）

四个“除非”，表明作者的关心；三个“从”，寻求解脱的方式与生活的态度；三个“在”强调过程无处不在。

郿英是以助人为乐的人，是以宽厚为怀的人，是以俭仆为美的人，是以爱为愿、以行为果的人。（《我与地坛·告别郿英》）

表面看是同字，实际上更是双齐与同字的综合运用。“是以……为……的人”，是标准的集齐头，又齐腹且齐尾的双齐格。这一双齐与同字格的五次反复运用，突出了郿英助人为乐、宽厚为怀、以俭仆为美、以爱为愿和以行为果的高尚品德。

少诚看见了，他说不出，他感到了话语的无力（所以他把他写下的很多在我看来非常精彩的文章都烧掉了），便以牛一样的身体和执着（他的外号是“老牛”），画呀，刻呀，铸呀……要把天地间的深情厚意都凝聚成型、成线、成色彩的喧响、成结构的变易、成困苦之思、成欢悦之梦，给我们看。（《我与地坛·悼少诚》）

“呀”字的三次出现，作者通过列举，表明少诚的生存状态。“成”字的六次对举出现，既表明作者的审美倾向，更通过视觉的变化拓展了文本内容，状写出少诚的执着与追求。

几十年他风一样走遍的世界都在风一样不能平息的心中，他温好了酒，煮好了肉，和好了泥，炉火也就要烧旺了，铁水也就要注进他的特别好看特别美的愿望里去了……但是，突然，他走了，把一切都带走了。（《我与地坛·悼少诚》）

前面三个“好了”，以完成时态状写少诚对生活的执着与期待。后面四个“了”字虽同样构成同字，语意却明隔两层。后面四个“了”字，承前面三个“好了”而来，将少诚对生活的执着愿望推向顶点，然后笔锋一转，随着“就要”，陡然跌入低谷，这种情绪高潮，全在后两个“了”字之中，让读者意外地陷入悲凉，无法接受。

> 谢谢上帝为我们安排得巧妙：想跑，便有距离；想跳，便有引力；想恋爱，便有男人也有女人；想灭欲，便有红尘也有寺庙；想明镜高悬，既能招来权门威逼也能赢得百姓称颂；想坚持真理，既可留下一个美名也可落一个横死；想思考，便有充足的疑问；想创造，便有辽阔的荒寂；想真，便有假的对照；想善，便有恶的推举；想美，便有丑的烘托；想超凡入圣，便有卑贱庸碌之辈可供嘲笑；想普度众生，便有众生无穷无尽的苦难……感谢上帝吧，他给我们各种职业如同给我们各种玩具，他给我们各种意义如同给我们各种游戏，借此我们即可摆脱那种最残酷的刑罚了。(《我与地坛·游戏·平等·墓地》)

“想……便有……”在文本中接连使用11次，既用同字，又用双齐，更突出排比，一箭三雕，这种表达方式，让人叹为观止。段落之中又换用“想……既……也……”的同字与双齐格，把作者的辩证认识一蓄其中。段末双齐与比喻的兼用，又一次点明题旨。

> 中国信佛的潮流里，似总有官的影子笼罩。求佛拜佛者，常抱一个极实惠的请求。求儿子，求房子，求票子，求文凭，求户口，求福寿齐全……所求之事大抵都是官的职权所辖，大抵都是求官而不得理会，便跑来庙中烧香叩首。佛于这潮流里，那意思无非一个万能的大官，且不见得就是清官，徇私枉法乃至杀人越货者竟也去烧香许物，求佛保佑不致东窗事发抑或锒铛入狱。若去香火浓烈的地方做一次统计，保险：因为灵魂不安而去反省的，因为信心不足而去求教的、因为理想认同而去礼拜的，难得有几个。(《我与地坛·神位·官位·心位》)

透过六个“求”字，我们于同字格修辞的运用中看到作者对俗求的揶揄；而三个“因为”的双齐格运用，则在对比中表明作者的态度。只有尊重神位，放弃官位，摆正心位，才是真正的信佛。摒弃功利，发自心扉，才能远离官影的笼罩。

> 这感慨和嘲骂，泄露了国产天堂观的真相：无论急于今生，

还是耐心来世，那天堂都不是心魂的圣地，仍不过是实实在在的福乐。福不圆满，乐不周到，便失望，便怨愤，便嘲骂；并不反省，倒运足了气力去讥贬人家。看来，那“无苦并极乐”的向往，单是比凡夫俗子想念得深远：不图小利，要中一个大彩。（《我与地坛·神位·官位·心位》）

三个“便”字，逼真地再现了国产天堂观的真相。“国产天堂观”的“国产”二字，极尽讽刺之能事。反讽的背后，和盘托出作者对天堂的正名：不能实实在在，而应成为心魂的圣地。

我们叽叽吱吱地在地上跑，叽叽吱吱地在天上飞，叽叽吱吱地在太空中传递，被压扁成为图像，被抻长成为数据，被拷贝得千篇一律，被贮存得规规矩矩，被调动得奴颜婢膝，然后我们损坏，过时，成为有害的垃圾去污染上帝的田园……（《我与地坛·私人大事排行榜》）

作者在综合运用摹拟格、双齐格和同字格之后，再一次单独使用同字格。前者极力定格，铺写过程；后者用力铺排，呈现结果。这样的表达，在形象中彰显抽象，在抽象中孕育形象。

我多年患病的座右铭是：把疾病交给医生，把命运交给上帝，把快乐和勇气留给自己。（《我与地坛·“透析”经验谈》）

作者的高妙在于：在貌似绝对的双齐与同字格使用中，透过形式拓展了内容，延伸了生活的意义。而这一语义的拓展，是在不知不觉的词语替换中完成的。前两个句子中用的是“交给”，后一个句子用的却是“留给”。一“交”一“留”，积极的意义，悄然而至。

小小一方足球场，满打满算二十几口人，便有无限多的可能性让人始料不及，让人哭，让人笑，让翩翩绅士当众发疯，何况偌大一个人间呢。（《病隙碎笔1》）

四个“让”字，似乎是结构相同，但细细琢磨，却构成总分关系。第一个“让”后面的内容是总说，其余三个“让”之后的内容是分说。由静而动，由小而大，由有限而无限。这不是想象，这是生活的定格。

> 你颤抖着、试着用你赤裸的身形去表达吧，那是一个雕塑家最纯正的材料，是诗人最本质的语言，是哲学最终的真理，是神的期待。(《病隙碎笔2》)

一定格的体态，经由作者的阐发，竟如此丰富。这一切都源于同字与双齐格的娴熟运用。

> 爱情，并不在伸手可得或不可得的地方，是期盼使它诞生，是言说使它存在，是信心使它不死，它完全可能是现实但它根本是理想呵，它在前面，它是未来。(《病隙碎笔2》)

爱情是什么？作者用同字与双齐格，从视觉的角度，强化了读者的印象。但作者的用意并不仅仅停留于此，而是要通过视觉加深读者的记忆，从而达到因记忆而深化对爱情的理解。后面的句子就袒露了作者的心怀：爱情“完全可能是现实但它根本是理想呵，它在前面，它是未来”。

> 你靠什么来塑造他人？你只可能像我一样，以史铁生之心度他人之腹，以自己心中的阴暗去追查张三的阴暗，以自己心中的光明去拓展张三的光明，你只能以自己的血肉和心智去塑造。(《病隙碎笔2》)

在设问中融入同字格，那真是设问的幸运。同字格的相期而至，解决了塑造“他人”的方式与方法。

> 听说已经有了（或终将会有）一种计算机软件，只要输入一些性格各异的人物，输入一个时代背景或生活环境，比如是战争，是疑案，是恋情，是寻宗问祖，行侠仗义……再输入一种风格，或惨烈悲壮，或情意缠绵，或野狐禅，或大团圆……好了，计算机自会据此编写出一个情节曲折的完整故事。(《病隙碎笔2》)

“是”与“或”的平行使用，实际上达到的是交合产出的效果。这样的铺排与列举，没有足够的想象力，不可能会有如此曼妙的效果。

倘非如此，心魂借助肉体而天而地，爱愿借助性欲而酣畅地表达，而虔诚地祈告，又何黄之有？一旦心魂驾驭了实际，或突围，或彷徨，或欢聚，我就自由地写吧，画吧，演吧，字还是那些字，形还是那些形，动作还是那些动作，意味却已大变——爱情之下怎么都是艺术，一黄不染。(《病隙碎笔3》)

排偶、倒装、同字和成语化用，似阅兵场上的奇观。这样的场面，若不是平时的“整装功夫”，何以能如此娴熟地“蓄势待发”。语言是艺术，一旦彰显艺术，其中的神妙就无法言语。

比如，跑是一种快乐，但跑不快又是烦恼，跳也是一种快乐，但跳不高还是苦闷，再比如举不动、听不清、看不见、摸不着、猜不透、想不到、弄不明白……最后是死和对死的恐惧。(《病隙碎笔5》)

无论是“跑”，还是“跳”，在作者看来都是一种矛盾，一种辩证。接着以同字格分别列举了七种可能的现象，表面上说的是不足的一面，其实，作者的水平高在以极简练的文字于字里行间蕴含丰富的内涵。我们为什么不可以顺着作者的思路，想到辩证的另一面，这样，我们也就不至于：“最后是死和对死的恐惧。”

那消息，曾经比较简陋，比较低级，低级到甚至谈不上意义，只不过是蠕动，是颤抖，是随风飘扬，或只是些简单的欲望，由水母来承载就够了，有恐龙来表达就行了。而当一种复杂而高贵的消息一旦传扬，人便被创造了。是呀，当亚当取其一根肋骨，当他与夏娃一同走出伊甸园，当女娲在寂寞的天地间创造人，那都是由于一种高贵的期待在要求着传扬啊！（《病隙碎笔5》)

同样是同字格的使用，但一进入这样的语境，两者却构成了鲜明的对比。两种消息，前者低级，后者高贵。作者的观点在对比中自然得到显现。

我曾在另外的文章里猜想过：性爱，原是上帝给人通向宏博之爱的一个暗示，一次启发，一种象征，就像给戏剧一台道具，给灵魂一具肉身，给爱愿一种语言……是呀，这许多器具都是何等精彩，精彩到让魔鬼也生妒意！但你若是忘记了上帝的期待，一味迷恋于器具，糜菲斯特定会在一旁笑破肚皮。（《病隙碎笔5》）

“性爱”是什么？仿佛过来者自明，未历者自期。但作者却完全抛弃两者的身份角色，通过同字、比喻与量词的运用，进行两次诠释，使性爱去庸俗化，趋精神高尚化，有理，有智。

路易斯跑起来，让人享受了艺术的美。这美来自那谐调动作所展示的自信力量，来自对前人的超越，来自于他勾引得我们还要希望看进一步的超越。（《病隙碎笔·随想与反省》）

三个“来自”同字，在平列中不断递进。让读者从“路易斯”的跑中，领会到：美在自信，美在超越，美在不断超越。

F医生有二十多年不问政治了，二十多年来他几乎做到了不读书不看报（当然除去医学书刊），不听广播不看电视，也不看电影，除去做手术他很少跟人打交道，除了医学差不多没有第二件能让他着迷的事。（《务虚笔记》）

这笔法，表面上在以同字格借助五个“不”字批评F医生，然而，实际上作者越是批评，越是在以明贬实褒、欲扬先抑的方式，极力肯定F医生对医学的着迷。

他站起来时说了一句话（“我得去看看她了”），声音轻虚得如同自语，F夫人愣了下神儿那句话已经过去了。但从他的语气之平和、表情之泰然、目光之迷蒙来判断，他都像是说的——“我得去睡一下了”。（《务虚笔记》）

作者构思之巧，在于有意对“我得去看看她了”进行误读，有意曲解成“我得去睡一下了”，而这种风马牛不相及的联系，借助“之”字的同字，进一步得到强化，强化之后却加深了读者对“他”对她的爱的理解，一切都如飞流之瀑布，刺激而充满风险，风险过后，才知道什么叫释怀，什么叫沉着，什么叫爱得深沉。

那时残疾人C看着他的女人，全心全意地看着她的裸体。不，那绝不像大理石，更不像什么雕塑，那仅仅是真实，是普通，不是冷峻的高贵而是温馨的平凡，是亲近，是一个女人鲜活的肌肤，有褶皱，有弹力，还有硌痕，在静谧的夏夜里，那是天宇中亘古流通的欲望在地上人间凝聚而成的残酷和美丽……（《务虚笔记》）

女人的胴体，在一般人的意识中只能美得让人着急，美得让人慌张，美得让人无所适从。可是，在史铁生笔下，一经两次反复的同字格运用，就不慌不忙地把女人的酮体之美，刻画得淋漓尽致，那感受全蓄在五个“是”字与三个“有”中，但作者并不是以满足的心态进行刻画，一切都寄寓在辩证的比与喻之中：“在静谧的夏夜里，那是天宇中亘古流通的欲望在地上人间凝聚而成的残酷和美丽……”

一切都是永恒的传扬，一切都是这永恒传扬之一节，之一点，之一环，之一缕，之一息尚存而已！（《我的丁一之旅》）

“永恒的传扬”，永恒何在？作者跳出常人的思维，不从大处耗力，反从细处入笔，五个“之”字后，紧接五个数量词，那“一节”“一点”“一环”“一缕”和“一息尚存”留给读者的是视觉化的感官，是情感化的体验，这些都在同字格的运用中意随词遣。

你可以不知那些书里都说的什么，但万万不可不知其中一些时髦的主义和种种著名的人与事，否则一旦party或者salon，名人们一会儿“海德格尔”一会儿“福科”，一会儿“话语霸权”一会儿“政治正确”，哥们儿你要是晕头转向总是插不上嘴那就尴尬。（《我的丁一之旅》）

“一会儿”，强调时间的稍纵可逝性，作者正是借助这瞬变性，采用同字格幽默地讽刺了名人们的炫酷。

可那些人却都不惊慌，高居低住，左右相邻，各行其是，相互无视无睹仿佛四壁犹存……空墙透壁，如一座立体的舞台——

有人在洗碗。

有人在饮茶。

有人在看报纸。

有两个人面对面下棋。

有四个人围坐桌前，可能是打牌。（《我的丁一之旅》）

三个“有人在”，两个“有”，既有同字格，又有排偶格，所有的生活现象都在五个“有”字中，得到淋漓尽致的刻画，这无疑是一座立体的舞台。

第三节　首尾蝉联　复沓缠绵——顶真

在史铁生的文本中，有时因其深厚的哲学基础，顶真辞格在其笔下因果连锁关系，环环相扣，上承下接，通顺流畅；有时因其独特的审美趣味，顶真辞格在其篇中音美形丽，历如贯珠，铿锵悦耳，浑简完备，首尾圆和；有时因其娴熟的表达技巧，顶真辞格在其文本中变换使用，一气呵成，既娱且乐。

顶真，或称“顶针”“蝉联”“联语”“递代”，是一种说写中“用前一句的结尾来作后一句的起头，使邻近的句子头尾蝉联”以获取某种特定语言效果的修辞文本模式①。顶真格利用上下句的相同语词，作为“中心观念”，使上下文的意识流贯穿起来②。

从顶真词语的数量看，顶真可分为两种情况：

（1）一次顶真。后一句的开头的词语，正好是前一句的结尾的词语，上下句只有一次紧密相继，结构相对简单。

（2）多次顶真。后一句的开头的词语，正好是前一句的结尾的词语，一句接着一句，上下句有多次的紧密相继，结构相对复杂。

按顶真的语意走向看，顶真可分为两种主要类型：

---

① 吴礼权：《现代汉语修辞学》（修订本），上海：复旦大学出版社2012年版，第276页。

② 黄庆萱：《修辞学》，台北：台湾三民书局股份有限公司2002年版，第690页。

（1）意顺顶真。特点是语意上由低到高，或由弱到强，或由小到大，或由少至多，或由浅至深，或由点到面，或由因至果等。

（2）意反顶真。特点是语意上由高到低，或由强到弱，或由大到小，或由多至少，或由深至浅，或由面到点，或由果溯因等。

顶真与层递，两者都讲究层次性，有层层推进的意思。区别是：顶真形式上的特征很明显，必须环环相连，尾首相继；层递形式上无明显特征，只侧重内容上层层逼近。当表达的内容具有层递关系而又采用顶真的形式时，可以认为是顶真和层递的兼用。形式上前后接续、套合，上递下接，符合顶真的特征；语意上由低到高、逐层推进，具有层递的特点。

顶真与反复，两者都有词语形式上的重复，区别是：顶真是两个短语或句子（含复句）的接续、套合，其在语句中的位置要求较严格；反复是重复使用相同的词语或句子，重复使用的语言单位在语句中的位置不限。从两者的联系看，顶真必定含有反复，而反复大多不构成顶真。

顶真与回环，两者首尾相接都用同一个词语。区别是：顶真相接呈直线形；回环相接呈往返形。濮侃在《辞格比较》（安徽教育出版社，1983）一书中形象地点明两者的区别：顶真是“顶”而不回，轨迹是直线；而回环的轨迹是圆周。用代码表示：

a－（b）－c，c－（d）－e　　a－（b）－c，c－（b）－a

其中，a～e表示词、短语或句子等语言单位；a－（b）－c是构成顶真和回环的前项，c－（d）－e和c－（b）－a分别是构成顶真和回环的后项；括号内的单位表示可有可无。

顶真相接可以不止一次；回环相接往返只有一次。顶真不一定非用整句格式；回环本身就是整句。目前修辞著作多主张把“继踵”归入“顶真”。从形式上看，顶真和顶真的异名“继踵”都是“上下相接”，但从命名的角度来看，“继踵”是以相邻两个句子的后一句为视点来命名的，而“顶真”则是以相邻两个句子的前一句为视点来命名的。

> “是共同的理想把他们联在了一起，理想指引着爱情，爱情又增添了他们为理想而奋斗的力量。”我总结。（《命若琴弦·爱情的命运》）

“爱情”与“理想”的关系，在这里明显是因为有共同的理想，才使他们走到了一起，因为走到了一起，又推动他们为理想而奋斗。

> 这是一句敏锐的判断！所有算中好命而发誓“不信”的人们都尴尬，尴尬而至无言，无言铸成愤怒，愤怒终于爆发：“以小人之心度君子之腹，你才是算了坏命心里难受，倒装着认命呢！放心，没人可怜你！”（《命若琴弦·巷口老树下》）

“尴尬—无言—愤怒”，三次递进式顶真，使语义不断拓展，最终导致“爆发”，留给读者深刻的印象。

> 这是一记准确的回击！所有算得坏命而宣称“灵验”的人们都惊服，惊服于是自怜，自怜导向怨恨，怨恨终于难以压抑，于是有人发话了：“谁用你可怜了。”（《命若琴弦·巷口老树下》）

这顶真有时近乎顶释，始终在递进中将语意不断升华。

> 火红的太阳把牛和人的影子长长地印在山坡上，扶犁的后面跟着撒粪的，撒粪的后头跟着点籽的，点籽的后头是打土坷垃的，一行人慢慢地、有节奏地向前移动，随着那悠长的吆牛声。吆牛声有时疲惫、凄婉，有时又欢快、诙谐，引动一片笑声。（《命若琴弦·我的遥远的清平湾》）

这简直是一幅坡耕图。作者以顶真与示现的辞格作定格化的静态描述，于静中显动，极具生活化。

> 我回到北京的时候是半夜。在车站坐了半宿，到家的时候天还不亮。我推推院门，院门开了。我推推屋门，门上有锁。我一愣。院里的人还都没起，很静，谁家屋里传出响亮的鼾声。奶奶这么早上哪儿了呢？（《命若琴弦·奶奶的星星》）

两次顶真，恰好构成鲜明的对照。院门开了，屋门却锁着，刻画出“奶奶”的勤劳。明于此，才知道前面的铺排与鼾声的衬托，是为写“奶奶”张本。

> “我知道。不过不可能。即便可能又怎么样了呢？她也会像你现在这样，你也会像她这样。这事轮上谁，谁也受不了。”

"要是她是我，我是她，我就受得了。"（《命若琴弦·来到人间》）

第一个顶真句，表明不可替换性；第二个顶真句，则说明其可替换性。除顶真外，作者还巧妙地运用序换格，但表意效果与上述具有异曲同工之妙。

路说那个女人带回来一辆能够跳舞的轮椅，老孟便和她一起跳舞，像他们年轻的时候一样。他们从黄昏跳到半夜，从半夜跳到天明，从天明跳到晌午，从晌午跳到日落。谁也没有发现是什么时候，老孟用尽所有的力气了，那奇妙的轮椅仍然驮着他翩翩而舞。（《命若琴弦·我之舞》）

时间因顶真格的三次层递，不知而不觉，"我"之于舞，舞之于"我"，入迷、沉迷。

"你看，"还是女的说，"空地的那边是树林，树林的上头还有一点儿亮。树林的后头是山，山和天相连的地方还有一线光亮，山后边呢，是海，亮光就是从那儿过来的。"（《命若琴弦·对话练习》）

海光、山林和天地，因顶真铺陈，形成若干对话，是幸福，是希望，是憧憬，一切景语皆情语。

天上开始堆起了灰白的云，云差不多擦着楼顶走，走得平稳也汇集得潇洒，把阳光的温度降低，把阳光变的淡薄。楼群深处渐渐地安静，有人在缓缓地吹一把圆号，号声与那些游走的云彩合拍，浑厚沉稳得足以把喧嚣的市声推开得很远。（《命若琴弦·舞台效果》）

这是天人合一的境界。一切因拟人而浑融，一切因顶真而迫近，一切因迫近而推开。

有限的能力造就了无限的欲望，无限的欲望再引诱他们去不断地开拓扩展以使空间成为无限，不停地运动变化以使时间成为无限，这样的戏剧就不会演烦也不会演完了。（《命若琴弦·脚本构思》）

有限造就无限，无限拓展有限，这生命的哲学，使人得以哲学化的生存。

如果每一个角色身上都带了所有角色的信息，也就是说每一个角色都是由所有的角色造就的，那么每一个谜底不仅要引出若干个谜面，而且会引出无限个谜面。因为，要想猜破任何一个谜，都必须猜破所有的谜，都必须猜破这一个谜，这一个谜中所有的谜，所有的谜中都有这一个谜，所有的谜面都是谜底，所有的谜底都是谜面。（《命若琴弦·脚本构思》）

“这一个”与“所有的”，“谜面”与“谜底”，两对概念，在顶真中得以循环，在循环中得以明了。与其说脚本如此，不如说生活原本如此。戏如人生，人生如戏。

我想了很久，觉得一切有意思的话都是最没意思的话，一切最没意思的话才是最有意思的话，所以我想了很久还是犹豫不决难以启口。（《命若琴弦·一种谜语的几种简单的猜法》）

“有”与“无”，本是一对哲学范畴，有生无，无生有。人生就是一道谜语，简单可以变得复杂，复杂同样可以变得简单。

力气变成钱，钱变成粮食，粮食再变成力气，这样周而复始。（《命若琴弦·老屋小记》）

三次的顶真与反复，周而复始。这是生活，这是定律，定律左右生活，生活形成定律。

我搂住她，她不动。我摇她，她也不动。我摸摸她的脸，冰一样凉。我喊她，她不应。我害怕了，推她，就像推一棵树。我喊：“冬雨！冬雨——”（《命若琴弦·往事》）

三次顶真，层层推进。一搂，一摇，一摸，一喊，一推，所有的紧张、担心与害怕，以及所有的心理活动，全在这顶真格的运用中，叙述化、戏剧化、高潮化。

他感慨系之，又作了一首《忆秦娥》：

春光好，柳笛阵阵催人老。催人老，频添华发，壮心未了。祖逖舞剑闻鸡鸣，小舟纵笔夜继晓。夜继晓，无多好梦，佳音又少。

我决心帮助詹牧师发表一些作品。(《原罪·宿命·关于詹牧师的报告文学》)

作者以词的形式，用顶真的辞格，把“叹老却不服老，不服老，努力到老，努力到老，佳音却少”的感慨写得酣畅淋漓。

天空碧透，万里无云。远远近近高耸的山峰，顶部还留着一抹残阳，矮山全部沉暗了。山谷中暮霭缭绕，流漫着草木被晒烤后的苦热的味道。往低处听，掠着草叶或贴着地面听开去，是各种小虫子“唧唧吱吱嘟嘟”的聒噪，此起彼落如同那大山一般绵延不绝。往高处听，是千篇一律的蝉鸣和灰喜鹊的吵闹声。再往高处听，有一只布谷鸟独自飞着，飞一会儿便简单地唱一句，但弄不清它在哪儿。头顶上有一只鹰，稳健地盘旋，盘旋，盘旋……更为深远的高空，清清寂寂。

清清寂寂，但绝非无声无息，或许倒更是轰轰烈烈。但是你听不见。(《原罪·宿命·中篇1或短篇4》)

这是一幅残阳图。画面雄浑开阔，静中显动，动中寓幽。因为动，格外显静；因为寂静，虫鸣鸟叫声也显得格外轰轰烈烈。这种艺术效果，既得力于作者以详显略，以静衬动的极力对比与夸饰张扬，也得力于意想之外的段落顶真，这种顶真的艺术效果在于以视觉变化引起读者的注意，通过这种注意，引导读者进入文本，领会作者的意图。

近处是一排绿油油的榆树矮墙，超过榆树矮墙远处有两棵大枣树，枣树枯黑的枝条镶嵌进蓝天，枣树下是四周静静的窗廊。(《我与地坛·记忆与印象1》)

作者用孟子的设彀法，将读者引入榆树矮墙，接着又由榆树矮墙引出枣树，由枣树引到四周静静的窗廊。这种顶真式的捉迷藏法，非常自然地将所有的视点聚焦到窗廊，可以想见这里将产生怎样的记忆，将留给读者怎样的印象。

> 但他没有回家。他沿着一条大路走下去，一直走到傍晚，走到了城市的边缘，听见旷野上的春风更加肆无忌惮。那时候他知道了什么？那个遥远的春天，他懂得了什么？那个伤残的春天，一个伤残的青年终于看见了伤残。
>
> 看见了伤残，却拜托巴黎春天。春风强劲也是一座牢笼，一副枷锁，一处炼狱，一条命定的路途。（《我与地坛·记忆与印象2》）

在作者的引领下，我们一边走，从时间到空间；一边听，听旷野上的春风的肆无忌惮；一边看，看伤残的春天，伤残的青年……

我们生怕跟不上作者的脚步，因为频词，因为拟人，因为反问，因为逾段的顶真，因为排比，因为这高超的语言叙述。因为跟随、体悟，我们最终感受到“伤残”，感受到坚强。

> 只是多年以后我才在书上读到了一种说法：写作的零度。
>
> 《写作的零度》，其汉译本实在是有些磕磕绊绊，一些段落只好猜读，或难免还有误解。我不是学者，读不了罗兰·巴特的法文原著应当不算是玩忽职守。是这题目先就吸引了我，这五个字，已经契合了我的心意。在我想，写作的零度即生命的起步，写作由之出发的地方即生命之固有的疑难，写作之终于的寻求，即灵魂最初的眺望。譬如那一条蛇的诱惑，以及生命自古而今对意义不息的询问。譬如那两片无花果叶的遮蔽，以及人类以爱情的名义、自古而今的相互寻找。譬如上帝对亚当和夏娃的惩罚，以及万千心魂自古而今所祈盼着的团圆。（《我与地坛·记忆与印象2》）

如果说，前面我们已经接触过史铁生以详写略的逾段顶真，那么这里他带给我们的则是以略写详的段落顶真。段落的顶真往往容易引起读者的视觉注意。作者有意将“写作的零度”逾段顶真，目的就是引导读者与其一起领会自己对“写作的零度”的独到体验：“在我想，写作的零度即生命的起步，写作由之出发的地方即生命之固有的疑难，写作之终于的寻求，即灵魂最初的眺望。”作者似乎担心读者不能深入领会，之后又列举三个看似是例子，实则是哲理化阐释的句子。读过之后，再没有理由怨恨作者对我们的低估，相反，有的是正中下怀。

> 你还可以跟你的朋友们一起去冒险，到一个据说最可怕的地方，比如离家很远的一片野地、一幢空屋、一座孤岛、孤岛上废弃的古刹、古刹四周阴森零落的荒冢……都是可供选择的地方，你从自己家的抽屉里而不要从别人家的抽屉里拿点钱儿，以备不时之需；你们瞒过父母，必要的话还得瞒过姐姐或弟弟；你们可以不带那些女孩子去，但如果她们执意要跟着也就别无选择，然后出发，义无反顾。(《我与地坛·好运设计》)

“一片野地、一幢空屋、一座孤岛”，这已经够危险了，然而作者却尚嫌不够。于是进一步用顶真两次将孤岛危险化：“一座孤岛、孤岛上废弃的古刹、古刹四周阴森零落的荒冢……”这样的危险，是借助顶真的层次深化表达，一字生寒，一字起阴，一字提心吊胆，一字脚失天涯。

> 我在陕北的一处小山村插过队。我写过那地方儿，叫它做“清平湾”，实际的名称是关家庄。因为村前的河叫清平河，清平河冲流淤积出的一道川叫清平川。清平川蜿蜒百余里，串联起几十个村落。(《我与地坛·姻缘》)

“清平河”与“清平川”，一字之差，通过顶真，形成记忆，写出变化，写出历史，写出情感，写出姻缘。

> 有一副旧对子：百行孝当先/万恶淫为首。据说有位闲人给上下联各添了十二个字：百行孝当先，论心不论迹，论迹贫家无孝子/万恶淫为首，论迹不论心，论心自古无完人。(《我与地坛·随笔十三》)

史铁生不愧是语言运用的高手。李白在黄鹤楼楼前不赋诗，铁生却于古联上妙笔生花。这顶真格的插入，这序换格的循环，简直出神入化，留给读者难以忘怀的印象。

> 一位朋友的儿子，小名叫老咪。老咪六七岁的时候，他的哥哥十二三岁。十二三岁的哥哥正是好奇心强烈的年纪，奇思异想层出不穷，有一个问题最吸引他：时间，时间是从什么时候开始的？他把这问题去问他爹，他爹回答不出。他再把这问题去问老师，老师也摇头。于是哥哥把它当做一个难倒成年人的法宝，见哪个狂妄之徒胆敢卖弄学问，就把这问题问他，并窃笑那狂徒随即的尴尬。(《我与地坛·随笔十三》)

这称呼与年龄的顶真，既诙谐，又深沉。读者于深沉中见诙谐，作者则在深沉中融入反思。

> 那巨大的存在之消息，因分割而冲突，因冲突而防备，因防备而疏离，疏离而至孤独，孤独于是渴望着相互敞开——这便是爱之不断的根源。(《病隙碎笔1》)

四次不断的层递式顶真，把复杂的心理与行动的变化，刻画得淋漓尽致；把爱的根源，揭示得清楚而明白。

> 况且那并不是一次光荣行为的后果，那是一个极为普通的事件，普通得就好像一觉醒来，看看天，天还是蓝的，看看地，地也并未塌陷，可是一举步，形势不大对头——您与地球的关系发生了一点儿变化。(《病隙碎笔2》)

作者以对举式顶真，似乎把一个极为普通的事件写得看似普通，实则极不普通。

> 不过，“异”主要是说，生理的活着基本相同，而心魂的眺望各有其异，物质的享受必趋实际，而心魂的眺望一向都在实际之外。但是，实际之外可能正是黑夜。黑夜的那边还有黑夜，黑夜的尽头呢？尽头者，必不是无，仍是黑夜，心魂的黑夜。(《病隙碎笔3》)

三个顶真，前两次相同的用词，实际上后一顶真亦具异曲同工之妙。

我一直惭愧并且怀疑我是不是个音乐盲，后来李陀说我是，我就不再怀疑而只剩了惭愧。(《病隙碎笔·给〈音乐爱好者〉》)

这顶真兼序换的综合表达，神奇地再现了“我”的心理活动。看似是“我”自己的反省，实则是给音乐爱好者的肺腑之言。

我一直记得《流浪者》中的一句话：“法律不承认良心，良心也就不承认法律。”这句话像是声讨，但它无论如何是说对了，法律不能承认（或遵从）良心，良心也不能止步（或俯首）于法律，于是法律才能严谨，良心才能独立，艺术才能鲜活，独立的良心和鲜活的艺术便有助于法律的修正，日趋完善的法律也才能更好地维护良心和艺术。若是法律和良心、艺术互相不能独立，最终准定是一锅粥，哪样也好不了。我又要拿足球作比：足球的魅力，源于两样东西——梦想和规则，没有梦想的足球是死的足球，没有规则的足球干脆甭踢。而足球规则中最根本的一条是不允许“越位”。(《病隙碎笔·给LR兄》)

“法律不承认良心，良心也就不承认法律。”这看似悖论的引用，一经史铁生的拓展与诠释法律与良心的关系，变得如此洞明，如此透彻。

这么说吧：无论多么玄虚短暂的感受，都可堂堂正正地称真，但一入实，则必有后续——接下来是什么呢？然后又将怎样？看不到随后的无限困阻，就会真、实混淆，那是梦游状态、艺术或精神病状态——我不是说这统统不好，我只是说：真，可以不实；实，也可以不真，比如说实际中有多少误认。(《病隙碎笔·给S兄》)

“真”与“实”，一对哲理概念，在顶真与回环中，其意义不言自明。

F医生必定只是默默地张望，不会挥手也不会召唤，他必定会像我所希望的那样希望旧日的恋人：

一、根本就没注意到他。

二、注意到了他，但是没有认出他。

三、认出了他但并不理睬他，转身回去。

四、她看见了他，忽然认出那是他，于是不管她正在干什么都立刻停下来，一动不动，笑容慢慢融化，凝望他，像他一样，不招手，也不召唤，互相凝望，甚至夜色深重谁也再看不见谁。(《务虚笔记》)

通常，顶真格就足以引起读者的视觉注意，但作者并不满足于这一表现手段，同时还借助序数，再一次引起读者的有意注意。这样，把“他”与“她”复杂的心境，表达得含而不露，即露还含。

病房之夜，间断地传来病人凄厉的呻吟。寂静和呻吟交替。呻吟在寂静与寂静之间显得鲜明，寂静在呻吟与呻吟之间显得悠久。(《务虚笔记》)

一对一动一静的词语，通过顶真格，鲜明地再现了病人的凄厉，从时间到空间。

存在就是过去，过去就有方向，方向就是欲望。(《务虚笔记》)

两个来回的层递式顶真，把存在与欲望作了顺向勾连，意义凸显。

天亮了那排长去报告了连长，连长报告了营长，营长报告了团长。(《务虚笔记》)

这顶真的表述之下，更深一层地从小到大以层递格表达部队工作作风的威严与神圣。

“C能结婚吗？唉，可怜的人他可怎么结婚呢?”很多人都这样叹息，摇头。任意的画面，并不一定与上述声音对应：比如南方的雨，雨里的芭蕉；比如北方的风，风中葵林；比如没有观众的剧场里漏入一缕阳光，阳光里飘动的浮尘，舞台上正在排练一出现代派戏剧…… (《务虚笔记》)

两个看似追问的句子，实则在第二个问句中已经作答。然而恸人的是之后三个“比如”，既是三个顶真，也是三个排比，表意上还是三个递进，揪心之痛，油然而生。

> 当诗人成为这个世界的消息之时，那可怕的孩子，也成为这个世界的消息，到处都能听见他，看见他，听见和看见他天赋的力量。(《务虚笔记》)

这种顶真，不亚于顶释。所有的信息，在顶真中传递，都在传递中得以诠释。

> Z却没有注意到O的惊讶，顾自说下去：“真正不朽的，是他而不是那个伊格尔王。因为……因为人们不会说是‘伊格尔王’的鲍罗丁，而是说鲍罗丁的‘伊格尔王’，正如人们不是说《欢乐颂》的贝多芬，而是说贝多芬的《欢乐颂》……”(《务虚笔记》)

顶真与序换之后，最大的变化是强调的对象不一，主客易位之后，更突出了“伊格尔王”与《欢乐颂》。

> 可是一个独处的女人你见过吗？他说，比如一个沐浴中的女人，那绝不一样！她是那么自由，舒展，毫不做作，既柔弱又强大，既优美又真确；柔弱得让你想亲近她，强大的得让你觉得可以依赖，优美和真确得让你想要融入她们……而她们又是那样地不加防范，旁若无人，无比的安静中埋藏着难以想象的热烈，热烈却又毫不张扬，时间一样的悠久，沉重，忧伤……时间真是沉重又忧伤啊，你说是吗？但却被她们纳入蓬勃，灵动，纳入绵绵不绝的自在与悠然。她们的眼神，表情，她们的每一部分和她们所有的动作，都在说着一句话……都在说着……(《我的丁一之旅》)

女人的魅力，魅力的女人，到底美在何处？作者没有大事铺张，却以独处的女人为切入点，抓住一个细节，荡漾青春，使青春在荡漾中放肆，在放肆中热烈，在热烈中却归于安静，这种表达完全是按捺不住，却又不得不抑制的，最终所有一切化作无尽的言语，带给对方难以抑制的冲动。没有惊天动地的呐喊，没有动地惊天的表白，只有层递的顶真，只有顶真的层递，所有的都归于享受、联想、期待、隐忍……

雨水在楼前积成一汪，一汪如镜，镜面不断被檐头的残雨滴碎，波纹荡散，倏然碧平如初。如此反反复复。反反复复间忽现一团光影——啊，月亮！（《我的丁一之旅》）

这看似实写景致，显得无奈。而无奈之际，却突发异变，月亮的出现，带来光明。瞬间的变化，全靠顶真格语言的转换，这种转换使心情豁然开朗，曲径通幽。

只有墙。连绵不断的墙。连绵不断的墙走成街，走成巷，走成浩瀚的城市，走成走不出去的墙外的呼喊——也许，时间就是由这样的呼喊构成？（《我的丁一之旅》）

频词、顶真、拟人、排比、层递、拈连，作者极尽词格运用之能事，将时间这一抽象的概念，写得如此呼之欲出。

——老者独自坐在昏暗中，闪烁的银屏时而照亮他木讷的脸。但他是在看电视呢，还是在看电视后面那个姑娘？电视后面，灯光切断昏暗——

灯下，姑娘正在计算机前忙活，时而凝神苦想，时而嫣然一笑，“劈里啪啦”地按动键盘……而在她上方——

一个少年踩着凳子换灯泡，不小心灯泡脱手，眼看着要砸在下面那姑娘的头上了，却“砰”然而止，碎在半空。少年束手呆望……在他呆望的方向——

一对年轻夫妇正哄着孩子在玩飞镖，嘻嘻哈哈，欢声笑语。镖靶实在太小了，飞镖更像是飞向前面的一个男人。前面，即那镖靶背后，光线忽又转暗——

暗淡的灯光下，那男人坐在马桶上悠闲地踏着节拍，想必还哼着什么歌。投来的飞镖有些垂直附落在他脚下，有些稳稳地悬在他眼前……而他的斜下方灯火通明——

灯火通明，觥筹交错，一群年轻人又喊又叫不知正在庆祝什么，或纪念什么……而就在他们身后，一盏烛光如豆——

烛光中可见一幅蒙了黑纱的肖像，肖像旁坐着个老妇人，一动不动；近旁的喧嚣形同不在，或丝毫不能扰乱她的追忆……再过去，是两间黢黑的空屋——

或者是等待中的婚房。月光照亮着门上的大红喜字，隐约可见一串串彩链和五颜六色的气球……而这空屋下面，也有一串串飘飘摇摇的气球——

飘摇的气球围绕着一个熟睡的婴儿。这孩子是否梦见了雨呢——哪儿来的“浅浅”的水声？哦，是下面，稍远处，那儿——

那儿水花迸溅，水雾迷蒙，绿莹莹的柔光中一个悠然沐浴的女子……（那窈窕的形影怎么有些眼熟?）我于是像丁一那样看她，看得痴迷。看乌发贴在她白皙的肩头，看水帘铺洒过她挺耸的胸前……看泡沫在那陷落的地方聚集，聚集，最终沿一道动人的弯曲被溪流冲散……细细的溪流在她的臀尖滴淌，流过腿弯，漫过脚趾，平平地铺开，托起她动荡的身体……正如丁一所说“她是那么自由、舒展、蓬勃”……然后水声停了，她慢慢擦干着湿发，擦干处处，展臂，弓腰，屈膝，轻轻一跳……（怎么这跳跃的姿态也好像在哪儿见过?）她赤裸着走出浴室，走过厅廊，走过安睡的花草，走过警醒的时钟，脚步轻柔，周身的肌肤浪也似的流动……正如丁一所愿，她是“那样的不加防范，旁若无人”，每一个动作都是那样坦然，坦然得令人心惊……她走进卧室，走到床前，独自静静地坐一会儿，不管拿起什么扇一扇，驱走夏夜的燠热……然后她忽又跳到镜前，不，不是为了梳妆，是要看看自己。（她怎么有点儿像……像谁呢?）她轻轻地转动着身体，看自己……正如丁一所料，那“无比的安静中埋藏着难以想象的热烈”……她平伸双臂，踮起脚尖，欣赏着自己，或欣赏着夏娃的居身……啊！是她吗？夏娃？会不会她就是夏娃？会不会，夏娃已进驻她中？可就在这时候有人敲响了房间——

昏暗的楼道里站着个邮递员，“电报！电报”地嘶喊。（《我的丁一之旅》）

第三章 以特定修辞手法创造均衡之美 135

一连六次一气呵成地使用逾段顶真，这连贯的镜头描述，简直就是一部微电影。老者、姑娘、少年、年轻夫妇、孩子、一群年轻人、老妇人、熟睡的婴儿、悠然沐浴的女子和邮递员，如此多的人物与段后的破折号，呈现给读者的是无尽的想象，享受，抹嘴的享受，更何况是“丁一之旅”。

> 他的笑感染了娥，娥亦忍俊不禁。两个人面对面倒在沙发里，止不住地大笑，笑到最后竟似不知在笑什么了，好像只是在笑对方的笑。(《我的丁一之旅》)

以人物顶真，以行为顶真，以笑频词，以婉约表情，以表情达意。

> 丁一急转身再看时，依已消失于馥，馥已无奈地回到墙上。照片中的馥一如既往：年轻的微笑中含一丝淡淡的苦涩。
>
> 但老屋里依旧阴冷难耐。——寂静的雪地，或那素白的衣裙，忽然化作一面煞白的被单，被单下睡着个瘦骨嶙峋的老头。(《我的丁一之旅》)

以人顶真，突出馥的微笑与苦楚；以物顶真，衬托“老头”的瘦骨嶙峋。

> 然而然而，他忽觉得怀中一空，细看时依已不见，只剩下那一袭素白的衣裙。素白的衣裙于是乎飞扬起来，飘荡起来，巨如天幕，亮如白昼……(《我的丁一之旅》)

伴随顶真、比喻、对举、夸张修辞格的运用，依的消失，让他心情沮丧。

> 丁一挨着萨坐下，伸腿，腿明显比萨的要短；屈膝，膝也还是不如萨的高。(《我的丁一之旅》)

腿与膝的顶真与对举，言此意彼，作者借助顶真格强调对方的同时，反倒突出丁一的矮，一箭双雕。

> 我记得他们胆大妄为，居然改编到一些经典剧目头上；不敢说改得高明，但其动机的纯粹和想象力的奇诡至今让我心存敬重，心存敬重却不免暗自发笑。(《我的丁一之旅》)

这行文的高妙让人拍案叫绝，看似先抑后扬，却又一波三折，而这情绪的变化，全在顶真格运用之后，表意在思维之外。

> 这让我想起一位国人对幸福的总结：“高知不如高官，高官不如高薪，高薪不如高寿，高寿不如舒服。”（《扶轮问路·从“身外之物”说起》）

身体有“三高”，却不知幸福当避“四高”。在作者的笔下，高知、高官、高薪和高寿都逊色于舒服。这就是作者借助顶真格使用之后，所推出的幸福观。你无法忘记，你忘记无法，因为顶真强记之功效。

> 尼采从日神走向酒神，分明是说已经碰见他了，已经碰见了又说没碰见，说没碰见吧又明显是个瞎话儿。（《扶轮问路·文明：人类集体忆记》）

作者只通过一个简单的顶真与反复，就深刻地揭示了人类文明过程中的人类集体失忆，言虽尽，意无穷。

> 诸多的“神证论”中，最让我心悦诚服的一种是这样说的：残缺，证明了圆满在；丑恶，证明了善美在……人之诸多的残缺与丑恶，证明了神在。神之在，即圆满与善美之在。或者是，人看那圆满与善美跟自己殊有距离，故称之为神。或者这样说吧：神即有别于人之实际的、一种人之心魂的向往；人一旦自知残缺与丑恶，便是向那圆满与善美之神性的皈依，因而神必定是在的。（《扶轮问路·智能设计》）

“残缺”与“圆满”，“丑恶”与“善美”，这两对辩证的充满哲理意味的概念，经过作者的顶真与反复，既带有深刻的认识，又融入了深刻的理解。读者对作者所要表达的情感心悦诚服。

> 信仰的歧途，根源就在求实利而忘虚心。实利至极，莫过于上天堂；虚心所在，圣灵才可以降临。求实利者皆强大其表，忘虚心者盖脆弱其中，一旦“壮志”难酬，有幸不抑郁的，便抱一

个“空”字溜过“佛门”，形同自慰；“一切都是扯淡”的思想即由之发扬光大。(《扶轮问路·看不见而信》)

作者在整齐的排偶句中融入己见；在隔句顶真中升华并发扬旨趣。

若把迁延漫展的人类历史比作一部交响曲，每个人就都是一个音符；音符一个接一个地前赴后继，才有了音乐。这比喻若无不当，恨就是必遭淘汰的。恨意味着拒斥他者，是自行封闭、相互断裂的音符，结果是噪音。噪音占了上风，音乐势必中断，意义难免消解。爱却不同，爱是对他者的渴望，对意义的构筑。爱，既坦然于自己的度过，又欣然于他者的取而代之，音乐由之恒久，意义才不泯灭。(《扶轮问路·欲在》)

人类历史就像交响曲，每个人就是音符，最怕的是产生噪音；爱是渴望，是构筑。两处顶真，在对比中使读者加深了对爱的理解。在理解中，明了什么叫“欲在”。

动物的牢笼是有形的阻挡，人的牢笼是无形的隔离。有形阻挡的摧毁可期于人性之良善，无形隔离的消除却要仰仗神的光照——单靠人的正义就怕会走向强权。(《扶轮问路·理想的危险》)

作者对“有形”与“无形”，“阻挡”与“隔离”的区别，在顶真中引人注意，在对比中鲜明突出。

写作，所以是始于诚实的思问，是面对空冥的祈祷，或就是以笔墨代替香火的修行。修行有什么秘诀神功吗？秘诀仍在诚实——不打诳语，神功还是善思——思之极处的别有洞天，人称“悟性”。(《扶轮问路·诚实与善思》)

对于写作，作者连用三个排比句，作铺张式的阐释，尽管在最后一句以顶真作层递与分述，但最后还是回到四个字：“诚实”“善思”。这既回应了文章的标题，又点明了作者的观点。

我理解这意思是说：社会发展不可不赖于竞争，而竞争必致

人分贫富，所以竞争乃富人与穷人的合作，合作的副产品岂可归一方享有？（《扶轮问路·人的价值或神的标准》）

作者的深思全在对“竞争”“贫富”“合作”关系的理解与阐述中，因为顶真格的巧妙应用，其结果鲜明突出，其路径互为表里，其“产权”不可偏废。

喜欢但是不爱，爱却又并不喜欢，可见喜欢与爱并不是一码事。喜欢，是看某物好甚至极好，随之而来的念头是：欲占有。爱，则多是看某物不好或还不够好，其实是盼望它好以至非常好，随之而得的激励是：愿付出。（《扶轮问路·喜欢与爱》）

“喜欢”和“爱”这两个平凡的词语，经作者的顶真与反复，在对比中让读者有了认识。我们曾经为喜欢和爱而付出，但我们并没有作者这样独到的感悟。与此同时，也让我们思考：我们为什么不能因喜欢而爱，我们为什么不能因爱而喜欢。

我摇着轮椅，V 领着我在小巷里东拐西弯。印象中，街上的人比现在少十倍，鸽哨声在天上时紧时慢让人心神不定。……过了一棵半朽的老槐树是一家有汽车的大宅院，过了大宅院是一个小煤厂，过了小煤厂是一个杂货店，过了杂货店是一座老庙很长很长的红墙……V 停了步，说到了。（《妄想电影·地坛与往事》）

这是一种层递式的顶真，地方由大而小，地位由高而低，心情可想而知，这地坛，这往事，勾起作者无尽的回忆。

这盼望有时候实现，更多的时候落空，但实现与落空都在意料之内，都在意料之内并不是说都在盼望之中。（《妄想电影·地坛与往事》）

心态如此平和，心情如此安定。这样的地坛，这样的往事，于作者而言，已司空见惯。

他们从黄昏跳到半夜，从半夜跳到天明，从天明跳到晌午，

> 从晌午跳到日落。(《妄想电影·地坛与往事》)

一个“跳”字，频繁出现四次，频辞格运用之妙，于此可知；时间的不断定格与反复，全在顶真格中不断流转，其执着，其沉迷，可见，但并不是每个人可以或愿意身临其境。

> 惟此才有象征。象征不是比喻。比喻，是靠相似事物的简单互证，比如指桑骂槐。(《妄想电影·太阳向上升起》)

对概念的理解，借助顶真格，让读者记忆犹新；借助顶释格，让读者豁然开朗；借助成语，让读者能举一反三。

> 《士兵突击》正在热播，剧中多有妙语。尤其士兵许三多那两句憨话，常令人忍俊不禁。他说：“人要做有意义的事。”可什么是有意义呢？他说：“有意义就是要好好活。”可怎样才算是好好活呢？他说：“好好活就是要做很多有意义的事。”这看似可笑的循环论证，却着实道出了一个朴素的真理。(《妄想电影·许三多的循环论证》)

顶真的循环，循环的顶真。在引用的过程中，作者引导读者不知不觉地感悟了一个独具哲理的道理：做有意义的事，好好活。

> 但这就推动了一个循环：以盈利来争取投资，以投资来获取利润，利润越高越可争取到大投资，投资越大就能获取高利润。(《妄想电影·想电影》)

“投资”与“利润”两个词语，在不足六十个字的句子中，频繁出现三四次，不断顶真，持续循环，最后的结论：投资越大就能获取高利润。使读者无法否定，只有趋同。

第四节　首尾衔接　身心律动——回环

史铁生恰到好处地运用回环，在文本中呈现出多样化形态的回环往复之美，从词语看，形成一种词语回环美，从语音看，构成一种回环的整齐美；不仅如此，我们还能从中体味到一种奇特的乐趣，如魔方一般，奇趣横生；最终我们体悟到的是作者蓄积在其中的事物间相互依存、相互对立的辩证关系。

回环（或称“回文”），是一种通过字或词的特定组配以字序或词序的顺读倒读，在表达特定情意的同时着重展现一种回环往复的形式美的修辞文本模式①。回环，是对汉语词序变化灵活性的充分利用。

今人叶维廉认为诗人常常利用“文言特有的‘若即若离’，‘若定向、定时、定义而犹未定向、定时、定义’的高度的语法灵活性”。而“把语法中定位、定义解放到完全灵活的极端的例子，是回文诗”②。

张弓在《中国修辞学》一书中最早把回环作为辞格（天津南开华英书局，1926年）。但此后学术界对“回环”的理解不一，分歧主要表现在如何处理与“回文”的联系上。

根据循环的两个句子的词语是否完全相同，回环分为两类：

（1）严式回环。循环的两个句子的词语完全相同。

（2）宽式回环。循环的两个句子，除首尾外，其他词语稍有不同。

回环与回文，都造成表达形式循环、成分次序颠倒，区别是：回环以词或短语、句子作为排序的单位，后项大多不能通过前项逐字倒读得到；回文以单音节词（“字”）为排序的单位，可以逐字倒读，或者后项就是由前项逐字倒读得来。

古代汉语词汇中单音节词占绝大多数，多为一字词，语句以词为单位排列次序，逐词（书面上逐字）呈镜像颠倒词序比较容易实现，严格区分回文和回环的必要性不明显。

现代汉语则是双音节词占优势，受词汇、语法、语义的制约，很难形

---

① 吴礼权：《修辞心理学》，昆明：云南人民出版社2002年版，第210页。

② 叶维廉：《中国古典诗中的传释作用》，载《中国诗学》，上海：上海三联书店1992年版，第48页。

成回文，所以，以双音节词或多音节为单位，语序颠倒，首尾词语互换、循环往复的，是回环。只有一些由单音节词组成的句子可以逐字倒读。

> “唉，这孩子真不听话！用自由的言论把言论的自由给弄丢了，要不自由言论，本来他可以永远言论自由，也就还是人民。可这自由言论之后，之后，之后人家就有理了，你说人家这还违法吗？”陈谜巴望丈夫给她一个满意的回答。（《命若琴弦·法学教授及其夫人》）

这样的回环与序换，巧妙地把孩子的天真与烂漫勾勒出来，然而正是因为这天真，这烂漫，这自由的言论，让孩子付出了惨重的代价，永远没有了言论的自由。

> 王雪随着我们歌声的节奏轻轻地晃着头，两个小辫一个弯了一个直，一个直了一个又弯。我们的歌声更响亮了。（《命若琴弦·没有太阳的角落》）

弯，直；直，弯。这种回环，把“王雪”晃头、沉迷、入境的状态作定格化的描绘，让人印象深刻，常生回放之念。

> 正像歌中唱的那样，我们从早到晚在一起。我们边唱边画，边画边唱，唱《晒稻草》，唱《友谊地久天长》，唱《哎哟，妈妈》，唱那些欢乐的歌。（《命若琴弦·没有太阳的角落》）

文本中的回环，本可突出唱与画，事实也应如此，也该如此。可作者又在读者来不及转换的同时，继续使用排比与层递的辞格，强化唱得快乐，即便是没有太阳的角落，在“我们”的心里同样洒满阳光。

> 老槐树旁聚集了一个兴奋的人堆：赤亮的脊背和鲜艳的衬衫交相辉映，各式发型黑糊糊地扎在一处，不断爆发出激动的叫喊：“国徽！麦穗！麦穗！国徽！”那是在用五分的钢镚儿算命。（《命若琴弦·巷口老树下》）

表面看，是在用五分的钢镚儿算命，好像期待幸运的选择，这也正是大众的阅读心理。但作者却一反大众心态，以回环的辞格，反复强调国徽与麦穗带给一个兴奋的人堆快乐，其实，不管是国徽的一面，还是麦穗的一面，都幸福，都自豪！

> 下午，老人又来到岛南的荒山上，找那老大夫。这回他换了一种谈话方式。
>
> 老人说：上回大概是我弄错了。
>
> 老大夫说：肯定是你弄错了。
>
> 弄错什么了呀？两个孩子问。
>
> 老大夫就又让孩子到林子里去玩了。
>
> 看来那个人不是你。你不是那个人。
>
> 当然不是。我从来没有过那种药，更别说给过谁了。（《命若琴弦·毒药》）

语序的转换与回环之后，乍看好像意义相等，一经细味，迥然有别："你"是实指，而前一个"那个人"是实指，后一个"那个人"是虚指。后一句的言下之意是：你不会像那个人那样，造假，害人。

> 路依然呆呆地看着那对老人，独自叨叨咕咕："他们跳得一塌糊涂，一塌糊涂他们跳得。"（《命若琴弦·我之舞》）

句中的回环，表面上看是反复否定，而实际上却一箭双雕，同时更反衬出那对老人的沉迷与快乐，否之越坚，扬之逾果。如果说前一句是常式句的表达，那后一句则是倒装句的巧妙运用。

> 男的说："那么就是说，主观也是绝对的。"
>
> "让我想想。"女的说。
>
> 蓝烟紫气，万道飞虹。
>
> 女的说："主观是绝对的又怎么样？"
>
> "绝对，是什么意思？"
>
> "就是无始无终无穷无尽，无穷无尽无始无终，对吗？"
>
> "你懂事。"
>
> 女的笑起来。"啪"的一声，男的也笑起来。（《命若琴弦·我之舞》）

从科学的角度来说，下定义是不可词语重复的。但是，从文学创作的角度说，越是高明的作家，越善于使用新奇的辞格表情达意。史铁生正是这样，通过回环格的运用，把“绝对”的意思诠释得入木三分，八“无”，二“始终”，二“穷尽”，频词的运用，更是锦上添花。

我跟孩子说起梦里的鸽子。孩子说道：“乌鸦是只黑鸽子，鸽子是只白乌鸦。”（《命若琴弦·车神》）

作者有意使用回环强化孩子的错误认识，把孩子的天真刻画得独具含泪的笑的喜剧效果。其实作者在借助孩子的认识告之读者：不能以表面现象代替事物本质。这样的笔法，留给读者的反省是深刻的。

“我们的命运也是被别人决定的。”他说。

“我那时候真是胆子大，”女的说，“我就跑过去问你是不是一个演员。你记不记得？”

“别人决定了我，我又去决定别人。”

“不知道为什么那一回我的胆子特别大，我说，嘿！您是演员吧？其实我的胆子平时并不大。”

“决定了我的那个人当初也是被别人决定的，被我决定的那个人将来再去决定别人。”

“然后我们就认识了，到现在。”

“否则我现在就不是我，我就不是我现在。”

“是的，你当年要是不被表演系录取，我们就谁也不会认识谁。”（《命若琴弦·对话练习》）

前一个回环，道出的是事物发展的规律；后一个回环揭示事物发展的变化性。

而在山里，在山下开阔的坡地上，在林间，在沼泽，在河的源头，在遥远的不为人知的地方，种子埋进冻土，为了无尽无休的以往继续下去成为无尽无休的未来。花开花落，花落花开，悠悠万古时光。（《原罪·宿命·礼拜日》）

开头，一气之下，连用六个齐头式的介词结构，状写种子的生存，接着使用回环格，以形象的叙述，表达时序的变化，语言的循环，生态的循环，浑而为一，自然天成。

> 有很多年，我从这儿跑到那儿，从那儿跑到这儿，隐姓埋名怕有人认出我，怕他们找到我。想象他们找到我的情景，比想象他们怎样处决我，还可怕。(《原罪·宿命·中篇1或短篇4》)

回环往复地状写生存状态，把生活的艰辛与生存心态写得难释重负，越是难释，越把读者带入情境，一入情境，就真正感知到当年生活的状态。

> 她说："你凝望我，我凝望你。甘美而宁静。"(《病隙碎笔·〈朝春旭散文集〉序》)

这不是面面相觑，而是深情，是幸福，是期待，是甘美，更是宁静。

> 谁能告诉我艺术是什么，什么是艺术？我怎么也记不起C和X最初是怎样成功的了，但绝不是因为什么高明的技巧，而是一个细节，是因为一个不曾料想的细节突然扩展进C与生俱来的梦想，一个细微的动作，毫不经意，坦然无防的表达，与由来已久的梦想连接、扩展得无边无际。(《务虚笔记》)

虽为回环，但前者侧重内涵，后者更趋于认定归属。细节与细微，酿就成功。

> 男孩儿只记得，在那花香熏人欲醉的笼罩中，母亲劝叔叔，叔叔也劝母亲。(《务虚笔记》)

相互的劝解，相互的劝慰。花香熏人，熏人欲醉，欲醉花香。

> 她认真地看着窗帘上的一个洞，那是男人抽烟时烧的，她看着那烧痕，像个专心阅读的孩子，专心地阅读竟至忘记了自己赤裸的肌肤处处都在荡漾，我想那是说：此时此刻世界上只有你和我，此时此地我就是你你就是我，全部人间那就是你和我呀……(《务虚笔记》)

这种境界，这种感受，这种忘我，只能以回环表达。天地与我合一，万物与我交融，甚至天衣地罩都嫌多。

> 他们不仅要看见对方，他们要同时看见他们两个——看一个男人的女人和一个女人的男人。(《务虚笔记》)

心照意味着不宣，既宣就渴望着心照。相看意味着相知，相知意味着相识，相识意味着相亲，相亲意味着相融，相融意味着相依。

> 父亲不理睬，顾自说着："不，女儿她还不懂。可是你也不来。你说了要来可是你没来。我等了很久，那山大极了我走不出去，山里很静，除了我那儿没人。月亮落下去太阳升起来，太阳落下去月亮又升起来，可是你没来。你说了昨天要来可是你没来……"(《务虚笔记》)

这种借助序换的宽式回环，把父亲的等待、期待、希望和失望，和盘托出。

> 人们边唱边饮，边饮边唱，喧喧嚷嚷夹笑夹骂，整条小街上的人都因之不能安抚。(《务虚笔记》)

回环表达快乐，快乐带来喧嚷，喧嚷导致宣泄，宣泄引起混乱，混乱不能自禁。这唱，这饮，乐不自控。

> 你或者自由但不平安，或者平安但不自由，就像葵花林里的那个"叛徒"。(《务虚笔记》)

这种两难式的回环，把人的两者不可得兼的困惑作了淋漓剖解，之后的比喻简直是神来之笔，令人称奇。

> 陌生即性感，性感即陌生，请问这还有完吗？(《我的丁一之旅》)

乍一看，这样的判断完全不合逻辑，然而正是因为不合逻辑，作者才有意使用回环式修辞，在循环中引起读者的注意，从而表明自己的观点，以使读者进入想象的体验，一经进入体验，作者的意图即水到渠成。

> “是吗!”丁一跌倒在沙发里，随即大笑。“爱上我?”丁一看看镜子里胡子拉碴的自已，笑一阵愣一阵，愣一阵笑一阵，“你没骗我吧，娥?”(《我的丁一之旅》)

这种极大跨度的反差，在回环中一现无余。把丁一的心理反应作了落差式的描绘，从而唤起读者的深思。

> 窗外，白昼就要到来。我担心这样的互望是否就要走到尽头，或就要到达极限?我担心，设若这样的互望年年月月，月月年年，会不会有一天也要魅力耗散?(《我的丁一之旅》)

时间的回环，是不是就意味着情感的恒久？作者在文本中提出了一个又一个严肃的问题：长期的互望，可不可能导致魅力的耗散？魅力的耗散，可不可能导致情感的枯竭？情感的枯竭，意味着什么？

> 密雨疾风之中，丁不见娥，娥不见丁……但我们却似一齐眺望得更为遥远，谛听得更为深彻，深得近乎抽象，近乎虚拟……(《我的丁一之旅》)

相互的回避，发生在密雨疾风之中，这种暗示，带给“我们”思考、探讨和探究。

> 萨轻轻地摇头，意思是：不不，也许这剧本真是写得挺好。尤其是对“远而近”和“近而远”，萨似感慨颇多。萨说“这可真像是我跟他啊”。(《我的丁一之旅》)

“远而近”和“近而远”，这一哲理概念的回环，让“萨”进入了体验，让作品有了寓意，让读者有了共鸣。

> 你一定以为我买了那么多吃的东西是为了这个那个，那个这个，告诉你吧，不是，全不是!仅仅是因为他没有，他只有冻饺

子和方便面！（《我的丁一之旅》）

越是否定，越在肯定。越是含糊，越在婉约，越是婉约，越见真情。

> “您找到馥了？”
> 姑父点头又摇头，摇头又点头。
> “馥在哪儿？”
> “在没有钟表的时间里。”（《我的丁一之旅》）

回环之后，把姑父肯定—犹豫—否定—犹豫—肯定的复杂的内心世界与矛盾的心态一一显露。

> 循着那一招杀手锏的思路，鸡生蛋，蛋生鸡，因因果果料难穷尽。（《扶轮问路·智能设计》）

这种回环论，一直是个谜，因果难分，作者的观点看似含而不露，实则露含其中。

> 不过东方先哲还有一说：万法皆人。空即有，有即空，所以我猜东哲的本意是：有生于空。（《扶轮问路·智能设计》）

循环判断，哲理蕴含。但我们不能忘记，作者的用意在于突出“万法皆人”。

> 说什么都没有的，抱紧衣钵；说一切都是扯淡的，著书立说；就好比，越是计划经济就越是没有计划——好端端一条马路，挖了填，填了挖。（《扶轮问路·看不见而信》）

句中回环，非常形象地说明了计划经济时代的缺失计划性。这种循环式的比喻，形象而生动。

> 对此也要问个为什么的话，回答可以非常严厉：否则一切都不存在；也可以比较浪漫：创造要存在下去，存在要创造下去，上帝乐此不疲，结果还是那两个字：欲在。（《扶轮问路·欲在》）

在回环中，创造与存在的关系，一语破的。

> 东方思想更是有这样的意思：生即是苦，苦即是生。（《扶轮问路·乐观的根据》）

这种回环判断，形象地把生与苦的关系挑明，自然、乐观源自何处便就一清二楚。

第五节 借助顶真 补充描述——顶释

顶释，在概括地表达事物的性状或人的动作行为、心理感受后，用顶真的方式，进行补充描述或进一步解释、说明的一种修辞方式①。

根据接续、套合的语言单位的性质，顶释分为②：

（1）动态性顶释：接续、套合部分的语言单位是动词性词语。

（2）状态性顶释：接续、套合部分的语言单位是形容词性词语。

根据顶真部分是否用作补语，顶释也可分为：

（1）补语型顶释。在“得”“到”等后。

（2）非补语型顶释。后面部分是复句中的分句或者句群。

补释部分可以是一项（“单释”），也可以是多项（“多释”）。

顶释与顶真，都有前后两部分上接下续、前后套合的形式，区别是：①语义关系上：顶释的前后两部分是概括表达和具体描述或补释的关系；顶真只表示事理之间的连锁关系。②形式结构上：顶释起接续、套合作用的一般是动词或形容词，作谓语或分句，补释部分通常作补语或者复句中的分句；而顶真可以连续套合甚至全篇顶真，起接续、套合作用的可以是名词或其他词语、句子。

> 我看透了，看透了世间的虚伪与滑稽……而我自己也包括在内。（《命若琴弦·爱情的命运》）

---

① 张国瑞：《顶释——一种富于理趣的修辞艺术》，《读写月报》1987 年第 11 期。

② 参见成伟钧、唐仲扬、向宏业：《修辞通鉴》，北京：中国青年出版社 1991 年版。

这是一个动态性顶释。作者把看透的内容诠释得清楚而明白。重要的是后面的自我解剖，升华了理性思考。

照理说，你完全能够走过去和任何一个陌生人拉拉手或干脆扑在他怀里哭泣，以证明一切都不是幻影；但是你不敢。不敢就是不能。(《命若琴弦·车神》)

这种顶释，看上去是矛盾的逻辑判断，但正明了句中人物的态度。

有个歌星满天满地唱着爱情留下的创伤，开始听去像是个女人在唱，听到后来就不排除那也可能是个男人；一遍一遍地唱，唱不幸的心和一棵往日的树木。(《命若琴弦·舞台效果》)

作者将“不幸的心”和“一棵往日的树木”混搭在一起，抽象中有形象，形象中含抽象，创造性地回答了唱的内容。前面写歌星的声音既像男声又像女声，真是绝妙之笔，把歌星的创伤写得极具悲剧效果。

她抽完了那支烟。她站起来。月亮此刻分外清明。清明之中她抱住双肩低头默立良久，清明之光把她周身的欲望勾画得流畅鲜明。钢琴声换成一段舞曲。令人难以觉察地，她的身体缓缓旋转，旋转进幽暗，又旋转进清明，旋转进幽暗再旋转进清明，幽暗与清明之间她的长发铺开荡散，她的胸腹收展屈伸，两臂张扬起落，双腿慢步轻移，她浑身轻灵而紧实的肌肤飘然滚动，柔韧无声。(《命若琴弦·一种谜语的几种简单的猜法》)

这里，作者先用状态性顶释把月亮的清明描述得可掬可感：“她”抱住双肩低头默立良久，清明之光把“她”周身的欲望勾画得流畅鲜明；之后又用动态性顶释把月亮的清明描述得可视可闻：旋转进幽暗再旋转进清明，幽暗与清明之间“她”的长发铺开荡散，“她”的胸腹收展屈伸，两臂张扬起落，双腿慢步轻移，“她”浑身轻灵而紧实的肌肤飘然滚动，柔韧无声。这样的绝妙，若不是缘于史铁生之妙笔，想象不可能如此生花。

我要让我的爱人真正地看见我，看见我的心愿、我的梦想，我的软弱和我的狂放，看见我肉体深处的心魂，我们要互相真正

地相见，一同揭去平日的遮蔽。(《命若琴弦·死国幻记》)

作者对“我”的刻画，真正是用尽心思，为了表达“看见”的内涵，一连用了五个偏正结构的短语，把“我”的心愿、梦想、软弱、狂放和“我”肉体深处的心魂，端露无余。

十几年了，想回去看看，看看那块地方，看看那儿的人，不为别的。(《原罪·宿命·关于詹牧师的报告文学》)

看的内容由地方而人，由人而地方，思乡怀人。

我在一条土路上爬，一边是峭壁寸草不生，一边是悬崖，悬崖下云缭雾绕，峭壁随时要倒下来，悬崖随时要塌下去。(《原罪·宿命·礼拜日》)

史铁生的高明之处在于突破了修辞学家们的常态归纳与研究，通过文本的灵活运用，不仅仅满足于动态与状态性顶释，而且出奇地使用了名词性静态顶释，化静为动。“悬崖下云缭雾绕，峭壁随时要倒下来，悬崖随时要塌下去”，真可谓险象环生。

但他们都不下车，只坐在车里看，看斑驳的院门，看门两边的石墩，看屋檐上摇动的枯草，看屋脊上露出的树梢……伯父首先声明他不想进去：“这样看看，我说就行了。”(《我与地坛·记忆与印象1》)

这看的方式很特别，作者在顶释时，用了四个“看”字，排比中凸显了不下车、不进去的缘由，这样的记忆与印象，同样深刻且难忘。

我下了城墙往回跑，我相信我这个想法一定不会错。使劲跑，跑过护城河，跑过工地，跑过树林，跑过老庙，跑过一条又一条胡同，我知道珊珊会上哪儿，我相信没错她肯定在那儿。(《我与地坛·记忆与印象2》)

通过顶释，解释了跑的动力与缘由，五个双齐结构的排比，突出了

“我”对珊珊的执着与纯情。

你在变动不居之中。或者干脆说，你就是变动不居：变动不居的细胞组成、变动不居的思绪结构、变动不居的经历之风。你一直变而不居，分分秒秒的你都不一样，你就像赫拉克利特的河，倏忽而不再。（《我与地坛·说死说活》）

到底什么叫“变动不居”？作者并没有下定义，而是巧妙地以顶释格和非常整齐的双齐与排比结构，来强调细胞组成、思绪结构、经历之风。尾句的比喻形象耐人寻味。

丁一有些急，急得抓耳挠腮，就像当初做不出数学题时那样掐自己大腿，拍自己脑门儿。（《我的丁一之旅》）

丁一所急之态，本一“抓耳挠腮”之顶释，已形象而逼真，后面却又以比喻格将急之神态动作化，一“掐”，一“拍”，传神而生动。

丰腴盈满，丁一望着泠泠，泠泠却对他视而不见。步态轻灵，眸光顾盼，泠泠走远了，回家了，丁一依然望着她，望着她的家门，望着她的窗口，望着她窗前的灯光。天黑了，夜来了，丁一还是望着他，望着泠泠的优雅与傲慢，望着泠泠飘飘展展的素白衣裙，一直望进梦里……（《我的丁一之旅》）

表面看，第一个不像真正的顶释格，但细看作者的布局与构思却是真正意义上的顶释。泠泠为什么对丁一视而不见，这解释太独特，太新颖了：步态轻灵，眸光顾盼，泠泠走远了，回家了。当目光移至第二个顶释时，才明白丁一的痴情。四个“望着”作层递式的铺排，不断将所望内容缩小，那痴情可想而知。后面又接续三个“望着”，最后又以一“望进”将丁一的痴情、执着与绝望中寻求希望的痴爱，作了无尽的描述与想象。这痴情，怎一个“望”字了得；这情痴，怎一频辞格得了。

第六节　建信息环　显机智格——连锁

连锁，运用句与句相接，且末句或末句的最后一个词语与首句或首句的第一个词语相接的连环形式来表述三种或三种以上的具有连环关系的事物或现象的一种修辞手法①。

根据前后句首尾相接的单位，可以分为词语连锁和分句连锁两类：

（1）词语连锁。前后相扣接的单位是词或者短语。

（2）分句连锁。前后相扣接的单位是分句。

可以看出，这种修辞方式建构的是一个信息环，整个句子呈现出多个语义焦点；从语用功能看，它表现出几个相关事物之间的密切联系，使说理更加严密有条理。连锁显示出语用者机智敏捷的话语风格，有时能使表达幽默风趣，轻松诙谐。正因为此，这种手法还常用于语言游戏中。

连锁与顶真，二者都表示至少三个事物之间的紧密联系，都包括三个或三个以上的分句，其区别是：顶真只要求分句之间的首尾相接，并不要求全句的首项与末项相接，整个句子的所有分句呈线形排列：A→B→C……；而连锁除了要求分句之间首尾相接外，还要求全句的末项与首项相接，整个句子的所有分句呈环状结构。

连锁与回环，二者都表示不同事物之间的紧密联系，其区别是：连锁表述的至少是三个事物之间的相互关系，全句至少有三个分句；而回环表述的是两个事物之间的关系，仅由两个短语或分句构成。

> 这朋友叫天奇。天奇的妻子叫晓堃，晓堃刚好是那个女人的朋友。（《原罪·宿命·礼拜日》）

三次连锁的运用，界明了彼此的关系，给人留下深刻印象。

> 几个好友发现了丁一的沉闷，并马上看懂了他的心曲，于是纷纷给他安慰：“喂，你可跟那帮人不一样……”“工人，工人多棒呀，你们工人其实挺好的……”“工人怎么啦？你们工人才是

① 吴崇厚：《“连锁”格》，《修辞学习》1988年第1期。

最伟大的哪……”——啊，你们！我们！他们！丁一脑袋里“轰”的一响，明白了：“我们”不是“他们”，“他们”也不是“你们”，“你们”当然也不会是“我们”……丁一听得直想哭，直想拔腿逃走。但他还是站着，还是蹲着或者坐着，还是脸上带着微笑。淡薄的阳光使天空显得苍白，风在高处肆无忌惮，好友们的声容笑貌虽仍清晰，却怎么好像渐渐扁平，渐渐飘离，越飘越远……（《我的丁一之旅》）

这不是文字游戏，而是理智的连锁。“我们”“他们”和“你们”在三次绕转中，“丁一”的沉闷被作者写得深沉而发人深省。

叛徒所以是叛徒，就在于背叛了“自己人”，“自己人”早已经看你是“敌人”，而“敌人”却不会看你是“自己人”。（《我的丁一之旅》）

通过连锁，敌我判明，留给读者的思考，尽在连续的绕转之中。

据说，我家祖上若干代都是地主，典型的乡下土财主，其愚昧、吝啬全都跟我写过的我的那位太姥爷差不多：“一辈子守望着他的地，盼望年年都能收获很多粮食；很多粮食卖出很多钱，很多钱再买下很多地，很多地里再长出很多粮食……如此循环再循环，到底为了什么他不问。（《扶轮问路·花钱的事》）

作者以清醒的思路，立场鲜明地讽刺了自己的太姥爷。讽刺的同时，更唤醒了读者的思考。

力气变成钱，钱变成粮食，粮食再变成力气，这样周而复始。（《妄想电影·地坛与往事》）

这“力气”“钱”和“粮食”的连锁，使三者的关系极其明了。带给读者的思考是：不管怎样最终离不开“力气”，为什么不在改变上下功夫。

第七节　和谐对称　自然流畅——排偶

排偶——两个结构相同或相似、字数大体相等、意义相关或相对、语气一致的语句并列在一起的修辞方式①。

根据构成语言单位，排偶可分为 4 类②：

（1）短语排偶：由短语组成排偶，在句子中作某一成分。

（2）分句排偶：由复句中的两个分句组成排偶。

（3）句子排偶：在句群中，由两个句子（包括复句）组成排偶。

（4）段落排偶：由两个段落组成排偶。

排偶与对偶，都由两个语言单位组成，表达相关或相对的内容。二者的区别是：①形式、结构上：排偶中的两项虽然也形式整齐、语气一致，但字数可以不等，可以有较多字词重复；对偶要求严格，两项字数相等、结构相同、平仄相对、字词不重复（宽对可放宽）。②效果上：排偶虽然也形式整齐，但整齐中有变化，又因兼有排比的特点，故可以加强语势；对偶形式整齐、音律和谐。

排偶与排比，都有加强语势的作用。二者的区别是：排偶由两个构成项组成：排比由三个或三个以上构成项组成。一说，“排偶是对偶的一种扩展形式，是若干个对偶排比而用”，“是排比和对偶的融合”③。一说，“排偶”是排比和对偶的合称，即排偶包括排比和对偶两种修辞方式，这两种修辞方式都体现了以汉语为母语的人追求对称、平衡的认知审美心理。

> 四面铃声，“叮当——叮当——叮当——”悠扬如歌；八方鼓响，“咚咚——咚咚——咚咚——”铿锵若舞。云荡霞飞，草木轻摇，天地正要踊跃，忽然铃声鼓声顿歇。（《命若琴弦·我之舞》）

---

① 谭学纯、濮侃、沈孟璎：《汉语修辞格大辞典》，上海：上海辞书出版社 2010 年版，第 176 页。

② 参见陆稼祥、池太宁主编，浙江省修辞研究会编：《修辞方式例解词典》，杭州：浙江教育出版社 1990 年版。

③ 汪国胜、吴振国、李宇明：《汉语辞格大全》，南宁：广西教育出版社 1993 年版。

这是典型的分句排偶。在摹拟中，我们听到了铃声与鼓响；在比喻与通感中，我们看到了如歌若舞的艺术创造。这样的排偶，带给读者以整齐美的感受。

“别管我是谁。”老孟喝着酒，回答那两个鬼魂，“我知道你们活得既不灿烂，死得又不辉煌，这一回可是太不精彩太不漂亮了。”（《命若琴弦·我之舞》）

这是短语的排偶。在对比中把“鬼魂”揭示得体无完肤。

石台上，两个老人瞬息不见，蓝烟紫气顿时消失，四面铃声摇响。叮当悦耳缥缈悠扬，如歌似舞；八方鼓声擂动，发聋振聩跌宕铿锵，似舞如歌。天空空星辰谛听，地冥冥草木静悟。白色的祭坛矗立于空冥之中。天地随之一片欢腾。可闻而不可即的地方有人的合唱：永远只有现在，来生总是今生，永远只有现在，来生总是今生，是永恒之舞，是亘古之梦……（《命若琴弦·我之舞》）

短短一段中两次运用排偶。第一个排偶句中比喻与序换兼用，既把读者带入声响境界，又把读者引入难忘的记忆；第二个排偶夹用复叠，动静结合，对比鲜明，印象深刻。后面的合唱，复叠与双齐格并用使意境进一步得到升华。

“我现在就在放羊。我现在就在打鱼。我现在就是个卖鱼的，你对我来说顶多是个买鱼的。可上帝决定借一个人分给我另外一种命运。”（《命若琴弦·对话练习》）

这种整齐而稍作变化的语意转换，使文本所表达的意义构成相互联系的生存关系。看似是对话，实则是立场。

不过，但凡游历总有酬报：异地他乡增长见识，名山大川陶冶性情，激流险阻锤炼意志，生病的经验是一步步懂得满足。发烧了，才知道不发烧的日子多么清爽。咳嗽了，才体会不咳嗽的嗓子多么安详。（《病隙碎笔 1》）

前面的三个排比与对偶，看似在说明游历的酬报，但作者的用意却在于通过铺排，引起读者的有意注意，然后在有意注意之后，进一步注意：生病的经验是一步步懂得满足。然而作者并未满足于如此赤裸裸的表达，紧接着又用一个排偶句具化了前面的内容，具体而生动。

> 残奥委会什么意思？那是说：爱愿高于规则，神命高于人订。换言之：规则是要跟随爱愿的，人订是要仰仗神命的。（《病隙碎笔6》）

两个排偶句的使用，意义在序换中得到升华，具体且明了。

> 人居各地，习俗不一，人在人群，孤独无二，魂拘人身，根本的困境与救路都是一样的。（《病隙碎笔6》）

这样的排偶句，看似繁复，但醉翁之意不在酒，在于突出“困境”与“救路”。

> 这是一道近似“哥德巴赫猜想”式的题，先给出结果——生乃一次旅游，死则一期长假——然后要你证明过程。（《病隙碎笔·给陆星儿》）

这样的比喻，这样的思维，这样的安抚，让人叫绝。不要说，作者对生命的理解，是在排偶与对比中顿悟，完全是因为顿悟而借助了排偶的方式表达。

> 太阳是怎样实现的？照耀。风是怎样实现的？吹拂。（《病隙碎笔·给胡山林（2）》）

对问题的理解与回答，尽在对偶与设问之中，简洁却带给读者余味无穷的深思。

> Z没有见过父亲，他从这音乐中看见父亲……天苍苍，野茫茫，落日如盘，异地风烟……从那个高贵的王者身上他想象父亲，那激荡的歌舞，那近看翩翩，远闻袅袅的歌舞！从中他自恋

般地设想着一个男人。(《务虚笔记》)

这种包孕式的短语对偶，在复叠中将意境拓展。想象着，就是创造着；创造的就是无尽的想象。

他抑或我——我们将默默地凝望，隔着咫尺空间，隔着浩瀚的时间，凝望生命的哀艳与无常，体味历史的丰饶与短暂。(《务虚笔记》)

这是一个双重式排偶，在状语后置的情况下，强化了读者的注意，“凝望”的具体内涵尽在两个“隔着”中，一个“凝望”，另一个“体味”。

诗人L还向F医生指出了梦想与梦境的区别：梦想意味着创造，是承认人的自由，而梦境意味着逃避，是承认自己的无能。(《务虚笔记》)

“梦想”与“梦境”，一经史铁生这样利用排偶式的对比与分析，读者不但能发现二者迥然有别，而且能感知到它们的感情色彩亦有别。这似乎启发读者：词汇的意义借助语境的表达，有可能会改变其感情色彩。

无边无际的虫鸣使它更加寂静，但每一朵葵花都在寂静中奋力开放，每一只蜂儿都在葵花的香风里尽情飞舞。(《务虚笔记》)

这动与静的境界，这定格化的诗情画廊，这拟人化的描述，这排偶式的呈现，都带给了读者无尽的遐想，寄托了作者对寂静的感悟。

这一次生或者死的，不是生命，是爱情；让你的爱情死去，你就是一个可敬可爱的人；让你的爱情活着，你就是一个可悲可怕的人。(《务虚笔记》)

这种思维态势，这种逻辑判断，如果不是排偶句的表达，也许并没有引起读者的注意；如果不是对比的呈现，也许并不会引起读者的反思。

或者，那座如梦如幻的房子就在：盛夏里的北方，严冬时的南方。(《务虚笔记》)

一北一南，一盛夏一寒冬，这样的对比，这样的反差，这样的跳跃，带给读者的是清醒的认识、冷静的思考。

有那么一会儿，庸人们会以为高贵的人并不存在。但是，终有一天人们会看见他在世界屋脊，他的脚印遍布喜马拉雅山，他的声音响彻珠穆朗玛峰，他站在那灿烂的雪峰上，站在太阳里，那时众人就会看见什么是高贵和美丽。这情景，这一切，本身就是艺术。(《务虚笔记》)

作者为了强化高贵者的高贵，使用排偶句式，从视觉和听觉，凸显了高贵者的高贵与美丽。

人有不自私的吗？舍利取义者有，舍名而利他者无。(《我的丁一之旅》)

在利、义和名面前，自私者各取其一。但作者以排偶句式，通过对比，鲜明地阐述了自己的观点：舍名而利他者无。从正面说明虽然有舍利取义之人，但也不乏沽名钓誉者。

曲忽尽，舞骤停，天复夜，人无踪。(《我的丁一之旅》)

看上去，四个短句构成排偶，但实际上，其内部又两两相对。这种层次分明的对偶与铺排，表意效果非常突出。

而于其下，荒原一片葱茏，蓊郁，鲜花遍野密如星辰，一度枯萎的重新生长，一度衰危的再度萌芽……譬如丁一，浑身注满了力量。(《我的丁一之旅》)

这是一种隐喻，特别是排偶的出现，强化了隐喻的效果。作者将人隐喻成物，将物态的变化比喻成人的状态，用乔姆斯基的表层结构与深层结构理论阐述，重在深层结构意义的传达，言内而意外。

他先写了两篇小说，封了又封，寄出去。没回音。

他又写了几组诗歌，抄了又抄，给人看。没反响。（《我的丁一之旅》）

这种细小变化的排偶，表达显得自然而丰富。既表达了“他”创作范围之广，又表明态度之认真，更反衬出效果之差强人意。

同理，造墙业亦发达昌盛；无风无雨，人们也要立墙以蔽，筑屋而藏。（《我的丁一之旅》）

这种工整的对偶，进一步引起读者对立墙筑屋的文化思考。

非于房中而不可以为的原因，雨骤风疾之日容易混淆，风和日丽之时就看得明白，那绝不止于防范自然事件的侵袭，根本是为了换挡别人的耳目。因而，四顾无人处亦利“野合”，须臾无人时也可“偷欢”。这样来看，墙与房并非必须，必须的只是遮蔽——对别人之耳目的抵挡，对他人之心的防范。也可以这样看：四顾无人的空间即是衣，须臾独处的时刻也是墙。（《我的丁一之旅》）

所以嘛，敞开，是语言的向往。

因而呢，爱欲，是语言的极致。（《我的丁一之旅》）

文段中四次排偶的出现，工整而新颖，尤其是最后一组对偶，用语戛戛独造，哲理匠心独运。

我惟盟约独守，暗自祈祷夏娃快快到来，而它必纵情恣肆，向所有的封冻之地扩展，向一切陌生之域开辟。那非非丁一之想，那浪浪生命之风，必将吹遍荒原草莽的每一处角落，苏醒一切生命或形器，飞扬狂舞，对酒秉烛，从而忽视了牵念久远的梦愿，埋没掉尚未强健的心魂。（《我的丁一之旅》）

夏娃的纵情恣肆，作者以两组排偶极言，极尽夸张、铺排、复叠、想象之能事。

于是乎春光浩荡，这情种频频进取。

于是乎花前月下，这蛮人屡屡出击。

于是乎终得一日此丁欲念成真：于喧嚣世界之一角落，于寂寞光阴之一瞬间，“脱”这个字，千回万转终于传来我的丁一之旅。“脱”这声音，即将向丁一解开“她们”的秘密。以及“脱”这行动，就要把那迷离千年、猜想终日的幻影凝铸成实际！（《我的丁一之旅》）

前面一排偶句，极力铺垫；后一排偶句水到渠成地托出“丁一”之欲念，之后，便是对“脱”之内涵的无尽遐想与期待。

我闻那丁心如跑马。

我觉那丁体热如焚。（《我的丁一之旅》）

这稍作错综的排偶与嗅觉和视觉的通感，说出的是我对“丁一”的主观感受，把“丁一”的身心体验写得感同身受。

“脱”字于是传来，轻轻地，带着颤抖，就好像这世界终于要展露其真，一个悠久的秘密即将真相大白……“脱”字于是传来，抑或无声，却似震响，心动如鼓，盼望兼着恐惧……“脱”字于是传来，似寂静在爆发，无声在呐喊，温柔的强制，粗暴的依从，以至于晕眩，有尖啸之音掠过脑际，有暴涨的潮水溢满荒原……又似在空无所依之间飘荡，若虚若幻，似梦似醒，甚至都不知道自己是真是假了……于是乎那丁兀自窃问：真的吗？这一切，那一向的遮蔽真会袒露？那一向的不可思议，真的就要变成现实吗……（《我的丁一之旅》）

五次排偶的反复使用，把丁一对“脱”的心理反应刻画得淋漓尽致。时而反复，时而比喻，时而反问，时而双齐，极尽辞格运用之能事。

我无聊地蹲在他的某个角落，随其上下颠簸，有如凭窗听雨，或似隔岸观火。（《我的丁一之旅》）

这对偶，调动的是听觉与视觉的感受，让人如闻其声，如见其景，如入其境，这样的比喻使对偶句锦上添花。

他就那么每天疯走，我只有跟着。
他就那么随时呆坐，我只好陪着。（《我的丁一之旅》）

规矩的对偶，恰从心理上作了恰如其分的描述。因为“每天”，因为“随时”，说明行为程式化，寡然无趣；因为“只有”，因为“只好”，说明无赖；因为“跟着”，因为“陪着”，说明被动。

云缕如流，忽而汹涌。月似行舟，须臾隐没。（《我的丁一之旅》）

工整的对偶，错综的比喻，精练中显出丰富，丰富中呈现美景。

实，拘束于小；虚，放开乃大！正所谓“壶中日月”“醉里乾坤”，盛夏将临时，酒助丁一死灰复燃。（《我的丁一之旅》）

一虚一实，一小一大，因为对比，辩证的哲理蓄寓其中。“壶中日月”“醉里乾坤”，因为成语的妙用，“丁一”的生存状态跃然显现。

多少心魂游走，如顾如盼，作繁星而闪烁。
多少梦寐所求，若行若止，化风飞与云流。
多少思愿难平，如泣如歌，即天籁之有声！（《我的丁一之旅》）

排比、比喻、双齐一寓其中，这样的排偶句，如行云流水，气势恢宏。

啊，夜如水哟梦如舟！醉桨儿摇摇，心流儿悠悠……
你看那月走云飞，无不是风情际会。
你看那星移影动，无不是魂舞心歌。
你听那陌路衷肠，喜极而泣。
你听那离人梦遇，彻夜长哭。

啊，夜如水哟梦如舟！醉桨儿摇摇，心流儿悠悠……
我见有魂乘一片飞叶，徘徊月下，期遇佳侣。
我见有魂驾一缕轻风，低回锦帐，慢潜闺门。
我见有魂化一丝天籁，绣窗轻叩，窥望惊鸿。
我见有魂伴一点孤独，悬泪不去，默守芳容。

啊，夜如水哟梦如舟！醉桨儿摇摇，心流儿悠悠……
我见有魂越墙而走，犹犹豫豫，不知何往。
我见有魂破壁而行，寻寻觅觅，不知所终。
我见有魂惊梦而去，孤帆远影，天涯浪迹。
我见有魂戴月而归，临风浩叹，田园将芜。

啊，夜如水哟梦如舟！醉桨儿摇摇，心流儿悠悠……
我见有魂离家弃室，迁情别恋。
我见有魂孤衾难耐，梦里贪欢。
我见有魂少年意气，山盟海誓。
我见有魂老当益壮，万里寻情。

啊，夜如水哟梦如舟！醉桨儿摇摇，心流儿悠悠……
我听见，山隔水阻，有情魂霎时团聚。
我听见，携雨扶风，有缘魂一见钟情。
我听见，花间柳下，莺歌燕语朝朝暮暮。
我听见，阔野长天，兽吼禽鸣夜夜风流。

啊，夜如水哟，梦如舟！
我便是那一天星月吧？辉光万里，长宵觅尽。
我便是这千古疾魂呀！天荒地老，翘望斯人。

啊，醉桨儿摇摇，心流儿悠悠……
却不见伊甸之归路，
却不见夏娃之魂踪！（《我的丁一之旅》）

整个章节融间接反复、排偶、比喻、双齐、复叠、成语于一体，时而看，时而听，时而猜测，时而于否定中寄寓遗憾。这铺排，这比拟，这想象，这心扉之语，这情感之潮，这如诗如画的意境，这字里行间的期待与遗憾。你会因为作者的投入而流连忘返；你会因为作者的衷心感慨而情陷其中。

> 走近看时，原是一处迷津野渡，原是一群落魄惊魂。何以见得？你听呀，那悲兮叹兮几近心死；你看呀，那歌兮舞兮亦不由衷。(《我的丁一之旅》)

第一个排偶句，因为数量结构的妙用，引人注目；因为成语的活用，具象与抽象互为表里。第二个排偶句，视听相融，极易唤起读者的情感共鸣。

> 仔细看时，像似后者：虽锦帐鸳床同眠共枕，却早已是意冷情隔，梦异心非！身形儿犹自攀缠，心魂儿早各东西——魂儿浪浪逐他乡风月，心儿凄凄向隅而独愁！
>
> “别也恋其形，和也怒其行，您可知道?”
>
> “去也眷其情，归也厌其容……甭说了，我懂。”
>
> “这可怎生是好?”(《我的丁一之旅》)

文本中的五次排偶，各具特色。第一句在错综中显出细微变化；第二句通过儿化更突出名词的意义，引导读者关注“身形”与“心魂”的变化；第三句是对第二句的具体诠释，复叠中蕴含深意；第四和第五句，结构完全相同，但作者分两个角色言说，这种构思与笔法，正从你我的对话中，显出心心相印、同病相怜的感受。

> 方才那一对儿可谓冷战，现在这两位近似散打——唾骂哭嚎并举，抓挠撕咬兼施。(《我的丁一之旅》)

全句形成排偶，但第二个分句只对第一个分句的后半句作细致描绘与解释。唾骂、哭嚎、抓挠、撕咬，作者这样的示现，极尽讽刺之能事。

> 颤抖的双手，仿佛核对遗忘的秘语。
>
> 枯槁的身形，如同清点丢失的凭据。(《我的丁一之旅》)

这样的排偶，整齐中充满视觉形象，让人难以忘怀；这样的比喻，新奇中尽是严肃与沉重，让人难以自释；这样的动词运用，普通却无比的新鲜，让人难以自足。

是呀，我要你看我的隐秘，看我的欲望，看我一向埋藏的心愿……看这身形正放弃警惕，看这心魂已冲断隔离……噢，是呀是呀，这才是我与夏娃亘古至今的期待。(《我的丁一之旅》)

“我”与夏娃的期待，作者以双齐式的五“看”，让读者一睹其心扉；以两个对应的排偶将愿望的祈盼，将感情的释放，让读者一览无余。

可你还记得你平素的样子吗？优雅得让人仰慕，端庄得让人愧对，高贵得让人欲近不能……请你还像以往那样优雅端庄，好吗？(《我的丁一之旅》)

作者以排偶和双齐的辞格，极力铺张“你”的气质之美，表达了主人公对“你”的优雅端庄气质的留恋。

直到月亮慢慢暗淡。
直到星光渐渐稀疏。
直到远山隐隐呈现，娥的肩头和胸前染上淡淡霞光。
直到街头走来了第一个行人，俩人才终于忍俊不禁。(《我的丁一之旅》)

四个“直到”构成双齐与排比，一气呵成，由此可见，两人在一起时间之长，默契之深。其中，前两个“直到”则构成排偶，尤其是复叠修辞的使用，写出了月亮的“不忍离去”，星光的“难分难舍”，月明才星稀，星稀月渐明。

细雨唏嘘如歌。
落叶曼妙如舞。
衰老的恋人抑或垂死的歌手，随心所欲。
相互摸索，颤抖的双手仿佛核对遗忘的秘语。
相互抚慰，枯槁的身形如同清点丢失的凭据。

这一向你都在哪儿呀！
——群山再度响遍回声。呼唤终于有了应答：
我，就是你遗忘的秘语。
你，便是我丢失的凭据。
今夕何年？
生死无忌。（《我的丁一之旅》）

三对排偶句，句句用比喻，既整齐又独具匠心，把“衰老的恋人”抑或“垂死的歌手”，刻画得栩栩如生。

草地上，野花泼泼洒洒。天空中，云缕纠纠缠缠。阳光一忽儿灿烂，一忽儿暗淡。远山一忽儿鲜明如在近前，一忽儿又是云遮霞罩一片朦胧。（《我的丁一之旅》）

整个句群全用排偶，整齐连贯。第一句，在复叠与比拟中，给人以视觉的美感与天人合一的回归；第二句，在双齐中体验阳光的变化；第三句，在成语的运用中凸显了远山的朦胧之美。这样的景致，因为排偶的反复使用，让读者在朦胧中清晰，在清晰中朦胧。

于是，梦中的男女，抑或戏剧中的丁、娥，相拥而吻，如醉如痴——
这一向你都在哪儿呀？
群山响遍回声……
于是，黑夜中的男女，抑或约定中的丁、娥，浪步轻移，如泣如诉——（《我的丁一之旅》）

这间接的稍作变化不断将语意层递发展的排偶，简直是神来之笔，更何况除了排偶，还有微妙的比喻，既是特写也是定格，看似是过程，其实是没完没了的结果。

于是乎夜风唏嘘如歌，月光曼妙如舞……于是乎，梦中芳邻抑或天涯情侣，再次相互询问：这一向你都在哪儿呀！——群山响遍，回声……于是乎约定中的男女，抑或随心所欲的丁、娥，互相摸索，颤抖的双手仿佛重温淡忘的秘语；相互抚慰，贴近的身形如同找回丢失的凭据……于是乎在这“空墙之夜”，一路悠久的呼唤终于有了应答：我，就是你终生的秘语；你，便是我永久的凭据……（《我的丁一之旅》）

三个排偶句，其实在其文本中已反复出现，但不同的是，一经其连续使用四个“于是乎”，极力铺排，全部的思想，所有的沉醉、询问、陶醉、失魂落魄和誓言都尽在无言中。

那时，天地寂寂兮如悦其声，星月辉辉兮如慕其形。（《我的丁一之旅》）

丁一睁开眼睛，落日辉煌却似僵冷，飞霞灿烂却好像虚假。（《我的丁一之旅》）

第一句排偶、夸张、复叠、比喻、拟人诸种修辞尽显其中，融视听于一，天人合一；第二句在进一步的比喻中，如宕如飞瀑，落差之大，让人摇晃着脑袋，无法回到现实。这就是史铁生的颠覆之笔，超越之墨。

只有沙，嘶嘶地吸干着水；只有风，嘘嘘地耗散着魂。丁一颓然坐倒在漫漫无边的黄沙上。（《我的丁一之旅》）

这样的体验与表达，真让人感叹！为什么独独是他先于表达，尤其是后一句的交代。让我们知道祥林嫂为什么总是反复地唠叨“真的，我真傻”。原来，啰唆，本来就是一门艺术。这就是含泪的笑！

担架车轻游慢荡就像在水上漂移，经条条暗道，过幽幽洞窟，闻唏嘘之哀叹，越恍惚之光流……于是乎，我们一忽儿梦得“山重水复”，一忽儿梦得“柳暗花明”……（《我的丁一之旅》）

四次复叠，四次排偶，四次层递，把本已在比喻中就十分形象的担架车轻游慢荡，将“山重水复”写得“柳暗花明”；反之，我们在“山重水复”“柳暗花明”中，又强化了对担架车轻游慢荡的难忘回忆。

它们是一片朦胧的温馨与寂寥，是一片成熟的希望与绝望，它们的领地只有两处：心与坟墓。比如说邮票，有些是用于寄信

的，有些仅仅是为了收藏。(《扶轮问路·地坛与往事》)

“温馨与寂寥”“希望与绝望”是两对矛盾的词，但作者借助排偶，将其辩证统一起来，既揭示了矛盾，更突出了辩证的统一。

第八节 浩浩荡荡 酣畅淋漓——排比

排比，是一种将“同范围同性质的事象用了组织相似的句法逐一表出”以获求形式整齐、表意充足酣畅效果的修辞文本模式[①]。

陈望道《修辞学发凡》把“排比”列为积极修辞的丁类即“章句上的辞格”，给出的定义是：“同范围同性质的事象用了组织相似的句法逐一表出的，叫排比。”陈望道在书中说，“构成排比的语言单位可以有两个，现一般认为须有三项或三项以上，两项可以组成排偶”。

排比所排列的语言单位可以是短语、句子或段落。根据排列的各个语言单位所处语法位置的不同，可分为两类[②]：

（1）总排：多个短语在句中处于相同的语法位置，作共同的语法成分。

（2）分排：由多个分句、句子或段落并列构成。

排比与层递，都有三个或三个以上的构成项，区别是：排比主要着眼于构成项的结构形式相同或相似；层递着眼于构成项的语意按照递升或递降的逻辑顺序来组织。此外，排比的构成项可以是并列关系，具平行性，因此，通常可以变换各项的顺序；层递的构成项不能随意改变排列的顺序，因为它的各项具有阶梯性。

如果排列在一起的多个语言单位，在形式上结构相同或者相似，同时在语意上又具有递升或递降的关系，那么就是排比兼层递。

排比与对偶，都具有语句结构形式上相似的特点，区别是：①构成项的数目：排比的语言单位项目必须是三个或三个以上；对偶的项目只能有两个。与对偶相比，排比的特点可以概括为“排”，即多个（三个或三个以上）语言单位成排、成串；对偶特点是“偶”，两个语言单位成双作对。

---

① 吴礼权：《现代汉语修辞学》（修订本），上海：复旦大学出版社 2012 年版，第 136 页。

② 黄伯荣、廖序东主编：《现代汉语》，兰州：甘肃人民出版社 1980 年版。

②字数：排比中的各项字数可以相等也可不等；对偶一般两项的字数相等。③词语重复：排比中的各项可以重复某一词语，作为“提挈语”；对偶一般避免两项有相同的词语。④语意：排比的各项表达语意上相关的事物或方面；对偶的两项可以表达相关的内容，也可以表达相似或相反的语意。⑤表达效果和目的：排比主要用以增强语势；对偶可以使表达形式整齐。

陈望道《修辞学发凡》分析排比和对偶的区别：一是“对偶必须字数相等，排比不拘”；二是“对偶必须两两相对，排比也不拘”；三是“对偶力避字同意同，排比却以字同意同为经常状况”。

排比与联用，都具有结构和意义相似的短语或句子平行并列的句式特征。区别是：排比是两个或两个以上的结构相同或相似、意义相关、语气一致的词组或句子成串排列，形成一个整体，在西方语言学界中更多将其归入语法范畴，是指出结构的意义相似的短语或句子平行并列构成的句式；联用指一组在句法结构上具有相似性、语义表达上具有相关性的语词成串使用，一般是指名词性语词并列使用。

> 小秀儿尤其是这样，她的眼睛在闪光，她的激情在驰骋，她的青春在迸发，虽然她又是那样的文静。（《命若琴弦·爱情的命运》）

作者为了突出小秀儿，接连用了三个分句进行排比，把她的眼睛、激情、青春铺写得热血澎湃。

> 我们坐在庭院里，草茉莉都开了，各种颜色的小喇叭，掐一朵放在嘴上吹，有时候能吹响。奶奶用大芭蕉扇给我轰蚊子。凉凉的风，蓝蓝的天，闪闪的星星，永远留在我的记忆里。（《命若琴弦·奶奶的星星》）

作者以复叠格强化了风、天和星星在“我”的记忆中的感受；以短语的排比让读者最快地和“我”一起体验温馨，体验奶奶的疼爱。

> 老瞎子面容也憔悴，呼吸也孱弱，嗓音也沙哑了，完全变了个人。（《命若琴弦》）

作者用极其精练的短句从三个方面铺排出老瞎子的变化，特别是三个“也”字，用同字格强化了老瞎子的悲剧色彩。

> 远处虎啸猿啼狼嚎鹤唳狗吠人喧，这儿相对安静些，或者是冷落，没有什么人关心羊和马。(《原罪·宿命·关于一部以电影作舞台背景的戏剧之设想》)

作者用了六个短语，形成强烈的动静反差，远处“惊天动地”的声响，反而突出了“这儿”的安静与寂寥。

> 颠沛流离，投亲靠友，节衣缩食，随波逐流，像在失去了方向的大海上体会着沉浮与炎凉……然后，有一天时局似乎稳定了，不过未来明显已不能再像以往那样任性地描画。(《我与地坛·记忆与印象1》)

四个并列短语，铺排陈列，把生活的沉浮与世态的炎凉写得格外真实，过去与未来的反差，尽在辛楚的体验之中。

> 多少代人的迷茫与寻觅，仇恨与歧途，年轻与衰老，最终所能要求的都是：祈祷。(《我与地坛·记忆与印象1》)

如果说这样的排比，仅仅是为了作者旨意的表达，那我们便会陷入常规思维模式。反而透过形式，我们更应领会作者大胆的词语搭配用意。作者将形容词“迷茫”与动词“寻觅”、动词“仇恨”与名词“歧途”并列，这既是对语言的颠覆，也是对表达的超越。

> 强大的本能，天赋的才华，旺盛的精力，张狂的欲望和意志，都不得不放弃了以往的自负，以往的自负顷刻间都有了疑问。(《我与地坛·记忆与印象2》)

连续四个偏正结构，组成名词短语，构成极力的铺排，有如黄河之水天上来之势，但作者的高妙在于语义的陡然突转，突转之后又借助顶真格，语义随之跌落低谷，所有的表达都无法挽救自负的失落。

森林消失，草原沙化，河流干涸，海洋污染，天上破着个大窟窿而且越来越大，但人类还在热火朝天地敲诈和掠夺。(《病隙碎笔1》)

这四个主谓短语的铺排，淋漓尽致地表达了作者对人为破坏自然环境的担忧与无奈。

幸好，写小说写散文并不严格地要求记忆，记忆模糊着倒赢得印象、气氛、直觉、梦想和寻觅，于是乎利于虚构，利于神游，缺点是也利于胡说白道。(《病隙碎笔2》)

这里有顶真，有排比，也有成语的改用，但留给读者最深印象的依然是词语的排比，五个名词的排比，突出了读者对记忆模糊之忧的阐述，明了记忆模糊对写作的有益之处。

我想，上帝为人性写下的最本质的两条密码是：残疾与爱情。残疾即残缺、限制、阻障……是属物的，是现实。爱情属灵，是梦想，是对美满的祈盼，是无边无垠的，尤其是冲破边与限的可能，是残缺的补救。每一个人，每一代人，人间所有的故事，千差万别，千变万化，但究其底蕴终会露出这两种消息。现实与梦想，理性与激情，肉身与精神，以及战争与和平，科学与艺术，命运与信仰，怨恨与宽容，困苦与欢乐……大凡前项，终难免暴露残缺，或说局限，因而补以后项，后项则一律指向爱的前途。(《病隙碎笔2》)

关于“残疾与爱情”，作者透过对生命的体验，用排比达成独到的诠释。作者对“残疾”的诠释，以同义名词来进行细致的铺排，令人印象深刻；作者对“爱情”的理解，以双齐格在反复的判断中层层深入地解释；最后，作者将二者用八个并列结构，以穷尽式的对比，作辩证式蠡析。这样的大开大合，这样的纵横捭阖，只有史铁生能做到，既能颠覆，也能超越。

我们先是立了一面镜子，我们一边怀着敬畏滚动石头，一边怀着骄傲观赏我们不屈的形象。后来，我们不光能从镜子里，而

> 且能从山的峻拔与狰狞、水的柔润与汹涌，风的和煦与狂暴，云的变幻与永恒，空间的辽阔与时间的悠久，草木的衰荣与虫兽的繁衍，从万物万象中看见自己柔弱而又刚劲的身影。心之家园的无限恰与命运的无常构成和谐，构成美，构成艺术的精髓。敬畏与骄傲，这两极！（《病隙碎笔·自言自语》）

作者的观察与想象力真是神奇，他从山、水、风、云、时空、草木虫兽上落笔，多处由排比入喻，尽铺排之能事；从六对正反关系入手，尽辩证之统一。我们从中体悟到的是“万物如此，人更应刚柔相济”的道理。三个“构成”进一步升华了“敬畏”与“骄傲”的人生哲理。

> 惑即距离。空间的拓开，时间的迁延，肉身的奔走，心魂的寻觅，写作因此绵绵无绝期。人是一种很傻的动物：知其不可知而知欲不泯。人是很聪明的一种动物：在不绝的知途中享用生年。人是一种认真又倔强的动物：朝闻道，夕死可也。人是豁达且狡猾的一种动物：游戏人生。人还是一种非常危险的动物：不仅相互折磨，还折磨他们的地球母亲。因而人活该又是一种服重刑或服长役的动物：苦难永远在四周看管着他们。等等等等于是最后：人是天地间难得的一种会梦想的动物。（《病隙碎笔·宿命的写作》）

第一个排比，以偏正结构，表达了主谓短语与动宾短语的内涵，一箭三雕；第二个排比，既是间接反复，又是创新排比，更是语义的步步层递，一石三鸟。整个语段，历经如此丰富的排比之后，因其他修辞手段的介入，语义得到进一步升华，在辩证中完美的统一，在统一中不断博弈，日臻完美。

> 爱情不得已是限于两人的交谈，写作惟更大气——把你的困惑和疑难，盼念与梦想，快慰或感动，说给尽量多的人听，这本身就是一种理想，绝不比各类主义轻浅，或简单。（《病隙碎笔·石默〈故土的老房子〉序》）

写作是什么？作者没有空洞的说教，而在与爱情的比较中此概念逐渐清晰；在并列的短语排比中此疑惑日渐释然。

脚步忽然在草地上踌躇、痴迷、羞怯、惊讶，带着急促的喘息突如其来，从天而降，久已隐藏的秘密在夏天的傍晚里开放，把他带上一条背景模糊的小路，一个陌生但是湿润的地方，也许南方，而且把他卷进一个故事，并不具体的故事，但肯定与姑娘们有关的故事，与一个女人一生都息息相关的故事。（《务虚笔记》）

作者四个心理动词的排比，把“他”情绪的变化刻画得跃然纸上。尤其是后面四个“故事”的反复使用，作者巧用频词格，不断层层递进。似乎很具体，其实不然，越不具体，越能吸引读者，越会引起读者的探究欲望。

如果这舞台的灯光照亮着你，如果我们相距得足够近，你的影像映入我的眼帘，这就叫做：现实。

如果这舞台的灯光照亮过你，当我回来你的影像已经飘离，如果你的影像已经飘进茫茫宇宙，这就叫做：过去。

如果我已经回来，如果你已经不在，但我的意识超越光速我以心灵的目光追踪你飘离的影像，这就是：眺望。

如果现实已成过去，如果过去永远现实，一个伤痕累累的欲念在没有地点的时间中或在抹杀了时间的地点上，如果追上了一个飘离的影像那就是：梦。

那就是梦。（《务虚笔记》）

从形式上看，段首由四个“如果”开启，实际上在每个段落中还出现了五个“如果”，位置不同的九个“如果”，这正体现出作者运用语言的艺术。

事实上，排比段的运用，不管是气势还是层级都更利于表达思想，尤其是兼用层递、序换与频词之后，更是锦上添花。现实—过去—眺望—梦的内涵与联系，这样的递进式线条，这样的逻辑关系，这样的人生领悟，因为作者的引领，让我们明了。

平素她们是多么傲慢、矜持、封闭、猜疑、胆怯、拘谨、严厉、小题大做、歇斯底里……现在他要看看人可以是怎样的坦荡、轻松、宽容、自然……看看人在没有设防的时候是多么可爱

多么迷人。(《务虚笔记》)

这是两个对比鲜明的排比，前者九个词语犹如飞流直下，选用的词语的感情色彩偏中性或贬义；后者四个词语恰似鱼贯而出，褒扬之情，跃然纸上。这种写法，是游者令人欢喜的意外发现；这种发现是男人的垂涎欲滴，是男人欲望的期待。

石头上，白色的羽毛寂静、飘展、优雅、傲慢、动荡……千姿百态。(《务虚笔记》)

对白色羽毛的赞赏，作者五用赞词，由静而动，尽慢镜头转角之工夫。这种意味绵长的铺陈，这种终于以“千姿百态”的收束，我们知道作者有多么不情愿收笔，读者便可于无声处听心扉。

音乐家有精准的辨音力，美术家有非凡的辨色力，美食家有其更丰富的味觉受体，善思者则善于把问题分开更多层面。(《扶轮问路·诚实与善思》)

与其说作者是肯定四者，不如说是借前三者作铺排、铺垫，褒扬善思者。用平列表达层递的语意，这真是一种高明的表意手法，这正好与文题“诚实与善思”之善思相呼应，作者的点睛之术，可见一斑。

第四章

以特定修辞手法创造张力之美

向感觉，尤其是向视觉提供快感的一种特性或各种特性的组合，它使理智的或道德的官能感到愉快。

——瓦伦汀《实验审美心理学》

凡是存在着对立而又相互联系的力量，冲动或有意义的地方，都存在着张力。

——骆寒超《现代诗学》

那田野中向远方集聚的犁沟，向凡·高展示出的是一种强烈的张力。

——鲁道夫·阿恩海姆

第一节　内容繁丰　表意周密——共享

共享，是指在一个句子里有两个以上成分共同与另一个成分发生结构关系的一种修辞方式。两个以上成分为“并列成分”，跟并列成分发生结构关系的成分为“共享成分”。有的修辞专书认为，共享与排比、繁复、联用、合叙等辞格有交叉重合的地方。①

根据并列成分跟共享成分的结构关系，共享主要分3个类型。

（1）偏正型共享。并列成分跟共享成分形成修饰与被修饰关系的共享。

（2）动宾型共享。并列成分跟共享成分形成支配与被支配关系的共享。

（3）主谓型共享。并列成分跟共享成分形成陈述与被陈述关系的共享。

共享与繁复。偏正型共享与繁复的向心式，都具有修饰成分多、句式长、内容繁丰、表意周密饱满、共同修饰一个成分的特点。这是两者形式上相似之处。二者的区别体现在：①共享侧重于多个并列成分跟共享成分发生结构关系；繁复侧重于说话有意重复繁多。②共享的类型，不仅有偏正型共享，还有动宾型共享、主谓型共享；繁复的类型不仅有向心式繁复，还有并列式繁复、反复式繁复等。两者大部分内容不重合。

共享与合说。两者都有把话语合在一起说的特点。在形式上都呈现一套语法关系，运用时可使结构紧凑、文字简练。二者的区别是：①共享不是把该分开说的合在一起说，因此，不能还原。合说是把应该分开说的话语合并在一起说，因此，可以还原为分说。②共享只着眼于两个以上成分共同与另一个成分发生结构关系；合说着眼于分承，即综合并举，分承成句，要求前后词语要对应承接搭配好，实际上是一种紧缩结构。

共享与联用。两者一般都有排列成串的并列成分，并列成分可以是词语、短语，也可以是句子。二者的区别是：①共享的并列成分必须跟共享成分发生结构关系；联用的并列成分不必跟某个成分发生结构关系。②共

---

① 谭学纯、濮侃、沈孟璎：《汉语修辞格大辞典》，上海：上海辞书出版社2010年版，第97～98页。

享的并列成分在两个以上；联用的并列成分一般在三个以上。③共享不一定是结构相同相似、字数相近的并列成分；联用一般是结构相同或相似、字数相近的并列成分。

共享与排比。当构成排比的各项跟一个部分发生结构关系的时候，可以说排比兼有共享。二者的区别是：①共享的并列成分可以是词语、短语或句子；排比的各项限于短语和句子。②共享的并列成分必须跟共享成分发生结构关系；排比的各项不一定跟某个成分发生结构关系。③共享的并列成分是两个以上；排比的各项是三个以上。④共享不必都有相同的提示语；排比一般多有相同的提示语。⑤共享不一定非要结构相同或相似的并列成分；排比各项一般是结构相同或相似的短语或句子。

共享与语法现象也有一定的关系。共享的并列成分跟共享成分之间的关系，无非是语法上的修饰与被修饰关系、支配与被支配关系、陈述与被陈述关系等，因此，有人认为应是语法研究的对象。

往事浮在眼前，而往事又都已破碎，包括“人生”“幸福”“革命”“理想”，——这往日侃侃而谈的一切。(《命若琴弦·爱情的命运》)

到底是什么样的往事浮在眼前，而又都已破碎？作者深明读者的心理，于是便选用动宾共用格，极其精练地道出是“人生”“幸福”“革命”和“理想”。

“可伯伯还说，”她急忙又往下念：“我们共产党人的任务，就是要认识那些矛盾，掌握矛盾的规律，驾驭人类的命运。这你还记得么？”(《命若琴弦·爱情的命运》)

三个动宾结构短语，与“就是要”构成包孕式动宾短语，把“共产党人”的任务表达得翔实具体。

信中说，她正准备和一个比她大十五岁的人结婚；说她此生此世只在心底爱着一个人，就是我；还说她也渐渐感到自己是那么软弱、庸俗甚至卑鄙。(《命若琴弦·爱情的命运》)

以三个形容词构成动宾式共用，把“她”的自我剖析写得言简意赅。

都看了些什么电影，记不得了，只记得落日、晚风、明月、繁星和那个不把我们另眼相看的“小妹妹”。（《命若琴弦·没有太阳的角落》）

作者在共用的动宾短语中杂入“那个不把我们另眼相看的‘小妹妹’”，用最少的笔墨，通过杂混格有意构成不恰当的分类，引起读者的注意，从而达到表明记忆内容的目的。

男的不出声地笑笑，低下头看看自己的脚。怎么会忘呢？他又想起了那条冰冷的河、无边的雪野上的那缕孤烟还有春天翻了浆的小路……“总回忆往事是衰老的象征，咱们还不老。”他低着头说。（《命若琴弦·老人》）

画横线的句子是三个偏正短语，三种可观的事物，三样不同的心情，给了“他”难忘的回忆。

无梦的日子是最为难熬的日子。无梦的日子令他寂寞、无聊、孤苦。无梦的日子使他无法幻想、无从猜测，弄不清自己的愿望，差不多就要丧失掉创造的激情和身心的活力了。（《命若琴弦·脚本构思》）

第一个共用构成主谓关系，把“他”难熬时的感受进行描述；第二个共用内涵无比丰富，把“无梦”带给“他”的影响写得淋漓而尽致。

“你总说‘人’。‘人’是传说中的一种炽热、明朗、恐怖的东西。”（《命若琴弦·死国幻记》）

将人定义为东西，表明看人如看东西，真不愿看到这样的判断。但作者在这样的逻辑判断中注入可感的内容，将“炽热、明朗、恐怖”与“东西”共用，构成偏正短语，就将“东西”血性化了。

但是你去问吧，问一千个“老三届”，你就会听见一千种心情，你就会对“上山下乡”有一千种印象，豪情与沮丧，责任与失落，苦难与磨炼，忠勇与迷茫，深切怀念与不堪回首，悔与不

悔……但历史大概不会记得那么详细，历史只会记住那是一次在“我们”的旗帜下对个人选择的强制。(《病隙碎笔1》)

这是修辞学研究者归纳之外的一种特殊共用——同位，是对“印象”的详细解说。所构成的共用成分是六个并列结构，它们意义正好相反。这种列举，将同位成分具体化，加深了读者的印象，内容丰赡。

噢，是了是了——在接受惩罚的同时，他们也接受了上帝温柔的嘱托：不同，构筑起差别；遮蔽，呼唤着寻找；禁忌，隐喻了敞开；这样你们才可能成就一条牵魂动梦的道路。(《我的丁一之旅》)

任何事情总是具有辩证性，作者为了张扬正面，用了三个主谓短语对“嘱托”进行具体描述，细微且明了。

我至今还能记得姑父那一刻的神情：谦恭，敬畏，又似无比坦然。(《我的丁一之旅》)

三个短语，具化了神情的内涵，言简意赅。

说嘛他倒也还是说着夏娃，似念念不忘，但其实，那盟约的要点已趋淡薄。他一心所迷恋的，惟美女如云，惟夏娃之可能的居身——窈窕倩影，皓齿娥眉，情眸脉脉……总之那些琳琅美器无不流光溢彩楚楚动人，此丁风华正茂，又已体健身全，怎禁得恁般诱惑？(《我的丁一之旅》)

作者为了突出夏娃的诱惑，对其居身用了三个毫无共性的短语进行描摹，或偏正，或并列，或主谓，一旦共用在“居身”之后，便无条件地具备了名词短语的功能，具有列锦之功效。

第二节 调换顺序 突出语意——序换

序换，是在同一话语流中，将某一合成词中的语素或某一词组中的词前后位置调换一下再使用一次，通过换序前后语词的对比来强调或突出某种意思或情感的一种修辞方式。序换的特点是：同一个词或词组在同一话语流中要出现两次，但词语的语序发生了变化。①

根据换序前后语词的意思是否发生改变，可分为两类：

（1）语义不变的序换。换序前后语词的意思没有发生变化，只起强调作用。

（2）语义改变的序换。换序前后语词的意思发生了很大的改变，有时甚至相反。

序换与回环，两者在词语和语序方面都发生了改变。区别是：从形式上看，序换只要求词语的语序发生改变即可，而不要求一定要首尾相接；回环对形式的要求严格，前一语词或句尾是后一语词或句首，后一语词或句尾又是前一语词或句首，构成前后相接，循环往复之趣。因此，回环可以看成是序换，序换则不一定是回环。

> 有的说那条鱼赤若炭火，巨首肥身，长可盈尺；有的说那鱼色同蓝靛，身薄如纸，短不足寸；甚至有说那鱼有头无尾的，或说有尾无头的。从万千民间传说中可以归纳出一条：那鱼体态不俗，色泽非常。（《命若琴弦·毒药》）

“有的说”“有的说”“甚至有说”三句构成排比句，前两个基本构成排偶，整齐而有节奏；后一句，作者借助序换，在“有头无尾”和“有尾无关”的对比中叙说了对这种鱼的认识，读者可自行想象。

> 有机会女人还是往橱窗的玻璃上瞅，现在可以看见她和他两个人在一起走，两个人一起在人群中走，人群中两个人走在一

① 谭学纯、濮侃、沈孟璎：《汉语修辞格大辞典》，上海：上海辞书出版社2010年版，第252页。

起，那样子又奇怪又动人。(《命若琴弦·舞台效果》)

两个句子，字数完全相同，只是语序不一样，不同的组合，序换之后，所强调的意思完全不同，前者意在强调两个人一起，突出其亲密程度；后者突出走在一起，强调其公开度与聚焦度。

我问1床："也是她管你吗?"

1床眯起浑浊的眼睛看我："怎么样，滋味不坏吧，咹?"

我摸摸胸上的红方块。我说："不疼。"

"我没说这个。"1床狡黠地笑起来，"她。刚才我们说谁来着?"他在自己身上猥亵地摩挲一阵，"咹?滋味不坏吧?"(《命若琴弦·一种谜语的几种简单的猜法》)

两句虽字数相同，但前者在强调滋味不坏，后者则在突出反问，表示怀疑。

我想，这不是以男人为坐标来看艺术，这是在雄心勃勃的人类忽然坠入迷茫的图景中发现了艺术。

因而与女人相反的倒也不是男人，我说的是男性，是勃勃雄心之中对自然和家园的淡忘。……(《我与地坛·随笔三则》)

前者强调的是人类对远大理想和抱负的势态；后者突出的是男人势态对自然和家园的淡忘。

十五

可是，你总不能说你就不是史铁生了吧?你就是面目全非，你就是更名改姓，一旦追查起来你还得是那个史铁生。

好吧你追查，可你的追查根据着什么呢?根据基因吗?据说基因也将可以更改了。根据生理特征吗?你就不怕那是个克隆货?根据历史吗?可书写的历史偏又是任人打扮的小姑娘。你还能根据什么?根据什么都不如根据记忆，惟记忆可使你在一具"纵使相逢应不识"的肉身中认出你曾熟悉的那个人。根据你的记忆唤醒我的记忆，根据我的记忆唤醒你的记忆，当我们的记忆吻合时，你认出了我，认出了此一史铁生即彼一史铁生。可我们都记忆起了什么呢？我曾有过的行为，以及这些行为背后我曾有过的思想、情感、心绪。对了，这才是我，这才是我这个史铁生，否则他就是另一个史铁生，一个也可以叫做史铁生的别人。就是说，史铁生的特点不在于他所栖居过的某一肉身，而在于他曾经有过的心路历程，据此，史铁生才是史铁生，我才是我。不信你跟那个克隆货聊聊，保准用不了多一会儿你就胡涂，你就会问：哥们儿你到底是谁呀？这有点儿“我思故我在”的意思。

十六

打个比方：一棵树上落着一群鸟儿，把树砍了，鸟儿也就没了吗？不，树上的鸟儿没了，但它们在别处。同样，此一肉身，栖居过一些思想、情感和心绪，这肉身火化了，那思想、情感和心绪也就没有了吗？不，他们在别处。倘人间的困苦从未消失，人间的消息从未减损，人间的爱愿从未放弃，他们就必定还在。

树不是鸟儿，你不能根据树来辨认鸟儿。肉身不是心魂，你不能根据肉身来辨认心魂。那鸟儿若只看重那棵树，它将与树同归于尽。那心魂若只关注一己之肉身，他必与肉身一同化作乌有。活着的鸟儿将飞起来，找到新的栖居。系于无限与绝对的心魂也将飞起来，永存于人间；人间的消息若从不减损，人间的爱愿若一如既往，那就是他并未消失。那爱愿，或那灵魂，将继续栖居于怎样的肉身，将继续有一个怎样的尘世之名，都无关紧要，他既不消失，他就必是以“我”而在，以“我”而问，以“我”而思，以“我”为角度去追寻那亘古之梦。这样说吧：因为“我”在，这样的意义就将永远地被猜疑，被描画，被建立，永无终止。

这又是“我在故我思”了。（《病隙碎笔5》）

在这一文本中，作者综合运用了双齐、排偶、顶真和序换的辞格，但以序换表情达意最为突出。第一个句子中语序的不同，表明主客体的不同，意在强调：相互唤起记忆，只是主体不一。第二个序换，构思精致，在语段中作跳跃式的变化，揭示了不同的因果关系。前者因思而在，后者因在而思。

他躺在葵林里，把耳朵贴在地上，能听见小昆虫在枯干的葵叶上爬，微合双目，能听见方圆几里之内各种昆虫的欢歌笑语，甚至能听见很远的地方火车正隆隆地驶来又隆隆地远去了，各种声音，多么和平多么安详，多么怡然自得……各种声音慢慢小下去，慢慢虚渺起来漫散开去，细细的但是绵长的声音，就要消失，也许世界……就是这样消失……也许世界的消失……就是这样……如同睡去……沉睡而且没有梦想，一切都沉下去以至消失，或者都漂浮起来以至消散……但他渐渐蒙眬的目光忽然一惊，看见了一张有字的葵叶。(《务虚笔记》)

序换之后，叙述的话题全然不一。前者的话题是世界；后者的话题是消失。二者的共同点是各种“声音”慢慢小下去，慢慢虚渺起来漫散开去。

也许以后我还要写一篇“我的史铁生之旅”，但目前不合时宜。此史之旅终于旅向何方，或沦为何旅，尚未盖棺，就像此史一带的三句官场名言所道：一曰“不好说”；二曰“说不好”；三呢，“（还是）不说（的）好”。(《我的丁一之旅》)

三个字，不同的语序组合，意义却如此丰富。史铁生运用语言的手法真是炉火纯青：一是强调不便说；一是突出可能性，一是表明稳妥最后不说。这是无可奈何的生活；这更是不可预料的生存状态。其中的奇妙真是只可意会不可言传。

“根据咱们掌握的情况看，不应该是别的。”
“那么，根据咱们掌握的情况看，这会儿我该在哪儿？”
“这个嘛……不好说。说不好。”
“不说（的）好！反正不该是在这儿，对吗？”
“您是个奇迹。”
“您也是！”（《我的丁一之旅》）

此对话与上一段对话有异曲同工之妙。只是在不同的语境中有不同的解读。我们似乎可以有这样的体验：说不清楚，有可能，还是不说。于模糊之中似有非常肯定的答复，可见言语模糊有时可以表达肯定，自然，肯定的东西不一定准确。语言就是这样神奇，一旦语序发生变化，意义就迥乎不同了。

“噢噢……”那丁搔首呆笑，茅塞顿开。

娥也笑：“你爱丁，和你没被爱，两码事。”

“戏剧也一样，”我说：“实现，和现实，是两码事。”

“OK!”娥与那丁击掌相庆。（《我的丁一之旅》）

这种序换，因固有的词典意义，引领读者进入语境体验，自然明白。作者意在强调实践，实现，而不应消极地顺应现实。与其说是等待被爱，不如说是倡导爱。

“这第一场嘛，我想就叫‘近而远’。当然，那些横横竖竖的线并不真的是墙，只不过是些横横竖竖的概念。其实所有的墙都不过是一种概念。墙是人造的，人要推倒它还不容易吗？但是不容易，真要推倒它实际上是办不到的，就像实际上你那辆车反正是先甭走了。”

……

“第二场反过来，叫作‘远与近’。当夜幕降临，万籁俱寂，当人间进入了梦界，戏才真正开始，或者说真正的戏剧这才开始。这时候你看吧，即便现实中人们离得很远，但在梦里，人们是怎样地渴望着靠近。这时候，整个舞台上都是梦魂，都是盼望。让我们看看哪一种更真吧，是白昼还是黑夜？是现实还是梦愿？是墙壁隔离中的行为更真？是概念限制下的坦然更真？还是那出人意料的梦愿才更道出了我们的真情，与真愿！”（《我的丁一之旅》）

“远”与“近”，是一对哲学范畴，但一经史铁生的描述便得以生活化、情境化，在变换语序后，意义得到升华。白昼与现实如此之近，却很遥远；黑夜虽然需要等待，梦愿虽然需要憧憬，却虽远犹近；墙壁隔离虽似更真，却远比概念限制下的坦然更假；其实那出人意料的梦愿才更道出了我们的真情与真愿！

又比如有人曾跟我说，那常见的祝福之词——“身体健康，精神快乐”，不如颠倒过来，这样说：“祝您精神健康，身体快乐。”（《扶轮问路·从“身外之物”说起》）

也许，正常的人，对待这一祝福语的顺序变化不会有太多的在意。但正是这样一句极为普通的话语，在史铁生这样一个从腿上开始思想的人，因为残疾，因为健康体验，告诉读者一个生命真谛：只有有了健康的身体，才能享受精神快乐；只有精神健康，身体才能快乐。语序的变化就是这样悄然地表达着智者的思想；智者常常超越常规思维，在表层结构中发现深层含义。

> 古有“五十步笑百步”之嘲，今却有百步笑五十步且面无愧色者在，譬如阿 Q 的讥笑小 D 或王胡。不过，百步就没有笑五十步的权利吗？当然不是，但有愧色就好，就更具说服力。其实五十步也足够愧之有色了，甚至一步、半步就该有，或叫见微知著，或叫防患于未然。（《扶轮问路·诚实与善思》）

透过这样一个妇孺皆知的成语，看似作数字的倒换，实则于含泪的笑中反躬自省。作者甚至不失时机地将“愧色”一词作语境别解，深刻而独到。成语见微知著与防患未然，虽只作些微的变化，达到的却是敲山震虎的效果。

第三节　相反相对　鲜明突出——对比

对比——两种事物之间或同一事物的两个不同方面之间的相互比较的一种修辞方式。[①]

根据比较的方式，对比可分为两类：

（1）两体对比。本质上相互对立、相反的两个事物之间的比较。

（2）一体两面对比。同一事物两个不同方面的比较。

对比与映衬，都含有把相反、相对的事物或意思放在一起使其相互衬托的特点。区别是：①在范围上，对比只限于相反、相对事物或意思之间的两相对比；映衬的范围则广泛得多，除了相反、相异事物之间的对比之外，还可以是相似或相近事物之间的衬托。②在形式上，相互对比的两个

---

① 谭学纯、濮侃、沈孟璎：《汉语修辞格大辞典》，上海：上海辞书出版社 2010 年版，第 56 页。

事物或同一事物的两个方面不存在主次关系，也不存在先后关系，而是相互比照关系；而映衬的两个事物之间则分衬体和主体，衬体在前，主体在后，存在主次、先后关系。

> 黑暗从四周围拢，涌荡，喧哗，甚至嚣张。光明变得朦胧、孱弱，慢慢缩小，像糖在黑色的水中融化。也许是风，把一切都吹起来，四处飘扬，一切都似尘埃。（《命若琴弦·死国幻记》）

“黑暗”与“光明”的变化，作者不是停留在词语本身意义的呐喊，什么是“黑暗”？你看看那“从四周围拢，涌荡，喧哗，甚至嚣张”动态的描述，就知道有多么形象；什么是“光明”？你感受那“光明变得朦胧、孱弱，慢慢缩小，像糖在黑色的水中融化”，就惊叹多么生动。这就是对比，这就是史铁生笔下的对比。

> 生病也是生活体验之一种，甚或算得一项别开生面的游历。这游历当然是有风险，但去大河上漂流就安全吗？不同的是，漂流可以事先做些准备，生病通常猝不及防；漂流是自觉的勇猛，生病是被迫的抵抗；漂流，成败都有一份光荣，生病却始终不便夸耀。（《病隙碎笔1》）

按理，“生病”与“漂流”常态下构不成对比，可一经史铁生将其介入语境，便因鲜明的对比，强化了读者因了解漂流而深明生病的特殊体验与领悟。令我们肃然起敬的是，史铁生对生病的健康心态，对生命的积极生存。

> 我想，“正当”也会是一种强迫和命令的声音，但它不会是温柔的声音。差别何在？就在于，前者是“近二千年来浮现在人了解力之上的声音”，是无限与绝对的声音，是人不得不接受的声音，是人作为部分而存在其中的那个整体的声音，是你终于不要反抗而愿皈依的声音。而后者，是近二千年来人间习惯了的声音，是人智制的声音，是肉身限制灵魂、现实胁迫梦想的声音，是人强制人的声音。（《病隙碎笔5》）

“前者”与“后者”的对比，给读者留下难以磨灭的印象。何以如此？

是因为九个“是……声音”这样的双齐格与排比格，多次反复地铺陈，在对比中强化了读者的理解。

> 平均不是平等。平等是说人的权利，大家站在同一条起跑线。平均单讲收获，各位请在终点上排齐。平等，应该为能力低弱或起步艰难的人提供优越条件，但不保证所有的人一齐撞线。平均却可能鼓励了贪懒之徒，反正最后大家都一样。平均其实是物质至上，并不关涉精神；精神可怎么平均？比如自由和爱情，怎么平均？平均只可能是一个经济概念，均贫富。平等则指向人的一切权利。平等的信念必然呼唤法治，而平均的热情多半酝酿造反。（《病隙碎笔6》）

作者起段就是一个斩钉截铁的判断：“平均不是平等。”接下来作者从四个方面进行了对比：权利与收获；条件与影响；物质与精神；信念与热情。这样的对比，泾渭分明。

> 面对困境，文学比其它所有学科都更敏感。文学不仅用着思考，更用着观察，不仅看重可行的实际，还看重似乎不可能的愿望。因此，它不同于哲学的明晰（所以它朦胧）；不同于科学的严谨（所以它耽于梦想）；不同于法律的现实（所以感情不承认法律，法律也不承认感情）；不同于宗教的满足（所以叛逆常是其特色）；不同于政治和经济的立竿见影（所以它的社会效益潜移默化）。据此，它便也不同于教育和宣传。（《病隙碎笔·随想与反省》）

短短一段中，作者通过对比，厘清了文学、哲学、科学、法律、宗教、政治和经济七个概念。文学看重思考与愿望；哲学明晰，科学严谨；法律现实，宗教满足；政治与经济的效用立竿见影。

> 形是确定地小，神是不确定地大。僧是确定的小，佛是不确定的大。知是确定的小，不知是不确定的大。这真是多么好呀，在种种确定的流派和技法之外，咏阁，你还有不确定的大领域可以为！（《病隙碎笔·〈刘咏阁画集〉序》）

"形"和神，"僧"和佛，"知"与"不知"，三对概念在小与大、确定与不确定中得到最为精练的比较，其修辞效果，不亚于互文。不仅如此，作者真正的用意在于对比之后的肯定：在种种确定的流派和技法之外，有不确定的大领域大有可为！

有迹象表明，大师们的忧虑怕要成真。比如说，为什么在提倡"可持续发展"的今天，人类仍在为提高GDP和"促进消费"而倾注着几乎全部热情？有哪一国GDP和消费指数的增长，不是以加速榨取自然为代价的呢？不错，我们都曾受惠于这类增长，但我们是否也在受害于、并且越来越受害于这类增长呢？今人之时速千里的移位，当真就比古人的"朝闻道，夕死可也"更必要？今人之全球联通，就比古人的"心远地自偏"更惬意？今人之以孱弱之躯驾一辆四轮铁壳飞奔，就比古人的"竹杖芒鞋轻胜马……一蓑烟雨任平生"更自由？我忽然觉得，即便我祖上那些瘦与不瘦的老头，也比胖与特胖的今人明智，至少他们记挂着未来。(《扶轮问路·花钱的事》)

作者的睿智在于通过今人与古人的三次对比，深刻地反思了GDP和消费指数的增长给人类带来的后果，冷静地呼吁保护环境，回归自然。

两个年轻女人，在一块指向"路尽头"的标牌前分手，一个去完婚，一个去为丈夫奔丧，一个以为从此幸福美满，一个不失浪漫地要孤守到白头。(《妄想电影·太阳向上升起》)

这种对比，看上去显得让人惊诧；但这种对比，却在唤醒爱的真谛！

第四节　详尽铺叙　尽现篇旨——周匝

周匝——尽数列举同一个范畴的时间词语或方位词语，来表示事物或行为的普遍或周全的一种修辞方式。①

① 参见金韦：《关于"周匝"的修辞方法》，《学术研究》1979年第2期。

根据周匝的对象，可将其分为时间和方位两类：

（1）时间周匝。即对同一个范畴的时间词语尽数列举陈述。

（2）方位周匝。即对同一个范畴的方位词语尽数列举陈述。

周匝的形式特征是对同一个范畴的时间词或方位词的详尽铺叙，它表现了话语或文本的主题意义，即某一事物或行为的普遍性意义；其语用功能在于，它能够加强语气，增强语势，渲染某种气氛或情绪，以感染和吸引接受者，且便于记忆和传诵。

> 越是穷地方，农活也越重。春天播种，夏天收麦，秋天玉米、高粱、谷子都熟了，更忙；冬天打坝、修梯田，总不得闲。（《命若琴弦·我的遥远的清平湾》）

这是表时间性的周匝。春夏秋冬的轮回，一年四季的农活，说明地方之穷，农活之重，人们生活之苦。

> 以后我就每星期给她打一次电话，都是在595630电话所在之地的人们休息的那一天。我从不问她姓什么叫什么、是干什么的、多大年龄了等等。她也是这样，也不问。我们连为什么不问都不问。我们只是在愿意随便谈谈的时候随便谈谈。第二次通电话的时候，她告诉我，男人到底是比女人敢干，她早就想干而一直不敢干的事让我先干了。我说："你是怕人说你是臭流氓吧？"她听了笑声灿烂。第三次我们谈的是蔬菜和森林，蔬菜越来越贵，森林越来越少。第四次是谈床单和袜子，尤其谈了女人的长袜太容易跳丝，有一处跳丝就全完了。我说："你挺臭美的。"她说："废话你管着吗？"我说第一我根本不管，第二臭美在我嘴里不是贬义词。她便欣然承认她相当喜欢臭美："但得是褒义词！"我说就如同我认为"臭流氓"是褒义词一样。第五次谈猫，二月正是闹猫的季节，于是谈到性。我没料到她会和我一样认为那是生活中最美的事情之一，同时她又和我一样是个性冷漠患者。"这很奇怪是吗？""很奇怪。"第六次谈狗，我说可惜城市里不让养狗，我真想搬到农村去住，那样可以养狗。她说："是吗？那我真搬到农村住去。"我说："算了吧，我们都是伪君子。"第七次说到钱，钱是一种极好的东西，连拉屎撒尿放屁都得受它摆布。她笑得喘不过气来："你夸张了，怎么会管得了最后一种？"

我说："你想要是你能住在高级饭店去你还敢随便放屁吗？""干吗要随便？""所以我说钱是好东西。"第八次我们自由自在地骂了半天人，骂得畅快淋漓。第九次谈到上帝和烩猪肠子，她说："吓，那东西多脏啊！"我问她是指上帝还是说猪肠子？她说你知道那是装什么的吗？我说你是说上帝还是说猪肠子？她说："算了算了，和你这人缠不清。"第十次谈到宇宙、飞碟、特异功能、四维时空、测不准原理和蚂蚁。第十一次我们一块唱了好多真正的民歌，真正的民歌都是极坦率极纯情又极露骨的情歌。第十二次是说气候、季节、山野河流、鹿的目光与释迦牟尼何其相似，以及她的一只非常好看的扣子挤汽车时挤丢了，而我昨天差点让煤气罐给炸死。第十三次说到了爱情，她说这是说不清的事。我说什么是说得清的事呢？她说就连这也说不清，我们不过是在胡说八道。我说有谁不是在胡说八道呢？她便又笑声灿烂。我说我冒了被骂为臭流氓的危险就是为了能胡说八道和能听到纯正的胡说八道。她听了许久无声然后哭声辉煌经久不息，使我振奋不已。她说她骨子里非常软弱。我说你别怕，我也一样。她说她外强中干其实自卑极了。我说我也一样，你别在意。她的哭声便转而娇媚。我说我何止于此，我还是个枯燥乏味的人。她说她也是。我说我还很庸俗简直无聊透顶。她让我别急，她说这下就好了她也是个俗不可耐的人。我说我无才无能一无可取之处。她让我别急，她说她也一样没有一点吸引人的地方。她不哭了，问我："你是个好人吗你觉得？"我说我觉不出来，你呢？她说她就是因为不知道怎样才能觉出自己是不是个好人，所以才问我的，可惜我也不知道。我说要是这样说，我大概是个灵魂肮脏的人。她说为什么呢？我便给她举一些实例，讲我当着人是怎样说，背着人是怎样想，讲我所做过的一切事情，讲我所有的一切念头，讲我白天的行为，也讲我默认的梦境，直讲到口干舌燥气喘吁吁，直讲到我自己也很难不承认自己是个臭流氓时，我才害怕了不讲了。类似这样的害怕是最可怕的事，好在我知道她不知道我是谁，不知道我在哪儿，即便在街上擦肩而过她也认不出我而我也认不出她，这样我才不害怕了。我说："嘿，怎么样，我是个坏人吧？"她说她不知道。我说那你究竟知道什么呢？她说她只知道她多年来一直在找我这样的人。"找我干什么？""找你，然后嫁给你。"于是我们约定在晚上六点三十见面，在一条环形公

路的五百九十五公里处，她穿一身白，我穿一身黑。（《命若琴弦·一种谜语的几种简单的猜法》）

作者有意描述了十三次谈话，看似无聊，实则以周匝的修辞格，作穷尽式的铺垫，最后终于走向了爱情。你看，第一次通电话之后，就有了第二次。第二次通电话的时候，“她”告诉“我”，男人到底是比女人敢干，“她”早就想干而一直不敢干的事让“我”先干了；第三次“我们”谈的是蔬菜和森林；第四次是谈床单和袜子；第五次谈猫；第六次谈狗；第七次说到钱；第八次“我们”自由自在地骂了半天人；第九次谈到上帝和烩猪肠子；第十次谈到宇宙、飞碟、特异功能、四维时空、测不准原理和蚂蚁；第十一次“我们”一块唱了好多真正的民歌；第十二次是说气候、季节、山野河流、鹿的目光与释迦牟尼何其相似，以及“她”的一只非常好看的扣子挤汽车时挤丢了，而“我”昨天差点让煤气罐给炸死；第十三次说到了爱情。直到第十三次，读者才恍然大悟。这不是谜语，虽有过不同的猜测，最后却有情人终成眷属。

还有一个人，是我的朋友，他是个最有天赋的长跑家，但他被埋没了。他因为在“文革”中出言不慎而坐了几年牢，出来后好不容易找了个拉板车的工作，样样待遇都不能与别人平等，苦闷极了便练习长跑。那时他总来这园子里跑，我用手表为他计时，他每跑一圈向我招一下手，我就记下一个时间。每次他要环绕这园子跑二十圈，大约两万米。他盼望以他的长跑成绩来获得政治上真正的解放，他以为记者的镜头和文字可以帮他做到这一点。第一年他在春节环城赛上跑了第十五名，他看见前十名的照片都挂在了长安街的新闻橱窗里，于是有了信心。第二年他跑了第四名，可是新闻橱窗里只挂了前三名的照片，他没灰心。第三年他跑了第七名，橱窗里挂前六名的照片，他有点儿怨自己。第四年他跑了第三名，橱窗里却只挂了第一名的照片。第五年他跑了第一名——他几乎绝望了，橱窗里只有一幅环城赛群众场面的照片。那些年我们俩常一起在这园子里待到天黑，开怀痛骂，骂完沉默着回家，分手时再互相叮嘱：先别去死，再试着活一活看。现在他已经不跑了，年岁太大了，跑不了那么快了。最后一次参加环城赛，他以三十八岁之龄又得了第一名并破了纪录，有一位专业队的教练对他说：“我要是十年前发现你就好了。”他苦笑一下什么也没说，只在傍晚又来这园中找到我，把这事平静地向我叙说一遍。不见他已有好几年了，现在他和妻子和儿子住在很远的地方。(《我与地坛》)

这是典型的表时间性周匝。但表意效果却一箭三雕：一是表明长跑家的希望与执着；二是反衬长跑家的失望与无奈；三是表达作者的怀念与遗憾。

真正的麻烦来了：由谁来判断它的方位？由作家吗？显然不合逻辑——在“有生活”所在之方位尚未确认之前，哪儿来的作家？那么，由非作家？却又缺乏说服力——在作家和作品出现之前，根据什么来判断“有生活”所在之方位呢？而且这时候胡说白道极易盛行，公说在东，婆说在西，小叔子说在南，大姑子说在北，可叫儿媳妇听谁的？要是没有一条经过验证的根据，那岂不是说任何人都可以到任何地方去寻找所谓“有生活”么？岂不就等于说，任何生活都可能是“有生活”也都可能是“没有生活”么？但这是那条金科玉律万难忍受的屈辱。(《病隙碎笔·没有生活》)

这里的周匝，借助的是方位词来表达。从东南西北的不确定性表明公婆、小叔子、大姑子说话的不确定性以及结果的不可靠性，其结果让儿媳妇无所适从，当然这纯粹是比喻，说的是一些人胡说八道，让人丈二和尚摸不着头脑。

在早春的风沙里掏地，在盛夏的日头底下放牛，在斑斓的秋山中采食野杏和杜梨，走几十里路去拉炭或去赶集，洪水蛮横地夺走了成熟的麦子，苍凉的唢呐声依然迎来喜庆的年宵……春夏复秋冬，那些情景永远储藏进记忆，没有日期，只有季节的消息融为一体。(《病隙碎笔·季节的律令》)

从季节遍言劳动之艰辛，后面的一句，更凸显出劳动之艰辛在记忆中的不可磨灭性，“没有日期，只有季节的消息融为一体”。

他到处搜寻了一阵，然后站在厨房里把一听罐头、半条红烧

> 鱼和三个馒头往胃里装。少年Z猜错了，在这座美丽如梦的房子里也是要有馒头的。(《务虚笔记》)

这是一种表数量的周匝，虽然尚未纳入修辞学研究者的视域，但正是这精细的数量周遍地传达出“他”的饥饿与饥不择食。

> 放浪跟随着欲望，“羞耻”已沉冤昭雪，自由便到来……走过寒冷的冬天、残酷的春天、焦灼的夏天，到了灿烂的秋天了，也许生命就是为了等候这一场狂欢，也许原野和天空就是为了筹备这个盛典，昂耸和流淌的花朵是爱的最终的语言、极端的语言，否则再说什么好呢？再有什么才能表达爱人的心意呢？再有什么能够诉说往日的孤寂和此刻的欢愉呢？再有什么才能在这纷纭而隔膜的世间表明一块神圣的极乐之地，再有什么才能证实此时此刻的独一无二呢？(《务虚笔记》)

这是变异的周匝，先是拟人的新颖，再是周匝顺序的新奇，最后是连续不断的排比，把人的放浪跟随着欲望的心理变化全蓄其中。

> 当然是经过一系列检查的：X光，B超，CT，核磁共振，血，尿，淋巴，唾液……嘿，那东西怎没了呢？再做一遍：X光，B超，CT，核磁共振，血，尿，淋巴，唾液……没有，还是没有，邪了门儿啦。大夫们白纸一样的脸上堆起无数褶皱。一个说：“原来什么情况，肯定有吗？”二个说：“就像我站在您跟前一样确定。”三个说：“那怎没了呢？没也不能没得这么干净呀？”四个说：“不可能没，不、可、能！”五个说：“您是说现在不可能没，还是说原来不可能没？”六个说：“现在和原来都不可能没。”七个说：“那我们都是傻B？”(《我的丁一之旅》)

这样的周匝文本，完全在修辞学研究者的思维与视域之外，但又确确实实地在现实中发生。先是列示与反复，接着是用数量结构表达名词功能的周匝，其间蕴含着对话演绎，最后，不攻自破，滑天下之大稽，让人含泪而笑，顿生痛恨。

第五节　纵横相合　条理分明——列举分承

列举分承，是横式结构和纵式结构相结合的一种表达方式①。

列举分承也可以是多层次的。口语中，列举的项一般以两项为宜，多于三项，则容易误解。书面语中，列举的项目可以多些。公文、科技论文、政论文中可以多一些，而诗歌、散文中则不宜太多。诗歌中的列举通常以两项的居多。

列举分承，运用于更大的范围，使文章的各个部分彼此衔接，形成一个整体。

> 那时，我们便又谈起了人生、理想和幸福。人生是什么？是斗争；理想是什么？是革命；革命呢？是无私地为人民服务；幸福呢？便是这一切的总和。我们为共同的结论而兴奋，直到远处车站的钟声响过十下。（《命若琴弦·爱情的命运》）

总说的特点是让人对话题心中有数；分说的好处是让人释疑解惑，使茫然的心态顿然豁然开朗。作者在列举之后，一一分承，将人生、理想和幸福到底是什么，爱情的命运是什么，阐述得令经历者兴奋而释然。

> 五年中，这古园的形体被不能理解它的肆意雕琢，有些东西是任谁也不能改变它的。譬如祭坛石门中的落日，寂静的光辉平铺的一刻，地上的每一个坎坷都被映照得灿烂；譬如在园中最为落寞的时间，一群雨燕便出来高歌，把天地都叫喊得苍凉；譬如冬天雪地上的孩子的脚印，总让人猜想他们是谁，曾在哪儿做过些什么，然后又都到哪儿去了；譬如那些苍黑的古柏，你忧郁的时候它们镇静地站在那儿，你欣喜的时候它们依然镇静地站在那儿，它们没日没夜地站在那儿从你没有出生一直站到这个世界上又没了你的时候；譬如暴雨骤临园中，激动一阵阵灼烈而清纯的草木和泥土的气味，让人想起无数个夏天的事件；譬如秋风忽

① 王希杰：《汉语修辞学》（修订本），北京：商务印书馆2004年版，第279页。

至，再有一场早霜，落叶或飘摇歌舞或坦然安卧，满园中播散着熨帖而微苦的味道。味道是最说不清楚的，味道不能写只能闻，要你身临其境去闻才能明了。味道甚至是难于记忆的，只有你又闻到它你才能记起它的全部情感和意蕴。所以我常常要到那园子里去。(《我与地坛》)

开头一句以拟人的口吻反讽了人类对古园的破坏，对自然的糟蹋。接下来的六次列举，把作者对古园的热爱与执着写得情深意切。这就是作者无法忘却之因；这就是作者身怀纪念之由。因为古园之特有的味道；因为味道之特有。

从网上读到一篇文章，说到中国孩子和美国孩子学画画之关心点的不同，中国孩子总是问老师“我画得像不像”，美国孩子则是问“我画得好不好”。

先说“像不像”。像什么呢？一是像老师的范本，二是像名家或传统的画路。我在电视上见过几个中国孩子比赛水墨画，看笔法都是要写意，但其实全有成规：小鸡是几笔都是几笔，小虾则一群与一群的队形完全一致，葫芦的叶子不仅数目相等并且位置也一样，而白菜的旁边总是配上两朵蘑菇……这哪里还有自己的意，全是别人的实呀！三是像真的。怎样的真呢？倘其写意也循成规，真，料必也只是流于外在的形吧。

再说“好不好”。根据什么说它好不好呢？根据外在的真，只能是像不像。好不好则必牵系着你的心愿，你的神游，神游阻断你的犹豫和彷徨，以及现实的绝境给你的启示，以及梦想的不灭为你开启的无限可能性。这既是你的劫数也是你的自由，这样的舞蹈你能说它像什么吗？它什么也不像，前面没有什么可以让它像的东西，因而你只有问自己，乃至问天问地：这，好不好？(《病隙碎笔 3》)

作者在列举与分承中，在对比分析中，非常鲜明地坦诚自己对教育的观点：不在像不像，而在好不好。

不错，身器都是畜牲，功能大同小异——大同者，吃喝屙撒睡；小异者，无非是记忆力的强与弱，理解力的快与慢，以及繁

殖力的旺盛与衰微。(《我的丁一之旅》)

表面上，作者似乎不在意身器的“小异”，但在其分承之中，分明见出其对“小异”的分别与推重，越是往小处说，越易引起读者的有意注意。

为什么选定一个“神”字呢？一是因为，他神秘莫测地已然把人的处境安排停当；二是因为，他高不可攀到人休想与他讨价还价；三是因为，人类心中，早已先验地埋下了神命的受体，或对善爱的回应——宗教信仰的长盛不衰、历久弥坚即是证明。因而，神，意味着不容漠视，不可违背，不由分说，却又随时与人接近；这与装神弄鬼的强权，或骗吃骗喝的迷信，完全两样。(《扶轮问路·“自由平等”与“终极价值”》)

对“神”的分承，作者从三个角度作了详尽的陈述，特别是后面对“神”以三“不”叙之，在对比中进一步表明了自己的观点。

第六节　戏拟模仿　讽以警醒——顺口

顺口——用比较整齐、简短的几句韵语编成的语言游戏的一种修辞方式。很多顺口都是通过戏拟模仿等手法创造出来的，主要功能是为了实现语言的游戏性。顺口语篇多形象地描述某种现象，如果表述的对象为消极现象，往往带有批判、讽刺的作用。①

顺口与绕口，都是使用押韵的文字，句式整齐。两者的区别是：

（1）在语音形式上，绕口是将声韵调极易混同的文字放在一起，组成语篇；而顺口则是将在语音上节奏明快、朗朗上口的比较简短的文字放在一起组成语篇。

（2）在语义内容上，绕口可以没有概念语义；而顺口则一般都有较强的概念语义，表达的多是对社会上某个现象的描写。

---

① 谭学纯、濮侃、沈孟璎：《汉语修辞格大辞典》，上海：上海辞书出版社 2010 年版，第 219 页。

（3）在语用功能上，绕口主要是为了锻炼口齿，有很强的游戏性和趣味性；而顺口的主要功能是讽刺和警醒，也有人认为顺口体现了民间话语的狂欢性。

顺口的修辞效果是：文字简洁凝练，读来朗朗上口，内涵丰富，表现力极强，在语言表达中经常使用。①

> 詹牧师的住房条件很差，说是两间小棚子，一点不过分。早在六十年代初，詹牧师曾在自己小屋的门上挂过一块匾额：大鹏屋。取棚屋之谐音，抒远大之志向。几个朋友凑了一首打油诗，嘲笑他："鸿鹄误入棚，大鸟错居屋，呜呀呜呜呀，鸦乌鸦鸦乌！"詹牧师看罢一笑，奋笔回敬道："孔明居草庐，姜尚做渔翁，雄鹰一振翅，鸦雀寂无声。"（《原罪·宿命·关于詹牧师的报告文学》）

第一则顺口，以"大鹏屋"为讥讽起点，回归到其原始"棚屋"之谐音，三四句又机智地借助谐音与序换，一箭三雕，极尽嘲笑之能事；第二则顺口，以第一则为发端，列举名人，予以有力回击，以牙还牙。

> 纷纷扬扬的大雪落白了群山，让人想起那首打油诗：江山一笼统，井上黑窟窿，黑狗身上白，白狗身上肿。（《原罪·宿命·插队的故事》）

有时顺口，因为通俗，容易引起读者的共鸣，反倒比通常的押韵诗来得实诚。此例中的顺口即是如此。

① 韩荔华：《汉语修辞技巧教程》，北京：华文出版社2005年版，第20页。

第五章

以特定修辞手法创造变化之美

人情悦变，大氐然矣。辞之为物，声色具焉。将邀赏奇，必资通变。

——马叙伦《修辞九论》

单调（诸感觉完全一模一样）最终使感觉松弛（对周围环境注意力的疲惫），而感官则被削弱。变化使感官更新。

——康德《实用人类学》

人的各种感官也都喜欢变化，同样地，也都讨厌千篇一律。耳朵因为听到一种同一的、继续的音调会感到不舒服，正像眼睛死盯着一个点，或总注视着一个死板板的墙壁，也会感到不舒服一样。然而，当眼睛看腻了连续不断的变化时，再看那些在某种程度上是一样的东西，也会感到轻松愉快。

——荷迦兹《西方美学家论美和美感》

第一节 秘响旁通 别有洞天——双关

双关，是一种利用语音相同或相近的条件，或是利用词语的多义性、叙说对象在特定语境中语义的多解性来营构一语而有表里双层语义的修辞文本模式。①

双关的特点是：表层义显露，可由字面直接把握；深层义潜隐，需依靠语境间接体会。即言此而意彼。

按照构成方式，双关可分为三类：

（1）语音双关。利用词语的音同或音近条件来表达双重意义。

（2）语义双关。按结构单位的大小，又可分为两个小类：①利用词语同音异义条件表达双重含义。②利用句子的同形异义条件表达双重含义。

（3）巧合双关/对象双关。指把眼前的事物或话语，巧妙地与以前或别处所见所说的事物或话语联系起来，借用或仿用先前的语言形式来表述当前所要传达的意思。表面上是在说此时或当前的事物，实际上暗指以前或别处的事物，言在此而意在彼。

双关与拈嵌，都是一个词含有双重意义。二者的区别是：

（1）双关表面上运用的是词语的表层意义，实际上指向的是词语的隐含意义，理解时必须把隐含意义发掘出来，否则理解将是不完整的；拈嵌只取词语的表层意义，隐含意义以潜隐的方式存在于读者的心中，理解时不一定要把隐含意义挖掘出来。

（2）双关词语的表层意义与隐含意义之间是本义与比喻义或引申义的关系；拈嵌词语的表层意义与隐含意义之间是含义与名称的关系，即表层意义是词语的固有含义，而深层意义则指出某个名称。

双关与戏拟，都是借用或仿用他人的话语形式来表达自己的意思。二者的区别是：

（1）巧合双关是一种修辞方式，是同一个语言形式表达双重意义，属于修辞学范畴；戏拟是文艺学术语，指的是一种话语或文本的生成方式，是在借用某一语言形式的同时颠覆这一语言形式本来的意义，如王朔小说文本中许多崇高的伟人话语直接出现在“痞子们”的言语中，形式未变，

---

① 吴礼权：《现代汉语修辞学》（修订本），上海：复旦大学出版社2012年版，第29页。

但伟人话语原有的崇高意义被瓦解得支离破碎。

（2）在形式上，巧合双关所借用的原语言形式，与它现在的形式共同出现在一个话语流中，前后相应，也就是说，同一语言形式在话语中至少要出现两次；戏拟是直接借用已有的语言形式将其置入当前的语境中，也就是说，这一语言形式在话语中一般只出现一次。

（3）在意义上，巧合双关借用后的语言形式含有双层意义，一层与当前事物相关，一层与借用前的事物相关，这一语言形式原有的意义并没有消失；戏拟借用后的语言形式的意义只关涉当前，它的原初意义则在当前语境中被颠覆，成了被戏弄的对象。

双关与引用，都是借用他人的话语形式来传达自己的意思。二者的区别是：

巧合双关借用的话语形式包含表层义和深层义两层意义；而引用所借用的话语形式其意义在当前语境中并未发生变化，只是与语境相切合。

“双关作为一种迂回手段，能起到隐晦、委婉、含蓄、巧妙等作用。”[①]双关，往往言在此而意在彼，含而不露地巧收一箭双雕之效；使语言表达既委婉含蓄，又幽默风趣，给人以较大的回旋余地。

> 所谓“丁一”，既可入乡随俗认作我一度的姓名，亦可溯本求根，理解为我所经历的一段时期，经过的一处地域，经受的一种磨难抑或承受的一次担负。这么说吧，在我漫长或无尽的旅行中，到过的生命数不胜数，曾有一回是在丁一。丁一之旅纷繁杂沓，尘嚣危惧，歧路频频，留给我的印象尤为深刻。如今远在史铁生，张望时间之浩瀚，魂梦周游，常仿佛又处丁一。所以想写写那一回的感受——算不上小说，更未必够得上文学，最可以曲为比附的是回忆录；就比如“A在某年某月”“B的某种生涯”“C的某地之行”，本文取题即为“我的丁一之旅”。
>
> 但有一点说明：当时并无著述之念，故未留下任何笔记实录，如今经生隔世再看丁一，难免会有张冠李戴记混了的地方。(《我的丁一之旅·1. 标题释义》)

史铁生在诠释标题时，使用的是意义双关。表面上的“丁一”，作为入乡随俗的姓名，更深层次，则应理解为“我”所经历的一段时期、经过

① 李国英、李运富：《古代汉语教程》，北京：北京师范大学出版社2007年版，第365页。

的一处地域、经受的一种磨难抑或承受的一次担负。这样就使文学作品因人物的刻画而具有普遍意义，更易引起读者的共鸣。

所以，“我的丁一之旅”也可以理解为我的一种牵系、一种梦想。或者这样说吧：我经由史铁生，所走进过的一个梦，其如且之名为“丁一”或“丁一之旅”。

那么依此类推，所谓“史铁生”，是否也是个梦呢？

问题是谁梦见了谁？是我于此史梦见了彼丁呢，还是相反？

都不是。而是我梦见了此史，也梦见了彼丁。更准确地说：是这两个梦境（也可能还要多）纵横交汇，错综编织，这才有了我——有了永远的行魂。

所以，那史与此丁并不一定是先后的继承关系，而更可能是梦想的串通、浸渍，或者重迭。

梦是不涉及时间的，这谁都知道。

梦是超越时间的，故为这永远的行旅提供了无限可能。

如果时间是第四维，可不可以猜想：梦，是第五维？（《我的丁一之旅·65. 标题释义》）

史铁生冠以“标题释义”，其实是在用小说文本不断拓展现实意义的内涵。这里，读者可以进一步将“丁一”理解为一种牵系、一种梦想，即“我”经由史铁生，所走进过的一个梦，其如且之名为“丁一”或“丁一之旅”。“我”梦见了此史，也梦见了彼丁。这两个梦境（也可能还要多）纵横交汇，错综编织，这才有了“我”——有了永远的行魂。

在以后很长的一段时期里，秦汉的那一句诘问成了情种丁一之“欲爱多向”的理论资源，或道德支持。“既然爱情是人间最为美好的情感，为什么一定要限制在尽量小的范围里呢？为什么不该让她尽可能地扩大？缩小，限制，防范，只许她老老实实不许她乱说乱动，这哪里像是对待什么美好事物？简直是对瘟疫，对洪水猛兽！”——他把这一套经他简约了或丰富了的理论不断地跟娥说，跟萨说，跟自己说，跟种种类类的道德家和伦理家们说，实践证明这一诘问不仅有超凡脱俗之美，更有其颠扑不破之真。

因而，可以这样说：所谓“我的丁一之旅”，既是这一句诘问的引发，又是这一句诘问的继续；既是我因之而有的一份惊诧，又是我由之而生的一种持续不断的热情，与盼念。或者这样说吧："丁一之旅"既可能是我的前生前世，也可能是我的来世来生，但更可能是我行于某史，因闻此一诘问而激发的想象，而诞生的心愿。这心愿必将伴我生生世世，或这心愿即是生生世世之"我"。这心愿比天长，比地久——"天长地久有时尽"，此愿"绵绵无绝期"！

现在我可以说我在哪儿了。

现在我可以说，这千古行魂正行于何处了。

他既行于此史，亦行于彼丁，尤其还在秦汉的那一句诘问里。是呀是呀，我在我见我闻的一切消息之中，在我思我念的一切可及之处。而在另外的地方我遭遇陌生。或因重重隔阻，我遭遇迷茫。我遭遇着无限的围困。而恰是这无限的围困，使一缕不熄不灭的行魂成为可能，使这种有限的存在永恒地被命名为：我。(《我的丁一之旅·115. 标题释义》)

在史铁生看来，双关已无法涵盖其"我的丁一之旅"的全部内涵，在其笔下"我的丁一之旅"具有多重双关性：既是诘问的引发，又是诘问的继续；既是"我"因之而有的一份惊诧，又是"我"由之而生的持续不断的热情与盼念。"丁一之旅"既可能是"我"的前生前世，也可能是"我"的来世来生，但更可能是"我"行于某史，因闻此一诘问而激发的想象，或诞生的心愿。这心愿必将伴"我"生生世世，或这心愿即是生生世世之"我"。这心愿比天长，比地久——"天长地久有时尽"，此愿"绵绵无绝期"！

但是丁一，对不起我还是得说你，你这算不算是勾引？算不算是乘人之危？/丁一说：我乘谁之危了？丁一说：秦汉（对萨）根本就没那意思，娥也说萨毫无希望，哎你倒是说说，我乘谁之危了？/我说：那也不对，那你好像也不够正大光明。/丁一说：我他妈怎么不正大，不光明了？/我说：反正我听着不对劲儿，我听着这里头总好像不大干净，怎么总好像有点儿谋略似的呢？

丁一"吭吭叽叽"的不言声了，可史某却又在一旁暗笑。

此等暗笑是让人愤怒！我心想他丁一由得我说，由不得你在一边讥笑挖苦，于是我说那史："丁一已故，对一个已经无能为自己辩护的兄弟，咱是否该多些善意呢？”

那史便闭起嘴来装成不笑，但只装到努力不笑，其实谁都看得出来他还是在笑。这真正是可气，可恼，可恨！真正是狡猾，一举两得：既表现了该史的宽容之心，更暗示了那丁之可笑实在是让人不能不笑。

我真有点后悔把“丁一之旅”讲给此史听了。

忍无可忍，我说：“敢问贵史，您又如何？”

“我怎么了？”

“那丁之心，敢说阁下就不曾有过？”

那史不答，作一派“君子坦荡荡”状，可那一丝冷嘲却仍在嘴角与眉梢。

好吧好吧，既然这样我看我是不得不对本书的标题再作一次解释了：所谓“我的丁一之旅”，既可看作我于史铁生之前的一次生命历程，亦可看作我在史铁生之中的一种生命感悟；既可视为我在丁一的种种行状，亦可理解为我在史铁生时的种种思绪。这么说吧：若无那丁的可能之行，便无此史的可能之思；若无此史的可能之思呢，唉唉，那丁岂非白来一趟，妄走一遭？岂不仍如猿鱼犬马，或一具无魂之器耳？正如浩浩斯史，乃众丁之行，众行之思也！

“那又怎样？”史铁生说，“所以我思他，笑他，有何不可？”

“可便可矣，却缘何只是笑他？”

“还要笑谁？”

“我早说过：我在丁一，我与丁一不可互相推卸。”

“那就是说，还得笑你喽？”

“正是正是，可眼下我在史铁生。”

那史一惊，大呼上当：“胡说胡说，我与你那丁一毫不相干！”

“可我正居于你，而经历他呀？”

“那你……你他妈最好就别写啦！”

哈，击中要害！不过，这你可就管不了啦，所谓“我的丁一之旅”即是说：有丁以行，有史当思，有我则行也不尽，思也无涯。（《我的丁一之旅·120. 标题释义》）

随着文本的不断展开，“我的丁一之旅”的内涵也不断得到拓展。这里“我的丁一之旅”，既可看作“我”于史铁生之前的一次生命历程，亦可看作“我”在史铁生之中的一种生命感悟；既可视为“我”在丁一的种种行状，亦可理解为“我”是史铁生时的种种思绪。实际上：若无那丁的可能之行，那丁将便无此史的可能之思；若无此史的可能之思，那丁则白来一趟，妄走一遭。那丁将仍如猿鱼犬马，或一具无魂之器。正如“浩浩斯史，乃众丁之行，众行之思”。

> 关于“我的丁一之旅”还可以有一种理解，即我途经某史，因闻“丹青岛的传说”而有的一境梦景。
>
> “丹青岛的传说”流布甚广，版本繁杂，谁也分辨不清哪是谣言，哪是实情。而对于诗人和两位画家的行径，则又是众评纷纭，褒贬不一。就像所有难于考查的历史，虽必有其惟一的实情，但却只有种种猜想在确凿地流传。
>
> 这是历史的特点，是一切复杂事件的特点。
>
> 复杂事件，难免都会演化成一种寓言：如是我闻即如是我思，如是我思即如是我愿，反过来也是一样。总而言之，你听不见是因为你不想听见，而你想听见的，你都能从那些复杂的事件里听见。
>
> 因而，确凿的流传很可能比惟一的实情更要紧——条条暗流，和种种猜想，才造就这个真确的人间。所以有时我真是搞不清楚，是我途经某史而有了“丁一之旅”呢？还是我途经丁一才有了某史之梦，才有了这一篇聊且比附为“回忆录”的东西？(《我的丁一之旅·132. 标题释义》)

在这一语境中，“我的丁一之旅”可以理解为：“我”途经某史，因闻“丹青岛的传说”而有的一境梦景。

> 一种可能是：商周的出现不过是暂时的，娥不会跟他去；不管问问是否会跟了他去。另一种可能呢，则要让丁一备受煎熬，让他的戏剧经历考验：娥仍然爱着商周；娥一直都想着商周，想着那个一气之下远走他乡的人有朝一日幡然醒悟，能够重新回到妻儿的跟前。
>
> 两种情况都是可能的。
>
> 但命运只可得其一途。
>
> 因故“丁一之旅”也可以写作“丁之一旅”，即某丁之命定

的一条路。“我的丁一之旅”亦可写作“我的丁之一旅”，即我想象中的，某丁之命定的一条路。

两种可能，实在等量齐观，但我为他选择了后一种。

不幸的丁一呀，你不如落在别人的想象里。但是不巧，或者偏巧，这一回你命定地走进了我的想象。（也许我们都不过是谁的想象吧——那个智慧的老人博尔赫斯透露过这样的意思。）

正如“夜的戏剧”一向都在人们的梦里上演，想象也是一种现实。你以为夜只是无边的寂暗吗？你以为夜，死气沉沉？不哇不哇，夜深人静，玄思驭梦，遐想乘风……那旷野中的呼告并不因白昼的轮番到来而被消解，而被湮灭，因故它成为我的“丁一之旅”或“丁之一旅”。至于另外的路途嘛，则不得已而就此中断，或在另外的地方走进了白昼的喧嚣，或白昼的逍遥。——因为我，也不过是一种可能，一种可能无不同时是一种限制。（《我的丁一之旅·142．标题释义》）

史铁生在文本中还有意将“丁一之旅”寓意为“丁之一旅”，即某丁之命定的一条路。“我的丁一之旅”即“我的丁之一旅”，即“我”想象中的某丁之命定的一条路。

如同水在沙中嘶喊，或风自魂中吹拂，虚无缥缈间那一点心识——不死如我。轻轻飘摇，浮游，浪动，轻轻地漫展或玄想……忽然间，曾经那个扬扬浪浪、若虚若在的声音渐以清晰：“只可能用生证明死，用在证明无，用有限证明无限，剩下的你自会明白……”我正待问其究竟，那声音已杳然无踪。

随即一声余音荡荡的钟鸣。渐渐地，显现出亮白的窗纸、暗衬的窗棂、游动的光斑和树影，显现着四壁、屋顶、吊灯，以及一座古旧的时钟……

我在史铁生中醒来。

或不如说我从某丁之梦，醒进了某史之实。——所谓“丁一”不过是一种可能；一种可能，于“写作之夜”的实现。所谓“丁一之旅”不过是一种话语；一种可能的话语在黑夜中徜徉吟唱，又在拘谨的白昼中惊醒。这么说吧：丁一与史铁生并无时间的传承关系，最多是空间的巧遇，或思绪的重迭。（《我的丁一之旅·155．标题释义》）

历经七次不断升华，“我的丁一之旅”的含义最后叠加为：“所谓‘丁一’不过是一种可能；一种可能，于‘写作之夜’的实现。所谓‘丁一之旅’不过是一种话语；一种可能的话语在黑夜中徜徉吟唱，又在拘谨的白昼中惊醒。”“丁一与史铁生并无时间的传承关系，最多是空间的巧遇，或思绪的重迭。”

这种随着文本的不断深入，双关意义不断增多的构思与创作，是史铁生的发明，让人耳目一新，此后又让人情不自禁地与文本展开对话，随着对话的展开，作者的用意自然实现，文本就真正实现了现实意义。

第二节　改类变性　以期臻趣——转品

转品，是一种在说写中依托语境临时将某类词挪转为另一类词使用以企及某种特定效果的修辞文本模式。这种修辞文本的建构，一般说来多是基于以突破语法规范的新颖表达形式以引发接受者注意的心理预期。[①]

陈望道在《修辞学发凡》一书中将“转类”列为积极修辞的丙类，即“词语上的辞格”，给出的定义是：“说话上把某一类词转化作别一类词来用的，名叫转类。”

转类在汉语实词之间较常发生。某个词语的临时的、偶发的转类用法，不会影响词语本身的词类归属。临时改变词性，往往使表达新颖、简洁、灵活。

转类与兼类，都是同一个词语形式具有两种以上的语法性质、功能。二者的区别是：转类是为了某种特定修辞效果而故意改变某个词语的词性，这种转变是临时性的修辞现象；兼类是一个词同时具有两类词的语法属性，是经常性的词汇、语法现象。

作为修辞现象的转类，在语法研究中有人称其为“词类的活用”，是词类用法的一种变格。

> “可这就是欲望啊，MS！”我紧紧抓住他，仿佛要摇醒他似的喊，“这不就是欲望吗，MS？你可真是骑着驴找驴。”
>
> “但这是一个悖论。”MS凄苦地一笑，“欲望着欲望，恰恰是

① 吴礼权：《现代汉语修辞学》（修订本），上海：复旦大学出版社2012年版，第273页。

因为没有欲望。”

“但是你也可以这样想，欲望着欲望，恰恰也就有了欲望。”（《命若琴弦·死国幻记》）

作者除了反复使用“欲望”一词形成频词格外，还同时使用转类辞格，用简洁的词语表达了丰富的内容，给读者留下了深刻的印象和理解空间。

人，不能光是活着，不能光是以其高明的生产力和非凡的忍受力为荣。比如说，活着，却没有爱情，你以为如何？当爱情被诗之歌之，被看得比生命还重要的时候（生命诚可贵，爱情价更高），却有一些人活在爱情之外，这怎么说？而且，这样的“之外”竟常常却看作正当，被默认，了不起是在叹息之后把问题推给命运。（《病隙碎笔 2》）

“诗歌”本是名词，作者却大胆地使用拆词与转类的辞格，先是有意引起读者的注意，接着又精练而简洁地表达了作者对爱情的深刻理解。

他的漫画是真正幽默的产品。幽默常遭误会：以为是机智的笑料，以为是愤世的讥嘲，以为是精巧的牢骚；因而大流的漫画都是借针砭时弊去落实此三种效果。但是，人的路途上有着比时弊更为深重的问题，那便是古典得不能再古典的问题，那便是现代得不能再现代的问题，那便是亘古至今乃至永远都以谜藏的方式所呈现的问题：生命同其自由的问题。（《病隙碎笔·〈何立伟漫画集〉跋》）

“古典”与“现代”的对比，已能给读者留下深刻印象，但作者又以转类的辞格简洁灵活地表达自己的观点与见解，使读者对这二者的理解又进了一步。

所以，学习也是一辈子的事。我常跟我的小外甥说，就算你北大了，清华了，博士后了，学习也不过是才开始。（《病隙碎笔·给北大附中》）

这样司空见惯的词语，一经史铁生的转类使用，既简明，又幽默，更严肃。

再说了，就算你北大了清华了，剑桥了哈佛了，“诺贝尔”了，就一定是成功的人生吗？（《病隙碎笔·给北大附中》）

画线词语运用的是转类的表达方式，作者在作递进式的反思，其观点逐渐明了，言下之意是说能力才是最为重要的。

我心里重重地一沉，暗想：这可真是麻烦大了，本来我就嫌他笨得像辆囚车，现在可倒好，车也不车了。（《我的丁一之旅》）

“不车了”太简洁了！生动而传神地表达了“我”此时的心理状态，结合全句，可看出“我”的心理变化。

第三节　临时拆开　表情达意——拆词

拆词——把多音节的词或固定短语临时拆开来，插进其他词语，或者颠倒词或短语的构成成分的顺序，用以表情达意的一种修辞方式。[①]

根据拆词的具体方式，拆词可分为三类：

（1）隔离拆词：在词或固定短语中间插入其他词语后使用。

（2）拈用拆词：从词或短语中选择一个构成成分（语素或语素组）当作词来使用。

（3）倒置拆词：把词语的构成成分的顺序颠倒（包括颠倒并插入其他词语）后使用。这种倒置拆词现归入“序换”。

据所拆对象的大小，拆用还可以分为词的拆用和固定短语（成语、熟语、惯用语等）的拆用。

拆词与释语。释语中有一小类和拆词一样，先拆分词语，再赋予拆开后的语素以临时的、个性化的解释。但两者有所不同，其区别是对拆分出

① 谭学纯、濮侃、沈孟璎：《汉语修辞格大辞典》，上海：上海辞书出版社2010年版，第241页。

的词语成分的使用方法不同。拆词是在拆分词语后直接把拆分出来的各成分当作独立的词来使用；释语则是在拆分词语后，对拆分出来的构成成分的语义结构语境和表达意图进行引申、发挥。

拆词与析字。二者都是将词进行离析、分离，其区别是：拆词以多音节的词或固定短语为拆分对象，拆分出来的是语素或语素组；而析字以汉字为拆分对象，拆分出来的是汉字字形构件。

隔离拆词和离合词都是在词境中间插入其他词语。区别是：隔离拆词是在不可分离的词语中临时插入其他词语，是为了取得某种修辞效果而活用词语的修辞现象。离合词是词汇中的一小类词语，其构词成分合起来组成一个词，分开来也各自成词，都是词汇中的规范词语，或离或合都是常规用法。离合词不是修辞现象，而是语法学、词汇学现象。例如，“洗澡”，既可以说“我洗澡了”，也可以说“我洗了一次澡”。

> “……”青年妇女没了词儿。但急中可以生智，急中生智的时候又往往可以道破真情，“你那是得了便宜卖乖！算了好命假装不信，可心里甭提多美呢，恨不能那是真的！”她喊道。（《命若琴弦·巷口树下》）

作者在“急中生智”中有意插入“可以”一词，强调了肯定性。

> B大爷七十多岁了。砌砖和泥、立柱架梁、攀墙上房，他都还做得。察领导之言、观同僚之色，他都老练。审潮流之时、度朝政之势，他都自信有过人之见——无非是“女人祸国”的歪论、“君侧当清”的老调。（《命若琴弦·老屋小记》）

作者将“察言观色”与“审时度势”并列使用，已足以形容一个人的能力之强、水平之高。但高水平的作家总是不拾人牙慧，而是锐意创新。史铁生有意在两个成语中添加对象，突出了B大爷对领导、对同僚老于世故，对潮流、对朝政见识过人。

> 金涛咽了口唾沫，脸上的笑纹变浅。我的反应有点出乎他的意料。老实说也出乎我自己的意料。（《原罪·宿命·关于詹牧师的报告文学》）

作者在中间插入对象，更容易表达细微的思想。

> 他不说。不说我也知道：况且的是这良辰将至，美景欲来！恰是这良辰美景让丁一由衷地感到了死的遗憾。（《我的丁一之旅》）

“良辰美景”本是名词，作者有意拆开后，分别加上表将来的谓语，真是神来之笔，丁一之情，可想而知。

> 等到一年或一生中最为隆重的时节，翩然入梦，不惜耗尽毕生之精华，迎风呼喊，沐雨长歌……然后蔫萎了，枯瘪了，留下DNA所记录的遗愿，生生世世、生生世世地传扬，在不尽的光阴中继续那一条永远的牵情之旅、向爱之途。（《我的丁一之旅》）

作者有意将“旅途”拆开，之后再分别在它们前面插入表修饰的词语，这种表达细致而入微。因为牵情，因为向爱，令人期待，踏上寻爱之旅，享受牵向之途。

> 见警察并没制止，那丁乘着酒力口无遮拦：“就说平时吧，您什么话都……都能说吗？就算是最好的朋友，最最要好的朋友吧，您什么话都敢跟他说吗？甚至，什么话您都敢跟自……自己说吗？可不知咋回事，跟她们倒行！很可能是因为我看她们是……是长娼，她们看我是……是……哦嫖，谁也甭怕谁瞧不起，所以也就都不用藏着掖着了。”（《我的丁一之旅》）

最后一句，作者连用拆词、序换和语滞三种辞格，把“嫖娼”一词，先序换，再拆开，又辅以语滞格，生动而传神地刻画了“我”和“她们”的复杂心理，入木三分。

> “喂喂穿帮啦，”娥说，“丁一你穿帮了吧？”
>
> 丁一把娥扛起来：“废话，穿什么帮？”
>
> “怎不穿帮？”娥在他肩上踢着脚挣扎，“泠泠，怎又成了那个小姐姐？”（《我的丁一之旅》）

“穿帮”指的是露出破绽、被揭穿。作者在这儿重复运用四次，一个中性词，一经频词，活用成褒义，这改变词语感情色彩的运用，若不是作者借助对话予以张扬，并有意插入“什么”一词，顿时改变语义，真难以起到如此神奇的效果。

萨回来时，丁一已站在蓝区边缘——男人正痴迷地窥望着红区中的女人，窥望她的独处、她的睡态，一如窥望她的梦境与心途……而那睡梦中的女人必也是心绪骚动，思欲翩跹，幻念纷然——因故娥被搅扰得不能安寝，一忽儿伸展，一忽儿蜷缩，一忽儿仰面长吁，一忽儿伏身短叹，以至于优雅全失，端庄尽去……以至于其情其态令那男人心摇神往，或惊醒了丁一的心声。(《我的丁一之旅》)

这样的描写，牵动读者的心魂；这样的窥望，折射男人的心声；这样的不宁，托出女人的欲思。没有频词格的运用，没有双齐格的展示，没有拆词格的介入，一切都不可能。

丁一、秦娥和吕萨的夜晚，奇思迭涌，曾令我大为赞叹。

丁一、秦娥和吕萨的夜晚，异想纷呈，至今让我感动至深。(《我的丁一之旅》)

这看上去是两个语义重复的叠句，啰里啰唆。但殊不知，有时啰唆本身就是一种艺术。作者的“赞叹”与“感动”，全借助“奇思妙想”的拆用与改化，和盘托出。

“怎么了？我不过是打个比方。”

哥们儿你比的这叫个什么方呀？都快成家长制啦！你爸你妈爱你，你姑你婶也爱你，你哥你姐都爱你，那你就是个宠物啦？他们说啥你都执行？(《我的丁一之旅》)

“比方”这样一个大家司空见惯的词，作者借助对话语境，将其拆开运用，简直有化腐朽为神奇之效！有才气的作家，无论多么寡义的汉字，一经其自由组合，便像转动魔方一样，神奇的意思豁然出现。

> 哥们儿你要紧不？/要什么紧？还有什么紧可……可要？/不行咱上医院！/那些不见天日的地道吗？算了吧。/我怕你弄不好会有危险。/你不是不怕死吗？你不是说，我死了你还是你吗？/唉唉，可怜的丁兄你又忘啦，是你死了我还是我。/无所谓，无所谓。那厮淡然笑道，依你看，这个翻手为云覆手为雨的世界真还有什么可以留恋的吗？（《我的丁一之旅》）

一个词，在作者手中竟玩得如此得心应手，不愧是运用语言的高手。“要紧”拆开使用，意义正好相反，表明不要紧；一序换，表明这更要紧。

> “权力意志”就这么得逞了——有也安营，无也扎寨，吃定你们这两家的饭了。（《扶轮问路·人间智慧必在某处汇合》）

作者将“安营扎寨”拆开之后，用“有”和“无”来修饰，说明“权力意志”的不可否定性，读来独具讽刺之意味。

第四节　打破常规　先声夺人——倒装

倒装，是一种在说写中有意突破语法或逻辑表达的例程结构模式，以企及强化某种语义的修辞文本模式。

倒装在形式上有明显的特征，就是词语顺序打破常规，有违惯用的语法序列或事理逻辑。倒装的结果是造成变式句，具有突出的表达效果。倒装追求形式新颖，或结构均衡、音韵协调、强调感情等。

倒装一般可分为“随言倒装”和“变言倒装”两类：

（1）随言倒装。随言倒装是指只作形式上的次序颠倒，并不改变句法结构关系，也没有破坏正常逻辑条理的倒装。随言倒装又可分主谓倒装、述宾倒装、定中倒装、状中倒装、复句偏正倒装等。

（2）变言倒装。变言倒装是指随着语言形式序列的颠倒，句法关系或逻辑事理也被颠覆了的倒装。这种倒装大多是古时人们为了追求对仗、押韵等而不得不采取的办法，同时也兼顾一定的修辞效果。现代汉语不常用。

倒装与语法成分易位都是相对于常规语法位置的偏离来说的。二者的区别是：倒装以修辞为观察点，易位以语法为观察点。倒装通常伴有语法成分易位，如代词在否定句或疑问句里作宾语时要倒置于动词之前，另外古代有时有一些特别的句法表现，这些不是修辞意义上的倒装。

过去的事就让它过去吧——人们常常这样说，劝人或者自慰。（《命若琴弦·爱情的命运》）

按常规表述，句子应恢复为：劝人或者自慰，人们常常这样说，过去的事就让它过去吧。但作者为了强调所劝之言，有意前置。

爸爸解放了，我上了大学。如今我已无需说谎，是的，正是从后门。但那时我并没有告诉小秀儿，为了我们共同的理想，为了小秀儿的爱。（《命若琴弦·爱情的命运》）

“为了我们共同的理想，为了小秀儿的爱”，这是状语后置，强调了没有告诉小秀儿的原因与目的。

我每日只在 English 的领域中思想，只为出国的前景所激励，而这一切都不过是后门的恩泽。我不愿说穿它，或者竟是不敢，为了小秀儿纯真的爱和连接那爱的理想。（《命若琴弦·爱情的命运》）

“为了小秀儿纯真的爱和连接那爱的理想”，与上例相同，同样是状语后置，强调不愿意或不敢说穿的原因。

“他们就这么坐着。在那片草丛里。”
“就这么坐着？”
“就这么坐着。手垂在地上。”（《命若琴弦·我之舞》）

“在那片草丛里”与“手垂在地上”都是状语后置，这一后置之后，简直就是镜头的特写，形象都纳入读者的脑海。

“老孟！”世启想制止。路已经开口了：“一塌糊涂他们俩跳得，是吧老孟，一塌糊涂他们俩？”（《命若琴弦·我之舞》）

“一塌糊涂他们俩跳得”中“一塌糊涂”是补语前置，这样的倒装少之又少；“是吧老孟”本就是主谓倒装，与前句构成倒装，与后句又构成叙述话题，一箭三雕；最后一句“一塌糊涂他们俩”又是主谓倒装。“一塌糊涂”在文段中两次得到强调，其陶醉，其沉迷，其幸福，可想而知。

路兴奋起来：“你们跳得一塌糊涂是吧老孟？一塌糊涂跳得，他们。”（《命若琴弦·我之舞》）

整体而言，两个句子都是主谓倒装，但第二个主谓倒装中又进一步将补语前置。这样的嵌套倒装从语言运用的角度看实属罕见。句子成分位置的不断变化起到了不断强调的作用。

我不傻是吧老孟？一点都不傻，我。我能跳是吧老孟？能跳得不坏，我。（《命若琴弦·我之舞》）

这是一个别具特色的排偶句，在排偶中又句句倒装，在主谓倒装中反复强调“我”不傻，能跳且跳得不坏。

“我们下一回会跳得好。”女的说，颤颤巍巍。（《命若琴弦·我之舞》）

“颤颤巍巍”属于复叠，这本身就是强调，将其状语后置后，又一次起到强调作用，把女人的紧张与谨小慎微刻画得惟妙惟肖。

伏枥老骥安自弃？沥胆披肝为国忧。（《原罪·宿命·关于詹牧师的报告文学》）

有时常态的词语在被使用倒装之后往往显得新奇，格外引人注目；有时，为了押韵的需要而调换顺序，独具音韵之美。“伏枥老骥”“沥胆披肝”就体现了这种美。

C：佛祖在菩提树下初成正觉时，感叹道：奇哉，奇哉，大地众生，皆有如来智慧德相，但以妄想执着不能证得。（《原罪·宿命·中篇1或短篇4》）

作者有意将谓语“奇哉”前置，且复叠出现，其强调意味之深，可见；其感叹之情，可知。

老朋友们怕我寂寞常来看我，带书来，带新闻来，带新的朋友来。(《我与地坛·“文革”记愧》)

“带书来，带新闻来，带新的朋友来”，这既是一个排比，又是一对齐格，从视觉和感觉上，都格外引人注目，特别是以倒装形式有意后置，更是增强了读者对老朋友关心“我”的理解。

是呀，恺撒尚且哀告无功，我是谁？古园寂静，你甚至能感到神明在傲慢地看着你，以风的穿流，以云的变幻，以野草和老树的轻响，以天高地远和时间的均匀与漫长……你只有接受这傲慢的逼迫，曾经和现在都要接受，从那悠久的空寂中听出回答。(《病隙碎笔》)

作者为了让读者感受古园的寂静，采用衬托的方式，以动显静，以静描情，将“以风的穿流，以云的变幻，以野草和老树的轻响，以天高地远和时间的均匀与漫长……”四个句子排比铺陈，以双齐格和排偶格出现，有意后置，带给读者听觉感受和视觉感知。

不过此题还有一解：倘若到死都还有钱躺在银行里，岂不是说我一生都很富足、从没为钱着过急吗？尤其，当钱在银行里饱受沉浮之苦时，我却享受着不以物喜、不为钱忧的轻松，想想都觉快慰，何奴之是？(《扶轮问路·花钱的事》)

“何奴之是？”疑问句之代词作宾语，宾语前置。对于这种花钱观，作者以拟人格作了极为形象的反讽。

第五节　主观阐释　临时发挥——释语

释语——借助释义的方式，对某人某事物的名称进行主观性阐释，或者对某词语在具体语境中的意义加以临时性的发挥和引申的一种修辞方式。①

根据释语的方式，可分三类：

（1）义界释语。用下定义的方式对某一词语作主观性界定。

（2）特指释语。对词语的解释带有很强的情境性，离开了特定的情境，其解释就失去了意义。

（3）探源释语。对词语的来历作寻根探源的解释。

癌症是什么？是和谐整体的一个失去控制的部分，这差不多是对无限膨胀着的人类欲望的一个警告。艾滋病是什么？是自身免疫系统的失灵，而生态的和谐正是地球的自身免疫系统。

女人忽然想起以往，他们在借来的小屋里同居，在众目睽睽下同居，她问他："家是什么？"他的指尖在两个人赤裸的身体之间的月光里走一个往返，说："家就是你和我，没有别的，就是你和我在一起的时间和地点。""那么爱情呢，是什么？"他的指尖再次在两个赤裸的胸脯之间的寂静里走一个来回，说："爱情就是从这儿到这儿互相敞开，完全畅通。""那为什么就是你和我？""因为恰恰是这样，恰恰是你和我。"（《务虚笔记》）

如果说这里的"癌症"与"艾滋病"两个概念，作者使用的是趣释，那么作者对"家"与"爱情"的诠释就是释语，特指释语。"家就是你和我，没有别的，就是你和我在一起的时间和地点。""爱情就是从这儿到这儿互相敞开，完全畅通。"这样的解释如果离开了具体的语境，其解释就失去了意义，但在这一语境中，可谓神来之笔。任何概念一旦在语境中获得具体阐释，那所获得的生动意味简直让人拍案叫绝。

刚一落座，就有人过来拍那丁肩膀。

"您？您是……"丁一敲着脑门想，"是不是秦……秦……"

"不错不错，好记性，秦——汉！"

"秦什么？"

"汉。秦朝的秦，汉朝的汉。"（《我的丁一之旅》）

---

① 谭学纯、濮侃、沈孟璎：《汉语修辞格大辞典》，上海：上海辞书出版社2010年版，第213页。

这种解释在生活中也许常有，但未必有文本中这样的偶然。其实，作者也许在给文本中的人物命名时本来就带着这样的寓意。

第六节　临时误解　啼笑皆非——错会

错会——在对话中出于说话人文化水平低或者不了解词语的意义要素诸原因，造成临时误解，从而产生语言效果的一种修辞方式。又称误解。[①]

错会与别解都有对他人的话语理解错误的特点。二者的区别是：错会一般是出于说话人文化水平低等原因而错误地理解了别人话语的意思，但它是无意的、在不自觉中造成的。别解是为了达到幽默或讽刺的修辞效果，有意地、自觉地歪曲别人的话语。

> 小瞎子听出师父这会儿心绪好，就问："师父，什么是绿色的长乙（椅）?"
>
> "什么？噢，八成是一把椅子吧。"
>
> "曲折的油狼（游廊）呢?"
>
> "油狼？什么油狼?"
>
> "曲折的油狼。"
>
> "不知道。"
>
> "匣子里说的。"
>
> "你就爱瞎听那些玩艺儿。听那些玩艺儿有什么用？天底下的好东西多啦，跟咱们有什么关系?"
>
> "我就没听您说过，什么跟咱们有关系。"小瞎子把"有"字说得重。
>
> "琴！三弦子！你爹让你跟了我来，是为了让你弹好三弦子，学会说书。"
>
> 小瞎子故意把水喝得咕噜噜响。(《命若琴弦》)

师父对"绿色的长乙"中的"长乙"与"曲折的油狼"中的"油狼"

---

① 谭学纯、濮侃、沈孟璎：《汉语修辞格大辞典》，上海：上海辞书出版社2010年版，第30页。

的理解仅凭自己生活的体验，这完全是一种错会、误解，作者借助谐音法有意造成错会，这似乎突出了师父的浅陋，其实正突出师父的专一，钟情琴艺。“琴！三弦子！你爹让你跟了我来，是为了让你弹好三弦子，学会说书。”这实诚的话语就是最好的见证。

让那声音狠狠地刺痛他的意志，让那被刺痛的意志发出声音：不，我不能在这儿，我不能在这儿，我不能属于这儿，我不能让那声音这么狂妄，这么自信这么得意，我要打败他们，打败他们打败他们打败他们，杀了它……

（O在将来听出，不是“杀了他”，是“杀了它”，虽然“他”和“它”在汉语中发音相同。）（《务虚笔记》）

在序换、层递之后，作者反复使用包孕式排比与复叠，“我”的否定与自信给读者以深刻的印象。之后，作者有意使用错会格，在谐音中将对象转移，达到了在意料之外，却又在意料之中的效果。

当时姑父只觉得天旋地转，差点说漏了嘴：馥……馥……馥死了？幸亏那男人听拧了：富死了？这年头还有富死的？说她是穷死的还差不多。（《我的丁一之旅》）

这种错会解决了根本问题。将主谓结构以偏正结构进行转换，语义发生突转，一箭双雕。

有人问：“这东西您哪儿来的？”

“抢来的！”老太太没好气儿。

“不不，咱是问您哪儿买的？”

“哪儿也不卖！”

“那，您这东西是？”

“你才东西哪！”

“哎哟喂老太太，您别生气呀，咱是说……”

“猎人留下的。我那相好的，留下的。”（《妄想电影·猎人》）

“这东西您哪儿来的？”这是一个歧义句，在语境中老太太误以为是说她来路不明，因而没好气地回答："抢来的！"

在"不不，咱是问您哪儿买的？"这句话中，问者强调的是地方，老太太却误解成要卖，因而又回答："哪儿也不卖！"接下来，"那，您这东西是？"老太太又错解为贬义，更没好气地回答："你才东西哪！"

整个话语片断全因歧义造成错会。在第一次错会之后，情节层层推进，一波未平一波又起，在错会中，造成悬念，最后水到渠成地托出答案："猎人留下的。我那相好的，留下的。"

此外，析字、趣释，在史铁生的文本中亦偶有涉及。析字，往往通过离合、增损，达到益智解颐之功效。

析字，是一种在说写中利用汉字特有的条件，通过离合或增损字形的方法来巧妙地表情达意的修辞文本模式。①

陈望道在《修辞学发凡》一书中认为，"析字格"中的化形析字属于积极修辞中的丙类，即"词语上的辞格"。他给出的定义是："字有形、音、义三方面；把所用的字析为形、音、义三方面，看别的字有一面同它相合相连，随即借来代替或推衍上去的，名叫析字辞。"除化形析字外，"析字格"还包括利用字音的谐音析字及利用字义的衍义析字。谐音析字是利用字音上的联系用别的字代替本字。谐音析字（除单纯表音外）现一般看作谐音双关。衍义析字是利用字义之间的联系进行推衍、代换。衍义析字现多看作仿词。现在所说的"析字"通常仅指"化形析字"。

根据对字形进行处理的不同方式，析字可分为两类：

（1）离合字形：对构字部件进行分解、离析，或者把两个或两个以上的汉字当作构字部件组合为另一字形。

（2）增损字形：增加或减少字形中的部件。

> 她姓秦，秦峨。丁一悄声跟我说，"山"字边加一个"我"的那个峨，刚改的，以前是"女"字旁的那个。/行了嘿！我说他：又琢磨什么呢？/你说是"山"加"我"的好呢？还是"女"加"我"的好？/当然是"女"加你好呗！/对对，我看也是。(《我的丁一之旅》)

史铁生通过析字格将"峨"字析而言之，微妙地表现出丁一诙谐机智

---

① 吴礼权：《现代汉语修辞学》（修订本），上海：复旦大学出版社2012年版，第184页。

的应变能力。特别是人称的瞬时转换，更把“我”的睿智通过对字形的解析产生出人意料的对话效果，从而令读者感到丁一滑稽可笑，诙谐而幽默。尽管有游戏、炫耀之嫌，却也平添了一份情趣。

趣释是超越原则，进行形象解释，对语词进行偏离自然语义的个人化解释的一种修辞方式。这种修辞化的释义超越抽象概括的释义原则，多取形象解释的面貌。又称衍释。[①] 谭永祥在《修辞新格》（增订本）一书中认为：“对词语作出形似释义，实非释义的独特而有趣的解释，这种修辞手法叫‘趣释’。”

当趣释的释语以多项并列的形式出现时，与博喻的结构相近。趣释与博喻的区别是：趣释可以是比喻结构，但不限于比喻结构；博喻必须是比喻结构，包括多项并列的明喻结构、暗喻结构和借喻结构。

> 对于故乡，我忽然有了新的理解：人的故乡，并不止于一块特定的土地，而是一种辽阔无比的心情，不受空间和时间的限制；这心情一经唤起，就是你已经回到了故乡。（《我与地坛·记忆与印象1》）

“故乡”，《现代汉语词典》解释为：“出生或长期居住过的地方；家乡；老家。”但史铁生有意趣释为一种心情。这种对“故乡”进行偏离自然语义的个人化解释，超越了抽象概括的释义原则，独特而有趣，给人以新意。

> 何为风度？诚实、坦荡、谦恭、智慧等等融为一体，而后流露的深远消息。（《扶轮问路·诚实与善思》）

“风度”，本指人的举止姿态，而史铁生却有意趣释为一种消息。这样的超常语义搭配，首先引起了读者的有意注意，接着牵引读者作深入地领悟，其效果令人耳目一新。

> 癌，即局部不可阻挡的扩张，看样子也是想全知全能，结果办不到，却扰乱了内分泌——有点儿像生态系统——的平衡，破

① 谭学纯、濮侃、沈孟璎：《汉语修辞格大辞典》，上海：上海辞书出版社2010年版，第195页。

坏了五脏六腑——有点儿像社会结构——的和谐，最终毁灭了整体顺带也毁灭了自己。(《扶轮问路·回归自然》)

“癌”，本不读“ái”，为了避免与“炎症”的“炎”同音，语言学家丁声树在主编《现代汉语词典》时，有意标读为“ái”。史铁生的解释别具匠心——以拟人、排偶与比喻格生动形象地作了有趣的解释。

第六章

以特定修辞手法创造朦胧之美

像只灵敏的猎犬，踏遍了记忆原野的每条蹊径，直到赶出寻觅中的野味。

——特莱登《〈奇妙的年代〉序》

当一个人看不到别的，听不到别的，体会不到别的时候——那就是无限。

——《奥义书》

第一节　固滞、结巴　既幽且默——语滞

语滞——词贫、害羞、难以启齿、没话找话、没理找理或有话不便直说，致使言语固滞，结结巴巴，吞吞吐吐，牛头不对马嘴，意思不清楚，这种修辞方式叫语滞①。语滞在表达效果上不但幽默有趣，而且带有讽刺意味。

我们认为，只有语言使用者自觉地使用固滞、结巴等语言形式，才能把这些语言形式称为语滞。从这个角度来说，卢盛萱的定义中提到的如词贫、害羞、难以启齿、没话找话等语用现象，并不是语言使用者有意识的使用，这些不能算是语滞。

> “爱……噢不……我……”她惊惶地环顾四周，然后羞红了脸，用食指抠长椅的边缘。我永远不会忘记她那健康、朴素的美。(《命若琴弦·爱情的命运》)

“爱”，这发自肺腑的表达，刚一开始，“她”就因为害羞，这种情感瞬间被否定，然而越否定，传达出的肯定意味越浓，言内意外，特别是强调“我”的时候，更进一步在语滞中变得含蓄而意犹未尽，正因为如此，“我”永远不会忘记她那健康、朴素的美。

> “您怎么啦?”解教授赶紧扶住歪歪斜斜扑进家门的陈谜。
>
> 她哆哆嗦嗦地关上窗户，抽抽搭搭地说：“儿子恐怕还不是人民，我听人说了，在‘四人帮’没打倒之前，儿子就自由言论……唉!‘四人帮’没打倒之前，自由言论之后……恐怕儿子还是‘反革命’。这之前……那之后……之前……之后……”
>
> “之死!”解教授第一次说出了这两个字，而且是异常气愤地，而且是对着他的“之死夫人”。
>
> 陈谜却充耳不闻，急着说她的：“你可别写什么了，把写的烧了吧……”她冲到桌前，抓起写满字迹的稿纸，一看，上面竟

① 卢盛萱：《“语滞”例说》，《修辞学习》1994年第10期。

也有“老天爷”三个字。(《命若琴弦·法学教授及其夫人》)

画线处的语滞在两个叠词与一个关上窗户的动作中，作了非常周遍的铺垫，在陈谜关于儿子的神秘的自言自语中，六次的语断将神秘、恐惧、担心和绝望尽蓄其中。

“不不，咱们这是在屋子里说……当然啦！可是……不过……说起来……你懂了吗？我是说，咱们这是在屋子里说。”(《原罪·宿命·关于詹牧师的报告文学》)

句中四次时断时续的语流与“咱们这是在屋子里说”两次反复的强调，道出了事情的不可泄密性。

在《原罪·宿命·关于一部以电影作舞台背景的戏剧之设想》中，作者大量使用“语滞”辞格，极尽运用之能事，由于篇幅太长，这里只选取典型例句，作简要分析。

与此同时，画外或幕后响起第二节梦中的那句近乎谶语的话，很轻，如同叹息：“我死了七天才被发现……我死了七天才被发现……我死了七天才被发现……”

三次反复“我死了七天才被发现”，两次语滞，这近乎谶语的话，道出“我”地位的微不足道，“我”的悲凉，“我”的可悲。

A：“没什么说的，真……真的，没什么可说的，是我对……对不起杨花儿，杨花儿你走得对，我觉着我要还算是个男人我就应该答应你离婚，可是……可是杨花儿，我离不了你呀，我一直不相信你就能这么一甩手走了……”

语滞中蓄含多种心理变化，有愧疚，有不忍离，有自责，有无尽的遗憾。

A：“杨花儿，杨花儿你知道吗，你就在那边弹琴，我……我就在这边听着，我们就隔一道墙，咱们其实离得多……多……多近哪。杨花儿，你怎么不弹了？弹哪，再弹一首，我听……

听……听着哪，听着你的琴声，我好像……好像就……就觉得安……安全了点儿，就觉得安全……安全了……点儿……”

虽是自言自语，却是真情流露。人之情，往往就是相隔一层纸，无论你多么倾心，如果仅是孤独的表白，如果只是一厢情愿也将无济于事。

A：“我懂了，她们这是说……说你要来跳你就来……来跳吧，一个人在那儿瞎……瞎嚷嚷什么？”

“我”的无奈、“她们”的理解、“她们”的宽容，好像总隔着什么，是同情，是机会，还是心的距离？

A：“喂，刚才怎么回事？我还以为你们都生……气了呢。我想也不……不至于嘛。你们应该看得出来，我没什么歹意，我只是想跟你们一起跳。你们互相拉着手跳，我要参加进去，你们想，是不是我也得跟……跟你们拉着手？好吧好吧，刚才不算，咱们重……重新来。我可没有一点怪你们的意思啊，我这人浑……浑身是问题、是缺点，也许只有一个优点，就是我从来不怪罪谁，因为……因为你们想呵，谁心里都挺孤单的，都活得挺累，挺苦，挺……挺不容易的。好啦，咱们重新来吧。”

“我”的疑问，“我”的自解，“我”的期待，“我”的自我解剖，“我”的孤独，全在男人的单向表达中。要不是语滞，有些思想不是一口气就可以表达出来的。

A（大喊）：“回来！你们都……都……都回来！好像我是个坏……坏人似的，好像我是个臭……臭流氓，好像我是个不能靠近的人。下来，下……下来呀！你们下来，下来和我一……一起跳就不……不行吗？！”

A的大喊，A的三个排比叙述，A的呼唤与请求，似乎在告诉对方：你们不要走，都回来，我不是坏人，我不是流氓，我是个可以靠近的人。下来，我真想和你们一起痛痛快快跳个舞。

A（松了一口气似的说）：“噢——闹了半天您是说……说这个，不错不错。这么说您对我们家挺熟悉？当然当然，我们家有俩名人，看……著名的老演员，对不对？也叫著名的艺……艺术家，谁……谁能不知道他们呢？可我……我这么跟您说得了，我爹我娘除了是演……演员之外什……什么都不是。我这么跟您说得了，我……我顶烦台上台下满不是一回事的那种人！当……当然了，他们是我亲爹亲娘，照理说我不该跟别人说他们的坏话，可我实在是不……不欣赏他们。不欣赏他们这总可……可以吧？”

当A松了一口气，与对方近距离接触后，在连续的间断语流中传递出这样的心语：我们家有名人，但我不炫酷；我看着台上台下表里如一；我表明我的观点。

A：“不过我真说不好，他们俩谁更是表演天……天才。因为我妈是在台上演戏，我爸到了台下才……才开始演戏。也……也就是说，我妈到了台下变回她自己，可我爸呢，一上台才变成他……他自己。我爸总演些铁……铁腕人物，什么不可一世的皇……皇上啦，统领千……千军万马的将军啦，或……或者万众拥戴的领……领袖什么的，问题是他怎么会演得那么好，那么出……出神入化？我告诉您吧，那才是他的本……本性！他骨子里就是个帝王，要人服从他、恭维他，你要是不赞成他，他就说你是愚昧、庸俗、小人、狗屁，再不就说你喝……喝多了，不配跟他这个那个的。我跟您说得了，很多人都有这种帝王本性，很多人骨……骨子里都是这样，不信您就留……留神看着，只要有俩人，肯定就有一个强者，只要有仨人就……就出一个领……领袖。但要是几千几万几亿人不……不巧都到这地球上来……来了呢，那可就不……不见得人人都有当……当领袖的机会，所以我爸只好到……到舞台上去满……满足他做帝王的快乐。那他当……当然演得好喽，他骨子里就这样他……他能演得不……不像吗？但……但那不是表演那是他的本性，他真正精彩的表演是……是在台……台下，在……在家里。我还不知道他吗？我一生下来就看着他，看了三……三十多年了，你……你以为！一下台他可就满嘴的另一套台词，一天到晚什么谦虚吧、谨慎吧、自己多么渺小吧，群众才是了……了不起的吧，不管到哪儿都要跟群……群众打成一片吧，屁！演……演戏！你是谁？群众本来就是一片，你要打进来你……你是谁？你这么渺小你凭……凭什么混到了不起的群……群众里来？要是每一个群众都跟你似的渺……渺小，搁一块儿怎……怎么就了……了不起了呢？跟您说我实……实在是受够了，要……要不谁会这么说自个儿的亲……亲爹？”

这是一段语境对话，虽然只读到A的自言自语，但透过这长长的独白我们领悟到A的爸妈之别。在对爸爸的重点言说中，爸妈的隐喻，台上台下的对比，意蕴丰富，发人深省，独具讽刺意味。“妈”是在台上演戏，“爸”到了台下才开始演戏。“妈”到了台下变回她自己，“爸”一上台才变成他自己。“爸”演的是铁腕人物，不可一世的皇上，统领千军万马的将军，万众拥戴的领袖。爸爸演得出神入化，根由在本性。骨子里就是个帝王，要人服从他、恭维他，要是不赞成，他就骂人。但那不是表演而是他的本性，他真正精彩的表演是在台下，在家里。一下台他就另一套台词，一天到晚谦虚、谨慎，群众才是了不起的，不管到哪儿都要跟群众打成一片。

这种解剖，这种言说，这种大胆，使爸爸的形象、妈妈的难言、自己的个性立体而鲜明。

A：“只配我爸跟她打……打……打成一片。她下了台还是想演戏，可她不行，不行就是不行，演着演着就演不下去，不像我爸台上台下都演得比她自信。演戏你得有信心，坚持到底就……就能骗人，我妈她一到裉节儿上就跑戏，就像做着做着梦忽……忽然醒了，演戏演戏你可醒什么呀？得，于是乎回到现实里来，哭着喊着问我爸到……到底是不是爱……爱她。这一下儿观众还不看出破绽来？看出我爸其实是我妈……妈的主人、领导、皇上！可……可我妈她并不是皇后，皇后得容得下三宫六院七十二妃，我妈她行吗？她哪儿行……行啊！”

作者通过语滞辞格，非常深入地揭示了像“我爸”“我妈”这样的台上台下表里不一、表里难一的普遍现象，透肌入肤。

A：“不演戏的只有杨花儿，只……只有她和我，我和杨花儿在一起什么戏都不……不用演，谁也不会看不起谁，谁也用不着歌颂谁，我们的身体全……全在这儿呢，我们的灵……灵魂也全……全在这儿呢，我们的胆怯和我们的欲……欲望全在这儿呢，我们的可悲可怜可敬可爱我们的平庸和高贵我们的怯懦和勇敢我们的凡俗和神圣我们的无能和伟大全……全都在这儿呢，用……用不着他妈的演……演戏！这就是酒，我告诉你们吧，这就是酒……酒的意……意义！什么是爱，爱就是不演戏！把你的一切都敞……敞开，把你愿意敞开的和不……不愿意敞……敞开的都敞开吧，像对待酒一样地对……对待它们，敬畏它们，服……服从它们，迷恋它们，狂饮它们，被它们醉……醉倒，打倒，烂……烂醉如泥，烂醉如泥又……又他妈的有什么关系？那时候你就是酒，酒就……就是你，没有界限，没有边际，灵魂和肉体互……互相歌颂，就像天和地互相盼望，那时候我们和你们，你……你们和他们，互相崇拜，互相爱惜，就像天和地互……互相呼……呼唤着。我知道爱就是这样的，我体会过，她就是这……这样的，爱和酒是一样的，用……用不着装……装孙子，谁要是不知道这个谁就是根……根本没有爱过……”

“我们的身体全……全在这儿呢，我们的灵……灵魂也全……全在这儿呢，我们的胆怯和我们的欲……欲望全在这儿呢，我们的可悲可怜可敬可爱我们的平庸和高贵我们的怯懦和勇敢我们的凡俗和神圣我们的无能和伟大全……全都在这儿呢，用……用不着他妈的演……演戏！”句中“我们”一共出现了九次，既是频词，又构成双齐，还构成排比，把坦诚全蓄其中。

“这就是酒，我告诉你们吧，这就是酒……酒的意……意义！什么是爱，爱就是不演戏！把你的一切都敞……敞开，把你愿意敞开的和不……不愿意敞……敞开的都敞开吧，像对待酒一样地对……对待它们，敬畏它们，服……服从它们，迷恋它们，狂饮他它们，被它们醉……醉倒，打倒，烂……烂醉如泥，烂醉如泥又……又他妈的有什么关系？那时候你就是酒，酒就……就是你，没有界限，没有边际，灵魂和肉体互……互相歌颂，就像天和地互相盼望，那时候我们和你们，你……你们和他们，互相崇拜，互相爱惜，就像天和地互……互相呼……呼唤着。我知道爱就是这样的，我体会过，她就是这……这样的，爱和酒是一样的，用……用不着装……装孙子，谁要是不知道这个谁就是根……根本没有爱过……”

在此段文字中，作者综合运用频词、比喻、序换辞格。借酒言事，以酒表意。而真正的内心世界表达，所有的坦诚、矛盾、愤恨除了借助上述修辞手段言说外，更集中在语滞辞格的巧妙运用之中。

A：“我得去找杨花儿，我还是得把她找回来，否……否则你就不得不演戏。当然我不会缠她，我不是那种赖里吧唧的人，杨花儿就是不懂酒，不懂得我们喝酒的人其实都……都是体面的人，我说了我不会缠她那……那就是说我一定不会缠她。很少有人能懂得喝……喝酒的人都是最说话算数的人。不过我还是得找到杨花儿，有些事我还是得跟……跟她说一下……什么来着？啊对了，钥匙。”

一切在语滞中传达，一切在醉语中诉说，一切在语义的转换中陡转，来得实诚，说得这样水到渠成。

“酒为什么能使人交……交流呢？我告诉你们，首先，它能让人走进过……过去。你们不信是不是？我原来也不信，可是有一回我走进去了，就是靠……靠……靠酒走回到童年去了，真的，我没必要骗你们，就是靠这么一杯酒，呵不，两……两杯。那回也是像现在这样的天气，这样晴朗的午……午后，我躺下想睡一会儿，可总是不大睡得安稳，正这会儿就听见过去悄悄地来了，我是说过去，悄悄地到了窗外，到了窗外就停下了，不……不肯进来，在窗帘上飘呀飘呀的就是不……不肯进来。过去，没错儿我听见就是它来了，在窗外叫卖，在窗外走动，在窗外的树上啼……啼叫，在窗外的屋檐上吹拂，在窗外的小街上踢足球，又喊又笑，球踢在墙上砰砰地响我就知道过……过……过去来了，过去它来了但是它不肯进来，它只是在窗帘上飘呀飘呀没……没有酒就不肯进来。我爬起来想出去找它，但……但是我知道，我一出去它就会走开，我只要一出去找它它就没……没了，这是肯定的，毫无疑问它就会消失得一点儿都不剩，又都变成现在。这时候我真是急……急中生……生智，一下子就懂了，得有酒，必须得有酒，只要一杯酒……啊不不，只要喝上两大杯酒，过去就会在窗外原原本本地等我了，就不……不会那么无情无义地消……消失，它就会还是像原来那样儿不……不躲也不……不藏跟我亲密无……无间。所以我就喝了两大杯酒，走出屋，一下子就走到过去里去了。就这样，其实多……多么简单哪，就又回到我的童年去了。小街上有一块宽阔的空场，我跟小时候的那群朋……朋友就在过去里踢球，把两棵树当球门，跑完了就到小街口上买玉米花儿，一边吃……吃着玉米花儿一边看天……天上的风筝，风筝飞得又高又，因……因为过去就……就是这样。有个孩子还买了一条小金鱼，有个卖小金鱼的老头儿总是吆喝'卖小～哎～小金鱼嘞……'他总是这么吆喝，声音传得很……很远，传遍了过……过……过去，充满了过去，因为过去就是这样……"

这里有拟人，有排比，更有语滞的多次转换，这里更是主人公借酒的倾诉，充满了主人公对童年的回忆，有主人公想要表达的更多的言外之意。

A："走进未来可不像走进过去那……那么好玩儿。当然，未来之后还有未来，未来之未来也还有未来，但是我跟你们老……老实说吧，都不好玩儿，你会看见一些很……很让你不愉……愉快的情景。比……比如说，有一次我走进了一座被抛弃的城市，大街还是铺……铺……铺在那儿，楼房也还……还是竖在那儿，可是没有人了，一个人都没有，人都走光了，都走到哪儿去了？可……可是不……不大好说，为什么走……走……走了也他妈的闹不大清楚，反正你走到那些楼里去，什么都有就是没有人，电……电视机也还……还在那儿，但是没电，水龙头也拧不出一……一滴水，什么英雄呀好汉呀了不起的大名……名……名人呀他们的雕……雕像也还都气宇轩昂地站在那儿，可是轻轻一碰就稀里哗啦地碎掉了，什么理论呀主义呀思想呀也都一摞一摞地码放在书……书……书架上，可是轻轻一摸就都像灰烬似的飞……飞起来，就像是弄破了一个鸭绒枕头，漫天飞舞，飞得倒是很……很……很好看，很潇洒。走上阳台往下看，河早干了，风正把一堆……一……一堆的沙子搬到河道里去，搬到马路上，搬……搬到楼门里去，搬到窗户里来，把你的脚都……都埋起来，不知道哪儿来的那么多沙……沙……沙子。所以我跟你说那可并……并不怎么好玩。未来的未来呢，就更……更不让你愉快，在那儿我……我碰见了三……三个人，真不好意思，是三个赤身露体的女……女人。我说真不好意思我不是故……故意要……要在你们这副模样的时候到你们跟……跟前来，她们说没关系。她们说现……现在什么关系也没有了，因为全世界上就剩了我们仨了。您应该懂得这……这是什么局……局面，您应该想得出，要是全世界只剩了三个人而这三个人又都是女……女的，那会怎样，那会有什么后果。我问，男人呢，他们跑到哪儿去了？三个女人说，没了，全没了，他……他们老是打……打仗，老是打、打、打的，互相憎恨，互相咒骂，互相指……指责，互相轻蔑，没完没了地打仗，结果不巧，点……点……点着了一个大火球就全没了，只剩了我们三个。为什么打仗呢？鬼知道为……为什么，可能是争着要上天……天……天堂。那怎么你们仨活了下来？因为我们仨那会儿刚……刚巧在地……地狱里。那三个女人要我留下来，她们说那……那样的话咱们的人就还可以再多……多起来，就可能不断地再多起来。可是我的酒劲儿就快过了，我说那可是办……办不到，我是过去的人，我不能不回……回……回到过去呀……”

作者在段首多次引出“未来”，意在让读者关注“未来”的话题，接下来的列举，一是揭示未来的品质之低劣，二是通过与三位女性的对话，指出男性好斗的恶果，在这样的对话里饱含了主人公对和平的呼吁，对人类繁衍的忧虑。

A：“对，这就对了。B，你要耐心些，听……听我跟你说，我已经走到A了而你幸好还……还没有，所以我的话对……对……对你是有益的，你要耐……耐心一点儿听，好吗？啊，是这样，当……当你还是B的时候，当然这个世界会是挺……挺……挺好玩儿的，一切都是亲切的，都是亲……亲近的，真实的，你一伸……伸手就……就可以摸到你的母亲、你的父亲，摸到你的兄弟姐妹、你的朋……朋友，到处都似乎是可……可以信……信赖的，是安全的，在你还是B的时候，你可以哭，也可以闹，可以肆……肆无忌惮地笑，可以说你想……想说的话，做你想做的梦，因为那时你还……还……还是B呀。可是，可是你要是一味地这样毫……毫无顾……顾忌，毫无防备，不会掩饰你心……心里的愿望，那你可就要倒霉了，你就难……难免要有一天成为A了。"

A和B的对话说明了A对B自由真实的渴望，但结尾的转折似乎又在告诉B，倘若真是如此，亦不免后患无穷。内心的矛盾折射出社会的多元与人性的悲哀。

A："因……因为，你爱她们你……你就不要那么鲁……鲁……鲁莽，B，你要记住这一点，因为你就快要爱上她们了，你迟……迟早要爱上她们的，但是你不要着急，不然的话，你就会走……走……走到A里去，那时就糟了，一切都来……来不及了，那时你再……再懂得这个世界的……规矩就……就有些晚了……"

"你就会走……走……走到A里去"，这里的"A"已经成为普遍意义的象征，从A口中提出，意味着自我解剖，意味着警醒。

A："不，你不要走，千万不要走……走……走进A里去，趁……趁着你还小，趁你还是B还没有做出什么丢人的事，你要听……听我说，听我告诉你，你要做一个安分的孩子，愿望不……不太多的孩子，宁可让人们说你傻也不……不……不要让人说你坏，要像你的父母那样，学会演……演戏。是呀，你要爱我们的父母，不要不……不理……理解他们，因为那是没有办法的事，这世界上有很多没有办法的事，这世界上的事差……差不多都没有什么办……办……办法可想。但即便是这样你也不能老是喝……喝酒，你不要走进A里去，千万不要，因为那是走进去就回……回不来的呀。你只能偶尔回……回去一下，就象征……征战在外偶尔去探……探一回亲，然后匆匆忙忙地又得跑回到A里去，更多的时候你喝……喝酒也他妈的不……不见得管用。最好的办法是你压根儿就不要变成A，永远都……都是B，都是一个无忧无虑讨……讨……讨人喜欢的孩子……"

整个语滞表明A不愿意B走进A，喝酒不是好事，喝酒解决不了问题。最后作者提出解决问题的最好办法：压根儿就不要变成A，永远都……都是B，都是一个无忧无虑讨人喜欢的孩子。

A："怎么，你哭了？跟你的未……未来在……在一起你不快活吗？那好吧。不过，你能不能让我摸……摸你一下？不不，我不是坏人，我向你保证我绝没有恶意。我只是有一种感觉，总是摆……摆脱不掉一种感觉，觉得每个人都……都是孤零零地在舞台上演……演戏，周围的人群却全是电影……你能看……看见他们，听见他们，甚至偶尔跟……跟他们交谈，但是你不能贴近他们，不能真……真……真切地触摸到他们，在见不到他……他们的日子里你只能猜想他们依……依然存在，但这猜想永远无……无……无法证实。你能不能给我证……证实呢，B？让我相信你是真实的，让我摸到你而相信那不只是一种景像，不只是一层布和一……一片光影其实后面什……什么都没有，你能吗B？你毕竟是我……我的过去呀，我毕竟是你的未来。"

文本中多次提到"他们"，频词的运用强调了"A""B"和"他们"应如何相处。序换格的运用更突出了"A"与"B"的特殊关系。最后，A对B的期望：让我相信你是真实的，让我摸到你而相信那不只是一种景象，不只是一层布和一片光影其实后面什么都没有，你毕竟是我的过去，我毕竟是你的未来。

A："这中间肯……肯定有一道墙，你摸不到它但你可……可以感……感觉到它。几千里几……几万里那中间可以没……没……没有墙，但是几十米、几米、几……几公分，中……中间却可能是一道墙。要是有……有一道墙，你就毫……毫无办法可想，哪怕只是一毫米厚，又坚固又光滑，又高又……又长你爬不过去也走不到头，那……那就算完了，对你来说，墙那边就等于什……什么也没有，你就最好死……死……死了那条心吧……"

"墙"在文本中反复出现了五次，"墙"的言外之意是人心的相隔，只有突破人心之隔，才能产生共鸣，才能推心置腹。

A：“他漂呀漂……漂呀漂向天边为了什么？就是为……为了回家，可是他一来他就知……知道了，家也不过是这……这样，到处都是墙，到……到处都是，大家不过是都在墙与墙之间整……整天乱……乱撞，被各种墙分……分割着，隔离着。空气的墙，阳……阳光的墙，目光，语……语言墙，还有笑容、咳……咳……咳嗽、摇头、长……长出气、眨眼、撇……撇嘴，捂鼻子，吐……吐唾沫，多啦，都是墙。就是在公……公共汽车上挤……挤得喘不过气儿来，其实谁跟谁也……也没有更……更近些，就是在澡堂子里大家都……都是一丝不挂，其实也……也还是相隔千里万……万里，那些墙一……一点儿不比钢筋水……水泥的墙好……好对付，撞在上面岂止是头破血流哇，简……简直就……就……唉，那你让他干吗来？让他来受罪？来演……演戏？来……来学习伪装？是的是的，毫无疑问，他们会的，他……他们终于会变……变得跟我们一样，不……不……不得不学会傲慢、威……威严、潇洒、轻视别……别人、仇恨、掩饰、欺……欺骗、讨好、躲闪、指……指桑骂……骂槐、旁敲侧……侧击，结果互相隔膜、抛弃、人人都免不了孤……孤独，四周都是墙，很薄，发着金……金……金属的闪光和金……金属的声音，很薄可是很重很……很……很结实能压死你，你信……信不信？再没有说说真心话的地方了，没……没有，没有了，否则人们就……就要骂你是醉鬼，没出息，没能耐，没……没长大。是呀酒，酒，酒这坏东西，所有的坏……坏东西加……加在一块酿……酿出的这东西，难道让孩子们从那边到……到这边来就是为了来喝……喝这玩意儿的吗？还是别让他们来吧，酒这东西有……有一种强……强大的诱惑力，不是谁想不喝就……就不能不……不喝的，实际上并……并不见得是你喝它，更可能是它喝……喝……喝你，它魅力无穷，因为它是所有那些坏……坏东西酿……酿成的，所有那些坏……坏东西都是魅……魅力无穷的，加在一块儿还了……了得吗？啊，不过话虽是这……这么说，该喝还……还是要喝的，否则怎么办呢，你既……既然来了？”

“墙”是物质的，更是精神的。人类最为可怕的是有了精神相隔之墙，这里的一切就像是魔方，又似紧箍咒，约束人的灵魂。这可怕的墙，这精神的桎梏，是无形的枷锁。

A：“人是惟……惟一会说话的动物吗？不，人其实是惟一会说瞎……瞎……瞎话的动物。比如吧，人们赞美爱、颂扬爱、说他们最渴望的就是爱，可实……实际上呢？倒是战争越来越多，武器越来越精良，掠夺和复……复……复仇的手段也越来越高明越残忍，这你怎……怎么解释？难道渴望东，结果必定要跑到西……西边去吗？再比如，十个人有八个会对你说，他们看重的绝不……不是物质和金钱，而是精……精神的富……富有，可是，到富……富庶之地去的人很少回来，到穷乡僻壤去……去的呢，倒是保证呆……呆不住。莫非物质的富有和精……精神的富……富有一定是成正比的吗？要是那样当……当然好，可要是那样还……还用你来废话说……说……说什么你更看重精神的富……富有吗？再比如，你去问孩子，问……问……问他们是创造好，还……还是享乐好？他们肯定会告诉你，是创……创造好，可是你给他们一道难……难题和……一桌美味，你看他们挑哪样吧。还有，谁都会说自己爱劳动，可……可快……快乐的节日是啥意思？连小学生也能告诉你，首先是不……不用去上……上学了。还有，老虎可怕不可怕？我这辈子头一回听说老……虎，就是听说老虎要……要吃人，可现在呢——人说瞎话真……真是说得精彩极了——人就快要把老虎吃……吃光了！当……当然了，人有时候也说漏嘴，一方面说诚实是可贵的，另一方面又……又说物以稀为贵，那么可贵的诚实是很……很多呢还……还是很少？他们绝不会承认是很少，你要是说很少，他……他们就会愤……愤怒，我估计现在就有人愤怒了。是呀是呀，总是这样，人的骨……骨子里就倾向于自……自欺欺人。可是人为什么要这样？我告诉你们吧，我活了很……很久了我可以告诉你们了，我说不定很快就……就要死了，我没有什么再害怕的，所……所以我可以告……告诉你们了。第……第一，凡是人们提……提倡的，其实就正……正是人们的本性难……难以做到的；第二，人都想当……当一个被颂……颂扬的人，比如让别人称赞你是舍己为人呀，是坦……坦诚待人的人呀，是没有一点儿贪……贪欲的人呀，等等等等，但他们又知道，他们未……未必能做成那样的事；第三，他们希望别人做成那……那样的事，而自己可以不必，可这样又怕让别人看……看不起；第四，他们未必不希望自己是……是坦诚的，可又怕别人并……并不坦……坦诚，结果自己反而要吃亏；第五，他们希望所有的人都是相……相亲相爱的，可他们知道，那仅仅是一种希……希望那不过是一种梦想罢了，因为他们自……自己就恨着别……别的什么人；第六，要么干脆就别去抱着这样的梦……梦想了，随便人们去互……互相欺瞒、互相猜疑、互相算……算计、互相防备互相看不起又互……互相硬着头皮充……充好汉吧，可那样的话这个世界又太……太可怕了，实在是受……受……受不了；第七……第八……第九……总而言之人是互相依恋又互相害……害怕的，这真是一件奇怪的事，就好像注定了南……南辕北辙，就好像喝酒，你越是对自己说别……别再喝了别再喝了别……别……别他妈再喝了，你越是喝！”

这样的语滞，综合运用设问、列举、频词、双齐、对比、反问、序换等多种辞格，引人注目，明白易懂，鲜明突出；这样的语滞，掷地有声，发人深省；这样的语滞，警语迭出，敲山震虎。

A：“哈，棒极了，就这样就……就要这样，妙透了！这样他们就能从……从一个格子走……走到所有的格……格子里去了，这样他们就能从一颗心里走到所有的心……心里去了，这样他们就会知道了，每一个人都是平凡的，每一个人也都是高……高贵的，每一个都是可爱的、可亲的，每一个人也……也都难免有……有时候是丑陋的、可……可笑的，其实每一个人都是孤独的、软弱的，他们在梦……梦里都是要想……想念别人的，要依……依靠别人……别人的，也都是想给别人一点儿依……依靠的，可是他们平时都不说，他们害怕，不好意思，怕人笑话，好像那倒是可……可耻的，现在让他们互相看看吧，互……互相了……了解吧，让他们在没有墙的地方坦白吧，承……承认吧，承认互相害……害怕才是多么丑陋多么可……可笑的吧，害怕互相贴近才……才……才是多么可耻的吧！让他们互相坦白，他们其……其实是没日没夜地互相思……思念的呀！他们平时装……

装得多么傲慢，多……多么冷静，一副不需要别人的样子，一副多……多么强悍的样子，一副多么自……自以为是的样子，一副不……不能触……触动的样子，不识人……人间烟火的样子，屁！妈的狗屁！全是假装的。其实只要把那墙都……都拆掉，你就明……明白了，他们都跟我一……一样，爱……爱别人，又……又怕别人，想要别人爱，可又怕被别人看不起，所以就喝酒，喝……喝酒，因为他……他们想走回到过去，想……想走进到未……未来，因为那样总……总比呆在墙里好……好过些，所以他……他们就喝酒，对，喝……喝酒，因为他们想……想让那……那些墙都消……消失，所以他们就都喝……喝了酒，喝了很多酒，因为酒确……确实是一种好……好东西，所……所以墙就都消……消失了，他们互相就看见了，互相就能触……触摸到了，就不……不会再互相猜疑、害怕，和……和看……看不起了。”

连续的排比、双齐如排山倒海，气势雄浑；所有的坦言、剖析，在语急中迸出，在语滞中脱口而出，在无所顾忌中痛快淋漓地表达。

A：“怎么样伙……伙计，想不大明白是不？所以你还是甘……甘心做你的耗……耗子，别他妈不……不服气。我告诉你，其实非常简单，活着是什么？对，活着就……就是一个人孤……孤……孤零零地在这舞台上演……演戏。那么死呢，是什么？还是想……想不出？你可真他妈笨！死就是回……回到后头去歇……歇一会儿，然后再……再来，所以死并……并没有什么可怕。不光不……不……不可怕，而且那时你就有……有机会换一个角……角色干干了。你甚至可以选择一个更……更可心的世界，比……比如说，在那儿用不着说废话，用不着赔……赔笑脸，用不着干你不……不想干的事。你到了后台看……看看前台，保险你得笑，你能看见谁在说真……真话，谁在装……装孙子，你一眼就能看……看得明……明白。伙计，那时候你还可以修……修改一下剧……剧本，让这个舞台更可心些。你说要有光，就……就……就有了光。你说要有真……真诚，就有了真……真诚。你说不要有差别，好，就没……没有了差别。不要有歧视，就没有歧……歧视，就没有谁看……看不起谁那一回事了。你说要……要有酒，就有了酒。你说但……但是不要喝……喝太多，好了，你就不会喝得太……太多。你说杨花儿你不要离……离开我，于是杨花儿她……她就回来了，就不……不再离开你了。懂吗伙计？死就是这么一种改……改正错误的机……机会。现在你告……告诉我，你还怕死吗？”

在生与死的探讨中，主人公的见解独具匠心：活着就是一个人孤零零地在舞台上演戏；死就是回到后头去歇一会儿，然后再来，死并不可怕。死有机会换一个角色。可以选择一个更可心的世界，用不着说废话，用不着赔笑脸，用不着干不想干的事。死就是一种改正错误的机会。不断出现的语滞，不断地升华思想，因为设问，不断明白；因为排比，“死”的内涵不断得到拓展。

正是一年中最热的季节，屋里人又多，虽已是后半夜，仍然不见凉爽。窗户都开着，偶尔飘进来的花香立刻被人的汗味淹没。人们毫无表情地走来走去，分散开。人群用最低的声音，在屋子里，在走廊中，在阳台上，在楼梯的拐弯处，断断续续地探询和描绘事情的经过。偶尔可以听清的总是这么一些循环交替的字句：……为什么……谁……是吗……怎么会呢……不知道……可到底因为什么……噢……那么那个人呢……不，不知道……但是这些稍显清晰的字句刚一冒头，便仿佛立刻被凝滞的空气阻断、吸收掉了。紧跟着是沉默。正是黎明前最寂静的时候，低语和轻喘，细碎又沉重。人们不时在其中侧耳寻找急救车的音信。（《务虚笔记》）

“偶尔飘进来的花香立刻被人的汗味淹没”这样的夸张实属罕见！“人群用最低的声音，在屋子里，在走廊中，在阳台上，在楼梯的拐弯处，断断续续地探询和描绘事情的经过”这样的双齐与排比让人感到事情的急迫；这样的语滞把人们对事情的疑问、关心、紧张、着急的心理刻画得淋漓尽致。那细碎而沉重的低语与轻喘如临在耳。

台下群情激愤，数不清的胳膊和拳头一浪一浪地举起，把一句反诘语喊出了进行曲般的节奏：“中国有八亿人口！——”“中国有八亿人口……人口……人口……人口！……”“不斗行么?!——”“不斗行么……行么……行么……行么?!……”我曾经坐在这样的台下。我曾经挤在这样的人群中，伸长着脖子朝台上望。(《务虚笔记》)

两句非常平实的语言，因为特殊的生活背景，因为激愤的情感，节奏异常铿锵，响彻云霄。“我”的反应在排偶的句式中，在双齐的结构中，在特写的慢镜头中，生动而传神地留在台下，挤在人群中。

我想，将来，我许能当导……导演或者演……演员什么的。现在还没有。(《我的丁一之旅》)

愿望，在假设、未来或判断中作选择性的期待；在现实的否定中，寄托深意。

第二节　披瞽骇聋　纾心解情——夸张

夸张，是一种说写时重在主观情意的畅发而故意违背客观事实和逻辑，对所叙说的内容进行张皇夸大的修辞文本模式。[①]

心理学的实验表明：假如有两种或多种刺激同时出现，其中面积或体积大的、强度高的、反复出现的、轮廓明显的、颜色鲜艳的、对比度鲜明的，更容易引人注目。[②] 读者的心理充满好奇，作者为求得响应和共鸣，就故意夸大其词。

夸张带有想象性，与现实生活有一定的距离，在理解夸张时不应从现实出发，按现实的标准来裁判，否则就会将夸张视为胡编乱造。宋代科学家沈括曾在《梦溪笔谈》中对杜甫的诗句“霜皮溜雨四十围，黛色参天二千尺”(《古柏行》)提出批语说：“四十围乃径七尺，无乃太细长乎?”明代诗人杨慎则对杜牧的《江南春》“千里莺啼绿映红，水村山郭酒旗风。南朝四百八十寺，多少楼台烟雨中”提出反问：“千里莺啼，谁人听得?千里莺啼绿映红，谁人见得?若作十里，则莺啼绿映红之景，村郭、楼

---

① 吴礼权：《现代汉语修辞学》(修订本)，上海：复旦大学出版社2012年版，第162页。
② 李国英、李运富：《古代汉语教程》，北京：北京师范大学出版社2007年版，第380页。

台、僧寺、酒旗，皆在其中矣！”（杨慎《升庵诗话》卷八）两人追求科学的实证精神令人赞赏，但把这种精神带入对诗歌的解读中，按照现实的逻辑标准评判诗歌、以数学的精确来衡量夸张修辞，必然会造成对诗歌的误读，以至于将绝美佳句贬得一文不值。

根据夸张的表达方式，可将其分为三类：

(1) 扩大夸张/积极夸张。故意夸大表达对象的形态、性质、作用、程度、数量和速度等。

(2) 缩小夸张/消极夸张。故意缩小表达对象的形态、性质、作用、程度、数量和速度等。

(3) 超前夸张/窜前夸张。将后发生的事情先说，以此突出人或事某方面的特征或情状。

夸张与降用。夸张中的“缩小夸张”与降用都有把事物往小（轻）处说的特点。二者的区别是：缩小夸张是故意把事物的特征、品格、形状、作用、程度等往小（轻）处说，以突出所描述事物的某个特征或情状；降用则是把词语的原语义的分量降低、范围缩小，突出的是大词小用、重词轻用的语义特点。

夸张与浮夸。两者都含有将表达对象极力夸大的特点。二者的区别是：①夸张是为了将表达对象某方面的特征凸显出来，从而给人留下深刻的印象，是一种积极有效的修辞方式；浮夸常常是为了某种利益而故意将无说成有，将小说成大的一种欺瞒虚假行为。②夸张虽夸大了事物某方面的特征，但要有一定的现实基础；浮夸则完全脱离了现实生活，是一种随意的胡夸。

> 还有一回，在别人家翻看一本杂志，其间插了一页彩照：碧波荡漾的池岸上一个婀娜健美的泳装女子！呜呼，这厮一见，再告惊呆，心说世上怎会有恁多美妙女子？于是乎翻呀看呀，只差把眼珠子掉在上面了。（《我的丁一之旅》）

“只差把眼珠子掉在上面了”，这夸张着实形象而生动地刻画了“这厮”的爱美与好色之心。

> 还有一句，最富想象力：想你想得眼发花，土坷垃看成个枣红马……（《我的丁一之旅》）

将视觉的错位用于夸张，“不觉其虚，弥觉其妙”。

第三节　对立统一　幽默风趣——杂混

所谓杂混，就是在一连串说出的几个人或事物中混入一个不同类的物或人。如果是在鸡蛋中加入鹅蛋、鸭蛋等这还不叫杂混（而叫“混蛋”），那么在它们当中再加入糊涂蛋，这就是杂混了。因为前面三种蛋同属禽蛋类，而后面的“糊涂蛋”是一个比喻的说法，是用来骂人的，与前面的禽蛋不同类。①

从结构上来说，杂混可以分为两部分：铺排语部分和混杂语部分。铺排语说的是同一类的人或事物，列出的几个人或事物的名称是处于同一语义场的，它们是同类事物的聚合；而混杂语说的则是与铺排语不同的另类，是处于铺排语语义场之外的。

从思维的角度看，杂混是求同思维和求异思维的对立统一。铺排语运用的是求同思维，混杂语则是运用求异思维来一个思维上的急转弯，将听话人由惯性引导的心理牵引到歧路上来，并利用这种突变产生幽默的语用效果。

按其内容，杂混可分为三类：

（1）人中混物。即在一连串说出的几个人中混入一个物，这个物既可以是抽象的事物，也可以是具体的事物。

（2）物中混人。即在一连串说出的几个物中混入一个人。

（3）物中混异物。即在一连串说出的几个事物中混入另一个不同类别的事物。

> 那儿有许多昆虫：蝉、蜻蜓、蜗牛、蚂蚱、蜘蛛……她去寻找每一只遇难的小虫。
>
> 一只甲虫躺在青石上，绝望地空划着细腿。她小心地帮它翻身。看它张开翅膀飞去，她说：“它一定莫名其妙，一定在感谢命运之神呢。”

---

① 胡范铸在《幽默语言学》一书中提出“杂混”的概念，后来高圣林又在《修辞学习》1999 年第 1 期《一种幽默的杂混——兼与“衬跌”作比较》一文提出。

几只蚂蚁吃力地拖着一块面包屑。她用树叶把面包屑铲起，送到了蚁穴近旁。她笑了，想起一句俗话：天上掉馅饼。“它们回家后一定是又惊又喜。”她说，“庆祝上帝的恩典吧！”

一个小伙子用气枪瞄准着树上的麻雀。她急忙捡起一块石子，全力向树上抛去。鸟儿“扑棱棱”飞上了高空……几个老人在河边垂钓。她唱着叫着，在河边奔跑，鱼儿惊惶地沉下了河底……孩子们猫着腰，端着网，在捕蜻蜓。她摇着一根树枝把蜻蜓赶跑……这些是她最感快慰的事情。自然，这要招来阵阵恶骂：“疯子！臭疯子！”但她毫无反应。她正陶醉在幸福中。她对自己说：“我就是它们的上帝，它们的命运之神。”

然而，有一种情况却使她茫然：一只螳螂正悄悄地接近一只瓢虫。是夺去螳螂赖以生存的口粮呢？还是见瓢虫死于非命而不救。她只是双手使劲地揉搓着裙子，焦急而紧张地注视着螳螂和瓢虫，脸色煞白。她不知道该让谁死，谁活。直至那弱肉强食的斗争结束，她才颓然坐在草地上，“我不是一个善良的上帝”。她说。而且她怀疑了天上的上帝，他既是苦苦众生的救星，为什么一定要搞成这你死我活的局面？（《命若琴弦·树森里的上帝》）

这里的杂混，属于物中混人。一只甲虫，几只蚂蚁，一个小伙子，构成了文本叙述的主体。叙述之后的，“她”的自言自语，“她”的感叹，使“她”的性格立体化。“她”说：“它一定莫名其妙，一定在感谢命运之神呢。”“它们回家后一定是又惊又喜。”“她”说：“庆祝上帝的恩典吧！”“她”对自己说：“我就是它们的上帝，它们的命运之神。”“我不是一个善良的上帝。”

野羊坳里已经昏暗，羊叫、驴叫、狗叫、孩子们叫，处处起了炊烟。野羊岭上还有一线残阳，小庙正在那淡薄的光中，没有声响。（《命若琴弦》）

在野羊坳里，有羊叫、驴叫、狗叫，叫声此起彼伏写出了热闹；而孩子们的叫声也杂入其中，写出人与自然的浑融；而“野羊岭上还有一线残阳，小庙正在那淡薄的光中，没有声响”，正与野羊坳形成鲜明对照，动中有静，静中显动。

蜂儿如一朵小雾稳稳地停在半空；蚂蚁摇头晃脑捋着触须，猛然间想透了什么，转身疾行而去；瓢虫爬得不耐烦了，累了，祈祷一回便支开翅膀，忽悠一下升空了；树干上留着一只蝉蜕，寂寞如一间空屋；露水在草叶上滚动，聚集，压弯了草叶轰然坠地摔开了万道金光。（《我与地坛》）

蜂儿、蚂蚁、瓢虫、蝉蜕、露水，显然是物中混异物，露水是其异类。作者有意将其杂混在一块儿，用比喻、拟人和夸张的手法把大自然摹写得灵动有趣。

大家便一齐动手，在一棵大树下为了丁一挖了个坟。谢谢你们了，谢谢啦我的朋友！我希望这就是属于某个小姐姐的那棵大栾树，属于阿春与阿秋的那棵海棠树，属于冷冷的桂花树，属于依的老柏树，属于娥窗前的那棵"月光"树和萨的那片草地周围的"星辰树"吧，还有姑父的铁树，那丁院子里的石榴树，以及那史出生之地的老枣树……（《我的丁一之旅》）

大栾树、海棠树、桂花树、老柏树、"月光"树、"星辰树"、铁树、石榴树和老枣树，各种树的列举，看似分类统一，但"月光"树与"星辰树"，显然是比喻，作者有意将其杂混，把某个小姐姐、阿春、阿秋、冷冷、依、娥、萨、姑父、丁以及史，一一列出，其情溢然，其义洞然。

第四节　巧用多义　随时开脱——用歧

用歧——巧妙地利用话语的多义性，当接受者以其中一项意义理解时，就调用另一项意义进行解释以达到戏弄对方并为自己开脱的一种修辞方式。[①] 谭永祥在《修辞新格》（增订本）一书中对用歧格的定义是："利用词语意义或情境意义造成的两歧，以收到预期的言语效果。"

按照用歧的构成手段，可将其分为两类：

---

① 谭学纯、濮侃、沈孟璎：《汉语修辞格大辞典》，上海：上海辞书出版社 2010 年版，第 277 页。

（1）利用词语的同音或近音关系构成用歧。

（2）利用词语的多义关系（包括语境意义）构成用歧。

无奈姓席，“席红”？“席革”？总都像是一张什么席，毫无气派。（《命若琴弦·“傻人”的希望》）

“席”在文本中既有“姓席”之义，又有“席子”之意，作者利用同音有意用歧，造成两解，各持其意。

他疑虑地瞅了我一会儿，说：“我也不过打个比方。”他又看看窗外，小声提醒我：“咱们这是在屋里说。”

〔注九〕“咱们这是在屋里说”一语，同时兼备三种意思：1. 在外面不能这样说；2. 咱们现在说的，外面的人并没听见；3. 咱们之间是了解的、信任的，谁也不会出卖谁。

（《原罪·宿命·关于詹牧师的报告文学》）

作者以作注的形式，有意用歧。“咱们这是在屋里说”在语境中的这三种意义，“我”到底作哪一种理解，只有“我”自己明白，或许是其一，或许乃其二，甚或含其三。

寻找夏娃？

不料那丁笑笑，报以漠然一瞥。

那一瞥之不屑，之轻狂，不由得让我后悔了一向对他的放纵；更不由人想起此乡此土最为流行的一句名劝：哥儿们你累不累？潜台词之一：这世上可有爱情吗？潜台词之二：有些人是怎么死的？傻死的！潜台词之三：想干吗哥儿们你就去干吗吧，什么这个那个的，“对酒当歌，人生几何”，咱犯不上为些莫须有的玩意儿去浪费光阴，虚度年华！（《我的丁一之旅》）

“哥儿们你累不累？”这句话离开语境，意义单一，但一进入这样的语境，作者拎出三句潜台词，有意用歧，这样的表达艺术，让人折服。

早年我看过一部外国电影，内容早记不清了，但标题却一直不忘：《理想的继续》。这标题，我先后读出了好多种意思：

> 1. 理想必然要步入现实。2. 现实绝不如理想那般美好。3. 理想实现之后的理想是什么呢？4. 总也不能实现的理想。5. 随后的一切都很可心。6. 继续本身就很好、很合乎理想。还有很多，但总之，关键词是两个："理想"和"继续"——其间虚实并在，所以还得好好想。(《妄想电影·许三多的循环论证》)

一个简单得不能再简单的句子，本仁者见仁智者见智，可是作者有意提供了六种意思，好像供读者随意理解，实质上并非如此。这种有意用歧，其实是在引导读者进入文本，准确把握题意。

第五节　直存语误　原形毕露——飞白

飞白——明知其说错或写错，故意将错就错如实记录或援用下来的一种修辞方式①。又称拟误、非别。

实际上，飞白包含两个层面：第一个层面是说写者（直接表达者）在无意的状态中出错；第二个层面是记录者或援用者（间接表达者）在有意的状态中，将说写者的错误原封不动地加以记录或援用。两者的关系是有意者对无意者错误的有意识的模仿。飞白的修辞效果正是在无意与有意的对比中不动声色地将自己对说写者的褒贬蕴含其中，读者也就在这无意识与有意识的对比中体会了间接表达者的用意。

根据出错的原因，飞白可分为四类：

（1）语音飞白。记录或援用说话者因口吃、咬舌、方言等语音上的不规律现象所构成的飞白。

（2）语义飞白。记录或援用说话者误解语义、不合逻辑的句子构成的飞白。

（3）语法飞白。记录或援用说话者不符合语法规范的句子构成的飞白。

（4）字形飞白。记录或援用说写者的错别字构成的飞白。

飞白与错别字在语言形式上都含有错误。二者的区别是：从表面上看飞白就是别字别音、错字谐音，但飞白中的"错"对表达者（直接表达

---

① 杨春霖、刘帆等：《汉语修辞艺术大辞典》，西安：陕西人民出版社1995年版，第989页。

者）来说是无意识的，无意的，即不知其错；而对记录者或援用者（间接表达者）来说则是有意识的，即明知其错却故意不加修改地照说或照写，从而产生特定的修辞效果；错别字是语言学术语，它的“错”没有再被模仿或援用，因此，它只能是错别字，而无法产生修辞效果。

> 和我一起拦牛的老汉姓白。陕北话里，“白”发“破”的音，我们都管他叫“破老汉”。也许还因为他穷吧，英语中的“poor”就是“穷”的意思。或者还因为别的：那几颗零零碎碎的牙，那几根稀稀拉拉的胡子，尤其是他的嗓子——他爱唱，可嗓子像破锣。傍晚赶着牛回村的时候，最后一缕阳光照在崖畔上，红的。破老汉用镢把挑起一捆柴，扛着，一路走一路唱：“崖畔上开花崖畔上红；受苦人过得好光景……”声音拉得很长，虽不洪亮，但颤巍巍的，悠扬。碰巧了，崖顶上探出两个小脑瓜，竖着耳朵听一阵，跑了；可能是狐狸，也可能是野羊。不过，要想靠打猎为生可不行，野兽很少。（《命若琴弦·我的遥远的清平湾》）

这是一个语音飞白格。作者巧用方言谐音，在陕北话里，“白”发“破”音，故叫“破老汉”。又因为穷，在英语中是“poor”。还因为别的：那几颗零零碎碎的牙，那几根稀稀拉拉的胡子，尤其是他的嗓子——他爱唱，可嗓子像破锣。这飞白，将“白”赋予如此众多的语义，白老汉的形象自然因之而丰满，尤其是“碰巧了，崖顶上探出两个小脑瓜，竖着耳朵听一阵，跑了；可能是狐狸，也可能是野羊。不过，要想靠打猎为生可不行，野兽很少”。用以形容白老汉之“破”，其高妙简直掷地有声，让人叹为观止。

第六节　话语中断　含蓄急转——跳脱

跳脱——表达中话没说完就被中断了，或就此打住，或转而言他，造成语义不畅的一种修辞方式。又称断续。①

在一定的语境里，由于语路突然跳开或者说话人的心理变化等因素，

---

① 谭学纯、濮侃、沈孟璎：《汉语修辞格大辞典》，上海：上海辞书出版社2010年版，第225页。

会使语义滞涩脱落，话语不能正常表达，因此，跳脱有含蓄、急转、突发等表达效果。

跳脱通常分为急收、岔断、突接三类。

（1）急收。话到半途中断，或欲言又止，不再说下去；或抛开先言，改说别的了，叫人揣测言外之意。

（2）岔断。在表达中话语被意外打断。

（3）突接。话语中断、又再接上，断断续续，语义不连贯。

急收、岔断和突接有共性，它们的共同点是都存在话语中断，句义不畅的问题。三者的区别是：急收是断而不接，意在言外；岔断是被外在因素打断，不一定续接；突接是先断后接。

> 脚踩在床上，柔软又暖和。鼻尖碰在玻璃上，又硬又湿又凉。树在动。房子不动。远远近近的村要动全动，远远近近的房子和街道都不动。树一动奶奶就说，听听这风大不大。奶奶坐在昏暗处不知在干什么。树一动得厉害窗户就响。
>
> 我说："树刮风。"
>
> 奶奶说："喝水不呀？"
>
> 我说："树刮风。"
>
> 奶奶说："树。刮风。行了，知道了。"
>
> 我说："树！刮风。"
>
> 奶奶说："行啦，贫不贫？"
>
> 我说："刮风，树！"
>
> 奶奶说："嗯。来，喝点儿水。"
>
> 我急起来，直想哭，把水打开。
>
> 奶奶看了我一会儿，又往窗外看，笑了，说："不是树刮的风，是风把树刮得动弹了。风一刮，树才动弹了哪。"
>
> 我愣愣地望着窗外，一口一口从奶奶端着的杯子里喝水。奶奶也坐到亮处来，说："瞧瞧，风把天刮得多干净。"（《务虚笔记》）

这里，"我"与"奶奶"的话旨各不相同。"我"始终围绕树刮风展开话题，但老被"奶奶"无意掐断；"奶奶"始终围绕喝水反复提醒，但"我"总是有意打断。这样的跳脱，一则表明"我"对事物变化的关注；二则突出"奶奶"对"我"的关心。最后，在标点修辞的妙用与倒装的强调中，双方渐趋一致："不是树刮的风，是风把树刮得动弹了。风一刮，树才动弹了哪。”“我”愣愣地望着窗外，一口一口从“奶奶”端着的杯子里喝水。“奶奶”也坐到亮处来，说：“瞧瞧，风把天刮得多干净。”

此外，谐音、谐转、异称、歇后各具变化之妙，让读者在变化中激发阅读兴趣，在朦胧中体会准确的内涵。

谐音，是利用词语的同音或近音关系引发人们联想或想象的一种修辞方式。谐音增强了语言文字的表现能力，也引起人们的广泛注意与兴趣，在日常生活以及文艺创作中被大量运用，许多民俗都与谐音有关，谜语、歇后语、谚语中的谐音现象更是比比皆是，由此形成了谐音文化。[①] 同音相谐，极易引发联想意义，从而更深入地领会文本所含深意。

> 身上有“癌”，心中有“诗”——丁一从镜中观察自己，连我都被他感动。我给他开心：中医说，你这身上所以长“癌”，就因为你这心里有“湿”。我原是好意，觉此谐音未必不是吉兆，没承想这小子急了：你他妈才“湿”呢！然后把笔一扔，又满街疯走去了。我追着他，跟着他，央告他：得得得，算我瞎死，咱还是回家写“诗”得了！（《我的丁一之旅》）

“诗”与“湿”同音，本毫无关联，但一经作者将二者与“癌”字相连，予以撺掇，整个话语就灵动起来，人物形象跃然纸上。

最有意思的是谐转。谐转，是利用词语的同音或近音关系来转换词义的一种修辞方式[②]。

> 啊，此丁再次令我刮目。他指的分明是那独具的话语呀！他是说：花飞花落，那话（儿）何为？——好啊好啊，果然此丁才情非凡，我没看错他！他是说：那话（儿）何味？那话（儿）何萎？那话（儿）何危？那话，它曾经是为了什么？如今，未来，乃至到底，它都是为了什么？（《我的丁一之旅》）

---

① 谭学纯、濮侃、沈孟瓔：《汉语修辞格大辞典》，上海：上海辞书出版社 2010 年版，第 249 页。

② 谭学纯、濮侃、沈孟瓔：《汉语修辞格大辞典》，上海：上海辞书出版社 2010 年版，第 250 页。

"那话（儿）何为?""那话（儿）何味?""那话（儿）何萎?""那话（儿）何危?"四句话，在"为""味""萎""危"四个近音词中不断谐转，由"什么意思"而"作何理解"而"为何凋萎"而"有何危险"，不断反问，不断演进，意义拓展，层层递进。

姑父说："我这么一算哪，爷们儿你猜怎么着？都七年啦！自打我最后一次去找她，已经又过去好几年啦！"

"那您，"丁一问，"一直就没结婚?"

咳咳，丁一你可添的什么乱呀！

"不结，你能叫我姑父?"姑父呆滞的脸上又浮现一缕酸楚。

"那么姑，是馥吗?"丁一仍不识趣。(《我的丁一之旅》)

丁一有意将"姑父"以谐音的方式转换为"姑""馥"，不识趣的问语，字里行间透露出姑父的酸楚。

"现在呢，社会闲杂?"

"行，这么说也行，社……会贤达。"

"行了，走吧！"警察说。

"这么说吧，那感觉让人心里觉着透……透亮，觉着……"

"记住，下回别再让我碰上啦，再碰上可没这么便宜了！"(《我的丁一之旅》)

由"闲杂"一音转为"贤达"，词语的感情色彩由贬义转为褒义，其表达效果迥然。

原生态，其实什么地方都曾有，什么时候也都能有，倒是让种种"文化"给弄乱了——此也文化，彼也文化，书读得太多倒说昏话；东也来风，西也来风，风追得太紧即近发疯。(《扶轮问路·原生态》)

"风"与"疯"同音谐转，在这种转换中寄寓着作者对社会的不满。

异称——从不同视点为同一人物的不同角色身份进行不同命名的一种

修辞方式。①谭永祥在《修辞新格》（增订本）一书中认为，“从不同的视点、不同的角度，对同一个人给予不同的称谓或称说，这种修辞手法叫‘异称’”。

异称是同一人物不同身份符号的修辞聚合体，其内涵大于称谓，它既包括称谓、称呼、姓名，也包括具有身份指称功能的字母、数字等。

> “L！——L！——小L你在家吗？”太阳里，天边，很远，或者很近就在门前的绿阴间，传来她们悠扬的呼唤，“L小哥哥——L小弟弟——喂，L你在干吗呢？”在变化着的云朵里，在摇动着的树叶上，或者月光下矮墙的后面，或者午后响亮的蝉歌中，要么就在台阶上，细雨敲打着的伞面移开时，很远和很近，传来女孩儿们呼唤他的声音。（《务虚笔记》）

“L”“小L”“L小哥哥”“L小弟弟”，这些其实指称的是同一个人，只是不同年龄不同身份站在不同角度的称呼而已。“在变化着的云朵里，在摇动着的树叶上，或者月光下矮墙的后面，或者午后响亮的蝉歌中，要么就在台阶上，细雨敲打着的伞面移开时，很远和很近，传来女孩儿们呼唤他的声音。”连续的方位与时空变化，恰恰衬托出女孩们对L的情感。

歇后，一句话，前半截是个比喻，后半截是对这个比喻的解释。说话的时候，只把前半截说出来，省去后半截，让听话人去体会，这种修辞就是歇后。②

歇后通常有寓意歇后和谐音歇后两种。其妙在省略最后，给读者以思索回味的空间。

> 可选票是有数的，多出一张来怎么向上边交代？后两个是叉……再说上边已经知道了。写个检查呗，我老江这辈子还是“大姑娘上轿”——头一回。（《命若琴弦·白色的纸帆》）

作者在这里显然使用的是寓意歇后，以“大姑娘上轿——头一回”这一打比方的方式表达了自己想要说的意思，既生动形象，又风趣精练。

---

① 谭学纯、濮侃、沈孟璎：《汉语修辞格大辞典》，上海：上海辞书出版社2010年版，第265页。

② 尉迟华：《新编增广修辞格例话》，北京：清华大学出版社2011年版，第152页。

第七章

以特定修辞手法创造侧重之美

夫美不自美，因人而彰。

——柳宗元《邕州柳中丞作马退山茅亭记》

筑台可以邀月，种蕉可以邀雨。

——张潮《幽梦影》

第一节　二三其辞　表情现思——反复

反复，是一种“用同一的语句，一再表现强烈的情思”的修辞文本模式。①

陈望道在《修辞学发凡》中把“反复”列为积极修辞的丁类，即“章句上的辞格”，给出的定义是：“用同一的语句，一再表现强烈的情思，名叫反复辞。”而把词的反复列入复叠。

重复使用的语言单位可以是词语、句子甚至是句群或段落。首次出现的语言单位称为“本体”，后面重复出现的相同语言单位叫作“复体”②。

根据语言单位元重复使用的方式，反复可以分为两类：

（1）连续反复：连续使用同一语言单位，中间没有其他语言单位间隔开。又称“连接的反复”（陈望道《修辞学发凡》）、“迭用重言”（郑远汉《现代汉语修辞知识》）。

（2）间隔反复：重复使用同一语言单位，中间有其他语言单位间隔开。又称“隔离的反复”（陈望道《修辞学发凡》）、“隔离重言”（郑远汉《现代汉语修辞知识》）。

此外，一个句群或段落的开头和结尾位置的词语或句子的重复，因为中间有其他语句，故也属于间隔反复，叫作“首尾反复”。

吕叔湘把意义相同或相近的不同语言形式的重复使用也看作反复，称为“同义反复”③“语义（意）反复”“异语反复”“复说”，又即古人所说的“叠写”。

反复与复叠都是语言单位的重复使用。二者的区别是：反复中的项目是词语、句子、句群或段落，重复后的形式、意义、语法性质都不变；复叠中重复的专案是字、词语，重复后的字、词的意义和词性会发生变化。另外，反复的修辞作用主要是突出、强调，而复叠的主要效果是使语言表达更加生动。

① 吴礼权：《现代汉语修辞学》（修订本），上海：复旦大学出版社2012年版，第173页。

② 姚锡远、陈功焕：《反复》，载武占坤《常用的辞格通论》，石家庄：河北教育出版社1990年版。

③ 吕叔湘：《同义反复》，《吕叔湘文集》（第5卷），北京：商务印书馆1993年版。

反复与故复都多次使用某个或某些语言单位。二者的区别是：反复是多次使用相同的语言单位；故复是使用不同的语言单位来强调或深入表达思想感情。

反复与排比都可以重复语句，增强节奏感和强化感情。二者的区别是：

（1）反复的各项语言单位的字面形式相同；排比的各项句子语法结构相同或相似。语法结构相同的，成分的形式可以不同。当结构相同或相似的多个语句排列在一起而且各个语句含有相同的词语时，就是反复和排比的兼用。

（2）反复中的各项可以连续反复，也可以间隔反复；排比中的各项只能是连续排列。

（3）反复中的各项可以是词、短语，也可以是句子，甚至是段落；排比中的各项只能是短语或者句子。

（4）反复的目的和修辞效果在于突出、强调或增强节奏感；排比的目的和修辞效果是增强气势。

一般说来，表达者在情绪激动或希望感染接受者并使其产生思想或情感共鸣时，常常会情不自禁地建构这类文本。在史铁生的文本中，反复辞格的运用，水到渠成。

> 就这么，我们谈起了爱情。小秀儿在她固有的一切美之外，又添进了开放的思想和热烈的感情。我以为那是我的功劳，她也承认。那时的小秀儿啊，笑声和歌声是她的影子。我们朝夕相处，读书，发议论，品评现时，回忆过去，憧憬未来……春天，万物都在更新、生长、创造。
>
> 我总不能忘记，我们一起读了鲁迅的《伤逝》。我们为涓生和子君的结局而悲哀，为我们生在今天而庆幸，并且坚信了一条哲理：只有共同的理想和斗争能使爱情时时更新、生长、创造；一旦沉入卿卿我我，为家庭的天地所束缚，爱情便要无聊，便要僵死。于是我们商定，我们要爱得不同凡响——革命而又浪漫。这就是我们为什么同去边疆而又不在一起的原因。（《命若琴弦·爱情的命运》）

“更新、生长、创造”在文本中间接反复了两次。虽文字相同，意义却不同且不断递进。小秀儿在她固有的一切美之外，又添进了开放的思想和热烈的感情。因为爱情。第一次“更新、生长、创造”体现在：读书，发议论，品评现时，回忆过去，憧憬未来……；第二次“更新、生长、创造”体现在：一起读了鲁迅的《伤逝》，坚信了一条哲理，爱得不同凡响——革命而又浪漫。

> 班里有个闹将，我只记得他外号叫“大砖头”，是孩子王。为这事他领着几个男生哄我们，说我们是“一对儿”。
>
> “你们胡说!”我朝他们喊。
>
> “你们胡说。”于志刚也说。
>
> “你们再胡说，我告老师去!”我又朝他们喊。
>
> “你们再胡说，我告老师去。”于志刚刚也又说。（《命若琴弦·兄弟》）

四次反复，两两相同，强调的是“我们不是‘一对儿’”。

> 那些日子，我们生活中的全部乐趣更是都在这个角落里了，但要有王雪，只要有王雪，只能是王雪。为什么呢？我还没来得及细想。(《命若琴弦·没有太阳的角落》)

虽没来得及细想，但三次词语的反复，已足以说明，王雪成了“我”的支撑。

> 多么滑稽！欺骗是善良的，诚实反成了残忍，这滑稽的结构总该有一个更加滑稽的原因吧？我说不清，说不清！（《命若琴弦·绵绵的秋雨》)

这里表面上是一个设问句，一个模糊的回答，看似反复强调说不清，实则在反复中加强了自己的观点。之所以滑稽，就在于欺骗是善良的，诚实反成了残忍。

> 我还要回来，还要回来。没有了爱的生活是不堪忍受的，保况这是骨肉般不可分离的爱。我还要回来，还要回来。如果我做事，还是要为我的故土而做，如果我唱歌，还是要为我的同胞而唱。我还要回来！但愿那时我能够明白，我能够告诉给母亲一切

真话……（《命若琴弦·绵绵的秋雨》）

“我”“还要回来”在文中五次反复，包含了三层意义，交代了三个原因：没有了爱的生活不堪忍受；做事，为故土而做，唱歌，为同胞而唱；能够告诉给母亲一切真话……

他们又来湖边，见那个老人仍坐在夕阳中静静地瞭望。他们恭敬地向老人说明了来意。老人闭目沉思片刻，问道：“你们总是要有孩子的吧？你们的孩子也是要有孩子的，你们的孩子的孩子总归也是要有孩子的吧？”他们说：“是。”（《命若琴弦·草帽》）

“孩子”在文本中反复出现了六次，老人以循环往复的方式强调三代人都需要孩子，说明传宗接代的重要性。

“可你不知道上帝喜欢的含义是什么。你怎么也不知道。人就像个瞎子。喂，把灯开开好吗？”

“不，你别。你别开，别开灯。”

“太黑了该开了。这么黑谁也看不见谁。”

“这多好，谁也看不见谁有多好。”

“你就这么喜欢谁也看不见谁？”

“对了，我喜欢。这样才真实，否则你能看见什么呢？”

“你怎么有点儿发抖？”男的说。

女的说：“没有。搂紧我。”

“对，对了，就这样，”女的说，“搂紧我。”

“你别又胡思乱想，”男的说，“你别总以为要出什么事，不会再出什么事了。”

“我宁愿你这样骗骗我。”

“不是骗你。”

“管它是不是，我愿意听你这样说。搂紧我。反正我也愿意听你这么说。”

“我骗过你吗？我从来没有骗过你。”（《命若琴弦·对话练习》）

在对话中，女的三次反复强调“搂紧我”，有颤抖，有期待，也有推心的对话，置腹的劝慰。

> 要想回答譬如说——世界是从什么时候开始的？——这样的问题，我想最大的难点就在于：我只能是我。因为事实上我只能回答——世界对我来说开始于何时？——这样的问题。因为世界不可能不是对我来说的世界。当然可以把我扩大为“我”，即世界还是对一切人来说的世界，但就连这样的扩大也无非是说，世界对我来说是可以或应该这样扩大的。您可以反驳我，您完全可以利用我的逻辑来向我证明：世界同时也是对您来说的世界。但我说过最大的难点在于我只能是我，结果您的这些意见一旦为我所同意，它又成了世界对我来说的一项内容了。您豁达并且宽厚地一笑说：那就没办法了，反正世界不是像你认为的那样。我也感到确实是没有办法了：世界对我来说很可能不是像我认为的那样。
>
> 如果世界注定逃脱不了对我来说，那么世界确凿是开始于何时呢？（《命若琴弦·一种谜语的几种简单的猜法》）

在文本中作者反复强调“对我来说”，既突出了相对论，又反映了主观性，更肯定了“我只能是我”。

> 天黑时经过一个小站。客车乱哄哄、吵嚷嚷地靠在站台边。另一边的路基上走着一个汉子时而弓了腰，用榔头在车轮上敲。车窗里透出的灯光照亮那汉子的脸，木然，眼睛只注意看车轮，绝不对车窗里的人感一点兴趣。他有自己的生活。火车又乱哄哄、吵嚷嚷地离开小站，我一直看着那汉子走上站台，走进一间黄色的小屋去。
>
> 清平湾的人凭什么要记得我们呢？有过那么一群北京学生，少男、少女、乱哄哄地来了，吵吵嚷嚷地住了三四年，又一个一个都走了。来去匆匆，都不晓得为了什么。清平湾还是清平湾，在那偏僻的大山里，看着日出日落，做着一年四季的营生，过着自己的日子。（《原罪·宿命·关于詹牧师的报告文学》）

三次反复构成了两种意义：一是车的乱与吵；一是人的乱与吵。乱的环境，乱世人。

否则也就无事，问题出在它不把你撞死而仅仅把你的腰椎骨截然撞断。以往的一切便烟消云散烟消云散，烟消云散之后世界转过身去把它毫无人味的脊梁给你看，我是说给我看，给莫非。(《原罪·宿命》)

三个“烟消云散”说的是理想的破灭。腰椎骨的截然撞断意味着理想破灭，理想破灭之后意味着没有真正的脊梁，世界既不关心你，也不关心我，更不关心他。

细雨迷蒙的小街。细雨迷蒙的窗口。细雨迷蒙中的琴声。(《我与地坛·记忆与印象2》)

这是反复，这是排偶，这是双齐，这是列锦。一切这样简练，一切如此朦胧，一切这般充满诗意。

他说该店的宗旨是：“让千百万残疾人得到与健康人同等的购物机会，让千百万残疾人能够买到他们所需的特殊用品，让千百万残疾人得到社会大家庭一员应有的温暖，让千百万残疾人的家属解除后顾之忧。”(《我与地坛·秋天的怀念》)

平等的购物机会；如意地购买所需；温暖的社会关注；无忧的家属关照，这是该店的宗旨，是该店服务千百万残疾人的宗旨。文段因反复格的使用引起读者的关注，也引起了主人公对秋天的怀念。

几十年前的喜怒哀乐和几百几千年前的喜怒哀乐一样，都根据当代人的喜怒哀乐为想象罢了。(《我与地坛·相逢何必曾相识》)

喜怒哀乐，因人而异，因时不同，但作者却说一样，这是一种求同思维，恰恰说明当代人习惯以自我为中心想象前人。

我们有时千里迢迢——汽车呀、火车呀、飞机可别一头栽下来呀——只像是为了去找一处不见墙的地方：荒原、大海、林莽甚至沙漠。但未必就能逃脱。墙永久地在你心里，构筑恐惧，也牵动思念。一只“飞去来器”，从墙出发，又回到墙。你千里迢迢地去时，鲁宾逊正千里迢迢地回来。（《我与地坛·墙下短记》）

“千里迢迢”地来去，为的就是逃脱，最终却无法逃脱，因为心中永远有一堵墙。其实，只要心中没有了墙，人类永远光明，为什么要千里迢迢地逃离，为什么不可以立足当下，立足心里，阳光生活，生活阳光。

说一件真事：五六淑女闲聊，偶尔说起某一女大学生做了“三陪小姐”，不免嗤之以鼻。“一晚上挣好几百哪！”——嗤之以鼻。“一晚上挣好几千的也有！”——还是嗤之以鼻。（《病隙碎笔2》）

淑女对女大学生做三陪嗤之以鼻，从行为和待遇上都显出不屑。淑女的价值观由此可见。

你知道什么可以嫉妒，什么不必嫉妒，这说明你很会嫉妒。（《病隙碎笔2》）

以“嫉妒”一词作分辨式反复，表明非常幽默的嫉妒者乃嫉妒之高手。

第一，人生来注定只能是自己，人生来注定是活在无数他人中间并且无法与他人彻底沟通。意味着孤独。第二，人生来就有欲望，人实现欲望的能力永远赶不上他欲望的能力，这是一个永恒的距离。这意味着痛苦。第三，人生来不想死，可是人生来就是在走向死。这意味着恐惧。（《病隙碎笔·自言自语》）

作者的高妙在于在看似条贯式的列举中融入反复，排偶而下，高度概述，寓意其中：人生来孤独、痛苦、恐惧。

我不怀疑，艺术有用政治也有用。我不怀疑，男人是美的女人也是美的，男人加女人可以生孩子，但双性人是一种病，不美也不能生育。我不怀疑，阴阳相悖相承世界才美妙地运动，阴阳失调即是病症，阴阳不分则是死相。我不怀疑，宗教精神、哲学、科学、政治、经济……应当各司其职，通力合作，但不能互相代替。(《病隙碎笔·自言自语》)

"我不怀疑"重复了四次，其中，有对艺术与政治的探讨；有对男人与女人的探索；有对阴阳的探索；有对宗教、哲学、科学、政治乃至经济等的讨论。这一切的阐说，辩证而统一。在反复中突出，在排比中鲜明，在鲜明中突出，给读者以渗透。

但千万不要是五：她忽然看见他，认出了他，呆愣了几秒钟然后冲他招招手，然后下楼来，"哎——，你怎么在这儿?"明知故问"好久不见了，你好吗?""啊，挺好，你呢?""我也挺好，上去坐坐吧?""不啦，伯母也好吗?""你忙吗？上去坐坐吧？你们还是朋友，不是吗?"于是只好一起上楼去……

千万不要是五：走过无比熟悉的甬道，走进无比熟悉的那间小屋，看见完全陌生的陈设，"我介绍一下，这是我的丈夫，这是我们的孩子，妈，您看谁来了，你不认识他了。"不认识了，一旦走进那小屋就一切都不认识了，连茶杯也不认识了，连说话的语气也不认识了，连空气的味道也不认识了，"抽烟吗?"她递过烟来，保持着得当的距离……

千万不要是五："你还是少抽点儿吧，好吗?"她不是说他，是说另一个男人，"啊，他的心脏不太好，"客气地解释，然后脸上掠过一丝外人看不出来的嗔怒，"喂，你听见没有，你少抽点儿，我说错了吗?"没错没错，那个男人的心脏不太好而这个男人的心脏你已无权干涉，"不信你问问他，他可是大夫，"嗔怒很懂礼貌地退却，换上微笑，"大夫的话你总应该信吧?""可大夫也在抽呀!"于是都笑，虽然并不幽默虽然一点儿都不可笑……

千万不要是五：然后没话找话说，"哦，你身体还好吗?""还好，还行，还凑合。""忙吗？这一向在忙什么?""噢，一般，自己也不知道瞎忙什么。你呢？你们呢?""都一样，还能怎么样呢?"又找不到话题了，其实不是找不到，是躲着一些在心里已经排好了的句子……

千万不要是五："哎，你知道××现在在哪儿?"谢天谢地，总算又碰到一件可说的事，“×××在干什么呢?”“×××呢，最近你见过他没有?”“没有，没有，这么多年一点儿他的消息都没有，怎么样，他?”“几年前倒是在街上碰见一回××，听他说×××已经当上局长了。”“不错，那家伙倒是个当官的料。”“你呢? 该是教授了吧?”“惭愧惭愧，不过一个主治医生，跟剃头匠似的整天动刀子。”“……啊，不早了，不多打扰了。”“也好，那，以后有时间常来吧。”“哎哟，怎么说走就走? 真这么忙? 那好吧，认识你真高兴……”

哦天，千万不要是这第五种。只要不是这第五种，前四种都可以，只要别这么有礼貌，前四种中的哪一种都是可取的，对F医生都可以算作一种宽慰。宽慰不排除爱也不排除恨甚至不排除“纵使相逢应不识”，而只排除平庸，只排除不失礼数地把你标明在一个客人的位置上，把你推开在一个得当的距离之外——对了：朋友。这位置，这距离，是一条魔谷，是一道鬼墙，是一个丑恶凶残食人魂魄的老妖，它能点金成石、化血为水，把你舍命的珍藏“刷拉”一下翻转成一场漫不经心的玩笑。（《务虚笔记》）

这隔离式的反复一共有六次，前五次完全相同，最后一次作总结式剖析，画龙点睛。第一次明知故问；第二次保持着得当距离的介绍；第三次“那个男人的心脏不太好而这个男人的心脏你已无权干涉”的天知地知你知我知他不知；第四次又找不到话题了，其实不是找不到，而是躲着一些在心里已经排好了的句子……；第五次“哎哟，怎么说走就走? 真这么忙? 那好吧，认识你真高兴……”；最后的感叹“千万不要是这第五种”，发自肺腑，流向对方。我们可以想象爱过之后的尴尬、忸怩和做作。美好的期待在祈祷中变得歇斯底里：“只要不是这第五种，前四种都可以，只要别这么有礼貌，前四种中的哪一种都是可取的，对F医生都可以算作一种宽慰。宽慰不排除爱也不排除恨甚至不排除‘纵使相逢应不识’，而只排除平庸，只排除不失礼数地把你标明在一个客人的位置上，把你推开在一个得当的距离之外——对了：朋友。这位置，这距离，是一条魔谷，是一道鬼墙，是一个丑恶凶残食人魂魄的老妖，它能点金成石、化血为水，把你舍命的珍藏‘刷拉’一下翻转成一场漫不经心的玩笑。”

诗人躺在黑夜里，我想：如果，她对诗人来说与许许多多那些女人没有区别，为什么她的离去会让诗人痛不欲生？如果她是独一无二的，那么她那天在美术馆里要是推开了左边的门，诗人是不是就不会有现在这样的痛苦了呢？

诗人躺在黑夜里，我想：什么是专一的（忠诚的，始终不渝的）爱情？如果那是普遍的、固有的、自然而然的事，人类又为什么要赞美它？如果幻想纷纭（或欲望纷纭）是真实的、不可消灭的，人类又为什么主张专一的爱情？如果爱情是一种美好的感情，又为什么只应该一对一呢？

诗人躺在黑夜里，我想：那必是由被抛弃者的痛苦奠基起来的赞美，是由于人人都可能成为被抛弃者才广泛建立起来的主张。我想：那是害怕被他人抛弃，而对他人预先的恭维和安抚，威吓和警告。

诗人躺在黑夜里，我想：如果"专一"只是对他人的要求，而不是对自己的控制，这专一为假。如果"专一"不管是对他人还是对自己，只是出于控制，这专一为恶。如果欲望纷纭为真，又为什么要控制，为什么不允许纷纭的幻想变成纷纭的现实？但如果那样，爱情又是什么？爱情与性欲与嫖妓的区别何在？人与兽的区别何在？爱情的不可替代的魅力是什么？这人间为什么，除了性之外又偏偏有一种叫做爱情的东西呢？偏偏有一种叫做爱情的东西，而且被赞美，被渴望，被舍生忘死地追寻？

诗人躺在黑夜里，我和诗人百思不得其解。（《务虚笔记》）

文本中一共有五次反复"诗人躺在黑夜里，我想"，前四次与最后一次构成分总关系。第一次，衔接着两个"如果"的反问，探讨的是为什么"她"的离去会让诗人痛不欲生。第二次，三个"如果"构成排比，以反问的方式探究什么是专一的爱情。第三次，在前两次的基础上得出结论："那必是由被抛弃者的痛苦奠基起来的赞美，是由于人人都可能成为被抛弃者才广泛建立起来的主张。"第四次，在三个"如果"排比的基础上发出七次连续的追问，且叠用反复，试图问个水落石出。最后出人意料地以百思不得其解作结，这是扔向心灵池中的一块巨石！

然后诗人L告别了F医生，在我的视野里消失，在我的世界上变成一个消息，诗人的消息于是在这块土地上到处流传。时间一般连贯诗人的欲望和痛苦，在这块广袤而古老的土地上到处流传，并不随时碰撞我们的耳鼓但随时触响我们的心弦。从那并不随时碰撞耳鼓但随时触响心弦的消息里，辨认出诗人无所不在的行踪，或到处流浪的身影。(《务虚笔记》)

“并不随时碰撞”，这或然性的判断，这反复的强调，让读者所感受到的是诗人无所不在，到处流浪。

来自远方的预言：如果你到这里来，/不论走哪条路，从哪里出发。/那都一样……来自远方的预言：在编织非人力所能解脱的/无法忍受的火焰之衫的那双手后面。/我们只是活着，只是叹息/不是让这样的火就是让那样的火耗去我们的生命……来自远方的预言：是谁想出这种折磨的呢？/是爱……

来自远方的预言在写作之夜得到验证：C无论是谁那都一样。残疾和爱情——命运和梦想的密码随时随地显露端倪：无论对谁，那都一样。(《务虚笔记》)

“来自远方的预言”，这样的言语就像霓虹灯的闪烁，时刻吸引着读者关注其所言说的内涵。最后的一句反复言说的旨意尽在其中：“残疾和爱情——命运和梦想的密码随时随地显露端倪：无论对谁，那都一样。”

啊，夜如水哟梦如舟！醉桨儿摇摇，心流儿悠悠……
你看那月走云飞，无不是风情际会。
你看那星移影动，无不是魂舞心歌。
你听那陌路衷肠，喜极而泣。
你听那离人梦遇，彻夜长哭。

啊，夜如水哟桨如舟！醉桨儿摇摇，心流儿悠悠……
我见有魂乘一片飞叶，徘徊月下，期遇佳侣。
我见有魂驾一缕轻风，低回锦帐，慢潜闺门。
我见有魂化一丝天籁，绣窗轻叩，窥望惊鸿。
我见有魂伴一点孤独，悬泪不去，默守芳容。

啊，夜如水哟梦如舟！醉桨儿摇摇，心流儿悠悠……
我见有魂越墙而走，犹犹豫豫，不知何往。

我见有魂破壁而行，寻寻觅觅，不知所终。
我见有魂惊梦而去，孤帆远影，天涯浪迹。
我见有魂戴月而归，临风浩叹，田园将芜。

啊，夜如水哟梦如舟！醉桨儿摇摇，心流儿悠悠……
我见有魂离家弃室，迁情别恋。
我见有魂孤衾难耐，梦里贪欢。
我见有魂少年意气，山盟海誓。
我见有魂老当益壮，万里寻情。

啊，夜如水哟梦如舟！醉桨儿摇摇，心流儿悠悠……
我听见，山隔水阻，有情魂霎时团聚。
我听见，携雨挟风，有缘魂一见钟情。
我听见，花间柳下，莺歌燕语朝朝暮暮。
我听见，阔野长天，兽吼禽鸣夜夜风流。

啊，夜如水哟，梦如舟！
我便是那一天星月吧？辉光万里，长宵觅尽。
我便是这千古疾魂呀！天荒地老，翘望斯人。

啊，醉桨儿摇摇，心流儿悠悠……
却不见伊甸之归路，
却不见夏娃之魂踪！（《我的丁一之旅》）

“啊，夜如水哟梦如舟！醉桨儿摇摇，心流儿悠悠……”这个比喻、复叠、对偶连用的诗句，抒情与感叹共存，话匣与诗意共生。第一段，在排偶中将所见所听尽抒其情；第二段，在四见心魂之中，极尽动词与数量词锤炼之能事；第三段，依然在四见心魂之中极尽想象之能事，或复叠，或双齐，极具音乐与整齐之美；第五段，心魂未止，想象依然；第六段由见而听，与前面的段落构成互文语境，因见欲听，因听欲见，那两两相对的偶句，堪称绝对；最后两段，作者有意将反复六次的句子，作分拆，前后勾连，或比拟，或排偶，在期待与魂化中顿然失意，基调的陡转，心情的怅然，是高速下坡后的失落，是失落后的心动过速，是心动过速后的心恸与心痛。

细雨迷蒙的小街。细雨迷蒙的窗口。细雨迷蒙中的琴声。

直至深夜。

春风从不入睡。

一个日趋丰满的女孩。一个正在成形的男子。但力量儿猛，精力旺盛，才华横溢，一天二十四小时都是早晨八九点钟的太阳。跟警察逗闷子。对父母撒谎。给老师提些没有答案的问题。在街上看人打架，公平地为双方数点。或混迹于球场，道具齐备，地地道道的“足球流氓”。但也把迷路的儿童送回家，却对那些家长没有好气儿：“我叫什么？哥们儿这事也归你管？”或搀起摔倒在路边的老人，背他回家，但对那些儿女不客气：“钱？那就一百万吧，哥们儿我也算发回财。”

一群鸽子，雪白，悠扬。

一群男孩和女孩疯疯癫癫五光十色。

鸽子在阳光下的楼群里吟咏，徘徊。男孩和女孩在公路上骑车飞跑。

年年如此，天上地下。

太阳地儿里的人儿闭目养神，男孩和女孩的事他了如指掌。

一个日趋丰满的女孩，一个正在成形的男子——流浪的歌手，抑或流浪的恋人——在瓢泼大雨里依偎伫立，在漫天大雪中相拥无语。

大雨和大雪中的春风。大雨和大雪之中，盛夏来临。

老人躲进屋里。老人坐在窗前。这世界让他看得怦然心动，又怅然若失：我们过去可有多规矩呀，看看现在这些年轻人！

曾经的禁区如今已经没有。

但是，真的没有了吗？

亲吻，依偎，抚慰，阳光下由衷的袒露，月光下油然的嘶喊，一次又一次，呻吟与颤抖，鲁莽与温存，心荡神驰，但终至束手无策……

肉体已无禁区，但禁果也已不在那里。

倘若禁果已因自由而失——“我拿什么献给你，我的爱人？”

春风强劲，夏天的暴雨更是无所不至。但肉体是一条边界，你还能走进哪里，还能走进哪里呢？肉体是一条边界，因而一次次心荡神驰一次次束手无策。一次又一次，那一条边界更其昭彰。

肉体是一条边界，你我是两座囚笼。

倘若禁果已被肉体保释——“我拿什么献给你，我的爱人?”

所有的词汇都已苍白。所有的动作都已枯槁。所有的进入，无不进入茫茫。

一个日趋丰满的女孩，一个正在成形的男子，互相近在眼前。但是——

你在哪儿呀，我的爱人!

群山响遍回声。

从春到夏，群山响彻疯狂的摇滚，到处都是嘶哑的歌喉。(《我的丁一之旅》)

在这长长的语段中，跳跃着三种反复：或“一个日趋丰满的女孩，一个正在成形的男子”，或“男孩和女孩”，或“肉体是一条边界”。三者有非常明显的内在联系。其中，在整个反复的陈说语境中，作者特别强调“日趋丰满”与“正在成形”中的男女，这里融入了作者的褒扬、担忧。这里还有作者对回归传统的呼吁；有对过度开放的评骘；有对纯洁爱情的正告。

强大的本能，天赋的才华，旺盛的精力，张狂的欲望和意志，都不得不放弃了以往的自负，以往的自负顷刻间都有了疑问。(《我的丁一之旅》)

“以往的自负”是什么？作者通过反复试图引起读者注意，而“强大的本能，天赋的才华，旺盛的精力，张狂的欲望和意志”，这一气呵成的铺排，这同字格的整齐之美，这自负的诠释，使读者难以忘怀。

接着，仿佛换幕间的暗场，昏黑之中旁白似的响起了秦汉的那句话：“你把自己交给谁，你也就是在向谁要求着同样的权力……你把自己交给谁，你也就是在向谁要求着同样的权力……你把自己交给谁，就是在向谁要求着同样的权力……”(《我的丁一之旅》)

画线文字三次不断的反复充满了掷地有声的力量。来自反复，来自斩钉截铁的表达。

呵，节日已经来临
请费心把我抬稳
躲开哀悼
挽联、黑纱和花篮
最后的路程
要随心所愿

呵，节日已经来临
请费心把这囚笼烧净
让我从火中飞入
烟缕、尘埃和无形
最后的归宿
是无果之行

呵，节日已经来临
听远处那热烈的寂静
我已跳出喧嚣
谣言、谜语和幻影
最后的祈祷
是爱的重逢（《扶轮问路·节日》）

不读完整个语句，我们无法了解作者的意图。原来作者别出心裁地把死亡看作一个节日，一次解脱。所有的理由在最后一段揭开谜底：我已跳出喧嚣/谣言、谜语和幻影/最后的祈祷/是爱的重逢。这样的反复，这样的诠释，这样的构思，这样的立意，是形式的创新，思想的升华。

如果清点我的遗物
请别忘记这个窗口
那是我常用的东西
我的目光
我的呼吸、我的好梦
我的神思从那儿流向世界
我的世界在那儿幻出奇景
我的快乐

从那儿出发又从那儿回来
黎明、夜色都是我的魂灵

如果清点我的遗物
请别忘记这棵老树
那是我常去的地方
我的家园
我的呼喊、我的沉默
我的森林从那儿轰然扩展
我的扩展从那儿通向空冥
我的希望
在那儿生长又在那儿凋零
萌芽、落叶都是我的痴情

如果清点我的遗物
请别忘记这片天空
那是我恒久的眺望
我的祈祷
我的痴迷、我的忧伤
我的精神在那儿羽翼丰满
我的鸽子在那儿折断翅膀
我的生命
从那儿来又回那儿去
天上、地下都是我的飞翔

如果清点我的遗物
请别忘记你的心情
那是我牵挂的事呵
我的留恋
我的灵感、我的语言
我的河流从你的影子里奔涌
我的波涛在你的目光中平静
我的爱人
没有离别却总是重逢

我是你的你也是我的——路程（《扶轮问路·遗物》）

四次表假设的反复，一气而贯，构成气势恢宏的四个排比段，层次递进，由窗口而老树而天空而心情，把“我”的魂灵、“我”的痴情、“我”的飞翔和“我”的路程，一一和盘托出，读者从中看到的是“我”的世界、“我”的理想、“我”的执着和“我”的心路历程。

我一直要活到我能够
坦然赴死，你能够
坦然送我离开，此前
死与你我毫不相干。

此前，死不过是一个谣言
北风呼号，老树被
拦腰折断，是童话中的
情节，或永生的一个瞬间。

我一直要活到我能够
入死而观，你能够
听我在死之言，此后
死与你我毫不相干。

此后，死不过是一次迁徙
永恒复返，现在被
未来替换，是度过中的
音符，或永在的一个回旋。

我一直要活到我能够
历数前生，你能够
与我一同笑看，所以
死与你我从不相干。（《扶轮问路·永在》）

“死与你我从不相干”在文段中出现三次反复，说明“我”面对死亡时的坦然与豁观。

但我害怕我的幼儿园，害怕
一个骨瘦如柴的孩子。一个
骨瘦如柴的孩子给所有的孩子
排座次，一个骨瘦如柴的孩子
让所有的孩子卑躬屈膝。惟有
冬妮娅和尼采，能对他嗤之以鼻。（《扶轮问路·冬妮娅和尼采》）

“一个骨瘦如柴的孩子”是“我”害怕幼儿园的原因。其害怕不仅仅源于骨瘦如柴，更因为这个“骨瘦如柴的孩子”掌握排座次权，“让所有的孩子卑躬屈膝”。文本中对“一个骨瘦如柴的孩子”的反复强化了读者对这个孩子的印象。

葛里戈拉　快救救我吧
请在来的路上　染红晚霞
将星光布满天穹
让晚风吹过面颊

葛里戈拉　快救救我吧
请在来的路上　放出花香
将故事洒进树影
让月光遍地如霜

葛里戈拉　快救救我吧
请在来的路上　唤醒流萤
将童谣教会蟋蟀
让田间处处蛙鸣

葛里戈拉　快救救我吧
请在来的路上　疏浚银河
将云彩铺进梦里
让夜神唱响天国

葛里戈拉　快救救我吧

请在来的路上　想想办法
将天真留给孩子
让英雄都能回家

葛里戈拉　快救救我吧
请你即刻上路　人都病啦（《扶轮问路·葛里戈拉》）

“葛里戈拉　快救救我吧”在文中反复六次构成六个整齐的排比段，拓展了救的要求与想法，最后点明救的迫切性与重要性。

森摇着轮椅，走过融雪的残冬，走过翻浆的土路，走过滴水的屋檐，走过一路上正常的眼睛……

画外，森的低诵：那时，伤残的春天并未感觉到伤残，只感觉到春天。

森摇着轮椅，走过解冻的河流，走过湿润的木桥，走过满天摇荡的杨花，走过憧憧喜悦的楼房……

画外，森的低诵：那时，伤残的春天并未有什么卑怯，只有春风中正常的渴望。

森摇着轮椅……走过喧嚷的街市，走过一声高过一声的叫卖，走过灿烂的尘埃……（《妄想电影·地坛与往事》）

由“森摇着轮椅”引起的三个段落构成排比，段内又构成包孕式的排比，十一个“走过”，极尽铺排之能事，把“森摇着轮椅”的艰辛、尴尬、欣喜、期待，状写得如临其境，如见其人。

在《命若琴弦·“傻人”的希望》全篇中，有这样三句：

他满脸涨红地笑了，两手端起棉裤的裤腰往上提，裸露的粗腰在更粗的棉裤腰里直转。

他嘿嘿地笑了，满脸涨红，两手端起裤腰，裸露的粗腰又在里面转了。

他端起裤腰往上提，裸露的腰在里面转了。

“他端起裤腰往上提，裸露的腰在里面转”这样的主词句，一直在以上三句中不断反复。第一句在文本中反复出现，简直就是用特写的定格镜头写出“傻人”的满足与羞涩；第二句只作稍微的句式变换，将状语后置，更加突出“傻人”的羞涩；第三句删去了对笑的描述，细心的读者会发现，“傻人”完全沉浸在满足之中，已经不羞涩了。

在《命若琴弦·绵绵的秋雨》全篇中，有这样句子：

> 我向她走去。我想这一定是她了。……
>
> ……
>
> 我向她走去。我的腿在发抖。……
>
> ……
>
> 我向她走去。她一动不动地坐在老柏树下，不知正张望着什么。……
>
> ……
>
> 我向她走去。但愿这是她。……
>
> ……
>
> 我向她走去，去欺骗那个善良的老人。……
>
> ……
>
> 我向她走去。……
>
> ……
>
> 我走近她了。我看见布满在她脸上的深深的皱纹和褐色的老人斑。……
>
> ……
>
> 我走到了她身旁。这肯定是她。从那张瘦削而苍老的脸上，我又看见了大勇的影子：宽阔的额头，总是像在微笑的孩子的嘴。……
>
> 她发现了我。“您也喜欢孩子？”她对我说。……

六次“我向她走去”写出“我”的判断、紧张、猜想、祈祷、解剖和努力；“我走近她”“我走向她”“我走到了她身旁”状写“我”的发现、肯定和对话。所有的心理活动在反复中一一呈现。

在《命若琴弦》中有这样两段：

> 莽莽苍苍的群山之中走着两个瞎子，一老一少，一前一后，两顶发了黑的草帽起伏蹿动，匆匆忙忙，像是随着一条不安静的河水在漂流。无所谓从哪儿来，也无所谓到哪儿去，每人带一把

三弦琴，说书为生。

莽莽苍苍的群山之中走着两个瞎子，一老一少，一前一后，两顶发了黑的草帽起伏蹿动，匆匆忙忙，像是随着一条不安静的河水在漂流。无所谓从哪儿来、到哪儿去，也无所谓谁是谁……

前后两段文字，仅最后一句不同，首尾呼应，深化了文章的主旨：命若琴弦。

在《命若琴弦·一种谜语的几种简单的猜法》中有这样三段：

书中说，现仅知道这条谜语有三个特点：

一、谜面一出，谜底即现；二、已猜不破，无人可为其破；三、一俟猜破，必恍然知其未破。

……

“哪三个特点?”

“一是谜面一出谜底即现，二是如果你自己猜不到别人谁也无法告诉，三是如果你猜到了你就肯定会认为你还没猜到。”

……

那个谜语有三个特点：

一、谜面一出，谜底即现。

二、已猜不破，无人可为其破。

三、一俟猜破，必恍然知其未破。

文中对谜语的三个特点作了三次反复，第一次和第三次完全相同，第二次则是对第一次和第三次作较为通俗的转换。当然，一、三在书写上故作变换，二则第一句在一、三基础上作标点和排列格式变换，不管怎样，这三次变换殊途同归，旨在通过引起视觉的注意，从而引起读者对作者写作意图的关注与领悟。

在《原罪·宿命·中篇1或短篇4》中“温文尔雅”一词一共反复出现了三次：

一对温文尔雅的老人站在柜台前，面面相觑，望望窗外，又互相唏嘘。

……

温文尔雅的老两口连连摇头叹气：“唉，这个人哪!”这人可也真是老糊涂了。

……

温文尔雅的老两口随便拣了个座位坐下，各自要了一杯茶。

“温文尔雅”三次强调的对象始终是老两口，对场景的描述自然形象，对个性的刻画鲜明生动。

在《我的丁一之旅》中有这样一个三次递进式反复，其表达效果使句义就像女孩一样形象不断丰满；就像男孩一样内涵不断丰富：

一个日趋丰满的女孩。一个正在成形的男子。

……

一个日趋丰满的女孩，一个正在成形的男子……流浪的歌手，抑或流浪的恋人——在瓢泼大雨里依偎伫立，在漫天大雪中相拥无语。

……

一个日趋丰满的女孩，一个正在成形的男子，互相近在眼前但是——

在《我与地坛·玩具》中有这样三句：

对，那排屋子：绿色的门窗，红色的柱子，很高很高的青灰色台阶。

……

它孤零且残缺地留在我的印象里，绿色的门窗、红色的梁柱和高高的台阶……但没有方位没有背景周围全是虚空。

……

绿色的门窗，对，红色的柱子和青灰色的台阶，对，是它，理智告诉我那应该就是它。

以上标出的三句的主题词基本相同，只是句式与标点稍作变化，在重复的同时，避免了呆板，所要强调的语义跃然纸上，让人难以忘怀，尤其是“绿色”“红色”“青灰色”这些色彩词，缤纷而鲜明。

在《扶轮问路·原生态》与《扶轮问路·诚实与善思》中，出现跳跃篇幅反复的情况，只是稍作变化，各取所需，各表其意：

大家争论问题，有一位，坏毛病，总要从对手群中挑出个厚道的夹斥问：“读过几本书呀，你就说话!”这世上有些话，似乎谁先抢到嘴里谁就占了优势，比如“您这是诡辩”“您这人虚伪”“你们这些知识分子呀”——不说理，先定性，置人于越反驳越要得其印证的地位，此谓“强人”。问题是，读过几本书才能说话呢？有标准没有？一百本还是一万本？厚道的人不善反诘，强人于是屡战屡“胜”。其实呢，谁心里都明白，这叫虚张声势，还叫自以为得计。孔子和老子读过几本书呢？苏格拉底和亚里斯多德读过几本书呢？那年月统共也没有多少书吧。人类的发言，尤其发问，是在有书之前。先哲们先于书看见了生命的疑难，思之不解或知有不足，这才写书、读书，为的是交流而非战胜，这就叫“原生态”。(《扶轮问路·原生态》)

其实厚道的人心里都明白，这叫虚张声势。孔子和老子读过几本书呢？苏格拉底和亚里斯多德读过几本书呢？那年月，书的数量本就有限吧。人类的发言，尤其发问，当在有书之前。先哲们先于书看见了生命的疑难，思之不解或知有不足，这才写书、读书、教书和解书，为的是交流——现在的话就是双赢——而非战胜。(《扶轮问路·诚实与善思》)

在《妄想电影·地坛与往事》中“昔日地坛”与“今日地坛”先后各反复出现了四次和三次，在对比中反复，在反复中对比，鲜明而突出。

在《妄想电影·地坛与往事》中“无边无际的水面，一浪一浪，天赋其美妙的节奏……”间接反复六次，极富诗意，想象与回忆，象征与展望，览而不尽。

第二节 高频出现 强化意念——频词

频词——在一段话或一个段落中高频率地使用某一个词语，以此来突出或强调某种意念或情感的一种修辞方式。①

根据词性是否发生变化，频词可分为两类：

（1）同性频词。高频率使用的词语虽然在不同的语句中，但词性不发生改变。

（2）异性频词。高频率使用的词语在不同的语句里有时词性会发生改变。

频词与反复都含有多次重复某一词语的特点，区别是：

（1）从频率上看，频词的重复频率很高，是某一词语的频繁使用；反复的重复频率相对较低，重复两次就可构成反复。

（2）从对象上看，频词重复的是字或词语；反复重复的可以是词语，也可以是句子。

天还没亮，陈谜又到了“造反司令部”门前。一个多小时以后，她对第一个来开门的造反派说，她年轻时留下的“见风流泪”病到今天确实还不见轻。那个造反派戴个黑边眼镜，仔细看了看陈谜因彻夜未眠而发红的眼，认为她定是走错了地方。因为校医院是在“造反司令部”的旁边，他把她指引到校医院的眼科门诊室去了。

“莫非真要让我检查眼睛？”她想着，在眼科门诊室前战战兢兢地徘徊，渐渐她感到半身麻木，头晕目眩，直到摔倒在地为止。

……

解教授在家里常常看着看着报纸便骂出声来：“狗屁不通！”可到了教研组的读报会上，却一言不发。她岂不是变了？变得欺骗了？有时，解教授的老朋友来家聊天，或是独生子的同学来家谈事，陈谜——她的半身不遂大有好转了——总是不厌其烦地说：“小点声，小点声，无论说什么都要小点声。”然后，她就战战兢兢地走上凉台，战战兢兢地四下张望。虽然四周什么事也没发生，但她战战兢兢的毛病算是留下了，那或许是半身不遂的后遗症。陈谜岂不是变了？变得多心了？独生子也变了，他有什么事都瞒着二老，他害怕二老的诚实。就是两位老人之间和谐的关

① 谭学纯、濮侃、沈孟璎：《汉语修辞格大辞典》，上海：上海辞书出版社2010年版，第180页。

系也变了，变得常拌嘴了。解教授说：“民族将亡，我还有什么可活！”陈谜央告：“你就小点声吧，老糊涂了？”解教授生气地拍桌子：“你才老糊涂呢！”陈谜便在床边愣愣地坐下，叹一口气，觉得世间的一切总不能彻悟。

……

陈谜不说话了，她想：“再说下去，不知老头子会说出什么来，反正说什么也没用了，儿子毕竟是坐了牢，老头子要是再……”她战战兢兢地走上凉台，战战兢兢地四下张望。她那小而圆的脸上布满了恐惧的皱纹，因为她看见不远的地方有一个穿红衣服的人，那人要是听见老头子刚才说的话可怎么办？……

……

这之后的若干天后，陈谜都是在战战兢兢和抽抽搭搭中度过的。她白天想儿子，夜里就梦见儿子，眼边的皱纹没有了，代之以一片发亮的红色。

有一天她梦见儿子被打断了腿，哭着喊妈妈。第二天，她决心写一封信说明儿子的情况。写什么呢？写儿子只是悼念周总理，并没干别的？不行，这岂不又是“此地无银三百两”？写儿子并没烧汽车，只是在一边看着？也不行，看着为什么不制止？要不，光写儿子不懂事？还是不行，不懂事怎么懂得反王张江姚？……再不，只写儿子身体不好，请别打得那么厉害？更不行，这岂不又成了明目张胆的同情？唉，可怎么写呢？再说，写给谁呢？写给毛主席？不行，怕落到江青手里。写给党中央？也不行，王张江姚正得势哪。写给市委？唉，天安门抓人打人，市委又不是不知道……她忽然眼睛一亮，写给法院！告那群坏蛋！但她的目光马上又暗淡了，目前的法院似乎只管离婚，政治案件只有刚才想过的那几个地方能管，可那又都不行。唉，怎么办呢？陈谜战战兢兢地走上凉台望着蓝色的天空，她仿佛听见棍棒打在骨头上的声音，不由说道：“老天爷保佑吧！”待她说出这句话时，不由浑身一抖，心想：“这样的话我怎么竟在屋子外面说出了口？要是让别人听了去，会说我是宣传迷信的，会说我是妄图复辟封建……”她急忙翘首四望，不远处又是那个穿红衣服的人。陈谜小而圆的脸上出现了死人般的皱纹。她急忙跑回屋里，跑到解教授跟前，说：“哎呀哎呀，我刚才又说了一句错话，办了一件错事，而且，而且肯定被人听去，报，报告了。”一阵半身麻木头晕目眩，她的脑血管里又有了栓塞。

……

过了几天，陈谜的身体好多了。在一个有风的下午，她出来走走。风不知从哪里吹来了一句话，吹进了她的耳朵。她顿时惊得站住，眼睛愣愣地瞪着，嘴里说着："哎呀哎呀……"仿佛又一次彻悟了世间的一切。

陈谜战战兢兢地溜出医院，战战兢兢地溜回家来。（《命若琴弦·法学教授及其夫人》）

这里一共十次用到"战战兢兢"一词，频繁出现，反复描摹，陈谜的恐慌、小心翼翼跃然纸上。透过陈谜的这一心态，作者有意唤起读者的思考，是什么使陈谜如此恐慌，如此小心翼翼，如此战战兢兢？家庭，社会，还是时代？

"二龙，城里可真好。"姑娘说。

"可不！"二龙说。

"二龙，我还是头一回逛这个公园呢。"

"可不！"

"二龙，那座楼房可真高。"

"可不！"

"二龙，听说楼房里做饭不用煤，取暖不用火？"

"可不！"

"二龙，咱以后也住楼房吗？"

"可……不……！"

"真的？"姑娘高兴了。

"……"二龙可难受了。

"你说话呀！"姑娘焦急的大眼睛望着他呢。

二龙心想："豁了！"一拍大腿："可不！"

二龙历来以"我席二龙不说瞎话"而自傲，这回可难坏了他。你说那房让给那人不让呢？不让？那人会说他席二龙说瞎话；让？姑娘又会说他说瞎话，而且天哪！姑娘将来就是"孩子他妈"，会骂他一辈子的！这事实在是失算，可现在还有什么辙呢？（《命若琴弦·"傻人"的希望》）

“可不”一词，在文本中一共出现六次，但含义各不相同。前四个表达认可，第五个巧用谐转，传达的是“可是，不能啊!”第六个表达的是否定意义。否定之后，二龙就进入了矛盾的两难境地。这种以频词格表达人物内心世界的方法，不能说是标新，至少立异。

> 春秋距今两千多年了，陕北的文化很古老，就像黄河。譬如，陕北话中有好些很文的字眼：“喊”不说“喊”，要说“呐喊”；香菜，叫芫荽；“骗人”也不说“骗人”，叫做“玄谎”……连最没文化的老婆儿也会用“酝酿”这词儿。开社员会时，黑压压坐了一窑人，小油灯冒着黑烟，四下里闪着烟袋锅的红光。支书念完了文件，喊一声：“不敢睡！大家讨论一下！”人群中于是鼻了鼾声，不紧不慢地应着：“酝酿酝酿了再……”这“酝酿”二字使人想到那儿确是革命圣地，老乡们还记得当年的好作风。可在我们插队的那些年里，“酝酿”不过是一种习惯了的口头语罢了。乡亲们说“酝酿”的时候，心里也明白：球事不顶！可支书让发言，大伙总得有个说的，支书也是难，其实那些政策条文早已经定了。最后，支书再喊一声：“同意啊不?”大伙回答，“同意……”然后回窑睡觉。(《命若琴弦·我的遥远的清平湾》)

“酝酿”是名词与动词的兼类，在这儿频繁使用，显然属于异性频词，有时是名词，只表达概念意义；有时作动词，表示思考的过程与态度。

> 可他要是能做梦了，他还会去做做梦的梦吗？要是他还不能做梦，他又怎么能梦见自己在做梦呢？就算这样的问题不难解决，但是上帝他知道，接下来的问题对他来说几乎是致命的：那个梦中的梦又是梦见的什么呢？不能总是他梦见他梦见他梦见他梦见……吧？那样他岂不是等于还是不能做梦吗？上帝他知道，他最终必须要梦见一个非梦他才能真正做成一个梦，从而成为名副其实的全能的上帝。(《命若琴弦·脚本构思》)

“梦”字在文本中频繁出现了十七次，这种异性频词突出了“他”的梦想之切、之艰、之难。作者最后在结尾道明：只有践行现实，才能名副其实，梦想成真。

在《命若琴弦·第一人称》中"顺其自然"一词共出现二十一次，直接反复与间接反复同时出现，而以间接反复为多，出现频率之高，让人无法忘怀。这也正告诉我们：只有顺其自然，随其自然，才能顺应自然。

也许，就是这颤抖，让我记住她。也许，关于她，我能够写的也只有这颤抖。这颤抖是一种诉说，如同一个寓言可以伸展进所有幽深的地方，出其不意地令人震撼。这颤抖是一种最为辽阔的声音，譬如夜的流动，毫不停歇。这颤抖，随时间之流拓开着一个孩子混沌的心灵，连接起别人的故事，缠绕进丰富的历史，漫漶成种种可能的命运。恐怕就是这样。所以我记住她。未来，有很多令人颤抖的命运旁边，她的影像总是出现，仿佛由众多无声的灵魂所凝聚，由所有被湮灭的心愿所举荐。于是那纤细的手指历经沧桑总在我的发间穿插、颤动，问我这世间的故事都是什么，故事里面都有谁？(《我与地坛·记忆与印象1》)

"颤抖"的六次出现给了"我"以深刻的领会，在"我"心中，"颤抖"是一种诉说；是一种最为辽阔的声音；随时间之流拓开着一个孩子混沌的心灵，连接起别人的故事，缠绕进丰富的历史，漫漶成种种可能的命运。因而，"我"对"她"的最深印象就是颤抖。

也许是勇敢，也许不过是草率，是鲁莽或无暇旁顾，他在一个早春的礼貌日起程。摇着轮椅，走过融雪的残冬，走过翻浆的土路，走过滴水的屋檐，走过一路上正常的眼睛，那时，伤残的春天并未感觉到伤残，只感觉到春天。摇着轮椅，走过解冻的河流，走过湿润的木桥，走过满天摇荡的杨花，走过幢幢喜悦的楼房，那时，伤残的春天并未有什么卑怯，只有春风中正常的渴望。走过喧嚷的街市，走过一声高过一声的叫卖，走过灿烂的尘埃，那时，伤残的春天毫无防备，只是越走越怕那即将到来的见面太过俗常……就这样，他摇着轮椅走进一处安静的宅区——安静的绿柳，安静的桃花，安静的阳光下安静的楼房，以及楼房投下的安静的阴影。

但是台阶！你应该料到但是你忘了，轮椅上不去。

自然就无法敲门。真是莫大的遗憾。

屡屡设想过她开门时的惊喜，一路上也还在设想。

便只好在安静的阳光和安静的阴影里徘徊，等有人来传话。

但是没人。半天都没有一个人来。只有安静的绿柳和安静的桃花。(《我与地坛·记忆与印象2》)

文本中“走过”频繁出现十一次，说明“他”的艰难与尴尬，发现与喜悦，渴望与灿烂。“安静”频复出现十次，折射出“他”愿望的实现与失望，徘徊与失落。

怕只怕苦也不尽，甜也不来。其实都用不着甜得很厉害，只要苦尽也就够了。其实都用不着什么甜，苦尽了也就很甜了。(《我与地坛·好运设计》)

“苦”与“甜”成对频词。第一对，表明期待苦尽甘来；第二对，表明苦尽了，甘就来；第三对，表明苦尽甘来势必甜。

过程。对，过程，只剩下了过程。对付绝境的办法只剩它了。不信你可以慢慢想一想，什么光荣呀，伟大呀，天才呀，壮烈呀，博学呀，这个呀那个呀，都不行，都不是绝境的对手，只要你最最关心的是目的而不是过程你无论怎样都得落入绝境，只要你仍然不从目的转向过程你就别想走出绝境。过程——只剩了它了。事实上你惟一具有的就是过程。一个只想（只想!）使过程精彩的人是无法被剥夺的，因为死神也无法将一个精彩的过程变成不精彩的过程，因为坏运也无法阻挡你去创造一个精彩的过程，相反你可以把死亡也变成一个精彩的过程，相反坏运更利于你去创造精彩的过程。于是绝境溃败了，它必然溃败。你立于目的的绝境却实现着、欣赏着、饱尝着过程的精彩，你便把绝境送上了绝境。(《我与地坛·好运设计》)

“过程”“绝境”与“精彩”，经作者反复经营，三者的关系，泾渭分明。最后，我们在尾句获得了哲理的思辨：“你立于目的的绝境却实现着、欣赏着、饱尝着过程的精彩，你便把绝境送上了绝境。”

命运，要是不单可以预测，还可以预防，因而可以避祸，那当然最好不过。可是我想，预测仅仅是旁观因而不影响世界原有的结构，预防却是干预，预防之举必定会改变原有的世界，因之原有的预测也就不再准确。那么在这个已经掺进了预防已经改变了的世界中，还可以继续预测和预防么？也就是说，可以预测那些预测么？可以预防那些预防么？假定可以。那么肯定会出现对预测的预测，对预测的预测的预测，对预防的预防的预防……如此无穷地循环，结果必是谁也无从预测，谁也无法预防，或者是大家整日都在忙于预测和预防，再无其它事做。只有一个办法可以拯救预测和预防，那就是只给少数人以预测和预防的特权（人数较少，效果越好），就像只给少数人以高官厚禄的机缘。但少数的特权给谁——这可以预测和预防么？倘可预测，便说明命运的不可预防；若可预防，这不又是争权夺利似的争斗？（《我与地坛·随笔十三》）

“预测”与“预防”在文本中各频繁出现十七次，极尽频词之能事，从心理学的角度看，作者完全在用频词格引起读者的有意注意，关注“预测”与“预防”。我们似乎听到这样的警言：“倘可预测，便说明命运的不可预防；若可预防，这不又是争权夺利似的争斗？”

因而我想，那个“强”字绝不是指示着强健、坚强、强大或者强烈。而是暗示着“强”字另一方面的作用——强迫、强暴、强行、强制、强词夺理、强加于人等等。那是指女性的“强人”，强人者，强盗也，“只听一声呼哨，林中跳出一伙强人挡住去路”。不过，强盗的行径并非只限于夺人财物和性命，夺人自由、夺人意志、夺权夺利夺名者也是，或者更是。但这类的“夺”大多不加一声呼哨，进行得隐蔽，理所当然甚至堂而皇之地便告完成。所以如此，因为这类的“夺”常扮一副“给”的假像，比如越俎代庖，比如包办代替，比如以一个大脑的辛劳令所有的思想都放假，貌似替人受累，实则夺人自由和意志。识别“给”与“夺”的办法，是看有没有一个“强”字在里头，强给和强夺其实毫无二致。但是被强夺者可以去官府鸣冤，被强给者却有苦难言。但有苦难言之后，便有“女强人”一词被创造出来，稍泄被夺之愤。（《我与地坛·随笔三则》）

在“强”派生出的一系列词汇中，我们知道作者的立场；在“夺”衍生的一系列词汇中，我们看到作者的价值取向。纵观整个文本，我们更看到作者对当世的揶揄与热讽。

> 我们应该听清上帝的警告。就像一个在战场上胜利的或失败的男人那样想一想我们都干了什么。就像一个从市场上回家去的男人那样，想一想，我们是不是带回来钱财就够了？我们听清了上帝的警告——很可能女人会告诉我们：我们不光需要物质财富，我们还需要爱情，需要美的梦想和家园，需要清澈的水，需要茁壮的绿色，需要和平需要人与人的和平需要人与万物的和平……因而我们不光需要科学我们还需要艺术，我们需要站在男性的雄心遭受挫折的地方回首来路和眺望归途。这是女人传达给我们的上帝的启示。因为女人的心绪、情怀和魂牵梦萦的眺望，本身就是艺术之所在。(《我与地坛·随笔三则》)

作者借女人之口，以频词格反复强调十一个“需要”，道出了人类的真实需要：物质、爱情、梦想和家园、水、绿色、和平、科学、艺术和归途。

> 果真如此么？
>
> 果真如此也就没什么办法：这等于说我就是这么个命。
>
> 果真如此也就没什么意思：这等于说世间并无净土，有一双好腿又能走去哪里？
>
> 果真如此也就没什么可惜：佛之救人且这般惟亲、惟利、惟蜜语，想来我也是逃得过初一逃不过十五。
>
> 果真如此也就没什么可怕：无非又撞见一个才高德浅的郎中，无非又多出一个吃贿的贪官或者一个专制的君王罢了。此“佛”非佛。(《我与地坛·神位·官位·心位》)

作者用看似肯定的频繁发问做出了反问。四个排比段的等式剖析，最后归于一个判断：“此‘佛’非佛”，言有尽而意无穷。

> 自由的降临要有一种语言来宣告。文字已经不够，声音已经不够，自由的语言是自由本身。解铃还需系铃人，孤独是从遮掩开始的，自由就要从放弃遮掩开始。孤独是从防御开始的，自由

就要从拆除防御开始。孤独是从羞耻开始的，自由就要从废除羞耻开始。孤独是从衣服开始，从规矩开始，从小心谨慎开始，从距离和秘密开始，那么自由就要从脱去衣服开始，从破坏规矩开始，从放浪不羁开始，从消灭距离和泄露秘密开始……（我想，相视如仇一定是爱的结束，相敬如宾呢，则可能还不曾有爱。）（《我与地坛·爱情问题》）

关于爱情，作者用了十三个“开始”，这是对爱情的颠覆，是对爱情的超越。“相视如仇一定是爱的结束，相敬如宾呢，则可能还不曾有爱。”这样的句子，只读前半句，平凡如我；把玩后半句，你会情不自禁地说，我实平凡！

性行为是一种语言。在爱人们那儿，袒露肉体已不仅仅是生理行为的揭幕，更是心灵自由的象征；炽烈地贴近已不单单是性欲的催动，更是心灵的相互渴望；狂浪的交合已不只是繁殖的手段，而是爱的仪式。爱的仪式不能是自娱，而必得是心灵间的呼唤与应答。爱的仪式，并不发生在一个与世隔绝的孤岛，爱的仪式是百年孤独中的一炬自由之火。在充满心灵战争的人间，惟这儿享有自由与和平。这儿施行与外界不同甚或相反的规则，这儿赞美赤身裸体，这儿尊敬神魂颠倒，这儿崇尚礼崩乐坏，这儿信奉敞开心扉。这就是爱的仪式。爱的表达。爱的宣告。爱的倾诉。爱之祈祷或爱之祭祀。（《我与地坛·爱情问题》）

作者对“爱的仪式”的理解，一连有四解，别出机杼：“爱的仪式不能是自娱，而必得是心灵间的呼唤与应答。爱的仪式，并不发生在一个与世隔绝的孤岛，爱的仪式是百年孤独中的一炬自由之火。在充满心灵战争的人间，惟这儿享有自由与和平。这儿施行与外界不同甚或相反的规则，这儿赞美赤身裸体，这儿尊敬神魂颠倒，这儿崇尚礼崩乐坏，这儿信奉敞开心扉。这就是爱的仪式。”作者的观点在频词中得到突出，在突出中得到升华。

史铁生和我，最大的缺点是有时候不由得撒谎。好在我们还有一个最大的优点：诚实。这不矛盾。我们从不同时撒谎。我撒谎的时候他会悄悄地在我心上拧一把，他撒谎的时候我也以相似的方式通知他。我们都不是不撒谎的人。我们都不是没有撒过谎的人。我们都不是能够保证不再撒谎的人。但我们都会因为对方的撒谎而恼怒，因为对方的指责而羞愧。恼怒和羞愧，有时弄得我们寝食难安，半夜起来互相埋怨。(《病隙碎笔2》)

“撒谎”在此段文字中虽频繁出现八次，但这是一次真正的解剖，作者的新颖在于构建好像两个人物互相监督，互相控制的细节。虽然撒谎，但尽量少撒谎。其实，作者构建的是一个人的两面，一是灵魂，一是附体。

中国足球的所谓“恐韩症”，未必是恐惧韩国，而是恐惧再输给韩国，未必是恐惧韩国足球的实力，而是恐惧区区韩国若干年来（其足球）竟一直压着我们，恐惧这样的历史竟不结束，以及本世纪内难道还不能结束吗？这恐惧，已不单是足球的恐惧，简直成了民族和国家的心病。要我说，其实，是这心病造成和加重了足球的恐惧，或者是它们俩互相吓唬以致恶性循环。(《病隙碎笔2》)

作者对“中国足球的所谓‘恐韩症’”的分析入木三分，给中国国民以自省：不要恐惧再输给韩国；不要恐惧区区韩国若干年来（其足球）的重压；不要恐惧这样的历史没有结束；不要把恐惧当成民族和国家的心病；不要让恐惧成为恶性循环。

我说过，就像现在不能离开过去和未来而是现在一样，我也不能离开别人而是我，我不能离开天离开地离开万物生灵……离开一切他者而是我。(《病隙碎笔2》)

以“离开”为话题作六次频复，其实是强调：不能离开过去和未来；不能离开别人；不能离开天地万物生灵。

人没有死的权利——第二，此言也可作如下想：生的权利既为天赋，人便无权取消它；死既为天命之必然，故只可顺其自然。话说到这儿，真像似有些道理了。

但是未必。且不论生死之界定尚属悬案，只说：真这样顺其自然，医学又是干什么用的？医学，不是在抗拒死亡吗？倘若顺其自然，那么不仅医学，一切学、一切人的作为就都要取消。那样的话可真是顺其自然了——人将跑成一群漫山遍野地寻食、交配、繁衍，然后听天由命的物类了。理想也无，爱愿也无，前途嘛，不过是地平线以内四季的安排。有人说了：这样不好吗？可更多的人说：这样不好！说好的人就这样去好吧。说不好的人就有麻烦：为什么不好？以及怎样才好？（《病隙碎笔6》）

四个“顺其自然”的频复出现，含义各不相同：或生死乃天赋，理当顺自然；或曰不当顺自然；或曰不应听天由命，而应有理想，有爱愿。

物质至上，并非一国一地之歧途，而是全人类的迷失。你看一切政府的共同目标是什么？你看全球各地的斗志昂扬都基于什么？无不是国民生产总值的增长，以及消费指数的增长；增长增长再增长，似乎人类的前途、生命的意义全系于物质占有和消费水平的可持续增长。这样的竞赛之下，谁还顾得上地球？谁还顾得上生态？相互的警告与斥责，不过是五十步恨百步，或百步对五十步的先期防范，讨价还价中哪还有什么爱愿和理性？完全像贪婪的子孙在争夺父母（地球）的遗产。本来嘛，做买卖的谁不想赚？非要让先赚的让着后赚的，一百步等着五十步，实在也是不通事理。可是话说回来，五十步恨百步也未必是恨其掠夺地球，也未必是恨那消费模式腐蚀着人类灵魂，更可能是恨着自己的手慢，好东西先都让别人拿了去。如此这般地增长了再增长，赚了又赚，五十望一百，一百望一千一万，结果无非是地球日益枯萎，人间恨怨飙升。而这未必只是政治、经济问题（把这仅仅看作政治、经济问题，我疑心那还是中着物欲的魔法，还是像五十望一百而不成时的心理不平衡），多半是信仰出了毛病，是如林语堂所说：近二千年来人已经听不懂了神的声音。岂止听不懂，是干脆不要听，是如陈嘉映所说：“生活真容易变得有趣，所以没有人思考。”诗意地栖居吗？就怕诗人早也认同了饭局中的操作与推销。（《病隙碎笔6》）

作者让“增长”频复出现，意在引起读者的注意，关注“增长”的负面效应，遏制“增长”，辩证地看待“增长”。同时，作者旨在告诉我们不应“物质至上”；应关注地球生态；不应掠夺地球，腐蚀人类灵魂。

> 文学的目的，笼统言之，就在沟通。文学所以存在，就因为我们需要沟通，一个人盼望与所有人沟通，所有人盼望互相沟通，甚至自己的大脑也在寻求与自己的心魂沟通。文学的问题，其实就是人与人乃至人与万物万灵如何沟通的问题。这样看，似乎就没有必要提出“一个国家的文学如何与其它国家的文学沟通”这样的问题。国境线内的沟通，并不比国境线两边的沟通更简单，国度的概念于此又有什么意义呢？文学意义上的沟通，是以个人为单位的，而国境线基本上是一个政治的抑或经济的问题。(《病隙碎笔·文学的位置或语言的胜利》)

“沟通”既是个人的，也是国家的，更是国际的；“沟通”，以语言为起点，以文学作品为媒介；摆正文学的位置，沟通才发挥着重大的作用。

> 所以，当我们透过这些已经不再年轻的甚至几近苍老的面庞回忆我们的青春时，悔与无悔都近于多余，因为这些照片要我们记起和思想的，并不固定是谁的青春，而是青春，是所有的青春，是青春必然的身影、路途或消息。一代人一代人一代人，都会听见这消息，都要走进青春，走过青春，经历其渴望、梦想、坎坷、动荡、无知与严酷、夭折和创造。那是季节注定的风采，是生命的律令。(《病隙碎笔·季节的律令》)

“青春”不一定就是年轻，“青春”是一种回忆；“青春”是其留下的身影、路途或消息；“青春”是渴望、梦想、坎坷、动荡、无知与严酷、夭折和创造。对“青春”的理解，就是这样在频复中不断清晰而明白。

> 诗人说：一个幸福的位置，其实就因为它是一个美丽的位置。
>
> 美丽的位置？
>
> 对了，那必不能是一个从赤诚相见退回到彬彬有礼的位置。
>
> 一个美丽的位置？
>
> 对了，那必不能是一个心血枯焦却又轻描淡写的位置。(《务虚笔记》)

“位置”是什么，因人而异。在作者看来：一个幸福的位置，应是一个美丽的位置，必不能是一个从坦诚相见退回到遮遮掩掩的位置，必不能是一个心血枯竭却又轻描淡写的位置。

> 只有一次他的心被刺痛了一下，感到自己和周围的世界都忽悠悠地昏眩了一会儿，那是因为新婚的窗帘让夜风吹拂得飘动，飘动得舒展、深稳，他忽然想到在这世界上的另一处，蜜月中的窗帘也会这样飘动，N的窗帘不管这样飘动了没有但时间不停顿地流走这样的飘动总会在某一刻发生，到处的风都是一样，到处的夜风都要吹拂，那样的飘动在所难免。(《务虚笔记》)

这景中情，这情中景，这看似幸福的时刻，这心魂的飘动，只有天知，地知，恨不得她相知……

> 因为T，她仍然是个少女，仍然是个少妇，仍然是个孩子，仍然已经死了，仍然不断地从死中复活，仍然已经消失，仍然在消失中继续，成为我的纷纭不居的印象，成为诗人生命的一部分，使诗人L的历史得以行进。(《务虚笔记》)

“她”的形象丰满而悲凉：曾经很长的一段时间为T守身如玉；曾经抵制不住社会的压力而成为他人妇；曾经保有一颗孩子之心；曾经死亡；曾经从死亡中复活；曾经消失；曾经在消失中继续。

> 门响，妈妈房间的门。脚步声。厕所的门响。雨声，远远近近的雨声。马桶的冲水声。“喂，我也走啦，”母亲在过道里喊，“家里就你们俩啦，别光看书看得把吃饭也忘了。喂，听见了吗?”“听见啦。”“下挂面，总会吧?”“会！你走吧。”开门声。关门声。是大门。脚步声，下楼去了，脚步声消失在雨里……(《务虚笔记》)

通篇短句，通篇频“声”，通篇关心。脚步声，雨声，冲水声，关门声，声声入耳；母子情，唠叨情，风雨情，情情叩心。

> F的心嗵嗵地跳，哪儿还去找幽默感呢。现在，现在，现

在……F坐在那儿设想着N的现在，现在，此时此刻，N的美丽动人……但设想不出，或者是不敢相信，觉得生理学和解剖学上那些烂熟的名词和形象不能与她符合，对她甚至是亵渎。(《务虚笔记》)

F对N关于“现在”的设想，因为紧张，因为过度，因为迫切，因为期待，变得完全不自然，完全失真。不深谙心理学，很难有如此微妙的刻画。

无法使恋人们的狂欢之夜无限延长。激流奔涌过崇山峻岭，冲进开阔地带变得舒缓平稳的时候，另一种情绪势必到来。所有的海誓山盟都仅具现在性，并不能保障未来。与其认为这是海誓山盟的悲哀，不如看清这是海誓山盟的起源。对于别人的情绪，我们无从把握，我们害怕在别人变化了的情绪里受到伤害，所以我们乞灵于海誓山盟。海誓山盟是掩耳盗铃式的恐惧。海誓山盟证明孤独的绝对。这并不怪谁，这是我们的处境。就像童年那个秋天的夜晚我抱着一只破足球回家的时候。因此我们一天天学会防备，学会把握自己。要袒露还是要隐藏，自己可要慎重。还有一个词，“自重”，说的好像也是这个意思。但诗人，他宁可毁掉自己。他不仅要袒露的肉体他更要袒露的心魂，此人执迷于真相。(《务虚笔记》)

这是对“海誓山盟”最为彻底的剖解，在剖解之后，其实蕴藏着作者的呼吁：自重、自持、自制。

C徒然地向那虚空中伸手向她，于是在我的记忆中，千里万里的虚空中开始万头攒动人声踊跃，但重重迭迭的眼睛都是对C无声的谴责和无可奈何的劝慰，喧喧嚣嚣的声音对残疾人C重复着一句话：你不应该，你不应该，你不应该你不应该你不应该，你——不应该……

“你爱她，你就不应该让她爱上你。”

“你爱她，你就不应该同她结婚。”

“你爱她，你就不应该拖累她。”

“你爱她，你就不应该毁掉她的青春。”(《务虚笔记》)

这频现的“你不应该”，说明C态度坚定，判断理智；这频复的“你爱她”，说明C旁观者清；这“你爱她，你就不应该”重现的组合，更进一步强调应抵制“她”对“你”的爱，不应该结婚，不应该拖累，不应该毁了“她”的青春。从中，我们听出一种至爱的呼吁，感受到一种高尚的爱情。

“爷爷，叔叔他去找谁？”

“孩子，你将来长大了，爷爷只要你记住一件事，不要把自己的秘密告诉别人，也不要知道别人的秘密。”

“什么是秘密？”

“这你长大了自然就会懂得。爷爷只要你记住，不要去听别人的任何秘密，要是别人想告诉你什么秘密的事，你不要听。要是别人想对你说什么秘密，说那是秘密不能泄露给其它人，那样的事，你干脆不要知道，你不要让他告诉你，你不要听，如果别人要对你说，你别听，你走开，不听。记得住吗？”（《务虚笔记》）

“秘密”在孩子心中是神秘，在爷爷看来却是痛苦。爷爷反复让孩子记住：不要去听别人的任何秘密，要是别人想告诉自己什么秘密的事，不要听。要是别人想说什么秘密，说那是秘密不能泄露给其他人，干脆不要知道，不要让他告诉，不要听，如果别人要说，别听，走开，不听。

最残酷的惩罚，不是来自野兽而是来自人。歧视不是来自敌人，而是来自亲人。孤独，不是在空茫而寒冷的大海上只身漂流，而是在人群密聚的地方，在美好生活展开的地方——没有你的位置。也许这仍然不是最残酷的惩罚，最残酷的惩罚是：悔恨，但已不能改变（就像时间不可逆转）。使一个怕死的人屈服的惩罚不是最残酷的惩罚，使一个怕死的人想寻死的惩罚才是最残酷的惩罚。（《务虚笔记》）

“最残酷的惩罚”，残酷在何处？作者以频词格引起读者的注意：最残酷的惩罚来自人。歧视，来自亲人；孤独，是在人群密聚的地方，在美好生活展开的地方——没有你的位置。最残酷的惩罚是：悔恨，但已不能改变（就像时间不可逆转）；使一个怕死的人想寻死的惩罚才是最残酷的惩罚。

> 可是，“窍望”这个词总让我想起Z。
>
> 窍望并不都是朝向自由。窍望，并非都要把眼睛贴近类似门上那样的小孔。窍望可以在心底深藏，可以远离被窍望物，可以背转身去讳莫如深，甚至经年隔世，但窍望依旧是窍望，窍望着的心思会在不经意的一瞬间全部泄露。这么多年，Z把自己藏起来，不管是藏进一间简陋的画室还是藏进他清高的艺术，我知道，他一直都在朝那座美如梦幻的房子窍望。(《务虚笔记》)

“窥望”九次频复出现，但意义与作用不尽相同。第一个是话题的线索；第二个是言说性质；第三个是界说；第四个是言说方式；第五个是言说对象；第六七个是反复重言；第八个是结果；第九个才是真正的目的。

> C说：O在走向那个男人的时候，借着酒意，潜意识指引她去毁掉一个神圣的仪式，O的心里有一种毁掉那仪式的冲动，毁掉那虚假的宣告，毁掉那并不为Z所看重的爱，毁掉那依然是“优胜劣汰”的虚假的“圣洁”，毁掉那依然是有些心魂被供奉有些心魂被抛弃的爱情，毁掉一切，因为存在注定是荒唐的心灵战争，光荣在欺骗，光荣在卑贱搭筑起的圣台上唱着圣歌，毁掉这谎言是何等快慰！(《务虚笔记》)

作者在频辞格中融入排比，进一步强调了毁掉的内容：毁掉那虚假的宣告，毁掉那并不为Z所看重的爱，毁掉那依然是“优胜劣汰”的虚假的“圣洁”，毁掉那依然是有些心魂被供奉有些心魂被抛弃的爱情，毁掉一切。

> 真是做梦也没想到，数日之前我们还在那些昏暗的迷宫里奔走求告，承受着五颜六色的光照，吞饮着五颜六色的液体，变幻着五颜六色的面容……如今却坐在这五颜六色的排演场上了：五颜六色的灯光，五颜六色的道具，五颜六色的布景，五颜六色的美女如云！看着那么多人为他的剧本忙前忙后，被他的文字调遣得不亦乐乎，连我都不免对此丁刮目相看了。(《我的丁一之旅》)

多次对“五颜六色”进行铺排，目的是为此丁张本。因为光照，因为液体，因为面容，因为排演场上的灯光、道具、布景、美女如云，这一切都五颜六色，此丁自然让“我”刮目相看。

> 所以我和丁一不断地张望，朝向陌生的人群，朝着一切墙的背后，朝着所有可能被遮蔽的地方……甚至，以黑夜的梦景作为呼唤，以白昼的想象（白日梦）作为祈祷，我和丁一张望复张望……想象那枯寂的墙后的真确生命，想象那呆板的衣内的蓬勃肉体，想象那拘谨之身中的鲜活心魂……想象夏娃的旅程，想象夏娃的抵达，想象夏娃的居身……想象那居身的美妙动人，以及那美妙居身中跳荡着的确凿是夏娃之魂……想象她的安宁与热烈，想象她素常的警惕与独处时的忘情，想象她同我们一样张望着的目光——望穿秋水，梦断天涯……想象她自伊甸至今一向珍藏的信物，或为重逢而默守多年的诺言，想象她为那悠久的盟约而悉心筹备的隆重时节！（《我的丁一之旅》）

“想象”一词，频繁出现了十三次，构成总分关系。第一个总说，之后以铺排的方式，描写男人与女人的希望与渴望，思维没有任何障碍，天马行空：想象生命，想象肉体，想象心魂，想象旅程，想象抵达，想象居身，想象居身的美妙动人以及夏娃之魂，想象“她”的安宁与热烈，想象“她”素常的警惕与独处时的忘情，想象“她”同“我们”一样张望着的目光，想象“她”珍藏的信物或为重逢而默守多年的诺言，想象“她”为那悠久的盟约而悉心筹备的隆重时节！

> 你不妨先这么想想看：当我回忆着一段往事的时候，我在哪儿？当我描画着一种未来的时候，我在哪儿？当我猜测着别人，理解着别人，甚至不得已模仿着别人的时候，我在哪儿？当我虚构着一种可能的生活，因而心潮澎湃的时候我在哪儿？当我相信了一种蛊惑，因而眼前一团迷茫的时候我又在哪儿？再比如说吧，当我想念着夏娃的时候我在哪儿？当我想念着夏娃又不知道夏娃在哪儿的时候，我在哪儿？当我为了寻找夏娃而误入歧途，而询问别人，而错过了种种我本来感兴趣的地方，那时候我在哪儿？如果我去看望夏娃，走过了山山水水，走过了条条街道，可我一点儿都不记得我走过了哪儿，那么我到底在哪儿？如果我梦

见一处美丽的所在，而现实中根本没有这样的地方，那时候我在哪儿？如果眼前的现实是由无数不为人知的隐秘所编织，所构造的，那么我在哪儿？如果一种现实的行为，最初是由一个梦所引发，那么我又是在哪儿呢？”（《我的丁一之旅》）

作者对“我在那儿”的频词格运用采用了两种结构来强调：一是介词结构“当……时候”强调时段；一是假设联想“如果……那”强调设身处地。连续的反问引发“我”的思考，引发读者的思考。

那实在是比歌唱期待得更要深远！那已不只是我在呼唤你，你在呼唤他人，已不止于我们相互间的呼唤啦，那是我们在一同呼唤上苍！呼唤，和仰望，同时也让苍天俯看你我——看这有限之身的无限表达，看这囚拘之魂不屈的行走与诉说，看这扭动的腰身，看这浪动的躯体，看这踢踏的脚步、飞扬的发缕以及挥洒的泪光……看那寂寞的苍穹因之而得了点睛之笔，看这一点欲望如何铺开成爱的恒途，或娥与丁一如何感恩于亚当夏娃的重逢……是呀是呀，这才是舞蹈！就舞蹈的本义而言，从而就不是为了阿谀权贵，不是为了给什么人助兴，或给什么人消遣的，甚至也不单是为了你我互相的观看，那是向天而吁啊，真正的“吁天录”！——看呀你，苍天！你看这能不能行？你看这够不够好？你看这喘息着的匍匐，嘶喊着的隆起，跳荡着的昂扬和这颤抖着的流淌，这风这雨，这电闪雷鸣，这峰峦沟壑……这凹凸之花可符合了你的嘱托？这天赋的语言可道出了你的心愿吗？（《我的丁一之旅》）

一连十一个“看”字融注了作者两份心血：一是作者有意的慢镜头定格，让我们看到了：有限之身的无限表达，囚拘之魂不屈的行走与诉说，扭动的腰身、浪动的躯体、踢踏的脚步、飞扬的发缕以及挥洒的泪光，寂寞的苍穹因之而得了点睛之笔，欲望如何铺开成爱的恒途，或娥与丁一如何感恩于亚当夏娃的重逢，这才是舞蹈！就舞蹈的本义而言，不是为了阿谀权贵，不是为了给什么人助兴，或给什么人消遣的，甚至也不单是为了你我互相的观看，那是向天而吁啊，真正的“吁天录”！一是透过作者的反问与评价，让我们看出作者对舞蹈的肯定与张扬——行！好！“这喘息着的匍匐，嘶喊着的隆起，跳荡着的昂扬和这颤抖着的流淌，这风这雨，这电闪雷鸣，这峰峦沟壑……这凹凸之花符合了你的嘱托？这天赋的语言可道出了你的心愿吗？"

第三节　层层深入　后来居上——层递

层递——按照事物的逻辑关系，用三个或三个以上语言单位层层递进表达事理的一种修辞方式。又称层进、递进、渐层。[①]

陈望道在《修辞学发凡》一书中把“层递”列为积极修辞的丁类即“章句的辞格”，给出的定义是：“层递是将语言排成从浅到深，从低到高，从小到大，从轻到重，层层递进的顺序的一种辞格。”并规定：“其成立必须有：①要说的有两个以上的事物；②这些事物有轻重大小等比例；③比例有一定的程序。”

一般说来，要表达层层递进的关系，需有三个或三个以上短语、句子、句群或段落。郑远汉在《辞格辨异》一书中认为需“三个或三个以上的语句”[②]；濮侃在《辞格比较》一书中认为需“三个以上的分句（当然有时也可以是词组）”。至于这些语言单位的形式，学术界有不同的意见，有的认为这些语句要“结构相似”[③]。

根据表达时对事物逻辑关系方向的安排，层递可分为两类：

（1）递升：用三个或三个以上语言单位按逻辑关系并以从低到高的顺序排列。又称递增、阶升。

（2）递降：用三个或三个以上语言单位按逻辑关系并以从高到低的顺序排列。又称递减、阶降。

> 可是，二十世纪六十年代末的中国人，说起结婚多是那么坦然，而一听到“爱情”这个字眼，都是轻则脸红心跳，重则斜目横眉，甚至嗤之以鼻。（《命若琴弦·爱情的命运》）

---

① 谭学纯、濮侃、沈孟璎：《汉语修辞格大辞典》，上海：上海辞书出版社 2010 年版，第 21 页。

② 郑远汉：《辞格辨异》，武汉：湖北教育出版社 1985 年版，第 105 页。

③ 如成伟钧、唐仲扬、向宏业主编的《修辞通鉴》，王德春主编的《修辞学词典》等。郑远汉《辞格辨异》称之为“狭义层递论”。

作者采用递升格，把20世纪60年代末的中国人听到“爱情”这个字眼的感觉写得呼之欲出。

我随声附和着她，欺骗着她，甚至躲闪着她。(《命若琴弦·爱情的命运》)

作者通过“附和”“欺骗”和“躲闪”三个层层递进的行动性动词，刻画了“我”对“她”的情感态度。

二龙又天天来看这楼房了。母亲教他的：勤看着点，只要一能住人咱就先搬进去占两间，留一间给那个人，咱也不能坑害人家。

这天二龙跑进楼，发现有点古怪：左边楼道口安了一扇新门，右边楼道口也是；他又跑上二楼、三楼，全是。“管他的，多安个门还不好?”

这天二龙又跑到楼前，又有点稀奇：楼前砌起了高墙，楼后也砌起了高墙，楼左楼右全是。“管他的，多一道围墙更安全!”

这天二龙再跑到楼前，简直邪门儿：墙上拉起了电网。“管他的，现在贼多，不能不防。”

忽然有一天，建筑公司里到处传说：“那座楼房不归咱们啦!”二龙问了又问还是不信，没下班就跑到楼前，门口添了巡逻的士兵。左面楼道口的门上写着“1”，右面门上写着“2”。很清楚：三套单元合为一套单元，每套单元里面有九间房，三个厨房和三个厕所。很清楚：两个厨房已改成贮藏室，两个厕所正在改成洗澡间。不太清楚的是：谁来住?

在那座楼房的每一个窗口都挂上了轻柔漂亮的纱帘的时候，建筑公司里到处传说：“席二龙这阵子可真是傻了，结婚的双人床都买好了，姑娘又不愿意了。”真是，二龙现在可是真傻了，人也瘦了。不信你就去那座楼前等着，每晚他都来，站在高墙外，痴呆呆地望着他早已选中的那个窗口。阳台上有时出现几个漂亮姑娘，二龙并不是看她们，二龙觉得她们并不比那个农村姑娘好看。他只是后悔自己不该说瞎话。他在高墙下站上二三十分钟，想起家里病重的母亲，觉得不该站得太久，于是叹一口气，自言自语地说：“谁让我席二龙说瞎话来?说让给人家一套，又只

想让给人家一间，天报应，活该!”（《命若琴弦·“傻人”的希望》）

这种层递格乃作者之创造：新在事物变化的层递；新在心理变化的层递；新在层递结构的跨度。先是：左边楼道口安了一扇新门，右边楼道口也是；他又跑上二楼、三楼，全是。心理反应是：“管他的，多安个门还不好?”接着是：楼前砌起了高墙，楼后也砌起了高墙，楼左楼右全是。心理反应是：“管他的，多一道围墙更安全!”之后是：墙上拉起了电网。心理反应是：“管他的，现在贼多，不能不防。”最后是：门口添了巡逻的士兵。心理反应是“谁让我席二龙说瞎话来？说让给人家一套，又只想让给人家一间，天报应，活该!”

作者通过四次层层递进，把二龙由渴望得到房子到未能得到房子而失望的心理刻画得入木三分。

那缕红光正在变淡，变成了暗紫色，变成了淡蓝色，慢慢地消失了。（《命若琴弦·绵绵的秋雨》）

作者在这里以层递格状写颜色的变化：由红而暗紫而淡蓝而消失。这种定格化的描述极易引起读者的视觉关注与心身体验。

男的说：“当我们说到无的时候，必须相对有。杯子里没水了，杯子有；屋子里没杯子了，屋子有；山上没屋子了，山有；世界上没山了，世界有。一切无都是相对于有说的。而一切有却不必相对于无。有就是有，不必相对于什么。不信你试试。”（《命若琴弦·我之舞》）

这是一种空间的递进，这是一种辩证思想的演绎。

我和世启去找路，问问老孟的事到底是不是真的。

我们找到他家。人们说路去跳舞了。

我们找到他的工厂。人们说路去跳舞了。

我们找了所有的地方，找到半夜。人们说路从来不在一个地方呆很久，不知道他到哪儿跳舞去了。（《命若琴弦·我之舞》）

空间的变化说明“我们”寻找“路”的艰辛，但正是这寻找的艰辛衬托出“路”对跳舞的执着。

我躺在冰冷的仪器下面等她，她没有来。我们去看她，她的窗户关着，窗帘拉得很严。那盆花在玻璃和窗帘之间，绿绿的叶子长得挺拔。

1 床又给 3 床的孩子讲那个谜语。

“那到底是个什么样的谜语呀？”孩子问。

“嗷，这一样是个谜语。”

我闻着医院里所特有的那种味道，等她，她还是没来。去看她，窗户关着窗帘还是拉得很严。那盆花在玻璃和窗帘之间，在太阳下，冒出了花蕾。

1 床用另一个谜语提醒 3 床的孩子。

“就在眼前可是看不见的，你说是什么？”

“是什么？”

“眼睫毛。”

她一直没来。她的窗户一直关着。她的窗帘一直拉得很严。玻璃和窗帘之间已绽开鲜红的花朵，鲜红如血一样凄艳。(《命若琴弦·一种谜语的几种简单的猜法》)

这是通过植物生态的层递变化来写心境变化的高妙之笔，作者借景抒情，融情入景。先是“那盆花在玻璃和窗帘之间，绿绿的叶子长得挺拔”；接着是“那盆花在玻璃和窗帘之间，在太阳下，冒出了花蕾”；最后是“玻璃和窗帘之间已绽开鲜红的花朵，鲜红如血一样凄艳。”“她的窗户关着，窗帘拉得很严。”这样的句子在文本中反复出现，正为层递的描写张本，我们从中窥探出“我”对“她”的执着关注，渴望相见却又未能相见的失落。

与其让自己人把我处死，真不如当初死在敌人手里。当然，他们早就不把我当自己人看了。我不敢想象怎么面对他们，我不敢想象在哪一年哪一天，在什么地方、什么情况下，他们忽然找到我。但是每年每月每时每刻，我都强迫着作这样的想象。一种强迫症。理智上并非不知道应该怎么办；应该不想，或者，应该去死。(《原罪·宿命·中篇 1 或短篇 4》)

时间的递减正体现对“强迫着作这样的想象”的执着。

当然，一有机会我们还是都飞了，飞回城，飞出国，飞得全世界都有。(《我与地坛·相逢何必曾相识》)

空间的层递拓展写出了飞的状态与愿望。

党同伐异，群同、族同乃至国同伐异，我真是不懂为什么这不是猥琐而常常倒被视为骨气？(《病隙碎笔5》)

这既是对成语的化用，又是仿拟，更是成员的层递，一箭三雕。

有一次，我听到一位作家说：一个民族对另一个民族的征服或奴役，是以改变他们的语言为开始的，是以同化他们的语言为过程的，是以消灭他们的语言为结束的。(《病隙碎笔·文学的位置或语言的胜利》)

这是一个双向性层递：改变、同化和消灭是目标性层递；开始、过程和结束是过程性层递。

真诚的、毫不规避的诉说，使你既在现在，也在过去和未来，在“情人”年轻的裸体上，在“情人”衰老的面容里，在“情人”已经飘逝的心魂中。(《病隙碎笔·给安妮·居里安(1)》)

这是由形式到内容的层递：由裸体而面容而心魂。

父亲便翻开日历，教给我：这是年。这是月。这是日。这一天，对啦，这一天就是你的生日。(《务虚笔记》)

作者在这里表面上是写父亲示教之诚，但通过时间的递减性变化写出了父爱之深。

女人说：“回来，就到这小土屋来找我，要是我搬了家，地址，会写在这墙上。你说一遍。”

男人说：“回来，就到这小土屋来找你，要是你搬了家，地址会写在这墙上。”

女人说：“要是这小屋没有了，你还是要在这儿等我，地址，我会写在这周围所有的葵花叶子上。你说一遍。”

男人说：“要是这小屋没有了，我还是到这儿来等你，你的地址，会写在这周围所有的葵花叶子上。”

女人说：“你回来，要是冬天，要是小屋没有了，葵花还没长起来，我的地址会写在这块土地上。”

男人说：“你回来，要是冬天，要是小屋没有了，葵花还没长起来，你的地址会写在这块土地上。”（《务虚笔记》）

男人与女人的三次对话，在层递中，突出了女人的执着；在标点的变化中，突出了女人对地址的关切；在人称转换中，突出了男人对女人的听从与信任。

无论何时何地他都像是一个贼、一个小人、说谎者、阴谋家、流氓、骗子、猥亵的家伙、一个潜在的“叛徒”、惶惶不可终日的没头苍蝇。（《务虚笔记》）

这种层递式的比喻把“他”的形象作了极致式铺张，可见“他”的形象的贬义程度。

F 强调的是“在这个世界上”，强调的是“这个世界”，强调的是“这个”。

所以 F 说：“O 是说，在这个世界上她没有力量爱了，但在另外的存在中她仍然在爱，仍然要爱。”（《务虚笔记》）

画线部分“强调的是”后面文字的字数在不断减少，语义却在不断加强。

他们虽敢怒不敢言，私下里却常对那帮“红绸”“红缎”流露着鄙视。

鄙视的理由之一：那帮人有什么呀？

鄙视的理由之二：那帮人，其实有什么呀？

鄙视的理由之三：那帮人，说真的，他们到底有什么呀！

起初丁一听着痛快，解气，便也随声附和，却总不明白那个“什么”究竟是指什么？几个好友对“那帮人”极尽挖苦、讥讽和嘲笑，而后买几瓶汽水开怀痛饮，相互间更加情深意切。（《我的丁一之旅》）

画线部分，三个鄙视理由后面的文字逐渐增多，这就驱使读者关注“什么”所蕴含的真正内涵。

在医院门口，丁一买了四根油条、三个烧饼、两碗豆浆，一通狂吃，心想：奇迹，什么是奇迹？（《我的丁一之旅》）

作者通过精细与层递格，形象逼真地再现了丁一对奇迹的渴望。

她还说蓝色的是海浪，红色的是海岛，白色的是一群一群的海鸟。（《我的丁一之旅》）

海浪、海岛与海鸟，视觉上是递减，语义上却是杂混。在视觉中，色彩得到强化；在语义上，海鸟因与海浪、海岛不属同类，反而引起读者注意。

我说过：我的写作先是为谋生，再是为价值实现，而后却看见了生命的荒诞，荒诞就够了吗？（《扶轮问路·诚实与善思》）

“谋生”“价值实现”“看见了生命的荒诞”既是逻辑上的层递，又是目标式层递，突出了作者写作的目的，凸显了写作的终极效果。

第四节　明知故问　加强语势——反问

反问——以疑问的形式表达确定的意思，旨在加强语势的一种修辞方式。一般用否定的问句表示的是肯定的意思，用肯定的问句表示的是否定的意思。换句话说，反问是明知故问，不需要作答，答案已寓于问句之中。又称反诘、诘问、激问。[1]

反问的基本形式有两种：

（1）肯定式反问。以肯定形式表示否定的意思。

（2）否定式反问。以否定形式表示肯定的意思。

就运用反问的繁简来说，反问可分为三类：

（1）单个反问运用。一般称之为单提式反问。

（2）两个以上反问运用。或由同一种基本形式构成的，一般称之为连续式反问。

（3）两个以上反问运用。由不同的基本形式构成的，一般称之为对举式反问。

反问与设问。两者都以疑问句作为标志，都是无疑而问、明知故问。两者的区别是：

（1）反问的作用在于加强语势，激发感情；设问的作用在于提出问题，引人注意，启发思考。

（2）反问只问不答，答案就在句中；设问自问自答或有问有答，也有只提出问题，答案让读者、听者思考得出，但问句本身不包含答案。

（3）反问多用于论述之后、句段结尾，表示语势的加强和语意的突出；设问多用于文章的开头，以提出问题、引人注意、启发思考。

（4）反问句末可用问号，也可用感叹号；设问句末只能用问号。

反问与正问。两者都是明知故问，无须回答，答案存在于问句之中。两者的区别是：

（1）反问的答案存在于问题的反面，即用否定的问句，答案是肯定的意思，用肯定的问句，答案是否定的意思；正问的答案是在所提问题的正面。

（2）反问的主要作用在于加强语势，表示强烈的感情；正问使语气委婉含蓄，起到意犹未尽的作用。

我又忘记了死。我随时随地都在设想着黑黑的幸福。此刻你在哪儿呢？在和你的情侣漫山遍野地追逐，自由自在地欢笑吧？在荒草丛中打滚儿，在你的“情侣”怀里撒娇吧？追捕猎物，体

① 谭学纯、濮侃、沈孟璎：《汉语修辞格大辞典》，上海：上海辞书出版社2010年版，第70页。

尝创造的乐趣吧？茹毛饮血，共度收获的欢愉吧？互相理毛、亲吻，享受着甜蜜的爱恋？对着荒野呼叫，抒发着原始的激情？(《命若琴弦·黑黑》)

作者通过拟人的手法以及反问的方式对黑黑的生存状态进行连续追问，让读者切身体验黑黑的快乐。这里人与动物的对话犹如促膝谈心，其实，对黑黑的追问，就是“我”乐以忘忧、乐而忘死的根本原因。

所以，残疾人（以及所有的残疾的人），怎能听任爱情权利的丢失？怎能让爱愿躲进荒漠？怎能用囚禁来解救囚禁，用无言来应答无言？(《病隙碎笔2》)

作者一连用三次反问以及括号的说明强化了“残疾人（以及所有的残疾的人)”的追求，指出：他们有享有爱情的权利，他们拥有爱愿，他们反对囚禁，他们对爱有自己的独立宣言。

那么，可有并非人传，而是众目皆见众耳皆闻的神迹吗？有啊，有啊！我们头上脚下的这个气象万千的星球不是吗？乔布终于对之说“是”的一切，不是吗？为什么把一根木棍变成蛇算得神迹，沧海桑田、日走星移倒不算？为什么点石成泉算得神迹，时时处处的“山重水复”和“柳暗花明”倒不算？为什么天地之种种慷慨的馈赠算，而世间之种种严酷的困阻就不算？(《病隙碎笔6》)

这里有设问，更有气势磅礴的反问，尤其在反问中以强烈对比步步追问，既强化了立场，又起到反讽的作用。

我被剥夺了爱的权利了么？一个没有了爱的权利的人还会有什么权利呢？他应该怎样呢？一个丧失了爱的领空领海领土的人他应该到哪儿去呢？(《务虚笔记》)

这里反问中有层递，步步追问，层层递进，对权利的追问，表达了对爱的诉求。

WR，坐在深夜的河岸上想：我是不是一个无情无义的人？我是不是必须做一个无情无义的人？我是不是敢于做一个被人斥骂为“无情无义”的人？（《务虚笔记》）

“无情无义”这一频词的运用强化了读者的关注；连续的反问表明“我”的自责与反省。

自杀之事，为何只发生在人间？割腕，跳楼，卧轨，服毒，自缢，溺水……为什么畜类就不？为什么猿鱼犬马等等从不曾有？人，这可是为的什么？活着，但是想死，啥原因？（《我的丁一之旅》）

这震撼的发问，这悬殊的对比，这排山倒海的列举，带给读者的反思深刻而独到，既敲山又震虎。

娥说戏剧其实就是梦呀！她说很多人搞了一辈子戏剧也没弄懂这个，一辈子津津乐道的都是模仿现实，一辈子都在夸耀自己演得像！像什么？像现实？像大街上？像办公室？像会场？像party？像澡堂子？像配种站？娥说可现实用得着你像它吗？现在根本就不理你，你爱像不像，现实走着自己的路根本就没把你放在心上。可要是现实走得毫无人味，娥说请问咱干吗非得像它呢？咱干吗非得像谁不可？咱能不能就像咱自己，就像咱自己心里想要的那样？（《我的丁一之旅》）

两次连续的反问各表其意，各抒其理。前面的八次反问，简洁有力，独具反讽之功效；后面的四问，鞭辟入里，实达反省之妙用。

第五节　故设疑问　意在警醒——设问

设问，是一种“胸中早有定见，话中故意设问”的修辞文本模式。①

① 吴礼权：《现代汉语修辞学》（修订本），上海：复旦大学出版社2012年版，第178页。

陈望道在《修辞学发凡》中指出："胸中早有定见，话中故意设问的，名叫设问。这种设问，共分两类：一是为提醒下文而问的，我们称为提问，这种设问必定有答案在它的下文；二是为了激发本意而问的，我们称为激问，这种设问必定有答案在它的反面。"陈望道先生所定义的设问，应该说是广义的问语，它包含激问（即反问）。现在修辞学界一般将设问与反问分列为两个辞格。

设问是无疑而问。根据提问方式，设问可分为两种：

（1）提问式设问。以疑问的方式提出问题，并做出相应回答，目的是提请注意，发人思考。

（2）反问式设问。以反问的方式提出问题，并做出相应回答。除了提请注意外，反问式设问还有强化情感的作用。

根据回答方式，设问又可分为两种：

（1）直答式设问。直截了当地回答问题。

（2）婉答式设问。不直接说出答案，而用委婉含蓄的方式隐含着答案。

> 你靠什么来塑造他人？你只可能像我一样，以史铁生之心度他人之腹，以自己心中的阴暗去追查张三的阴暗，以自己心中的光明去拓展张三的光明，你只能以自己的血肉和心智去塑造。（《病隙碎笔·写作四谈》）

设问的目的是引起对方的注意以达到传达自己见解的效果。这里问句后的回答有排比，气势雄浑；有双齐，引人注目；有对比，鲜明深刻。

> 何谓玄机？从终点看，每个人都只有一条路，但从起点看却有着无数种可能。
>
> 何谓玄机？有句俗话："失之毫厘，谬以千里。"有种理论，叫作"蝴蝶效应"，即"对初始原因的敏感依赖性"——比如纽约一只蝴蝶的扇动翅膀，很可能是北京一场大暴雨的最初原因。
>
> 何谓玄机？起点是遮蔽，终点是敞开。但终点敞开了什么呢？对不起：又一个（至N个）起点罢了。（《我的丁一之旅》）

一个概念，三次发问，却从三个角度理解，这是思维的发散，更是思想的升华。我们没有理由拒绝，我们只有发自肺腑的叫绝。

“她们都做过什么，想要又不肯说的是什么……”

娥说好了，不肯说，是因为什么？想要的，究竟又是什么？不肯说，是因为两旁的威胁！想要的，就是走出这现实的威胁！既然这样，娥说，何妨就去要你想要的呢？娥说我们凭什么非得恭维现实，顺从现实？现实，我们凭什么非得喜欢你不可？我烦了你了，我腻了你了，我讨厌你行不行？我不想再像你了，我不想再跟着你了，你也甭没事老追着我，娥说就这样你看看行不行？好了，这样一来就有了梦想了，就有了戏剧了，戏剧就冲出现实了，戏剧就把现实给扩展了！你问扩展到哪儿去了是吗？娥说我告诉你，扩展到无边无际！（《我的丁一之旅》）

反问中有设问，设问中预设答案，凸显出“娥”个性鲜明，立场坚定。

比如年轻的歌手没日没夜地弹唱，呼喊，甚至号叫，那是因为什么？因为春天，灵魂尚在幼年，而生命力已如洪水般暴涨——幼小的灵魂被强大的躯体所挟持，简陋的灵魂被豪华的躯体所蒙蔽，暗哑的灵魂被喧腾的躯体所埋没……（《我的丁一之旅》）

这设问的异人之处在于答案的新奇创新：或比喻晓畅，或对比鲜明，或双齐饬美，或频词入目，这样的奇思妙想又显出了作者思想的深邃。

第六节　增添修饰　丰富鲜明——增饰

增饰——对已完成但未尽意的话语进行补充修饰的一种修饰方式。其特点是：被饰语和增饰语的目标词语同形同现。[①]

史尘封在《汉语古今修辞格通编》中指出：“当讲述一个事物的时候，觉得表述不够充分，于是在后面紧跟着又增添了一些修饰语来修饰它，这种修辞格，我们称之为增饰。”又称限制。

根据饰语和被饰语的类型，增饰可分为三类：

① 谭学纯、濮侃、沈孟璎：《汉语修辞格大辞典》，上海：上海辞书出版社2010年版，第283页。

（1）名词性增饰。结构为：名词（被饰语）+偏正短语（增饰语），被饰语和增饰语的目标词语同形同现。

（2）动词性增饰。结构为：动词（被饰语）+述补短语（增饰语），被饰语和增饰语的目标词语同形同现。

（3）形容词性增饰。结构为：形容词（被饰语）+述补短语（增饰语），被饰语和增饰语的目标词语同形同现。

增饰与反复。两者都有话语重复的特点，区别是：

（1）增饰一般由前后两个部分构成，前略后详，详细的部分在重复前面的词语的同时，对这一词语加以补充、修饰，使句义更加丰富和鲜明；反复只是词语的单纯重复，没有对重复的词语再加以补充修饰，目的是增强语势，表强调意味。

（2）增饰是对主要句子成分的限定和修饰，重复的是语词；反复的对象要广泛得多，既可以是语词的反复，也可以是句子的反复，还可以是段落的反复。

增饰与加释。两者都通过语符延伸增值修辞信息，区别是：

增饰增值的修辞信息指向同一个目标词；加释增值的修辞信息指向同一个对象，但不是同一个目标词。

增饰与排比。两者都有多个语句并举的特点，区别是：

（1）在形式上，增饰一般是由前略后详的两个或两个以上句子构成，这些句子只注重修饰成分的增加，不注重结构上的一致性；排比必须是三个或三个以上结构大体相同的句子连续排列在一起。

（2）在内容上，增饰的前后句子关注的是同一件事情或同一个问题，后面的句子是对前面简略句子意思的补充；排比的几个句子虽然内容相关，但各句意思独立，并非后者句子对前者句子意思的补充。

增饰与续锦。两者都是添加性的修辞方式，区别是：增饰的添加式修辞方式在相同的话语结构中完成；续锦的添加式修辞方式在不同的话语结构中完成。

我们每人一句，都是冷冰冰的拒人于千里之外的腔调。克俭在我耳边嘀咕了一句什么，不外乎“德性”“臭酸相儿”一类的评语。铁子冷酷的目光在眼镜后面闪了几下，“哼”了一声，低下头去。这是一种防御，一种以攻为守式的防御，防御什么呢？（《命若琴弦·没有太阳的角落》）

作者对动词“防御”作进一步递进式解释说明，让受众更清楚明白。后面的反问又一次将受众引入思考。

不，我绝不是小说中那种高尚的情敌，正因为我深深爱上了王雪，心上的防御工事就又自然地筑起来了——那是一道深壕沟，那是一道深深的伤疤，那上面写着三个醒目的大字“不可能”。（《命若琴弦·没有太阳的角落》）

这种倒喻，第一眼便引起受众的注意；而作者接着以增饰格对“深壕沟”作形象而具体的诠释，让受众清楚明白“我”的心上的防御工事是什么，“我”因为爱而造成的痛苦有多深，有多痛！

记得很久以前我发现一个并不伟大的知名人物，说了一句我至今认为是伟大的话：人生无非两件事，事业和爱情（既是狭义的，也是广义的）。我想不妨给他加上两个字：过程。事业的过程和爱的过程。（《病隙碎笔·给XL》）

这种先作补充后作增饰的表达手法强化了受众对过程的认识，作者的观点不明自见：不管是事业，还是爱情，过程最重要。

我正读着一本杜拉斯的书，叫《写作》。其中有这么一段话：“写书人和他周围的人之间始终要有所分离，这就是一种孤独，是作者的孤独，是作品的孤独……这种身体感受到的孤独变成了作品不可侵犯的孤独。”（《病隙碎笔·给严亭亭（4）》）

什么是“孤独”，不同的角度有不同的阐释。杜拉斯在解释时潜意识地使用了频词与增饰的修辞，让受众在反复与诠释中对“孤独”产生极其深刻的领会。

据说是一条鱼。一条毒性非常剧烈但色彩相当漂亮的鱼，晾干了，研碎了，可能已经保存了很久。（《务虚笔记》）

这样的增饰，让受众对这条鱼有了非常清楚的了解，作者的表意目的也尽在这增饰之中。

退出来，再推开一个门，里面有一只猫有一万本书，一只酣睡的猫，和一排排书架上排列井然的一万本书。另一个门里又有两个门，有一道淡薄而明亮的光线，有一盆又安静又热烈的花。花旁的门里传出缓缓的钢琴声，敲了敲，没人应，推一推，开了，好大的地方。（《务虚笔记》）

这种递进式的增饰，给受众留下具体而形象的印象，是示现，更是特写镜头。

那情景就像是在美术馆里，他或者她，面对一幅画，一幅写真的肖像，写真的他或者她，看得忘记了自己也忘记了那幅画。（《务虚笔记》）

关于画，作者除了具体的阐述，更有因画的魅力而产生忘我的境界，但这仅仅是对情景的烘托，这比喻式烘托让受众如临其境地体会到那情景的魅力。

额头和鼻尖又贴在凉凉的玻璃上。那是一条宁静的街。是一条被楼阴遮住的街。是在楼阴遮不到的地方有根电线杆的街。是有个人正在太阳里走进楼阴中去的街。那是奶奶说过妈妈要从那儿回来的街。（《务虚笔记》）

劈头就是一个特写。一条街，在作者的笔下写得如此细腻，如此生动传神，犹如走进此街，犹如亲见其人。这得益于增饰的精妙运用，排比的极力铺陈，双齐的整饬之美，频词的复叠之丽。

但是，母亲，枉费心机。这样一个操劳、隐忍、煎熬着的母亲，这样一个漂亮但已日渐憔悴的女人，枉费了心机。（《务虚笔记》）

对“母亲”“枉费心机”的交互阐释，非常精练地传达出母亲的形象特征。什么是悲剧？悲剧就是将人生最有价值的东西毁灭给人看。这就是对悲剧最贴切的脚注。

南方不是一种空间，甚至不是时间。南方，是一种情感。是一个女人，是所有离去、归来和等待着的女人。(《务虚笔记》)

对南方的独特判断，新颖而独到，读者会因为独到而注目，因为注目而思考。作者把南方比作情感，喻为女人——所有离去、归来和等待着的女人，这样的增饰，何其形象，何其透彻！

没有虫鸣，一点儿也没有了。敌人近了，她知道。我相信那时候她未必是一个革命者，在那个时间里她只是一个恋人，一个炽烈的恋人或者：一个，疯狂的诗人。(《务虚笔记》)

肯定与否定兼容，否定的目的就在于进一步肯定，在肯定时又充分发挥增饰的功效，将恋人与诗人有意作等量替换，使“她”的形象不断丰满。

日在中天时，田野上又来了一个人，一个男人，那女人的丈夫，那男人来了挨着那女人坐下，两顶草帽下面他们吃喝谈笑，吃喝谈笑差不多半点钟。(《务虚笔记》)

不断地层递，不断地增饰，不断地明了角色，然后就是一幅画，一场微电影，一席受众为之满足的阳光美餐。

那眼神那语气，都像是为她的父亲说情，而且不见得是为一个父亲，更像是为一个男人，一个已经被抛弃过的男人。(《务虚笔记》)

定义域不断缩小，意味着表达的不断准确；表达的不断准确，尽在增饰的妙用之中。

现在母亲变了，变老了，变得迟疑、邋遢、粗糙、委顿，Z认为这全是那个臭气烘烘的酒鬼造成的。(《务虚笔记》)

作者对“母亲”的变化用四个排比短语描绘得精练而细腻，这就是增饰的效果。

她攥着笔，写不出字，泪如泉涌，几十年中人们第一次听见她哭，听见她的小屋里响起哭声，听见她哭了很久。（《务虚笔记》）

从时空写听觉，从听觉写哭声，从哭声写感受，从感受见真情，真情的显现因为频词和增饰而变得自然。

她唯有为他祈祷，希望他因祸得福终于能够找到一个好女人，一个贤妻良母，一心一意守护着他、爱他、给他温情为他生儿育女的妻子，那样他就会忘记O（一个坏女人，不忠实又毫不负责任的女人）给他的伤害了。（《务虚笔记》）

“她”的祈祷真实而细腻：因祸得福，找到一个好女人，一个贤妻良母，一心一意守护着他、爱他、给他温情为他生儿育女的妻子。这样的祈祷在增饰格的使用中形象而具体，真情实意自然流露。

诗人说：O的这一次爱情其实早已完结了，但是她不愿承认，她被Z的某种所谓魅力拿住了——你得承认Z的魅力，就像一个君王，一个君王他总是有其魅力的，但那不是爱情，那儿并没有心的贴近和心与心之间的自由。说O不愿承认，不如说她无能承认。可是，她是一个人，一个真确无比的人，一个感受到寒冷和孤独的人，像所有的人一样，她本能地渴望着温暖的依靠，她的心和肌肤都需要一个温暖而实在的怀抱。（《务虚笔记》）

这里增饰的目的在于把“她”的本性与悲剧色彩作议论性描述，之后的补述——像所有的人一样，“她”本能地渴望着温暖的依靠，“她”的心和肌肤都需要一个温暖而实在的怀抱，更起了画龙点睛的作用。

所以我和丁一再度张望，目光走遍人山人海，望眼欲穿——望穿那厚壁高墙，望穿那纷繁之衣，还有那道肉体的界线……望穿别人，看那藏于别人的夏娃之踪迹，看那藏于别人的自我之心魂！（《我的丁一之旅》）

成语“望眼欲穿”本足以精练地表达思想，作者却一反常规思维，将其以增饰格具化到物，到人，到心魂，细致入微。

秦汉：“或者说，那是个模型，歧视的模型，恐惧的模型，欺凌或强权的模型，它模仿着仇恨的真，其实是享受着‘仇恨’的假。”（《我的丁一之旅》）

模型已具备仿真概念，作者却蓄意再一次以增饰格具体描写，给人以形感，给人以视觉。

两个老人，或者像秦汉希望的那样，是一群，一群老人，一群可爱的老人，没有忌妒，没有猜疑，没有你呀我呀他呀的，一切都是发自内心，相互间都是心灵的交流，心灵的需要……（《我的丁一之旅》）

作者不断地缩小修饰内涵，不断地融入精确外延，不断地彰显期待。

“真的，我有时真的是希望能回来，他们能够重逢，隆重的、精彩的、非同凡响的重逢……可有时候，又不希望。你懂了吗?”（《妄想电影·地坛与往事》）

看似矛盾的表达，却因为增饰的参与，表达了“我”的期望：重逢——隆重、精彩且非同凡响。

第七节　间接含蓄　给人启迪——警策

警策——用简洁奇妙的语言表达丰富深刻的思想从而给人以启迪的一种修辞方式。又称警句、警言、精警。①

晋陆机《文赋》中有“立片言而居要，乃一篇之警策”，指在文章中要有精练扼要且深切动人的语句。陈望道在《修辞学发凡》中说“语简言

① 谭学纯、濮侃、沈孟璎：《汉语修辞格大辞典》，上海：上海辞书出版社 2010 年版，第 142 页。

奇而含意精切动人的，名为警策辞，也称警句”，并将警策格列在积极修辞中的丙类，即“词语上的辞格”中。他认为警策可分为三种：一是“将自明的事理极简练地表现出来，使人感到一种格言味”。二是“将表面上的两两无关的事物，捏成一句，初看似不可解，其实含有真理”。三是“话面矛盾反常而意思还是连贯通顺，可以称为‘奇说’‘妙语’（paradox）的一种警策辞。这是警策辞中最为奇特，却又最为精彩的一种形式”。

根据语句表达的意义内容，警策可分为三类：

（1）自明事理的警策。用简练的语句表达看似平常、人人明白的事理，给人以启迪。

（2）两事关联的警策。用精练的语言把本来不相关的两个事理关联起来，给人启发。

（3）矛盾统一的警策。把看似互相矛盾的词句组织在一起，蕴含深刻思想。

警策与格言。两者都是言简意赅的语句，区别是：

（1）内容上：警策适用的范围比格言广；格言通常仅限于表达思想、道德和修养方面的内容。

（2）性质上：警策是修辞现象，是一定语境中言语表达的方式，其语义内容需要联系语境来确定，语言形式也不太固定；格言语义和形式具有整体性、凝固性。

（3）风格上：警策表意多比较间接含蓄；格言一般直接明显。

警策往往是将普通人所罕闻罕见的珍奇的事物贡献给读者，使之产生怀疑与惊异，表达上常常以奇言惊人。

> 感情的需要，生存的需要，可以使任何生命冲破习惯的樊笼。这就是创造，这就是创造的原因和动力。外界再严酷的束缚，内心再迂腐的观念，都不是生活本身的对手。（《命若琴弦》）

创造，源于感情与生存的需要。有了需要，便可以冲破樊笼。这警言，是鞭策；这鞭策，是鼓励。

> “记住，人的命就像这琴弦，拉紧了才能弹好，弹好了就够。”……不错，那意思就是说：目的本来没有。（《命若琴弦》）

这比喻，通俗而易懂；这哲理，警醒而深刻。

目的虽是虚设的，可非得有不行，不然琴弦怎么拉紧；拉不紧就弹不响。(《命若琴弦》)

目的是行动的先导，弦紧音响，音响声美，声美，人生才会美。

柔弱是爱者的独信。柔弱不是软弱，软弱通常都装扮得强大，走到台前骂人，退回幕后出汗。（《我与地坛·记忆与印象2》)

爱者信柔，以柔可以克刚；爱者弃弱，因弱难以强大。

我无端地想起曾经读过的一本书上的话：你不可以做和尚，但你不可以不想做和尚。(《我与地坛·外国及其它》)

只有想做和尚，才会付出修炼，有了修炼，则绝不能做一天和尚撞一天钟，应积极入世。

写剧本的时候明白，之后常常胡涂，常会说："我怎么这么倒霉！"其实谁也有"我怎么这么走运"的时候，只是这样的时候不嫌多，所以也忘得快。(《病隙碎笔1》)

有倒霉就会有走运的时候。这是一种运动观，这是一种变化律。

刚坐上轮椅时，我老想，不能直立行走岂非把人的特点搞丢了？便觉天昏地暗。等到又生出褥疮，一连数日只能歪七扭八地躺着，才看见端坐的日子其实多么晴朗。后来又患"尿毒症"，经常昏昏然不能思想，就更加怀恋起往日时光。终于醒悟：其实每时每刻我们都是幸运的，因为任何灾难的前面都可能再加一个"更"字。(《病隙碎笔1》)

"直立行走""端坐"与"躺着"是一种状态。有比较，就有鉴别。真理就在于：其实每时每刻我们都是幸运的，因为任何灾难的前面都可能再加一个“更”字。

> 人有一种坏习惯，记得住倒霉，记不住走运，这实在有失厚道，是对神明的不公。(《病隙碎笔1》)

倒霉时，想想走运；走运时，反思倒霉之时。

> 从乔布故事的启示中我知道：真正的信心前面，其实是一片空旷，除了希望什么也没有，想要也没有。(《病隙碎笔1》)

在一片空旷中，心存希望；希望是信心的源泉。

> 发现他人之丑恶，等于发现了自己之丑恶的可能，因而是已经需要忏悔的时刻。(《病隙碎笔1》)

忏悔，从自己开始；静坐常思己过，闲谈莫论人非。

> 好像历史是一只垃圾箱，把些谁也不愿意再沾惹的罪孽封装隐蔽，大家就都可以清洁。(《病隙碎笔1》)

历史不是垃圾箱，应是过滤器。只有过滤，才能优胜劣汰；只有过滤，才能不藏污纳垢。

> “你们”是一种候补状态，有希望成为“我们”，但稍不留神也很容易就变成“他们”。这很关键，把越多的人放在这样的候补位置上，“我们”就越具权势，“他们”就越遭孤立，“你们”就越要乖乖的。
>
> 这逻辑再行推演就更令人胆寒：“你们”若不靠近“我们”，就是在接近“他们”；“你们”要是不能成为“我们”，“你们”还能总是“你们”？(《病隙碎笔1》)

作者通过人称的变化形象逼真地寄寓了哲理：我你他的人际距离就是人生的旅程，就是人生定律。

赌的心情，其实是很孱弱、很担惊受怕的，就像足球的从决心变成担心，它很容易离开写作的根本与自信，把自己变成别人，以自己的眼睛去放映别人的眼色，以自己的心魂去攀登别人的思想，用自己的脚去走别人的步。(《病隙碎笔1》)

作者在比喻中让受众明了其理，在排比中让受众远离主观。

残疾，其最危险的一面，就是太渴望被社会承认了，乃至太渴望被世界承认了，渴望之下又走进残疾。(《病隙碎笔2》)

心态决定一切，一切源于心态。残疾并不可怕，可怕的是心理的残疾、心灵的残疾。

胆小的人走夜路，一般都喜欢唱高调。(《病隙碎笔6》)

心虚意味着心灵的脆弱，心灵的脆弱导致行动的失调。

人都不是完美的，而残疾，恰恰是对人的残缺的夸张与强调。(《病隙碎笔·在残疾人作家联谊会成立大会上的发言》)

金无足赤人无完人，残疾与残缺是两个不同的概念，作者独具慧眼，以辩证的叙述告诉人们：只有残疾与残缺相向而行，人生才能走得更远。

我还有一个小小的建议：走出残疾人，再去看人的残疾；走出个人的孤独，再去看所有的孤独。(《病隙碎笔·〈逃亡三题〉读后》)

相向而行，走出阴影，才能走出精彩人生。

去跟任何人赌他死不了，赌什么都行，你肯定赢——他活着你当然赢；他死了，你还输给谁去？(《我的丁一之旅》)

生与死是一对哲学概念。“人生自古谁无死”，“死去元知万事空”，当下重要的是活得有意义，才会死得其所。

我告诉她詹的那句名言：“男人学着爱上吸引他的女人，而女人是越来越被所爱的人吸引。”（《我的丁一之旅》）

主动与被动，爱与被爱，同样精彩，同样幸福。重要的是找准自己的位置，分清自己的角色。

欧消失后，他只跟我说过一句话：万法皆空。不，后来还说过一句：人间最大的错误就是把现实当成戏剧，又把戏剧当成现实。（《我的丁一之旅》）

作者对序换格的运用，突出了“现实”与“戏剧”的关系，警示人们不能把现实当成戏剧，把戏剧当成现实。

他对萨说：“所以爱是一个约定；从此，我们，不再是别人。”（《我的丁一之旅》）

简单的判断，简洁的表达，重要的撇除；爱的规则，爱的对象，爱的真谛，明白清楚。

要是我说恨孕育着征服，你多半会信，但要是我说爱包含着屈服，你就不愿意信。要是我说，爱是一种非凡的屈服，你大概会莫名其妙。（《我的丁一之旅》）

三个“要是我说”包含三种态度，蕴含三种爱恨观，看似矛盾，作者却在步步为营地以“我”之口渗透爱恨观：恨孕育着征服，爱包含着屈服，爱是一种非凡的屈服。

《丁一》是说，这就像上帝给人的最后机会：在这危险系数最小的一对一关系中，人啊，你们若仍不能倾心相爱，你们就毫无希望了。（《扶轮问路·理想的危险》）

人与人，尤其是危险系数最小的一对一，应倾心相爱。这是对爱的呼吁，这是对爱的警示。

我赞成丁一与娥对戏剧的理解：让不可能成为可能，使非现实可以实现。(《扶轮问路·理想的危险》)

与其说这是对戏剧的理解，不如说是对人生的警策。本来人生如戏，从来戏如人生。

此前莫如细听那老教父的潜台词：若要不失判断，先不能让情绪乱了自己，所谓知己知彼，诚实是第一位的。(《扶轮问路·诚实与善思》)

这是对标题“诚实与善思”最恰当的哲理诠释：正确的判断，源于理智的情绪；知己知彼，百战百胜；诚实诚信，遇事根本。

但发明者一定是忘记了黑夜的妙用，那正是人自我面对或独问苍天的时候。(《扶轮问路·诚实与善思》)

这真是绝妙的提醒：人最脆弱的时候是面对黑暗之时。

此外，同辞、顿字和谐谑三种辞格，或明似重复，实则包蕴；或一字一顿，强化情感；或颠覆原意，诙谐成趣。殊途同归，意在侧重。

同辞——在一句话里，用相同的词语作不同的句子成分的一种修辞方式。从表面上看，同辞好像语词在重复，实际上寓意深刻，包蕴深意。[①]

同辞以主语和宾语使用相同词语最为常见。

同辞与同语。两者都用相同的词语作不同的句子成分，区别是：

(1) 同辞不限于主宾同词；同语以主宾同词最为常见。当同辞是主宾同词时，也就是狭义的同语。

(2) 同辞通常是两句相对的对举式；同语有列举式、单举式、多举式等不同形式。

缺心眼儿的人怕别人说他缺心眼儿，就像心眼儿多的人怕别人说他心眼儿多一样。(《命若琴弦·“傻人”的希望》)

---

① 谭学纯、濮侃、沈孟璎：《汉语修辞格大辞典》，上海：上海辞书出版社2010年版，第227页。

“心眼儿”，在不同的成分位置发挥不同的修辞效应。第一个与第三个起修饰作用；第二个作包孕式子句宾语；第三个作包孕式子句主语。

那时候我还没能听懂上帝的那一项启示：梦想如果终于还是梦想，那也是好的，正如爱情只要还是爱情，便是你的福。(《命若琴弦·老屋小记》)

这是最常见的以主语和宾语使用相同词语的同辞。在同辞中对举式地强调了“梦想”与“爱情”。

就连科学也已经看见，人的自命不凡已经把这个星球搞得多么乌烟瘴气，贪婪鼓舞着贪婪，纷争繁衍着纷争，说不定哪天冒出个狂人，一场细菌大战，人间戏剧忽然收场。(《病隙碎笔1》)

这同样是最常见的同辞形式。作者强调“贪婪”与“纷争”，意在突出人间毁灭的根源，呼唤人类的和平与安定。

我甚至不得不通过他来看这个世界，不得不想他之所想，思他之所思，欲他之所欲。(《病隙碎笔2》)

三个排比式的同辞，无论强调“想”还是强调“思”，甚至“欲”，都以“他”为中心，尽管“我”不得不这样做。

相反的情况也是一样，爱者之爱，恋者之恋，思者之思，绵绵心流并不都在白昼的确定性里，还在黑夜的可能性中，在那儿，网织成或开拓出你的存在，甚或你的现实。(《病隙碎笔2》)

作者对“爱”“恋”与“思”的同辞运用，意在突出动态性变化。

从他的漫画中，我对幽默有了初步的印象：幽默是机智地证明机智的无效，是通向智慧的智慧的绝境，是看强人败绩于宽容和泼妇受阻于柔顺的刹那，是快乐地招待苦难的妙举，是拱手向自然出让权力的善行。(《病隙碎笔2》)

作者在前两个排比句中对称使用同辞格，把幽默的本质特征通过“机智”与“智慧”揭示得力透纸背。

……噢噢，现在我又有点儿明白了，不这样可怎么衬比得你们的富有和圣洁呢？不使肮脏的地方更肮脏，怎么能使圣洁的地方显得更圣洁呢，没有灵魂的战争可怎么有灵魂的胜利者呢……（《务虚笔记》）

这样的同辞把“肮脏”“圣洁”和“灵魂”的内涵揭示得淋漓尽致。

顿字——指在口语中为了表达情感的需要，在连续的语流中所采用的一字（音节）一顿的一种修辞方式。①

根据顿字所表达的情感和语用功能，可将顿字分为四种类型：

（1）表现人物激怒时的情绪。

（2）用低抑凝重的语气表现悲伤的感情。

（3）加重语气，提请听者注意。

（4）用问号顿开，表达强烈的疑问语气。

史铁生在其文本中根据表意需要，偶有涉及顿字。

“在、那、里、是、可、以、大、有、作、为、的……”大汉认真地背着。（《命若琴·白色的纸帆》）

蓄意的提顿意在加强语气，强调大有作为的地方，强调应该大有作为。

森握紧着方向盘，笑声和惊叫声时而压过马达的轰鸣。摄影师在她身旁，镜头俯、仰、推、拉、摇，贪婪地摄取着水色山光……（《妄想电影·地坛与往事》）

五个动词的停顿，一是刻画了“摄影师”动作之娴熟；二是突出“森”的美丽动人；三是衬托出水光山色的景色迷人；四是彰显摄影师的大胆与贪婪。

---

① 顾志刚：《顿字例析》，《修辞学习》1992年第4期。

谐谑——用滑稽有趣的话语引人发笑或戏弄人的一种修辞方式。①

谐谑不是从形式上界定的，而是从修辞效果界定的。从理论上说，各种修辞手段只要运用得当，能产生谐谑效果就可归属该辞格。

很多年前，天一擦黑，这喊声必在我们那条小街上飘扬，或三五声即告有效，或者就要从小街中央一直飘向尽头，一声声再回来，飘向另一端。后一种情况多些，这时家家户户都已围坐在饭桌前，免不了就有人叹笑：瞧这庄子，多叫人劳神！有文化的人说：庄子嘛，逍遥游，等着咱这街上出圣人吧。不过此庄子与彼庄子毫无牵连，彼庄子的“子”读重音，此庄子的“子”发轻声。此庄子大名六庄。据说他爹善麻将，生他时牌局正酣，这夜他爹手气好，一口气已连坐五庄，此时有人来报：“道喜啦，带把儿的，起个名吧。”他爹摸起一张牌，在鼻前闻闻，说一声：“好，要的就是你！”话音未落把牌翻开，自摸和！六庄因而得名。(《我与地坛·记忆与印象2》)

作品中关于“庄子”的取名，作者有意使用谐谑格，用滑稽有趣的话语，颠覆原意，诙谐成趣。

你看：“瞧这庄子，多叫人劳神！有文化的人说：庄子嘛，逍遥游，等着咱这街上出圣人吧。不过此庄子与彼庄子毫无牵连，彼庄子的‘子’读重音，此庄子的‘子’发轻声。此庄子大名六庄。据说他爹善麻将，生他时牌局正酣，这夜他爹手气好，一口气已连坐五庄，此时有人来报：“道喜啦，带把儿的，起个名吧。”他爹摸起一张牌，在鼻前闻闻，说一声：“好，要的就是你！”话音未落把牌翻开，自摸和！六庄因而得名。

发音之别，故而“庄子”只剩下“庄”之义，为何叫“六庄”？源自他爹善麻将，生他时牌局正酣，这夜他爹手气好，一口气已连坐五庄，此时有人来报：‘道喜啦，带把儿的，起个名吧。’他爹摸起一张牌，在鼻前闻闻，说一声：‘好，要的就是你！’话音未落把牌翻开，自摸和！六庄因而得名。”

---

① 谭学纯、濮侃、沈孟璎：《汉语修辞格大词典》，上海：上海辞书出版社2010年版，第249页。

这幽默，折射出他爹整日沉迷于麻将无所作为的恶习，极尽讽刺之效，正应验契诃夫小说创作的高妙：含泪的笑。

其实还有第三只手，即操纵股市的人——造假相以乱规则，伺机猎取暴利；这真与弄排行榜者同心同“德”——设虚衔以惑人心，从中收获权名。（《扶轮问路·人的价值或神的标准》）

作者在成语“同心同德”的“德”字上下修辞工夫，有意将“德”字的语义朝反方向发展，谐谑为：“设虚衔以惑人心，从中收获权名”。对第三只手——操纵股市者之造假相以乱规则、伺机猎取暴利的行为冷嘲热讽，极尽讽刺之能事，让受众在笑过之后，于有声处听惊雷。

第八章

以特定修辞手法创造流动之美

运动和变化在不断更新着世界，就像不间断的时间总在更新无穷无尽的岁月的持续一样。

——马尔库·奥勒利乌斯《沉思集》

真正的美永远处于变化与流动之中。

——柏格森

第一节　异形表达　活泼多变——同义

同义——重复使用意思相同或者基本相同的词语或句子的一种修辞方式。[①] 根据使用的语言单位，同义可分为两类：

（1）同义词语。使用意思相同的词语构成的同义。

（2）同义句子。使用意思相同的句子构成的同义。

> 于是可以相信：凡你描写他人描写得（或指责他人指责得）准确——所谓一针见血，入木三分，惟妙惟肖——之处，你都可以沿着自己的理解或想象，在自己的心底找到类似的埋藏。（《病隙碎笔1》）

“一针见血”“入木三分”和“惟妙惟肖”三个成语虽然意义大致相同，但作者有意重复使用，意在从不同维度作细致的表达。“一针见血”强调描写的态度；“入木三分”突出描写的力度；“惟妙惟肖”彰显描写的相似度。

> 不过，一九五一年一月四日对我来说是一片空白，是零，是完全的虚无，是我从虚无中醒来听到的一个传说，对于我甚至就像一个谣言。（《务虚笔记》）

作者完全不受修辞学者归类的影响，大胆突破所谓词语或句子的同义，完全根据表意的需要，灵活地将词、语和句子的同义浑融在一起，恰到好处地表达了“我”对“一九五一年一月四日”的感受，以及这个日子对“我”的意义。

> 无论在南方，还是在北方，小姑娘O必会有这样的记忆，只是她的那个院子也许更大、更空落，她的那块草地也许更大、更

① 谭学纯、濮侃、沈孟璎：《汉语修辞格大辞典》，上海：上海辞书出版社2010年版，第229页。

深茂，她的那片夕阳也许更大、更寂静，她的母亲也如我的母亲一样惊慌地把一个默默垂泪的孩子搂进怀中。(《务虚笔记》)

无论是院子、草地，还是夕阳，作者都用了一个“大”字来形容，广义上画横线的词语用的是同义格，但实则稍有不同。“空落”强调的是院子的寂寞感；“深茂”侧重的是草地的阔达与繁茂；“寂静”说明的是“夕阳”这个意象在小姑娘O心中产生的寂寞与孤独。

她慢慢地走来走去，那光芒在幽暗中移动、舒展、屈伸、自在坦荡。(《务虚笔记》)

“移动”“舒展”“屈伸”和“自在坦荡”这四个词语意思虽然有相近之处，但“那光芒在幽暗中”的运动却以特写镜头的形式不断导引受众关注每一细节的变化，这种层递同义兼行的表达方式，留给受众独到而难忘的记忆。

那酒鬼没想到能与这样一位他仰慕已久的大人物促膝而坐，谈天说地议古论今，觉得是平生最大的骄傲。(《务虚笔记》)

作者以“谈”为中心，使用了“促膝而坐”“谈天说地”和“议古论今”三个词语，这三个词语同义而稍具微殊差别：“促膝而坐”更强调感情；“谈天说地”更突出话题的随意性；“议古论今”更重在说明话题的深度与广度。

有一天，一个年轻的姑娘也走进那古园，她就是X。X走进古园，走近C，走近C残疾的身体并走过他渴望着爱情的心魂。那时，全部背景才轰然完整，熙熙攘攘远远近近无边无际，有了山和海一样的房屋与人群。在我的印象中，在一个残疾人的形象里，才重新有了生命，有了时间。(《务虚笔记》)

“熙熙攘攘”“远远近近”和“无边无际”这三个词语的同义使用强化了背景的空旷与人群的拥挤：“熙熙攘攘”突出了热闹；“远远近近”突出了人山人海；“无边无际”突出背景的广大无边。

久之又成习俗，或为公约、规则——光天化日之下务须衣冠齐整，四壁遮挡之内方可随心所欲。(《我的丁一之旅》)

“习俗”“公约”和“规则”的同义使用，强调了民间习俗与社会规范的同一性，进一步说明了公开场合与私人空间的迥异与规则。

据我在丁一一带数十年的经验看，衣和墙的形式繁多，纤维织物不过衣之一种，砖堆瓦砌更是墙的初步。表情怎样，一定没有隐匿？微笑如何，肯定不是躲藏？掌声呢，更是何多敷衍。话语，尤其难免暗道条条。那都是衣和墙啊，都是躲藏，逃避，隔离，防范。譬如丁一的改名，不是衣吗？再譬如我为他圆谎，不是一道无形的墙？(《我的丁一之旅》)

“躲藏”“逃避”“隔离”和“防范”这四个词语排比而出，意义相近，引起了受众的高度注意，让他们明了衣和墙的社会道德意义。

丁一日益成长，我渐渐地有些明白：是规则，是公约，是人们的共识或公认。(《我的丁一之旅》)

排比与同义的综合运用，突出了丁一日益成长的原因。

月移影动，轻柔曼妙的脚步渐成舞蹈……娥与夏娃，遂像童年那样展开稚气的舞姿，像在伊甸那样一无顾忌，伸屈，舒展，敞开，以至于暴露……月光抚摸她的丰臂，照亮她幽暗的沟壑，照耀那自伊甸而来的关键的语言或信物……（《我的丁一之旅》）

层递的同义表达动态化地表现了娥与夏娃的稚气与无所顾忌。随后三个排比句的侧面烘托，拓展出娥与夏娃的美之至臻，让人产生无尽的遐想与美感享受。

那丁听得发呆，发愣，发晕，完全彻底的一个“丈二和尚”。(《我的丁一之旅》)

“发呆”“发愣”和“发晕”这三个词语虽然同义，但透过语境，我们看到的是丁一的心理反应与状态特征。

> 中医的诊断是：血壅气滞，阴阳失衡。
>
> 西医则认为是：腹中那株苍白而污秽的花正又蓄势待发。（《我的丁一之旅》）

大部分词语，孤立地看，并非同义，但史铁生工于语境的表达，因而，有些词语一经其经营，在语境中便立刻获得新生。这“诊断”与“认为”脱离语境，似风马牛不相及，但在语境中就成了地道的语境同义。这种语言的避复，神奇而独到。

第二节　言之凿凿　随意注意——精细

精细（或称“拟实”），是一种在说写中“把不需要也不可能说出精确数据的事物，故意说得十分精确”的修辞文本模式。[①] 精细这一辞格，最早由谭达人提出。

精细与一般计算。从表面上看，两者都有精确的数据。其区别是：精细是有意地打破常规，突然在叙述过程中使用十分精确的数据，以期获得别样的感受；一般计算是根据客观事实来叙述的，并没有产生别样的感受。

> 多年来我的体重恒定在五十九点五公斤，吃了饭是六十公斤，拉过屎还是回到五十九点五公斤。我不挑食，吃油焖大虾和吃炸酱面都是吃那么多，因为我知道早晚还是要拉去那么多的。吃掉那么多然后拉掉那么多，我自己也常犯嘀咕：那么我是根据什么活着的？我有时候懒洋洋地在床上躺一整天，读书看报抽烟，或者不读书不看报什么事也不做光抽烟，其间吃两顿饭并且相应地拉两次屎，太阳落尽的时候去过秤，是五十九点五公斤。这比较好理解。但有时候我也东跑西颠为一些重要的事情忙得一整天都不得闲，其间草率地吃两顿饭拉两次屎，月亮上来了去过

① 吴礼权：《现代汉语修辞学》（修订本），上海：复旦大学出版社 2012 年版，第182 页。

秤，还是五十九点五公斤。就算这也不难解释。可是有几回我是一整天都不吃不喝不拉不撒沿着一条环形公路从清晨走到半夜的，结果您可能不会相信，再过秤时依旧是五十九点五公斤。

还有一件奇怪的事就是，我每天早晨醒来的时间总是在六点三十，不早不晚准六点三十，从无例外。我从不上闹钟。我也没有闹钟。我完全不需要什么闹钟。如果这一夜我睡着了，谁也别指望闹钟可以让我在六点三十分以前醒。那年地震是在凌晨三点多钟，即便那样我也还是睡到了六点三十才醒。醒来看见床上并没有我，独自庆幸了一会儿发现完全是扯淡，我不过是睡在地上，掸掸身上的土爬起来时看出房顶和门窗都有一点歪。如果我失眠了一直到六点二十九才睡着的话，我也保证可以在六点三十准时醒，而且没有诸如疲劳之类不好的感觉。人们有时候以我睡还是醒来判断时光是在六点三十以前还是以后。

因此我对这两组数字——595 和630——抱有特殊的好感，说不定那是我命运的密码，其中很可能隐含着一句法力无边的骂语。

譬如我决定买一件东西，譬如说买拖鞋、餐具、沙发什么的，我不大在意它们的式样和质量，我先要看看它们的标价，若有五块九毛五的、五十九块五的、五百九十五块的，那么我就毫不犹豫地买下。再譬如看书，譬如说是一本很厚的书，我拿到它就先翻到第六百三十页，看看那一页上究竟写了些什么，有没有什么不同寻常的暗示。我一天抽三包香烟，但最后一支只抽一半，这样我一天实际上是抽五十九点五支。除此之外我还喜欢在晚饭之后到办公室去嗑瓜子，那时候整座办公楼里只亮着我面前的一盏灯，我清晰地听到瓜子裂开的声音和瓜子皮掉落在桌面上的声音，从傍晚嗑到深夜，嗑五百九十五个一歇，嗑六小时三十分之后回家。总之我喜欢这两个数字，我相信在宇宙的某一个地方存在着关于我和这两个数字的说明。再譬如我听相声，如果我数到五百九十五或六百三十它仍然不能使我笑，我就不听了。

所以有一次我走到一座楼房的门前时我恰恰数到五百九十五，于是我对这楼房充满了幻想，便转身走了进去。我感到一种从未有过的激动，我相信我必须得做一件不同凡响的事情来记住这座楼房了。我在幽暗的楼道里走，闭上眼睛。我想再数三十五也就是数到六百三十时我睁开眼睛，那时要是我正好停在一个屋门前的话，我一定不再犹豫一定不管三七二十一就敲门进去，也不管认不认得那屋里的主人我一定要跟他好好谈一谈了。六百三十。我睁开眼睛。这儿是楼道的尽头，有三个门，右边的门上写着“女厕”，左边的门上写着“男厕”，中间的门开着上面写着“隔音间”。右边的门我不能进。左边的门我当然可以进，但我感觉还不需要进。我想中间这门是什么意思呢？我渐渐看清门内昏黑的角落里有一部电话。我早就听说有这样的无人看管的公用电话。我站在第六百三十步上一动不动想了五百九十五下，我于是知道该做一件什么事情了，我走进电话间，把门轻轻关上，拿起电话，慎重地拨了一个号码：595630，慎重得像母亲给孩子洗伤口一样。这样的事我做过不止一次了。有两次对方是男的，说我有病，“我看您是不是有病啊？”说罢就把电话挂了。有两次对方是女的，便骂我是流氓，“臭流氓！”这我记得清楚，她们通过电话线可以闻到你的味儿。（《命若琴弦·一种谜语的几种简单的猜法》）

文本中多次反复运用精细格，这是一种有意而为。作者的目的在于引起受众的有意注意，当受众有意注意之后，自然会进入文本，身临其境，当然会解其心，豁解其意。

九点，约定的地方没有冬雨。九点半，仍不见她的影子。太阳晒死人。十点，我有点儿担心了，她从来是守时的呀？十一点，我给她打了个电话，没人接。也许她正往这儿赶呢。十一点半，我想得去看看她了，从她家到这儿最多二十分钟。（《命若琴弦·往事》）

这是模拟鲁迅《社戏》的写法，通过时间的不断变化，写出“我”对“她”的担心，这样的时间逼近法让受众和作者一起屏息而待，等“她”出现。

A：“我顶看不上一小口儿一小口儿抿酒的那帮家伙，抠抠唆唆小里小气娘们儿叽叽。要不就甭喝，喝就喝得像个爷们儿样。我见过一个小子，个不高块儿也不奘，可那小子行，喝起酒来是块料，一个糖瓷把儿缸子差不多装半斤，一仰脖儿完了！抹抹嘴该干吗干吗去。我最烦那帮人，弄二两酒在酒馆里穷泡，喝三唬四地滥吹牛……噢我想起来了，爱它就是……总之爱它可不是借着它无病呻吟、装疯卖傻，爱它就是……就是得懂得它，崇拜它，甚至甘愿屈服于它把自己交给它！”（《原罪·宿命·关于一部以电影作舞台背景的戏剧之设想》）

数字的精细与对比，刻画出两种形象，表明了“我”的态度。

她们好像偶然到这草地上来玩耍的，一个招呼另一个，两三个引来了四五个，一共七八个。（《原罪·宿命·关于一部以电影作舞台背景的戏剧之设想》）

数字的动态变化正说明“她们”玩耍的兴致。

第三节　急速语流　直录状态——呵成

呵成——在行文中有意不用标点，造成一种急速的语流，来表现一种快节奏的思想、行为、社会场景，或者用这种无标点的句式来表现人物的非理性、无理智状态的一种修辞方式。[①]

按呵成句式可将其划分为两类：

（1）客观式呵成。此类呵成是为了列举纷繁复杂的社会状态。

（2）内心独白式呵成。此类呵成是为了表现说话人的意识流动，表现其躁动无聊的心态。

呵成多见于文艺语体，但也出现在文艺味较重的广告语体中。它既是表达者情绪或者思维的一种直观记录，又是一种情绪的表达方式。它不是说话人把一段话中的标点全部抽出就可以形成的，其话语形式传达出的语义容量很大，语义内容庞杂。

路说他刚一进去什么都看不见，漆黑一团没有声音。后来他点了一把火，用自己的衣裳点了一把火在手里摇，轰的一声就再

① 谭学纯、濮侃、沈孟璎：《汉语修辞格大辞典》，上海：上海辞书出版社2010年版，第105页。

也看不见边儿了，无边无际无边无际无边无际……（《命若琴弦·我之舞》）

这里，作者以呵成格非常逼真地再现了火势之迅，之速，之猛。

园子里窸窸窣窣窸窸窣窣窸窸窣窣，风铃也响。世启把轮椅摇到我们三个中间，凉风习习。世启说话的声音也抖。（《命若琴弦·我之舞》）

这种语义连续的呵成传达出了园子的寒冷、阴森、恐怖。

不仅这姑娘的父母无言以对，就连咱们也无以作答，按照已有的设计，你好像没有哪点儿不好，你简直无懈可击，那两个老人倘不是疯子不是傻瓜不是心理变态，他们为什么会反对你成为他们的女婿呢？（《我与地坛·好运设计》）

这是内心独白式呵成，连续的假设说明了作者的观点。越是假设越表达了肯定，越是语急越说明不解，因为不解，所以更加语急。

然后你在爱情的鼓舞下，在那对蛮横老人颇合逻辑的蔑视的刺激下，痛下决心破釜沉舟发愤图强历尽艰辛终于大功告成终于光彩照人终于震撼了那对老人，令他们感动令他们愧悔于是心悦诚服地承认了你这个女婿，使你热泪盈眶欣喜若狂忽然发现天也是格外的蓝地球也是出奇的圆柔情的水佳期如梦幸福地久天长……是不是得这样呢？是这样。大概是这样。（《我与地坛·好运设计》）

决心、努力、艰辛、成功、影响、震撼、感动、欣喜和幸福，所有的感受，所有的激动，全在呵成中完成。

骄阳落去，皓月初升，江风习习吹开熏蒸的溽热之时你瞧吧，沿江的栅栏边，情男恋女伏栏面水倾诉衷肠，一条大队直排出几里，仿佛对黄浦江夹道的欢迎与欢送；一对紧挨一对，一对一对一对一对甚至互相不能留出间隙，一男一女一男一女一男一女，倘忽略每一颗头的扭向让你猜哪两个是一对，你有百分之五十的可能错

点了鸳鸯。(《我与地坛·姻缘》)

这种对数量突出的呵成，让我们看到了作者对一对对相爱男女的祝福。他们因为忘情，所以无隙。

如果爱情对于残疾人来说总是可望而不可即的，总是望而生美生畏生惭生叹的事，如果他们总是被告知：爱情不是你们生活之必需，而是可有可无的奢侈品——那么上述担心绝不是多余的。(《我与地坛·康复本义断想》)

作者承“可望而不可即”，一口气呵成四个“望而生……”，其表达残疾人对于爱情的渴望之情，可想而知，这样的表达胜过互文的效果，超越直接抒情的表露。

她对丈夫说让我们到风里去到月光里去到细雨中去到草地上和芭蕉下去那样我们就会有一个更聪明更美丽的孩子，那样我们的孩子就会有好运气……就是那一次吗月光照耀着远山近树鸟啼虫鸣是那一次吗夜风吹指着老屋的飞檐掀动男人的昂奋是那一次吗细雨滋润了土地混合着女人酣畅的呼喊就是那一次吗……也许，那风中那雨中那星光月色中那一刹那间世界流传的全部消息里，已经携带了儿子在劫难逃的罪孽。(《务虚笔记》)

三个呵成，层次递进。第一个呵成连续用四个排比说明“她”对爱的浪漫与期待；第二个呵成由四次连续的发问铺陈幸福，回忆历史；第三个呵成由连续四次的递进列举，峰回路转，转喜为悲，情绪顿时跌落低谷。

楼群的阴影都朝一个方向扑倒，整整齐齐，空空洞洞……不过是空空的风中凄凄迷迷挟裹着一缕声音：没有，没有，这儿根本就没有你要找的那个房间根本没有你要找的那座楼房根本没有你要找的那个姑娘……F大喊一声醒来，愣很久，不再睡了，起身走上阳台。(《务虚笔记》)

按惯例，三个排比或由小而大，或由大而小，可是作者并没有遵循这样的原则，这是一反常规的表达，在呵成中引人注目，或许这才是真正意义的呵成，来不及考虑，由衷地再现。

让那声音狠狠地刺痛他的意志，让那被刺痛的意志发出声音：不，我不能在这儿，我不能在这儿，我不能属于这儿，我不能让那声音这么狂妄，这么自信这么得意，我要打败他们，打败他们打败他们打败他们，杀了它……

（O在将来听出，不是“杀了他”是“杀了它”，虽然“他”和“它”在汉语中发音相同。）（《务虚笔记》）

作者在序换之后，接着用排比反复，然后又是一气呵成的呼喊，打败之心，“杀了”之意，尽在冲动之中，一应而泄。

第四节　摄取外语　生动婉约——摄外

摄外——或作“涉外”，即为“摄取外语”或“涉用外语”之意，它是指人们在说话或写作时，为增强表达效果而直接、恰当地使用一些外语的一种修辞方法。“并不是行文或交谈中的所有外语都是摄外辞格。这主要是看该外语在行文或交谈中是否具有修饰描摹美化语言的功能”①。

根据所摄取的外语出现位置的不同，摄外可分为三类：

（1）摄取其他语言的句子掺杂在汉语的语篇中。

（2）摄取其他语言的语词掺杂在汉语句子中。

（3）摄取其他语言的词缀附加在汉语句子中的词语之后。

摄外格就是说话者在掌握多门语言的交际者之间根据需要来选择语码的语用行为。它是一种人际协商的语用手段，与社会语言学研究的语码转换并无二致。若从传统修辞学辞格的分类来看，摄外格与异语格略有区别之处。

与异语格相比，摄外格的范围小，指的是“直接用外文形式”的异语；异语则包括汉语中的汉字音译形式、方言异语、文言异语以及行业语隐语异语。

D跷起二郎腿，闭起眼睛唱歌：“妈妈～，杜哟瑞曼巴～得噢

① 李晓文：《“摄外”格初探》，《修辞学习》1998年第1期。

斯绰哈特～哟～给喂奕密～?”（Mama，do you remember，the old straw hat you gave to me?）（《命若琴弦·老屋小记》）

这种先以中文谐音翻译，然后再用摄外格描摹D跷起二郎腿，闭起眼睛唱歌的描述，幽默而生动。

“U师傅，我早就想请教您了，您说‘杜哟瑞曼巴’是什么意思?”

“你说的大概是do you remember，意思是，‘你还记得吗’。”

U师傅认真地听，但是摇头。

“一个草帽，是吗?”

“草帽？噢，大概是the old straw hat，‘那个旧草帽’，是吗?”

“‘哟给喂奕密’呢?”

“You gave to me，就是‘你给我’。哦，这整句话的意思应该是，‘妈妈，你还记不记得你给我的那个旧草帽。’”（《命若琴弦·老屋小记》）

此承上而来，时而中文，时而英语；时而承接，时而递进。在对话中，两者的身份，不言自明。包袱抖在最后，幽默尽在其中。

老夫妇俩一起学习，读林彪的书。不知怎么一个缘由，老妇问老夫：“撒旦的英文名怎么写?”老夫随手写下：Satan。“犹大呢?”老夫又写：Judas Iscariot。忽然，老夫妇俩全吓呆了——他把那两个名字写在了正看着的书上！怎么办?！他们先是用黑笔把字迹涂去，但发现是欲盖弥彰。他们又忙不迭抠去，反而弥弥彰彰。末了干脆把书烧了，老夫妇俩看着火光，面如土色。天哪！这是亵渎，是诋毁，是反动！老两口商量：还是吃安眠药算了。幸亏他们吃的量不够，被救活了。两位老人昏昏晕晕之际，口口声声说：“我们对不起敬爱的林副主席。”谁料那时林彪已成国贼，老夫老妻又险些做了贼船上的死党。（《原罪·宿命·关于詹牧师的报告文学》）

通过摄外格的运用，作者形象地刻画了“文革”给老夫妇带来的心理阴影。作者是揣摩心理的高手，将人物所要表现的心理于心理刻画、行动描写和语言运用之中展现得真实细腻。

人们选择了足球场，平凡的日子里只有这儿能聚拢这么多人，数万人从四面八方走来一处便令人感动，让人感受到一种象征，就像洛杉矶奥运会时的一首歌中所唱：We are the world。而在这世界上，当灾难休闲或暂时隐藏着，惟狂欢可聚万众于一心，于是那首歌接着唱道：We are the children。(《我与地坛·足球内外》)

作者透过现象看本质，运用摄外格突出了足球这项运动所具有的全民性、全世界性。正因为突出了世界性，作者不忘提醒避免世界的灾难性。

过了好一会儿，F 夫人听见走廊里分明有人在说：Love Story。声音很轻很柔很缥缈，但却分明："Love Story。"(《务虚笔记》)

摄外的重复，意义明确，是为了更进一步突出"Love Story"。

你可以不知那些书里都说的什么，但万万不可不知其中一些时髦的主义和种种著名的人与事，否则一旦 party 或者 salon，名人们一会儿"海德格尔"一会儿"福科"，一会儿"话语霸权"一会儿"政治正确"，哥们儿你要是晕头转向总是插不上嘴那就尴尬。(《我的丁一之旅》)

作者恰到好处地插入英语单词，幽默而生动，含蓄而委婉。四个"一会儿"复叠出现更进一步突出了名人们的虚荣与虚伪。

那美妙的丰臀亦不再只是成熟的吸引，而恰恰是在诉说幼稚；那有形隐秘亦不再是划出界线，而恰恰是在相告归来；那天赋的身形、肌肤、器官与欲望呵，是要你们一同回想往日的悠久，一同祈祷永在的未来……于是乎天界就会传来声音——从近乎抽象、近乎虚拟的地方传来：

We are the world，We are the children（我们是世界，我们是孩子）……

——这是我在丁一之旅中所听到过的，最动人的歌。(《我的丁一之旅》)

三个排比，气势恢宏；一处摄外，旨意尽收。不在蓄意，却水到渠成。

第五节 直接呼唤 唤起共鸣——呼告

文中作者忽然直接对他意中所有的人或物或抽象观念说话，好像那个人就在他面前，或是那个东西或抽象观念是在他面前的活人一样，这种叫作呼告格。①

按照呼告对象，呼告可分为呼人和呼物两种类型：

（1）呼人。直接对要叙述或正在叙述的人呼唤、说话，表达对亲人、朋友以及正面人物的热爱、怀念或同情；对敌人或反面人物等的憎恨、鄙视或谴责。

（2）呼物。直接对要叙述或正在叙述的事物，将其视为人而与之说话，使所描述的对象人格化，借此表达心中的爱与憎。

呼告的特点是：在叙述过程中，表达者用第二人称直呼所叙述的人或物，情绪激动，以此直抒胸臆，传递出爱憎分明的情感，增强语言的表现力和感染力。

按照呼告的构成手段，通常可将呼告分为比拟呼告和示现呼告两类（陈望道《修辞学发凡》）。比拟呼告就是把物当作人来呼唤和说话；示现呼告就是直接呼唤不在眼前的人，对其说话。

呼告是强烈感情的自然抒发和流露，不能无感而发，否则会给人矫揉造作之感。

呼告与插入语。呼告与插入语都能引起接受者的注意，两者的区别是：呼告的作用是抒发强烈的感情，以引起对方情感上的共鸣，是实指；插入语是独立语的一种，是语法术语，可以实指，也可以虚指。

> 赤裸的娥和赤裸的萨便一齐站起身，冲他喊道：列瓦雷士，还我阿瑟！列瓦雷士，还我阿瑟！列瓦雷士，还我……（《我的丁一之旅》）

三次呼唤表达了娥和萨对阿瑟的热爱，对列瓦雷士的憎恨、鄙视或谴责。在叙述过程中，表达者直呼所叙述之人，情绪激动，以此直抒胸臆，传

① 唐钺：《修辞格》，北京：商务印书馆1923年版，第58～59页。

递出爱憎分明的情感，增强语言的表现力和感染力。

希米，希米
我怕我是走错了地方
谁想却碰上了你！
你看那村庄凋敝
旷野无人、河流污浊
城里天天在上演喜剧。

希米，希米
是谁让你来找我的
谁跟你说我在这里？
你听那脚步零乱
呼吸急促、歌喉沙哑
人都像热锅上的蚂蚁。

希米，希米
见你就像见到家乡
所有神情我都熟悉。
看你笑容灿烂
高山平原、风里雨里
还是咱家乡的容仪。

希米，希米
你这顺水漂来的孩子
你这随风传来的欣喜。
听那天地之极
大水浑然、灵行其上
你我就曾在那儿分离。

希米，希米
那回我启程太过匆忙
独自走进这陌生之乡。
看这山惊水险

心之空荒，梦也凄惶
夜之望眼直到白昼茫茫。

希米，希米
你来了黑夜才听懂期待
你来了白昼才看破樊篱。
听那光阴恒久
在也无终，行也无极
陌路之魂皆可以爱相期？（《扶轮问路·希米，希米》）

这是史铁生对妻子真情的呼告。这里，史铁生用对希米的呼唤和交谈表达出其内心的激情，希望唤起希米的感情共鸣。在叙述的过程中，史铁生直呼希米，情绪激动，直抒胸臆，传递出真挚的情感。

作者对妻子的六次呼告，一是表达了知遇的真情；一是表达不该不忍与妻子相遇；一是表达相识就相知；一是表达妻子像孩子一样天真，不断给自己带来欣喜；一是表达仓促，感情来得太快；一是表达对希米的相遇、相知与相爱。

第六节　虚构听闻　历历在目——示现

示现，是一种将未见未闻的事叙写得如见如闻、生动真切的修辞文本模式。①

示现是超越时空的情景展现，它的目的就是给人展示一幅生动的现实场景，以唤起人的亲近感、真切感等，进而增添语言的感染力。

从时间维度看，示现分为三类：

（1）追述。把过去的事情再现到眼前。追述一般都有提示性成分，如“那一年”“记得当时”“回想起”等，或者依靠语境暗示。

（2）预言。把未来的事情写得如在眼前。预言也常有提示性成分，如“到那时”“可以想象”“将来”等。把未来的事提前展现到眼前，让人坚定信念，增加话语的说服力和感染力。

---

① 吴礼权：《现代汉语修辞学》（修订本），上海：复旦大学出版社 2012 年版，第 105 页。

(3) 悬想。把纯粹想象的事情写得真切，如在眼前。

示现与摹绘。两者都力争把事物生动形象地展现在读者眼前，区别是：①两者的基础不同。示现是把不在眼前的或者根本不存在的事物、事情呈现在读者眼前；摹绘主要依靠眼前所见、所感的事物来“临摹”它的物象特征。②示现的内容一般是一番事情、一种场景等；摹绘的对象往往是某个具体的人或事物及其相关的特征。③示现的表现方式以“再现”为特点，大多要利用句群、段落来实现；摹绘的表现方式以“形容”为特点，主要利用词语来实现。

> 两辆车不约而同地加快了速度。两个人不说话，都想着世界杯赛时的场面：彩色的纸屑满天飞，像是花雨；喇叭声、呼喊声响成一片；各色旗帜在飘、在挥舞；运动员高兴得抱成一团，滚成一堆；有些人在看台跳舞……（《命若琴弦·足球》）

这是作者对世界杯赛时场面的悬想。在比喻中，把纸屑想象成花雨；人声鼎沸，彩旗飘舞，运动员抱滚成团，啦啦队兴高采烈。作者把纯粹想象的事情写得真切，如在眼前。

> 我站在门旁向屋里看了一会儿，仿佛重归故里（是孤身一人不是结伴还乡，因为那滴雨敲响了那片叶子）。屋里和我离开时一样：一张床，一张书桌，两只书柜，一只小衣柜，小衣柜上有一台电视，书桌上有一束花，红色和白色的玫瑰在我离开的时候绽开了一朵（扑啦一下猝不及防肯定是那样）。（《命若琴弦·别人》）

这是追述，作者有意把过去的事情再现。这种意识流给受众一种真切的感觉，很容易与文本展开对话。屋里的摆设，一经数字的精细量化，受众的视觉无法离开。由此，“我”的孤独与孤寂，可想而知。

> 这样想过之后我安心多了，眼前的一切不再那么可怕。比如你起早熬夜准备考试的时候，忽然想起有一个长长的假期在前面等待你，你会不会觉得轻松一点儿？并且庆幸并且感激这样的安排？（《我与地坛》）

这是预言，作者把未来的事情写得如在眼前一样。把未来的事提前展现，往往能让人坚定信念，增强了话语的说服力和感染力。

一个道听途说的故事：

浴室的门上有一个用纸糊上的小洞，三个沐浴的女人忽然看见那纸被轻轻地捅破，露出一只色欲难耐的眼睛。浴女1惊叫一声，抓起浴巾慌忙遮住自己的身体。浴女2没有遮挡身体，而是赶紧捂住自己的脸。浴女3既没遮挡身体也没捂住脸，她冲洞中的那只眼睛喊：嘿，你这个傻瓜，滚，滚开！

“谁遭受了侮辱？谁让门外那家伙得了逞？1、2、3，哪一个？”

“1恰恰是慌忙遮住身体的那一个。她承认了那侮辱，她的躲藏和羞恐，满足了门外那个流氓的欲望。”

“2保护了自己。那个下流的家伙不知道她是谁，遭受侮辱的是一个没有所属的裸体，2已从中逃离。”

“3使那个流氓的企图破灭。那见了3的裸体，但不能看到她的受侮。3的表情，她的态度，把那猥琐的欲念限定在其故有的意淫里。因此门上那只眼睛，如果看不到一个美丽裸体的不可侵犯，他就什么也没看到。”

一件事实的事：

我的朋友G，初到国外，走进裸体浴场。那儿，男女老少完全赤裸着身体，在沙滩上躺着，坐着，走和跑，谈笑，嬉戏，坦然自在地享受阳光和海浪。只有G穿着泳裤。他说：可是，那感觉却好像别人都穿着衣服，唯独我是光着身子。G在信上说：你穿着衣服走进裸体的人群，就跟你光着身子走上大街一样，羞愧、猥琐、无地自容。G说：这时你只有两种选择，要么你也脱光，要么赶快逃跑。

“看来，当众裸体，并不一定就意味着羞耻。比如还有裸体模特。”

“那么，羞耻是什么？”

“是与群体通行的规则相悖，与群体树立的禁忌相违。是群体的不予接受。”

“你是独特的，但你必须向统一让步。你是自由的，但你必须向禁忌妥协。因为你渴望亲近群体，渴望他们的接受。你害怕被群体驱逐。”

“因而你是孤独的，你是独特但孤独的心魂。生来如此。生，就是这样。永远都是这样。”

“孤独引诱你走向群体——否则那不是孤独，你要妥协，你要知道羞耻。”

“亚当和夏娃何时走出伊甸园的？知道了羞耻的时候。穿上衣服和脱去衣服那都一样，需要遮挡的，是你孤独的心魂。”

“自由何时结束？‘妈妈我不要再露着屁股啦，妈妈，别的孩子要笑我的’，那时你走进人间。不是你要穿上衣服的时候，是你害怕别人笑话你的时候，你走进人间。”

“你在哪儿？你的脸，你的名字——你就在这儿。你被他人识别被人评价，从而你才感到了存在，你才存在了。你，我，他，都是这样。”

一个戏剧（电影）片断：

男演员甲，饰男主角A。女演员乙，饰女主角B。剧中有男女主角做爱的情节。

“那么，做爱者，是A和B呢，还是甲和乙？”

“实际上是甲和乙。”

“但是甲和乙不会承认。正常的观众谁也不这样看。”

“不不，那实际上是A和B。”

“两个‘实际上’，一个是指肉体，一个是指心魂。”

“是肉体间的性行为。是心魂在做爱。因而做爱者是A和B。”

“如果剧中的情节是A强奸了B，没人会认为甲是强奸犯。”

“甚至不能说是甲和乙发生了性行为。甲和乙仅仅在演戏。”

“两个无名的肉体发生了性行为，借此，甲和乙在演戏，A和B在做爱。”（《务虚笔记》）

这是作者对示现格的创新运用，其中有追述，有现实，也有戏剧片断。

在“一个道听途说的故事”中，我们看到了作者的理性剖析，极富警策性：1“她承认了那侮辱，她的躲藏和羞恐，满足了门外那个流氓的欲望。”“2保护了自己。那个下流的家伙不知道她是谁，遭受侮辱的是一个没有所属的裸体，2已从中逃离。”“3使那个流氓的企图破灭。那见了3的裸体，但不能看到她的受侮。3的表情，她的态度，把那猥琐的欲念限定在其故有的意淫里。因此门上那只眼睛，如果看不到一个美丽裸体的不可侵犯，他就什么也没看到。”

在“一件事实的事”中，我们醒悟到：穿着衣服走进裸体的人群，就跟光着身子走上大街一样，羞愧、猥琐、无地自容。当众裸体，并不一定就意味着羞耻。羞耻是与群体通行的规则相悖，与群体树立的禁忌相违，是群体的不予接受。独特必须向统一让步；自由必须向禁忌妥协。知道羞耻的时候，穿上衣服和脱去衣服都一样，需要遮挡的，是孤独的心魂。

从“一个戏剧（电影）片断”我们应得到这样的反省：人有两面，一面是肉体，另一面是心魂。

第七节　扩充外延　丰满语意——延伸

延伸——后面的句子通过对前面句子的一个词增加主语、宾语、定语、状语或补语等进行扩充，使这个词所指称的事物或代表的行为更加丰满和突出的一种修辞方式。其中，重复部分叫本体，延伸部分叫延伸体。①

根据延伸体的多少，可以把延伸分为两类：

（1）单项延伸。即对一个词作一项扩充。

（2）多项延伸。即对一词作多项扩充。延伸的表现形式是重复出现一个词，扩充这个词的语法内容。它还表现了词的外延意义。在语用功能上，首先，它使语言简明流畅，结构清晰，语意丰满；其次，它凸显了所重复词语的指称范围或外部特征，使语言具有影像放大的作用，加深了陈述对象在接受者心中的印象。

延伸与顶真。两者都是后面的句子紧接着沿用前面句子的一个词，区别是：①沿用的方式不同。延伸的沿用可以是下一句开头的词语和上一句末尾的词语相同，也可以是下一句句中的词语与上一句末尾的词语相同；而顶真的沿用必须是下一句开头的词语和上一句末尾的词语相同。②沿用的功能不同。延伸的功能是强调延伸部分，以突出原词的程度或内涵；顶真的功能并不是强调原词，而是为了使议事说理严谨周密，抒情写意格调清新。有的从形式上看是顶真，但从功能上看，则是延伸。

延伸与反复。两者的共同之处在于，它们都是重复句子中的某个词语，区别是：延伸除了重复词语外，还要对这个词语进行扩充，以说明这个词语的外延或外部特征，且目的是强调扩充部分，而不是重复的词语；而反复仅重复这个词语，目的是强调这个词语所表达的思想情感或精神状态。

---

① 何伟渔：《延伸式修辞初探》，《上海师范大学学报》1985 年第 2 期。

延伸与接续。两者都是对前面句子中的某个词的沿用，区别是：延伸是对整个词的沿用，并从其前或后的位置对其扩充，且目的是强调扩充部分，即词的外延部分或支配对象，而不是沿用的这个词；接续一般是沿用前一个词的一个语素，目的主要是强调或补充这个词的内涵。此外，延伸中被沿用的词可以是动词、形容词，也可以是名词；而接续中被沿用的词一般是动词，有时也可以是形容词，但不能是名词。

他的爱也深重，爱书，爱朋友，爱女人，但丝毫不为今日之横行的物欲所沾染。他对精神的事情、灵魂的事情、美的事情一味地执着，简单而无一丝标榜。他永远像个孩子，认真地听，认真地说，认真地惊讶和愤怒，认真地梦想，让所有面对他的人都不能有半点儿虚伪和谎言。(《我与地坛·无题》)

本来，“他的爱也深重”已经是一个完整的表达，但作者尚嫌表意不够圆满，形象不够鲜明，因而有意使用延伸格，将其爱的内涵具体化——“爱书，爱朋友，爱女人”；其实，他对事情“一味地执着，简单而无一丝标榜”，这样的句子已言简意赅，但作者在“事情”之前有意延伸，加上“精神的事情、灵魂的事情、美的事情”三个并列结构，交代了“他”为何而执着；更有甚者，“他永远像个孩子”，“让所有面对他的人都不能有半点儿虚伪和谎言”。这样的句子用以说明“他”为什么像孩子，已足具说服力，但作者有意延伸四个并列主谓结构——“认真地听，认真地说，认真地惊讶和愤怒，认真地梦想”，使“他”的形象更加丰满而突出。

那么现在呢，她在哪儿？她是什么？

一个抽象的别人。

一个猜测中的别人。

一个向往中的、惧怕中的、莫须有的：别人。

或像风，真实又空幻。(《我的丁一之旅》)

对“她”的所在与定性，作者采用三个句子延伸，一个句子描述，五个定语概括，一对辩证的词语囊括。我们不能不欣赏作者的简洁，不能不佩服他的“啰唆”！

第八节 辨别真假 以托其真——撇语

撇语——用否定的形式，撇开易与主体相混的事物或现象，以凸显主体，使表情达意深刻委婉，具有艺术魅力的一种修辞方式。又称撇降、排除、拨语。①

按其结构形式，撇语可分为两类：

（1）撇肯式。即先撇开后肯定。

（2）肯撇式。即先肯定后撇除。

撇语与迂喻。撇语首见于张弓《现代汉语修辞学》，它源自陈介白《修辞学》中的“拨语”。张弓将撇语分为“核实的撇语”和“委婉的撇语”两种。有人认为委婉的撇语不是撇语，而是正反设喻的曲喻（迂喻）。我们认为就形式而言，委婉的撇语有撇除（只不过是形象的撇除）、有肯定，具备撇语的特征，应是撇语；从认知角度来说，委婉的撇语包含事物的相似性，具备比喻的特征，它先提出喻体，然后又否定喻体，最后引出本体，具备迂喻的特征。因此，辩证地说，它是撇语和迂喻的交叉。

撇语与常规的肯定否定同现，两者形式接近。区别是：撇语是撇开易与主体相混的事物，以使概念明晰，语义更加鲜明；而对同一对象做出判断的肯定否定两面并举，只是常规的语法现象，并无撇语的修辞效果。

> 夏夜，满天星斗。奶奶讲的故事与众不同，她不是说地上死一个人，天上就熄灭了一颗星星，而是说，地上死一个人，天上就又多了一个星星。（《命若琴弦·奶奶的星星》）

这是撇肯式，作者先撇开后肯定。“她不是说地上死一个人，天上就熄灭了一颗星星”，这是撇除；“而是说，地上死一个人，天上就又多了一个星星。”这是肯定。这样突出肯定了后者，意义得到升华。

> 世上没有没有规矩的东西，没有规矩的东西就不是东西就什么

---

① 谭学纯、濮侃、沈孟璎：《汉语修辞格大辞典》，上海：上海辞书出版社2010年版，第179页。

都不是，所以没有。在这个意义上说，小说当然是有一些规矩的。譬如，小说总得用着语言；譬如，小说还不能抄袭（做衣服、打家具、制造自行车就可以抄袭）。小说不能是新闻报导，新闻报导单纯陈述现象，而小说不管运用什么手法，都主要是提供观照或反省现象的新角度（新闻报导与新闻体小说之间的差刚，刚好可以说明这一点）。小说不能是论文，论文是循着演绎和归纳的逻辑去得出一个科学的结论。小说不是科学，小说是在一个包含了多种信息和猜想的系统中的直觉或感悟，虽然也可以有思辨但并不指望有精确的结论。在智力的盲点上才有小说之位置，否则它就要让位于科学（这样说绝不意味着贬低或排斥科学。但人类不能只有科学，在科学无能为力的地方，要由其它的什么来安置人的灵魂）。小说也不能是哲学，哲学的对象和目的虽与科学相异，但其方法即与科学相同，这种方法的局限决定了哲学要理解“一切存在之全”时的局限。在超越这局限的愿望中，小说期待着哲理，然后而期待哲理的方法不同于哲学，可能更像禅师讲公案时所用的方法，那是在智力走入绝境之时所获得的方法，那是放弃了智力与功利之时所进入的自由与审美的状态（这让我想起了很多存在主义大师竟否认存在主义是哲学，他们更热衷于以小说来体现他们的哲理）。小说还不能是施政纲领、经济政策、议会提案；小说还不能是英模报告、竞选演说、专题座谈。还可以举出一些小说不是什么的例子，但一时举不全。总之，小说常常没有很实用的目的，没有很确定的结论以及很严谨的逻辑。但这不等于说它荒唐无用。和朋友毫无目的毫无顾忌地聊聊天。这有用吗？倘若消灭那样的聊天怎么样？人势必活成冰冷的机器或温暖的畜类。（《病隙碎笔·自言自语》）

这是肯撤式，不同的是肯定时采用的是双重否定，由于撤除的信息较多，因而受众从中获得更多的是有关小说的注意事项。“世上没有没有规矩的东西，没有规矩的东西就不是东西就什么都不是，所以没有。在这个意义上说，小说当然是有一些规矩的。譬如，小说总得用着语言；譬如，小说还不能抄袭。……小说不能是新闻报导……。小说不能是论文……。小说不是科学……小说也不能是哲学……小说还不能是施政纲领、经济政策、议会提案；小说还不能是英模报告、竞选演说、专题座谈。”

我甚至认为，工业题材、农业题材、军事题材，不如改称工人

题材、农民题材、军人题材，因为文学的出发点是人或民，不是事或业。(《病隙碎笔·读洪峰小说有感》)

这同样是肯撇式。作者的用意在于通过撇除“事或业”，突出“人或民”，使文学的出发点更为明确。

其实，折绕虽婉转含蓄，却余味曲包；数概因精于次数统括，自然言简意赅。其修辞目的，同样在于侧重、引起阅读者的注意，从而因语言流动而产生侧重之美。

折绕——不直截了当地表达语意，而故意说得曲折、绕弯的一种修辞方式。又称周折[①]、纡辞[②]。陈望道在《修辞学发凡》中把“折绕”列为积极修辞的丙类，即“词语上的辞格”，他给出的定义是：“有话不直直截截地说，却故意说得曲折，缴绕的，名叫折绕辞。”同书中还收有“婉转”，陈望道将其列为积极修辞的乙类，即“意境上的辞格”。

折绕中说出的话可称为“折体”[③]，而要表达本意的话可称为“本体”。

折绕与婉曲。两者都是不直接说出要表达的本意，其区别是：折绕的语义说得很明白，只是不采取直截了当的说法，而是拐弯抹角，以增强语义或使表达更显幽默风趣，或者增强语言的表现力；婉曲（婉转）着眼于表达风格和效果，通过衬托、暗示等方法表达真正的意思，含蓄委婉。

现多数修辞学论著对此不作区分，把折绕归入婉转。

那天我坐在一座古园里的一棵老树下，也在作这类胡思乱想：在这棵老树刚刚破土而出的时候，我的爷爷的爷爷的爷爷的爷爷是不是刚好走过这里呢？或者他正在哪儿做什么呢？(《命若琴弦·一种谜语的几种简单的猜法》)

“爷爷”一词共折绕了四次，作者要表达的是“我”的祖辈可能正好走过，却不直截了当地表达，而故意说得曲折、绕弯，其修辞效果自然婉转含蓄，余味曲包。

---

① 陈望道：《修辞学发凡》，上海：复旦大学出版社 2006 年版。

② 唐钺：《修辞格》，北京：商务印书馆 1933 年版，第 66 页。

③ 陆稼祥、池太宁主编，浙江省修辞研究会编：《修辞方式例解词典》，杭州：浙江教育出版社 1990 年版。

“你最受不住的是：我们，你们，他们。”

“娥，你是怎么知道的？”

“所有的爱人都会知道。”

“可我为了成为‘你们’，成为‘我们’，却把侬出卖成了‘他们’。”（《我的丁一之旅》）

文本中的“你最受不住的是：我们，你们，他们”与“可我为了成为‘你们’，成为‘我们’，却把侬出卖成了‘他们’”，作者的两次折绕总是含蓄地表达，故意说得曲折、绕弯，让受众在猜测中体验其想要传达的意义。

“那话！”

娥一时莫名其妙：“那话？什么那话？”

丁一便——根据我的记忆和理解——把“那话（儿）”的历史和意蕴说给娥听。

“噢，棒极了！”娥喊道，“‘名可名，非常名’！语音和文字之外的话语，交流与沟通的另一种可能，素常言词难于企及的心愿！棒，棒透了！你想出来的？”

那丁嗫嚅，不敢贪天之功为己有——那可是古圣贤们的先知先觉呀！

娥说：“是呀，即便‘那话’，也已经让伊丽莎白给弄成了谎言，这才是詹最不能忍受的，才是他离家出走的原因，和他 ED 的原因！”（《我的丁一之旅》）

“那话”，无论作者，还是主人公，都不愿意说出“那话”，在此只好采用折绕格，将其融入语境，语义自然凸显。开始娥一时莫名其妙，当“丁一便——根据我的记忆和理解——把‘那话（儿）’的历史和意蕴说给娥听”时，娥便喊道：“噢，棒极了！”“‘名可名，非常名’！语音和文字之外的话语，交流与沟通的另一种可能，素常言词难于企及的心愿！棒，棒透了！你想出来的？”娥接着又说：“是呀，即便‘那话’，也已经让伊丽莎白给弄成了谎言，这才是詹最不能忍受的，才是他离家出走的原因，和他 ED 的原因！”可见，娥在特定的语境下，并没有因折绕在理解上受阻，相反达到了天知地知你知我知别人不知的意外效果。

数概，把一段话中某一个多次出现的字或词语抽取出来，并在它的前面标上其出现的次数，共同构成一个概括性的缩略形式的一种修辞方式。又称统括。①

根据数概的方式，可将其分为两类：

（1）形合型数概。数字加共有的语词成分，即先抽取语句中多次出现的字或词，然后再标上其出现的次数。

根据概述与分述的先后又可将形合型数概细分为两类：①先总后分。先总括，然后再对总括的内容加以解释。②先分后总。先把详细的内容说出来，然后再加以概括。

（2）意合型数概。这类数概的特点是：在一句话中并不存在某个多次出现的词或短语，而是由说话者根据所出现词语的共有语义概括出来的，形成"数字加综合的语义"。

数概与缩语。两者都是一种缩略形式，以简驭繁，言简意赅；都具有从临时性表达向固定性表达转变的可能。它们的区别是：

（1）数概是由数字与抽取出来的相同的字或词组合而成的，具有"概括性"，而且数字必不可少；缩语是将短语中关键性的字抽取出来组合而成的，具有"压缩性"。

（2）数概前的词语必须出现在话语中，所以不会产生歧义；而缩语只出现紧缩后的词语，有时会造成歧义。

> 要紧的是，得分清上帝的三重含义，或基督信仰的"三位一体"——圣父、圣子、圣灵。圣父即创造了世界万物的那一位，故名创世主。圣子即来到人间与人同苦、教人互爱的那一位，故名救世主。圣灵呢，则是指一种时刻、一种状态——即那神圣的爱愿降临人间的时刻、落实于人之内或监督于人之左右的状态。（《扶轮问路·欲在》）

"三位一体"是意合型数概。在一句话中其实存在多次出现的词——"圣"，但作者有意不用，而是根据所出现词语的共有语义将其概括出来并给予形象化的命名，形成"数字+综合的语义"的模式，这样更容易引起受众的注意，引导受众进一步理解其真正内涵，明确圣父就是创世主；圣子就是救世主；圣灵就是一种时刻，一种状态。

---

① 谭学纯、濮侃、沈孟璎：《汉语修辞格大辞典》，上海：上海辞书出版社 2010 年版，第 215 页。

第九章

以特定修辞手法创造联系之美

辞格是激情的独特字符。在他看来，修辞的成败在很大程度上取决于修辞者对激情的利用。由于激情在话语中只有通过喻意才能得到表达并产生效力，拉米将辞格称为言说者“用来震撼和煽动受众思想的工具”。

——拉米《言说艺术》

不应当把动物的四肢和各种器官只看作动物的各个部分，因为四肢和各种器官只有在它们的统一体中才是四肢和各种器官，它们绝不是和它们的统一体毫无关系的。

——黑格尔

第一节　浓妆淡抹　形象传神——比喻

比喻是人类思维之花，是人类所有语言中最常用的一种修辞格。王希杰认为："比喻的本质在于，把未知事物纳入已知事物的框架之中来认识或者陈述，所以比喻也是人类认识新事物的一种模式，是人们认识新事物的手段。"[①] 钱钟书则从思维角度给予比喻更高的论述："从逻辑思维的立场看，比喻被认为是'事出有因的错误'，是'自相矛盾的谬语'；因而也是逻辑不配裁判文艺的最好证明。"在史铁生的比喻世界里，女人被比喻为花，为草，为水，为鸟，为谜，为月亮……比喻的世界简直是一个魔法的世界。比喻在史铁生的文本中较为常见，其运用之自然，浑然一体，以至于读者意识不到作者是在运用比喻，由此会感慨：人类生活在比喻世界中而又不自知觉。

比喻，是一种通过联想将两个在本质上根本不同的事物由某一相似性特点而直接联系搭挂于一起的修辞文本模式。[②]

比喻是一种非常习见惯用的修辞格，之所以习见惯用，主要是因为它独到的表达效果。比喻有三种功能，或说明论证，或形象描绘，或婉曲达意。一般说来，比喻有四种最基本且鲜明的表达效果，"可以把未知的事物变成已知"、"把抽象的事物说得具体"、"把平淡的事物说得生动"、"把深奥的道理说得浅显"。[③] 其实，比喻有时还别具嘲弄讽刺之兴味，有时则含有婉约含蓄的效果。

陈介白指出，比喻法除最能动人感情外，还能产生另外三种心理上的效果：一是"由适合的感觉而来的快情"，二是"在适合感觉内又有发见的快感"，三是"心的活动范围能扩大的快感"。[④]

史铁生在其文本中极尽比喻运用之能事，纵横驰骋，匠心独运。在其笔下，比喻不仅仅是修辞方式，更是一种认知方式、一种思维方式。

比喻是一种修辞方式，在写作中，史铁生以语言材料为载体，以提高

---

① 聂焱：《比喻新论·序言》，银川：宁夏人民出版社 2009 年版，第 1 页。

② 吴礼权：《现代汉语修辞学》（修订本），上海：复旦大学出版社 2012 年版，第 74 页。

③ 胡裕树：《现代汉语》（重订本），上海：上海教育出版社 2011 年版，第459～460 页。

④ 陈介白：《新著修辞学》，上海：上海世界书局 1936 年版，第 105～106 页。

语言表达效果为终极目的，娴熟地运用与甲对象本质不同而又有相似之处的乙对象来描写、说明、灵化、强化甲对象，其效果同文本主旨和谐度形成正比，凸显其审美价值。在史铁生的文本中，因为比喻的娴熟运用，说理则理趣浑然，状事则事情昭然，绘物则物态宛然，抒情则情意剀然。

比喻是一种思维方式。史铁生借助联想，采用“通过同甲对象本质不同而又有相似之处的乙对象来婉转曲折地认识甲对象”的方法进行思维，引领读者进入创造性的审美联想，感知、认识和思考文本所传达的言外之旨。

比喻作为一种认知方式，史铁生巧妙地运用比喻，将乙对象的意象图式投射到甲对象上，借助概念化或语义映射以达到把握、认知甲对象的目的。

在史铁生的文本中，因其写作目的不同，比喻所达到的效果迥然不同。有的重在刻画形象，动之以情，使人在不知不觉中受到感染；有的重在论证，晓之以理，使抽象的道理具象化，深奥的道理通俗化；有的模拟神态，有的状其声容，有的染光着色，有的抒发情怀，有的褒扬美好，有的鞭笞丑恶，有的化入为出，有的点平为奇。这样的比喻运用，水到渠成，“比喻所包含的审美容量在接受者接受比喻的过程中往往会得到一种循环或超越”①。

史铁生的文本开辟了我们认知世界的新途径，扩大了读者的认知视野，不同领域的相互关联在这里得到投射映现。

一、明喻

所谓“明喻”，是一种形式全备的比喻模式，它的典型格式是“A 像 B”。其中，A 是本体，B 是喻体，“像”是喻词，恰似联系本体与喻体的桥梁。②

古希腊哲人亚里士多德说：“良好的比喻乃是将一个直观的感觉含蓄地表现在不同的事物中。”

> 二龙给它砌过砖，抹过灰，每一块砖他都是那么拿鸡蛋似的生怕碰坏一个角。(《命若琴弦·“傻人”的希望》)

---

① 马春玲：《比喻美质谈》，《修辞学习》1999 年第 1 期。

② 吴礼权：《现代汉语修辞学》（修订本），上海：复旦大学出版社 2012 年版，第 74 页。

作者以拿鸡蛋比喻二龙砌砖时拿每一块砖的谨慎，真是形妙神传！

莽莽苍苍的群山之中走着两个瞎子，一老一少，一前一后，两顶发了黑的草帽起伏蹿动，匆匆忙忙，像是随着一条不安静的河水在漂流。(《命若琴弦》)

作者把“草帽起伏蹿动，匆匆忙忙”比作“随着一条不安静的河水在漂流”，形象而生动，把主动与被动描写得惟妙惟肖。

城市也开始从灰暗中鲜明出来，如雾散的港湾里一条辉煌的巨型客轮。(《命若琴弦·舞台效果》)

作者以点显面的比喻，从视觉角度带给受众真实的体验，城市由暗而明，逐渐显现，真切可感。

在一座高耸入云的大楼的拐角处，或者说是在一条被埋没了的小胡同口上，两个老人终于有可能歇一下喘口气了。好似两只在波涛里搏斗了很久的小船，不意被一个浪头推上了河滩。这儿要相对安静得多，人少得多，汹涌的大河在外面喧嚣，这儿是它的一条细小又安稳的支流。(《命若琴弦·舞台效果》)

以物喻人，以结果喻状态，以动显静，新颖、新奇且传神。

我走进电话间，把门轻轻关上，拿起电话，慎重地拨了一个号码：595630，慎重得就像母亲给孩子洗伤口一样。(《命若琴弦·一种谜语的几种简单的猜法》)

世界上最伟大的人是母亲，母亲最疼爱的是孩子。母亲对孩子的关爱，小心且谨慎。作者抓住母亲给孩子洗伤口这一个细节来比喻“我”走进电话间，把门轻轻关上，拿起电话，慎重拨号的细节，“我”内心的小心、谨慎与忐忑，可想而知。

雨必定是一滴一滴地敲响树叶，正如时间一秒一秒地到达。(《命若琴弦·别人》)

这句子简练而传神！因为夸张，让人注目；因为炼字，让人静听；因为妙喻，让人默享。

失恋，是一团烟雨，心灵的一道陌生又熟的布景。(《命若琴弦·别人》)

这比喻朦胧、恐怖又矛盾。朦胧而没有头绪；恐怖而害怕恋爱；矛盾而憧憬从头再来。

残疾也无法更改，他相信他不应该爱上她，但是却爱上了，不可抗拒，也无法逃避，就像头上的天空和脚下的土地。(《命若琴弦·老屋小记》)

“头上的天空和脚下的土地”，日日可观，天天可感。作者用以比喻爱的不可抗拒与无法逃避，俗而不媚。

我曾与两位陌路老人相逢同一间病室，三张病床我居当中，左边的一位七十岁，右边的一位也是七十岁，我是截瘫，他们俩都是偏瘫，排布得工整恰似一副对联。(《我与地坛·减灾四想》)

这真是一绝妙的比喻！左右年龄相同，病性同类，妙比上下联；“我”居当中，病性相类，同病相怜，巧喻横联。不是奇思妙想，当是巧夺天工。

上帝是一个聪明的幼儿园阿姨，让一代一代的孩子们玩同一个游戏，绝不让同一个孩子把这游戏永远玩下去，她懂得艺术的魅力在于新奇感。(《病隙碎笔·答自己问》)

上帝是一个抽象的概念，作者以聪明的幼儿园阿姨作比，之后的内容更进一步使受众加深了对上帝的理解，化抽象为具象。

编辑已不理会，认定是我谦虚不再跟我费口舌，埋头宣布要求了：最好多少字，最好在几日之内交稿，最好……那时我感觉自己就像是一个小掌柜，开着一爿货源不足的杂货铺或者项目太少的综合加工点，心中无比的歉疚和惶恐，结果常常我就糊里胡涂地答应了人家的订货，然后自作自受发愁着到底给人家写一篇什么？（《病隙碎笔·答自己问》）

作者把编辑的要求比作小掌柜，真是惟妙惟肖！把心中的歉疚和惶恐、糊里糊涂与自作自受写得犹如医生把脉，一清二楚。

怨恨和愤懑就像围绕着母亲的蒸汽那样白虚虚地旋转、翻滚、膨胀，散失着温度，也没有力量。（《务虚笔记》）

把抽象具体化，将感觉视觉化，把视线镜头化，这就是史铁生的妙笔，这就是比喻的升华。

局级干部的儿子走后，Z觉得后背上不时地粘上两只眼睛，就像一对发情的苍蝇在那儿翻上滚下寻欢作乐。（《务虚笔记》）

奇妙的是作者将背视写成前视，将苍蝇人物化，将感觉丑化，那丑化之后的感觉于受众读来真是如在眼前。

外面刚刚下过雨，夕阳很干净，就像初生的孩子头一次发现这个世界时的目光，干净而且略带一点儿惊讶。（《务虚笔记》）

这“干净”真是前所未有的干净！这乍现的比喻是初来的发现，是绝对的干净，是初来乍到的惊讶。

那类无思无欲的生命真正是过客，实在是瞎活，没点盼头，就像永远编织着一条没头没尾没有色彩的绳子。（《我的丁一之旅》）

像什么都不能像永远编织着一条没头没尾没有色彩的绳子，那没头没尾没有色彩的绳子编织起来真让人没盼头，这真是无思无欲的生命，这是真正的过客。作者的比喻不是走投无路，而是绝处逢生。

丁一的决心令我感动。但那一个“癌”字可真不是玩的，那

> 东西就像个老娼妇没日没夜地吸吮着丁一，靠了他年轻的生命力壮大自己，不单枝繁叶茂，还要开花结果，似乎不把其恶种撒遍丁一它绝不肯罢手。幸而有那些五彩的药和无形的光阻止着它的蔓延。但是那些药和光，同时也蹂躏着丁一，消耗着他的气力，摧残着他的意志和信心。有一阵子丁一神颓气馁，镇日萎靡不振，怨天尤人，就好似春光已逝，汹涌的浪涛忽然低落，蛮横的风流也告衰微，根部的欲望尤其匮乏了，我看单靠其自身的生命力怕是难以为继。(《我的丁一之旅》)

听说过“苛政猛于虎”，却未曾听说过“娼妇胜似癌”。作者把“癌”比作老娼妇没日没夜地吸吮，似乎不把其恶种撒遍绝不肯罢手。这真是发人深省的比喻，见了不仅害怕，更想尽快逃离。与其说是比喻，倒不如说是互喻，一箭双雕。

作者用比喻写出了癌症之巨大的杀伤力，“有一阵子丁一神颓气馁，镇日萎靡不振，怨天尤人，就好似春光已逝，汹涌的浪涛忽然低落，蛮横的风流也告衰微，根部的欲望尤其匮乏了，我看单靠其自身的生命力怕是难以为继”，这个比喻简直让受众在目睹丁一生命的凋零、凋谢直至凋败！

> 孤苦无助的丁一，于是把目光投向天际。
>
> 就譬如盛夏之时花繁叶茂，你难得一望苍天，而当秋风一遍遍吹拂，万物枯疏，萧萧落木，自以为是的生命这才看清了天之悠远、地之苍茫！(《我的丁一之旅》)

盛夏与残秋，生命与枯疏，在对比中知道什么叫生命；在比喻中懂得何为孤苦无助。

> 青春的丁一就像一地野火，被无端的风暴摧残了一回，但仍在燃烧，且渐趋强劲（不知乔布的告诫起了多少作用)。(《我的丁一之旅》)

一般情况下，火多具贬义，但在这个文本中，作者却赋予其褒义，作者将“青春的丁一”比作一地野火，被无端的风暴摧残了一回，但仍在燃烧，且渐趋强劲，让人想起白居易的诗：“野火烧不尽，春风吹又生”。这是力量，这是执着，这意味着永生！

> 丁一不眨眼地盯着它——就像曾经在人山人海中追踪某一陌生的女子那样，一直盯着它，盯着它飘向树梢，飘向远山，在落日的衬照中看它的每一根纤毫都闪耀着光芒……但忽一阵疾风，那细巧的身影便告消失——在，一定是还在，惟不知其宿命何方。(《我的丁一之旅》)

“盯”只能表明注视的状态，“不眨眼地盯”却表明注视的执着。如何执着？描述起来却也艰难，可作者找到了状写的天机，以比喻出之，那可谓天助！看：“就像曾经在人山人海中追踪某一陌生的女子那样，一直盯着它，盯着它飘向树梢，飘向远山，在落日的衬照中看它的每一根纤毫都闪耀着光芒……”巧夺者，天工也。

> 一条小街，无来由地
> 作为开端，就像
> 老祖母膝下的线团
> 滚开去，滚开去……(《扶轮问路·生辰》)

笔者小时候见过祖母膝下的线团，知道祖母的辛勤，懂得祖母的执着，却不晓祖母这劳动的没完没了。史铁生这别开生面的比喻让笔者醍醐灌顶。原来“老祖母膝下的线团/滚开去，滚开去……”可以表达：有了开端，就意味着没完没了，永远永远……

> 现代的疯狂就像那条照常流淌的河水，其实是波澜不惊的。(《妄想电影·太阳上升起》)

作者比喻的高妙在于一波三折。他在读者以为最平静时，让读者的情绪达到高潮；在读者以为该是高潮时，却让读者复归平静。我们以为他把“现代的疯狂”比作“那条照常流淌的河水”，是要表达无休无止，可是他的本意并非如此。在读者自鸣得意之时，以为如此却非如此，反是如彼。他那遇事不惊的笔，在读者不经意间，来了一委婉的转折：“其实是波澜不惊的”，这出其不意让人叫绝。

> 想象一部电影，既无需投资，又不要谁来批准，高兴了写成本子，也不期拍摄，惟供气味相投者自娱自乐，恰如雨淋淋的天气里喝杯小酒。(《妄想电影·想电影》)

对于电影的妄想，就一般人而言，只能望梅止渴，可作者对电影的想象真是在读者的意料之外，但对他而言却又完全在意料之中。这比喻的酣畅之处在于："既无需投资，又不要谁来批准，高兴了写成本子，也不期拍摄，惟供气味相投者自娱自乐"；淋漓乃因"恰如雨淋淋的天气里喝杯小酒"。

二、借喻

借喻——比喻的一种，是指本体、喻词都不出现，直接用喻体代替本体的一种修辞方式。借喻中本体与喻体的关系较明喻、暗喻更密切，喻体代表什么本体，要结合特定语境体会。因借用他物代替本体，故称借喻。[①] 从充当喻体的成分来看，借喻有四种情况：①喻体是词语。②喻体是短语。③喻体是句子。④通篇是喻体。

> 有一回我抱怨说活着可真是没意思，你猜他怎么说？他说咳咳，刚上来俩冷盘你就下结论，大菜还在后头呢！喂，你听着哪吗？（《我的丁一之旅》）

"冷盘"和"大菜"就是对生活的绝妙借喻。生活从来就充满艰辛，有时甚至是悲凉，但总给你希望；有了希望，不妨渴望；有了渴望，就意味着心动；心动为何不付诸行动；一旦行动，生活就充满滋味，有滋有味。生活的好戏就永远在后头，这也许就是这一文本的意涵所在。

三、博喻

博喻——比喻的一种，是指一个本体，用两个或两个以上的喻体来形容的修辞方式。又称排喻、多喻、复喻、莎士比亚式比喻。[②]

从喻体和本体的关系，博喻可分两类：①几个喻体同时说明事物的一个特点。②几个喻体形容事物不同方面的特点。

---

① 谭学纯、濮侃、沈孟璎：《汉语修辞格大辞典》，上海：上海辞书出版社 2010 年版，第 137 页。

② 谭学纯、濮侃、沈孟璎：《汉语修辞格大辞典》，上海：上海辞书出版社 2010 年版，第 16 页。

博喻还可以从多项喻体的构成形式来分类：①博喻由同一类形式的比喻构成。②博喻由不同形式的比喻构成。

博喻与连喻都是比喻。二者的区别是：连喻是几个喻体分别比喻不同的本体；博喻是几个喻体比喻同一个本体。从形式上看，博喻常常是比喻与排比的合用。

博喻从不同角度反复设喻，启幽发微，丰厚语意，气势扬厉，多侧面揭示认知对象的特点，传达言语主体独特的生活感受和体验，创造特殊的艺术境界。

> 那儿有一个儿童运动场：一群孩子正尽情地游戏，笑着、叫着、追逐着……转椅飞转，像一只五彩缤纷的万花筒；秋千高荡，像一只只彩色的气球放上了秋空……像是一幕幻景，像是上帝丢落的一片春光。(《命若琴弦·绵绵的秋雨》)

作者为了描述一群孩子在儿童运动场的快乐，一连用了四个比喻，有幻觉的朦胧；有视觉的感观；有天赐的春光。孩子的快乐因比喻的生动，有了质感；因博喻的得体，有了童真。

> 女人展开那张地图就像展开一份熟悉的报纸，就像在熟悉的报纸上立刻就能找到自己喜爱的栏目那样，她找到了自己要看的部分并且埋头进去，然后又像核对账目那样把地图与远处的城市对照。(《命若琴弦·舞台效果》)

作者把女人展开地图连续博喻为：展开一份熟悉的报纸；在熟悉的报纸上立刻就能找到自己喜爱的栏目；像核对账目那样把地图与远处的城市对照。这样的描写显示出了女人动作的娴熟。这种从不同角度刻画女人行为的方法，细腻而生动，贴切而丰满。

> 她不去麻烦他，单是自己望着眼前这座城市出神，像在琢磨它的来龙去脉，像在边读边猜一面残断的碑文，像是在听一种未必是所有人都能听到的声音。(《命若琴弦·舞台效果》)

这样的女人独立而执着，“她”在探究中生存，在生存中探究；在期待中等待，在等待中期待。这样的个性女人，其妙，不可言。作者通过对博喻的运用，将“她”出神拿捏得恰到好处。

> 风在梧桐树浓密的阔叶间穿过，在远远近近的树林间穿过，响得像水声，像桨声，像不知所在的遥远的波流。（《命若琴弦·第一人称》）

作者先是以拟人格写风的穿过，接着又从听觉和视觉的角度来比喻，让人如闻其声——水声与桨声相间，相搏，如见奇景——望不尽的波流。这声音，沁人心脾；这景色，怡人心扉。

> 他们镶嵌在黑暗里，遍布于无限中。惟思想的呼唤使他们显现。他们的形象略显灰白，近似于光明中的照片底板，但无定形，就像变幻的云，就像深夜的梦，甚至像沉思，像猜想，像忧虑，像意识的流动不可以固定，但可以捕捉。他们随心所欲有着自己的形态，各具风流。（《命若琴弦·死国幻记》）

作者一连用了七个比喻，极尽周遍之能事。有的比喻不是鬼使神差，很难各擅胜场；有的比喻如飘云似游梦，变幻莫测；有的比喻充满奇思妙想，可捕可捉，却难琢难磨。这是作者的表达，更是作者寓于文本的表达。

> 我想，那时所有的正角演员一定都被发动起来，求贤似渴般地去寻找反角演员，就像刘玄德三顾茅庐，就像萧何月下追韩信，甚至就像一条要沉没的船上发出着求救信号，甚至就像一群迷途者在呼唤上帝的指引。（《我与地坛·随笔十三》）

四个比喻从四个角度说明寻找反角演员之诚、之急、之紧与之需。

> 个人之于人类，正如细胞之于个人，正如局部之于整体，正如一个音符之于一曲悠久的音乐。（《病隙碎笔5》）

三个比喻，用细胞与个人、局部与整体、音符与音乐的关系说明了个人与人类的关系及其各自的重要性。

这简直就是人生的比喻，人世的微缩，就像长河大漠就像地久天长就像宇宙无垠就像命运无常，都是神的给定，是神为使一种美丽的精神得以展开而设置的前提。(《病隙碎笔6》)

“人世的微缩”就是空间的变化、时间的流转、时空的无限、命运的无常。作者从四个角度作周匝的博喻，让人懂得什么是人生。

北大了，清华了，那不过是起跑还不错，但生活是马拉松，是铁人三项，是西绪福斯式的没完没了。再说了，就算你北大了清华了，剑桥了哈佛了，“诺贝尔”了，就一定是成功的人生吗?(《病隙碎笔·给北大附中》)

生活是什么?作者认为是“马拉松，是铁人三项，是西绪福斯式的没完没了”。透过这比喻，作者其实在告诉我们：生活是无尽的执着坚持，是多样化的追求，是没完没了的追求。

迟早都要到来的艺术家的激动引领着Z，慢慢走近或是瞬间就站在了它的近旁，如同久别，如同团聚，如同前世之缘，与它黯然相对，忘记了是在哪儿，忘记了回家，忘记了胆怯，呆呆地望着那羽毛，望着它，呆愣着，一时间孤独得到了赞美，忧郁得到了尊崇，一个蕴藏久远的旋律终于有了节拍。(《务虚笔记》)

作者把“迟早都要到来的艺术家的激动引领着Z，慢慢走近或是瞬间就站在了它的近旁”的复杂感受，通过三个简短而通俗的比喻，写得感同身受。作者在这里既表达了思念的迫切——“如同久别”；又抒写了见面的欣喜——“如同团聚”；更传达出欣喜之后的庆幸与冷静——“如同前世之缘，与它黯然相对”。

诗人的哭闹竟声势大减，仿佛转入了另一乐章，这一乐章是如泣如诉的行板，是秋水汤汤的对往日的怀恋，是掉进深渊的春天的回声，是夏日旷野中的焦渴是绵绵冬夜里的幻梦，语无伦次和喋喋不休是这一乐章的主旋律。(《务虚笔记》)

“诗人的哭闹竟声势大减，仿佛转入了另一乐章”，这样的语句乍一读，充满疑虑，期待豁然明了的解释。作者深明受众心理，适时地以博喻晓之："是如泣如诉的行板，是秋水汤汤的对往日的怀恋，是掉进深渊的春天的回声，是夏日旷野中的焦渴是绵绵冬夜里的幻梦，语无伦次和喋喋不休是这一乐章的主旋律。"排比中五个比喻五个角度，这些角度是行板，是怀恋，是回声，是焦渴，是梦幻。读至此，读者疑消虑解，顿时豁然开朗。

有时候我怀疑：F 不断地想起 N，未必一定是思念，那更像是二十多年如一日的生活所养成的习惯，是他平静河流上的一个摆渡，或者更像是一种枯寂的消遣，最多是略带忧伤略带温馨的欣赏——就像是集邮，把往日的收藏拿出来看一看，无论是引出快乐还是引出痛苦，都益于时光的流逝，然后依旧把它们收藏起来，不让它们为非作歹打破一条河流的通畅，包括不让往事把今天弄得脸色惨白。(《务虚笔记》)

作者对"F 不断地想起 N"的怀疑的描写，先用了一个否喻，欲擒故纵。接着一连使用五个比喻，有的看似平淡实方显真；有的一语道破天机；有的就是生活，只有自己才明白的生活。

由于她们，我又去看我窗外的那一群鸽子。一代又一代，一群又一群，那不过是鸽子的继续，是鸽类继续的方法、途径、形式。就像昼与夜，是时间的继续。就像昨天的你和今天的你，还有明天的你，那是你的继续是同一个人的继续。人山人海也是一样，其中的每一个人，一百年后最多二百年后就都没有了，但仍有一个人山人海在那儿继续，一如既往地喧嚣踊跃梦想纷纭，这之间的衔接就如同昨天的你和今天的你，看不出丝毫断裂和停顿。(《务虚笔记》)

"我"为什么又去看窗外那一群鸽子？在两个比喻里，我们读出了生命的真谛：时间的继续，就是生命的继续；生命的继续，就是人类繁衍的继续。

这片楼区必定出于一个傻瓜的设计，所有的楼都是灰色的，一模一样的长方形，黎明前像是一段段城墙，入夜后仿佛一座座荒冢，白天呢，喧喧嚣嚣如同一支难民船队，每个窗口都招展开斑驳灿烂的旗：被单、衬衫、尿布、老人的羊皮袄以及女人的花裤衩。像一首歌中唱的："从前是这样，如今还是这样……"(《务虚笔记》)

作者对楼区设计的否定直截了当，在比喻中更充满了讥讽。

在青年F的心目中N是一切神圣和纯洁的化身，是他每时每刻的良心，是清晨醒来时的希望和夜晚安眠前的祈祷，甚至干脆是他的信念本身。(《务虚笔记》)

通常，比喻的修辞效果在于使抽象具体化、形象化，但在这个文本中，作者却似乎在有意抽象化、哲理化，其目的在于理性地突出N的形象的意义——神圣和纯洁的化身，是良心，是希望和祈祷，是他的信念本身。

他们活着和繁衍着，自古至今从南方到北方，从北方到南方。就像河水，就像季风，就像寒暑的变动。(《务虚笔记》)

作者首先从时间到空间肯定他们的生存与繁衍，接着从三个角度具化他们生活的执着，长此以往，不管风吹雨打，寒来暑往，永不停息。

这位置，这距离，是一条魔谷，是一道鬼墙，是一个丑恶凶残食人魂魄的老妖，它能点金成石、化血为水、把你舍命的珍藏"刷啦"一下翻转成一块丑陋的浮云，轻飘飘随风而散……(《务虚笔记》)

把位置与距离比喻成魔谷、鬼墙和老妖，不断地层递式阐说，不由你思考，你已经在不自觉中明白"这位置，这距离"的真正内涵，这就是博喻的魅力。

脱，一旦操作纯熟，直奔主题——亲吻就像借口，就像热身，抑或是大菜之前的冷盘，怎连那顶峰处的挥洒也仅止于局部的挣扎了？(《我的丁一之旅》)

作者以新奇而贴切的比喻、冷静而辛辣的讽刺，道出“脱”的庸俗，呼唤真情与真爱。

> 不知道。我不知道我能不能像他那样，像爱一个异性那样爱一个同性，像爱一个美人那样爱一个丑人，甚至像爱一个好人那样爱一个不怎么样的家伙。（《我的丁一之旅》）

作者在对比中推崇真爱，在比喻中推心置腹，在博喻中推出真善美。

> 丁一独自走进秋风。风中好像全是伊阿古的谗言，好像全是奥塞罗的心痛，好像全是卡西奥和商周的影子……（《我的丁一之旅》）

作者将物拟人化，将事件移时化，将心情比喻化，有助于对话，有利于交流，有益于理解，更有心于文章主旨的阐发。

> 沙砾与荒风，丝丝与块块的云霞，随之化作万千蝴蝶，巨大如斗或细小如沙，粗犷如凿或精巧如绣，随那漫天哀歌盲目飞舞……我与丁一也似化蝶而飞，在那五彩缤纷却又是荒茫如漠的群流中不知所往……（《我的丁一之旅》）

作者刻画“沙砾与荒风，丝丝与块块的云霞，随之化作万千蝴蝶”的变化，先是一连使用四个博喻从四个角度进行描述，其中又两两构成对喻和对比，既把其变化刻画得如见其形，又形成对称的整齐之美，更鲜明突出，给读者留下深刻的印象。

> 仅有男女而无人群，就像只有种子而无阳光和土地。爱情，所以是博爱的象征，是大同的火种，是于不理想的现实中一次理想的实现，是“通天塔”的一次局部成功。爱情正如艺术，是“黑夜的孩子”，是“清晨的严寒”，是“深渊上的阶梯”，是“黑暗之子，等待太阳”；爱情如此，爱国也是这样啊，堂堂人类怎可让一条条国境线给搞胡涂呢！（《扶轮问路·喜欢与爱》）

首句的比喻已让读者叹其绝妙，第二句的四个连续排比又把爱情的意义逐步升华，第三句以博喻说明爱情为什么像艺术。更为创新的是，这博喻的喻体全是引语，且在第二分句作层递引申——“爱情如此，爱国也是这样啊”，由此及彼，一箭双雕。

> 森的轻声诵读：我说不好我想不想回去。我说不好是想还是不想，还是无所谓。我说不好我是像那个孩子，还是像那个老人，还是像一个热恋中的情人。很可能是这样：我同时是他们三个。(《妄想电影·地坛与往事》)

作者以三个比喻描述“我”的矛盾心态，说明“我”是多重性复杂体。

四、补喻

补喻——比喻的一种，是与引喻形式相反，先用陈述性文字说明本体，后用喻体进一步补充说明的修辞方式。①

> 这当儿人流把他们冲得转了好几个圈，仿佛他们恰好是两个旋涡，有一次男人被一个姑娘的长发卷了很远去——那是他行囊上一个搭扣的作用，他好不容易向那姑娘解释清楚了才又回到路牌底下。(《命若琴弦·舞台效果》)

“这当儿人流把他们冲得转了好几个圈”，作者先用这陈述性文字说明本体，接着用“两个旋涡”这个喻体进一步补充说明，形象而贴切。

> 世界重演如旭日与夕阳一般。
>
> 就像一个老演员去剧团领他的退休金时，看见年轻人又在演他年轻时演过的戏剧。(《命若琴弦·一种谜语的几种简单的猜法》)

“世界重演如旭日与夕阳一般”，虽是陈述性文字，但巧妙的是这句话本身也是一个比喻，而且已经是通俗易懂；之后的进一步补充说明，更是

---

① 谭学纯、濮侃、沈孟璎：《汉语修辞格大辞典》，上海：上海辞书出版社2010年版，第18页。

绝妙无穷——“就像一个老演员去剧团领他的退休金时，看见年轻人又在演他年轻时演过的戏剧”。这种层递式的补喻让受众一次次融入认识、体验与感叹。

但要是“爱”也喧嚣，“美”也招摇，“真诚”沦为一句时髦的广告，那怎么办？惟柔弱是爱愿的识别，正如放弃是喧嚣的解剂。（《我与地坛·记忆与印象2》）

“惟柔弱是爱愿的识别，正如放弃是喧嚣的解剂”，这是一个补喻。之前有“是爱愿的识别”作补充说明，之后有“是喧嚣的解剂”作说明与补充，具体入微。

就像那个秋天的夜晚，在游人散尽的那座古园里，凭空而来的风一浪一浪地掀动斑斓的落叶，如同掀动着生命给我的印象。（《务虚笔记》）

全句可以理解为：给我的印象，如同掀动着生命，就像那个秋天的夜晚，在游人散尽的那座古园里，凭空而来的风一浪一浪地掀动斑斓的落叶。这样的补充描述往往让读者先获得具体印象，然后明确叙述的主题，使读者的注意力自然集中到本体。

火车在越来越辽阔的葵林里奔驰，隆隆声越来越弱小，仿佛被海洋一样的葵林吸收去，烟雾甩动在蓝天里，小得如一缕白色的哈气。（《务虚笔记》）

这里的本体是葵林，作者先用视觉相喻，在对比与夸张中，给人留下难以磨灭的印象，之后又以声音补喻，让视觉与听觉形成通感，不知不觉中，这景牵动着思念葵林之情。

背景完全是铁灰色，像山，像山的局部抑或仅仅是山岩的色彩，又像是阴霾笼罩得无边无隙，呆滞、僵硬、压抑。（《务虚笔记》）

“像山的局部抑或仅仅是山岩的色彩”与“呆滞、僵硬、压抑”都是对喻体的补充说明，这样更为具体、形象，给受众以视觉和情感体验。

若从高空（比如飞机上）俯看，黄色的土地上，暗红色的石头就像凝结的血，根根雪白的羽毛清晰可辨，仿佛很久以前有一只大鸟在这天空中被击中，挣扎着、哀叫着、扑打着翅膀依然飞翔数里，羽毛纷纷飘落在地上……（《务虚笔记》）

“根根雪白的羽毛清晰可辨，仿佛很久以前有一只大鸟在这天空中被击中，挣扎着、哀叫着、扑打着翅膀依然飞翔数里，羽毛纷纷飘落在地上……”是对“暗红色的石头”的进一步补充说明，身形并茂，如入其境。

好比一桶水，桶上有个洞，漏，问题是漏多少？只要漏到人死，桶里还有水，就不怕。要是为了补足流失，就花一生精力去蓄水，情况跟渴死差不太多。（《扶轮问路·花钱的事》）

把花钱比作桶漏，这比喻看上去通俗，此处却因通俗而生动，堪称绝妙，令人叹为观止，特别是补充说明的部分，没有过生活体验的人，说不出这般内行语。

五、连喻

连喻——接连使用同一形式的比喻，几个喻体分别描写不同本体的一种修辞方式。①

从形式上看，连喻常是同类比喻相连。

连喻与接喻。二者都是比喻，它们的区别是：接喻注重前后比喻意义上的连贯性、包容性，后一比喻是承接前一比喻而来；连喻则不需要意义上的连贯，只注重形式上两个比喻的连用。连喻能铺张扬厉，壮大气势，使表达丰满厚实。

缺乏宗教精神的民族，就如同缺乏爱情或不再渴望爱情的夫

① 谭学纯、濮侃、沈孟璎：《汉语修辞格大辞典》，上海：上海辞书出版社2010年版，第153页。

妻，不散伙已属奇观，没法再要求他们同舟共济和心醉神迷。以科学和哲学为标准给宗教精神发放通行证，就如同以智力和思辨去谈恋爱，必压抑了生命的激情，把爱的魅力耗尽。用政治和经济政策代替宗教精神，就如同视门第和财产为婚配条件，不惜儿女去做生育机器而成了精神的阉人。(《病隙碎笔·自言自语》)

三个句子都以“宗教精神”为话题，作者使用连喻的辞格，分别从不同方面描述不同主体。第一句，从夫妻爱情切入，把“缺乏宗教精神的民族”比作“缺乏爱情或不再渴望爱情的夫妻，不散伙已属奇观，没法再要求他们同舟共济和心醉神迷”，简直是切肤之感；第二句，从恋爱着笔，把“以科学和哲学为标准给宗教精神发放通行证”比作“以智力和思辨去谈恋爱，必压抑了生命的激情，把爱的魅力耗尽”，极具讽刺之效；第三句，以“婚配条件”作比，把“用政治和经济政策代替宗教精神”比作“视门第和财产为婚配条件，不惜儿女去做生育机器而成了精神的阉人”，透彻而极具警醒之意。

幢幢庞大的建筑脚下，暗淡的路灯骤然熄灭，明显的电力不足，路灯熄灭后暗蓝色的夜幕仍然沉垂厚重，层层迭迭。印象中宽阔的长街，像一条僵卧的细虫。灰色的建筑群，深浅不一绵延漫展，如同一望无际的荒岗。(《务虚笔记》)

作者把长街比作细虫，把建筑群喻为荒岗，这种连喻如果不作精细的修饰，也许苍白，也许寡淡。作者深谙受众的阅读心态，在连喻中嵌入关键的修饰，就如在戒指上镶上了钻石，顿然生辉。

灰色的蚯蚓像一条彩色的蜈蚣那样动起来，五颜六色的车流像一条条艳丽的蛇。(《务虚笔记》)

把“蚯蚓”“车流”分别比作“蜈蚣”“蛇”，简直如开动物会；灰色，彩色，五颜六色，艳丽，成了颜色大展销。这种动物相会，颜色相间，乃阅读之少见，让读者在阅读时无法不兴奋，阅读后很难不深思：这景，这情，这境……

但他已经听不见我的话了。“对，平庸！舒适，安全，稳妥，循规蹈矩，但那也是僵死的生活娥你知不知道？毫无生气，毫无激情，毫无想象力！就像一架机器，运转正常，几十年如一日，一辈子按部就班。可生命呢？生命却像是一项不得不完成的任务，然后去领取你的奖赏——职称，声誉，出国讲学，回国赚钱，买房子买车，生儿育女……等儿女长大了再来重复这个过程。”（《我的丁一之旅》）

生活是什么？生命又是什么？作者都没有直接回答，在连喻和对比中，一清二楚，泾渭分明。生活，“毫无生气，毫无激情，毫无想象力！就像一架机器，运转正常，几十年如一日，一辈子按部就班”；“生命却像是一项不得不完成的任务，然后去领取你的奖赏——职称，声誉，出国讲学，回国赚钱，买房子买车，生儿育女……等儿女长大了再来重复这个过程”。

六、互喻

互喻——比喻的一种，是甲乙两事物互为本体、喻体的一种修辞方式，常以“甲像（是）乙，乙像（是）甲”的格式出现，因此，可看作回环与比喻兼用。又称回喻。①

互喻，即前一比喻的喻体是后一比喻的本体，后一比喻的喻体又是前一比喻的本体，前后比喻常是同一类型的。有时，互喻突出的是本喻体之间的不同特点。

人不了解狗，正像狗不了解人一样，不知黑黑是在怎样盘算。（《命若琴弦·黑黑》）

人狗互喻，一来表明有通性之处，二来说明也有不同之别。这里强调黑黑自有打算。黑黑不希望被主人知道，而主人却急切想了解黑黑。相互埋怨其实正说明：有时要保持一定的距离，从自己的角度，为别人着想。

空中淅淅沥沥地哼着一支歌：天上的星星为什么像地上的人群一样拥挤，地上的人群为什么像天上的星星一样疏远……反反

① 谭学纯、濮侃、沈孟璎：《汉语修辞格大辞典》，上海：上海辞书出版社 2010 年版，第112 页。

复复只这两句。(《命若琴弦·车神》)

星星与人群互喻，正说明双方相互的渴望与期盼。人应像天上的星星亲密无间；星星应像人群一样保持适度的距离。

他问萨：“有句歌词你知道吗？天上的星星为什么像地上的人群一样拥挤？地上的人群为什么像天上的星星一样疏远？”(《我的丁一之旅》)

问题的提出，警醒而实际具警策之效。其寓意与上例有异曲同工之妙。

七、对喻

对喻——比喻的一种，是以对偶的语言形式出现的比喻。[①]

赫伯瑞说：“隐喻乃等值、迅速的启示。两个印象或一个思想和一个印象，以相等地位对立而存在，彼此混合，具有分别的意思，互相反应，突然闪耀而使读者惊奇者是隐喻。所发的光，在文中发生启发和润饰的作用。”

常见的格式是两个比喻句形成一个对偶句。

其实呢，我们不过是下了一趟小车，又上了一趟大车。地球是一趟大车，在更为广阔的空间中走；生命是一趟大车，在更为漫长的时间中走。我们落生人间，恰如上了一趟有七八十年乃至更长行程的列车。在这趟车上，有吃的、喝的、空气、阳光以及活命所需的一切条件。(《我与地坛》)

小与大，地球与生命，空间与时间，三组概念形成对偶，组合在句中，产生神奇的效应。因为对偶，语句整齐优美；因为对比，人生意义无穷；因为对喻，生命价值无限。

---

① 谭学纯、濮侃、沈孟璎：《汉语修辞格大辞典》，上海：上海辞书出版社2010年版，第55页。

八、倒喻

倒喻——比喻的一种，是指本体与喻体位置颠倒，先出现喻体，而后出现本体的修辞方式。又称逆喻。①

根据本体与喻体之间出不出现喻词，倒喻可分为两类：①出现喻词的倒喻。②不出现喻词的倒喻。

> 他们就像揍一条畜牲那么揍你，就像打一只苍蝇那样恨不能一下子就打死你，就像摔一堆破盆子烂罐子没头没脑地把你摔来摔去，就像猫摆弄一只耗子，他们一踹就把你踹得跪在地上，你好不容易又站起来那好他们再踹再把你踹得趴下，你别指望还能保持什么尊严，他们把你围在中间像轮奸似的那么轮流着揍你，东一鞭子西一棍子，揍得你满地乱滚，浑身是土是汗，满脸是血是泥，你不可能不呻吟不可能不把身子蜷缩起来，别相信电影里那些有分有寸的拍摄，你的衣裳不可能只是在肩膀上或后背上撕破那么一小块，你被打得连裤子掉下来就这点儿都不算新鲜，甚至那个最要命的玩意都哆哆嗦嗦的上面沾满了土，他们就用不管是鞭子还是棍子去拨弄它还他妈的笑着，你想想看那原本可是为了做爱的呀。(《原罪·宿命·中篇1或短篇4》)

透过博喻，我们更应看到作者超常的语言驾驭能力。这博喻之中的连续倒喻，不亚于倒装的修辞效果。作者有意将喻体前置，引起受众的有意注意，从而获得意料之外的文本理解。“就像揍一条畜牲”，“就像打一只苍蝇”，“就像摔一堆破盆子烂罐子”，“就像猫摆弄一只耗子”，“像轮奸似的”这五个倒置的比喻写出了“你”生存的残酷，引起了读者的思考。作者水到渠成地揭示了造成如此惨象的深层原因。

九、扩喻

扩喻——比喻的一种，是指在喻体前后增加说明性文字，对喻体作进

---

① 谭学纯、濮侃、沈孟璎：《汉语修辞格大辞典》，上海：上海辞书出版社2010年版，第36页。

一步解释说明的一种修辞方式。①

扩喻中的比喻部分，可以是明喻、暗喻等形式。说明性文字可出现在喻体前，也可出现在喻体后，在一段扩喻中，还可穿插出现。

> 人们像一尊尊石像，直勾勾地望着一个固定的地方；有的在抠腮边的痣，有的在揪鼻孔里的毛，有的从鼻孔里抠出些东西来在手指间揉着……好像都在谛听着什么福音。（《命若琴弦·午餐半小时》）

如果说“人们像一尊尊石像，直勾勾地望着一个固定的地方”或许已经是个不错的比喻，但受众往往还意犹未尽，不禁要问：怎么直勾勾地望着一个固定的地方？作者在这一疑问中以排比、示现的辞格继续作补充说明，正好满足了受众的需求：“有的在抠腮边的痣，有的在揪鼻孔里的毛，有的从鼻孔里抠出些东西来在手指间揉着……好像都在谛听着什么福音。”

十、较喻

较喻——将人同外物作形象的比较，权衡其轻重缓急、估量其高低长短的一种修辞方式。较喻是“喻中有比”。又称较物、权衡性比喻。②

较喻按比较的程度，可以分为三类：①超过的较喻。②不如的较喻。③平等的较喻。有时较喻还可以同时使用两种以上不同程度的较喻。

较喻与比喻。有的修辞专著把较喻归入比喻之中，称“较喻”，作为比喻内部分类之一种。

较喻与比较。两者都有相互比较的一面，它们的区别是：

（1）较喻要通过两类不同事物的相似点作比较，即“喻中有比”；而一般比较的两个事物是同类事物的单纯比较，只是普遍意义上的比较。

（2）较喻根据的是形象思维，它是形象性的比较，取得积极的修辞效果；一般比较根据的是逻辑思维，它是事物实际的比较，一般也没有特殊的修辞作用。

---

① 谭学纯、濮侃、沈孟璎：《汉语修辞格大辞典》，上海：上海辞书出版社 2010 年版，第 149 页。

② 谭学纯、濮侃、沈孟璎：《汉语修辞格大辞典》，上海：上海辞书出版社 2010 年版，第 129 页。

她是一炬燃着的火，而我却像一堆烧尽的灰。(《命若琴弦·爱情的命运》)

“她”“我”的对比，以火相喻，一为熊熊烈火，一是烧尽之灰，她中有我，我中有她，相互依存，这就是爱情。

十一、设喻

设喻，是以表假设的句式出现，通过比喻的形式作悬想式的表达。

假如不能被爱是一条黑暗的小路，燃着爱的心还可以照耀着你前行，但倘若全无所爱，便如那绵绵的秋雨，把你的生活打得僵冷。(《命若琴弦·绵绵的秋雨》)

这是对喻与设喻的兼用。一个假如，一个倘若，成对地以假设句式出现，这种悬想式的表达形成了一箭双雕的效果：生活不能没有爱；爱与被爱是辩证发展着的。

第二节　物我相融　天人合一——比拟

王希杰认为：“比拟其实就是一种比喻，借喻中特殊的一种。传统上把它当作独立的辞格。它通常是喻体并不出现，而直接运用适用于喻体的词语来描写和表现本体。”①

一、拟人

拟人——比拟的一种，是指临时赋予物以人的动作、情感、品格等特征，将物当作人来写的一种修辞方式。②

---

① 王希杰：《修辞学导论》，杭州：浙江教育出版社2000年版，第350页。

② 谭学纯、濮侃、沈孟璎：《汉语修辞格大辞典》，上海：上海辞书出版社2010年版，第166页。

拟人可赋予物以人的神情状态，可赋予生物以新的生命，也可赋予物以生命。有时拟人不仅涉及事物的某一方面，还同时关涉事物的多方面，使物的情感特征更加鲜明。

塞外的寒风并不能吹去春天，并不能吹毁萌芽。柏拉图式的爱情插上了书信的翅膀，三年，书信积成了捆，小秀儿说那是我们的鹊仙桥，我说那还会是我们的证婚人。（《命若琴弦·爱情的命运》）

这里既有拟物又有拟人。作者把“柏拉图式的爱情”比作翅膀，把书信喻为“证婚人”，这种层递式的比拟使物我相融，把小秀儿的幸福感写得跃然纸上。

太阳终于出来，却又无精打采地沉到古殿飞檐的后面去了；把一片沉静的黄光投向那片老柏树林。（《命若琴弦·绵绵的秋雨》）

作者用“无精打采”来写太阳“沉到古殿飞檐的后面去了”的状态，然后又状其“把一片沉静的黄光投向那片老柏树林”。这种比拟，这种慢镜头式的移动，使景情相生，让读者心随景动。

老柏树叶窸窣地低语着，树梢上只剩了夕阳最后一缕血一样的红光。（《命若琴弦·绵绵的秋雨》）

“低语”，既是一种羞涩，也是一种惭愧，作者赋予老柏树叶人性化的表达，让我们体悟到作者写景背后所寄寓的深情。

离村老远，就听见饲养场上一声声牛叫了，儿一声，娘一声，似乎一天不见，母子间有说不完的贴心话。牛不老在母亲肚子底下一下一下地撞，吃奶，母牛的目光充满了温柔、慈爱，神态那么满足，平静。我喜欢那头母牛，喜欢那只牛不老。（《命若琴弦·我的遥远的清平湾》）

作者把“离村老远”的饲养场上的一声声牛叫声比拟作“儿一声，娘一声，似乎一天不见，母子间有说不完的贴心话”来唤起受众的切身体验。特别是“牛不老在母亲肚子底下一下一下地撞，吃奶，母牛的目光充满了温柔、慈爱，神态那么满足，平静”写出了母牛的爱，牛犹如此，自然让“我”由衷地发出“我喜欢那头母牛，喜欢那只牛不老”的赞叹。

> 红犍牛正是年轻力壮的时候，肩峰上的肌肉像一座小山，走起路来步履生风；而老黑牛却已显出龙钟老态，也瘦，只剩了一副高大的骨架。然而，老黑牛却是首领。遇上有哪头母牛发了情，老黑牛便几乎不吃不喝地看定在那母牛身旁，绝不允许其它同性接近。我几次怂恿红犍牛向它挑战，然后只要老黑牛晃晃犄角，红犍牛便慌忙躲开。我实在憎恨老黑牛的狂妄、专横，又为红犍牛的怯懦而生气。后来我才知道，牛的排座次是根据每年一度的角斗，谁夺了魁，便在这一年中被尊崇为首领，享有“三宫六院”的特权，即便它在这一年中变得病弱或衰老，其它的牛也仍为它当年的威风所震慑，不敢贸然不恭。习惯势力到处在起作用。(《命若琴弦·我的遥远的清平湾》)

作者完全是以写人的手法在写牛。“年轻力壮”“步履生风”“龙钟老态”“首领”“不吃不喝”“狂妄”“专横”“怯懦”“享有‘三宫六院’的特权”这些词语，无不充满人情味儿。红犍牛与老黑牛的对比更突出了老黑牛的脾性。但作者言在此而意在彼，最后一句为画龙点睛之笔：“习惯势力到处在起作用。”这就是作者的表意所在。这种构思如瓜熟蒂落！

> 现在，那个女人穿一件碎花旗袍，走出楼门，不慌不忙，走下七级台阶，走上S形甬道，高大的梧桐树下，挺直粗壮的树干之间，碎花旗袍飘飘摆摆。你不久就要见到那件飘飘摆摆的碎花旗袍，并且，它要在你的眼前、心中和梦里，飘飘摆摆飘飘摆摆伴随你的一生。在她的房间里，电风扇还在循规蹈矩地转着，惟两盆花团锦簇的瓜叶菊回应它的吹指。地毯上，阳光已经退尽，紫红色愈加浓重。书柜中的那只玩具狗，一双忠厚的眼睛，永不厌倦地瞭望对面墙上的那幅油画：湖岸、残雪、远山。(《原罪·宿命·中篇1或短篇4》)

“挺直粗壮”“循规蹈矩”“回应”“忠厚”“永不厌倦地瞭望”这些完

全是形容人的专用词汇，可是作者却悠闲地用来刻画树干、电风扇、瓜叶菊和玩具狗，我们不禁要赞叹：这里的树美、菊美、物美，人更美！天人合一，情因景生，这种效果只因为用字精练；因为比拟得体；因为复叠；因为列锦；因为示现。

崇山峻岭般的楼群中间，真是岁月无情，那座大楼已经显得单薄、丑陋、老态龙钟，很难想象它也曾雄踞傲视、辉煌一时。(《我与地坛·记忆与印象1》)

作者以比喻、拟人和对比的辞格状写大楼，虽简洁却传神，那曾经的雄踞傲视历历在目；那单薄、丑陋与老态龙钟，在与过去相比之下，让人遗憾，令人感慨。

大家都老了，秋天比不得春天，抬腿就去，拍拍屁股就走，秋天更多的是想念。(《病隙碎笔·给严亭亭（1）》)

秋天与春天相比，缓慢，让人留恋与想念。作者如果不是以拟人格摹写，很难达到这般效果。

一度生机盎然的丁一如今已是一片死寂。凶花恶蔓妄自尊大，攀爬缠绕为所欲为，在吸干了丁一之后也已是气力耗尽，蔫萎枯槁，如一处远古城邦的残迹。(《我的丁一之旅》)

那妄自尊大、攀爬缠绕、为所欲为的行为不是人为，却是凶恶之花所作。作者用拟人兼比喻地描写那在吸干了丁一之后已是气力耗尽、蔫萎枯槁，如一处远古城邦残迹的凶恶之花，使作品锦上添花。

价格既已不认价值这门亲，价值感孤苦无靠去拜倒在价格门下，也就不是什么难解的题。(《扶轮问路·放下与执着》)

价值与价格的关系与区别一般读者很难明白，作者却以拟人的手法将其写得通俗易懂，把放下与执着写得如此逼真、传神。

否则，迷茫、郁闷、荒诞一齐找上门来，弄不好是要——像

靡菲斯特对待浮士德那样——拿你的灵魂做抵押的。（《扶轮问路·人间智慧必在某处汇合》）

“迷茫”“郁闷”“荒诞”这样抽象的词语一经作者拟人化处理后，可谓妙笔生花，更何况还有比喻作进一步说明，更是雪中送炭，还没来得及体验，感觉已传遍全身。

《命若琴弦·黑黑》中全篇拟人，作者将“黑黑”人格化，其中最典型的句子是：

这时我才觉得，它的嘶叫是那么疲弱，简直像孤苦病老的人在呻吟。

在拟人中体验，在比喻中晓明。

它并不叫，也并不马上要求我离开它的领地，只是一溜小跑，又在它的岗位上趴下，那一脸尴尬的神情像是在说：“这不怨你，这怨我，好在是你，不是外人。”

多么细腻的描写，多么推心置腹的对话！有赖拟人格的传达，这样的表达没有半点别扭，读者更不会觉得做作。

二、拟物

拟物——比拟的一种，是指将人当作物来写或将此物当彼物来写的一种修辞方式。①

拟物分为两种：①将人当作物来写。临时赋予人以物所具有的特征。当所拟之物为生物，又同时具有人或物的动作状态时，便可能出现拟人拟物界限不清的情况。②以物拟物。临时赋予此物以彼物所具有的特点，将此物当作彼物来写。

有一年我到了遥远的海边，在那儿见到一匹老马和一个老

① 谭学纯、濮侃、沈孟璎：《汉语修辞格大辞典》，上海：上海辞书出版社2010年版，第166页。

人。春天在海天之间激动不安。老人像一块褐色的沉静的礁石，老马如同他的游魂。(《命若琴弦·车神》)

作者先是拟物，把老人拟作礁石，作静态化的视觉锁定，令读者无法离开老人的视线，老人带给读者什么，不言自喻；老马却把老人衬托得如落霞与孤鹜，海边，春天，老人，老马……

事实真相不久便清楚了：我已经被种在了病床上，像一棵“死不了儿”被种在花盆里那样。对那棵“死不了儿”来说世界将永远是一只花盆、一个墙角、一线天空，直至死得了为止。(《原罪·宿命》)

种树与种花，是一种行动，一种体验。比喻性的描述，拟物化的表达，数量化的层递，让读者在过程中明确真相，在真相中体悟过程。

第三节　由此及彼　顺水推舟——拈连

拈连——在同时叙述甲乙两个事物时，把适用于甲事物的词语顺势拈来用到乙事物上的一种修辞方式。又称连物。[①]

从形式上看，拈连的特点是：第一，在线性语流中，同一词语先后叙述甲乙两个事物；第二，这个词语叙述甲事物时是正常组合，而叙述乙事物时，因为是从甲事物顺手拈来的，按语法常规不适用于乙事物，所以是超常组合。从内容上看，当拈连词是正常组合时，它所关涉的对象是具体的实在之物，表现的是它的本义；当拈连词是超常组合时，它所关涉的对象多是抽象的虚幻之物，显示的是它的比喻义或引申义。

按拈连的内部结构形式，可将其分为两类：

（1）常式拈连。拈连词的本体在前，拈体在后，本体与拈体随着甲乙两个事物先后出现。

（2）变式拈连。根据方式，变式拈连又可分为两小类：①倒式拈连。

---

① 谭学纯、濮侃、沈孟璎：《汉语修辞格大辞典》，上海：上海辞书出版社 2010 年版，第 169 页。

即拈体在前，本体在后，本体和拈体所关涉的甲乙两事物出现的次序颠倒，乙事物先出现，而甲事物后出现。②略式拈连。拈连词本应出现两次，却在略式拈连中只出现一次，但甲乙两事物均出现，次序可颠倒也可不颠倒。

拈连与巧缀。两者都有词语的拈用现象，它们的区别是：

（1）拈连的词语关涉、指向甲乙两个事物，不管作为本体的甲事物是否出现；巧缀的词语限定、指向的是同一个事物。

（2）拈连词语的本体和拈体都有意义，本体是词语的本义和实义，拈体是词语的喻义和虚义；巧缀的词语前后意义基本相同，前一个词语表达的是词语的字面义，后一个词语再次强化这一意义。

（3）拈连的词语一般是动词，用来叙述事物；巧缀的词语则多为形容词、名词，用作事物的名称或描写事物的性状、特点。

拈连与同饰。两者都是同一语言形式在不同的话语组合中产生修辞效果，其区别是：

（1）拈连的同一语言形式与不同的话语相组合是“正常搭配+超常搭配”，其中本体是正常搭配，拈体是超常搭配；而同饰的同一语言形式与不同的话语相结合都是正常搭配。

（2）拈连的同一语言形式与不同的话语相结合先后所产生的语义不同；而同饰的同一语言形式与不同的话语相组合先后所产生的语义相同。

（3）构成拈连的语言单位只能是词语；而构成同饰的语言单位既可以是词语，也可以是句子。

> 虽然这是早已想到了的事，虽然我早就筑起了护御工的事，但我的心仍像掉进了一眼枯井，往下掉，忽忽悠悠地往下掉……我说不清那一瞬间都想了些什么。（《命若琴弦·没有太阳的角落》）

能发生“掉”这个动作的，应是实体。作者借助实体体验，顺势将其拈连到抽象事物——“心”上，既给了视觉感受，又有行为体验，这样的表达形象而具体。

> “妈妈，牛奶热好了吗……”门轻轻地关上了，仿佛把我关在了人世之外。我感到一阵可怕的孤独。（《命若琴弦·绵绵的秋雨》）

在关门时伴随体验，但人世之外是什么感觉，“我”并不清楚。而作者有意顺势把“关”字用在“人世之外”的前面，巧作拈连。“我”对关在人世之外的感觉因为有关在门内的感受作铺垫，自然有了切实的感受：“我感到一阵可怕的孤独。”

现在他才想到，他曾给过一个心灵怎样的折磨。那颗心上已经磨出了老茧，已经不反抗了，只是逃避。他将有一个那样的女儿。(《命若琴弦·来到人间》)

把心磨出老茧，这完全不可能。但作者正是借助拈连格的运用，使理解成为可能，使抽象变得具体。可见“他”的心灵有过怎样的折磨，这折磨的时间有多长，这么长时间的折磨，“他”的反应最终只能是接受或是逃避。

条条锁链锁住了我，锁不住我唱给你心中的歌，歌儿有血又有泪，伴随你同车轮飞，伴随你同车轮飞……(《原罪·宿命·关于詹牧师的报告文学》)

“锁”字给了作者运用拈连的可能。可以锁住实体的人，却锁不住人们心中的歌，歌儿有血又有泪，伴随“你”同车轮飞。这种以实写虚、以虚驭实的写法给读者以强烈的真实体验，给读者以准确解读文本的最佳切入点。

在我想来，爱情与写作必也是自那时始，从繁衍种类和谋求温饱的活动中脱颖而出——单单脱去遮身的衣服还不够，还得脱去语言的甲胄让心魂融合让差别在那一瞬间熄灭，让危险的世界上存一处和平的场所。(《我与地坛·随笔十三》)

随着“脱颖而出”之“脱”，进入文本，作者虚实并用，一箭双雕。透过作者的双重运用之后，读者更深层地体悟到拈连之后的意义——“还得脱去语言的甲胄让心魂融合让差别在那一瞬间熄灭，让危险的世界上存一处和平的场所。”

所以，“爱的奉献”这句话也不算很通顺。能够捐资，捐物，

捐躯，可心愿是能够捐的吗？爱如果是你的心愿，爱已经使你受益，无论如何用不上大义凛然。(《病隙碎笔1》)

劈头的一个逻辑判断将读者的关注点提上议事日程，“捐”的不断推演，逐步拈连——“爱如果是你的心愿，爱已经使你受益，无论如何用不上大义凛然”。这就是作者最终要表明的观点。

真诚正是这样的桥梁，它勇敢地铺向一片未知，一片心灵的荒地，一片浩渺的神秘，这难道不是它最重要的价值吗？真理，谁都知道它是要变化，要补充和要不断完善的，别指望一劳永逸。但真诚，谁会说它是暂时的呢？(《病隙碎笔5》)

把“真诚”比作桥梁，已贴切而生动，但作者却意犹未尽，进一步通过运用拈连格，把真理形象化、拟人化、铺陈化，发人深省，引人思索。

在一座座沙发的那面，在平坦宽阔的地毯尽端，远远地看见一个女人端坐的背影，问她，她什么也不回答，她什么也没听见，她只侧了一下头，散开的长发和散开的琴声遮住了她的脸。(《务虚笔记》)

“散开的琴声”承“散开的长发”埋进心里而来，我们不得不佩服作者在不经意间将语言作自然推演的能力，往往在出其不意时推陈出新。

也许那也正是画家Z走出那座美丽的房子，把那根白色的羽毛所包含的一切埋进心里，埋下未来的方向，独自回家的时候。(《务虚笔记》)

“埋进心里”已是读者不易觉察的拈连，但之后紧接着有“埋下未来的方向”的进一步拈连，引起了读者的注意，开始注意画家Z，注意画家Z的行动与理想。

他抬起头。睡袍，沿着一丛新鲜挺秀、蓬勃、柔韧而又坚实的光芒掉落下去，掉落进幽暗。(《务虚笔记》)

作者对“掉落”二字的运用，简直是神来之笔。因为水到渠成的铺垫而一气呵成；因为别致的拈连而让读者眼前一亮。此外，文本中的隐喻更是让读者在一头雾水的刹那醍醐灌顶。

> 我们扣动枪机，不是用手指，是用那目光。（《务虚笔记》）

作者顺势拈连，一箭双雕；妙用通感，形神兼备。

> 忽然，O的脑际有一个非常清晰的思想闪现，但是Z进来了，一闪的清晰又掉进模糊里去……（《务虚笔记》）

清晰掉进模糊，不是特殊语境的帮助，很难拈出这样绝妙的句子；不是外界的干扰，很难使清晰变得模糊。醉翁之意全在拈出Z对O的瞬间影响。

> 不过呢，还是旧的好，那是我的二十位同学和朋友的合资馈赠。其实是二十位母亲的心血——儿女们都还在插队，哪儿来的钱？那轮椅我用了很多年，摇着它去街道工厂干活，去地坛里读书，去“知青办”申请正式工作，在大街小巷里风驰或鼠窜，到城郊的旷野上看日落星出……摇进过深夜，也摇进过黎明，以及摇进过爱情但很快又摇出来。（《扶轮问路》）

轮椅的作用之大，作者一连用了三个“去”字的排比句，一气呵成，之后又用“摇进”为首展开排比，继续铺陈，并在铺陈时顺势拈连——“摇进过黎明，以及摇进过爱情但很快又摇出来”。借助这样的拈连手法便可形象地传达出“我”对爱情的渴望与失落。

> 王安忆和姚育明推着我逛淮海路，是在一九八八年，那时她们还不知道，所谓“给我妹妹挑件羊毛衫”其实是借口，那时我又一次摇进了爱情，并且至今没再摇出来。（《扶轮问路》）

“那时我又一次摇进了爱情，并且至今没再摇出来”，此句话中“摇进”以拈连笔法形象地表达了“我”再次体验、享受爱情的幸福与持久。

黑夜有一肚子话要说/清晨却忘个干净/白昼疯狂扫荡/喷洒农药似的/喷洒光明。(《扶轮问路·诚实与善思》)

全句以拟人格抒写，在比喻中镶入拈连格，由此要表达的思想便入情入理。

但黑夜的坦诚，确乎常被白昼的喧嚣所颠覆，正如天真的孩子，长大了却沾染一身“立场”。(《扶轮问路·诚实与善思》)

全句以比喻为主格，在喻体中非常独特地使用拈连格，使“立场”的含义在这个语境中明白晓畅。

一旦族同、党同、派同纷纷伐异，弃他山之石，灭异端之思，结果只能是阉割了思想，谋杀了交流。(《扶轮问路·诚实与善思》)

作者在成语仿用之后，于“弃他山之石”之“弃”的基础上，连续三次使用拈连格——“灭异端之思，结果只能是阉割了思想，谋杀了交流”，此句中之“灭”“阉割”和“谋杀”三词使抽象变得可捉可摸。

四处无人，寂静悠久，寂静的我和寂静的墙之间，膨胀和盛开着野花，膨胀和盛开着冤屈。(《妄想电影·地坛与往事》)

乍一看，“膨胀和盛开着野花”脱离语境，好像不是拈连，但在这一特殊语境中，恰恰是典型的拈连。而后一句，更是在前一句的基础上，拈连水到渠成。全句在抽象中因拈连的巧妙运用不断形象化，表意更鲜明。

第四节　旁征博引　凸显胸臆——引用

引用——说话或行文中引用他人言论或文献，以增强语言说服力和感染力，阐明自己的观点或抒发感情的一种修辞方式。又称引语、引证。[①]

引用的下位类型可从四个不同的角度划分：

（1）从引用的内容上可分为引事和引辞。①引事/稽古/用事/用典。引用史实典故或故事等来证明自己的观点，抒发感情。②引辞/引经。引用流行的或具有权威性的现成话（如成语、谚语、格言、俗语、歌谣、名人名言以及典籍语句等）来证明自己的观点或抒发感情。

（2）从引用的形式上可分为明引和暗引。①明引/直接引用。直接引用原话，在形式上注明出处，或者加上引号。②暗引/间接引用。不以引语形式出现，而将原话融入自己的话语中，或者只引原话的大意。

（3）从引用的功用上可分为正引、反引和借用。①正引。从正面引用，引用与表达主旨、观点一致的材料。②反引/翻引。引用与表达主旨、观点相反相悖的材料，或反证自己的观点，或以此为靶子加以反驳。③借用。借与表达内容相似相通的语料形式，言此意彼，表达自己的主旨。

（4）从引用的数量上，可分为单引、复引。①单引。只引用一个史实故事或现成话来说明主旨。②复引。引用两个或两个以上的史实故事或现成话来说明主旨。

引用与比喻。两者都有两样事物，区别是：

（1）引用是援引他人言论或文献表明主旨，因此，能够找到语料的来源出处；比喻是借彼物以说明此物，喻体既可以来自客观或主观的形形色色的事物，也可以是表达者创意联想的产物，本体和喻体间可以寻找相似点，但无法也无须说明来源出处。

（2）比喻一般以直观形象的事物作比，易于理解感触；引用往往来自典故、现成话，如果不了解引用的内容、含义、背景、用法等，就会对作者意旨的理解产生影响。

> D不光能唱，那些外国电影中的台词他差不多都能背诵。碰上那天心里不痛快，早晨一来他就开戏，谁也不理，从台词到音乐一直到声响效果，全本儿的戏，不定哪一出。“空气在颤抖，仿佛天空在燃烧……”（语出《瓦尔特保卫萨拉热窝》）“看呀，天空多么蓝啊，往前走，对，往前走不要朝两边看……”（语出《追捕》）“那儿就你一个人吗？”“不，还有它。”“谁？”“死

---

① 谭学纯、濮侃、沈孟璎：《汉语修辞格大辞典》，上海：上海辞书出版社2010年版，第273页。

神。”（语出《爆炸》）“俄罗斯是农民的国家，没有城市也能活……”“啊，你描绘了一幅多么可怕的图画……”（语出《列宁在一九一八》）可惜我记不住那么多了。（《命若琴弦·老屋小记》）

四处连续引用意在说明 D“不光能唱，那些外国电影中的台词他差不多都能背诵”。因为引用，表意显得更有根据，显得真切；因为引用，形象丰赡。

D 慌忙起立，赔笑道：“不不不，我是说，法律不承认良心，良心也不承认法律。”（语出《流浪者》）（《命若琴弦·老屋小记》）

在自然的引用中，D 的言说有理有据。

随后在湖岸上发生的事令人难于启齿。其实不说也罢，光明中的人们不说也懂——“柔情似水，佳期如梦，金风玉露一相逢，便胜却人间无数”。（《命若琴弦·死国幻记》）

作者对古典诗词的娴熟引用使本难以启齿的事情在含蓄中鲜明地表达出来。

恒久，辽阔，但非死寂，那中间确有如林语堂所说的，一种“温柔的声音，同时也是强迫的声音”。（《我与地坛·记忆与印象 2》）

这样有哲理的表达假如没有引用，可能会显得苍白。

这样的反抗使残疾扩散，从生理扩散到心理，从物界扩散进精神。这类病症的机理相当复杂，但可以给它一个简单的名称：残疾情结。这情结不单残疾人可以有，别的地方，人间的其它领域，也有。马丁·路德·金说：“切莫用仇恨的苦酒来缓解热望自由的干渴。”我想他也是指的这类情结。（《病隙碎笔 2》）

对残疾情结的延伸表达，作者恰到好处地引用了马丁·路德·金的经典名言，不仅具有警醒作用，更具有警策之功。

> 在逻辑的盲区，或人智的绝地，勿期圆满。但你的问，是你的路。你的问，是有限铺向无限的路，是神之无限对人之有限的召唤，是人之有限对神之无限的皈依。尼采有诗："自从我放弃了寻找，我就学会了找到。"我的意见是：自从我学会了寻找，我就已经找到。(《病隙碎笔6》)

"在逻辑的盲区，或人智的绝地，勿期圆满"，观点鲜明。关于"问"，作者用排比与双齐格，在序换中使要表达的思想鞭辟入里。特别是对尼采语录的引用以及推演，因为反思，更是侧见横生。

> 歌德说："凡是值得思考的事情，没有不是被人思考过的；我们必须做的只是试图重新加以思考而已。"我想此话有三个意思：一，人类的困境像人类一样古老，并将随人类一同长久。二，若不面对这困境重新思考，便不会懂得古人思考的到底是什么。三，古人的思考遗留下的谜团，要求今人继续思考；困境是古老的，思考应该有崭新的。(《病隙碎笔·随想与反省》)

作者的高妙在于站在伟人的肩膀上前行。歌德之言，原本经典，可作者在语境中将歌德之言渐作思维发散，不断作层进演绎，真是画龙点睛。

> 陀思妥耶夫斯基说："我不能没有别人，不能成为没有别人的自我。我应在他人身上找到自我，在我身上发现别人。"
>
> 巴赫金说："我能够表达意义，但只是非直接地，通过与人应答往来产生意义。"
>
> 我想：每个人都是生存在与别人的关系之中，世界由这关系构成，意义呢，藉此关系显现。但是，有客观的关系，却没有客观的意义。反过来说也成，意义是主观的建造，关系是客观的自在。这样，写作就永远面临一种危险：那些隐藏起来的关系，随时准备摧毁我们建造起来的意义。(《病隙碎笔·谢幕》)

这样的至理名言真是振聋发聩。事实上，陀思妥耶夫斯基的意思是：

一个人心中应常装着别人，在别人身上应找到自我，在自己身上应具备别人的长处。巴赫金的言外之意是：表达意义应间接，委婉，通过交流来实现。作者在引用的基础上，发表自己的观点：意义是主观的建造，关系是客观的自在。最后，作者联系写作现实，作出警醒，掷地有声。

柏拉图说："哲学从惊奇开始。"我想，文学何尝不是这样？另一位哲学家说：哲学就是"对通常信以为真的基本问题提出质疑"。我想，如果哲学对解疑抱有足够的自信，文学的不同则在于，要在不解的疑难中开出一条善美的路。（《病隙碎笔·写作与越界》）

这种边引用边作类比推演的手法，高明，高妙。不要说是因为"惊奇"；因为"质疑"，更有对比中的突出，突出——文学，要在不解的疑难中开出一条善美的路。

爷爷在信里说，自幼读陶渊明的诗，到了这把年纪方才体会了"采菊东篱下，悠然见南山"的宽坦清静的真境界。爷爷的信里说："大道废，有仁义；智慧出，有大伪。""绝圣弃智，民利百倍。""夫唯不争，故天下莫能与之争。"爷爷说自古及今，兵伐政治，鹿鼎频争，无非是打天下坐天下，朝朝代代，谁不说着天下为公，可天下几时为公过呢？英杰豪勇，伟略雄韬，争为天下君罢了。为天下君何如"为天下谷"？"为天下谷，常德乃足，复归于朴。"爷爷说，思来想去，莫若退隐归耕。爷爷信中说：他再没有什么亲人了，若能与小孙孙在一起，终日为嬉为戏，也就可以无憾无怨安度晚年了，"含德之厚，比于赤子"。（《务虚笔记》）

文本中的六次引用，不但见出爷爷知识之渊博，而且见出作者之智慧，更见引用表情达意之独到。

他还什么都不知道呢，但是我知道：无论曾经还是将来，也无论是在某丁还是在某史，生命之旅都会印证一个近乎预言的诗句：是谁想出这折磨的？是爱。（艾略特的《四个四重奏》）（《我的丁一之旅》）

如果不是作者有意用括号说明，读者会觉得这就是作者的观点。这种引用的浑然，简直天成。因此，我们在接受时仿若“随风潜入夜，润物细无声”。

坐在山上，看山下的路，看那浩瀚并喧嚣着的城市，想起凡·高给提奥的信中有这样的话：“我是地球上的陌生人，（这儿）隐藏了对我的很多要求”，“实际上我们穿越大地，我们只是经历生活”，“我们从遥远的地方来，到遥远的地方去……我们是地球上的朝拜者和陌生人”。（《扶轮问路》）

作者因景随想，因随想而深有感慨，因深有感慨而醒悟人生。没有自言自语，没有口出狂言，只有凡·高和他的睿智名言，带给读者的却是潜移默化的熏染。

徐悲鸿有一副座右铭式的对联：“独执偏见，一意孤行”，可见其精神是何等健康，而这绝不会是说，因此身体可得其何等的舒适与保养。（《扶轮问路·从“身外之物”说起》

如果说引用能给人开悟，让人悦服，那么对联的引用，更可以使读者在领悟的同时获得音韵的美感。

但就像早年一部电影《流浪者》中说的，“法律不承认良心，良心也不承认法律”，婚姻和爱情也常常互不承认——比如你不承认第三者的爱情，第三者也挑战你的婚姻。（《扶轮问路·从“身外之物”说起》

作者在引用之后，用精练的语言，因势而推，点出婚姻和爱情的复杂与纠缠。

还搬出大哲学家西梅尔的思想来开导我：货币就好比筑路、搭桥，本不是目的，把钱当成目的就好比是把家安在了桥上。（《扶轮问路·花钱的事》）

这引用，增添说服力；这比喻，是哥德巴赫猜想成功后的快感。

森的画外音：那书上是这么写的——“他不断回想起那位躺在床上，使他忘记以前生活中任何人的她。她既非情人，亦非妻子，她是一个被放在树蜡涂覆的草篮里的孩子，顺水漂来他的床榻之岸……而他在床榻之岸顺手捞起了她……”（昆德拉《生命中不能承受之轻》）（《妄想电影·地坛与往事》）

欲扬先抑，“既非……，亦非……，是……”句式的运用，将读者的心悬挂。昆德拉之言，告诉读者“生命中不能承受之轻”是什么？什么是“生命中不能承受之轻”？

第五节 借用符号 直观简洁——算式

算式——在书面语中，是有意借用数学运算形式来表示复杂的语义关系，以增强表达效果的一种修辞方式。算式的特点是：常使用“+”“-”“=”“≠”“>”“<”等数学运算符号，但这些运算符号的前后不是简单地表达数学计算，而是使语义表达更加直观、简洁。又称借用。①

常见的算式有以下几种：

（1）A+B=C式。这是最为常见的一种算式表达法。A+B=C的变式为：C=A+B。

（2）A+B（+C+D+……）式。

（3）A=B（=C=……）式。A=B（=C=……）的变式为：（A≠B）。

（4）A>B或A<B式。

（5）特殊算式。

《命若琴弦·一种谜语的几种简单的猜法》的每一个小标题用的均是算式辞格。例如：

X；A+X；B+X；C+X；D+X；Y+X。

这样的算式，看似简单，实际上并不如此，因为并不简单，更易引起

① 谭学纯、濮侃、沈孟璎：《汉语修辞格大辞典》，上海：上海辞书出版社2010年版，第220页。

读者的阅读兴趣，驱使读者一睹为快。

特别是文中的：

> Y=50亿个人=50亿个位置
> Y=50亿个人=50亿条命定之路
> Y=50亿个人=50亿种观察系统或角度

三个等式，在同中求异，因为相异，不断引起读者的好奇心，因为好奇，让读者想一读为快，阅读行动的快感就是阅读心理的释然。

《我与地坛·说死说活》中的几个小标题用的是算式辞格。如：

> 史铁生≠我；生=我；史铁生≈我使用过的一台计算机；浪与水=我与“我”；永远地生=不断地死。

这里五次使用算式辞格，一是体现构思的新颖；二是引起受众的有意注意。这里的“≠”意味着史铁生非“我”，“我”非史铁生；“=”第一个指的是生存是“我”的全部；第二个指的是“我”与“我”和浪与水的辩证关系；第三个非常突出地强调了生与死的辩证逻辑；“≈”的隐含意义是史铁生相当于“我”使用过的一台计算机。

> 一个现代的何立伟——“孤独人的周末，来客每每是一只野猫同六点钟的黄昏”+一个古典的何立伟——“远方躲在一棵树的后头，活着就是与之做无休止的谜藏”=一个必以审美价值安魂立命的何立伟——“以梦的方式进入不真实的美丽，正如以眺望的方式进入童话般的云”。（《病隙碎笔·〈何立伟漫画集〉跋》）

这样的构思绝对是史铁生的首创！算式以文字游行其中；破折号之后新奇的诠释令人难忘；比喻的双重阐释让新颖的形式更加独特。由此，受众获得的是一个立体的何立伟——守静、执着、安魂立命。

> 傻问题！至少在忙着“唯物”的人们来看，是巨傻之问。曾有“导师”说过：“一个傻瓜提出的问题，十个聪明人也回答不出。”又曾有一位伟大的人说：“提出问题比解答问题要艰难十

倍。”这下好了，十对十，扯平了。也许，他们是要联合起来告诉我们一个完整的真理：聪明人＝傻瓜。至少在命运面前这等式成立，就比如有限的系数再小或再大，也要在无限面前美丽地扯平。(《病隙碎笔·梁筠〈焰火〉序》)

在引用中推论，在推论时运用算式。这种构思，这种说理，通俗易懂、深刻又发人深省。

“为了自己而思考”，依我看是写作的最纯洁的出发点，否则倒怕要学会迎合与墨守。生命凭其鲜活，一落生就知道天大的事，倒是后来“主义、主义”地给走瞎了。那我就再插句嘴吧：没有哪一种生活不是真正的生活，只要诚实地问过它了，和不断地问着它。巨傻之问或非凡之题充满善意，谜面本身已然泄露了一半谜底：生活＞活着。(《病隙碎笔·梁筠〈焰火〉序》)

一个“＞”胜过千言万语；所有的表达在这里都显得苍白。

人与人的差别＞人与猪的差别。(《我的丁一之旅》)

这算式其实不构成可比性，但透过这荒唐的算式，那幽默、睿智与讽刺尽在不言中，言已尽而意无穷。

好≠行。(《我的丁一之旅》)

这样的不等式造成悬念，引人深思。

甚至可以这样说：有＝有限，无＝无限，二者的存在赖于二者的互证，而这一个“证”字＝观察＝一条无穷的道路。(《扶轮问路·人间智慧必在某处汇合》)

有时语境的等式可以诱发读者的阅读兴趣，引人思考，在思考中得出答案，而答案又通过等式表达，那言简意赅，那哲理的生动，直击心魂！

然后先哲有言：只要三个人，就要有政治了。两个人可以完全是感情的事，好则百年，不好则分道扬镳，简单得很；要是再来一位呢，可就不是添一份碗筷的事了。3 人恋，仅一份“1 爱 2”可不行，不公平，也不安全；算起来得是“1 爱 2” ×3。就是说，每个 1 都得同时爱着 2，只需 1/3 的例外就要出事。听说，确实有过三个人的和睦婚姻，但个例只是一道脆弱的彩虹。果然先哲又有话了：政治的首要问题是分清敌我。三个人，总是一碗水很难端平，开始都是好朋友和特好的朋友，但最终反目成仇者并不在少数。(《扶轮问路·理想的危险》)

这是作者对社会实践中出现的特殊问题——三人恋的冷静思考。这么复杂的问题，作者借助算式的辞格，通俗地阐释了其危险性，鞭辟入里，入木三分。

第六节 迥异其趣 出人意表——仿拟

仿拟——模仿现成语言形式，置换或增减其中的部分构成元素，使现成语言形式以陌生化的面目出现，实现艺术效果的一种修辞方式。“仿”和“拟”为同义语素，其中“拟”除了包含“模仿”的意思以外，兼有“设计”之类的意思，所以，仿拟是一种模仿性的修辞设计。①

按照仿拟的模仿手段，可将其分为两类：

一类是置换模仿。置换被模仿的原型语言单位元给定形式的部分构成元素，构成新的修辞形式。

另一类是增减模仿。增减被模仿的原型语言单位元给定形式的部分构成元素，构成新的修辞形式。

仿拟的被模仿形式叫源语或原型语言单位，仿造的成分叫目标语。在具体语境中，源语和目标语可以同现，称为明仿。也可以只出现目标语，隐去源语，称为暗仿。但隐去的源语，仍然作为潜在的意义参照，引导人们对目标语进行认知。

被模仿的源语可以同时通过置换模仿和增减模仿生成新的话语。

---

① 谭学纯、濮侃、沈孟璎：《汉语修辞格大辞典》，上海：上海辞书出版社 2010 年版，第 76 ~ 77 页。

仿拟的源语和目的语都包括两部分：X 和 Y，其中 X 是可变成分，Y 是不可变成分。可变成分是目的语相对于源语的更新元素，以此确保仿拟的能产性；不可变成分唤起源语的语言记忆，以此引导目的语的语义理解。一般来说，仿拟的可变成分是显性的，语义变化比较容易观察到；仿拟的不可变成分的语义变化是隐性的，不易观察到。

仿拟在不同的层级单位，可以分为仿词、仿语、仿句、仿篇、仿体等。部分研究者认为仿拟还包括仿调。

一、仿词

仿词就是在现成词语的比照下更换词语中的某个语素，临时仿造新词语的修辞方式。①

从仿词和原词之间的语义关系看，史铁生在其文本中娴熟地运用了类义仿词、反义仿词、谐音仿词和结构仿词四种仿词手段。

（1）类义仿词：所仿出的新词和原词在语义上属于同类或同一个语义范畴。

> 对于事业，我想还是“只问耕耘，不问收获”来得聪明，那样事业这条船才能一直载歌载舞载欢载乐。（《我与地坛·对话四则》）

“载欢载乐”是承“载歌载舞”做出的仿拟，其修辞效果不仅在类义仿拟，更在表明方式的同时，强调目的。

> 听觉原就比视觉朦胧，因而音响比形象更能唤起广阔的想象。比听觉更朦胧的，是什么？是嗅觉。将来可否有一种嗅觉交响乐呢？当然那不能叫交响乐，或许可以叫交味乐？把种种气味像音符一样地编排，让它们幽眇或强烈地散发，会怎么样？准定更美妙，浮想联翩，味道好极了。（《我与地坛·随笔十三》）

“交响乐”已然是个固定名词，作者在语境中趁势仿出“交味乐”，由

① 宗廷虎、陈光磊：《中国修辞史》（下），长春：吉林教育出版社 2007 年版，第 1309 页。

听觉联想到嗅觉，拟辞突出了嗅觉之美。这种想象，丰富而奇特。

（2）反义仿词：是指所仿出来的新词和原词在某个语素意义上是相反或相对的，也就是说置换语素和被置换语素属于反义关系。

> 丁一大惑不解地看着我：啥意思她？/这不明摆着吗？/就因为问问是私生子？/别用这么难听的词儿行不？/私生子咋啦？你丫是公生子？你丫是在广场上选出来的？/我说：丁一你甭矫情，那丁一怎么啦？他干吗改名儿？（《我的丁一之旅》）

“私生子”这个词给人带来的伤害本来就无异于在伤疤上撒盐，现在作者却因势仿出一“公生子”，并加上“在广场上选出来”这一语境，就更加偏离“公”这一语义，这幽默，更为冷峻，更为酸楚。

（3）谐音仿词：是指通过语音的相近或相同关系而仿造出来的词。

> 还有，资深病者的最后一条经验是：旁观者轻——甚至“轻得令人不能承受”。（《病隙碎笔·给陆星儿》）

“旁观者轻”之“轻”与成语“旁观者清”之“清”，音同义别，这种谐音而仿，清楚明白，在语境中非常酸楚地表达了资深病者与旁观者的隔膜之深。

（4）结构仿词：是指依照某一读者心中熟知的词语结构习而仿之，以达到同类修辞效果的仿词。

> 唉唉，只怕长此以往夜将不夜，魂将不魂！但想想，我也只好离开吧，“独执偏见，一意孤行！”——引一位先贤为知音。（《我的丁一之旅》）

这显然是模仿鲁迅《友邦惊诧论》之“国将不国”结构，且接连仿拟，更给受众留下深刻印象。

二、仿句

仿句就是模仿现有语句的格式甚至借用句中的部分词语造出新句子以

表达新的内容。

> 果如那位魔术师曾经的描述：山青水碧，大海共长天一色；风走云飞，鸥鸟与浪涛齐鸣……（《我的丁一之旅》）

“大海共长天一色；……鸥鸟与浪涛齐鸣”，仿王勃《滕王阁序》中“落霞与孤鹜齐飞，秋水共长天一色”之后句，而王勃之句又是仿拟庾信的“落花与芝盖同飞，杨柳共春旗一色”，异曲而同工。

> 还有个问题：是软弱的本性使得老好人立场不明呢？还是生性不喜欢门门派派，更弄不大懂种种主义，才造成了老好人的软弱？这也先不管他吧，只问：老好人的信奉是什么？别说没有，任何引人注目的行径都必有其信奉的支撑。拨开重重迷障，或掘开层层愧笑去看其深处的埋藏，你会发现，老好人惟本能地倾向着一个自明的——但并非是说他自己早已明晰的——真理：爱。比如父母之爱，兄弟姐妹之爱，夫妻或恋人之爱，总之是亲人之爱。这样的爱狭隘？好吧，就算仍难免有些狭隘，可一切伟大的爱难道不是由此发生？“老吾老以及人之老，幼吾幼以及人之幼”，此一圣贤之言不单道出了爱的博大，也道出了爱之涓细的源头。我不信，连至亲至爱都可以凛然弃之者，能有什么伟大的爱。
>
> 我屡屡设想过叛徒的处境与缘由，有些比较容易甄辨曲直，从而取舍归弃也自明朗，但更多的却是迷蒙晦暗——观其情也真，察其心也善，然其处境却是进退维谷；即便让我这局外人冷静地选择——爱吾爱以及人之爱，危吾危以及人之危——也仍是百思难取所归。故常自暗谢天地——谢那个任谁也拿捏不准的偶然性，庆幸着危难未临于我，否则就怕于某史犹豫之际，这世上早又多出了一个叛徒。（《扶轮问路·老好人》）

“爱吾爱以及人之爱，危吾危以及人之危”，显然承孟子《齐桓晋文之事》的“老吾老以及人之老，幼吾幼以及人之幼”而仿。

从认知心理学的角度考察，史铁生在运用仿拟辞格的时候，把自己所要表达的思想放在了读者熟悉的文本中，这种表达非常经济。史铁生看中的是仿拟之后其所具有的最佳相关性。事实上，当史铁生借用并改造仿拟

“本体”来形成“拟体”时，其本意在于以最少的言辞传达出最多的言语信息，经济而高效。就史铁生利用“本体”已有的格式和部分语词来说，史铁生是驾轻就熟的，无须另起炉灶，这样既省心又省力，而其所传达的信息所获得的效果事半而功倍。

在史铁生的笔下，仿拟适时运用，有时独具讽刺效果，有时在逗人发噱之余，引发读者深思；有时则是炫弄才情，博取读者一笑；有时因为反驳，使对方陷入自相矛盾，难以自圆其说。

第七节　利用图、形　以简驭繁——图示与形示

一、图示

图示——用图案、符号等代替文字表示意义的一种修辞方式。图标充分利用图形或符号的形状特征，以简驭繁，显得方便、直观、简洁。[①]

图示的修辞效果主要有四个方面：一是醒目、直观，具有鲜明的形象感；二是形式简洁，节省文字；三是含义深厚，宜于表现用文字难以表达的复杂现象和心理；四是意味新颖，启发人联想。[②]

> F 医生又对鸟儿产生了兴趣。迄今为止他的兴趣至少可以画出这样一条线路：大脑的构造与功能→灵魂在哪儿，善或恶，喜或悲，都藏在大脑的沟沟回回的什么地方→人工智能，以及复制或者繁殖→部分与整体的关系→蚂蚁、蚁群的迁徙、战争或者说蚁群的欲望→欲望，“永动机”，以及存在就是无穷动→蜜蜂，蜂群的等级，因而涉及差别或平等的问题→鸟儿，尤其是鸟儿筑巢时不容忽视的智力……（《务虚笔记》）

F 医生对鸟儿的兴趣，作者以线路图的方式图示，以简驭繁，方便、直观又简洁。

---

① 谭学纯、濮侃、沈孟璎：《汉语修辞格大辞典》，上海：上海辞书出版社 2010 年版，第 236 页。

② 韩荔华：《汉语修辞技巧教程》，北京：华文出版社 2005 年版，第 47 页。

当丁一、秦娥和吕萨赤裸着坐在月光里，坐在红、蓝、白三色的交界处，脚尖对着脚尖呈一个大写的“Y”字而任由夜风吹拂之际，我丝毫看不出淫荡。(《我的丁一之旅》)

“Y”字的图示，一进入语境，受众自然在形象中意会，获得朦胧的感知，朦胧之后又获得清晰的理解。

二、形示

形示——利用汉字的形貌特征来表示意义的一种修辞方式。[①]

形示与图示。两者的共同点在于都借助具象的外在形貌来表达意义。它们的区别是：形示以汉字字形为载体；图示以图形等为基础。

形示与析字。两者都利用汉字特点来表义。它们的区别是：形示利用的是汉字的外部图形特征；析字利用的是汉字的内部结构特征。

有人刚要笑，可是话又被另一个老太太接了过去。说是老太，其实也并不怎么老，不过是拔了满口的牙一直没镶上，外加有点哮喘。嗓子里的“小哨儿”一响，她说道：“不知怎的！让汽车撞着也分个命好命歹。我们老头子地震那年让车撞折了腿，是农村的手扶拖拉机撞的，你讹谁去？开车的穷得叮当响，怪可怜的……可我们老家有个傻丫头去年让一辆‘上海’撞死了，怎么着？一千块钱！一千哪！才是辆‘上海’……”

众人的眉毛都皱成八字，嘴张得惟恐不圆。这儿再没什么开玩笑的意思了，每个人都放慢了咀嚼的频率，似乎盘算着什么。一时老屋里颇有些寂寞，就连白老头脸上也没有了狡猾的笑纹。(《命若琴弦·午餐半小时》)

“众人的眉毛都皱成八字”中的“八”用的就是形示格，这种反应是在老太太的传神讲解之后出现的众人的神情，形象而逼真，之后的细描生动而传神——“嘴张得惟恐不圆。这儿再没什么开玩笑的意思了，每个人都放慢了咀嚼的频率，似乎盘算着什么。一时老屋里颇有些寂寞，就连白

① 谭学纯、濮侃、沈孟璎：《汉语修辞格大辞典》，上海：上海辞书出版社2010年版，第251页。

老头脸上也没有了狡猾的笑纹。”

> 我童年住的那个院子里有两条十字交叉的甬道，十字甬道与四周的房基连成一个“田”字，“田”字的四个小方格是四块土地，种了四棵树：一棵梨树，一棵桃树，两棵海棠树。（《务虚笔记》）

“田”字，一是形似，二是传神，三是丰富。

不仅如此，有趣的移就格，常见的借代格，特别是耐人寻常的通感与摹绘格，同具关联之美。

移就——把本来适合描写甲事物性状的词语移来描写乙事物性状的一种修辞方式。又称移用、移状、迁德。移就的特点是：将描写人的感情、感受如寂寞、忧郁等甲事物性状的词语，用来描写乙事物，形成一种超常组合。①

移情说的代表人物普斯说：“当我自己的力量投射到自然事物上面时，我也就将这些力量和在内心激起的情感一起投射到了自然之中。这就是说，我也就将我的骄傲、勇气、顽强、轻率、幽默感、自信心和心安理得等情绪，一起移入到自然中去了。”②

根据移就的方式，可将其分为三类：

（1）移人就物。把描写人的感情或性状的词语用来描写非人或无生命的物体（包括人体自身的部分），使其带上人的思想情感和情绪体验。

（2）移物就人。把描写事物的词语用来描写人的情感或行为，使人的情感、行为带上相关事物的声色形态。

（3）移情感人行为。把描写人的情感的词语用来描写人的动作行为，使外在行为带上内在的情感。

移就与拟人。两者都含有使物带上人的情感的特点。其区别是：

（1）移就虽然把描写人的情感的词语用来写物，但不是把物当作人来写，表面上写物，实际上写人；拟人则是把物当作人来写，写的就是物。

（2）移就的词语多是描写性的，用来修饰人或物，在句子中一般作定

---

① 谭学纯、濮侃、沈孟璎：《汉语修辞格大辞典》，上海：上海辞书出版社，2010 年版，第259 页。

② 滕守尧：《审美心理描述》，成都：四川人民出版社 1998 年版，第 63 页。

语；拟人的词语多是陈述性的，用来陈述某一对象，在句子中一般作谓语，如“小草笑弯了腰”就是对小草情状作拟人化的表达。

移就与拈连。两者都把适用于甲事物的词语用于乙事物上，造成超常组合。其区别是：

（1）移就的词语所关涉的甲乙两个事物只有乙事物出现，甲事物处于潜隐状态，存在于读者的心中；而拈连的词语所关涉的甲乙两个事物在话语流中均出现。

（2）移就的词语只出现一次；而拈连的词语在话语流中一般出现两次，即使在略式拈连中拈连词语的本体不出现，但它所关涉的事物一定要出现。

（3）移就的词语多是用来表示人的情感、思想、观念、感受等方面的形容词，是描写性、修饰性的；拈连的词语大多是动词，叙述性的。因此，前者是定中（定语和中心语）超常组合，后者是动宾超常组合。

移就与通感。两者都含有词语的移用现象，其区别是：

（1）移就是把适合描写某一对象的词语用于描写另一种对象，重在词语描写对象范围的交换；通感是把本来陈述某一感官感觉的词语用于陈述另一种感官的感觉，重在词语所属感觉之间的融通。

（2）移就多是修饰性的，用写人的词语来写物，或用写物的词语来写人；通感多是陈述性的，用一种感觉陈述说明另一种感觉。

> 那么，支撑着爱情的是什么呢？难道“性腺也萎缩了”，一对老夫老妻就不再可能有爱情了吗？并且，爱情若一味地拘于荷尔蒙的领导，又怎能通向仁爱的永恒与善呢？难道爱情与仁爱是互不相关的两码事？（《病隙碎笔5》）

“荷尔蒙”是物，但作者有意将情移置到荷尔蒙，以拟人格描述，很自然地彰显仁爱，拓宽爱情的意义。

> 既不必保护散文的贞操，也用不着捍卫小说的领土完整，因为放浪的野合或痛苦地被侵犯之后，美丽而强健的杂种就要诞生了。（《病隙碎笔·也说散文热》）

将用于人身上的“贞操”与用于国家之上的“领土完整”分别移用于“散文”与“小说”，新颖独到。

三、借此言彼　耐人寻味——借代

借代——借用与本体事物相关的事物名称临时代替本体的一种修辞方式。又称换名、代称。临时代替本体的叫代体。①

客观事物之间存在着多种关系，因此，借代可以根据本体与代体之间的相关关系分为以下各类：

（1）以部分代整体。选取事物某一部分代替全体。

（2）以特征或标志代本体。用人或事物的特征或某方面标志代本体。特征还可能是由特定语境生成的某种临时相关关系。

（3）以事物的所在所属代本体。所在所属常是事物的作者或产地，以此代事物。

（4）以数据或工具代本体。以与本体相关的数据或工具代本体。

（5）以专名代泛称。用人或事物的专有名称作为典型性代称，代某一类人或物。

（6）以具体代抽象。以与本体相关的具体事物代抽象的本体。

（7）以结果代原因。以结果代产生此结果的原因。

由于各物间具有复杂的关系，因此，借代还可能存在其他方式。此外，代体与本体间可能存在多重关系。

借代与借喻。两者的共同点是本体都不出现，直接用喻体或代体代替本体。它们的区别是：

（1）构成的基础条件不同。借喻要求本体与喻体有某种相似点，而相似的事物常常不止一个，因此，喻体可能具有多样性、不确定性；借代的构成条件是本体与代体之间具有某种相关性，本体与代体之间有某种必然关系。

（2）隐含的转化形式不同。借喻是比喻的一种，只是本体不出现，直接以喻体代替本体，所以可以补出本体；借代的本体与代体之间不存在相似关系，所以无法转换。

> 我先后踩掉了两个人的鞋，一个是布鞋，一个是凉鞋，布鞋冲我嚷“你瞎啦是怎的”，凉鞋却对我说“哟哟，对不起”，仿佛

---

① 谭学纯、濮侃、沈孟璎：《汉语修辞格大辞典》，上海：上海辞书出版社2010年版，第135页。

是布鞋和凉鞋之间的事与我无关。随后我遭了报应，一只漂亮的白色高跟鞋踩了我的凉鞋，钉子一样的高跟险些钉进了我的脚背，在我尚未想好是说“你瞎啦”还是说“对不起”的当儿，我听见那高跟鞋“咯咯咯”地一路笑着藏进了人群。我在一只果皮箱上靠着揉脚，惟一的想法是：那漂亮的白色高跟鞋是真的（这么硬这么尖锐），昨夜的月光曾照耀它，它并拢着摆在一张床下静静地等待，几十或十几个小时之后它出了门，咯咯咯地下了台阶，咯咯咯咯，很漂亮地走了很远的路来踩到了我。（《命若琴弦·别人》）

“布鞋”“凉鞋”和“白色高跟鞋”本是物名，但这里，作者以专名代泛称。用事物的专有名称——鞋，作为典型性代称，代某一类人。在此，作者分别借代三类人，一是不文明者，二是感到抱歉者，三是不在意者。作者似乎有意识在通过借代、摹声、夸张与示现中的悬想多种修辞格，重点刻画“白色高跟鞋”，让读者于如见其人、如临其境、如闻其声中，造成神奇的喜剧效果。

通感——在表达中将人们的各种感官感觉（视觉、听觉、味觉、嗅觉、触觉等）相互沟通连接起来，把一种感官感觉转移到其他感官感觉上，从而在多种感官感觉中共同描绘同一表达对象，使其丰富生动的修辞方式。由于通感是感觉间的移动，所以又称移觉。①

根据所沟通的感觉的数量，可将其分为两类：

（1）单项通感。两种感觉之间的相互沟通，即把一种感官的感觉用另一种感官的感觉来描述。

（2）多项通感。多种感官的感觉之间的沟通，即用多种感官的感觉来描述某一感官的感觉。

通感与比喻。两者都有通过相似的事物来描写某一表达对象的特征，它们的区别是：通感虽然也借用比喻的方式来沟通感觉，但比喻的事物（喻体）与所表达的对象（本体）应属于不同的感觉系统。也就是说，比喻式通感重视的是本体与喻体之间感觉的相异性；而比喻重视的是本体与喻体之间的相似性，感觉是否相异则无关紧要。

比喻式通感既是通感，也是比喻，是通感和比喻的合用。

---

① 谭学纯、濮侃、沈孟璎：《汉语修辞格大辞典》，上海：上海辞书出版社 2010 年版，第 226 页。

整个下午的情景仍在他心里纠缠不去，满院子蒸馒头的味儿从门窗的缝隙间钻进来，无望的昏暗中那个美而且冷的声音一遍遍雕刻着九岁的心。(《务虚笔记》)

“蒸馒头的味儿”，本是味觉，作者却形象地比拟成可以看得见的东西，将味觉可视化，形象可感；声音本属于听觉，作者却将其着“美”字与“冷”字，由于听觉、视觉与感觉相通，加上动词“雕刻”的妙用，抽象的感情因此而传神生动。

乌泱乌泱的人群，粥一样黏稠，翻滚得热气腾腾。(《我的丁一之旅》)

“人群”与“粥”，人与物的不同集合，作者却通过比拟与通感的修辞，将人群的拥挤不堪通过“粥一样黏稠，翻滚得热气腾腾”这一定格的视觉与感觉逼真地传达出来，让读者随其于描摹中获得真切的感受。

摹绘——采用语言形式把事物的外在形貌特征（包括声音、形状、色彩、气味等）生动地形容出来的一种修辞方式。①

摹绘借助语言符号的代替转换功能，一般用形容词来“临摹”物象，在书面上再造事物的真实感，让人由语言信号进入经验联想，获得身临其境的感觉，从而实现突出事物特点、营造特定氛围、增加艺术感染力等多方面的修辞效果。摹绘当然要尽可能想象，但又不以逼真为最终目的，而是追求进一步营造一种建立在形似基础上的情趣与氛围。

根据摹绘的具体对象，可以将其分为摹声、摹状、摹色、摹味等类型。

（1）摹声。用语言描摹声音的音响特征。

（2）摹状。用语言形容事物的形状，也叫摹形。

（3）摹色。用语言摹写事物的色彩。

（4）摹味。用语言表现味觉、味道的特征。

恰当地运用摹状，可以增强叙述的形象感和真实性，使读者仿佛身临其境，如闻其声，如见其形，如睹其态，如观其色，如品其味，得到具体而鲜明的印象。摹状还可以表达作者对所写事物的强烈的感情态度。有时

---

① 谭学纯、濮侃、沈孟璎：《汉语修辞格大辞典》，上海：上海辞书出版社 2010 年版，第 164 页。

它不但能把声、形、色、态等生动地传达给读者，还能造成一种特定的气氛：或安静，或热闹，或紧张，或轻松，或愉快，或凄凉，增强语言表达的艺术效果。

> 这不是幻觉，左右那眼窑前确实趴着一只黑狗，没有光泽的黑毛已经遮盖不住一条条的肋骨，瘪瘪的肚子两边立着尖尖的大腿骨，骨尖似乎随时要刺破它自己的皮。它充满敌意的眼睛盯着我，却一动不动，只是不时嘶叫两声。(《命若琴弦·黑黑》)

“左右那眼窑前确实趴着一只黑狗，没有光泽的黑毛已经遮盖不住一条条的肋骨，瘪瘪的肚子两边立着尖尖的大腿骨，骨尖似乎随时要刺破它自己的皮”，作者在这里采用摹状的修辞手法，把黑黑的形态描写得细致入微，特别是辅以拟人化的手法，更传神地刻画出黑黑的窘态。

> 盛夏的蝉族在茂密的树冠上疯狂地叫着：知了……知了……知了……(《务虚笔记》)

“知了……知了……知了……”，既摹声，又寓意，一箭双雕，把盛夏的蝉族在茂密的树冠上疯狂的叫声，写得活灵活现。

第十章

结 语

黑格尔说过："美的艺术的领域就是绝对心灵的领域。"[①] 丹麦著名的文艺批评家勃兰兑斯认为："文学史就其最深刻的意义来说，是一种心理学，研究人的灵魂，是灵魂的历史。"[②] 古罗马著名学者朗吉弩斯有一句名言："文章要靠布局才能达到高度的雄伟，正如人体要靠四肢五官的配合才能显得美。"[③] 在语言表达中，对修辞的运用，有时借助单一的辞格表情达意，有时则更多地靠辞格的综合运用，妙笔生辉，侧见横生。

如果说语音修辞可以造成音乐美，词汇修辞可以构筑建筑美，语法修辞可以形成结构美，标点修辞可以呈现节奏美，那么，特定的修辞手法的运用则可以分别创造变化之美、朦胧之美、侧重之美、流动之美、联系之美。高明的作家总是将辞格巧妙地进行综合运用，或连用，或兼用，或套用，这样，往往可以使文本的布局达到预期效果，形成一种参差之美，意由言达，言因词表。

辞格的连用是指在一段文字中接连使用同类辞格或异类辞格，如□□□。[④] 辞格的连用可分为同类辞格连用和异类辞格连用两种形式。

具有不同修辞效果的辞格前后配合，交错使用，互补互衬，珠联璧合，可以把思想内容表达得更加丰富多彩，更加鲜明有力。

辞格的兼用是指一种表达形式兼有多种辞格，也叫"兼格"，如[甲乙]。[⑤]

兼格从这一角度看是甲格，从另一角度看是乙格。一个多用，你中有我，我中有你，浑然一体，修辞效果突出。

恰当地运用兼格可以使多种修辞效果相得益彰，可从多方面为文章的表达增添文采和力量。有时是表现形式上的再加强，如排比兼顶真；有时则是表达形式和思想内容的双管齐下、兼取并得，如对偶与对比的兼用、设问与排比的兼用等。辞格在运用时的相互借助是形成兼用的原因。有些辞格之间关系密切，因而它们相互兼用的机会格外多，如比喻和比拟、比

---

① ［德］黑格尔：《美学》（第1卷）第116页；《朱光潜全集》（第13卷），合肥：安徽教育出版社1990年版。

② ［丹麦］勃兰兑斯：《十九世纪文学主潮·引言》，北京：人民文学出版社1988年版，第2页。

③ ［古罗马］朗吉弩斯：《论崇高》，引自温潒主编《艺林妙语》，上海：上海文艺出版社1995年版，第155页。

④ 黄伯荣、廖序东：《现代汉语》（下册，增订四版），北京：高等教育出版社2007年版，第221页。

⑤ 黄伯荣、廖序东：《现代汉语》（下册，增订四版），北京：高等教育出版社2007年版，第222页。

喻和夸张、对偶和对比、排比和反复、排比和设问、排比和映衬等。

辞格的套用是指一种辞格里又包含着其他辞格，分层组合，形成大套小的包容关系，如甲乙。①

辞格套用的形式多种多样，异类辞格可以套用，同类辞格也可以套用。

套用的修辞效果是：几种辞格灵活组合，分层包容，形成一体，使大层次辞格得以借力发挥，小层次辞格得以依托挂联，各得其所，互相配合，从而使整段文字的表达更加严密细致，更加有文采、见活力，也更加富有变化和表现力。

史铁生深谙辞格综合运用的修辞效果，在其文本中大量使用连用、兼用和套用，特别是新辞格的运用，极具创造力，形成语言的参差美，让人读后拍案叫绝，叹为观止！

> “看哪，您快看！”她双手捧住额头，笑得喘不过气来，笑声中带着喘息和痰音。然后又急忙抬头去望，似乎生怕放过了更精彩的场面。“您快看，快看哪……”
>
> 我什么也看不见。
>
> 我看见了一架高高的云梯，看见了寒光闪闪的长矛……“您快看，快看哪！”我看见了绿色的柳条帽，看见了红色的臂章，看见了宣誓时紧握的拳头……“您快看，快看哪！”……那已破旧的婴儿车里站着一个咿呀学语的男孩子，车边坐着一个怀着希望的母亲……婴儿车里站着别人的孩子：男孩子、女孩子、女孩子、男孩子……老保姆颤巍巍的手，颤巍巍的童谣……童年的大勇趴在母亲的背上；少年的大勇在阔野上奔跑；青年的大勇在灯下拉着计算尺……母亲老了，老了！头发白了，背驼了，看一眼膀阔腰圆的儿子，脸上露出舒心的笑……“您快看，快看哪！”我看见了赤子般红的血，看见慈母被骗的心……（《命若琴弦·绵绵的秋雨》）

作者在这里综合运用了反复、排比、复叠、双齐、回环、拈连、示现

① 黄伯荣、廖序东：《现代汉语》（下册，增订四版），北京：高等教育出版社 2007 年版，第 223 页。

和层递等修辞。“您快看，快看哪”在语段中反复出现四次，先是以省略号形式出现，接着连用三个感叹号，把要看的内容提示给读者，之后的三个感叹号融入了作品中“她”的情感，把“她”的急切心情和盘托出。而“看见了”三字则以双齐格出现，突出了所见内容，通过整齐的句式，造成视觉美感，留下深刻印象。特别是“男孩子、女孩子、女孩子、男孩子”回环格的运用，进一步强化了老保姆的形象，这是对“婴儿车里站着别人的孩子”内容的具化，加上后一句两个“颤巍巍”的复叠，老保姆的形象因之而丰满深刻。“我看见了赤子殷红的血，看见慈母被骗的心”巧妙地运用拈连，通过“看见”一词顺势拈连，把慈母被骗的感受拈出，“我”的同情心情跃然纸上。“童年的大勇趴在母亲的背上；少年的大勇在阔野上奔跑；青年的大勇在灯下拉着计算尺……”这表层排比与深层层递的结合，把大勇的成长过程通过示现的辞格，刻画得形象而逼真。

沉默了一会儿他又说：“慢慢你会懂的，你会明白，那是怎样的寂寞。寂寞得就像似被嵌进了岩石，就像似被铸造进了均匀的时间，寂寞得快要让整个死国都发疯了呀……所以，所以我们指望戏剧，我们模仿软弱，模仿孤独，模仿激情，模仿着相互敞开心扉的感动。但只是模仿，只能是模仿。你看呀，你看死灵们的动作多么机械，标准，规范，多么呆板，因为那都是事先设计好的呀！毫无办法。他们已经尽力了，他们在尽力摆脱成规，但要摆脱成规如果成为目的，一切又都成了刻意的安排，刻意安排还能有什么惊喜和欢乐？还能有什么新奇的发现？心魂就像被做成了一个环，圆满，绝没有缺口。寂寞，永远的寂寞。因为，真正的创造需要的是欲望！欲望啊，你懂吗？可他们没有，早已经没有了，没有欲望，没有惊奇，没有激情……”（《命若琴弦·死国幻记》）

此段文字作者运用了顶释、明喻、双齐、频词、顶真、反问六种修辞。“慢慢你会懂的，你会明白，那是怎样的寂寞。寂寞得就像似被嵌进了岩石，就像似被铸造进了均匀的时间，寂寞得快要让整个死国都发疯了呀……”在这句中，作者综合运用了顶释与明喻的辞格。

如果以一天中的时间来对应四季，当然春天是早晨，夏天是中午，秋天是黄昏，冬天是夜晚。如果以乐器来对应四季，我想春天应该是小号，夏天是定音鼓，秋天是大提琴，冬天是圆号和长笛。要是以这园子里的声响来对应四季呢？那么，春天是祭坛上空漂浮着的鸽子的哨音，夏天是冗长的蝉歌和杨树叶子哗啦啦地对蝉歌的取笑，秋天是古殿檐头的风铃响，冬天是啄木鸟随意而空旷的啄木声。以园中的景物对应四季，春天是一径时而苍白时而黑润的小路，时而明朗时而阴晦的天上摇荡着串串杨花；夏天是一条条耀眼而灼人的石凳，或阴凉而爬满了青苔的石阶，阶下有果皮，阶上有半张被坐皱的报纸；秋天是一座青铜的大钟，在园子的西北角上曾丢弃着一座很大的铜钟，铜钟与这园子一般年纪，浑身挂满绿锈，文字已不清晰；冬天，是林中空地上几只羽毛蓬松的老麻雀。以心绪对应四季呢？春天是卧病的季节，否则人们不易发觉春天的残忍与渴望；夏天，情人们应该在这个季节里失恋，不然就似乎对不起爱情；秋天是从外面买一棵盆花回家的时候，把花搁在阔别了的家中，并且打开窗户把阳光也放进屋里，慢慢回忆慢慢整理一些发过霉的东西；冬天伴着火炉和书，一遍遍坚定不死的决心，写一些并不发出的信。还可以用艺术形式对应四季，这样春天就是一幅画，夏天是一部长篇小说，秋天是一首短歌或诗，冬天是一群雕塑。以梦呢？以梦对应四季呢？春天是树尖上的呼喊，夏天是呼喊中的细雨，秋天是细雨中的土地，冬天是干净的土地上的一只孤零的烟斗。

因为这园子，我常感恩于自己的命运。

我甚至现在就能清楚地看见，一旦有一天我不得不长久地离开它，我会怎样想念它，我会怎样想念它并且梦见它，我会怎样因为不敢想念它而梦也梦不到它。(《我与地坛》)

在整个文本中，作者娴熟地运用了排比、周匝、暗喻、博喻、同字、双齐、层递等七种辞格。作者分别以一天中的时间、乐器、园子里的声响、园中的景物、心绪、艺术形式、梦来作比喻，对应四季，极尽排比、周匝、同字、双齐层递之能事，真乃生平所未常见，把春夏秋冬写得如临其境，如见其景，如闻其声，如见其人，尽收眼底，尽人我心。你看：“春天是早晨，夏天是中午，秋天是黄昏，冬天是夜晚。”多么可感！你听：“春天应该是小号，夏天是定音鼓，秋天是大提琴，冬天是圆号和长笛。”多么沁人心脾！你用心体验：“春天是祭坛上空漂浮着的鸽子的哨音，夏天是冗长的蝉歌和杨树叶子哗啦啦地对蝉歌的取笑，秋天是古殿檐头的风铃响，冬天是啄木鸟随意而空旷的啄木声。”多么富有生活情趣！走吧！我们去园中瞧瞧：“春天是一径时而苍白时而黑润的小路，时而明朗时而阴晦的天上摇荡着串串杨花；夏天是一条条耀眼而灼人的石凳，或阴凉而爬满了青苔的石阶，阶下有果皮，阶上有半张被坐皱的报纸；秋天是一座青铜的大钟，在园子的西北角上曾丢弃着一座很大的铜钟，铜钟与这园子一般年纪，浑身挂满绿锈，文字已不清晰；冬天，是林中空地上几只羽毛蓬松的老麻雀。”多么心驰神荡！收起你的心绪，让我们一起去感受：“春天是卧病的季节，否则人们不易发觉春天的残忍与渴望；夏天，情人们应该在这个季节里失恋，不然就似乎对不起爱情；秋天是从外面买一棵盆花回家的时候，把花搁在阔别了的家中，并且打开窗户把阳光也放进屋里，慢慢回忆慢慢整理一些发过霉的东西；冬天伴着火炉和书，一遍遍坚定不死的决心，写一些并不发出的信。”多么有生活气息！有比较才有这发人深省的鉴别。若是从艺术的角度展开想象：“春天就是一幅画，夏天是一部长篇小说，秋天是一首短歌或诗，冬天是一群雕塑。”多么富有艺术天分！每个人不是都有自己的梦吗？那么，让我们看看作者的梦是什么：“春天是树尖上的呼喊，夏天是呼喊中的细雨，秋天是细雨中的土地，冬天是干净的土地上的一只孤零的烟斗。”作者的梦分明在“呼喊”“细雨”“土地”和“烟斗”这些关键词的顶真与层递中衍生。

> 所以你看那年轻的歌手吧，在河边，在路旁，在沸反盈天的广场，在烛光寂暗的酒吧，从夜晚一直唱到天明。歌声由惆怅到高亢，由枯疏到丰盈，由孤单而至张狂（但是得真诚）……终至于捶胸顿足，呼天抢地，扯断琴弦，击打麦克风（装出来的不算），熬红了眼睛，眼睛里是火焰，喊哑了喉咙，喉咙里是风暴，用五彩缤纷的羽毛模仿远古，然后用裸露的肉体标明现代（倘是装出来的，春风一眼就能识别），用傲慢然后用匍匐，用嚣叫然后用乞求，甚至用污秽和丑陋以示不甘寂寞，与众不同……直让你认出那是无奈，是一匹牢笼里的困兽（这肯定是装不出来的）！——但，是什么，到底是什么被困在了牢笼？其实春天已有察觉，已经感到：我，和我的孤独。（《我与地坛·记忆与印象2》）

在这一文本中，作者连续使用了同字、双齐、顶真、暗喻、五种修辞。第一句，在排比与双齐中，写出年轻歌手的执着与疯狂；第二句，在

“由……到……”的双齐、“捶胸顿足，呼天抢地，扯断琴弦，击打麦克风（装出来的不算）”与“用五彩缤纷的羽毛模仿远古，然后用裸露的肉体标明现代（倘是装出来的，春风一眼就能识别），用傲慢然后用匍匐，用嚣叫然后用乞求，甚至用污秽和丑陋以示不甘寂寞，与众不同”的排比、“熬红了眼睛，眼睛里是火焰，喊哑了喉咙，喉咙里是风暴”的顶真和“是一匹牢笼里的困兽”的比喻等修辞的连用中言说疯狂，然后自然托出其无奈。最后一句，在设问和拟人中，如实给出谜底。

> 有知识不是有文凭，你的母亲可以没有文凭。有知识不是被知识霸占，你的母亲不是知识的奴隶。有知识不能只是有对物的知识，而是得有对人的了悟。一个幸运者的母亲必然是一个幸运的母亲，一个明智的母亲，一个天才的母亲，她自打当了母亲她就得了灵感，她教育你的方法不是来自于教育学，而是来自她对一切生灵乃至天地万物由衷的爱，由衷的颤栗与祈祷，由衷的镇定和激情。在你幼小的时候她只是带着你走，走在家里，走在街上，走到市场，走到郊外，她难得给你什么命令，从不有目的地给你一个方向。（《我与地坛·好运设计》）

第一句与第二句构成排偶，“知识”与“文凭”的概念在排与比中，清楚而鲜明；第四句，在频词与增饰格中母亲的印象得到加强，形象得以立体化；第五句，在顶释、排比与双齐等辞格的兼用中，突出了母亲教育方法的平凡而伟大。

> 你跑起来浑身的肌肤像波浪一样滚动，像旗帜一般飘展，你跳起来仿佛土地也有了弹性，空中也有着依托，你披波戏水，屈伸舒卷，鬼没神出；在冰原雪野，你翻转腾挪，如风驰电掣；生命在你那儿是一个节日，是一个庆典，是一场狂欢……那已不再是体育了，你把体育变得不仅仅是体育了，幸运的人，那是舞蹈，那是人间最自然最坦诚的舞蹈，那是艺术，是上帝选中的最朴实最辉煌的艺术形式。（《我与地坛·好运设计》）

一句之中并用明喻、同字、同辞、双齐、增饰、排偶、博喻七种辞格，连用、兼用和套用共存，可见史铁生驾驭语言艺术之高超！或比喻夺目耸人，或拟人天人合一，或成语活用自如，或排比气势恢宏，或双齐整饬优美，或排偶熠熠生辉。

> 人可以走向天堂，不可以走到天堂。走向，意味着彼岸的成立。走到，岂非彼岸的消失？彼岸的消失即信仰的终结、拯救的放弃。因而天堂不是一处空间，不是一种物质性存在，而是道路，是精神的恒途。物质性（譬如肉身）永远是一种限制。走到（无论哪儿）之到，必仍是一种限制，否则何以言到？限制不能拯救限制，好比“瞎子不能指引瞎子”。天堂是什么？正是与这物质性限制的对峙，是有限的此岸对彼岸的无限眺望。谁若能够证明另一种时空，证明某一处无论多么美好的物质性“天堂”可以到达，谁就应该也能够证明另一种限制。另一种限制于是呼唤着另一种彼岸。因而，在限制与眺望、此岸与彼岸之间，拯救依然是精神的恒途。(《病隙碎笔2》)

段首一句，是警语，更是警策。第二、三两句与第一句构成分承，在对比分承中“走向”与“走到”之别，一清二楚。第三句设问加上内部的顶真，使短语的含义更加清楚明白。随后的反复比喻与频词、设问等辞格，无疑加深了读者对作品的理解。不管是反问、设问、顶真等传统辞格的运用，还是警策、同字、频词、双齐等修辞格的创新，作者都轻车熟路，一展其驾驭语言的高超艺术。

> 还以史铁生所遭遇的为例：不，它不疼，也不痒，并没有很重的生理痛苦，它只是给行动带来些不方便，但只要你接受了轮椅（或者拐杖和假肢、盲杖和盲文、手语和唇读），你一样可以活着，可以找点事做，可以到平坦的路面上去逛逛。但是，这只证明了活着，活成了什么还不一定。像一头勤勤恳恳的老黄牛，像风摧不死沙打不枯的一棵什么草，几十年如一日地运转就像一块表……我怀疑，这类形容肯定是对人的恭维吗？人，不是比牛、树和机器都要高级很多吗？“栗子味儿的白薯”算得夸奖，“白薯味儿的栗子”难道不是昏话？(《病隙碎笔2》)

列举中最见精神，精神中寓意着对生活的理解。首句简单而朴实，朴实中带给读者的是精神的力量，力量既来自双齐与排比，也来自形式之后重要的内涵。之后的比喻，表意出人意料，不在肯定，恰是否定。否定，意味着引发思考，随后的语序倒换，作者使用序换修辞格，在反问中，敲醒每一位读者。这双齐，这博喻，这反问，这序换，经济而有序地发挥着表意的最佳功能，引人注意，引人思考，引人反省。

> 很久了，我就想说说尿毒症病人“透析”的事。三年前我双肾失灵，不得不以血液透析维持生命，但透析的费用之高是很少有人能自力承担的，幸而我得到了多方支持，否则不堪设想。否则会怎样？一是慢慢憋死（有点儿钱），二是快快憋死（没钱）。但憋死的过程是一样的残酷——身体渐渐地肿胀，呼吸渐渐地艰难，意识怪模怪样地仿佛在别处，四周的一切都仿佛浸泡在毒液里渐渐地僵冷。但这并不是最坏的感觉，最坏的感觉是：你的亲人在一旁眼睁睁地看着你，看着这样的过程，束手无策。但这仍不见得是最坏的感觉，最坏的感觉是：人类已经发明了一种有效的疗法，只要有钱，你就能健康如初，你就能是一个欢跳的儿子，一个漂亮的女儿，一个能干的丈夫或是一个温存的妻子，一个可靠的父亲或是一个慈祥的母亲，但现在你没钱，你就只好撕碎了亲人的心，在几个月的时间里一分一秒地撕，用你日趋衰弱的呼唤撕，用你忍不住的呻吟和盼望活下去的目光撕，最后，再用别人已经康复的事实给他们永久的折磨。谁经得住这样的折磨？是母亲还是父亲？是儿子还是女儿？是亲情还是那宏博的爱愿？（《病隙碎笔6》）

此文本先后使用了设问、频词、复叠、排比、顶真、双齐、倒装、同字、反问等修辞，把尿毒症病人“透析”的痛苦与折磨写得让人有撕心裂肺之感。

> 低矮的老屋里又一次沉默了，说是水足饭饱后的发呆，显然不准确，因为一双双眼睛都闪着一种奇异的光——向往的光？欣喜的光？还是如愿以偿的光？说不好。总之，是这间东倒西歪的小车间里罕见的光，是这些年过半百的眼睛里少有的光。人们像一尊尊石像，直勾勾地望着一个固定的地方；有的在抠腮边的痣，有的在揪鼻孔里的毛，有的在鼻孔里抠出些东西来在手指间揉着……好像都在谛听着什么福音。（《午餐半小时》）

作者成功地运用频词、成语、比喻、排比的修辞文本，在半个小时的午餐时间里，因年龄带来的劣势与因瘫痪带来的弱势奇异地搁置在一起，传递出些许灰暗、些许失望，尤其是谈论车祸后的沉默预示了这一群体的无奈与无助。这实际上是关于弱势群体的一次绘声绘色的动态跟踪，将弱势群体表面的平静的麻木自足与心底欲望的滋生起伏两相对照，将弱势群体的猥琐、庸俗、心计、现实的心理情境推之欲出。瘫痪小伙子作为这一文化缺失底层中的有文化者更像是一缕透过窗口的光线，在无数飞尘中晃动着遥不可及的希望。

参考文献

1. 班兆贤：《〈黄帝内经〉修辞研究》，北京：中医古籍出版社 2009 年版。

2. 曹石珠：《汉字修辞研究》，长沙：岳麓书社 2006 年版。

3. 陈伯海主编：《历代唐诗论评选》，保定：河北大学出版社 2003 年版。

4. 陈启庆：《〈庄子〉修辞研究》，长春：吉林大学出版社 2010 年版。

5. 陈汝东：《新兴修辞传播学理论》，北京：北京大学出版社 2011 年版。

6. 陈汝东主编：《修辞学论文集》（第 12 集），哈尔滨：黑龙江人民出版社 2009 年版。

7. 陈望道：《修辞学发凡》，上海：上海教育出版社 2001 年版。

8. 陈永国：《视觉文化研究读本》，北京：北京大学出版社 2009 年版。

9. 池昌海：《汉语研究新探》，杭州：浙江大学出版社 2005 年版。

10. 池昌海：《〈史记〉同义词研究》，上海：上海古籍出版社 2002 年版。

11. 池昌海：《先秦儒家修辞要论》，北京：中华书局 2012 年版。

12. 甘好主编：《情诗·修辞》，深圳：海天出版社 2006 年版。

13. 郭焰坤：《文化修辞学》，北京：中国社会科学出版社 2012 年版。

14. 韩荔华：《汉语修辞技巧教程》，北京：华文出版社 2005 年版。

15. 胡奇光：《中国古代语言艺术史》，上海：上海人民出版社 2010 年版。

16. 胡山林：《极地之思——史铁生作品解读》，北京：中国对外翻译出版有限公司 2014 年版。

17. 胡裕树：《现代汉语》（重订本），上海：上海教育出版社 2011 年版。

18. 黄伯荣、廖序东：《现代汉语》（下册，增订四版），北京：高等教育出版社 2007 年版。

19. 花勇：《广告修辞论》，济南：山东文艺出版社 2009 年版。

20. 霍四通：《中国现代修辞学的建立：以陈望道〈修辞学发凡〉考

释为中心》，上海：上海人民出版社2012年版。

21. 兰宾汉：《标点符号运用艺术》，北京：中华书局2007年版。

22. 黎千驹：《模糊修辞学导论》，北京：光明日报出版社2006年版。

23. 黎运汉、盛永生：《汉语修辞学》，广州：广东教育出版社2006年版。

24. 李国英、李运富：《古代汉语教程》，北京：北京师范大学出版社2007年版。

25. 李华：《〈左传〉修辞研究》，上海：上海古籍出版社2010年版。

26. 李军华等：《汉语修辞学新著》，北京：中国社会科学出版社2010年版。

27. 李明：《美国〈时代周刊〉标题修辞研究》，昆明：云南大学出版社2009年版。

28. 李瑞卿：《中国古代文论修辞观》，北京：中国传媒大学出版社2007年版。

29. 李天静等主编：《中外现代诗修辞艺术》，上海：上海文艺出版社2014年版。

30. 李维琦、王玉堂、王大年、李运富：《古汉语同义修辞》，长沙：湖南师范大学出版社2012年版。

31. 李维琦：《修辞学》，长沙：湖南师范大学出版社2012年版。

32. 林建法：《永远的史铁生》，北京：华夏出版社2011年版。

33. 刘凤玲、邱冬梅：《修辞学与语文教学》，广州：暨南大学出版社2010年版。

34. 刘焕辉：《修辞学纲要》（修订本），南昌：百花洲文艺出版社1997年版。

35. 刘亚猛：《西方修辞学史》，北京：外语教学与研究出版社2008年版。

36. 骆小所：《现代修辞学》，昆明：云南人民出版社2001年版。

37. 毛兵、薛晓雯：《中国传统建筑空间修辞》，北京：中国建筑工业出版社2009年版。

38. 聂焱：《比喻新论》，银川：宁夏人民出版社2009年版。

39. 乔俊杰：《〈文选注〉修辞训诂研究》，哈尔滨：黑龙江人民出版社2007年版。

40. 沈永社：《跟毛泽东学修辞》，北京：西苑出版社2007年版。

41. 史铁生：《病隙碎笔》，北京：人民文学出版社2011年版。

42. 史铁生:《命若琴弦》，北京：人民文学出版社 2011 年版。

43. 史铁生:《我的丁一之旅》，北京：人民文学出版社 2011 年版。

44. 史铁生:《我与地坛》，北京：人民文学出版社 2011 年版。

45. 史铁生:《务虚笔记》，北京：人民文学出版社 2011 年版。

46. 史铁生:《原罪·宿命》，北京：人民文学出版社 2011 年版。

47. 疏志强:《禅宗修辞研究》，济南：山东文艺出版社 2008 年版。

48. 谭全基:《古汉语修辞学论文集》，北京：商务印书馆国际有限公司 2008 年版。

49. 谭学纯:《广义修辞学演讲录》，上海：上海三联书店 2012 年版。

50. 谭学纯:《文学和语言：广义修辞学的学术空间》，上海：上海三联书店 2008 年版。

51. 谭学纯、濮侃、沈孟璎:《汉语修辞格大辞典》，上海：上海辞书出版社 2010 年版。

52. 谭学纯、朱玲:《广义修辞学》，合肥：安徽教育出版社 2001 年版。

53. 谭永祥:《修辞新格》，广州：暨南大学出版社 1996 年版。

54. 童山东、吴礼权:《阐释修辞论》，北京：首都师范大学出版社 1998 年版。

55. 王彬:《当代流行歌曲的修辞学研究》，成都：四川大学出版社 2007 年版。

56. 王德春、李月松主编:《修辞学论文集》（第 10 集），上海：上海外语教育出版社 2006 年版。

57. 王希杰:《汉语修辞学》，北京：商务印书馆 2004 年版。

58. 吴礼权:《妙语生花：语言策略秀》，上海：上海文化出版社 2002 年版。

59. 吴礼权:《委婉修辞研究》，济南：山东文艺出版社 2008 年版。

60. 吴礼权:《现代汉语修辞学》，上海：复旦大学出版社 2012 年版。

61. 吴礼权:《修辞心理学》，昆明：云南人民出版社 2001 年版。

62. 吴礼权:《中国修辞哲学史》，台北：台湾商务印书馆股份有限公司 1995 年版。

63. 姚勤智:《汉语修辞格的阐释与比较》，北京：中国文联出版社 2007 年版。

64. 余成章:《古汉语修辞》，北京：中国社会科学出版社 2011 年版。

65. 尉迟华:《新编增广修辞格例话》，北京：清华大学出版社 2011 年版。

66. 曾毅平主编:《华语修辞》，广州：暨南大学出版社 2012 年版。

67. 张建波:《逆游的行魂——史铁生论》，济南：山东人民出版社 2012 年版。

68. 张金泉:《语言美与修辞——多丽丝·莱辛部分作品的修辞效果赏析》，北京：中国社会科学出版社 2013 年版。

69. 张明华、李晓黎:《集句诗嬗变研究》，北京：中国社会科学出版社 2011 年版。

70. 张晓、徐广洲、徐晓星:《造型修辞学》，长春：吉林大学出版社 2011 年版。

71. 张英岚:《广告语言修辞原理与赏析》，上海：上海外语教育出版社 2007 年版。

72. 郑子瑜:《中国修辞学史稿》，上海：上海教育出版社 1984 年版。

73. 郑子瑜、宗廷虎主编:《中国修辞学通史》（第 2 版），长春：吉林教育出版社 2001 年版。

74. 宗守云:《修辞学的多视角研究》，北京：中国社会科学出版社 2005 年版。

75. 宗廷虎、陈光磊主编:《中国修辞史》，长春：吉林教育出版社 2007 年版。

76. 宗廷虎、梁通主编:《郑子瑜先生纪念集》，上海：复旦大学出版社 2010 年版。

77. 宗廷虎主编:《20 世纪中国修辞学》（上、下卷），北京：中国人民大学出版社 2007 年版。

78. 周建民主编:《修辞学论文集》（第 11 集），北京：中国社会科学出版社 2008 年版。

79. 周振甫:《中国修辞学史》，南京：江苏教育出版社 2005 年版。

跋　语

1980年元月，我在一家乡镇书店买了本《现代汉语语法讲话》。那一年，我16岁，才念高一。大概缘于语文老师傅正之先生长于语言研究，受其影响，懵懵懂懂就买了。

进入大学之后，现代汉语老师周文定先生的渊博学识又一次让我重读了《现代汉语语法讲话》，这才算是对现代汉语语法的认识有了登堂之机。当我看到如雷贯耳的语言学家丁声树、吕叔湘、李荣等名字时，我庆幸自己买了一本好书，庆幸自己在语言学上能有所开蒙。

之后的一次偶然，最终让我爱上了修辞学。那时我读了吕叔湘、朱德熙的《语法修辞讲话》，被其中修辞部分的讲解所深深吸引。

三十年前，上海之行，我来到复旦瞻仰望老，在他的塑像前留下了仰慕的记忆，从此对修辞学情有独钟，开始精读陈望道先生的《修辞学发凡》、郑子瑜先生的《中国修辞学史稿》及《郑子瑜学术论著自选集》、周振甫的《中国修辞学史》和王希杰的《汉语修辞学》等著作。第一篇修辞学论文就发表在复旦大学主办的《修辞学习》杂志上。

三十年后的今天，因为访学，偶然的机会我又住进了以望老命名的宿舍——复旦大学北区宿舍望道苑39号501室。在这里，我感觉到的是一种鞭策，一种历练，一种行动。

感谢复旦大学语言文学研究所语言学博士生导师、中国第一位修辞学博士吴礼权先生收我为私淑弟子，鼓励我砥砺前行，从此在修辞学上有所造诣。

礼权先生学理深厚，既专且博。因为能随堂洗耳，先生总是帮拓衢路，助开户牖，让我探骊得珠，引我旁通发明，领我解颐析骨。

在礼权先生的指引下，我不断研读郑子瑜、宗廷虎主编的《中国修辞学通史》和宗廷虎、陈光磊主编的《中国修辞史》，通读先生送给我的全部专著，重点精读《中国修辞哲学史》《现代汉语修辞学》和《修辞心理学》。

因为酷爱，我养成了凡与修辞学相关的著作都一一购买的习惯。因为研究的需要，我坚持不懈地研读《三松堂全集》《朱光潜全集》《宗白华全集》《吕叔湘全集》《韩非子校注》《史记》《陶渊明集》《韩愈全集校注》《李白全集》《司马温公集编年笺注》《姚勉集》《苏轼全集校注》《三苏全书》《全宋词》《余光中集》和“史铁生作品系列”等，意在打通哲学、美学、语言学、文学和心理学的交叉联系，全息解读作家文本。

根据多年研究心得，我对修辞逐步有了这样一个认识：修辞是一种通过语言，以美的形式表达内心世界的活动。也就是说，修辞是一种心理过程；修辞是一种美的呈现；修辞是一种辩证思考；修辞是一种语言运用。因此，研习修辞学，应了解语言学、文学、美学、哲学和心理学。

我们应特别加强修辞的应用性研究，先辈们的观点也佐证了这一点。谭学纯认为：“要说加强语言的应用研究，修辞学可能是最具有学术投资和智慧投资潜质的学科。”[①] 苏联科学院院士维诺格拉多夫则强调，修辞学“在某种意义上说是语言研究的顶峰，是提高民族素质的理论基础”。张宗正在《理论修辞学》中的修辞观更为广义，他认为修辞既包括言语修辞，也包括行为修辞。张宗正提出：修辞在本质上是创新性的思维方式；优化的、个性化的认知方式、行为方式；智性的生存方式。也就是说，修辞不仅是言语的优化，也是生存方式的优化。

2010 年 12 月 31 日凌晨，粗大的针管从史铁生左臂拔掉，这似乎就是一次平常透析的结束，但对中国乃至世界的读者而言，却从此失去了一位睿智的作家。

2011 年 6 月 11 日，当我买到“史铁生作品系列”（纪念版）时，我急于阅读的心情，一直难以克制。直到忙完手中的其他书稿，我终于在 2011 年的 6 月 16 日开始了对史铁生作品的阅读之旅，一旦拿起就不愿放下，230 万字，2 816页，只用了 36 天时间。妻子说：“这是疯子的行动。”得到“疯子”这一雅号，我非常自豪！因为我确实疯了，因为史铁生的超越的哲学深度；因为史铁生的颠覆的语言驾驭。只要一翻开，我就废寝忘食，必欲读毕而后快；读毕又见，则又废寝忘食……以至于将文本中的有关修辞语料一一梳理，花了 16 天，字数多达 25 万字，打印则用了 43 天。可是，真正撰写完全稿却耗费了 3 年零 35 天——1 130 天，15 820 小时。我的心，我的血，全在史铁生的文本世界。我深知，史铁生是在借助其文本进行修辞化的生存。修辞不但是他文学作品言语的优化，修辞更是他生

---

① 谭学纯：《文学和语言——广义修辞学的学术空间》，上海：上海三联书店 2008 年版，第 267 页。

存方式的优化。

史铁生正是借助作品，借助坚定的信仰，将一个重新建筑心灵的时代孕育出来。正如一位学者所言："铁生以自己的方式，深度介入灵魂改造，每个灵魂改造了，整个中国就改变了。"

可以这样说，史铁生著述的每一字句都值得怀念，每一个创造都令人珍惜，每一份坚守都构成感召，每一次知行合一都已成示范，每一次谈笑都留下无尽的回味！然而，如此非凡创造所承载的精神、文化、道德价值，更难以估量，于个体是莫大的勉励，于民族将是走向未来难以替代的珍贵资源。

我们缅怀史铁生的最好方式，便是珍惜铁生以伤残之躯，以毕生超越荒谬、超越困境、超越恐惧、超越功利、超越虚无、超越自身极限攀临的人类精神高地；珍惜铁生以其高超的语言天赋从文学、美学、哲学、心理学，乃至神学、社会学和历史学诸多领域所做出的超越与颠覆性的探讨。

作为阅读者，我们首先应从语言层面进入文本体验，如果实现了乔姆斯基的由表层结构进入深层结构的领悟，我们就真正进入了史铁生的世界。我们需要认知的不仅是作品，更重要的是史铁生独到的语言驾驭能力，并学会表达，学会匠心独运的语言表达。

文本研究应具备三驾马车：生活场景、历史语境和文本细读。这方面，哈佛大学宇文所安教授给了我们最好的借鉴。从《初唐诗》开始，宇文所安的研究就建立在细密的年代学基础之上，强调回到诗人的生活场景和诗歌得以产生的历史语境，辅之以耶鲁新批评的文本细读功夫。不仅诗歌如此，所有的文学作品都应该这样。只有这样，才能对作品有深入的分析，才能补充过往宏大叙述所忽略的内容，才能对作者所要展现的生命感悟有细致的体会。

坦率地说，拙作的写作框架，完全得益于多学科的融合。首先，从美学角度切入，大致为二。一是从语言本体出发，从语音、词汇、语法和标点着手，挖掘史铁生文本中所凸显的音乐美、建筑美、结构美和节奏美；二是从修辞格的修辞效果着手，整合、梳理修辞的美学效果，归并史铁生修辞文本中所蕴含的张力美、变化美、朦胧美、侧重美、流动美和联系美。其次，在两大类的归并中，始终从文本的实例出发，重视文本细读，着力于个性化解读，在文本中拈出个人所识别的辞格大类六十八种，细分为七十八种，试图通过个案解读与赏析，由浸淫而渐臻胜境，由赏会而妙入神机，从而寻找共性规律，以便实现阅读者的正向迁移，最大限度地将其所感所悟用于个人写作参考，成为表达的启发与示范。

需要说明的是，这种分类与归并纯属个人从多学科习得，是在受到启发之后的大胆尝试，仅为一家之言。但我们应该坚信，学术探险就是跨越难度，照亮自己的认知盲区，延伸自己的认知极限。科学研究的风景看好新领域，看好探险，看好创新。

总之，史铁生是一个无师自通的哲学家。我们必须相信周国平先生的判断："据我所见，史铁生可能是中国当代最具自发哲学气质的小说家。深处人生的困境，他一直在发问，问生命的意义，问上帝的意图。对终极的发问构成了他与世界的根本关系，也构成了他的写作的发源和方向。"① "我甚至觉得，史铁生的存在是中国当代文学的幸运。他是一个天才的哲人，不依靠概念，仅仅凭借自己的悟性便进入了几乎一切最深刻的人生问题。"②

面对这样的伟大作家，我们有什么理由不学习！从人格，从知识，从语言，从其超越与颠覆的修辞艺术。

最后，衷心感谢吴礼权先生拨冗为我写序，感谢先生一直以来对我的教导与鞭策，所有的感谢全部化作拙著的出版。感谢暨南大学出版社领导与人文社科分社杜小陆社长的大力支持！不会忘记2013年上海虹桥国际机场的相识；不会忘记2013年"汉语发展演进与修辞创造"高层论坛上推心置腹的交谈；不会忘记维景温泉夜幕下关于出版的真知灼见。

鄢文龙

2014年7月16日于天沐温泉谷丘壑轩

① 周国平：《各自的朝圣路》，北京：东方出版社1999年版，第97页。
② 《周国平推荐〈史铁生作品集〉》，《中华读书报》1997年9月24日。